U0092528

國家圖書館出版品預行編目資料

新譯聊齋誌異選(四) / 付岩志注譯;袁世碩校閱.——
初版一刷.——臺北市: 三民, 2012
冊; 公分.——(古籍今注新譯叢書)

ISBN 978-957-14-5590-7 (第三冊:平裝)
ISBN 978-957-14-5589-1 (第四冊:平裝)

857.27 100022409

© 新譯聊齋誌異選(四)

注譯者	付岩志
校閱者	袁世碩
責任編輯	陳建隆
美術設計	陳宛琳
發行人	劉振強
著作財產權人	三民書局股份有限公司
發行所	三民書局股份有限公司
	地址 臺北市復興北路386號
	電話 (02)25006600
	郵撥帳號 0009998-5
門市部	(復北店) 臺北市復興北路386號
	(重南店) 臺北市重慶南路一段61號
出版日期	初版一刷 2012年1月
編號	S 033200

行政院新聞局登記證局版臺業字第○二○○號

有著作權・不准侵害

ISBN 978-957-14-5589-1 (第四冊:平裝)

http://www.sanmin.com.tw 三民網路書店
※本書如有缺頁、破損或裝訂錯誤,請寄回本公司更換。

新譯聊齋誌異選 目次

第四冊

雲翠仙

梁有才，故晉❶人，流寓於濟❷，作小負販。無妻子田產。從村人登岱❸。岱，四月交，香侶❹雜沓。又有優婆夷、塞❺，率眾男子以百十，雜跪神座下，視香炷為度❻，名曰「跪香」。才視眾中有女郎，年十七八而美，悅之。詐為香客，近女郎跪；又偽為膝困無力狀，故以手據女郎足。女回首似嗔，膝行而遠之。才又膝行近之；少間，又據之。女郎覺，遽起，不跪，出門去。才亦起，亦出履其跡❼，不知其往。心無望，怏怏而行。

途中見女郎從媼，似為女也母者，才趨之。媼女行且語。媼云：「汝能參禮娘娘❽，大好事！汝又無弟妹，但獲娘娘冥加護，護汝得快婿，但能相孝順，都不必貴公子、富王孫也。」才竊喜，漸漬❾詰媼。媼自言為雲氏，女名翠仙，其出也。家西山四十里。才曰：「山路濇[10]，母如此蹜蹜[11]，妹如此纖纖，何能便至？」曰：「日已晚，將寄舅家宿耳。」才曰：「適言相婿，不以貧嫌，不以賤鄙，我又未婚，頗當母意否？」媼以問女，女不應。媼數問，女曰：「渠寡福，又蕩無行，輕薄之心，還易翻覆。兒不能為遢伎兒[12]作婦！」才聞，樸誠自表，切矢皦日[13]。媼喜，竟諾之。女不樂，誖然[14]而已。母又強拍咻之[15]。才殷勤，手於橐[16]，覓山兜[17]二，舁媼及女。己步從，若為僕。過隘[18]，輒訶兜夫不得顛搖動，良殷。

俄抵村舍，便邀才同入舅家。舅出翁，妗出媼也。云兄之嫂之。謂：「才吾婿。日適良，不須別擇，便取今夕。」舅亦喜，出酒肴餌才。既，嚴妝翠仙出，拂榻促眠。女曰：「我固知郎不義，迫母命，漫相隨。郎若人也，當不須憂偕活。」才唯唯聽受。

明日早起，母謂才：「宜先去，我以女繼至。」才歸，掃戶闥。媼果送女至。入視室中，虛無有。便云：「似此何能自給？老身速歸，當小助汝辛苦⑲。」遂去。次日，有男女數輩，各攜服食器具，布一室滿之。不飯俱去，但留一婢。才由此坐溫飽，惟日引里無賴，朋飲競賭，漸盜女郎簪珥⑳佐博。女勸之，不聽；頗不耐之，惟嚴守箱奩，如防寇。

一日，博黨款門訪才，窺見女，適適驚㉑。戲謂才曰：「子大富貴，何憂貧耶？」才問故。答曰：「曩見夫人，實仙人也。適與子家道不相稱。貨為媵㉒，金可得百；為妓，可得千。——千金在室，而聽飲博無貲耶？」才不言，而心然之。歸輒向女欷歔，時時言貧不可度。女不顧，才頻頻擊桌，抛匕箸，罵婢，作諸態。一夕，女沽酒與飲。忽曰：「郎以貧故，日焦心。我又不能御窮㉓，分郎憂，中豈不愧怍？但無長物，止有此婢，鬻之，可稍稍佐經營㉔。」才搖首曰：「其直幾許！」又飲少時，女曰：「妾於郎，有何不相承㉕？但力竭耳。念一貧如此，便死相從，不過均此百年苦，有何發跡？不如以妾鬻貴家，兩所便益，得直或較婢多。」才故愕言：「何得至此！」女固言之，色作莊㉖。才喜曰：「容再計之。」

遂緣中貴人㉗，貨隸樂籍㉘。中貴人親詣才，見女大悅。恐不能即得，立券八百緡㉙，事濱就㉚矣。女曰：「母日以婿家貧，常常縈念，今意斷矣，我將暫歸省；且郎與妾絕，何得不告母？」才慮母阻。女曰：「我顧自樂之，保無差貸㉛。」才從之。

夜將半，始抵母家。撾闥入，見樓舍華好，婢僕輩往來憧憧㉜。才日與女居，每請詣母，女輒止之。故為甥館㉝年餘，曾未一臨岳家。至此大駭，以其家巨，恐媵妓所不甘也。女引才登樓上。媼驚問夫妻何來。女怨曰：「我固道渠不義，今果然！」乃於衣底出黃金二鋌㉞置几上，曰：「幸不為小人賺脫，今仍以還母。」母駭問故。女曰：「渠將鬻我，故藏金無用處。」乃指才罵曰：「豺鼠子！曩日負肩擔，面沾塵如鬼。初近我，熏熏作汗腥，膚垢欲傾塌，足手皴㉟一寸厚，使人終夜惡。自我歸汝家，安坐餐飯，鬼皮始脫。母在前，我豈誣耶？」才垂首，不敢少出氣。女又曰：「自顧無傾城姿，不堪奉貴人；似若輩男子，我自謂猶相匹。有何虧負，遂無一念香火情㊱？我豈不能起樓宇、買良沃㊲，念汝儇薄骨、乞丐相，終不是白頭侶！」

言次，婢嫗連衿臂，旋旋圍繞之。聞女責數，便都唾罵，共言：「不如殺卻，何須復云云！」才大懼，據地自投，但言知悔。女又盛氣曰：「鬻妻子已大惡，猶未便是劇；何忍以同衾人賺作倡！」言未已，眾皆裂，悉以銳簪翦刀股攢刺脅腂。才號悲乞命。女止之曰：「可暫釋卻。渠便無仁義，我不忍其觳觫㊳。」乃率眾下樓去。

才坐聽移時，語聲俱寂，思欲潛遁。忽仰視見星漢，東方已白，野色蒼莽；燈亦尋滅。並無屋宇，身坐削壁上。俯瞰絕壑，深無底。駭絕，懼墮。身稍移，塌然一聲，墮石崩墜。壁半有枯㊴橫焉，罥不得墮。以枯受腹，手足無著。下視茫茫，不知幾何尋㊵丈。不敢轉側，嗥怖聲嘶，一身盡腫，眼耳鼻舌身力俱竭。日漸高，始有樵人望見之；尋綆來，縋而下，取置崖上，奄將溘斃[41]。

舁歸其家。至則門洞敞，家荒荒如敗寺，牀簏什器俱杳，惟有繩牀[42]敗案，是己家舊物，零落猶存。嗒然[43]自臥。飢時，日一乞食於鄰。既而腫潰為癩。里黨薄其行，悉唾棄之。才無計，貨屋而穴居，行乞於道，以刀自隨。或勸以刀易餌，才不肯曰：「野居防虎狼，用自衛耳。」後遇向勸鬻妻者於途，近而哀語，遽出刀揕而殺之[44]，遂被收。官廉[45]得其情，亦未忍酷虐之，繫獄中，尋瘐死[46]。

異史氏曰：「得遠山芙蓉[47]，與共四壁，與以南面王豈易哉！己則非人，而怨逢惡之友[48]；故為友者不可不知戒也。凡狹邪子[49]誘人淫博，為諸不義，其事不敗，雖則不怨亦不德。迨於身無襦，婦無褲，千人所指，無疾將死，窮敗之念，無時不縈於心，窮敗之恨，無時不切於齒；清夜牛衣中，輾轉不寐。夫然後歷歷想未落時，歷歷想將落時，又歷歷想致落之故，而因以及發端致落之人。至於此，弱者起，擁絮坐詛；強者忍凍裸行，篝火㊿索刀，霍霍磨之，不待終夜矣。故以善規人，如贈橄欖；以惡誘人，如饋漏脯51也。聽者固當省52，言者可勿懼哉！」

【注釋】❶晉　山西省的簡稱。❷濟　濟南府，今山東濟南。❸岱　泰山。❹香侶　朝山進香的人群。❺優婆夷塞　優婆夷、優婆塞，都是梵語，指信仰佛法、接受五戒（不殺生、不偷盜、不邪淫、不妄語、不飲酒）的女人和男人。❻視香炷為度　以一炷香點完為跪拜時限。❼履其跡　追尋她的蹤跡。❽參禮娘娘　參拜碧霞元君。碧霞元君為道教神，傳說為東嶽大帝的女兒。❾漬　浸漬，指逐漸靠近。❿山路澀　山路難走。⓫蹜蹜　腳步邁得小、走得慢的樣子。⓬遢伎兒　猥瑣輕薄之人。⓭切矢皦日　急切地指著太陽發誓。⓮誖然　因發怒而臉上變了顏色的樣子。⓯強拍咻之　勸她、撫慰她。強，勸。咻，撫慰之聲。⓰手於橐　把手伸進錢袋裡，即掏出錢來。⓱山兜　山轎。⓲隘　險要的地方。⓳小助汝辛苦　稍微幫助你們改善窮苦的生活。⓴簪珥　簪，髮簪。珥，女子的珠玉耳飾。㉑適適驚　十分吃驚的樣子。㉒貨為媵　賣給別人當妾。㉓御窮　對付貧窮。㉔佐經營　有助於經營家庭事業。㉕承　順從；奉承。㉖色作莊　臉色十分鄭重。㉗緣中貴人　通過太監的關係。中貴人，原指帝王寵信的內官，後專指太監。㉘隸樂籍　隸屬於樂戶的名籍。樂，樂戶，指官妓。㉙緡　穿錢用的繩子。古時銅錢有孔，可用繩索穿起來，一般一緡為一千錢。㉚濱就　快要成功了。㉛差貸　差誤。㉜憧憧　往來不斷的樣子。㉝為甥館　做女婿的意思。甥，古時稱女婿為甥。㉞鋌　即錠，古時金銀的計量單位，一鋌為五至十兩。㉟皴　因受凍而皮膚開裂或皮膚上積存的泥垢，此指後者。㊱香火情　焚香誓約之情，這裏指夫妻之情。㊲良沃　良田。㊳觳觫　因恐懼而顫抖的樣子。㊴枯　枯樹。㊵尋　長度單位，古時八尺為尋。

㊶奄將溘斃　氣息奄奄，彷彿忽然間就會死去。溘，忽然。㊷繩牀　古時一種可以折疊的座具，亦稱交椅、胡床。㊸嗒然　無精打采、神不守舍的樣子。㊹摮而殺之　用刀從旁刺頭項殺他。㊺廉　查訪。㊻瘐死　死於獄中。㊼遠山芙蓉　眉如遠山，臉似芙蓉，代指美貌女子。㊽逢惡之友　逢迎所好、引誘作惡的朋友。㊾狹邪子　作狹邪遊的浮浪子弟。㊿篝火　打著燈籠。(51)漏脯　腐敗變質的乾肉。(52)省　醒悟。

【語譯】梁有才，原是山西人，後來流落到山東濟南，靠做挑擔小販度日。家中沒有妻室兒女，也沒有田產。他跟隨村人去登泰山。四月初的泰山，朝山進香的人絡繹不絕。還有修行的善男信女，帶領著百十個人雜亂地跪在神座下面，跪拜的時間有一炷香的工夫，這稱為跪香。梁有才看見人群中有一個十七八歲的女子，心中非常喜歡。他便裝作香客，靠近女子跪下；又裝出膝軟無力的樣子，故意將手靠在女子的腳上。女子回過頭來，臉露嗔怪，膝行幾步遠離他。梁有才又膝行著靠過去；不久，又將手靠在女子的腳上。女子覺察後猛然站起來，不再跪香，出門離開。梁有才也起身追尋她的蹤跡，但不知她到哪裡去了。他感覺沒有希望，便悶悶不樂地走了。

途中，他看到女子跟著一個老婆婆，老婆婆似乎是這個女子的母親。梁有才快步走過去。女子和老婆婆邊走邊說。老婆婆說：「你能參拜娘娘是件大好事！你又沒有弟弟妹妹，只希望你能得到娘娘冥冥之中的保佑，保佑你得到好夫婿，只要能孝順，也不必要是貴公子、富王孫。」梁有才心中暗暗高興，漸漸靠近和老婆婆搭訕。老婆婆說自己姓雲，女兒名叫翠仙，是她親生的。家住在泰山西邊四十里。梁有才說：「山路崎嶇，您老人家行動不便，妹妹又嬌弱，何時才能到啊？」老婆婆說：「天色已晚了，我們將到她舅舅家借住一宿。」梁有才說：「剛才您說找女婿，不因貧窮而嫌棄，不因微賤而鄙薄，我還尚未成親，不知能令您滿意嗎？」老婆婆就問翠仙，翠仙沒有回答。老婆婆問了好幾次，翠仙才說：「他福薄，又浪蕩無行，是個輕佻淺薄的人，還容易反覆無常，我不能嫁給這種輕薄的人為妻！」梁有才聽了，說自己樸實真誠，急切地對著太陽發誓。老婆婆十分高興，竟然答應了他。翠仙不高興，只能生氣罷了。母親又是強迫，又是撫慰。梁有才更加殷勤，從口袋拿出錢找來兩架山轎，抬著老婆婆和翠仙，自己步行跟在後面，好像是她們的奴僕一樣。當路過險要的地方時，他就喝斥轎夫不准顛簸搖動，十分殷勤。

不久轎子進了村，老婆婆讓梁有才一同住在舅舅家。舅舅出來，是個老頭，舅母也出來相見，是個老太婆。老婆婆稱他們為兄嫂。老婆婆向兄嫂介紹說：「他叫梁有才，是我的女婿。今天剛好是良辰吉日，不必再挑日子，今夜就給他們完婚吧。」舅舅聽了也很高興，置辦了一桌酒席招待梁有才。飯後把翠仙精心打扮好送出來，整理好床鋪，催促他們休息。翠仙說：「我早就知道你是個不義之人，迫於母命勉強嫁你。你若還像個人，以後的生活應當不會發愁。」梁有才連連點頭答應。

第二天一早，老婆婆對梁有才說：「你先回去，我隨後把女兒送過去。」梁有才到家後，把屋子仔細打掃了一遍。老婆婆果然把翠仙送來了。她進屋看了看，屋內什麼也沒有，便說：「這樣可要怎麼生活？我馬上回去，得稍微資助你們改善窮苦的生活。」就走了。第二天，老婆婆派了好幾個男女僕人送來衣服、食品、生活用具等，把屋子都擺滿了。他們沒有吃飯就離開了，只留下一個婢女。從此，梁有才坐享溫飽，每天拉著鄉里的無賴們喝酒賭博，慢慢的連妻子的髮簪和耳環都被他偷出去用以賭博了。翠仙勸他也不聽。翠仙無法忍受他，只好守嚴自己的箱籠和奩妝，就像防賊一樣。

一天，幾個賭徒上門來找梁有才，偷看見翠仙，非常驚訝。有個賭徒開玩笑地對梁有才說：「你這麼富貴，怎麼憂愁貧窮呢？」梁有才問他是什麼意思。賭徒說：「剛才看見你的夫人，真是天仙一般，就是和你的家道不相稱。如果賣給別人作妾，可得一百兩銀子；如果賣作妓女，可得一千兩銀子。有了一千兩銀子，還愁喝酒賭博沒有錢嗎？」梁有才沒有說話，心裡卻覺得很有道理。此後，他經常回來向翠仙唉聲歎氣，常說窮得無法度日了。翠仙不理他，他就一直拍桌子，扔湯匙筷子，罵婢女，做出各種醜態。一天晚上，翠仙買酒與他同飲。忽然對他說：「你常因貧窮的關係每天焦躁煩心，我又不能幫助你脫貧分擔你的憂愁，心裡哪能不慚愧？但又沒有別的值錢的東西，只有這個婢女，賣了她，可稍微補貼家用。」梁有才搖搖頭說：「她能值幾個錢！」翠仙又同他喝了一會兒，說：「我對你還有什麼捨不得的？只是我已經盡力了。想到窮成這個樣子，就算和你相伴到老，也不過是共同分擔百年的愁苦，哪有發跡的日子呢？不如把我賣給豪門，這就兩全其美了，你得到的錢或許比賣婢女要多。」梁有才故作驚愕地說：「怎麼能這樣做！」翠仙再三這樣說，神色十分嚴肅。梁有才欣喜地說：「讓我再考慮考慮。」

於是他去拜見了一個很有權勢的太監，願意將妻子賣給他當官妓。太監親自到梁家去了一趟，看見翠仙非常滿意，唯恐不能馬上到手，當時立下八百貫錢的契約，事情眼看就要成了。翠仙說：「母親整天因為你家裡貧窮，常常惦記，今天你我情意已斷，我要暫且回到娘家。況且你跟我決絕，怎能不告訴母親呢？」梁有才擔心岳母會阻攔此事，翠仙說：「我自己樂意做的，保證不會出什麼差錯。」梁有才就陪她一起去了。

將近半夜，才到達翠仙的娘家。敲開門進去，只見樓閣房舍華麗，僕人們來來往往。以前梁有才跟翠仙過日子，每次請求拜見岳母，翠仙總是不肯，所以當了一年多的女婿，從來不曾到過岳母家。這時，梁有才非常吃驚，以這樣富有的人家，把她的女兒賣為官妓，岳母恐怕不會甘心。翠仙帶著梁有才上樓，老婆婆吃驚地問夫妻倆為何而來。翠仙埋怨道：「我早就說他不仁不義，現在果然這樣！」便從衣袋裡掏出兩錠黃金放在桌子上，說：「幸虧沒有被他發現騙了去，現在仍舊歸還母親。」老婆婆吃驚地問她為什麼。翠仙說：「他要把我賣掉，收藏這金子也沒用處了。」隨後指著梁有才罵道：「你這豺狼鼠輩！過去挑擔子時灰塵滿面，像鬼一樣。當初接近我時，散發出一陣陣汗臭味，皮膚上的積垢彷彿要掉下來，手腳上的老繭有一寸多厚，叫人整夜噁心。自我嫁到你家以來，你安坐著吃飯，才脫了那層鬼皮。當著母親的面，我難道是說假話嗎？」梁有才低著頭，連氣也不敢出。翠仙接著又說：「我知道自己沒有傾國傾城的容貌，配貴人是配不上的。但像你這樣的男子，我覺得還是配得起。我對你有什麼虧欠，你竟一點不念夫妻之情？我並非沒有能力建樓閣、買良田，只是覺得你這輕薄的骨頭、乞丐一樣的相貌，終究不能和我白頭到老！」

說話間，婢女和老媽子擠在一起，把梁有才圍在中間。聽著翠仙斥責數落，便都唾罵，說：「不如殺了他，不必再費口舌！」梁有才非常恐懼，跪地求饒，只說自己知道悔改了。翠仙怒氣沖沖地說：「賣妻已是罪過不輕，但還不是最壞的；你怎麼就忍心把我賣作妓女！」話沒說完，大家目眥欲裂，一齊拿了尖利的簪子、剪刀刺他的兩肋和腳踝。梁有才號啕大哭，哀求饒命。翠仙制止眾人說：「可以暫且饒了他，即使他不仁不義，我也不忍心讓他這樣恐懼難受。」於是帶著大家下樓去了。

梁有才坐在樓上聽了一會，說話聲都消失了，想要偷偷逃跑。忽然他抬頭看看天上，東方微露曙光，四野蒼茫；接著燈光也熄滅了。他發現這裡並沒有房屋樓宇，自己坐在了懸崖上，向下一看，深不見底。他心裡怕得要死，害怕摔下去。身子稍微動了一下，只聽「轟隆」一聲，隨著崩裂的岩石墜落下去。幸好崖壁間橫著一棵枯樹，把他掛住，才沒掉下去。那枯樹正好頂著他的肚子，手腳懸著。向下一看，茫茫一片，不知道有多高。他不敢動，驚恐嚎叫，聲音嘶啞，身上都腫了，眼、耳、鼻、舌和身體都疲勞到極點。太陽漸漸升高，才有個打柴的人看見他；找來繩子吊他下去，把他弄到山崖上，梁有才已經奄奄一息了。

梁有才被人抬回家，只見大門洞開，像破廟一樣荒涼。床櫃用具都沒有了，只有一張破椅子和一張破桌子，原是自己家的舊物，依然放在那裡。梁有才垂頭喪氣地躺著。肚子餓時，就每天向鄰居乞討些食物。後來身上腫脹的地方潰爛為癩瘡。村裡的人鄙薄他的德行，都唾棄他。梁有才沒有辦法，把房屋賣了，住在山洞裡，沿路行乞，隨身帶著一把刀子。有人勸他用刀子換點食物，他不肯，說：「住在野外需要防備虎狼，我是用來自衛的。」後來，梁有才在路上遇到當初勸他賣妻子的人，就靠近他，裝作很可憐的樣子和他說話，猛然間抽出刀子殺了他。於是梁有才被收押。主審官經過查訪得知實情，也不忍心用酷刑折磨他，把他關押在監獄中，不久病死在裡面。

異史氏說：「能夠得到一個眉如遠山、臉似芙蓉的女子，願意和你過家徒四壁的生活，即使拿一個王位來也不會交換啊！自己不是人，而怨恨逢迎自己作惡的朋友；因此，與人交朋友不可不警惕。凡是市井中的狹邪子引誘別人淫亂、賭博，幹種種不仁不義之事，這些事情不敗露，被引誘者雖然不怨恨他，也不會感激他。等到被引誘者敗落到自己沒有衣服、妻子沒有褲子，為千夫所指，沒有疾病也快要死的時候，想著自己窮困衰敗，無時無刻不在心中縈繞，窮困衰敗的怨恨，無時無刻不咬牙切齒；在清冷的深夜，睡在給牛禦寒的草披裡，輾轉反側，無法入眠。然後一件一件地想起未衰敗時的事情，一件一件地想起將要衰敗時的境況，一件一件地想起導致衰敗的緣故，由此聯想到開始導致自己衰敗的那個人。這時，軟弱的人會站起來，坐擁著破棉襖詛咒；剛強的人會忍著寒冷，裸身而行，點起篝火，找把刀子，等不及天亮就霍霍地磨起來。因此，勸人行善，如同送給別人橄欖；誘人作惡，如同送給別人腐敗變質的肉。聽的人固然應當省察，說的人難道不應該戒懼嗎！」

【研　析】〈雲翠仙〉描寫了梁有才與雲翠仙的相識、成婚、分離的過程。梁有才在泰山跪香時，「視眾中有女郎，年十七八而美，悅之」。學士才子們一般用琴挑、寄詩等含蓄委婉的方式向心上人表達愛意，梁有才是個沒文化的小商販，他採取的方法非常直白，即跪香時假裝不穩來捏雲翠仙的腳。後來，梁有才在路上想盡辦法，討得老夫人的歡心，終於達到了與雲翠仙成親的目的。路遙知馬力，日久見人心。婚後，梁有才的無賴品行暴露無遺，「日引里無賴，朋飲競賭」。他聽從賭友的建議，準備賣掉妻子。雲翠仙察覺了梁有才的卑劣用心，藉回娘家的機會避免了被賣的危險，並痛斥了梁有才。受到應有懲罰後，昔日美麗的妻子、豐饒的家產、富足的生活一去不復返，梁有才痛定思痛，持刀殺死了勸自己賣妻的無賴朋友，自己也病死在獄中。

蒲松齡準確把握人物的性格特點，塑造了鮮明的人物形象。梁有才是典型的鄉村無賴。從某種方面說，他追求雲翠仙無可指摘。畢竟，愛美之心，人皆有之。〈鶯鶯傳〉中張生初見鶯鶯也是立刻被其美貌所吸引。崔鶯鶯「顏色豔異，光輝動人」，張生「驚為之禮」，繼而「稍以詞導之」，而且通過鶯鶯的婢女紅娘來傳遞消息，「私為之禮者數四，乘間遂道其衷」。梁有才毫不隱瞞對雲翠仙的愛悅，並為之付出種種努力。但問題的關鍵在於他本性難移，過上了富足的日子卻毫不珍惜，最終導致他做出賣妻的舉動。雲翠仙則是美麗、聰慧。她認清了梁有才的真實面貌，拒絕他的挑逗，被迫嫁給梁有才後，也保持著對他的戒心，最後設計懲罰了梁有才。

〈雲翠仙〉雖然簡潔，但敘述委婉曲折，細節描寫十分傳神。比如寫梁有才有三個比較典型的場面。第一個是梁有才為在翠仙之母前表現自己，殷勤地找了兩個山兜，自己則步行跟在後面，過險要的地方時還喝罵轎夫不能搖晃。一個看似聰明伶俐、善解人意實則心懷鬼胎、有所企圖的小人形象樹立起來。第二個是梁有才決意賣妻後，「歸輒向女欷歔，時時言貧不可度」，雲翠仙不予理睬；梁有才就「頻頻擊桌，抛匕箸，罵婢，作諸態」，指桑罵槐，在家裡挑起事端，雲翠仙也未作何反應；雲翠仙主動提出來賣掉婢女，梁有才搖著頭說：「其直幾許！」顯然對翠仙這個建議不滿意；雲翠仙提出來把自己賣掉，梁有才假裝驚愕地說：「何得至此！」雲翠仙堅持這樣，梁有才高興地說：「容再計之。」梁有才表面上留足了很大的語言空間，實際上巴不得馬上把翠仙賣掉。五個回合下來，一個無情無義、要弄低劣手腕的小丑彷彿就站在人們面前。第三個是梁有才返貧之後，「至則門洞敞，家荒荒如敗寺，牀簏什器俱杳，惟有繩牀敗案，是己家舊物，零落猶存」。梁有才的世界一下子恢復到從前，就像畫完一個圓圈，又重新回到起點，引起讀者的無限慨歎。

剎落罩在小說上的神祕光環，我們可以發現隱藏在文本之後的傳統社會女性的血淚。妻子如衣服，可以毫不費力的買賣、更換。如果雲翠仙沒有仙家背景，沒有顯赫家族的支持，只是普通人家的普通女子，她就無法擺脫被賣入娼家的命運。所以，蒲松齡賦予雲翠仙以超凡的智慧和力量，對無德又無情的丈夫施以處罰，並借梁有才之手殺死誘人作惡、推波助瀾的賭友，真是大快人心。這也正是文學寄託美好願望、撫慰受傷心靈、補償現實不足功能的體現。

小謝

渭南❶姜部郎❷第，多鬼魅，常惑人。因徙去。留蒼頭門❸之而死。數易皆死。遂廢之。里有陶生望三者，夙倜儻，好狎妓，酒闌輒去之。友人故使妓奔就之，亦笑內不拒；而實終夜無所沾染。嘗宿部郎家，有婢夜奔，生堅拒不亂，部郎以是契重之。家綦貧，又有「鼓盆之戚❹」，茅屋數椽，溽暑不堪其熱，因請部郎，假廢第。部郎以其凶故，卻之。生因作〈續無鬼論〉❺獻部郎，且曰：「鬼何能為！」部郎以其請之堅，諾之。

生往除廳事❻。薄暮，置書其中；返取他物，則書已亡。怪之。仰臥榻上，靜息以伺其變。食頃，聞步履聲，睨之，見二女自房中出，所亡書，送還案上。一約二十，一可十七八，並皆姝麗。逡巡立榻下，相視而笑。生寂不動。長者翹一足踹生腹，少者掩口匿笑。生覺心搖搖若不自持，即急肅然端念❼，卒不顧。女近以左手捋❽髭，右手輕批頤頰❾，作小響。少者益笑。生驟起，叱曰：「鬼物敢爾！」二女駭奔而散。生恐夜為所苦，欲移歸，又恥其言不掩❿；乃挑燈讀。暗中鬼影幢幢，略不顧瞻。夜將半，燭而寢。始交睫，覺人以細物穿鼻，奇癢，大嚏；但聞暗處隱隱作笑聲。生不語，假寐以俟之。俄見少女以紙條撚細股，鶴行鷺伏而至；生暴起訶之，飄竄而去。既寢，又穿其耳。終夜不堪其擾。雞既鳴，乃寂無聲，生始酣眠，終日無所睹聞。

日既下，恍惚出現。生遂夜炊，將以達旦。長者漸曲肱几上⓫，觀生讀；既而掩生卷。生怒捉之，即已飄散；少間，又撫之。生以手按卷讀。少者潛於腦後，交兩手掩生目，瞥然去，遠立以哂。生指罵曰：「小鬼頭！捉得便都殺卻！」女子即又不懼。因戲之曰：「房中縱送⓬，我都不解，纏我無益。」二女微笑，轉身向竈，析薪溲米⓭，為生執爨⓮。

生顧而獎曰：「兩卿此為，不勝憨跳[15]耶？」俄頃，粥熟，爭以匕[16]、箸、陶椀置几上。生曰：「感卿服役，何以報德？」女笑云：「飯中溲合砒、酖[17]矣。」生曰：「與卿夙無嫌怨，何至以此相加。」啜已，復盛，爭為奔走。生樂之，習以為常。日漸稔，接坐傾語，審其姓名。長者云：「妾秋容，喬氏；彼阮家小謝也。」又研問所由來。小謝笑曰：「癡郎！尚不敢一呈身，誰要汝問門第，作嫁娶耶？」生正容曰：「相對麗質，寧獨無情；但陰冥之氣，中人必死。不樂與居者，行可耳；樂與居者，安可耳。如不見愛，何必玷兩佳人？如果見愛，何必死一狂生？」二女相顧動容，自此不甚虐弄之；然時而探手於懷，捋褲於地，亦置不為怪。

一日，錄書未卒業而出，返則小謝伏案頭，操管[18]代錄。見生，擲筆睨笑。近視之，雖劣不成書，而行列疏整。生贊曰：「卿雅人也！苟樂此，僕教卿為之。」乃擁諸懷，把腕而教之畫。秋容自外入，色乍變，意似妒。小謝笑曰：「童時嘗從父學書，久不作，遂如夢寐。」秋容不語。生喻其意，偽為不覺者，遂抱而授以筆，曰：「我視卿能此否？」作數字而起，曰：「秋娘大好筆力！」秋容乃喜。生於是折兩紙為範⑲，俾共臨摹；生另一燈讀。竊喜其各有所事，不相侵擾。做畢，祗立几前，聽生月旦⑳。秋容素不解讀㉑，塗鴉不可辨認，花判㉒已，自顧不如小謝，有慚色。生獎慰之，顏始霽㉓。

二女由此師事生，坐為抓背，臥為按股，不惟不敢侮，爭媚之。逾月，小謝書居然端好，生偶贊之。秋容大慚，粉黛淫淫㉔，淚痕如線。生百端慰解之，乃已。因教之讀，穎悟非常，指示一過，無再問者。與生競讀，常至終夜。小謝又引其弟三郎來，拜生門下。年十五六，姿容秀美。以金如意一鉤為贄㉕。生令與秋容執一經㉖。滿堂咿唔，生於此設鬼帳㉗焉。部郎聞之喜，以時給其薪水。

積數月，秋容與三郎皆能詩，時相酬唱。小謝陰囑勿教秋容，生諾之；秋容陰囑勿教小謝，生亦諾之。

一日，生將赴試，二女涕淚持別。三郎曰：「此行可以託疾免；不然，恐履不吉㉘。」生以告疾為辱，遂行。

先是，生好以詩詞譏切時事，獲罪於邑貴介，日思中傷之。陰賂學使，誣以行簡㉙，淹禁獄中。資斧絕，乞食於囚人，自分已無生理。忽一人飄忽而入，則秋容也，以饌具饋生。相向悲咽，曰：「三郎慮君不吉，今果不謬。三郎與妾同來，赴院申理㉚矣。」數語而出，人不之睹。

越日，部院出，三郎遮道聲屈㉛，收之。秋容入獄報生，返身往偵之，三日不返。生愁餓無聊，度一日如年歲。忽小謝至，愴惋欲絕，言：「秋容歸，經由城隍祠，被西廊黑判強攝去，逼充御媵㉜。秋容不屈，今亦幽囚。妾馳百里，奔波頗殆；至北郭，被老棘刺吾足心，痛徹骨髓，恐不能再至矣。」因示之足，血殷凌波㉝焉。出金三兩，跛踦而沒。

部院勘三郎，素非瓜葛，無端代控，將杖之，撲地遂滅。異之。覽其狀，情詞悲惻。提生面鞫，問：「三郎何人？」生偽為不知。部院悟其冤，釋之。

既歸，竟夕無一人。更闌，小謝始至，慘然曰：「三郎在部院，被廨神㉞押赴冥司；冥王以三郎義，今託生富貴家。秋容久錮，妾以狀投城隍，又被按閣㉟，不得入，且復奈何？」生忿曰：「黑老魅何敢如此！明日仆其像，踐踏為泥，數城隍而責之；案下吏暴橫如此，渠在醉夢中耶！」悲憤相對，不覺四漏將殘。秋容飄然忽至。兩人驚喜，急問。秋容泣下曰：「今為郎萬苦矣！判日以刀杖相逼，今夕忽放妾歸，曰：『我無他，原以愛故；既不願，固亦不曾汙玷。煩告陶秋曹㊱，勿見譴責。』」生聞少歡，欲與同寢，曰：「今日願為卿死。」二女戚然曰：「向受開導，頗知義理，何忍以愛君者殺君乎？」執不可。然挽頸傾頭，情均伉儷。二女以遭難故，妒念全消。

會一道士途遇生，顧謂「身有鬼氣」。生以其言異，具告之。道士曰：「此鬼大好，不宜負他。」因書二符付生，曰：「歸授兩鬼，任其福命：如聞門外有哭女者，吞符急出，先到者可活。」生拜受，歸囑二女。

後月餘，果聞有哭女者。二女爭奔而去。小謝忙急，忘吞其符。見有喪轝過，秋容直出，入棺而沒；小謝不得入，痛哭而返，生出視，則富室郝氏殯其女。共見一女子入棺而去，方共驚疑；俄聞棺中有聲，息肩發驗，女已頓蘇。因暫寄生齋外，羅守之。忽開目問陶生，郝氏研詰之，答云：「我非汝女也。」遂以情告。郝未深信，欲舁歸；女不從，逕入生齋，偃臥不起。郝乃識婿[37]而去。生就視之，面龐雖異，而光艷不減秋容，喜愜過望，殷敘平生。忽聞嗚嗚鬼泣，則小謝哭於暗陬[38]。心甚憐之，即移燈往，寬譬哀情，而衿袖淋浪[39]，痛不可解。近曉始去。天明，郝以婢媼齎送香奩，居然翁婿矣。

暮入帷房，則小謝又哭。如此六七夜。夫婦俱為慘動，不能成合巹[40]

之禮。生憂思無策。秋容曰：「道士，仙人也。再往求，倘得憐救。」生然之。跡道士所在，叩伏自陳。道士力言「無術」。生哀不已。道士笑曰：「癡生好纏人。合與有緣，請竭吾術。」乃從生來，索靜室，掩扉坐，戒勿相問。凡十餘日，不飲不食。潛窺之，瞑若睡。一日晨興，有少女搴簾入，明眸皓齒，光艷照人。微笑曰：「跋履終夜，憊極矣！被汝糾纏不了，奔馳百里外，始得一好廬舍㊶，道人載與俱來矣。待見其人，便相交付耳。」斂昏，小謝至，女遽起迎抱之，翕然㊷合為一體，仆地而僵。道士自室中出，拱手逕去。拜而送之。及返，則女已甦。扶置牀上，氣體漸舒，但把足呻言趾股酸痛，數日始能起。

後生應試得通籍㊸。有蔡子經者，與同譜㊹，以事過生，留數日。小謝自鄰舍歸，蔡望見之，疾趨相躡；小謝側身斂避，心竊怒其輕薄。蔡告生曰：「一事深駭物聽㊺，可相告否？」詰之，答曰：「三年前，少妹夭殞，經兩夜而失其屍，至今疑念。適見夫人，何相似之深也？」

生笑曰：「山荊陋劣，何足以方㊻君妹？然既係同譜，義即至切，何妨一獻妻孥㊼。」乃入內，使小謝衣殉裝出。蔡大驚曰：「真吾妹也！」因而泣下。生乃具述本末。蔡喜曰：「妹子未死，吾將速歸，用慰嚴慈㊽。」遂去。過數日，舉家皆至。後往來如郝焉。

異史氏曰：「絕世佳人，求一而難之，何遽得兩哉！事千古而一見，惟不私奔女者能遘㊾之也。道士其仙耶？何術之神也！苟有其術，醜鬼可交㊿耳。」

【注釋】❶渭南　縣名，在今陝西。❷部郎　明清時期中央各部郎中、員外郎之類的官員。❸門　看門。❹鼓盆之戚　喪妻，語出《莊子·至樂》。❺續無鬼論　晉人阮瞻作〈無鬼論〉，故陶生所作為〈續無鬼論〉。❻廳事　廳房。❼端念　端正意念。❽捋　用手指順著抹過去。❾頤頰　臉的兩側。❿其言不掩　無法自圓其說。⓫曲肱几上　彎著手臂伏在几案上。⓬房中縱送　性行為。⓭析薪溲米　劈柴淘米。⓮執爨　燒火做飯。⓯憨跳　憨癡跳騰。⓰匕　湯匙。⓱砒酖　砒，砒霜。酖，鴆毒。⓲操管　執筆。⓳範　範本；範例。⓴月旦　本指每月初一，這裡指品評人物。東漢許劭與其堂兄許靖喜歡評論鄉里人物，每月更換一次品題，稱為月旦評。見《後漢書·許劭傳》。㉑解讀　識字。㉒花判　品評。㉓霽　雨後轉晴，此指臉色恢復正常。㉔粉黛淫淫　臉上搽的粉和眉上塗的黛都被淚水溶合在一起流下來。㉕贄　見面禮。㉖執一經　共同學習一種經書。㉗設鬼帳　教鬼學習。㉘恐履不吉　恐遇兇險。㉙誣以行簡　以行為不端相誣。㉚申理　申明冤屈。㉛遮道聲屈　攔路喊冤。㉜御媵　侍妾。㉝凌波　原指女子走路輕盈的樣子，這裡指女子的鞋襪。㉞廨神　保護官署的神。㉟按閣　壓下；擱置。㊱秋曹　對刑部官員的尊稱。此處判官暗示陶生後來要做刑部官員。㊲識婿　認下女婿。㊳暗陬　黑暗的角落。㊴淋浪　液體流下的樣子，此指流淚。㊵合巹　新婚夫婦在新房內共飲合歡酒，代指成婚。巹，古代舉行婚禮時用作酒器的瓢。㊶廬舍　原指房屋，此處指人的軀殼。這裡說話的少女，其「軀殼」是蔡女，其「靈魂」是道士。㊷翕然　聚合的樣子。在少女與小謝合為一體後，其「軀殼」是蔡女，其「靈魂」是小謝。㊸通籍　通其名籍於朝廷。㊹同譜　科舉考試同時被錄取的人。㊺深駭物聽　眾人聽了深感駭怪。㊻方　比擬。㊼一獻妻孥　使妻子出來相見。㊽嚴慈　父母。㊾遘　遇到。㊿苟有其術二句　如果有道士那種法術，即使面貌醜陋的鬼也可以結交（因為它可以借美麗的軀殼呈現給世人）。

【語　譯】陝西渭南姜部郎家有許多鬼怪，經常出來迷惑人。姜部郎只好搬出房子，留下看門的僕人獨自看門而死。僕人換了好幾個都死了。姜部郎只好廢棄這座房屋。同村有個叫陶望三的，一向風流倜儻，喜歡狎妓，但總是喝完酒就打發她們走。有個朋友故意讓妓女找他，他笑著接納，並未拒絕；而實際上整夜不曾碰她。陶生曾在姜部郎家過夜，有個婢女晚間私奔陶生，陶生堅決地拒絕了沒有亂來，姜部郎由此對陶生十分敬重。陶生十分貧窮，妻子也病逝了，幾間茅草屋，夏天炎熱難耐；陶生就找到姜部郎，想借他那廢棄的房子來住。姜部郎因為房子是個凶宅，沒有答應。陶生就寫了一篇〈續無鬼論〉，交給姜部郎，說：「鬼又能怎麼樣呢！」姜部郎見他很堅決，就答應他了。

陶生到廳房中打掃。天快黑的時候，將書放在廳房中，回家取來其他物品，書卻不見了。陶生感到很奇怪，仰躺在床上靜觀其變。過了一頓飯的時間，聽到了腳步聲，他斜著眼睛看看，只見兩個女子從房中走出來，把他丟失的書放回書案上。一個大約二十歲，另一個大約十七八歲，都顏色豔麗、十分漂亮。她們慢慢走到陶生的床前，相視而笑。陶生還是寂然不動。年長的女子翹起一隻腳來踢了踢陶生的肚子，年少的女子則捂著嘴偷偷地笑。陶生覺得有些心猿意馬，好像把持不住自己，他連忙端正意念，不再理會她們。年長的女子走近前來，左手捋陶生的鬍子，右手輕拍陶生的臉頰，發出輕微的響聲，年少的女子笑得更加厲害了。陶生一下子坐起來，大聲喝斥道：「鬼東西怎麼敢這樣！」兩個女子嚇得跑掉了。陶生怕她們晚上還會來侵擾，想回家，又怕自己不能自圓其說，就挑燈讀書。昏暗的燈光中鬼影搖曳，他也毫不在乎。將近半夜，他就點著燈睡覺。剛閉上眼睛，就覺得有人拿很細的東西搔自己的鼻子，癢得打了個大噴嚏；只聽到暗處裡隱隱傳來笑聲。陶生沒有說話，假裝睡覺等著她們下一步行動。不久看見她們拿著捻成細股的紙條悄悄走到他跟前來；陶生猛然起來喝斥她們，把她們嚇跑了。剛躺下，又來搔他的耳朵，整夜不堪其擾。雞鳴後，才沒有動靜，陶生才睡了個好覺。一整天陶生沒有聽到看到什麼。

太陽下山，鬼影又恍惚出現。陶生於是開始做飯，打算通宵不睡覺。年長的女子漸漸彎著手臂伏在几案上，看他讀書。不久就合上陶生的書。陶生生氣地想抓住她，女子飄然而去；一下子又回來拍他。陶生用手按住書繼續讀。年少的女子偷偷走到陶生腦後，兩手交叉起來捂住陶生眼睛，一轉眼又跑開，站得遠遠地笑著。陶生指著她們罵道：「小鬼頭！抓住你們非殺了不可！」兩女子並不害怕。陶生開玩笑說：「男歡女愛之事，我又不懂，你們糾纏我也沒有什麼用處。」兩個女子微微一笑，轉身走到灶旁，劈柴淘米，替陶生做起飯來。陶生看著她們誇獎道：「你倆這樣，不是比胡鬧強得多嗎？」沒多久，粥熟了，她們爭著把湯匙、筷子和瓦碗放在桌子上。陶生說：「感謝你們的服侍，叫我怎麼報答呢？」女子笑著說：「飯裡摻了毒藥了。」陶生說：「我和你們素無仇怨，不會這樣吧。」他吃完後，兩女子又給他盛上，爭著為他忙碌。陶生感到很高興，久了便習以為常了。時間一長漸漸熟悉了，他們坐在一起暢談起來。陶生問她們的姓名。年長的女子說：「我姓喬，名叫秋容；她姓阮，名叫小謝。」又細問她們的由來，小謝笑著說：「傻郎君！連獻身都不敢，誰要你問我們的門第，難不成想娶我們？」陶生嚴肅地說：「面對麗質佳人，怎麼會不動情；但這樣接受陰間的鬼氣，會造成人的死亡。不願與我住在這裡，你們可以走；願與我住在這裡，可以安心留下。如果不喜歡我，何必玷汙兩位佳人？如果喜歡我，何必讓我死去？」兩個女子相互看著深受感動，從此不再過分地戲弄他；有時她們把手伸進他的懷裡，或將他的褲子拉到地上，他也不見怪了。

一天，陶生抄寫一篇文章，沒抄完就出去了，回來後看到小謝正伏在桌上，拿著筆替他抄寫。小謝看見陶生，扔下筆不好意思地笑著。他走近一看，字雖寫得不好，但行列倒很整齊。陶生讚揚說：「你是個文雅人呀！如果喜歡寫字，我就教你。」就把她抱在懷裡，握著她的手教她。秋容從外面進來，臉色一下就變了，似乎帶著嫉妒的意思。小謝笑著說：「小的時候常跟著父親學書法，很久沒寫了，便如做夢一樣。」秋容沒有說話。陶生明白她的心思，假裝不知道，就把秋容抱過來給她筆，說：「我看你會不會寫？」教她寫了幾個字便起來說：「秋娘的筆力真好呀！」秋容於是露出了笑容。陶生於是拿兩張紙來折好格子，讓她們一起臨摹。陶生另點一燈讀書。暗自高興各有事做，不相打擾。她們臨摹好後，就恭恭敬敬站在桌前，聽候陶生點評。秋容從小沒有讀過書，寫出的字模糊不清。點評完後，自己認為不如小謝，滿臉慚愧。陶生既獎勵又安慰，秋容的臉色才恢復正常。

兩個女子從此把陶生當作老師，陶生坐著就給他抓背，躺著就給他按摩大腿，不但不敢欺侮他，反而爭著獻媚。一個月以後，小謝寫字居然端正好看了，陶生偶爾讚賞她幾句，秋容聽了非常慚愧，淚水沖掉臉上的脂粉，淚痕如同一條條直線；陶生百般地安慰勸解她，秋容才止住淚水。陶生於是教她們讀書，她們非常聰明有悟性，教過一遍，就不用再問。她們和陶生比賽讀書，經常讀個通宵。小謝又把她的弟弟三郎帶來，拜陶生為師。三郎十五六歲，姿容秀美。他送給陶生一支金如意作為見面禮。陶生讓三郎和秋容共讀一本經書，滿屋裡咿咿唔唔的讀書聲，陶生就在這裡辦起了鬼學校。姜部郎聽了大喜，還按時給他薪水。

幾個月以後，秋容和三郎都學會了作詩，時常互贈詩詞。小謝暗中囑咐陶生不要教秋容，陶生答應了，秋容暗中囑咐陶生不要教小謝，陶生也答應了。

一天，陶生準備參加考試，秋容和小謝流著眼淚和他握手告別。三郎說：「這次考試可以藉口有病不去，不然，恐怕不吉利。」陶生覺得裝病不光彩，就出發了。

在此之前，陶生喜歡以詩詞抨擊時事，得罪了縣裡的權貴，他們每天都想中傷他。暗中賄賂學使，誣陷他行為不檢，關到監獄裡很久。陶生的盤纏用盡，只好向同牢犯人要吃的，自以為已經活不成了。忽然有個人飄飄忽忽進了牢房，一看是秋容。秋容給他帶來了食物。兩個人相對而泣，秋容說：「三郎擔心你不吉利，現在果然沒錯。三郎與我一起來，他到巡撫衙門去申冤了。」說了幾句便走了，別人都看不見她。

第二天，巡撫出門，三郎攔路喊冤，巡撫把他帶回衙門。秋容進監獄向陶生報告了情況，返身回去又去探聽，三天沒有回來。陶生在監獄裡發愁、挨餓百無聊賴，度日如年。忽然小謝來了，悲憤欲絕，說：「秋容回去時，經過城隍廟，被西廊那個黑面判官強行抓去，逼她作妾，秋容不屈服，現在也被囚禁起來了。我奔跑了一百多里，非常疲倦；到北城外，又被大荊棘刺了我的腳心，疼痛難忍，恐怕不能再來了。」說罷便抬起腳讓陶生看，鞋襪都被血染紅了。小謝拿出三兩銀子交給陶生，跛著一隻腳走了。

巡撫審問三郎，認為三郎與陶生非親非故，沒有理由替他申冤，準備對他用刑，三郎撲倒在地上就不見了。巡撫感到很奇怪。看三郎的狀紙，感情和言辭都很悲切。於是就拘提陶生當面審問，問：「三郎是什麼人？」陶生假裝不知道。巡撫明白陶生受了冤枉，就把他釋放了。

陶生回家後，整夜沒有人來。天快亮時，小謝才來了。她悲慘地說：「三郎在巡撫衙門裡，被保護衙門的神押送冥司；冥王認為三郎講義氣，就讓他投胎到富貴人家了。秋容長期被監押，我拿了狀紙投訴城隍，又被壓下，狀紙進不去，這可怎麼辦呢？」陶生憤怒地說：「黑老鬼怎麼敢這樣！明天我要推倒他的神像，踏為泥土，數落城隍，責罵他；他的手下官吏這樣橫暴無理，難道他在醉夢裡嗎！」二人悲憤相對，不覺四更將盡。秋容突然飄然而至。他們見到秋容非常驚喜，急問秋容怎麼回事。秋容流著淚說：「如今我為了你受盡千辛萬苦！黑判每天用刀棍逼我，今天晚上忽然把我放回來，他還說：『我沒有別的意思，原來是出於對你的愛；既然你不願意，我也沒有玷汙了你。麻煩你告訴陶官人，不要責怪。』」陶生聽了，心裡高興了點，想與她們同床共枕，說：「今天願意為了你們而死。」兩個女子傷感地說：「先前受你的教導，懂得了許多道義情理，怎麼忍心因為愛你而害死你呢？」二人執意不從；但她們和陶生頭頸相交、耳鬢廝磨，感情像夫妻一樣。兩個女子因為共同經歷苦難，以前互相嫉妒的念頭全都沒有了。

恰好有個道士在路上遇見陶生，看著陶生說他身有鬼氣。陶生因為他言語不尋常，便全都告訴了他。道士說：「這兩個鬼非常好，不能辜負她們。」於是他畫了兩張符交給陶生，說：「回去交給兩個女鬼，然後就看她們的福命了：如果聽見門外有哭女兒的，把符吞下，趕緊出去，先到的可以復活。」陶生拜謝，接過符來，回去叮囑兩個女子。

一個多月後，果然聽到有哭女兒的聲音。兩個女子爭著奔跑出去。小謝著急，忘了吞那張符。見有靈車經過，秋容一直跑出去，進入棺材就不見了；小謝進不去，痛哭著回來。陶生出門一看，原來是一個姓郝的有錢人在給女兒出殯。眾人都看見一個女子鑽進棺材裡去了，正在驚疑；不久，聽到棺材中有聲音，就放下棺材打開察看，郝女已經復活了。郝家暫時把女兒寄放在陶生書房外邊，圍起來守著她。郝女忽然睜開眼睛問起陶生。郝氏仔細詢問她，她說：「我不是你的女兒。」便把事情原委說了出來。郝氏不大相信，想把女兒抬回去；郝女不從，直接走入陶生的書房，躺在床上不起來。郝氏只得把陶生認做女婿回去了。陶生走近細看，面龐雖和秋容不一樣，但容貌的光豔卻不亞於秋容，大喜過望，和她深情地談起往事。忽然聽到嗚嗚的鬼哭聲，原來是小謝在黑暗的角落裡哭泣。陶生心裡非常可憐她，拿著燈去看她，寬解她的哀情，但她的衣衿衣袖上全是淚水，悲痛得無法排解。天快亮的時候她才離去。天亮後，郝家叫婢女和婆子送來嫁妝，陶生從此真的成了郝家的女婿了。

夜裡陶生夫婦進入臥室休息，又聽見小謝啼哭，這樣一連六七夜，夫婦倆都為她感到悲傷，無法舉行婚禮。陶生憂心忡忡想不出辦法。秋容說：「道士是個仙人，你再去求求，或許能得到他可憐救小謝。」陶生贊同這個主意。他找到道士，跪在地上說出自己的請求，道士再三說沒有辦法。陶生哀求不已。道士笑著說：「你這個癡情的書生真能纏人，也該你倆有緣分，我就把我的法術全使出來吧。」於是便跟陶生來到住家，向陶生要了一間安靜的屋子，關門靜坐，並告戒陶生不要打擾。這樣經過十多天，不喝水，不吃飯。陶生偷偷看他，見他閉著眼睛好像在睡覺。一天早晨，有個少女掀開簾子進來，她明眸皓齒，光豔照人。微笑著對陶生說：「奔走了一整夜，疲累極了！被你糾纏不休，跑到一百多里以外，才得到一個女子的好軀殼，道士載著我一起來了。等見到那人，我就交給你。」黃昏時分，小謝來了，少女急起上前迎抱，頓時合為一體，撲倒在地，直挺挺地躺著。道士從密室裡出來，拱拱手逕自去了。陶生在後邊叩拜送行。等他返回一看，少女已經蘇醒過來。把她扶到床上，精神和四肢已經舒展開來，只是握著腳呻吟，說腳趾和大腿酸痛，好幾天後才能起床。

後來，陶生考中了進士。有個叫蔡子經的，與陶生是同榜，蔡子經因為有事拜訪陶生，留下來住了幾日。小謝從鄰居家回來，蔡子經看見她，快步跟了上去；小謝趕緊側身迴避，心裡暗暗惱火蔡子經輕薄。蔡子經對陶生說：「我有一件事說出來很是駭人聽聞，能不能告訴你？」陶生問他是什麼事，蔡子經說：「三年前，我的小妹夭亡了，兩天以後屍體不見了，至今令人疑惑。剛才看見你的夫人，怎麼跟我的妹妹這麼相似？」陶生笑著說：「我這妻子醜陋拙劣，怎能跟你妹妹相比？不過既然我們是同年，情義很深，不妨我把妻子叫出來與你相見。」便走到內室，叫小謝穿上下葬時的衣服出來。蔡子經大驚，說：「真是我妹妹呀！」於是流下了淚水。陶生把當時的情況從頭到尾告訴了蔡子經。蔡子經高興地說：「妹妹沒有死，我得趕快回去，以此來安慰父母。」說完便離開了。過了幾天，蔡子經全家人都來了，後來跟陶生往來便如郝家一樣。

異史氏說：「絕世佳人，得到一個就很難，何況一下子得到兩個！這樣的事千百年出現一次，只有不和私奔女子淫亂的人才能遇上。道士是神仙嗎？何以法術如此神奇呢！如果有這樣的法術，就是面貌醜陋的女鬼也可以結交啊。」

【研　析】〈小謝〉是一篇情真意切、意蘊豐富的書生與女鬼的愛情故事。陶望三在姜部郎廢宅裡讀書時，突然兩個鬼女闖入，捉弄陶生、伺候陶生、師從陶生，經歷一番磨難後雙雙嫁給陶生。根據故事的發展，我們可以把情節進展劃分為三個階段：陶生遇鬼設帳階段、陶生赴試遭難階段、秋容與小謝相繼復生階段。在第一階段，秋容和小謝捉弄陶生，秋容「翹一足踹生腹」，「左手捋髭，右手輕批頤頰」，小謝則跟在秋容的後面，「掩口匿笑」、「益笑」。當他們漸漸熟悉後，兩個鬼女開始照顧陶生的生活，跟著陶生讀書寫字。小謝還將其弟三郎引來，拜在陶生門下。在第二階段，陶生不聽三郎的勸阻而執意赴試，被別人陷害而淹禁獄中，「資斧絕，乞食於囚人，自分已無生理」。這時，秋容「飄忽而入」，「以饌具饋生」，告訴陶生她和三郎前來相救。一波未平一波又起，三郎赴院申理被廨神押赴冥司，秋容在歸途中又被西廊黑判攝去。小謝不得不奔波百里，見到陶生後愴惋欲絕，「出金三兩，跛踦而沒」。多虧巡撫明白陶生受了冤屈，把他釋放回家。第三階段，陶生路遇道士，道士贈符，秋容與小謝先後復生。

前人在論及小謝與秋容時多以雙美並稱，把她們放在二女共一夫的故事框架中進行認識和思考。王枝忠在〈蒲松齡筆下的「雙美圖」〉談到，「陶生的人品、才情折服了二女，使她們在冥中時樂為執役，不辭艱危地替他奔走鳴冤；感其情義，急切地要借屍還魂，與之結秦晉之好」。可見，他們都是把小謝與秋容作為一個整體進行把握。實際上，小謝與秋容是存在性格差異的。

首先這可以從作者的寫作技法方面進行認識。馬瑞芳在《神鬼狐妖的世界》中指出，「秋容大膽，戲弄陶生的惡作劇均由秋容執行，小謝在一邊掩口而笑。秋容個性強，見陶生攬小謝於懷教書法，『色變』似妒，小謝卻渾然不覺。二人復活時，秋容吞符得還魂，小謝忙中忘吞符，只好哀哀而泣。雙美並秀，小謝更顯柔弱，秋容愈顯嫵媚」。

其次，我們還可從作者思想意識的角度來作深一層考察。蒲松齡在篇末寫道「絕世佳人，求一而難之，何遽得兩哉」，這句話暗含了小謝與秋容的相對獨立性，設若小謝與秋容可以等量齊觀，那麼也就沒有必要指出是「兩」而非「一」了。從文中可以看出，秋容潑辣、質樸、爭強好勝、敢作敢為，是一個成熟的女性。她的現實感較強，因而她敢於捉弄陶生，赴獄中營救陶生，抗拒黑判的淫威。小謝則是未經雕琢的璞玉，在她的眼裡，一切都是自然的、浪漫的、好玩的，因而總是表現出孩子的天真爛漫、令人憐惜的性情，她跟著秋容捉弄陶生，在赴獄中營救陶生的路上刺破了雙腳，便指著血淋淋的雙腳給陶生看，後來因忘記吞符而未能返生便低低哭於暗陬。對於這兩種存在一定差異的性格，蒲松齡有無傾向呢？這還要從陶生與二女的關係入手。故事中，陶生的「愛」與「情」是分離的。他愛秋容，當秋容復生後，他「喜愜過望」，但明倫於此評曰：「本是秋容，即光豔少減，亦喜矣，不減秋容則喜而更愜，愜而過望。」但同時陶生對小謝卻情有獨鍾。他聽到小謝嗚嗚而泣，心甚憐之，為之慘慟，為之憂思。蒲松齡沒有讓小謝滯留冥間或像三郎那樣託生於富貴之家，而是想方設法讓小謝獲得新的生命。從作者的手稿可以看出，本篇是以〈小謝〉而非〈秋容〉作為題目。這一點十分耐人尋味。一般來看，此篇若以〈秋容〉為題亦無不可，秋容年齡稍長，無論挑逗陶生還是營救陶生，她都更為積極主動，更為勇敢大膽，她與陶生的結合具有無可爭辯的合理性。但蒲松齡之所以用「小謝」作為題目，正隱藏著這麼一個祕密：與秋容相比，小謝更天真純樸，更柔弱任性，也更牽動人心，是「真性情」的化身，蒲松齡在態度上還是傾向於溫婉、慧黠、柔弱、單純的小謝。

囿於語體與篇幅，蒲松齡對二女與陶生的愛情故事描寫得並不十分詳盡，但小謝與秋容似一致而又不一致，陶生愛與情分離而又樂擁雙美，作者未作取捨而又有所傾向的敘述營構了具有立體感的情感空間。這種情感空間超越了才子佳人的愛情範式、超脫於世俗利害關係之外、超拔於男女性愛關係之上，意蘊十分豐富。作品的情感空間在認識上具有多重意義，它不僅反映出蒲松齡的愛情意識與愛情追求，還折射出人類情感世界的普遍矛盾：一個男性在情感上是傾向於現實感比較強又能勇於分憂解難的秋容，還是傾向於天真爛漫而又情感細膩溫婉的小謝作自己的貼心人？儘管蒲松齡在情感態度上傾向於小謝，但對於這個矛盾的解決，他沒有進入非此即彼、兩者只取其一的選擇困境，而是採取了一個兩全其美的辦法，讓小謝、秋容仿效娥皇、女英同時嫁給陶生。這種情感模式的展現與選擇對探討文學愛情主題的發展史不無啟發意義。

吳門畫工

吳門❶畫工某，忘其名，喜繪呂祖❷，每想像而神會之，希幸一遇。虔結在念，靡刻不存。一日，值群丐飲郊郭間，內一人敝衣露肘，而神采軒豁。心忽動，疑為呂祖。諦視❸，覺愈確，遽捉其臂曰：「君呂祖也。」丐者大笑。某堅執為是，伏拜不起。丐者曰：「我即呂祖，汝將奈何？」某叩頭，但祈指教。丐者曰：「汝能相識，可謂有緣。然此處非語所，夜間當相見也。」再欲遮問，轉盼已杳。駭歎而歸。至夜，果夢呂祖來，曰：「念子志慮耑凝，特來一見。但汝骨氣❹貪吝，不能為仙。我使子見一人可也。」即向空一招，遂有一麗人躡空而下❺，服飾如貴嬪❻，容光袍儀，煥映一室。呂祖曰：「此乃董娘娘❼，子審誌之❽。」既而又問：「記得否？」答：「已記之。」又曰：「勿忘卻。」俄而麗者去，呂祖亦去。醒而異之，即夢中所見，肖而藏之，終亦不解所謂。

後數年，偶遊於都。會董妃薨，上念其賢，將為肖像。諸工群集，口授心擬，終不能似。某忽觸念夢中人，得無是耶❾？以圖呈進。宮中傳覽，皆謂神肖。由是授官中書❿，辭不受；賜萬金。於是名大譟。貴戚家爭遺重幣，乞為先人傳影⓫。但懸空摹寫，罔不曲似⓬。浹辰之間⓭，累數巨萬。萊蕪朱拱奎曾見其人。

【注釋】❶吳門　今江蘇蘇州，史稱吳門。❷呂祖　即呂洞賓，道教全真道尊奉的北宗五位祖師之一。❸諦視　仔細觀看。❹骨氣　指骨象氣質。語出《世說新語・品藻》：「時人道阮思曠骨氣不及右軍。」❺躡空而下　踏空而下。❻貴嬪　女官名，皇帝妃嬪封號之一。❼娘娘　皇帝后妃的俗稱。❽審誌之　仔細記住。❾得無是耶　難道不是她嗎。❿中書　古代文官官職名，其職能通常為輔佐主官，為基層官員編制。⓫傳影　摹寫肖像。⓬曲似　婉曲相似，意為很相似。⓭浹辰之間　古時以干支記日，子至亥一周十二天為浹辰。

【語譯】蘇州有個畫工，名字忘記了。他喜歡畫呂祖，常常在心裡想像著與呂祖見面，希望有幸能遇上一次。這念頭虔誠地凝結在心中，無時無刻不存在。一天，他遇見一群乞丐在郊外飲酒，其中一人穿著破舊衣服露出了手肘，而神采軒昂開闊。畫工心中忽然一動，疑心他就是呂祖。仔細一看更覺得是了，便捉著那乞丐的手臂說：「您是呂祖。」這個乞丐大笑。畫工堅定地認為他是，拜倒在地不起來。乞丐說：「我就是呂祖，你要怎麼樣？」畫工磕著頭，只請求他指教。乞丐說：「你能認出我來，可以說是有緣分。但這裡不是說話的地方，夜間我們再相見。」畫工再想攔住詢問，轉眼之間乞丐就不見了。他驚歎著回到了家。到夜裡，果然夢見呂祖來了，說：「念在你的意念集中，特地來見。但你骨質氣象貪婪吝嗇，不能成為神仙。我讓你見見一個人好了。」便向空中一招手，就有一個美人凌空而下，穿的衣服像是貴妃，那容貌和衣著，使得滿室生輝。呂祖說：「這是董娘娘，你仔細記住她。」然後又問：「記得了嗎？」畫工答道：「已經記下。」呂祖又說：「不要忘了。」不久美人走了，呂祖也走了。畫工醒來覺得很奇怪，便將夢中所見的美人，畫下來並收藏起來，但始終也不理解呂祖說的是什麼。

數年之後，他偶然到京城遊歷。適逢董貴妃死了，皇上懷念她的賢德，要給她畫肖像。畫工們成群聚集，聽著口中的描述而在心中模擬，始終畫得不像。蘇州畫工忽然想起了夢中美人，莫非就是她？於是把收藏的那幅畫像呈進宮中。宮裡人傳著看，都說神似。於是畫工被封為中書，他推辭不受；就賜他萬兩銀子。從此他名聲大振。貴戚之家爭相送來厚禮，請他為先人畫像，他只是憑空摹寫，沒有不非常相似的。十幾天時間，他便積累起萬貫家財了。萊蕪朱拱奎曾經見過這個人。

【研析】〈吳門畫工〉講述的是蘇州某畫工發跡變泰的故事。畫工，指以繪畫為職業的藝術工人，也就是民間俗稱的「丹青師傅」。這位畫工喜歡畫呂祖，經常想像能和呂祖見上一面。呂祖即呂岩，字洞賓，號純陽子，生於唐德宗貞元年間，河中府永樂縣人，追隨鍾離權得道，為民間傳說中道教八仙之一。元明以來，湧現出了許多關於呂祖的戲曲，如元雜劇中的《呂洞賓三醉岳陽樓》、《八仙過海》等，明代戲劇中的《呂洞賓三度城南柳》、《邯鄲夢》等。這位畫工對呂祖的信仰可以說到了如癡如醉的程度，「虔結在念，靡刻不存」。有一天，他在一群乞丐中辨識出了呂祖，馬上拜倒在地，求他指點一二。呂祖見他如此虔誠，就在晚上給他託了一個夢。夢中，呂祖說他「骨氣貪吝，不能為仙」。儘管不能成仙，但畢竟也屬「有緣」之人。呂祖就結合他的職業特點，傳給他一個發財的法子，讓他牢牢記住一位美人的容貌，並說這位美人是董娘娘。董娘娘即董鄂妃。董鄂妃是順治帝寵妃，死於順治十七年。故事中所寫「上念其賢」確有其事。順治帝在《御制董鄂后行狀》中說，「順治十七年（西元一六六〇年）八月壬寅，孝獻莊和至德宣仁溫惠端敬皇后崩。嗚呼！內治虛賢，贊襄失助，永言淑德，摧痛天窮。惟后制性純備，足垂範後世。」皇帝如此深刻的感念，自然要為董鄂妃留下影像。於是，「諸工群集，口授心擬」，但始終沒有畫出其神采的。畫工這時才明白呂祖的用意，畫出令皇帝滿意的圖像，他被「授官中書」。但作為一個民間畫工，陡然身居高位，他還保持了相當程度的自知之明，推辭沒有接受。這件事使他名聲大振，貴戚家爭相請他為先人描摹影像。看來，呂祖不僅讓他記住一個美人的長相，還暗中傳授了他「懸空摹寫，罔不曲似」的本事。很短的時間，他就積累起了巨大的財富。

蒲松齡記述此事，一方面，是出於事情的傳奇性，一個普通畫工一夜暴富本身就令人稱奇不已；另一方面，也是為了表達精誠所至、金石為開的思想，畫工之所以能驟然發跡變泰，實則是因為他對呂祖長時間的信仰與追求。在蒲松齡的作品中，塑造了很多「癡」的形象，有書癡郎玉柱、情癡孫子楚、石癡邢雲飛、花癡馬子才等等，這位畫工可以稱得上是位「仙癡」。正如蒲松齡自言，「遄飛逸興，狂固難辭；永託曠懷，癡且不諱」。這種癡，在普通人看來，是行為乖張、難以理解的奇怪品性，但實際上卻包含著愚而不蠢、慧而不黠的大智慧。

細侯

昌化❶滿生，設帳於餘杭。偶涉廛市❷，經臨街閣下，忽有荔殼墜肩頭。仰視，一雛姬憑閣上，妖姿要妙❸，不覺注目發狂。姬俯哂而入。詢之，知為娼樓賈氏女細侯也。其聲價頗高，自顧不能適願。歸齋冥想，終宵不枕。

明日，往投以刺❹，相見，言笑甚歡，心志益迷。託故假貸同人，斂金如干❺，攜以赴女，款洽臻至。即枕上口占一絕贈之云：「膏膩銅盤❻夜未央，牀頭小語麝蘭香。新鬟明日重妝鳳，無復行雲夢楚王❼。」

細侯蹙然曰：「妾雖汙賤，每願得同心而事之。君既無婦，視妾可當家否？」生大悅，即叮嚀，堅相約。細侯亦喜曰：「吟詠之事，妾自謂無難，每於無人處，欲效作一首，恐未能便佳，為觀聽所譏。倘得相從，幸教妾也。」因問生：「家田產幾何？」答曰：「薄田半頃，破屋數椽而已。」細侯曰：「妾歸君後，當長相守，勿復設帳為也。四十畝聊足自給，十畝可以種黍，織五匹絹，納太平之稅有餘矣。閉戶相對，君讀妾織，暇則詩酒可遣，千戶侯❽何足貴！」生曰：「卿身價略可幾多？」曰：「依媼貪志，何能盈也？多不過二百金足矣。可恨妾齒稚，不知重貲財，得輒歸母，所私蓄者區區無多。君能辦百金，過此即非所慮。」生曰：「小生之落寞，卿所知也，百金何能自致。有同盟友，令於湖南，屢相見招，僕以道遠，故憚於行。今為卿故，當往謀之。計三四月，可以歸復，幸耐相候。」細侯諾之。

生即棄館南遊，至則令已免官，以罣誤❾居民舍，宦囊空虛，不能為禮❿。生落魄難返，就邑中授徒焉。三年，莫能歸。偶笞弟子，弟子自溺死。東翁痛子而訟其師，因被逮囹圄。幸有他門人，憐師無過，時致饋遺，以是得無苦。

細侯自別生，杜門不交一客。母詰知故，不可奪，亦姑聽之。有富賈某，慕細侯名，托媒於媼，務在必得，不靳⑪直。細侯不可。賈以負販詣湖南，敬偵生耗⑫。時獄已將解，賈以金賂當事吏，使久錮之。歸告媼云：「生已瘐死。」細侯疑其信不確。媼曰：「無論滿生已死，縱或不死，與其從窮措大⑬，以椎布⑭終也，何如衣錦而厭粱⑮肉乎？」細侯曰：「滿生雖貧，其骨清也；守齷齪商，誠非所願。且道路之言，何足憑信！」賈又轉囑他商，假作滿生絕命書寄細侯，以絕其望。細侯得書，惟朝夕哀哭。媼曰：「我自幼於汝，撫育良劬⑯。汝成人二三年，所得報者，日亦無多。既不願隸籍⑰，即又不嫁，何以謀生活？」細侯不得已，遂嫁賈。賈衣服簪珥，供給豐侈。年餘，生一子。

無何，生得門人力，昭雪而出，始知賈之錮己也。然念素無郤，反復不得其由。門人義助資斧以歸。既聞細侯已嫁，心甚激楚，因以所苦，託市媼賣漿者達細侯。細侯大悲，方悟前此多端，悉賈之詭謀。乘賈他出，殺抱中兒，攜所有亡歸滿；凡賈家服飾，一無所取。賈歸，怒質於官。官原⑱其情，置不問。

嗚呼！壽亭侯之歸漢⑲，亦復何殊？顧殺子而行，亦天下之忍人⑳也！

【注釋】❶昌化　縣名，在今浙江。❷廛市　街市。❸要妙　美好的樣子，也作要眇。❹刺　古時的名片。❺如干　若干。❻膏膩銅盤　燭盤裡堆滿燭油，指夜已深了。銅盤，燭盤。❼無復行雲夢楚王　你就不用再思念我了。楚王，即楚襄王，傳說他遊於雲夢，在夢中與巫山神女相會。見宋玉〈高唐賦〉。❽千戶侯　被封為食邑千戶的侯爵。❾罣誤　即詿誤，被別人牽連而受到處分或損害。❿為禮　這裡指贈送金錢。⓫靳　吝惜。⓬耗　音訊。⓭窮措大　窮困的讀書人。⓮椎布　椎髻布衣的省略詞，指貧窮婦女的裝束。⓯粱　細糧。⓰良劬　非常辛苦。⓱隸籍　隸屬於樂籍，這裡指當妓女。⓲原　推考。⓳壽亭侯之歸漢　關羽投降曹操後又回到劉備那裡。壽亭侯，漢壽亭侯的省略詞，關羽曾被封這一爵位。⓴忍人　狠心的人。

【語譯】浙江昌化滿生，在餘杭做私塾先生。偶然走在集市上，經過一所臨街閣樓時，忽然有一個荔枝殼掉在他肩上。抬頭一看，一個年輕姑娘靠在欄杆上，姿色妖豔，不自覺定睛凝視，心中發狂。年輕姑娘彎著腰向他微微一笑進去了，一打聽，才知道她是開妓院的賈氏的養女細侯。她的聲價很高，滿生覺得無法如願。回家後，滿生冥思苦想，整夜睡不著覺。

第二天，他到了妓院投上名片，和細侯相見，兩人又說又笑十分開心，他的心更被迷住了。

他假藉別的事由向朋友們借了一些錢，帶去找細侯，細侯招待他非常周到。滿生在枕上，口占一首絕句贈給細侯：「膏膩銅盤夜未央，牀頭小語麝蘭香。新鬟明日重妝鳳，無復行雲夢楚王。」

細侯皺著眉頭說：「我雖然出身卑賤，但早就想得到志同道合的人來侍奉。你既然沒有妻子，看我能不能給你當家？」滿生高興極了，再三叮嚀，堅定約誓。細侯也高興地說：「吟詠詩篇之事，我自己認為不難，常在沒人的地方，想要仿作一首，恐怕不一定就好，被看到的和聽到的人笑話。我要是能夠跟隨你，還要請你教我。」說完，又問滿生：「家裡有多少田產？」滿生回答說：「只有半頃薄田，破屋數間而已。」細侯說：「我跟你以後，應當長相廝守，不要再出去教書了。四十畝地足以自給，種十畝黍，織五匹絹，在太平之世交稅也有餘了。關上大門，你讀書，我織布，閒暇無事就飲酒作詩，千戶侯也不值得羨慕！」滿生問：「你的身價大約多少？」細侯說：「要以養母的貪心，怎麼能滿足得了？最多有二百兩銀子也足夠了。可恨我太年輕，不知道看重錢財，所得都給了養母，自己私下的積蓄沒有多少。你如能置辦一百兩銀子，其餘的就不用管了。」滿生說：「我的窮困落寞，你也知道，我哪能拿出一百兩銀子。我有個好朋友，在湖南做官，好幾次邀我前去，我因為路途遙遠，所以不敢前去。今天為了你的緣故，我去找他想想辦法。大約三四個月可以回來，希望你耐心等候。」細侯答應了。

滿生隨即辭去教辭南下，到了湖南後他的朋友因為犯了過失已被免官，居住在民房裡，手中無錢，無法贈送資財給他。滿生落魄難返，就在當地縣城教書。三年了，還回不去。偶然有一次用竹板打學生，這個學生跳水死了。東家痛心兒子就告了滿生，滿生因而被捕入獄。幸虧有其他學生，可憐老師沒有過錯，經常去給他送東西，才沒有受苦。

細侯自從和滿生離別，就閉門不接一個客人。鴇母問清了她原因，覺得勉強不了，也只好暫時隨她。有個富商，仰慕細侯大名，就託媒人找到鴇母，志在必得，不吝錢財。細侯不肯答應。富商趁做買賣的機會到湖南，打探滿生消息。這時官司已經快要了結，富商用金錢賄賂主管此事的官吏，讓他們長期關押滿生。回來告訴鴇母說：「滿生已經死在獄中。」細侯懷疑他的信息不準確。鴇母說：「不用說滿生已死，即使活著，與其嫁一個窮讀書的，一輩子梳棒槌髻、穿粗布裙，哪比得上穿綾羅綢緞、吃精米魚肉呢？」細侯說：「滿生雖窮，但風骨清高；嫁一個齷齪商人，實在不是我的心願。況且道聽塗說的話，怎麼能相信！」富商又轉而囑咐別的商人，假造滿生的絕筆信寄給細侯，以斷絕她的希望。細侯收到絕筆信，日夜哀哭。鴇母說：「我從小就撫養了你，非常勞苦。你才成人二三年，報答我的日子又不多。你既不願意當妓女，又不嫁人，教我怎麼生活呢？」細侯不得已，只好嫁給了富商。富商給她買了許多衣服和首飾，別的供給也很豐厚奢侈。一年多以後，細侯生了一個兒子。

此後不久，滿生得到學生的幫助，昭雪冤案出了獄，才知道是那個商人使自己被長期囚禁。但想著平素並無冤仇，怎麼也想不出原因。學生們資助路費讓他回到餘杭。回來後聽說細侯已經嫁了人，心裏激憤酸楚，於是把自己的遭遇，託集市上一個賣酒的老太婆轉告了細侯，細侯非常悲痛。她才明白以前的種種事端，都是富商的陰謀詭計。細侯趁富商外出，殺死懷中的孩子，帶著身上的東西逃到滿家。凡是富商買的衣服首飾，一概不取。富商回來，憤怒地告到官府。官府認為情有可原，置之不理。

啊！漢壽亭侯關雲長棄曹歸漢，和細侯又有什麼不同？只是殺子而行，她也是天底下少有的狠心人啊！

【研　析】〈細侯〉是一篇沒有花妖狐魅、沒有靈異神怪的現實故事，其間的人物都是現實社會中活生生的人。《聊齋》以神奇的想像、超現實的情節著稱於世，但〈細侯〉卻一樣給人極大的心理震撼和衝擊，它可以從多個角度加以解讀，令人回味無窮。

昌化滿生，在餘杭教書。一天偶然在街上行走，在經過一所臨街閣樓時，忽然有荔枝殼掉在肩上，抬頭一看，「一雛姬憑閣上，妖姿要妙」，「姬俯哂而入」，這使得滿生「不覺注目發狂」，「歸齋冥想，終宵不枕」。第二天，滿生就急急忙忙地前去見面，「言笑甚歡，心志益迷」。於是向朋友借錢，博得春宵一度。兩人情投意合，「款洽臻至」。本來，滿生並未奢望與細侯白頭偕老，但細侯主動提出，「妾雖汙賤，每願得同心而事之。君既無婦，視妾可當家否」，「吟詠之事，妾自謂無難，每於無人處，欲效作一首，恐未能便佳，為觀聽所譏。倘得相從，幸教妾也」。事情至此，如果沒有其他枝節，滿生會籌措一筆金錢，贖買細侯。按照細侯的想法，「妾歸君後，當長相守，勿復設帳為也。四十畝聊足自給，十畝可以種黍，織五匹絹，納太平之稅有餘矣。閉戶相對，君讀妾織，暇則詩酒可遣，千戶侯何足貴！」這種生活對於一個書生和一個從妓院脫身的女子來說，當然是很愜意而舒適的。

然而，造物弄人，天往往不遂人願。滿生到湖南的一位朋友那裡借錢，不料不僅錢沒有借到，而且自己落魄難返，只好教書為生，三年不歸。更倒楣的是，他偶爾體罰弟子，弟子自溺身亡，滿生身陷牢獄。這時，已經遠遠超出了他許諾三四個月就回來的期限。細侯自從與滿生分別，「杜門不交一客」。有個富商傾慕細侯的名聲，不惜重金要得到她。富商打聽得知滿生將要被放出，便賄賂官吏使滿生被延長關押。回餘杭後，又散布謠言，說滿生已經死在牢獄裡。鴇母就勸細侯嫁給富商，細侯明確地拒絕鴇母。富商進而偽造了滿生的絕命書，以斷絕細侯的希望。在鴇母的一再催逼下，細侯終於嫁給了富商。過了一年，還生了一個兒子。不久，滿生昭雪而出。在他回到餘杭後，「既聞細侯已嫁，心甚激楚，因以所苦，託市媼賣漿者達細侯」。細侯得知事情的真相，「乘賈他出，殺抱中兒，攜所有亡歸滿；凡賈家服飾，一無所取」。細侯的最終選擇，得到了官方的默許，對其罪責不予追究。同時，也引起蒲松齡內心的強烈衝突：一方面，他激賞細侯毅然回歸的勇氣，她不貪圖富貴奢華的生活，篤定地踐行與貧寒書生最初的愛情約定，因此把細侯和關羽相提並論；在另一方面，細侯殺子而行，在傳統倫理看來又是極為出格的行為，對細侯的心之硬、情之忍不僅不是贊同，更多的是含有否定成分的驚駭與歎息。

從細侯來看，她的殺子而行是帶有極端色彩的捨生取義。細侯捨棄的是親生兒子的生命，因為他的父親是自己幸福的蓄意破壞者和肆意踐踏者，從道德層面來看是不折不扣的負面人物；細侯獲取的是她與滿生兩情相悅的情義，因為滿生是自己的知己，是自己生活理想的承載者和自己嫁人生子的受損者，毫無爭辯地占據著道德的高地。但明倫在評點時指出，「商本非其夫也，彼非夫而詭謀以錮吾夫，彼固吾仇也，抱中兒即仇家子也，殺之而歸滿，應恕其忍而哀其情」。因此，體現在細侯身上，〈細侯〉展現了情感與倫理的衝突。

從富商來看，他陷害滿生、追求細侯是傳統觀念中典型的為富不仁。中國傳統文化常常把義與利對立起來，比如說「義，利之本也」，「仁義而已，何必言利」等等。特別當追求財富的過程或擁有財富之後的所作所為觸動道、德、義等原則，就會引起道德評判的強烈反彈。富商為滿足一己的私欲，陷無辜者於牢獄，強取豪奪，違背了傳統道德準則。在中國傳統社會中，官員斷案更多地帶有道德審判的意味，至於罪責的有無、刑罰的輕重倒在其次，他的上訴也就被官府擱置不問了。因此，體現在富商身上，〈細侯〉展現了道德與財富的衝突。

從滿生來看，是一齣愛情遭遇貧窮的戲劇。現實生活中，愛情遭遇貧窮多半會鎩羽而歸，貧窮的物質生活會將所有的浪漫與美好無情地消磨殆盡。但這正是文學作品中堅守愛情的可貴之處，它在物欲橫流的社會中提示著人是充滿靈性的存在，如果人們只是「役於物」，那麼人生就是沒有價值的人生，世界是沒有意義的世界。滿生對細侯一見傾心，為支付她的贖金不得不遠涉他鄉，連遭不幸。理想萬分美好，現實卻極端殘酷。所幸滿生沒有消沉，而是想方設法把事實真相告知了細侯。最後，在細侯積極的回應下，兩人終於走到了一起。這種結果，也充分體現了文學作品補償功能。因此，體現在滿生身上，〈細侯〉展現了理想與現實的衝突。

文學史上還有一些與〈細侯〉類似的文學作品，比如，宋洪邁《夷堅志・再補》的「義婦復仇」，可以參讀：

宋福州趙某作江夏簿，任滿，寓邑寺。日久，僧厭之。簿每旦詣殿炷香，僧偽信與其妻，置爐下，簿見詰，妻不能明，訟離之。僧受杖歸俗為商。簿赴臨安知錄。妻與婢寓鄂州，賣酒自給。僧託媒問姻，越數年，生二子矣。值中秋對月飲樂，僧偶言故，妻伺其醉，並二子殺之，赴官首焉。官義之，免其罪。時簿再任和州知錄，聞其事，復合焉。時理宗朝淳祐戊申年也。

在古希臘戲劇家歐里庇得斯根據希臘神話改編的《美狄亞》中，也有母親殺死兒子的故事。美狄亞是科爾喀斯城邦國王的女兒。伊俄爾科斯城邦國王埃宋的兒子伊阿宋來科爾喀斯取金羊毛，美狄亞瘋狂地愛上了他，幫他盜取了金羊毛，並和他一起回到伊俄爾科斯，路上還不得已殺死了阻止他們逃走的弟弟。伊阿宋回國後，美狄亞用計殺死了篡奪王位的伊阿宋的叔叔，伊阿宋取回王位。後來伊阿宋移情別戀，想另娶新歡。美狄亞由愛生恨，將自己兩個親生兒子殺害，逃離伊阿宋的身邊，伊阿宋也抑鬱而亡。

前人對〈細侯〉也從多個角度進行了關注。比如，楚愛華在〈從細侯殺子看蒲松齡對儒家倫理觀念的超越〉中認為，「蒲松齡筆下的細侯沒有被傳統的男權藩籬所禁錮，而是強調自我，將自我的需求放在高於一切的位置之上，勇敢地追求自己的愛情和幸福，這一方面反映了作家對婦女問題的思考和新認識，另一方面也同樣體現了他對儒家傳統倫理觀念的超越」。石曉玲在〈《聊齋誌異‧細侯》中細侯殺子行為脞議〉中認為，娼樓這一成長環境本身有顯著的酒神特徵，這無疑會給自幼生長於此的細侯染上難以磨滅的酒神色彩，使得她在巨大的情感刺激下，陷入酒神狀態的迷狂，毀壞人生日常界限和規則，採取極端的手段——殺人；而殺死富商的兒子，無疑能達到報復富商的目的，同時，只有如此才能徹底斷絕與富商的關係，實現自己的愛情、人生理想，報答滿生的情意。最後作者提出，「復仇是古代社會一種公認的準則，地方官尚且『原其情，置不問』，我們是否也能少一些對其殘忍的指責，多一些對被侮辱、被損害女性無奈處境的同情和理解？」這些研究成果，也可作為閱讀〈細侯〉時的參考。

蕙芳

馬二混，居青州❶東門內，以貨麪為業。家貧，無婦，與母共作苦。一日，媼獨居，忽有美人來，年可十六七，椎布甚樸，而光華照人，媼驚顧窮詰，女笑曰：「我以賢郎誠篤，願委身母家。」媼益驚曰：「娘子天人，有此一言，則折我母子數年壽❷！」女固請之。意必為侯門亡人❸，拒益力。女乃去。越三日，復來，留連不去。問其姓氏。曰：「母肯納我，我乃言；不然，固無庸問。」媼曰：「貧賤傭保❹骨，得婦如此，不稱亦不祥。」女笑坐牀頭，戀戀殊殷。媼辭之，言：「娘子宜速去，勿相禍。」女乃出門，媼視之西去。

又數日，西巷中呂媼來，謂母曰：「鄰女董蕙芳，孤而無依，自願為賢郎婦，胡弗納？」母以所疑慮具白之。呂曰：「烏有此耶？如有乖謬，咎在老身。」母大喜，諾之。呂既去，媼掃室布席，將待子歸往娶之。日將暮，女飄然自至。入室參母，起拜盡禮。告媼曰：「妾有兩婢，未得母命，不敢進也。」媼曰：「我母子守窮廬，不解役婢僕。日得蠅頭利，僅足自給。今增新婦一人，嬌嫩坐食，尚恐不充飽；益之二婢，豈吸風所能活耶？」女笑曰：「婢來，亦不費母度支❺，皆能自得食。」問：「婢何在？」女乃呼：「秋月、秋松！」聲未及已，忽如飛鳥墮，二婢已立於前。即令伏地叩母。

既而馬歸，母迎告之。馬喜。入室，見翠棟雕梁，侔於宮殿；中之几屏簾幙，光耀奪視。驚極，不敢入。女下牀迎笑，睹之若仙。益駭，卻退。女挽之，坐與溫語，馬喜出非分，形神若不相屬❻。即起，欲出行沽。女止曰：「勿須。」因命二婢治具。秋月出一革袋，執向扉後，格格撼擺之。已而以手探入，壺盛酒，柈盛炙❼，觸類熏騰❽。飲已而寢，則花罽錦裀❾，溫膩非常。

天明出門，則茅廬依舊。母子共奇之，媼詣呂所，將跡所由。入門，先謝其媒合之德。呂訝云：「久不拜訪，何鄰女子之曾託乎？」媼益疑，具言端委。呂大駭，即同媼來視新婦。女笑逆之，極道作合之義。呂見其惠麗，愕眙❿良久，即亦不辨，唯唯而已。女贈白木搔具⓫一事，曰：「無以報德，姑奉此為姥姥爬背耳。」呂受以歸，審視則化為白金。

馬自得婦，頓更舊業，門戶一新。笥⓬中貂錦無數，任馬取著；而出室門，則為布素⓭，但輕暖耳。女所自衣亦然。

積四五年，忽曰：「我謫降人間十餘載，因與子有緣，遂暫留止。今別矣。」馬苦留之。女曰：「請別擇良偶，以承廬墓⓮。我歲月當一至焉。」忽不見。

馬乃娶秦氏。後三年，七夕，夫妻方共語，女忽入，笑曰：「新偶良歡，不念故人耶？」馬驚起，愴然曳坐，便道衷曲。女曰：「我適送織女渡河，乘間一相望耳。」兩相依依，語無休止。忽空際有人呼「蕙芳」，女急起作別。馬問其誰，曰：「余適同雙成⑮姊來，彼不耐久伺矣。」馬送之。女曰：「子壽八旬，至期，我來收爾骨。」言已，遂逝。今馬六十餘矣。其人但樸訥⑯，無他長。

異史氏曰：「馬生其名混，其業褻，蕙芳奚取哉？於此見仙人之貴樸訥誠篤也。余嘗謂友人：若我與爾，鬼狐且棄之矣；所差不愧於仙人者，惟『混』耳。」

【注釋】❶青州　府名，治所在今山東青州。❷折我母子數年壽　減少我們母子多年的陽壽。古時人們認為無故受益會縮短自己的壽命。❸亡人　逃亡的人。❹傭保　給別人作雇工。❺度支　計算支出。❻形神若不相屬　身體與精神似乎不在一起。❼炙　烤肉。❽熏騰　熱氣騰騰。❾花罽錦裀　繡花毛毯，錦織褥墊。❿愕眙　驚愕呆視。⓫搔具　撓癢的器具。⓬笥　盛衣服的箱子。⓭布素　布衣素服。⓮以承廬墓　以延續香火。廬墓，古時父母或師長葬後，晚輩在其墓旁搭建小屋居住，以守護墳墓。⓯雙成　即董雙成，傳說中西王母的侍女。見《漢武帝內傳》。⓰樸訥　誠樸而不善言辭。

【語譯】馬二混，住在山東青州府的東門裡，以賣麵食為業。他家裡貧困，沒有妻子，跟母親一起艱苦度日。一天，馬二混的母親一個人在家裡，忽然有個美人進來，年齡大約十六七歲，梳著錐形髮髻，穿著粗布衣服，非常樸素，但光彩照人。老太太吃驚地看著，盤問她。美人笑著說：

「我因為你的兒子誠實忠厚，願意到你家來做媳婦。」老太太更加吃驚，說：「姑娘就像天仙一樣，有這一句話，就折損我們母子好幾年的陽壽！」美人一再堅持請求。老太太猜她一定是從深宅大院裡逃出來的，拒絕得更堅決了。美人這才離開了。過了三天，美人又來了，留連不肯離開。老太太問她的姓氏，她說：「母親如果肯接納我，我才說；不然，也就沒必要問。」老太太說：「我們出身貧賤，天生就是為別人勞作，娶你這樣的媳婦，不僅不相稱，也不吉祥。」美人笑著坐在床頭，戀戀不捨。老太太推辭說：「姑娘還是趕快走吧，不要給我們招來禍患。」姑娘這才出了門，老太太看她往西邊去了。

又過了幾天，西巷裡的呂婆婆來了，對老太太說：「我的鄰居姑娘董蕙芳，孤苦伶仃，沒有依靠，自願到你家做媳婦，你為什麼不接納？」老太太把心中的疑慮都告訴她。呂婆婆說：「哪有這回事？如果有差錯，責任由我來承擔。」老太太十分高興，答應下來。呂婆婆走後，老太太打掃屋子，鋪好席子，準備等兒子回來前去迎娶。傍晚，蕙芳飄然到來。她走進屋子參拜母親，起身跪拜都依照禮節進行。蕙芳對老太太說：「我有兩個婢女，沒有得到母親的吩咐，不敢進來。」老太太說：「我們母子守著破舊的房子，不知道使喚婢女和僕人。每天得到一點蠅頭小利，僅僅夠自己度日；現在增加了新媳婦一個人，身體嬌嫩，只會吃喝，我們還恐怕沒法填飽肚子；再增加兩個婢女，難道喝西北風就能活嗎？」蕙芳笑著說：「婢女們來，也不用母親開銷支應，都能自己養活自己。」老太太問：「她們在哪裡？」蕙芳於是呼喚道：「秋月、秋松！」話音未落，忽然像飛鳥墜地一般，兩個婢女已站到面前。蕙芳便叫她們跪下參拜母親。

後來馬二混回來了，母親迎上去告訴他這件事。他非常高興。走進屋子，只見富麗堂皇，像宮殿一樣；屋裡的桌椅、屏風、簾子、帷帳，光耀奪目。馬二混非常吃驚，不敢進去。蕙芳從床上下來，笑著迎上去，看上去就像天仙一樣。馬二混更加驚駭，直往後退。蕙芳拉住他，坐下來溫柔地和他說話。馬二混喜出望外，好像魂不守舍。他於是站起來，想出去買酒，蕙芳制止說：「不必。」便叫兩個婢女準備酒菜。秋月拿出一個皮袋，拿到門後，格格地搖晃。然後伸手進去，壺裡裝著酒，盤裡盛著肉，拿出來的東西樣樣熱氣騰騰。喝完酒上床睡覺，床上是繡花毛毯、織錦褥子，異常地溫暖而柔軟。

第二天早上出門，茅屋還是老樣子。母子倆都很驚奇。老太太到呂婆婆家，想追究蕙芳的來歷。進了門，先感謝她做媒撮合的恩德。呂婆婆驚訝地說：「很久沒去拜訪你了，哪裡有鄰居的姑娘託我說媒呢？」老太太更加疑心了，把事情來龍去脈講了一遍。呂婆婆大吃一驚，馬上跟老太太來看看這個新媳婦。蕙芳笑著迎接呂婆婆，極力稱道呂婆婆撮合婚事的恩情。呂婆婆見到這個聰明漂亮的姑娘，直瞪著眼睛愣了好久，也就不加辯白，只是「啊啊」地答應而已。蕙芳送給呂婆婆一個白木做的抓癢如意，說：「沒什麼可以報答你的恩德，姑且奉上這東西給婆婆撓背吧。」呂婆婆拿著它回到家，仔細一看已經變成白銀的了。

馬二混自從娶了蕙芳，馬上改換了原來的工作，門戶也煥然一新。箱子裡的貂皮錦緞衣服不可勝數，任由他穿著；但只要一出家門，就會變成布質素衣，只是又輕又暖罷了。蕙芳自己穿的衣服也是這樣。

過了四五年，蕙芳忽然說：「我被貶到人間十多年了，因為和你有緣分，所以暫時留下來。現在要分別了。」馬二混苦苦挽留她。蕙芳說：「請你另找一個好的配偶，以傳宗接代。我過些時間會再來的。」說完一下子就不見了。

馬二混於是娶了秦氏。三年後的七夕，他們夫妻正在一塊兒說話，蕙芳忽然進來，笑著說：「一對新人真歡樂啊，不想念前妻了嗎？」馬二混吃驚地站起來，傷心地拉著她坐下，便訴說起心中的相思之情。蕙芳說：「我正送織女渡河，抽空來看你一下。」兩人依依不捨，說個不停。忽然空中有人喊「蕙芳」，蕙芳急忙站起來告別。馬二混問是誰。蕙芳說：「我剛才跟雙成姐姐一起來，她不耐煩久等了。」馬二混送她出去。蕙芳說：「你能活八十歲，到時候，我來收你的屍骨。」說完，就不見了。現在馬二混六十多歲了。這個人就是樸實而不善言辭，沒有別的長處。

異史氏說：「馬生名字叫『混』，職業卑賤，蕙芳看中他什麼呢？由此可見仙人看重人的樸訥誠篤啊。我曾對朋友說：像我和你這樣的，鬼和狐狸精尚且捨棄我們。勉強不愧對仙人的，只有『混』了。」

【研 析】〈蕙芳〉講述了仙女董蕙芳主動嫁給凡夫俗子馬二混的故事。蕙芳謫降人間，因為馬二混家貧卻樸實誠篤，就想嫁給他為妻。第一次登門，蕙芳不像雲蘿公主初見安大業那麼有派頭，先有個美麗的婢女以長氈貼地，再扶著婢女肩膀緩步而來。或許蕙芳考慮馬家比較貧窮，所以採取了「椎布甚樸」的打扮，但也掩蓋不住其仙家氣質的「光華」。馬母認為自家配不上這樣的女子，還認為她一定是從富貴人家逃亡出來的，就堅定地拒絕了。第二次登門，蕙芳又被馬母禮送出門。第三次，蕙芳略施小計，以西巷的呂婆婆作為中間介紹人，打消了馬母的疑慮，被馬母接納。在蕙芳的支持下，馬家「翠棟雕梁，侔於宮殿」、「几屏簾幙，光耀奪視」、「笥中貂錦無數」，過上富足的生活。過了四五年，蕙芳離開了。後來在七夕之際，她還藉機探望馬二混，「兩相依依，語無休止」。為確證這個故事的真實性，蒲松齡在文末打下一個埋伏，蕙芳預言馬二混壽數八十，現在馬二混只有六十餘歲，尚在人間。

從故事塑造的文學形象上看，蕙芳是個「貴樸訥誠篤」而不計門第、不計貧富、溫良賢惠的仙女，固然無可挑剔、鮮亮可人。馬二混與其母也描寫得十分傳神。馬二混是個樸訥誠篤之人，他初見蕙芳這一段就鮮明地體現了這個特點。「既而馬歸，母迎告之」，馬二混聽說後的第一反應是「喜」。進門後見室內陳設華麗，「驚極」，不敢進門。「女下牀迎笑，睹之若仙」，馬二混「益駭」，連連後退。「女挽之，坐與溫語」，馬二混「喜出非分，形神若不相屬」。在他「喜——驚——駭——喜」這一連串的反應中，沒有他說的一句話，只有神態的變化，可謂不著一語、盡傳其神。馬母的形象也充滿亮色。在平常人看來，仙女主動下嫁，這樣的好事百年不遇，但卻被馬母謹小慎微地推辭了兩次。馬母的拒絕有兩方面原因，一是理性思考，二是現實考慮。首先來看馬母的理性思考。仙女找上門來，說要嫁給她的兒子為妻，馬母的回答是，「娘子天人，有此一言，則折我母子數年壽」。這是典型的齊大非偶的思想。春秋時代，齊僖公想把自己的女兒嫁給鄭國的太子忽。太子忽推辭說：「人各有耦，齊大，非吾耦也。」後來北戎部落入侵齊國，齊國向鄭國求援，太子忽率領軍隊，幫助齊國打敗了北戎。齊僖公又提起這事，太子忽還是堅決推辭。因為雙方地位、環境的差距過大，表面上完美的婚姻可能隱藏著不可預知的危險。其次，來看現實考慮。仙女堅持請求留下來，馬母又懷疑她是侯門的逃亡者，就更不敢收留了。蒲松齡這一句「意必為侯門亡人」反映了明末清初一段動盪的社會歷史現實。據李景屏在《清初十大冤案》中介紹，「在八旗鐵騎以排山倒海之勢橫掃中原的同時，便出現了被擄漢人如江河決堤般的大逃亡，逃人問題較之在關外時期還要嚴重」，順治三年（西元一六四六年）修訂的逃人法中，「對窩主要進行極為嚴厲的制裁，凡隱匿逃人者，一經查獲不僅本人處以死刑，還要籍沒其家產，流徙其妻子；窩主家產的三分之一（不超過一千兩）賞給告發者，其餘部分斷給失主」。基於這兩方面原因，馬母堅定地把仙女拒之門外了。

孔子說，剛、毅、木、訥，近仁。與蕙芳結識之前，馬二混「以貨麵為業。家貧，無婦，與母共作苦」，沒有財產，沒有學識，也沒有體面的工作。蕙芳之所以主動嫁給馬二混，就是因為馬二混樸訥誠篤。馬二混的樸訥是純粹的、自足的、始終如一的。與蕙芳的奇特交往經歷、家產的急劇增加、年齡的日益增長等等，都沒有使馬二混的這種品質有所改變。直到最後，蒲松齡還說他「令馬六十餘矣。其人但樸訥，無他長」。而這也正是蒲松齡的理想：老實誠實的人才會有好報應。但這種觀念上的希望在令人無奈的現實面前往往無法實現。蒲松齡在「異史氏曰」中說，「余嘗謂友人：若我與爾，鬼狐且棄之矣；所差不愧於仙人者，惟『混』耳」，意思就是，仙人看重質樸老實的品德，自己也具有這種品德，但就連鬼和狐狸精都看不上自己。勉強不愧對於仙人的，只有混了。這也是作者的自嘲、自解、自慰之語。

考弊司

聞人生，河南人。抱病經日，見一秀才入，伏謁牀下，謙抑盡禮。已而請生少步❶，把臂長語，刺刺❷且行，數里外猶不言別。生佇足，拱手致辭❸。秀才云：「更煩移趾，僕有一事相求。」生問之。答云：「吾輩悉屬考弊司轄。司主名虛肚鬼王。初見之，例應割髀肉，浼君一緩頰❹耳。」生驚問：「何罪而至於此？」曰：「不必有罪，此是舊例。若豐於賄者，可贖也。然而我貧。」生曰：「我素不稔鬼王，何能效力？」曰：「君前世是伊大父行❺，宜可聽從。」

言次，已入城郭。至一府署，廨宇❻不甚弘廠，惟一堂高廣；堂下兩碣❼東西立，綠書大於栲栳❽，一云「孝弟忠信」，一云「禮義廉恥」。躇階而進❾，見堂上一扁，大書「考弊司」。楹間，板雕翠字一聯云：「曰校、曰序、曰庠[10]，兩字德行陰教化；上士、中士、下士[11]，一堂禮樂鬼門生。」

遊覽未已，官已出，鬈髮鮐背[12]，若數百年人；而鼻孔撩天[13]，唇外傾，不承其齒。從一主簿吏[14]，虎首人身。又十餘人列侍，半獰惡若山精。秀才曰：「此鬼王也。」生駭極，欲卻退。鬼王已睹，降階揖生上，便問興居。生但諾諾。又問：「何事見臨？」生以秀才意具白之。鬼王色變曰：「此有成例，即父命所不敢承！」氣象森凜，似不可入一詞。生不敢言，驟起告別；鬼王側行送之，至門外始返。

生不歸，潛入以觀其變。至堂下，則秀才已與同輩數人，交臂歷指[15]，儼然在徽纆中[16]。一獰人持刀來，裸其股，割片肉，可駢三指許。秀才大嗥欲嗄[17]。生少年負義，憤不自持，大呼曰：「慘慘如此，成何世界！」鬼王驚起，暫命止割，蹻履[18]逆生。生忿然已出，遍告市人，將控上帝。

或笑曰：「迂哉！藍蔚蒼蒼，何處覓上帝而訴之冤也？此輩惟與閻羅近，呼之或可應耳。」乃示之途。趨而往，果見殿陛威赫，閻羅方坐；伏階號屈。王召訊已，立命諸鬼綰紲[19]提錘而去。少頃，鬼王及秀才並至。審其情確，大怒曰：「憐爾夙世攻苦，暫委此任，候生貴家[20]；今乃敢爾！其去若善筋，增若惡骨，罰令生生世世不得發跡也！」鬼乃箠之，仆地，顛落一齒；以刀割指端，抽筋出，亮白如絲。鬼王呼痛，聲類斬豕。手足並抽訖，有二鬼押去。

生稽首而出。秀才從其後，感荷殷殷。挽送過市，見一戶，垂朱簾，簾內一女子，露半面，容妝絕美。生問：「誰家？」秀才曰：「此曲巷[21]也。」既過，生低徊不能舍，遂堅止秀才。秀才曰：「君為僕來，而令踽踽以去，心何忍。」生固辭，乃去。生望秀才去遠，急趨入簾內。女接見，喜形於色。入室促坐，相道姓名。女自言：「柳氏，小字秋華。」一嫗出，為具肴酒。酒闌，入帷，歡愛殊濃，切切訂婚嫁。既曙，嫗入曰：「薪水告竭，要耗郎君金貲，奈何！」生頓念腰橐空虛，惶愧無聲。

久之，曰：「我實不曾攜得一文，宜署券保㉒，歸即奉酬。」嫗變色曰：「曾聞夜度娘㉓索逋欠㉔耶？」秋華嚬蹙，不作一語。生暫解衣為質。嫗持笑曰：「此尚不能償酒直耳。」呶呶㉕不滿志，與女俱入。生慚，移時，猶冀女出展別，再訂前約；久久無音，潛入窺之，見嫗與秋華，自肩以上化為牛鬼，目睒睒相對立。大懼，趨出；欲歸，則百道歧出，莫知所從。問之市人，並無知其村名者。徘徊廛肆之間，歷兩昏曉，悽意含酸，響腸鳴餓，進退無以自決。

忽秀才過，望見之，驚曰：「何尚未歸，而簡褻㉖若此？」生靦顏莫對。秀才曰：「有之矣！得勿為花夜叉所迷耶？」遂盛氣而往，曰：「秋華母子，何遽不少施面目㉗耶！」去少時，即以衣來付生，曰：「淫婢無禮，已叱罵之矣。」送生至家，乃別而去。生暴絕，三日而蘇，言之歷歷㉘。

【注　釋】❶少步　出去走走。❷刺刺　形容話多。❸致辭　告辭。❹浼君一緩頰　請您說人情。❺大父行　祖父一輩的人。❻廨宇　官署的房舍。❼碣　頂端半圓形的碑石。❽栲栳　用柳條或竹子編織而成的盛器，如笆斗之類。❾躡階而進　跨階而上。❿曰校曰序曰庠　古代地方所設的鄉學，泛稱學校或教育事業。⓫上士中士下士　古代官名，泛稱讀書人。⓬鮐背　駝背。鮐，身體呈紡錘形的一種海魚。⓭撩天　朝天。⓮主簿吏　主管文書的官吏。⓯交臂歷指　交臂，把兩手反綁起來。歷指，即拶指，一種用細木棍貫穿繩子夾手指的酷刑。⓰在徽纆中　被捆綁起來。徽，三股絞在一起的繩子。纆，兩股絞在一起的繩子。⓱大嗥欲嗄　大聲嚎叫，幾乎嘶啞。⓲橋履　邁步。⓳縮紲　帶上繩子。⓴候生貴家　等候轉世到富貴之家。㉑曲巷　偏僻的巷子，這裡指妓院。㉒署券保　寫下契約，這裡指寫下欠條。㉓夜度娘　妓女的代名詞。㉔逋欠　欠債。㉕啜啜　喋喋不休，沒完沒了。㉖簡褻　只穿著內衣，顯得很不莊重。㉗少施面目　稍微留些面子。㉘歷歷　清楚。

【語　譯】聞人生，河南人。他有病在家躺了一整天，看見一個秀才走進來，跪在床下，極其謙卑有禮。接著又請聞人生出去走走，挽著他的手臂說了很多話，邊走邊說，走出好幾里還不想道別。聞人生停下腳步，向秀才拱手作別。秀才說：「再麻煩您走幾步，在下有一事相求。」聞人生問秀才有什麼事。秀才說：「我們這些人都歸考弊司管轄。司主名叫虛肚鬼王。初次去見他，按照慣例要割大腿肉，想請您去求個情。」聞人生吃了一驚，問：「犯了什麼罪要受這種刑罰？」秀才說：「不一定有罪，這是老規矩了。如果多送點錢給他，還是可以免除的。只是我家很窮。」聞人生說：「我和鬼王素不相識，怎麼替你出力呢？」秀才說：「您前世是他的祖父輩，他應該會聽您的話。」

正說著，兩人進入一座城池。來到一座府衙，衙門的房子並不寬敞，只有一個廳堂比較高大，堂下東西兩側各有石碑一塊，上面寫著比笆斗還要大的綠色的字：一塊寫著「孝弟忠信」，另一塊寫著「禮義廉恥」。順著臺階上去，大堂上懸掛著一塊匾額，寫著「考弊司」三個大字。兩邊的柱子上，用木板雕刻著翠綠色的字，是一副對聯：「曰校、曰序、曰庠，兩字德行陰教化；上士、中士、下士，一堂禮樂鬼門生。」

他們還沒有看完，就見一個官員走了出來，他頭髮捲曲，駝著背，好像幾百歲的人；鼻孔朝天，嘴唇外翻，包不住牙齒。後邊跟著個主管文書的官吏，長得虎首人身。還有十多個侍從，多半相貌猙獰兇惡有如山精。秀才說：「這就是鬼王。」聞人生害怕極了，想要退回去。鬼王已經看見他，走下臺階請聞人生上去，便問他起居情況。聞人生只是應聲。鬼王又問：「您因何而光臨？」聞人生把秀才的意思都說了出來。鬼王變了臉色，說：「這裡有規定好的條例，即使親爹的話也無法聽從！」鬼王氣色陰沉嚴肅，似乎一個字也聽不進去。聞人生不敢再說，趕緊站起來告別；鬼王側著身子送他，送到門外才返回去。

聞人生沒有回去，偷偷溜進去看有什麼變故。走到廳堂下面，看見秀才和幾個同輩，已被反背著雙臂或手指夾著刑具，都被捆起來了。一個面貌猙獰的人持刀過來，扯開秀才的褲子，露出大腿，割下了一片肉，足有三指多寬。秀才大聲嚎叫，嗓子都快嘶啞了。聞人生年輕氣盛，慷慨仗義，氣憤得無法自制，大聲喊道：「這樣悲慘，還成什麼世界！」鬼王吃驚地站起來，命令暫停割肉，抬腿就向聞人生走去。聞人生忿然而出，在集市上到處宣揚，要到天帝那裡告狀。

有人笑著對他說：「你太迂腐了！藍藍的天空遼闊無邊，到哪兒去找天帝訴冤呢？這些人只和閻王離得比較近，到閻王那裡喊冤也許有些反響。」於是給他指點去閻王那兒的路。聞人生快步走去，果然看見一座氣勢威赫的宮殿，閻王正端坐在那裡；聞人生跪在臺階下喊冤。閻王讓他上前問明情況後，立即命令幾個鬼卒帶上繩子、提著大錘出去了。不久，鬼王和秀才都帶來了。閻王一審問，發現情況屬實，非常憤怒地說：「我可憐你前世刻苦讀書，暫且委派你擔任考弊司主這個職務，等待投生富貴之家；現在你竟敢這樣！應該抽掉你的善筋，增加你的惡骨，罰你生生世世不得發跡！」這時鬼卒開始抽打鬼王，鬼王跌倒在地，碰掉了一顆牙；接著用刀割開鬼王的指尖，抽出一條筋，亮白如同絲線。鬼王大聲叫痛，聲音好像殺豬一樣。手腳上的筋都抽完了，兩個鬼卒把他押了下去。

聞人生磕頭行禮出來。秀才跟在他的後面，連連稱謝。秀才挽著聞人生的手臂從大街上走過。看見一戶人家，門上掛著紅色簾子，簾內有一女子，露出半張臉孔，容貌衣妝十分美麗。聞人生問：「這是誰家？」秀才答：「這是妓院。」走過去後，聞人生低頭徘徊，捨不下那女子，便堅持讓秀才留步。秀才說：「您為我而來，現在讓您孤單一人回去，我怎麼忍心。」聞人生一再推辭，秀才就回去了。聞人生看見秀才走遠了，急忙跑進那紅色門簾裡去。女子出來相見，喜形於色。進屋後催他坐下，相互介紹了姓名。女子自我介紹說：「我姓柳，小名叫秋華。」一個老太太出來，為他們擺上酒菜。喝完酒，進入帷帳，歡愛異常，情意濃厚，殷切地商定了結婚的事。第二天天剛亮，老太太進來說：「家中已經沒錢了，要破費郎君的資財，怎麼辦！」聞人生頓時想起囊中空虛，驚惶慚愧，沒有說話。過了很久，才說：「我確實沒帶一文錢，先寫個字據，回去取來馬上奉還。」老太太變臉說：「什麼時候聽說過妓女索討欠帳的呢？」秋華也皺著眉頭，不發一語。聞人生先把衣服脫下來作為抵押。老太太接住衣服笑著說：「這還不夠抵償酒錢呢！」

嘮嘮叨叨很不滿意，和秋華走進了屋裡。聞人生感到很慚愧。等了一下子，還希望秋華出來告別，再訂下婚約的事；等了好久沒有消息，他偷偷走進內室一看，只見老太太和秋華肩膀以上都變成牛頭惡鬼，目光閃閃，面對面站立著。他非常恐懼，趕緊退出來；想要回家，只見眼前岔道百出，不知走哪條。向街上的人打聽，沒有一個人知道他說的村名。他在街市間徘徊，過了兩天兩夜，心情淒楚，滿含心酸，肚子餓得咕嚕直叫，自己不能決定該進還是該退。

忽然，秀才經過，看見聞人生，吃驚地問：「為什麼還沒回去？衣服又穿得這樣少？」聞人生滿面羞愧，無言以對。秀才說：「我知道了！莫非是被花夜叉迷惑了？」秀才氣沖沖地去找那家妓院，說：「秋華母女，怎麼就不稍微給點面子！」去了沒多久，便把衣服拿來交給聞人生，說：「淫蕩的丫頭，太無禮了，我已責罵了她們。」秀才把聞人生送回家，才告別離開。聞人生那天突然死去，三天後蘇醒過來，這些事說得清清楚楚。

【研　析】〈考弊司〉是由兩個故事組成。一是聞人生代陰間受壓迫的秀才伸張正義，二是聞人生受困陰間曲巷，得到秀才的幫助。在陰間，秀才們歸考弊司管轄。司主的名字叫虛肚鬼王。秀才第一次去見他，按照慣例要割一塊大腿上的肉。這是一個很奇怪的規定。聞人生聽了覺得十分驚異，問秀才：「何罪而至於此？」秀才回答說：「不必有罪，此是舊例。若豐於賄者，可贖也。然而我貧。」這句話包含了三個意思。第一個，這是以前就形成的慣例，而不是因為秀才們犯了什麼過錯。第二個，如果給他交納足夠多的賄賂，就可以免除。這就揭出了割肉的真正原因，原來是鬼王藉機聚斂財物。鬼王在自己管轄範圍之內，強加給管理對象一條遊戲規則，想不被割肉可以，那就交錢。第三個，這個秀才家裡貧窮，無力支付賄賂，所以才找到聞人生，來求他說個情，希望鬼王看在聞人生前世是他祖父輩的關係上，能夠免除割肉。

在秀才的懇求下，聞人生到了鬼王的府署。對照以上所說的事實，鬼王府署的兩塊石刻和一副對聯就顯得極有諷刺意味。兩塊石刻分別寫著「孝弟忠信」和「禮義廉恥」，對聯是「曰校、曰序、曰庠，兩字德行陰教化；上士、中士、下士，一堂禮樂鬼門生」，字面上都是冠冕堂皇，實際上，其言與行、名與實之間存在著巨大的反差。當鬼王聽說聞人生的來意後，變了臉色說：「此有成例，即父命所不敢承！」這分明是一副唯利是從、認錢不認人的醜惡嘴臉。但明倫於此評道：「例者，利也。利之所在，大父行休矣。為其前世是大父行，而浼為緩頰，以情動之，亦以理格之也。豈知谿壑難盈者，即父命亦所不敢承耶？不敢承三字，極奇，極真。彼蓋實有所不敢，而又不自知其何以遂不敢也。」聞人生見鬼王鐵面無私的樣子，也不敢多說就退下了。但當聞人生見秀才慘受酷刑時，激於義憤，忿然而出，要到上帝那裡去告鬼王。最後，在閻王那裡，鬼王受到了懲罰，「去若善筋，增若惡骨，罰令生生世世不得發跡」。

第二個故事是聞人生困於陰間曲巷，得到秀才的幫助。秀才在送聞人生回家的途中，經過陰間妓院，遇到了柳秋華母女。聞人生與柳秋華「歡愛殊濃，切切訂婚嫁」。當他發現自己沒帶錢後，遭到秋華母女無情的遺棄。癡情的聞人生「猶冀女出展別，再訂前約」，但發現秋華母女「自肩以上化為牛鬼，目睒睒相對立」，嚇得他趕緊逃出去。聞人生在街上徘徊了兩天，衣著簡褻，飢腸轆轆。秀才發現後，幫他要回來衣物，並把他送回家來。前半是考弊司以權詐財，這後半是妓院以色斂財，兩相比照，意義自在其中。

陰間的故事有其虛幻性，但卻有陽世的現實作為基礎。比如，聞人生在陰間大喊：「慘慘如此，成何世界！」這也可以看作蒲松齡對人世間不平事的振臂一呼。又如，聞人生要去告鬼王，有人笑著勸他：「迂哉！藍蔚蒼蒼，何處覓上帝而訴之冤也？」這一笑，包含了多少無奈，藍藍的天空遼闊無邊，但到哪裡才能洗清冤屈呢？再如，閻王怒斥鬼王：「憐爾夙世攻苦，暫委此任，候生貴家；今乃敢爾！」這正是人間那些刻苦讀書、為官做宰，最後變為貪官汙吏者的寫照。蒲松齡以尖銳犀利的筆鋒把現實投射到陰間進行描寫，他的揭露無疑是十分深刻的。

聶政

懷慶潞王❶，有昏德。時行民間，窺見好女子，輒奪之。有王生妻，為王所睹，遣輿馬❷直入其第。女子號泣不伏，強舁❸而出。王亡去，隱身聶政❹之墓，冀妻經此過，得一遙訣。無何，妻至，望見夫，大哭投地。王惻動心懷，不覺失聲。從人知其王生，執之，將加搒掠。忽墓中一丈夫❺出，手握白刃，氣象威猛，厲聲曰：「我聶政也！良家子豈容強占！念汝輩非所自由，姑且宥恕。寄語無道主：若不改行，不日將抉其首❻！」眾大駭，棄車而走。丈夫亦入墓中而沒。夫妻叩墓歸，猶懼王命復臨。過十餘日，竟無消息，心始安。王自此淫威亦少殺❼云。

異史氏曰：「余讀〈刺客傳〉❽，而獨服膺於軹深井里❾也：其銳身而報知己，有豫❿之義；白晝而屠卿相，有鱄⓫之勇；皮面自刑，不累骨肉，有曹⑫之智。至於荊軻⑬，力不足以謀無道秦，遂使絕裾而去，自取滅亡。輕借樊將軍⑭之頭，何日可能還也？此千古之所恨，而聶政之所嗤者矣。聞之野史：其墳見掘於羊、左⑮之鬼。果爾，則生不成名，死猶喪義，其視聶之抱義憤而懲荒淫者，為人之賢不肖何如哉！噫！聶之賢，於此益信。」

【注釋】❶懷慶潞王　懷慶，明清時府名，治所在今河南沁陽。潞王，明穆宗第四子朱翊鏐為第一代潞王，萬曆四十六年（西元一六一八年）其子朱常淓襲封。❷輿馬　車馬。❸舁　抬。❹聶政　戰國時的刺客，為嚴遂刺殺韓相俠累。❺丈夫　男子。❻抉其首　砍他的頭。❼少殺　稍微減弱。❽刺客傳　指《史記‧刺客列傳》，敘述春秋至戰國時期的五位刺客。❾軹深井里　原指里名。此代指聶政。《史記‧刺客列傳》：「聶政者，軹深井里人也。」❿豫　豫讓，春秋戰國之交的刺客，為智伯刺殺趙襄子。⓫鱄　鱄諸，春秋時的刺客，為公子光刺殺吳王僚。⓬曹　曹沫，春秋時的刺客，為魯莊公劫齊桓公。⓭荊軻　戰國末的刺客，為燕太子丹刺殺秦王。⓮樊將軍　樊於期，逃亡燕國的秦國將軍，荊軻借其首獻秦，以謀刺秦王。⓯羊左　戰國羊角哀、左伯桃。馮夢龍《喻世明言》卷七演羊、左二人與荊軻之間的爭鬥。

【語譯】懷慶府的潞王，德行惡劣。他經常到民間巡行，看見有漂亮的女子就搶走。有個王秀才的妻子，被潞王看見，潞王就派車馬直接闖入王家。王秀才妻子哭喊著不願意，便強行把她抬走。

王秀才逃出來，藏在聶政墓後面，希望妻子經過時，能遠遠地訣別。不久，妻子來了，望見丈夫，大聲哭叫倒在地上。王秀才內心悲痛，不知不覺哭出聲來。潞王的隨從知道他是王秀才，抓住他，將要加以毒打。忽然從聶政墓中出來一個男子，手裡握著白晃晃的刀，氣象威猛，厲聲說：「我是聶政！良家女子豈容霸占！念你們奉命行事，姑且寬恕。替我轉告那沒有德行的潞王：如果不改惡行，不用幾天我就要砍下他的頭來！」那些人大驚，棄車而逃；那男子也進入墓中不見了。王秀才與妻子在墓前磕頭後回家了，還怕潞王命人再來。過了十多天，竟然沒有消息，才安下心來。從此潞王的淫威也稍微收斂了些。

異史氏說：「我讀《史記・刺客列傳》，只佩服聶政：他挺身報答知己，有豫讓的義氣；白天殺死卿相，有鱄諸的勇武；毀壞容貌而自殺，不連累親人，有曹沫的智慧。至於荊軻，力量不足以殺死無道的秦王，讓秦王割斷袖子逃掉，他的死是自找的；隨便借了樊於期的頭，什麼時候才能歸還？這是千古的遺恨，也是為聶政所嗤笑的。根據野史：荊軻的墳墓被羊角哀、左伯桃的鬼魂挖了。果真如此，那他生前不能成名，死後還喪失節義，比起聶政懷著義憤懲罰荒淫的潞王來，做人的賢與不肖怎麼樣呢！啊！聶政的賢德，由此更加確信無疑了。」

【研析】〈聶政〉主要講述了聶政的鬼魂路見不平、拔刀相助的故事。懷慶府的潞王經常到民間巡行，強搶民女。有一次，他看上了王秀才的妻子，便在光天化日之下，派人闖入王家，把王妻強行帶走。在經過聶政墓時，從墓中出來一個男子，手握白刃，氣象威猛，厲聲說：「我聶政也！良家子豈容強占！……寄語無道主：若不改行，不日將抉其首！」潞王沒有敢再糾纏王妻，囂張的氣焰也收斂了很多。

明朝初年，太祖朱元璋建立了藩封制度，分封皇子為親王，並賦予他們較大的權力，以達到「封建藩屏，永為明輔」的目的。朱元璋四子朱棣以武力奪得皇位後，對藩王的權力進行了嚴格限制。此後，諸藩王成為徒有虛名的衣食地主。雖然政治權力被剝奪，但這絲毫不影響他們成為好醇酒、近婦人的特權階層，此文所寫的潞王就是一個典型的昏德之王。

根據《史記・刺客列傳》記載，聶政因為殺人後躲避仇家，和母親、姐姐逃到齊國。韓大夫嚴遂與韓相俠累有仇，聽說聶政的俠義之名，便想方設法結交聶政。聶政母親去世後，有感於嚴遂的知遇之恩，獨自前往行刺，「聶政直入，上階刺殺俠累，左右大亂。聶政大呼，所擊殺者數十人，因自皮面決眼，自屠出腸，遂以死」。司馬遷突出讚揚了他至情至孝、知恩圖報、勇武仗義的美德。在蒲松齡這裡，他延續了《史記》中對聶政俠義之風的描述，更賦予了聶政扶困濟危、為民申冤、維護人間正義的道義精神。相比《史記》中知恩圖報的聶政，蒲松齡筆下的聶政顯然超越了個人的匹夫之勇，「抱義憤而懲荒淫」，成為普通民眾在危難之際的救護者。蒲松齡認為他兼具眾刺客之美，有「豫之義」、「鱄之勇」、「曹之智」，而且蒲松齡還把聶政與荊軻進行對比，讓荊軻從反面來襯托聶政。從生前來看，荊軻「力不足以謀無道秦，遂使絕裾而去，自取滅亡。輕借樊將軍之頭，何日可能還也」，聶政則為報知遇之恩，在刺殺韓相俠累之後，因寡不敵眾而自殺身亡，因此顯得更加悲壯。從死後來看，根據馮夢龍《喻世明言》卷七〈羊角哀舍命全交〉，荊軻逼迫左伯桃遷葬，與左伯桃、羊角哀發生爭鬥，「生不成名，死猶喪義」，這與聶政懲戒人間無道權貴的行為更無法相比。從這裡也可以看出，蒲松齡十分痛恨官虎吏狼、惡人橫行的社會現象，把希望寄託在義烈的俠士身上，通過他們來張揚人間正氣。

江城

臨江❶高生名蕃，少慧，儀容秀美。十四歲入邑庠。富室爭女之；生選擇良苛，屢梗父命。父仲鴻，年六十，止此子，寵惜之，不忍少拂❷。初，東村有樊翁者，授童蒙於市肆，攜家僦生屋。翁有女，小字江城，與生同甲❸，時皆八九歲，兩小無猜，日共嬉戲。後翁徙去，積四五年，不復聞問。

一日，生於隘巷中，見一女郎，艷美絕俗。從一小鬟，僅六七歲。不敢傾顧，但斜睨之。女停睇❹，若欲有言。細視之，江城也。頓大驚喜。各無所言，相視呆立，移時始別，兩情戀戀。生故以紅巾遺地而去。小鬟拾之，喜以授女。女入袖中，易以己巾，偽謂鬟曰：「高秀才非他人，勿得諱其遺物，可追還之。」小鬟果追付生。生得巾大喜。歸見母，請與論婚。母曰：「家無半間屋，南北流移❺，何足匹偶？」生曰：「我自欲之，固當無悔。」母中心躊躇，不自決，以商仲鴻；鴻執不可。

生聞之悶然，嗌不容粒❻。母大憂之，謂高曰：「樊氏雖貧，亦非狙儈❼無賴者比。我請過諸其家，倘其女可偶也，即亦何害。」高：「諾之。」母托燒香黑帝❽祠，詣之。見女明眸秀齒，居然娟好，心大愛悅。遂以金帛厚贈之，實告以意。樊媪謙抑而後受盟。歸述其情，生始解顏為笑。

逾歲，擇吉迎女歸，夫妻相得甚歡。而女善怒，反眼若不相識；詞舌嘲啁❾，常常聒於耳。生以愛故，悉含忍之。翁媪稍有所聞，心弗善也，潛責其子。為女所聞，大恚❿，詬罵彌加。生稍稍反其惡聲，女益怒，撻逐出戶，闔其扉。生嚼嚼⓫門外，不敢叩關，抱膝宿簷下。女自是視若仇。其初，長跪猶可以解；漸至屈膝無靈，而丈夫益苦矣。翁姑薄讓之，女牴牾⓬不可言狀。翁姑忿怒，逼令大歸⓭。樊慚懼，浼⓮交好者請於仲鴻；仲鴻不許。

年餘，生出遇岳；岳把袂邀歸其家，謝罪不遑。妝女出見，夫婦相看，不覺惻楚。樊乃沽酒款婿，酬勸甚殷。無何日暮，堅止留宿，掃別榻，使夫婦並寢。既曙辭歸，不敢以情告父母，惟掩飾而彌縫之。由此三五日，輒一寄岳家宿，而父母不知也。

樊一日自詣仲鴻。初不見，迫而後見之。樊膝行而請，高不承，諉諸其子。樊曰：「婿昨夜宿僕家，不聞有異言。」高驚問：「何時寄宿？」樊具以告。高赧謝曰：「我固不之知耳。彼愛之，我獨何仇乎？」樊既去，高呼子而罵。生但俯首，不少出氣。言間，樊已送女至。高曰：「我固不能為兒女任過，不如各有門戶，即煩主析爨[15]之盟。」樊勸之，不聽。遂別院居之，遣一婢給役焉。

月餘，頗相安，翁媼竊慰。未幾，女漸肆，生面上時有指爪痕；父母明知之，亦忍置不問。一日，生不堪撻楚，奔避父所，芒芒然[16]如鳥雀之被鸇⑰驅者。翁媼方怪問，女已橫梃追入，竟即翁側捉而箠之。翁姑沸噪，略不顧瞻，撻至數十，始悻悻⑱以去。高逐子曰：「我惟避囂，故析爾。爾固樂此，又焉逃乎？」生被逐，徙倚⑲殊無所歸。母恐其挫折行死，令獨居而給之食。又召樊來，使教其女。樊入室，開諭⑳萬端，女終不聽，反以惡言相苦。樊拂衣而行，誓相絕。無何，樊翁憤生病，與媼相繼死。女恨之，亦不臨弔，惟日隔壁噪罵，故使翁姑聞。高悉置不校。

生自獨居，若離湯火，但覺淒寂。暗以金啖媒媼李氏，納妓齋中，往來皆以夜。久之，女微聞知，詣齋謾罵。生力白其誣，矢以天日，女始歸。自此，日伺生隙。李媼自齋中出，適為所遭，急呼之；媼神色變異，女益疑，謂媼曰：「明告所作，或可宥免㉑；若猶隱秘，撮毛㉒盡矣！」媼戰而告曰：「半月來，惟勾欄㉓李雲娘過此兩度耳。適公子言，曾於玉笥山㉔見陶家婦，愛其雙翹㉕，囑奴招致之。渠雖不貞，亦未便作夜度娘㉖，成否故未必也。」女以其言誠，姑從寬恕。媼欲行，又強止之。日既昏，呵之曰：「可先往滅其燭，便言陶家至矣。」媼如其言。女即遽入。生喜極，挽臂促坐，具道飢渴。女默不言。生暗中索其足，曰：「自山上一覲仙容，介介㉗獨戀是耳。」女終不語。生曰：「夙昔之願，今始得遂，何可覿面㉘而不識也？」躬自捉火一照，則江城也。大懼失色，墮燭於地，長跪觳觫㉙，若兵在頸。女摘耳提歸，以針刺兩股殆遍，乃臥以下牀，醒則數罵之。生以此畏若虎狼；即偶假以顏色，枕席之上，亦震懾不能為人。女批頰而叱去之，益厭棄不以人齒。生日在蘭麝之鄉，如犴狴㉚中人，仰獄吏之尊也。

女有兩姊，俱適諸生。長姊平善，訥於口，常與女不相洽。二姊適葛氏。為人狡黠善辨，顧影弄姿，貌不及江城，而悍妒與埒㉛。姊妹相逢無他語，惟各以閫威㉜自鳴得意。以故二人最善。生適戚友，女輒嗔怒；惟適葛所，知之不禁也。一日，飲葛所。既醉，葛嘲曰：「子何畏之甚？」生笑曰：「天下事顧多不解：我之畏，畏其美也；乃有美不及內人，而畏與僕等者，惑不滋甚哉？」葛大慚，不能對。婢聞，以告二姊。二姊怒，操杖遽出。生察其狀凶，躧履欲走。杖起，已中腰膂㉝；三杖三蹶而不能起。誤中顱，血流如瀋㉞。二姊去，生蹣跚而歸。妻驚問之。初以迕姨故，不敢遽告；再三研詰，始具陳之。女以帛束生首，忿然曰：「人家男子，何煩他撻楚耶！」更短袖裳，懷木杵，攜婢逕去。抵葛家，二姊笑語承迎。女不語，以杵擊之，仆；裂褲而痛楚焉。齒落唇缺，遺矢溲便。

女既返，二姊羞憤，遣夫赴訴於高。生趨出，極意溫卹。葛私語曰：「僕此來，不得不爾。悍婦不仁，幸假手而懲創之，我兩人何嫌焉。」女已聞之，遽出，指罵曰：「齷齪㉟賊！妻子虧苦，反竊竊與外人交好！此等男子，不宜打煞耶！」疾呼覓杖。葛大窘，奪門竄去。生由此往來全無一所。

同窗王子雅過之，宛轉留飲。飲間，以閨閣相謔，頗涉狎褻。女適窺客，伏聽盡悉，暗以巴豆[36]投湯中而進之。未幾，吐利[37]不可堪，奄存氣息。女使婢問之曰：「再敢無禮否？」始悟病之所自來，呻吟而哀之。則菉豆湯已儲待矣。飲之乃止。從此同人相戒，莫敢飲於其家。

王有酤肆[38]，肆中多紅梅，設宴招其曹侶[39]。生託文社，稟白而往。日暮，既酣，王生曰：「適有南昌名妓，流寓此間，可以呼來共飲。」眾大悅。惟生離所，興辭。群曳之曰：「閫中耳目雖長，亦聽睹不至於此。」因相矢緘口。生乃復坐。少間，妓果出。年十七八，玉珮丁東，雲鬟掠削[40]。問其姓，云：「謝氏，小字芳蘭。」出詞吐氣，備極風雅，舉座若狂。而芳蘭尤屬意生，屢以色授[41]。為眾所覺，故曳兩人連肩坐。芳蘭把生手，以指書掌作「宿」字。生於此時，欲去不忍，欲留不敢，心如亂絲，不可言喻。而傾頭耳語，醉態益狂，榻上胭脂虎[42]，亦並忘之。少選，聽更漏已動，肆中酒客愈稀；惟遙座一美少年，對燭獨酌，有小僮捧巾侍焉。眾竊議其高雅。無何，少年罷飲，出門去。僮返身入，向生曰：「主人相候一語。」眾都不知何誰，惟生顏色慘變，不遑告別，匆匆便去。蓋少年乃江城，僮即其家婢也。生從至家，伏受鞭撲。從此益禁錮之，弔慶皆絕。文宗下學，生以誤講降為青[43]。

一日，與婢語，女疑與私，以酒罈囊婢首而撻之。已而縛生及婢，以繡剪剪腹間肉互補之，釋縛令其自束。月餘，補處竟合為一云。女每以白足踏餅拋塵土中，叱生摭食[44]之。如是種種。

母以憶子故，偶至其家，見子柴瘠，既歸痛哭欲死。夜夢一叟告之曰：「勿須憂煩，此是前世因。江城原靜業和尚所養長生鼠，公子前身為士人，偶遊其寺，誤斃之。今作惡報，不可以人力回也。每早起，虔心誦觀音咒一百遍，必當有效。」醒而述於仲鴻，異之，夫妻咸遵其教。兩月餘，女橫如故，益之狂縱。聞門外鉦鼓[45]，輒握髮出[46]，憨然引眺，千人共指，不為怪。翁姑共恥之，然不能禁腹誹而已。

忽有老僧在門外宣佛果[47]，觀者如堵。僧吹鼓上革作牛鳴。女奔出，見人眾無隙，命婢移行牀[48]，翹登其上。眾目集視之，女為弗覺也者。逾時，僧斂衍[49]將畢，索清水一盂，持向女而宣言曰：「莫要嗔，莫要嗔！前世也非假，今世也非真。咄！鼠子縮頭去，勿使貓兒尋。」宣已，吸水噀射[50]女面，粉黛淫淫，下沾衿袖。眾大駭，意女暴怒，女殊不語，拭面自歸。僧亦遂去。

女入室癡坐，嗒然若喪，終日不食，掃榻遽寢。中夜忽喚生醒。生疑其將遺，捧進溺盆。女卻之。暗把生臂，曳入衾。生承命，四體驚悚，若奉丹詔[51]。女慨然曰：「使君若此，何以為人！」乃以手撫捫生體，每至刀杖痕，嚶嚶啜泣，輒以爪甲自掐，恨不即死。生見其狀，意良不忍，所以慰藉之良厚。女曰：「妾思和尚必是菩薩化身。清水一灑，若更肺腑。今回憶曩昔所為，都如隔世。妾向時得毋非人耶？有夫妻而不能歡，有姑嫜[52]而不能事，是誠何心！明日可移家去，仍與父母同居，庶便定省[53]。」絮語終夜，如話十年之別。

昧爽即起，摺衣斂器，婢攜簏[54]，躬襆被，促生前往叩扉。母出駭問，告以意。母遲回有難色，女已偕婢入。母從入。女伏地哀泣，但求免死。母察其意誠，亦泣曰：「吾兒何遽如此？」生為細述前狀，始悟曩昔之夢驗也。喜，喚廝僕為除舊舍。

女自是承顏順志，過於孝子。見人，則靦如新婦。或戲述往事，則紅漲於頰。且勤儉，又善居積；三年，翁媼不問家計，而富稱巨萬矣。生是歲鄉捷[55]。女每謂生曰：「當日一見芳蘭，今猶憶之。」生以不受荼毒，願已至足，妄念所不敢萌，唯唯而已。會以應舉入都，數月乃返。入室，見芳蘭方與江城對弈。驚而問之，則女以數百金出其籍[56]云。余於浙邸得晤王子雅[57]言之竟夜，甚詳。

異史氏曰：「人生業果，飲啄必報，而惟果報之在房中者，如附骨之疽[58]，其毒尤慘。每見天下賢婦十之一，悍婦十之九，亦以見人世之能修善業者少也。觀自在59願力宏大，何不將盂中水灑大千世界耶？」

【注釋】❶臨江　府名，治所在今江西樟樹。❷少拂　稍微違拗其意。拂，違拗。❸同甲　同年。❹停睇　注目。睇，看。❺流移　流落他鄉居住。❻嗌不容粒　吃不下一點東西。嗌，咽喉。❼狙儈　狡猾奸詐。❽黑帝　即玄帝，一般認為祂是北方之神。❾詞舌嘲啁　話語絮煩之意。嘲啁，聲音雜亂細碎。❿大恚　很憤怒。⓫嚁嚁　忍受寒冷時發出的聲音。⓬牴牾　抵觸；頂撞。⓭大歸　已嫁婦女歸母家後不再回夫家，叫大歸。後來亦稱婦女被休歸母家為大歸。⓮浼　央求；請求。⓯析爨　分炊，即分家。⓰芒芒然　疲倦的樣子。見《孟子・公孫丑上》。⓱鸇　古書中說的一種猛禽，似鷂鷹，亦稱「晨風」。⓲悻悻　怨恨失意的樣子。⓳徙倚　徘徊留連。⓴開諭　啟發解說；勸導。㉑宥免　赦免；寬恕。㉒撮毛　拔頭髮。㉓勾欄　一作「勾闌」，宋元時曲藝、雜劇、雜技等的演出場所。這裡指妓院。㉔玉笥山　山名，在今江西峽江縣。㉕雙翹　雙足。㉖夜度娘　古樂府清商曲辭名，這裡指娼妓。㉗介介　有所感觸而不能忘記。㉘覿面　見面；當面。㉙觳觫　因恐懼而顫抖的樣子。㉚犴狴　傳說中的猛獸，舊時獄門上繪其形狀，故又作牢獄的代稱。㉛埒　相等。㉜閫威　悍婦的氣焰。閫，門檻；門限，這裡指女子居住的內室。㉝膂　脊骨。㉞瀋　汁。㉟齷齪　骯髒；汙穢。㊱巴豆　植物名，一名巴菽，果實有毒，食之吐瀉不止。㊲吐利　又吐又瀉。利，通「痢」。腹瀉。㊳酤肆　酒肆；酒店。㊴曹侶　夥伴；同伴。㊵掠削　梳理整齊的樣子。㊶色授　用神色傳遞情意。㊷胭脂虎　喻兇悍之婦。㊸文宗下學二句　學政案臨府縣考試諸生，高生因為講錯試題內容而被革去功名。文宗，文章宗匠，原指眾人所宗仰的文章大家，後來用以尊稱提學、學政。下學，提學案臨府縣學，對生員進行歲考。誤講，對指定的考試內容講解錯誤。下為青，明時生員歲試四等，清時歲試五等的附生、六等的增生，皆降為青，即改著青衣，革去功名。㊹摭食　撿拾起來吃。㊺鉦鼓　鑼鼓，這裡是念佛時使用的器具。㊻握髮出　手握頭髮而出，這裡指不顧儀容，一心看熱鬧。㊼佛果　佛法因果。㊽行牀　這裡指椅凳之類的坐具。㊾敷衍　鋪陳發揮。㊿嘿射　噴射。
嘿，噴。51丹詔　帝王的詔書。以朱筆書寫，故名「丹詔」。52姑嫜　公婆。姑，丈夫的母親。嫜，丈夫的父親。
53定省　昏定晨省，指子女早晚向父母問安。見《禮記．曲禮上》。54籠　用竹篾編的盛物器。55鄉捷　鄉試
告捷，指考中舉人。56出其籍　古時娼妓，隸於樂籍，以金錢贖身脫離所屬名籍，謂之出籍。這裡是指江城以
數百金出芳蘭之籍。57余於浙邸得晤王子雅　我在浙江的住處見到了王子雅。此處為康熙年間抄本、《異史》本、
二十四卷本內容，鑄雪齋本作「此事浙中王子雅言之甚詳」。實際上，這兩者都有不確之處。蒲松齡從未去過浙
江，所以不可能「於浙邸得晤王子雅」，而高蕃為臨江人，王子雅若是其同窗，也自當為臨江人，不是「浙中」
人。這或許是蒲松齡自身創作的疏漏之處。58附骨之疽　長在骨頭上的瘡。59觀自在　即觀世音，在佛教諸菩
薩中，位居各大菩薩之首，象徵慈悲。

【語　譯】臨江有個姓高的書生名叫高蕃，從小聰明，容貌儀表很秀美。十四歲考中秀才，富貴人家爭著把女兒許配給他；但他選擇得很嚴苛，屢次違背父親的安排。他父親名叫仲鴻，六十歲了，只有這一個兒子，很寵愛他，不忍心違背他的心意。

先前，東村有個樊老頭，在街市上辦私塾教書，帶著家人租住在高蕃家的房子裡。樊老頭有個女兒，小名叫江城，和高蕃同年，那時都是八九歲，兩小無猜，每天都在一起玩耍。後來樊老頭搬走了，隔了四五年，兩家沒有再互通消息。

一天，高蕃在一條窄巷裡，看見一個少女，豔麗秀美，超凡脫俗。身後跟著一個小丫鬟，只有六七歲。高蕃不敢盡情地看她，只是斜著眼睛偷瞄。少女注視著他，好像有話要說。高蕃仔細一看，原來是江城。頓時大為驚喜。兩人都沒說話，相互看著，呆呆地站立，很久才離開，雙方

情意戀戀。高蕃故意將一條紅手帕丟在地上離開了，小丫鬟拾起來，高興地交給江城。江城接過來塞進袖子裡，換了自己的手帕，假裝對丫鬟說：「高秀才不是別人，不能隱匿他丟的東西，追上去還給他。」小丫鬟果然追上去把手帕交給了高蕃。高蕃得了江城的手帕，非常高興。回家見到母親，請求向樊家提親。母親說：「樊家沒有半間房子，南北流浪僑居，怎麼能和咱們相配呢？」高蕃說：「我自己願意娶她，肯定不會後悔。」母親內心不願意，自己不能決定，便同仲鴻商量；仲鴻堅持不同意。

高蕃聽說後，悶悶不樂，吃不下飯。母親很擔憂，對仲鴻說：「樊家雖窮，到底不是奸猾狡詐的市儈流氓之流，我先到他家看看，如果他的女兒可以相配，定了這門親事也沒有害處。」仲鴻說：「好吧。」高蕃的母親假託到黑帝廟燒香，便前去江城家。看見江城眼睛明亮，牙齒秀美，確實很漂亮，心裡非常喜歡她。便送給她家金銀綢緞豐厚的禮物，把想與她家結親的意思實說了。樊老太太謙虛了一番後答應了這門親事。高母回來把情況說了，高蕃才喜笑顏開。

過了一年，高家選定吉日把江城娶過來，夫妻倆十分恩愛。但江城愛發脾氣，翻臉就不認人；說話嘮嘮叨叨又刺耳。高蕃因為愛她的原因，都忍受了。公婆聽說了，心裡不滿意，暗地裡責怪兒子。被江城知道後，非常惱火，罵得更兇了。高蕃對她的惡言惡語稍加反駁，江城更加惱怒，把高蕃打出屋子，關上門。高蕃在門外凍得瑟瑟發抖，不敢敲門，只好抱著膝蓋在屋簷下過夜。從此，江城把高蕃當作仇人看待。起初，高蕃跪在地上還能讓江城息怒，漸漸連下跪也不靈了，高蕃更加受苦了。公婆略加責備，江城頂撞的話簡直無法用語言形容。公婆憤怒，就把江城休回娘家。樊老頭既慚愧又恐懼，央求好朋友到仲鴻面前去說情；仲鴻沒有答應。

過了一年多，高蕃出門遇見了岳父，岳父捉住他的衣袖邀請他到家，不停地向女婿謝罪。又讓女兒妝扮好出來見高蕃，兩人相見，不禁內心痛楚。樊老頭便買酒款待女婿，又殷勤地勸酒勸菜。不久，天黑了，堅決留他住下，另外打掃了一張床鋪，讓他們夫婦倆同床共寢。天亮後高蕃辭別回家，不敢把在岳父家的事情告訴父母，只是託辭掩飾。從此，每隔三五天，就到岳父家住一晚上，而父母並不知情。

一天，樊老頭親自拜訪仲鴻。一開始仲鴻不願相見，經過再三懇求仲鴻才勉強與樊老頭見面。樊老頭跪著上前請求接回女兒。仲鴻不答應，推給兒子。樊老頭說：「女婿昨天晚上住在我家，並沒有聽到他有不同意的話。」仲鴻吃驚地問：「什麼時候去過夜？」樊老頭把實情全說了出來。仲鴻紅著臉道歉說：「我實在不知道。他既然愛她，我為什麼還要仇視她呢？」樊老頭走後，仲鴻把兒子叫出來大罵一頓。高蕃只是低頭，不敢吭聲。說話間，樊老頭已經送女兒過來了。仲鴻說：「我不能為兒女的事承擔過錯，不如各立門戶，就麻煩您主持分家之約。」樊老頭勸他，仲鴻不聽。於是讓兒子和兒媳住在另外一個院子，撥了一個婢女服侍他們。

過了一個多月，高蕃和江城相安無事，老倆口心裡感到欣慰。過了不久，江城漸漸放肆起來，高蕃的臉上時時出現指甲抓破的傷痕；父母明明知道，也忍住不問。一天，高蕃受不了江城的責打，跑到父親那裡去躲避，慌慌張張得像鳥雀被老鷹驅趕。老倆口正感到奇怪地問他，江城已經拿著棍子追了進來，竟在仲鴻的旁邊捉住高蕃痛打起來。公婆大聲喊叫，江城毫不理睬，連打了幾十下，才恨恨地離去了。仲鴻把兒子趕走，說：「我正為了躲避吵鬧，才分家讓你出去。你一向喜歡這樣，又有什麼好逃的呢？」高蕃被趕出去，進退無路，沒有依靠。母親怕兒子被折磨死，就叫他獨自居住，供給他吃的。又把樊老頭叫來，要他教訓他的女兒。樊老頭到女兒房中，用盡所有方法開導她，女兒始終不聽，反而用惡言惡語挖苦父親。樊老頭拂袖而去，發誓和她斷絕關係。不久，樊老頭氣出病來，和老婆子相繼去世。江城懷恨父母，也不去弔喪，只是每天隔著牆吵罵，故意讓公婆聽見。仲鴻一概不加理睬。

高蕃自從單獨生活後，好像逃出了火坑，只是感到淒涼寂寞。他暗暗花錢委託李媒婆，叫妓女到他的書房，都在夜間來來往往。時間一久，江城聽到風聲，便到他書房裡謾罵。高蕃極力辯白那是傳言，指著天上的太陽發誓，江城才回去。從此，她天天窺伺高蕃的漏洞。李媒婆從高蕃書房中出來，正好被江城遇見，江城連忙叫住她；李媒婆嚇得變了臉色。江城更加懷疑。對李媒婆說：「明白地告訴我你的所作所為，或許能饒了你；如果還敢隱瞞，就拔光你身上的毛！」李媒婆顫抖地告訴她說：「半個月來，只有妓院的李雲娘來過兩次。剛才公子說，他曾在玉笥山看見陶家的媳婦，愛她那雙腳，讓我設法把她叫來。陶家的媳婦雖然不貞節，卻也未必會作妓女，成不成功還不一定。」江城認為她說得老實，姑且寬恕了她。李媒婆想要走，江城又強迫她留下。天黑後，江城喝令李媒婆說：「你可先去滅了燈，就說那陶家媳婦來了。」李媒婆按她的吩咐做了。江城馬上進了書房。高蕃高興極了，拉著她的手臂親熱地坐下，不住地說著自己如飢似渴地想念她。江城默不作聲。高蕃在黑暗中摸索她的雙腳，說：「自從在山上一睹仙容，戀戀不忘的就是它啊。」江城仍不說話。高蕃說：「很久以來的願望，今天才得以完全，怎能見面而不相識呢？」於是親自點燈一看，原來是江城。高蕃大驚失色，燈燭掉在地上，高跪在地上，渾身發抖，像刀架在脖子上一樣。江城擰著他的耳朵拖他回去，用針把他的兩條大腿快刺遍了，才叫他睡在床下，夜裡醒了就罵。高蕃從此像怕虎狼一樣怕江城；即使江城偶然給他一點好臉色，在枕席之上，也戰戰兢兢無法盡男女之歡。江城打他嘴巴，喝斥他走，更加討厭他，不把他當人看。高蕃每天在香閨之中，卻像監獄中的犯人仰望著獄吏的尊威。

江城有兩個姐姐，都嫁給了秀才。大姐平和善良，不善言辭，常和江城不融洽。二姐嫁到葛家。為人狡猾善辨，對著鏡子搔首弄姿，容貌不如江城，但刁悍嫉妒卻和江城一樣。姐妹倆一見面不說別的，只是各自為在閨房耍威風自鳴得意。因此她們兩人最合得來。高蕃到親戚朋友家去，江城總是很生氣；只有到葛家去，她知道了也不禁止。一天，高蕃在葛家喝酒。醉後，葛秀才嘲笑他說：「你怎麼這麼怕老婆呢？」高蕃說：「天下的事很多是不可理解的：我怕老婆，是怕她的美麗；還有一種人，妻子並不比我的老婆漂亮，可是和我一樣怕老婆，這不更令人疑惑嗎？」葛秀才非常羞愧，無言以對。葛家的婢女聽見，便去告訴二姐。二姐大怒，抓了一根棍子突然衝出來。高蕃發現她樣子很兇，拖著鞋子要跑，棍子已經掄起來，正打他的腰上；連打三棍，使他跌了三跤，爬不起來。誤打在高蕃頭上，血流如注。二姐走後，高蕃才踉踉蹌蹌回到家。江城吃驚地問他。起初因為得罪了二姐，高蕃不敢直接講出來；經過江城再三盤問，他才如實講了。江城用布把丈夫頭上的傷口包紮好，氣忿地說：「人家的男人，怎麼用得著她來打呢！」她換上短袖衣服，懷裡揣著短木棍，帶著婢女逕直去了。來到葛家，二姐又說又笑地來迎接她。江城一句話都沒說，用木棍打去，二姐跌倒在地；江城又撕開二姐的褲子狠狠地打。二姐牙齒掉了，嘴脣裂了，便液橫流。

江城回去後，二姐又羞又氣，派她的丈夫去和高蕃告狀。高蕃趕緊出來，極力勸慰。葛秀才低聲說：「我這次來，是不得已啊。我那個悍婦不講仁義，幸好借別人的手懲罰她，我們兩人之間哪裡有怨恨呢。」江城聽到了這番話，突然出現，指著葛秀才罵道：「齷齪的賊！妻子吃虧受苦，反而偷偷和別人交好！這樣的男人，不該打死嗎！」連聲叫喊找棍子來。葛秀才十分狼狽，奪門逃竄。高蕃從此沒有一個地方可以去了。

高蕃的同學王子雅來拜訪，高蕃想盡辦法留他喝酒。喝酒時，以閨閣之內的事來互相開玩笑，講了很多輕薄下流的話。碰上江城出來偷看客人，躲著偷聽全都聽到了，暗地把巴豆投在湯中端出來讓他們喝。不久，兩人上吐下瀉，痛苦不堪，奄奄一息。江城叫婢女問他們：「還敢不敢無禮？」他們才醒悟得病的原因，呻吟著哀求。這時綠豆湯已經放在那兒等著了。喝了之後才不再上吐下瀉。從此高蕃的朋友們相互告誡，不敢再上他家喝酒了。

王子雅開了間酒店，店裡有許多紅梅，他設宴招待朋友們。高蕃假託參加文人集會，稟告江城後就去了。天黑了，喝得酒酣耳熱，王子雅說：「正好有個南昌來的名妓，寄居在此，可以叫來一起喝酒。」大家都很高興。只有高蕃離開位置，說要告辭。大家拉住他說：「你夫人雖耳目很長，但也不至於看到聽到這個地方來。」大家還發誓不到外面去講。高蕃才又坐下。不久，妓女果然來了。年約十七八歲，裝飾的玉佩叮咚作響，髮髻梳理得十分整齊。問她的姓名，她說：「姓謝，小名叫芳蘭。」言語談吐，十分風雅，滿座的人好像要發狂了一樣。而芳蘭尤其傾心於高蕃，屢次向他遞眼色。被大家所覺察，故意拉他們兩人並肩而坐。芳蘭拉過高蕃的手，用手指在高蕃手掌上寫了個「宿」字。這時，高蕃想走不忍心，想留又不敢，心亂如麻，不可言表。此時兩個人側過頭來貼著耳朵說話，高蕃醉後的情態更加狂放，床上的母老虎也都忘了。不久，聽見更鼓已響，酒店裡的客人逐漸稀少了；惟獨遠座上一個英俊的少年，對著燈自斟自飲，有個小書僮捧著手巾伺候著。大家私下議論著少年的清高、雅趣。沒多久，那少年喝完酒出門走了。書僮返身進來，對高蕃說：「我家主人等你說句話。」大家都不知道是誰，只有高蕃臉色變得慘白，來不及向大家告辭，匆匆忙忙就走了。原來那少年就是江城，書僮就是他家的婢女。高蕃跟著回到家，趴在地上挨了一頓鞭子。從此江城對他管得更嚴了，連親戚家有婚喪大事也都被禁絕了。提學使下來考核，高蕃因為講錯試題，被革去功名。

一天，高蕃和婢女說話，江城疑心他們私通，用酒罈子扣在婢女頭上打她。然後把高蕃和婢女都捆綁起來，用繡花剪刀從他們肚皮上各剪一塊肉下來，交換著補上傷口，放開繩子叫他們自己包紮。過了一個多月，補上的那塊肉竟和周圍的長在一起。江城還常常光著腳踩餅子，把它扔到塵土裡，喝斥高蕃撿起來吃。諸如此類的事情各種都有。

高蕃的母親因為想念兒子的緣故，偶爾到他家，見兒子骨瘦如柴，回去痛哭得要死。夜裡夢見一個老頭告訴她說：「不要煩惱，這是前世的因果報應。江城原是靜業和尚所養的長生鼠，公子前生是個讀書人，偶爾到寺廟遊玩，誤殺長生鼠。長生鼠今世進行惡報，不是人力可以挽回的。你每天早晨起來，誠心地念一百遍觀音咒，必定有效果。」她醒來告訴了仲鴻，兩人都感到很驚異，夫妻倆就遵從指示念起咒來。兩個多月後，江城蠻橫如故，而且更加放縱。聽到門外有鑼鼓聲，就撩著頭髮出去，憨憨地伸著脖子張望，一大堆人都指著她，她完全不在乎。公婆覺得很羞恥，但也沒法禁止她，只是心懷不滿而已。

忽然有個老和尚在門外宣講佛法因果，圍觀的人很多。老和尚吹著鼓上的牛皮，發出牛叫的聲音。江城跑出去，看見人多沒有縫隙，叫婢女搬出一個凳子，高高地站在上面。大家的目光集中在她身上，她好像沒有覺察到。一會兒，老和尚快要宣講完了，要了一缽清水，端著走到江城面前念道：「別生氣，別生氣！前世也不是假的，今世也不是真的。嗨！老鼠縮回頭去，別叫貓找到你。」念完，吸一口水噴到江城臉上，脂粉眉黛都濕淋淋的，流下來的水沾濕了衣襟和袖子。眾人大驚，以為江城會暴怒，而江城一句話都沒說，擦擦臉自己回去了。老和尚也走了。

江城回到屋裡癡癡地坐著，神情沮喪，若有所失，一整天沒吃飯，清掃了床鋪馬上睡了。半夜忽然叫醒高蕃。高蕃以為她要小便，捧著尿盆送上去。江城推開尿盆。暗中拉住高蕃的手臂，拉他進被窩裡。高蕃奉命同她親熱，四肢戰戰兢兢，如同接到聖旨一樣。江城感慨地說：「讓你成為這個樣子，我怎麼做人！」於是用手撫摸高蕃的身體，每當摸到刀棍的傷痕，就低聲哭泣，老是用指甲掐自己，恨不得立刻死掉。高蕃見她這樣，心裡很不忍心，就很寬厚地安慰她。江城說：「我想老和尚必定是菩薩的化身。清水一灑，我像換了一副心肝肺。現在回想起過去的所作所為，都恍如隔世。我原來難道不是人嗎？有夫妻卻不能歡樂，有公婆卻不能侍奉，這是什麼心腸！明天可以搬回家去，仍然和父母一起居住，以便按時問候。」夫妻絮絮叨叨說了一整夜，如同傾訴十年的離別之情。

第二天一早起來，江城疊好衣服，收拾器具，婢女帶著箱子，自己抱著被褥，催促高蕃前去敲門。母親出來驚訝地詢問，他們把回來住的意思告訴了母親。母親有些遲疑，面帶難色，江城已經帶著婢女進去。母親跟著進來。江城跪在地上哭泣，只求免她一死。母親察看江城的態度誠懇，也哭著說：「我兒怎麼一下子變成這樣？」高蕃仔細地把昨天的情況說了一遍，母親才醒悟以前那個夢應驗了。母親很高興，叫僕人替他們打掃原來的房屋。

從此，江城體察公婆的臉色、心意行事，超過孝子。見到外人，就靦腆得像個新媳婦。有人開玩笑說起往事，她就滿臉漲紅。而且勤勞節儉，又善於積攢。這樣過了三年，公婆不問家事，而家裡已經極為富有。高蕃這一年考中舉人。江城經常對高蕃說：「當初見過一次芳蘭，至今還記得。」高蕃因為不受她虐待，已經非常心滿意足，不敢萌生妄想，只是含糊其詞地答應罷了。適逢他進京參加科考，幾個月才回來。一進屋，只見芳蘭正和江城下棋。他吃驚地詢問，原來江城花了幾百兩銀子把芳蘭從妓院贖了出來。這件事，我在浙江的住處見到了王子雅，說了一整夜，非常詳細。

異史氏說：「人生業果，一飲一啄必有報應，而只有因果報應應在妻子身上的，如同附在骨頭上的毒瘡，尤其慘酷。常常看到天下賢慧的婦女只有十分之一，蠻橫的婦女有十分之九，也可以看出世上能修善果的人是很少的。觀音菩薩的願力宏大，為什麼不把缽裡的水灑遍大千世界呢？」

【研　析】明人謝肇淛《五雜組》卷八載江氏姐妹之事，「江氏姊妹五人，皆妒惡，人稱五虎。有宅素凶，人不敢處。五虎聞之，笑曰：『安有是！』入夜，持刀獨處中堂，至旦帖然，不聞鬼魅。夫妒婦，鬼物猶畏之，而況於人乎？」蒲松齡的〈江城〉則主要講述悍婦江城改過之事。高蕃違背父母之意，執意迎娶江城。婚後，江城逐漸暴露出悍婦本質，將高蕃嚴加管束起來，並與公婆關係緊張。後來，江城受僧人點化，了悟前因後果，深切感受到公婆之痛、夫婿之苦，完成了從潑辣悍婦到賢妻良母的轉變。高蕃從此專心向學，成就功名，與江城、芳蘭共享天倫之樂。

故事前半部分主要是寫江城之悍的種種表現。第一種表現是江城的善怒。高蕃生性懦弱且出於愛戀江城的原因，對江城頗為忍讓，被江城打罵乃至逐出家門都是家常便飯。第二種表現是對高蕃狎妓行為的懲罰。由於難以忍受情感的寂寞，高蕃嘗試在妓院滿足欲望。當江城得知此事後，設計懲罰高蕃，使他再次受到皮肉之苦。第三種表現是與二姐及二姐夫葛氏的矛盾衝突。二姐與江城物以類聚，而高蕃與葛氏又都是懼內的可憐蟲。兩人的竊竊私語被二姐得知後，高蕃便遭到二姐毒打。而江城知道此事後，不肯善罷甘休，不但以武力懲罰了二姐，還嚇退了葛氏。第四種表現是讓高蕃的朋友吃盡苦頭。王子雅是高蕃的同窗好友。兩人時常往來，並開些「頗涉狎褻」的玩笑。江城偷聽後，暗將巴豆投入湯中，王子雅飲後吐瀉不止。第五種表現是監視高蕃的出行。王子雅招集諸友於酒社，並叫來妓女芳蘭以助酒興。芳蘭意屬高蕃，高蕃也把持不住。正準備成就好事時，高蕃忽見喬裝打扮的江城正於鄰座飲酒，當即酒意全無、色心破滅。可見，江城的悍妒，不僅從肉體上、精神上、行為上折磨高蕃，也叫公婆、姐妹，還有高蕃的好友吃盡苦頭。這種情況下，高蕃不要說考取功名，就是正常人際交往也讓他投鼠忌器。

故事後半部分主要講受到僧人點化的江城徹底作出了改變。她自述當時的變化：清水一灑，若更肺腑。今回憶曩昔所為，都如隔世。江城當天就「入室凝坐，嗒然若喪，終日不食」。特別是夜半，她主動把丈夫拉進被窩，撫摸他滿是傷痕的身體，回想往日對高生的百般凌辱與虐待，心中充滿內疚與悔恨。高蕃當然原諒了江城。而江城親自登門向公婆請罪，公婆也不計舊惡。正所謂家和萬事興，高家「富稱巨萬」，高蕃也順利考中舉人。更令高蕃意想不到的是，江城居然重金贖回他心儀已久的芳蘭，令他喜出望外。

此篇故事為蒲松齡有感而作。馮鎮巒懷疑道：「每每言之，作者得毋有隱痛與？」聶石樵認為，蒲松齡「具體、形象地創造了江城這一妒婦的典型，並把這一故事演成〈禳妒咒〉俗曲，可見他對這一問題的重視」。蒲松齡坦言：「人生業果，飲啄必報，而惟果報之在房中者，如附骨之疽，其毒尤慘。每見天下賢婦十之一，悍婦十之九，亦以見人世之能修善業者少也。」《聊齋》中，還有許多抨擊、斥責悍婦的故事，如〈邵九娘〉、〈馬介甫〉、〈珊瑚〉等。此類故事大都情節曲折，真實可感。蒲松齡深切地希望，悍婦們都要像江城那樣，由橫暴轉向溫柔，由悍妒轉向賢慧，過一種安定、和諧、符合傳統倫理秩序的家庭生活。

八大王

臨洮❶馮生，傳著忘其名字，蓋貴介裔而陵夷❷矣。有漁鱉者，負其債，不能償，得鱉輒獻之。一日，獻巨鱉，額有白點。生以其狀異，放之。

後自婿家歸，至恒河❸之側，日已就昏，見一醉者，從二三僮，顛跛而至。遙見生，便問：「何人？」生漫應：「行道者。」醉人怒曰：「寧無姓名，胡言行道者？」生馳驅心急，置不答，逕過之。醉人益怒，捉袂使不得行，酒臭熏人。生益不耐，然力解莫能脫。問：「汝何名？」囈然❹而對曰：「我南都舊令尹❺也。將何為？」生曰：「世間有此等令尹，辱寞❻世界矣！幸是舊令尹；假新令尹，將無殺盡途人耶？」醉人怒甚，勢將用武。生大言：「我馮某非受人撾打者！」醉人聞之，變怒為歡，踉蹌[7]下拜曰：「是我恩主，唐突勿罪！」起喚從人，先歸治具。生辭之不得。

握手行數里，見一小村。既入，則廊舍華好，似貴人家。醉人酲[8]稍解，生始詢其姓字。曰：「言之勿驚，我洮水八大王也。適西山青童招飲，不覺過醉，有犯尊顏，實切愧悚。」生知其妖，以其情辭殷渥，遂不畏怖。俄而設筵豐盛，促坐歡飲。八大王最豪，連舉數觥。生恐其復醉，再作縈擾，偽醉求寢。八大王已喻其意，笑曰：「君得無畏我狂耶？但請勿懼。凡醉人無行，謂隔夜不復記憶者，欺人耳。酒徒之不德，故犯者十九。僕雖不齒於儕偶[9]，顧未敢以無賴之行，施之長者，何遂見拒如此？」生乃復坐，正容而諫曰：「既自知之，何勿改行？」八大王曰：「老夫為令尹時，沉湎尤過於今日。自觸帝怒，謫歸島嶼，力返前轍者，十餘年矣。今老將就木[10]，潦倒不能橫飛[11]，故態復作，我自不解耳。茲敬聞命矣。」

傾談間，遠鐘已動。八大王起，捉臂曰：「相聚不久。蓄有一物，聊報厚德。此不可以久佩，如願後，當見還也。」口中吐一小人，僅寸餘。因以爪掐生臂，痛若膚裂；急以小人按捺其上，釋手已入革裡[12]，甲痕尚在，而漫漫墳起，類痰核狀。驚問之，笑而不答。但曰：「君宜行矣。」送生出，八大王自返。回顧村舍全渺，惟一巨鱉，蠢蠢入水而沒。錯愕久之。自念所獲，必鱉寶也。

由此目最明，凡有珠寶之處，黃泉下[13]皆可見；即素所不知之物，亦隨口而知其名。於寢室中掘得藏鏹[14]數百，用度頗充。後有貨故宅者，生視其中有藏鏹無算，遂以重金購居之。由此與王公埒富[15]。火齊木難[16]之類皆蓄焉。

得一鏡，背有鳳紐，環水雲湘妃之圖，光射里餘，鬚眉皆可數。佳人一照，則影留其中，磨之不能滅也；若改妝重照，或更一美人，則前影消矣。

時肅府[17]第三公主絕美，雅慕其名。會主遊崆峒[18]，乃往伏山中，伺其下輿，照之而歸，設置案頭。審視之，見美人在中，拈巾微笑，口欲言而波欲動。喜而藏之。年餘，為妻所洩，聞之肅府。王怒，收之[19]。追鏡去，擬斬。生大賂中貴人[20]，使言於王曰：「王如見赦，天下之至寶，不難致也。不然，有死而已，於王誠無所益。」王欲籍其家[21]而徙[22]之。三公主曰：「彼已窺我，十死之不足解此玷，不如嫁之。」王不許。公主閉戶不食。妃子大憂，力言於王。王乃釋生囚，命中貴以意示生。生辭曰：「糟糠之妻不下堂[23]，寧死不敢承命。王如聽臣自贖，傾家可也。」王怒，復逮之。妃召生妻入宮，將鴆之。既見，妻以珊瑚鏡臺納妃，詞意溫惻[24]。妃悅之，使參公主。公主亦悅之，訂為姊妹，轉使諭生。生告妻曰：「王侯之女，不可以先後論嫡庶也。」妻不聽，歸修聘幣納王邸，齎送者以千人。珍石寶玉之屬，王家不能知其名。王大喜，釋生歸，以公主嬪[25]焉。公主仍懷鏡歸。

生一夕獨寢，夢八大王軒然入曰：「所贈之物，當見還也。佩之既久，耗人精血，損人壽命。」生諾之，即留宴飲。八大王辭曰：「自聆藥石㉖，戒杯中物已三年矣。」乃以口嚙生臂，痛極而醒。視之，則核塊消矣。後此遂如常人。

異史氏曰：「醒則猶人，而醉則猶鱉，此酒人之大都㉗也。顧鱉雖日習於酒狂乎，而不敢忘恩，不敢無禮於長者，鱉不過人遠哉？若夫己氏㉘則醒不如人，而醉不如鱉矣。古人有龜鑑㉙，盍以為鱉鑑乎；乃作〈酒人賦〉。賦曰：

『有一物焉，陶情適口；飲之則醺醺騰騰，厥名為「酒」。其名最多，為功已久：以宴嘉賓，以速父舅，以促膝而為歡，以合巹而成偶；或以為「釣詩鉤㉚」，又以為「掃愁帚㉛」。故麴生㉜頻來，則騷客之金蘭友㉝；醉鄉深處，則愁人之逋逃㉞藪。糟丘㉟之臺既成，鴟夷㊱之功不朽；齊臣㊲遂能一石，學士㊳亦稱五斗。則酒固以人傳，而人或以酒醜。若夫落帽之孟嘉㊴，荷鍤之伯倫㊵，山公㊶之倒其接䍦，彭澤㊷之漉以葛巾。酣眠乎美人之側也㊸，或察其無心；濡首於墨汁之中也㊹，自以為有神。井底臥乘船之士㊺，槽邊縛珥玉之臣㊻。甚至效鱉囚而玩世，亦猶非害物而不仁。至如雨宵雪夜，月旦花晨，風定塵短㊼，客舊妓新，履舄㊽交錯，蘭麝香沉，細批薄抹，低唱淺斟；忽清商兮一奏，則寂若兮無人。雅謔㊾則飛花粲齒，高吟㊿則戛(51)玉敲金。總陶然而大醉，亦魂清而夢真。果爾，即一朝一醉，當亦名教之所不嗔。爾乃嘈雜不韻，俚詞(52)並進；坐起歡譁，呶呶成陣。涓滴忿爭，勢將投刃；伸頸攢眉，引杯若鴆；傾瀋(53)碎觥，拂燈滅燼。綠醑葡萄(54)，狼藉不靳；病葉狂花(55)，觴政所禁。如此情懷，不如勿飲。又有酒隔咽喉，間不盈寸；吶吶呢呢，猶譏主吝；坐不言行，飲復不任：酒客無品，於斯為甚。甚有狂藥下，客氣粗；努石稜，磔鬡鬚(56)；袒兩背，躍雙趺。塵濛濛兮滿面，哇浪浪(57)兮沾裾；口狺狺(58)兮亂吠，髮蓬蓬兮若奴。其籲地而呼天也，似李郎(59)之嘔其肝臟；其揚手而擲足也，如蘇相60之裂於牛車。舌底生蓮者61，不能窮其狀；燈前取影者62，不能為之圖。父母前而受忤63，妻子弱而難扶。或以父執之良友，無端而受罵於灌夫64。婉言以警，倍益眩瞑65。此名「酒凶」，不可救拯。惟有一術，可以解酲66。厥術維何？只須一梃67。縶其手足，與斬豕等。止困其臀68，勿傷其頂；捶至百餘，豁然頓醒。」」

【注釋】❶臨洮　縣名，在今甘肅。❷陵夷　衰敗。❸恒河　即恒水，古水名，今河北曲陽北橫河。❹囈然　夢囈似的。❺令尹　春秋時楚國設置的官職，掌軍政大權。明清時泛指縣、府地方行政長官。❻辱寞　即辱沒。❼踉蹌　跌跌撞撞，走路不穩。❽酲　醉酒後神志不清。❾儕偶　同類。❿就木　入棺，代指死亡。⓫橫飛　飛黃騰達。⓬革裡　皮膚裡面。⓭黃泉下　地底深處。⓮藏鏹　埋藏的銀子。鏹，錢串，引申為成串的錢，後多指銀子或銀錠。⓯埒富　同樣富有。埒，等同；並列。⓰火齊木難　珍寶名。火齊，寶石名。木難，寶珠名。⓱肅府　肅王府。明洪武二十年（西元一三八七年），太祖朱元璋第十四子朱楧封為肅王，後子孫世襲，藩邸在蘭州，直至明亡。⓲崆峒　山名，在今甘肅。⓳收之　逮捕入獄。⓴中貴人　太監。㉑籍其家　抄沒他的家產。㉒徙　流放。㉓糟糠之妻不下堂　不能離棄共患難的妻子。糟糠，用以充飢的酒糟、糠皮等粗劣的食物。㉔溫惻　溫柔懇切。㉕嬪　帝王的女兒出嫁。㉖藥石　藥劑與砭石，泛指藥物，這裡指馮生規勸八大王的話。㉗大都　大概。㉘夫己氏　那個人。語出《左傳》文公十四年。㉙龜鑒　即龜鏡，借鑑之意，龜可以卜吉凶，鏡可以見美醜。㉚釣詩鉤　引發詩興。㉛掃愁帚　驅除憂愁。㉜麴生　酒。㉝金蘭友　知己的朋友。㉞逋逃　逃亡者。㉟糟丘　酒糟堆積成的小山。㊱鴟夷　皮製的囊袋，可盛酒。㊲齊臣　指淳于髡，曾諷諫齊威王罷長夜之飲，除淫靡之風。見《史記・滑稽列傳》。㊳學士　指劉伶，不聽妻勸而飲酒無度。見《世說新語・任誕》。㊴孟嘉　東晉時大將軍桓溫的參軍，曾在宴會上帽子被吹落而不覺。㊵伯倫　即劉伶。㊶山公　山簡，鎮守襄陽時常外出飲酒，大醉而歸。見《世說新語・任誕》。㊷彭澤　陶淵明，曾以葛巾濾酒。㊸酣眠乎美人之側也　指阮籍，常到鄰人婦處飲酒，醉便眠其側。㊹濡首於墨汁之中也　指張旭，醉後以頭濡墨中。㊺乘船之士　指賀知章，杜甫〈飲中八仙歌〉說他「知章騎馬似乘船，眼花落井水底眠」。㊻珥玉之臣　指畢卓，曾盜飲鄰人酒，被人抓住。㊼風定塵短　不起風，不落塵。㊽履舄　鞋子。㊾雅謔　雅言戲謔。㊿高吟　高歌吟詩。(51)戛　輕輕敲打。(52)俚詞　粗鄙的曲詞。(53)瀋　滴，這裡指酒滴。(54)綠醑葡萄　碧綠的葡萄酒。(55)病葉狂花　醉後昏睡或喧鬧。病葉，醉後入眠。狂花，醉後喧鬧。(56)努石稜二句　皺眉瞪眼，鬚髮散亂。(57)哇浪浪　吐酒之狀。(58)狺狺　犬吠聲。(59)李郎　指李賀，著名詩人。《新唐書・李賀傳》記其母責之「是兒要當嘔出心乃已爾」。(60)蘇相　指蘇秦，曾佩六國相印，後車裂而死。(61)舌底生蓮者　擅長言辭者。(62)燈前取影者　擅長繪畫者。(63)忤　違逆。(64)灌夫　漢代名將，剛直不阿，曾在丞相田蚡處使酒罵座，戲侮田蚡。(65)眩瞑　因醉酒而頭昏眼花。(66)酲　喝醉了神智不清。(67)梃　木棍。(68)困其臀　打屁股。困，使痛苦。

【語　譯】甘肅臨洮馮生，說的人忘記了他的名字，大概是個富貴人家的後裔，但家道中落了。有個捕鱉的人欠了他的債無力償還，捉到鱉總拿來獻給他。一天，那人送來一隻很大的鱉，額頭上有白點。馮生因為牠模樣奇異，把牠放掉了。

後來馮生從女婿家回來，走到恒河邊，天已接近黃昏，看見一個醉漢，帶著兩三個家僮，歪歪倒倒地走過來。他遠遠望見馮生，就問道：「什麼人？」馮生隨口應道：「走路的。」醉漢生氣地說：「難道沒姓沒名嗎，怎麼說走路的？」馮生急著趕路，不搭理他，逕直走過去。醉漢更火了，扯住他的袖子不讓他走，酒氣熏人。馮生更加不耐煩，但是極力想掰開他的手卻又脫不開。問他：「你叫什麼名字？」醉漢夢囈似的回答說：「我是南都原先的縣令。你要幹什麼？」馮生說：「世間有這樣的縣令，真辱沒這世界了！幸好是原先的縣令；要是新任的縣令，恐怕要把過路人殺光了吧？」醉漢非常惱火，看樣子就要動武。馮生大聲說：「我馮某人不是個挨人打的人！」醉漢聽了，轉怒為喜，踉踉蹌蹌地下拜，說：「原來是我的恩主，多有冒犯，請別怪罪！」他爬起來吩咐隨從先回家準備酒菜。馮生推也推不掉。

那人握著馮生的手走了幾里路。只見有一座小村落。走進去，裡頭房舍華麗，像是個富貴人家。那醉漢酒意消了一些，馮生這才問他的姓名。那人說：「說出來你別害怕，我是洮水八大王。剛才西山青童請我去喝酒，不覺喝過了頭醉了，冒犯了恩主，實在慚愧不安。」馮生知道他是妖精，因他情義深厚，言辭懇切，就不害怕了。不久，豐盛的筵席擺了上來。他們親熱地坐下，高興地喝酒。八大王的酒量很大，一連喝了好幾大杯。馮生怕他又醉了，再來煩擾，就假裝喝醉請求去睡覺。八大王已經明白他的心思，笑著說：「你莫非是怕我發酒瘋嗎？請不要怕。大凡醉漢沒品行，說隔夜記不起來，不過是騙人的。酒徒沒德行，十個有九個是有意犯的。我雖不能跟你同類相比，但還不敢對尊長發酒瘋，耍無賴，你為什麼就這樣拒絕我呢？」馮生於是重新坐下，正色地規勸他說：「你既然自己知道，為什麼不改變行徑？」八大王說：「老夫當縣令時，沉溺於酒比現在還厲害。自從觸怒了天帝，貶回島嶼，盡力改變先前的壞習慣，已經十多年了。現在老了，快進棺材了，潦倒失意，不能飛黃騰達，老毛病又犯了，我自己沒法解脫。現在要恭敬地聽從你的教導。」

他們傾心交談之際，遠處的鐘聲已經響起。八大王站起來拉著馮生的手臂說：「我們相聚的時間太短了。我藏有一件東西，送給你，聊以報答深恩厚德。這件東西不能佩帶太久，你願望達成以後，得還給我。」從嘴裡吐出一個小人，只有一寸多高。然後用指甲掐馮生的手臂，馮生疼得皮膚像要裂開似的；八大王趕緊把小人按在上面。一放手，小人已鑽進了皮膚裡，指甲痕還在，而手臂上鼓鼓地隆起，像痰核的形狀。馮生驚訝地問他，八大王笑而不答，只是說：「你該走了。」送了馮生出來，八大王自己回去了。馮生回頭一看村莊房舍都沒有了，只見一隻巨鱉蠕動著爬進水裡，沉了下去。馮生驚愕了很久。他心想自己得到的一定是鱉寶。

從此馮生的眼力極其敏銳，凡藏有珠寶的地方，在地底深處都看得見；即使一向不知道的東西，也能隨口叫出名稱來。他在臥室裡挖到埋在那兒的幾百兩銀子，家中生活開銷很充裕。後來有人要賣舊房子，馮生看見裡面埋藏著無數銀子，就出高價買了住進去。從此，他富比王公，火齊石、木難珠他都有收藏。

馮生得到一面銅鏡，背面有鳳形鏡鈕，環繞著水雲湘妃圖案，光芒照射一里多遠：人的鬍鬚眉毛都數得出。美人照一照，影像就會留在裡面，磨也磨不掉；要是改個妝束重新照一次，或是換一個美人，原來影像就會消失。

當時肅王府的三公主極其美麗，馮生非常仰慕她的豔名。正好公主到崆峒山遊玩，馮生就去藏在山裡，等候公主下車，用那面鏡子把她照下來帶回家，把鏡子安放在桌上。仔細端詳鏡子，看見美人在鏡子裡拈著手絹微笑，嘴巴像要說話、眼睛像要轉動。馮生高興地收藏好。過了一年多，這事被他妻子洩露出去，傳到了肅王府。肅王非常惱怒，把馮生逮捕入獄。沒收鏡子，準備處死馮生。馮生花重金賄賂太監，讓太監向肅王說：「王爺如果赦免我，天下最珍奇的寶物也不難到手。不然的話，我只有一死，對王爺實在沒有益處。」肅王打算抄沒他的家產流放他。三公主說：「他已經偷看了我，就是死去十次也洗不清這汙點，不如嫁給他吧。」肅王不答應。公主關起門不吃東西。王妃非常憂慮，極力勸說肅王，肅王才把馮生從監獄裡放出來，命太監把這意思告訴他。馮生推辭說：「共度貧賤困難的妻子不能休棄，我寧死不敢接受這命令。王爺如果讓我贖罪，我傾盡家產就是了。」肅王生氣了，又把他抓了起來。王妃召馮生的妻子進宮，準備毒死她。見了面，馮妻拿一座珊瑚鏡臺獻給王妃，說話溫順、懇切。王妃喜歡她，讓她參見公主。公主也喜歡她，二人訂為姐妹，轉而讓她勸說馮生。馮生對妻子說：「對王侯的公主，是不能拿先娶後娶來論正室副室的。」妻子不聽，回家準備了聘禮送到王府，用了一千人來送。珍貴的寶石、奇異的美玉，諸如此類，王府的人都叫不出名稱。肅王非常高興，釋放馮生回家，把三公主嫁給了他。公主揣著那面寶鏡，把它帶回馮家。

有天晚上，馮生獨自睡覺，夢見八大王儀態軒昂地走進來，說：「我送的東西，該還給我了。要是佩帶得太久，會消耗人的精血，折損人的壽命。」馮生答應他，便要留他喝酒。八大王推辭說：「自從聽了你苦口良藥般的勸導，我已經戒酒三年了。」於是用嘴巴咬馮生的手臂，馮生痛得醒了過來。一看手臂上，那核塊已經消失了。從此，馮生就跟普通人一樣了。

異史氏說：「醒的時候像個人，而喝醉了就像鱉，酒徒們大都如此。但那鱉精雖然天天慣於發酒瘋，卻不敢忘記別人的恩德，不敢對尊長無禮，鱉不是比人強多了嗎？而像某人，則是醒時不如人，而醉時不如鱉。古人有龜鏡，怎不做個鱉鏡呢？我於是作了一篇〈酒人賦〉：

『有一樣東西，陶治性情，美味可口；喝了它就醉醺醺，它的名字叫「酒」。它的名目最多，立功已久：用來宴請嘉賓，用來款待父輩和舅舅；用來促膝而坐、為歡作樂，用來交杯成禮、聯姻配偶；或者用來作「釣詩鉤」，又用來做「掃愁帚」。所以麴秀才頻頻來，是文士墨客的好朋友；醉鄉深處，是憂愁的人逃亡的湖澤。酒糟築成的高臺建成了，大酒壺的功勞不朽。齊國臣子便能飲一石，文人學士也說喝五斗。酒固然因名人而流傳，而人有時為喝酒而出醜。譬如那丟掉帽子的孟嘉，扛著鐵鍬的劉伶；山簡把帽子倒著戴，陶潛用頭巾來濾酒。喝醉睡在美人旁，別人看出沒壞心；腦袋蘸進墨汁裡，自己認為下筆如有神。井底下躺著乘船的文士，酒槽邊綁著佩玉的大臣。甚至模仿鱉魚和囚徒，玩世不恭，也還不是為害別人，不義不仁。至於像雨雪之夜，花月之晨，風靜塵少，賓客依舊，歌妓更新，鞋子錯雜，蘭花、麝香氣味濃郁，琴兒輕輕彈，淺淺撥，低聲唱歌，慢慢斟酒；忽然悠揚的曲調奏起來，座上靜悄悄的像沒人。雅致地說笑，則滿堂歡樂，高亢地吟詠，是金玉之聲。就算陶然沉湎、大醉不醒，也是神魂清朗、夢境純真。果真如此，即便一天醉一回，名教也不會嫌惡怪罪。而你卻喧譁嘈雜無韻味，粗言俗語一齊來；時坐時站鬧嚷嚷，呼三喝四擺戰陣。為一兩滴酒而忿怒爭辯，看上去要擲刀子；伸著脖子皺著眉，乾杯好像喝毒酒；酒倒杯碎，撲燭滅燈。葡萄美酒碧綠色，到處亂倒不吝惜。病葉狂花，為酒令所禁。這樣的情懷，不如別喝。又有的人酒隔在咽喉裡，中間不到一寸；絮絮叨叨，還譏笑主人吝嗇；坐著不說走，要喝又不行：酒客沒德行，至此為甚。甚至有狂藥喝下去，客人氣頭粗；努起石棱般的眉毛，張開亂糟糟的鬍子；袒胸露臂，雙腳亂跳。灰塵迷蒙布滿臉，嘔吐流淌沾衣服；嘴巴汪汪亂吠，頭髮蓬蓬如奴僕。呼天搶地，好像李賀嘔出心肝；手舞足蹈，如同蘇秦五馬分屍。能在舌底生蓮花的辯士，也沒法把這情狀形容盡致；能從燈前取人影的畫家，也沒法把它描畫出來。父母上前遭頂撞，妻兒力弱難扶持。有的是父輩的好朋友，無緣無故挨灌夫的罵。好言好語告誡，他更加目眩頭昏。這種人名叫「酒凶」，不可挽救。只有一個辦法，可以給他解酒。這辦法是什麼？只需一根木棍。把他手腳捆住，像殺豬一般。只讓他屁股受苦，別傷他的頭頂，打到一百多下，頓時豁然而醒。』」

【研　析】〈八大王〉由一篇鱉精報恩故事及一篇〈酒人賦〉組成。馮生雖是富貴人家後裔，但家境日漸衰落。他放生了一隻額頭上有白點的巨鱉。一天晚上，馮生在路上偶遇一個醉漢。醉漢撒潑耍賴，兩人起了爭執。醉漢得知他的姓名後，拜倒在地，感謝他的救命之恩。醉漢原來是洮水八大王，也即是馮生放掉的那隻巨鱉。八大王送給馮生一個一寸多高的小人，並把小人擠到馮生的手臂裡，馮生從此獲得了能夠穿透物體、發現寶藏的敏銳眼力，家裡逐漸富比王侯。

福兮禍之所伏，禍兮福之所倚。馮生獲得一面銅鏡，鏡子照過的影像就不會消失。馮生便用鏡子照了肅王府的三公主，「審視之，見美人在中，拈巾微笑，口欲言而波欲動」。消息洩露，肅王震怒，準備處死馮生。這時，發生了有趣的財富與權力之間的博弈。馮生面臨死刑，有三種力量為他求情。一是馮生用重金賄賂太監，請太監轉告肅王，「王如見赦，天下之至寶，不難致也。不然，有死而已，於王誠無所益」。肅王便打算抄沒馮生的家產，並把他流放。二是三公主覺得自己已經被偷窺，就算死去十次也不足以洗清汙點，不如嫁給他。三是王妃因為疼愛女兒，就也向肅王求情。在這三種力量的作用下，肅王由想把馮生殺掉轉到想把女兒嫁給他，事情向著矛盾緩和的方向發展。但肅王提出馮生要把原配休掉，這又引起一場波瀾。馮生堅持糟糠之妻不下堂，寧死不能從命。於是又被肅王投入監獄。王妃召見了馮生的妻子，馮妻進獻一座珊瑚鏡臺，與王妃、公主結下良好關係。同時，又回家準備聘禮，派了一千人的隊伍，浩浩蕩蕩地把奇珍異寶送到王府，「珍石寶玉之屬，王家不能知其名」，肅王大喜，就把馮生釋放回家，並把女兒嫁給他。在馮妻的巧妙運作下，財富發揮出巨大效力，引導著權力發生了轉向。後來八大王要回了那個有奇異功能的小人，馮生就跟普通人一樣了。

〈酒人賦〉是蒲松齡有感於八大王飲酒而發，集中體現了蒲松齡對酒及飲酒之人的看法。八大王當縣令時，整天沉溺於酒鄉。因為觸怒天帝，被貶回島嶼，力改前非。後來想到自己行將就木，不能飛黃騰達，就又犯了老毛病。經過馮生一番苦口婆心的勸說，最後把酒戒掉了。這個過程也顯示出八大王能飲能戒，而且在飲酒期間還不忘報答別人的恩情，得到蒲松齡的充分肯定。在〈酒人賦〉中，蒲松齡首先對酒的作用進行了肯定。「有一物焉，陶情適口；飲之則醺醺騰騰，厥名為『酒』。其名最多，為功已久：以宴嘉賓，以速父舅，以促膝而為歡，以合巹而成偶；或以為『釣詩鉤』，又以為『掃愁帚』。故麴生頻來，則騷客之金蘭友；醉鄉深處，則愁人之逋逃藪。」接著，對飲酒之人作了區分。第一種是酒以人傳，屬於名士之飲；第二種是人以酒醜，屬於玩世不恭者之飲；第三種是名教也不會怪罪的清雅之飲；第四種是沒有情懷、不如不飲之飲；第五種是沒有品味、沒有德性之飲；第六種是不可救拯的酒凶之飲，這是最令人不堪的飲酒者，對於他們，蒲松齡開出了藥方，「惟有一術，可以解酲。厥術維何？只須一梃。縶其手足，與斬豕等。止困其臀，勿傷其頂；捶至百餘，豁然頓醒」，不禁令人會心一笑。

羅祖

羅祖，即墨❶人也。少貧縱，族❷中應出一丁戍北邊，即以羅往。羅居邊數年，生一子。駐防守備雅❸厚遇之。會守備遷陝西參將，欲攜與俱去。羅乃托妻子於其友李某者，遂西。自此三年不得反。適參將欲致書北塞，羅乃自陳，請以便道省❹妻子。參將從之。

羅至家，妻子無恙，良慰。然牀下有男子遺舄，心疑之。既而詣李申謝。李致酒殷勤；妻又道李恩義，羅感激不勝。

明日謂妻曰：「我往致主命，暮不能歸，勿伺❺也。」出門跨馬去。匿身近處，更定❻卻歸。聞妻與李臥語，大怒，破扉。二人懼，膝行乞死。羅抽刀出，已復韜之❼曰：「我始以汝為人也，今若此，殺之汙吾刀耳！與汝約：妻子而❽受之，籍名❾亦而充之，馬匹器械具在。我逝矣。」遂去。

鄉人共聞於官。官笞李，李以實告。而事無驗見，莫可質憑，遠近搜羅，則絕匿名跡。官疑其因姦致殺，益械李及妻；逾年，並桎梏⑩以死。乃驛送其子歸即墨。

後石匣營有樵人入山，見一道士坐洞中，未嘗求食。眾以為異，齎⑪糧供之。或有識者，蓋即羅也。饋遺滿洞，羅終不食，意似厭囂，以故來者漸寡。積數年，洞外蓬蒿成林。或潛窺之，則坐處不曾少移。又久之，見其出遊山上，就之已杳；往瞰洞中，則衣上塵蒙如故。益奇之。更數日而往，則玉柱⑫下垂，坐化⑬已久。土人為之建廟；每三月間，香楮⑭相屬於道。其子往，人皆呼以小羅祖，香稅悉歸之；今其後人，猶歲一往，收稅金焉。

沂水劉宗玉向予言甚詳。予笑曰：「今世諸檀越⑮，不求為聖賢，但望成佛祖。請遍告之：若要立地成佛，須放下刀子去。」

【注　釋】❶即墨　縣名，在今山東。❷族　家族。❸雅　很。❹省　探視；看望。❺伺　等候。❻更定　初更之後。更，舊時夜間的計時單位，一夜分為五更。❼韜之　收刀入鞘。❽而　你。❾籍名　軍籍中的姓名。❿桎梏　手銬腳鐐。⓫齎　拿東西給人。⓬玉柱　即玉筯，人死後下垂的鼻涕。⓭坐化　安然端坐而死，多指有修行的人。⓮香楮　香燭、紙錢，供奉神靈的用品。⓯檀越　施主。

【語　譯】羅祖，山東即墨人。他年輕時家裡貧窮，族裡要出一個人守衛北疆，於是讓羅祖去了。羅祖在邊疆駐防了好幾年，生了一個兒子。駐防軍的守備官對他非常好。正好守備官晉升為陝西參將，想帶著羅祖一起去。羅祖於是把妻兒託付給他一位李姓朋友，就跟著守備官西去了。從此三年沒有回來。適逢參將要送信到北疆，羅祖就毛遂自薦，請求藉此順路探望妻兒。參將答應了。

羅祖回到家裡，妻兒都很好，十分欣慰。可是他發現床底下有男人留下來的鞋子，心生懷疑。接著，羅祖到李某處表示謝意。李某熱情地擺上酒菜招待羅祖；羅祖的妻子又稱讚李某對他們的恩義，羅祖對此感激不盡。

第二天，羅祖對妻子說：「我要去完成參將的命令，晚上不能回來，不用等我了。」說完，出門騎馬走了。羅祖藏身在附近，一更之後轉身回家。聽到妻子與李某躺在床上說話，怒火沖天，破門而入。羅祖的妻子和李某害怕了，跪著走到羅祖跟前，請求把他們處死。羅祖拔出刀來，又把它插回去，說：「我起初還以為你是個人，現在做出這種事來，殺了你反而玷汙了我的刀！我跟你約定：我的妻兒給你，我的軍籍也給你，馬匹器械都在。我走了。」說完就離開了。

鄉裡的人把這件事報告官府。官府責打拷問李某，李某就把實情說了。但這件事沒有別人看見，沒人可以對質作為憑據，官府派人到處搜尋羅祖，而羅祖已經不見蹤跡。官府懷疑李某因姦情暴露而殺死羅祖，愈加嚴刑拷問李某和羅祖的妻子；過了一年，李某和羅祖的妻子都死在了獄中。官府就由驛站把羅祖的兒子送回即墨。

後來，北京郊外的石匣營有打柴人進山，看見一個道士坐在山洞裡，未曾見他吃過東西。大家覺得很奇異，就送糧食給他。其中有人認得他，原來就是羅祖。送去的糧食堆滿山洞，羅祖始終不吃。看他的樣子，好像厭惡喧鬧的氣氛，所以來的人就漸漸減少。過了好幾年，洞外的雜草長得密如樹林。有人偷偷地去看，只見道士坐的地方一點也沒移動。又過了很久，有人看見他走出了山洞，在山上閒遊，等到要靠近他，卻已經不見蹤影；回到洞口一看，只見道士衣服上的灰塵還像以前一樣。人們更加奇怪。過了幾天再去，只見道士鼻涕下垂，端坐在那裡死去已經很久了。

當地人為羅祖建了廟；每年三月間，前來燒香燭紙錢的人絡繹不絕。羅祖的兒子前往，人們都叫他小羅祖，香油錢都歸他所有；現在羅祖的後人，仍然每年去收一次香油錢。

沂水的劉宗玉對我說得很詳細。我笑著說：「現在世上的施主們，不追求成為聖賢，只希望成為佛祖。請告訴他們每一個人：如果要立地成佛，必須放下刀子。」

【研　析】〈羅祖〉主要講述羅祖放下屠刀、立地成佛的故事。羅祖因少年貧寒而去戍邊，並在邊疆娶妻生子。後來他跟隨守備前往陝西三年，不得不將妻兒託付於李某。羅祖因公事返家，發現妻子與李某有染。本來已經「抽刀出」，要殺掉這對違背夫妻之義、有負朋友所託的偷情男女，他卻突然發生了巨大的轉變，把刀插回去，說「我始以汝為人也，今若此，殺之汙吾刀耳！與汝約：

妻子而受之，籍名亦而充之，馬匹器械具在。我逝矣」。李某及羅妻，逾年也被當地官府「桎梏以死」。後來，羅祖被人在山洞中發現，「坐化已久」。當地人疑其成仙，為之建廟祭祀。

故事洋溢著一種濃烈的傳奇色彩。羅祖如何由婦人不貞、朋友不信的滿腔激憤一下子達到拋妻棄子、遠離紅塵的大徹大悟境界，這一點無法從現有故事情節做出符合邏輯的推理。羅祖如果是一個勇猛粗暴的武人，他是萬萬不會放下刀子的，因此只能歸結為宗教的神奇性。文章後來說，有樵夫入山，見羅祖隱跡一山洞中靜坐苦修，不受供養，數年之間亦毫無動止。有人發現羅祖出遊山上，進洞探察，則衣上塵蒙如故，再數日則發現其坐化已久。當地人遂立廟祭祀，他的兒子亦被尊為「小羅祖」，接受信徒香敬，代代相襲。

〈羅祖〉成文有其獨特的宗教背景。劉正平在〈《聊齋誌異》「羅祖」故事原型解析——小說、史實與無為教創教傳奇「相互發明」的研究範本〉中，認為羅祖的故事原型當為明代無為教（羅教）的創教祖師羅夢鴻。羅夢鴻（西元一四四二——一五二七年），又名羅清，俗名羅音，法名普仁，法號悟空，後世門徒尊稱羅祖、羅大士、羅道、無為教主、無為居士、無為道人等。劉正平結合心理學知識，認為羅祖自幼父母雙亡，而寄予厚望的朋友和妻子卻背叛了他，這使他遭遇了巨大的精神痛苦，最終喪失了對友情和愛情的信任與期待，需要新的靈魂歸宿和精神寄託。羅夢鴻棄家修道，實則是拋棄舊有人際關係網絡，重建自我保護機制的過程。與一般信徒不同的是，羅夢鴻自己創立了一個教派，在他的宗教組織中聚集了大量的信眾，構建了人際關係的新秩序；在他的宗教世界中塑造了一個「無生父母」的信仰對象和「真空家鄉」的精神家園，作為現實父母和家鄉的替代物，以寄託宗教情感。這個過程同時也是個人價值體系崩潰後的新的自我實現。

最後蒲松齡說：「今世諸檀越，不求為聖賢，但望成佛祖。請遍告之：若要立地成佛，須放下刀子去。」這一點也值得關注。現在世上的人們，不再追求成為聖賢，而只希望成為佛祖，但顯然他們無法做到「放下刀子」。在蒲松齡這裡，「放下刀子」不僅僅是不殺生，而且包含了寬容、仁慈、向善等豐富的內涵。

牛成章

牛成章，江西之布商也。娶鄭氏，生子女各一。牛三十三歲病死。子名忠，時方十二；女八九歲而已。母不能貞❶，貨產入囊，改醮❷而去。遺兩孤，難以存濟。有牛從嫂❸，年已六袠❹，貧寡無歸，遂與居處。

數年，嫗死，家益替❺。而忠漸長，思繼父業而苦無貲。妹適毛姓，毛富賈也。女哀婿假數十金付兄。兄從人適金陵❻，途中遇寇，資斧盡喪，飄蕩不能歸。偶趨典肆❼，見主肆者絕類其父；出而潛察之，姓字皆符。駭異不諭❽其故。惟日流連其傍，以窺意旨，而其人亦略不顧問。如此三日，覘❾其言笑舉止，真父無訛。即又不敢拜識；乃自陳於群小❿，求以同鄉之故，進身為傭。

立券⑪已，主人視其里居、姓名，似有所動，問所從來。忠泣訴父名。主人悵然若失。久之，問：「而母無恙乎？」忠又不敢謂父死，婉應曰：「我父六年前，經商不返，母醮而去。幸有伯母撫育，不然，葬溝瀆久矣。」主人慘然曰：「我即是汝父也。」於是握手悲哀。又導入參其後母。後母姬，年三十餘，無出，得忠喜，設宴寢門。牛終欷歔不樂，即欲一歸故里。妻慮肆中乏人，故止之。牛乃率子紀理肆務；居之三月，乃以諸籍⑫委子，趣裝西歸。

既別，忠實以父死告母。姬乃大驚，言：「彼負販於此，曩所與交好者，留作當商；娶我已六年矣。何言死耶？」忠又細述之。相與疑念，不喻其由。逾一晝夜，而牛已返，攜一婦人，頭如蓬葆⑬。忠視之，則其所生母也。牛摘耳頓罵：「何棄吾兒！」婦懾伏不敢少動。牛以口齕其項。婦呼忠曰：「兒救吾！兒救吾！」忠大不忍，橫身蔽鬲⑭其間。牛猶忿怒，婦已不見。眾大驚，相譁以鬼。旋視牛，顏色慘變，委衣於地，化為黑氣，亦尋滅矣。母子駭嘆，舉衣冠而瘞之。忠席⑮父業，富有萬金。後歸家問之，則嫁母於是日死，一家皆見牛成章云。

【注釋】❶貞　貞節，舊時束縛女子的一種道德觀念，指婦女不改嫁等。❷改醮　改嫁。❸從嫂　叔伯嫂。❹六袠　六十歲。袠，十年為一袠。❺替　衰敗。❻金陵　南京。❼典肆　典當物品的店鋪。❽諭　明白；知道。❾覘　窺探；偵察。❿群小　僕人。⓫立券　訂立契約。⓬籍　帳冊。⓭蓬葆　叢生的亂草。⓮蔽亯　遮擋。⓯席　憑藉；倚仗。

【語譯】牛成章，是江西的一個布商。娶妻鄭氏，生了一子一女。牛成章三十三歲時病死了。他的兒子名叫牛忠，當時才十二歲；而女兒只有八九歲。鄭氏不能守節，就把家產賣掉拿了錢，改嫁走了。丟下孤兒孤女，難以生存。牛成章有個堂嫂，年齡已有六十歲，生活貧窮，無依無靠，兩個孩子於是和她一起居住。

過了幾年，老太太死了，家業更加衰敗。牛忠漸漸長大，想子繼父業但苦於沒有資本。他的妹妹嫁給姓毛的，毛家是個富商。妹妹哀求丈夫借給牛忠幾十兩銀子。牛忠跟著別人到金陵去，路上遇見強盜，錢都被搶光了，在外流浪不能回家。偶爾走進當鋪，見當鋪的主人很像他的父親；出來後暗暗打聽，姓名都符合。牛忠感到驚異卻又不知道原因。只是每天在當鋪前徘徊，窺視當鋪主人的反應，但他毫不理會。就這樣過了三天，牛忠窺探當鋪主人的一言一笑行為舉止，真是他的父親沒有錯誤。但又不敢拜見相認；於是向當鋪的僕人們自我介紹，請求以是當鋪主人同鄉的緣故，到當鋪作個傭人。

簽好契約以後，當鋪主人看到牛忠的籍貫、姓名，似乎有所觸動，問牛忠從哪裡來。牛忠哭著說出了父親的名字。當鋪主人聽後悵然若失。過了很久，問牛忠：「你母親身體好嗎？」牛忠又不敢說父親已經死了，委婉地回答說：「我父親六年前外出經商沒有回來，母親改嫁走了。幸好有伯母撫養，不然，早就死在溝渠裡了。」當鋪主人悲傷地說：「我就是你的父親啊。」於是兩人手握著手，都很傷心。牛成章又領著牛忠到內室拜見後母。後母姓姬，年齡有三十多歲，沒生兒女，得到牛忠十分高興，就在內室設宴款待牛忠。牛成章始終長吁短歎，悶悶不樂，就想馬上回老家一趟。姬氏考慮當鋪無人照顧，所以勸阻了他。牛成章於是領著兒子經營當鋪事務；三個月以後，他就把各類簿冊交給兒子，收拾行裝回老家去。

牛成章走了以後，牛忠把父親已死的事如實告訴後母。姬氏聽了大吃一驚，說：「他到這裡做生意，以前和他交情好的人把他留下來做當鋪商人，娶我已經六年了。怎麼說他已經死了呢？」牛忠又把往事詳細講述了一遍。兩人都有疑惑，不知道這是什麼原因。過了一天一夜，牛成章已經回來了。帶著一個婦人，那婦人頭髮亂得有如雜草。牛忠一看，原來是自己的生母鄭氏。牛成章扭著鄭氏的耳朵，跺著腳大罵：「為什麼丟棄我的兒子！」鄭氏害怕得趴在地上，一動也不敢動。牛成章張開嘴巴咬鄭氏的脖子。鄭氏對牛忠喊道：「兒子救我！兒子救我！」牛忠很不忍心，就擋在父親和鄭氏之間。牛成章還很憤怒，鄭氏已經不見了。大家非常驚異，喧嚷著說有鬼。回頭一看牛成章，只見他臉色慘變，衣服掉在地上，化作一股黑氣，也立即消失了。姬氏和牛忠驚歎不已，拾起牛成章留下的衣帽，拿去埋葬了。

牛忠繼承了父親的產業，十分富有。後來，他回老家一問，生母鄭氏在牛成章回江西的那一天死了，一家人都說見到了牛成章。

【研　析】〈牛成章〉是一個懲罰不良之婦的故事。江西的牛成章是個做布匹生意的商人，三十三歲時得病死了。他生前經常在金陵做買賣，他的靈魂就在那裡建立了新的家庭。牛成章的妻子則賣掉家產，改嫁他人。六年後，牛成章的兒子牛忠到金陵，偶然碰到了父親，兩人相認。牛成章聽說家裡的情況後，把已經改嫁的妻子捉來，「摘耳頓罵」，「以口齕其項」。最後，牛成章化為一陣黑煙散滅，被打的妻子也於當天死去。

對於這一篇，我們可以做再深一層的分析。牛成章痛責妻子是有其原因的。牛成章死後，其妻賣掉家產，捨棄兒女，帶著財物改嫁他人。在牛成章看來，妻子改嫁或許可以容忍，但帶走自己掙下的家業，丟下一雙兒女，不給他們提供生活來源，這才是最難容忍的。牛忠和妹妹只能依賴牛成章貧窮的寡嫂，寡嫂死後，兄妹倆的生活就更加艱難。牛忠見到父親後，所說「幸有伯母撫育，不然，葬溝瀆久矣」應是真實情況。牛成章在把當鋪的生意交給兒子後，就回家找妻子算帳去了。牛忠找到妻子，不罵妻子不能守貞，而是罵妻子「何棄吾兒」。因此，在牛成章的思想裡，妻子是否守貞和兒女是否有所依托比起來，顯然後者分量更重一些。但明倫總結說：「子已十二，又有產可以撫之，乃不貞他適；又復貨產入囊，棄兩孤於膜外，其死宜矣。」可見，拋棄子女是牛妻受罰的主要原因。

這篇故事反映出傳統社會家庭經濟因素的重要性。在祖先崇拜的觀念下，為了保證家族的生存與繁衍，財產的傳承與歸屬是人們頗為關注的問題。從這篇故事來看，在不足七百字的短文中，蒲松齡就多次提及財產問題：牛成章的妻子帶走的是財產；牛忠妹妹哀求丈夫借給哥哥數十兩銀子作為資本；牛成章之所以不立刻找妻子報復，也是為了「率子紀理肆務」，三個月之後，「乃以諸籍委子，趣裝西歸」；牛成章化成一陣黑煙散去，「忠席父業，富有萬金」。最終，牛忠作為合法的財產繼承人，順理成章地接收了牛成章遺留下的財產。

鏡聽

益都鄭氏兄弟，皆文學士❶。大鄭早知名，父母嘗過愛❷之，又因子並及其婦；二鄭落拓❸，不甚為父母所歡，遂惡次婦，至不齒禮❹：冷暖相形，頗存芥蒂❺。次婦每謂二鄭：「等男子耳，何遂不能為妻子爭氣？」遂擯弗與同宿。於是二鄭感憤，勤心銳思，亦遂知名。父母稍稍優顧之，然終殺於兄❻。次婦望夫綦切，是歲大比❼，竊於除夜❽以鏡聽卜❾。有二人初起，相推為戲，云：「汝也涼涼去！」婦歸，凶吉不可解，亦置之。

闈後，兄弟皆歸。時暑氣猶盛，兩婦在廚下炊飯餉耕❿，其熱正苦。忽有報騎⓫登門，報大鄭捷。母入廚喚大婦曰：「大男中式⓬矣！汝可涼涼去。」次婦忿惻⓭，泣且炊。俄又有報二鄭捷者。次婦力擲餅杖而起，曰：「儂也涼涼去！」此時中情所激，不覺出之於口；既而思之，始知鏡聽之驗也。

異史氏曰：「貧窮則父母不子⑭，有以也哉！庭幃⑮之中，固非憤激之地；然二鄭婦激發男兒，亦與怨望無賴者殊不同科⑯。投杖而起，真千古之快事也！」

【注釋】❶文學士　讀書人。❷過愛　過分地愛；偏愛。❸落拓　寂寞冷落。❹不齒禮　不按同樣禮節對待。❺芥蒂　思想上的隔閡。❻殺於兄　不如兄。❼大比　明清時稱鄉試為大比。❽除夜　除夕之夜。❾以鏡聽卜　即鏡聽，古人於除夕或歲首懷鏡胸前，出門聽人言，以占卜吉凶休咎。❿餉耕　給在田地裡耕作的人送飯。⓫報騎　報馬，這裡指騎馬送喜信的人。⓬中式　科舉考試被錄取。⓭忿懟　氣忿傷心。⓮父母不子　父母也不（拿他）當兒子看待。⓯庭幃　家庭內部。⓰科　類別。

【語譯】山東益都的鄭氏兄弟，都是讀書人。大鄭出名很早，父母都偏愛他，又因為他的緣故對大鄭媳婦也很偏愛；二鄭落拓潦倒，不大被父母喜歡，於是二鄭媳婦也受到冷遇，甚至不按同樣禮節對待：相形之下，一冷一暖，二鄭媳婦心裡很不痛快。她常常對丈夫說：「你也是男子漢啊，為什麼不替我爭口氣？」便拒絕與丈夫同睡。於是二鄭受到觸動，發憤努力，勤奮盡心地鑽研學問，也很出名了。父母對他稍微好了些，但還是不如對大鄭好。二鄭媳婦望夫成名心切，這一年正逢鄉試，她暗暗在除夕之夜用鏡聽之術來占卜。有兩個人剛剛起來，相互推搡遊戲，說：「你也涼快涼快去！」二鄭媳婦回來後，不知是吉是凶，就把它放下了。

鄉試結束，兄弟倆都回來了。當時天氣還很炎熱，妯娌倆正在廚房裡給耕田的傭人做飯，感到酷熱難耐。忽然有報馬進來，說大鄭中舉了。母親走進廚房對大媳婦說：「大兒子中舉了！你可以涼快涼快去！」二鄭媳婦又氣憤又傷心，哭著繼續燒飯。沒多久，又有報馬說二鄭也中舉了。二鄭媳婦把擀餅杖用力一摔，站了起來，說：「我也涼快涼快去！」這時，她內心感情激動，不覺脫口而出；後來一想，才知道是鏡聽占卜的應驗。

異史氏說：「如果貧窮潦倒，父母就不把兒子當兒子看待，這是有原因的啊！家庭內室之中，本來不是激勵丈夫的地方；但是二鄭媳婦激勵丈夫，也和怨望無賴的婦女很不相同。扔掉擀餅杖站起來，這真是千百年的快心之事啊！」

【研析】《鏡聽》講述了一個頗有喜劇色彩的人生故事。大鄭、二鄭兄弟兩人都是讀書人。因為大鄭出名較早，父母就很喜歡他，對大媳婦也另眼相看。而二鄭夫婦就不同了，因為二鄭的落拓，夫婦倆都受到歧視。鄉試結束後，妯娌倆正在廚房做飯。報馬來報大鄭中舉，母親於是對大媳婦說：「汝可涼涼去。」沒多久，報馬又來報二鄭中舉，二媳婦投杖而起，說：「儂也涼涼去！」

「貧窮則父母不子，富貴則親戚畏懼」，這在戰國時期就有典型的例子。《戰國策》載，當初蘇秦出遊數載，一事無成，回家後妻子不下織機，嫂子不給他做飯，父母不給他說話，蘇秦感歎道：「妻不以我為夫，嫂不以我為叔，父母不以我為子，是皆秦之罪也！」等他掛相印而歸，則是「父母聞之，清宮除道，張樂設飲，郊迎三十里。妻側目而視，傾耳而聽；嫂蛇行匍伏，四拜自跪而謝」。究其原因，還是其嫂子說了實話：「以季子之位尊而多金。」蘇秦最後說：「貧窮則父母不子，富貴則親戚畏懼。人生世上，勢位富厚，盍可忽乎哉？」

〈鏡聽〉也為我們揭示了這種悲喜交匯、百味雜陳的人生。二鄭媳婦由於受丈夫的牽連，遭到公婆的冷眼。在傳統社會，妻以夫貴，如果丈夫沒有本事，誰又能瞧得起那本來地位就低下的女人？二鄭媳婦勸說丈夫要為妻子爭氣，而且使出「弗與同宿」的辦法來激勵丈夫。在她的努力下，丈夫「勤心銳思，亦遂知名」。終於，報馬先後報大鄭、二鄭高中。此時，或許二鄭媳婦的心情變化最為巨大。她由聽到大鄭高中後「忿惻，泣且炊」，陡然轉變為聽到二鄭高中後的「力擲餅杖而起」，說「儂也涼涼去」，其神態動作、言語表情，無不躍然紙上。但明倫評價說：「快心語，聞之可療鬱悶症。」蒲松齡也認為，「投杖而起，真千古之快事也」。可以說，這是一種極度壓抑後不自覺的爆發與歡呼，是一種換了新天地般的盡興與豪情，也是一種終於熬出頭的含淚的幸福與辛酸！蒲松齡寫了大鄭、二鄭同時考中的情況，但我們就這個結果可以再作一番假設。如果大鄭、二鄭都沒考中，那麼生活還像原來一樣繼續；如果大鄭考中，而二鄭沒有考中，父母會更加看不起二鄭夫婦；如果二鄭考中，而大鄭沒有考中，這個家庭需要調整的關係可就複雜得多了。世態炎涼，人情冷暖，著實是一件令人生畏的事情。

關於鏡聽，呂湛恩注解道：「先覓一古鏡，錦囊盛之，獨向灶神，勿令人見。雙手捧鏡，誦咒七遍，出聽人言，以定吉凶。又閉目信足走七步，開眼照鏡，隨其所照，以合人言，無不驗也。」何垠注解道：「王建集有鏡聽詞，謂懷鏡於通衢聽往來之言，以卜休咎。」鏡聽本來是一種占卜活動，蒲松齡卻獨闢蹊徑，用它來串聯故事，使故事妙趣橫生，生動活潑，喜劇效果倍增，產生了化腐朽為神奇的效果。

仙人島

王勉，字黽齋，靈山❶人。有才思，累冠文場❷，心氣頗高，善誚罵，多所凌折❸。偶遇一道士，視之曰：「子相極貴，然被『輕薄孽❹』折除幾盡矣。以子智慧，若反身修道，尚可登仙籍。」王嗤曰：「福澤誠不可知，然世上豈有仙人！」道士曰：「子何見之卑？無他求，即我便是仙耳。」王益笑其誣。道士曰：「我何足異。能從我去，真仙數十，可立見之。」問：「在何處？」曰：「咫尺耳。」遂以杖夾股間，即以一頭授生，令如己狀。囑合眼，呵曰：「起！」覺杖粗如五斗囊，凌空翕飛，潛捫之，鱗甲齒齒❺焉。駭懼，不敢復動。

移時，又呵曰：「止！」即抽杖去，落巨宅中，重樓延閣❻，類帝王居。有臺高丈餘，臺上殿十一楹❼，弘麗無比。道士曳客上，即命童子設筵招賓。殿上列數十筵，鋪張炫目。道士易盛服以伺。少頃，諸客自空中來，所騎，或龍，或虎，或鸞鳳，不一其類。又各攜樂器。有女子，有丈夫，皆赤其兩足。中獨一麗者，跨彩鳳；宮樣妝束，有侍兒代抱樂具，長五尺以來，非琴非瑟，不知何名。酒既行，珍肴雜錯，入口甘芳，並異常饈。

王默然寂坐，惟目注麗者；心愛其人，而又欲聞其樂，竊恐其終不一彈也。酒闌，一叟倡言曰：「蒙崔真人雅召，今日可云盛會，自宜盡歡。請以器之同者，共隊為曲❽。」於是各合配旅❾。絲竹之聲，響徹雲漢。獨有跨鳳者，樂伎❿無偶。群聲既歇，侍兒始啟繡囊，橫陳几上。女乃舒玉腕，如搊⓫箏狀，其亮數倍於琴，烈足開胸，柔可蕩魄。彈半炊許⓬，合殿寂然，無有欬者。既闋，鏗爾一聲，如擊清磬。共讚曰：「雲和夫人絕調哉！」大眾皆起告別，鶴唳龍吟，一時並散。

道士設寶榻錦衾，備生寢處。王初睹麗人，心情已動；聞樂之後，涉想尤勞。念己才調，自合芥拾青紫⑬，富貴後何求弗得。頃刻百緒，亂如蓬麻。道士似已知之，謂曰：「子前身與我同學，後緣意念不堅，遂墮塵網。僕不自它⑭於君，實欲拔出惡濁；不料迷晦已深，夢夢⑮不可提悟。今當送君行。未必無復見之期，然作天仙⑯，須再劫矣。」遂指階下長石，令閉目坐，堅囑無視。

已，乃以鞭驅石。石飛起，風聲灌耳，不知所行幾許。忽念下方景界，未審何似；隱將兩眸微開一線，則見大海茫茫，渾無邊際。大懼，即復合，而身已隨石俱墮，砰然一響，汩沒⑰若鷗。幸夙近海，略諳泅浮。聞人鼓掌曰：「美哉跌乎！」危殆方急，一女子援登舟上，且曰：「吉利，吉利，秀才『中濕』⑱矣！」視之，年可十七八，顏色艷麗。王出水寒慄，求火燎⑲衣。女子言：「從我至家，當為處置。苟適意，勿相忘。」王曰：「是何言哉！我中原才子，偶遭狼狽，過此圖以身報，何但不忘！」女子以棹催艇，疾如風雨，俄已近岸。於艙中攜所採蓮花一握，導與俱去。

半里入村，見朱戶南開，進歷數重門，女子先馳入。少間，一丈夫出，是四十許人，揖王升階，命侍者取冠袍襪履，為王更衣。既，詢邦族。王曰：「某非相欺，才名略可聽聞。崔真人切切眷愛，招升天闕。自分功名反掌[20]，以故不願棲隱。」丈夫起敬曰：「此名仙人島，遠絕人世。文若，姓桓。世居幽僻，何幸得覿名流。」因而殷勤置酒。又從容而言曰：「僕有二女，長者芳雲，年十六矣，祗今未遭良匹。欲以奉侍高人，如何？」王意必採蓮人，離席稱謝。桓命於鄰黨[21]中，招二三齒德[22]來。顧左右，立喚女郎。無何，異香濃射，美姝十餘輩，擁芳雲出，光艷明媚，若芙蕖之映朝日。拜已，即坐。群姝列侍，則採蓮人亦在焉。

酒數行，一垂髫女自內出，僅十餘齡，而姿態秀曼，笑依芳雲肘下，秋波流動。桓曰：「女子不在閨中，出作何務？」乃顧客曰：「此綠雲，即僕幼女。頗惠，能記典、墳㉓矣。」因令對客吟詩。遂誦竹枝詞㉔三章，嬌婉可聽。便令傍姊隅坐。桓因謂：「王郎天才，宿構㉕必富，可使鄙人得聞教否？」王慨然誦近體一作，顧盼自雄。中二句云：「一身剩有鬚眉在，小飲能令塊磊㉖消。」鄰叟再三誦之。芳雲低告曰：「上句是孫行者離火雲洞，下句是豬八戒過子母河也。」一座撫掌㉗。桓請其他。王述水鳥詩云：「瀦頭㉘鳴格磔，……」忽忘下句。甫一沉吟，芳雲向妹呫呫㉙耳語，遂掩口而笑。綠雲告父曰：「渠為姊夫續下句矣。云：『狗腚響弸巴。』」合席粲然。

王有慚色。桓顧芳雲，怒之以目。王色稍定，桓復請其文藝。王意世外人必不知八股㉚業，乃炫其冠軍之作，題為「孝哉閔子騫㉛」二句，破㉜云：「聖人贊大賢之孝……」綠雲顧父曰：「聖人無字門人者㉝，『孝哉……』一句，即是人言。」王聞之，意興索然。桓笑曰：「童子何知！不在此，只論文耳。」王乃復誦。每數句，姊妹必相耳語，似是月日之詞，但嚅囁不可辨。王誦至佳處，兼述文宗評語，有云：「字字痛切。」綠雲告父曰：「姊云：『宜删「切」字。』」眾都不解。桓恐其語嫚[34]，不敢研詰。王誦畢，又述總評，有云：「羯鼓[35]一撾，則萬花齊落。」芳雲又掩口語妹，兩人皆笑不可仰。綠雲又告曰：「姊云：『羯鼓當是四撾。』」眾又不解。綠雲啟口欲言，芳雲忍笑訶之曰：「婢子敢言，打煞矣！」眾大疑，互有猜論。綠雲不能忍，乃曰：「去『切』字，言『痛』則『不通』[36]。鼓四撾，其云『不通又不通』也。」眾大笑。桓怒訶之。因而自起泛卮[37]，謝過不遑。

王初以才名自詡，目中實無千古；至此，神氣沮喪，徒有汗淫[38]。桓諛而慰之曰：「適有一言，請席中屬對焉：『王子身邊，無有一點不似玉。』」眾未措想，綠雲應聲曰：「黽翁頭上，再著半夕即成龜。」芳雲失笑，呵手扭脅肉數四。綠雲解脫而走，回顧曰：「何預汝事！汝罵之頻頻，不以為非；寧他人一句，便不許耶？」桓咄之，始笑而去。

鄰叟辭別。

諸婢導夫妻入內寢，燈燭屏榻，陳設精備。又視洞房中，牙籤[39]滿架，靡書不有。略致問難，響應無窮。王至此，始覺望洋堪羞[40]。女喚「明璫」，則採蓮者趨應，由是始識其名。屢受誚辱，自恐不見重於閨闥；幸芳雲語言雖虐，而房幃之內，猶相愛好。王安居無事，輒復吟哦。女曰：「妾有良言，不知肯嘉納否？」問：「何言？」曰：「從此不作詩，亦藏拙之一道也。」王大慚，遂絕筆。

久之，與明璫漸狎。告芳雲曰：「明璫與小生有拯命之德，願少假以辭色[41]。」芳雲許之。每作房中之戲，招與共事，兩情益篤，時色授而手語之。芳雲微覺，責詞重疊；王惟喋喋，強自解免。一夕，對酌，王以為寂，勸招明璫。芳雲不許。王曰：「卿無書不讀，何不記『獨樂樂』數語[42]？」芳雲曰：「我言君不通，今益驗矣。句讀[43]尚不知耶？『獨要，乃樂於人要；問樂，孰要乎？曰：不。』」一笑而罷。

適芳雲姊妹赴鄰女之約，王得間，急引明璫，綢繆備至。當晚，覺小腹微痛；痛已，而前陰盡縮。大懼，以告芳雲。雲笑曰：「必明璫之恩報矣！」王不敢隱，實供之。芳雲曰：「自作之殃，實無可以方略㊹，既非痛癢，聽之可矣。」數日不瘳，憂悶寡歡。芳雲知其意，亦不問訊，但凝視之，秋水盈盈，朗若曙星。王曰：「卿所謂『胸中正，則眸子瞭焉㊺』。」芳雲笑曰：「卿所謂『胸中不正，則瞭子㊻眸焉』。」蓋「沒有」之「沒」，俗讀似「眸」，故以此戲之也。王失笑，哀求方劑。曰：「君不聽良言，前此未必不疑妾為妒。不知此婢，原不可近。曩實相愛，而君若東風之吹馬耳㊼，故唾棄不相憐。無已，為若治之。然醫師必審患處。」乃探衣而咒曰：『黃鳥黃鳥，無止于楚㊽！』」王不覺大笑，笑已而瘳。

逾數月，王以親老子幼，每切懷思。以意告女。女曰：「歸即不難，但會合無日耳。」王涕下交頤，哀與同歸。女籌思再三，始許之。桓翁張筵祖餞[49]。綠雲提籃入，曰：「姊妹遠別，莫可持贈。恐至海南，無以為家，夙夜代營宮室，勿嫌草創[50]。」芳雲拜而受之。近而審諦[51]，則用細草製為樓閣，大如櫞[52]，小如橘，約二十餘座，每座梁棟榱題[53]，歷歷可數；其中供帳[54]牀榻，類麻粒焉。王兒戲視之，而心竊歎其工。芳雲曰：「實與君言：我等皆是地仙[55]。因有宿分，遂得陪從。本不欲踐紅塵，徒以君有老父，故不忍違。待父天年[56]，須復還也。」王敬諾。桓問：「陸耶？舟耶？」王以風濤險，願陸。出則車馬已候於門。謝別言邁[57]，行蹤騖駛。俄至海岸，王心慮其無途。芳雲出素練一疋，望南拋去，化為長堤，其闊盈丈。瞬息馳過，堤亦漸收。

至一處，潮水所經，四望遼邈。芳雲止勿行，下車取籃中草具，偕明璫數輩，布置如法，轉眼化為巨第。並入解裝，則與島中居無少差殊，洞房內几榻宛然。時已昏暮，因止宿焉。早旦，命王迎養[58]。王命騎趨詣故里，至則居宅已屬他姓。問之里人，始知母及妻皆已物故[59]，惟老父尚存。子善博，田產並盡，祖孫莫可棲止，暫僦居[60]於西村。王初歸時，尚有功名之念，不恝[61]於懷；及聞此況，沉痛大悲，自念富貴縱可攜取，與空花何異。驅馬至西村，見父衣服滓敝[62]，衰老堪憐。相見，哭各失聲。問不肖子，則出賭未歸。王乃載父而還。芳雲朝拜已，燂[63]湯請浴，進以錦裳，寢以香舍。又遙致故老與之談宴，享奉過於世家。子一日尋至其處，王絕之，不聽入，但予以廿金，使人傳語曰：「可持此買婦，以圖生業。再來，則鞭撻立斃矣！」子泣而去。

王自歸，不甚與人通禮；然故人偶至，必延接盤桓，撝抑[64]過於平時。獨有黃子介，夙與同門學，亦名士之坎坷[65]者，王留之甚久，時與秘語，賂遺甚厚。居三四年，王翁卒，王萬錢卜兆[66]，營葬盡禮。時子已娶婦，婦束男子嚴，子賭亦少間[67]矣；是日臨喪，始得拜識姑嫜。芳雲一見，許其能家[68]，賜三百金為田產之費。翼日，黃及子同往省視，則舍宇全渺，不知所在。

異史氏曰：「佳麗所在，人且於地獄中求之，況享壽無窮乎？地仙許攜姝麗，恐帝闕下虛無人矣。輕薄減其祿籍㊾，理固宜然，豈仙人遂不之忌哉？彼婦之口，抑何其虐也！」

【注釋】❶靈山　地名，在今山東青島。❷文場　科舉考場。❸淩折　汙辱、傷害。❹孽　罪業。❺齒齒　排列有序。❻延閣　從屬於主體建築的樓閣。❼楹　廳堂前面的柱子。❽共隊為曲　共奏一曲。❾配旅　配對組合。❿伎　即技。⓫搊　用手撥弄。⓬半炊許　大約半頓飯的時間。⓭芥拾青紫　做官如同在地上拾芥草一樣容易。⓮不自它　沒有二心，視為一體。自它，自外，把自己當外人。⓯夢夢　糊塗；不明白。⓰天仙　天上的神仙。⓱汨沒　沉沒。⓲秀才中濕　秀才掉入水中，衣服濕透。因「中濕」諧音為「中式（科考被錄取）」，故為取笑之語。⓳燎　烤；烘乾。⓴功名反掌　求取功名易如反掌。㉑鄉黨　鄉里。㉒齒德　年高而又有德之人。㉓典墳　泛指古書。典，五典，少昊、顓頊、高辛、唐（堯）、虞（舜）之書。墳，三墳，伏羲、神農、黃帝之書。㉔竹枝詞　一種由古代巴蜀民歌演變而來的詩體。㉕宿構　舊作。㉖塊磊　心中抑鬱不平之氣。㉗撫掌　拍手。㉘瀦頭　水積聚的地方。㉙呫呫　小聲細語。㉚八股　即八股文，科舉時代的一種以四書、五經命題，規定一定格式、體裁、語言、字數的專門應考的文章。㉛閔子騫　孔子弟子，以孝聞名。㉜破　即破題，八股文的開篇必須概括剖析全題。㉝聖人無字門人者　聖人不稱呼門人的表字。綠雲認為「孝哉閔子騫」是別人所說的話，而非如王勉認為是「聖人贊大賢之孝」之語。㉞嫚　輕視；侮辱。㉟羯鼓　古時羯族所用的一種樂器，形如漆桶，兩頭可敲。㊱痛則不通　字面義為人身上疼痛的地方是因為血脈不流通，此處「痛」是借用王勉所說「痛切」的「痛」，「不通」則引申為文章不通順。㊲泛卮　謂斟滿酒。卮，古代盛酒的器皿。㊳汗淫汗水直流的樣子。(39)牙籤　繫在書卷上的標識，這裡指書籍。(40)望洋堪羞　因為開闊了眼界而自感羞愧。見《莊子・秋水》。(41)少假以辭色　稍微以好言語、好臉色對待，意謂另眼相看，更加重視。(42)獨樂樂數語　指孟子所說的「獨樂樂」幾句。「獨樂樂，與人樂樂，孰樂？」曰：「不若與人。」「與少樂樂，與眾樂樂，孰樂？」曰：「不若與眾。」見《孟子・梁惠王下》。(43)句讀　舊式標點，語意完整的一小段標為句，句中語意未完、語氣可停的更小段落標為讀。(44)方略　辦法。(45)胸中正二句　內心光明正大，則眼光就特別明亮。語出《孟子・離婁》。眸，眼睛。瞭，明亮。(46)瞭子　山東方言，指男子的性器官。(47)若東風之吹馬耳　像風吹過馬耳邊，無動於衷。語出李白〈王十二寒夜獨酌有懷〉：「世間聞此皆掉頭，有如東風射馬耳。」(48)黃鳥黃鳥二句　集合《詩經》中〈秦風・黃鳥〉的「交交黃鳥，止于楚」和〈小雅・黃鳥〉的「黃鳥黃鳥，無集于穀，無啄我粟」而成，此處以黃鳥比喻男子的性器官。(49)祖餞　餞行。(50)草創　開始興辦、創建，此處指簡略粗糙。(51)審諦　仔細觀察。(52)櫞　即枸櫞，一種植物，其果實為長橢圓形或卵圓形，味酸而苦。(53)榱題　即出簷，指椽之出於屋簷下者。(54)供帳　鋪設、帷帳等用具，也稱供張。(55)地仙　住在人間的神仙。(56)天年　天然的壽命，這裡指年老而死。(57)言邁　啟行。(58)迎養　迎接父母以奉養。(59)物故　指死亡。(60)僦居　租房子居住。(61)恝　淡然；不經心。(62)滓敝　骯髒破舊。(63)燀　燒；煮。(64)撝抑　謙抑；謙讓。(65)坎坷　本義為路高低不平，這裡指不順利、不得意。(66)卜兆　占卜，這裡指通過占卜擇定墓地。(67)少間　稍微有所間斷。(68)能家　能夠持家。(69)祿籍　天上或冥府記錄人福、祿、壽的簿冊。

【語　譯】王勉，字黽齋，山東靈山人。他才思過人，多次在考場上名列第一，心高氣傲，擅長譏笑嘲罵，很多人都受過他的侮辱。一天，他偶然遇見一個道士，道士看了看他說：「你非常具有貴相，可是被你輕薄的毛病幾乎抵銷完了。以你的聰明智慧，假如反轉來修道，還可以名列仙籍。」王勉冷笑著說：「福澤確實是不能預料的，但世上哪有什麼仙人！」道士說：「你怎麼見解這樣短淺呢？不用到別的地方去找，我就是仙人啊。」王勉更加嘲笑他的虛妄。道士說：「我還稱不上奇異。你能跟著我去，有幾十位真正的神仙，可以馬上見到。」王勉問：「在什麼地方？」道士說：「近在咫尺。」於是把拐杖夾在兩腿之間，把另一頭交給王勉，叫他和自己一樣。囑咐王勉閉上眼睛，大喝一聲：「起！」王勉覺得拐杖變得好像一個能裝五斗米的布袋那樣粗，凌空飛起，偷偷伸手一摸，感覺摸到層層排列的鱗甲。他十分害怕，不敢再動了。

不久，道士又大喝一聲：「停！」便抽去拐杖，落在一所大宅院裡，重樓疊閣，好像帝王的皇宮一樣。有一座一丈多高的臺子，臺上的大殿前有十一根柱子，宏麗無比。道士拉著王勉走進殿內，就讓童子擺設筵宴，招待賓客。殿上擺了幾十桌酒菜，陳設得光彩奪目。道士換了一身華貴的衣服等候客人。沒多久，所有客人從空中來了，他們所騎的，有的是龍，有的是虎，有的是鸞鳳，各不相同。又各自攜帶樂器。有女子，有男子，都光著兩隻腳。中間獨有一位美人，騎著一隻彩鳳；穿著皇宮妃嬪的衣服；有個侍女為她抱著一件樂器，有五尺多長，既不是琴，也不是瑟，不知道它的名字。酒宴開始以後，珍肴美味擺滿桌子，吃起來香甜可口，和平常宴席上的酒菜都不一樣。

王勉默默地坐著，只是注視著那位美人，心裡很喜歡她，又想聽聽她演奏的音樂，暗暗擔心她最後也不會彈奏。酒喝得差不多了，一個老叟提議說：「承蒙崔真人有雅興邀請，今天可以說是盛會，自然應該盡情歡樂。請帶著同樣樂器的共同演奏一曲吧。」於是各人配對組合。絲竹之聲，響徹雲霄。只有那個騎彩鳳的美人，沒有人樂器和她相同的。大家演奏完後，侍女才打開繡囊，把樂器橫放在桌子上。美人於是擺動潔白細膩的手腕，好像彈箏的樣子，聲音比琴聲清亮數倍，激越時足以使人心胸開闊，柔緩時能夠使人神魂飄蕩。彈了約半頓飯的時間，整個殿上一片靜寂，沒有咳嗽的。彈完曲子，結尾鏗的一聲，好像打擊玉磬一樣。大家共同稱讚道：「雲和夫人的演奏真是絕妙音樂啊！」眾人都起來告別，只聽鶴唳龍吟，一下子都走了。

道士準備好床鋪被褥，讓王勉睡覺。王勉初見到美人時，已經動了心思；聽她彈奏樂曲以後，更加想念了。想到自己的才學，自認為做高官就像從地上拾棵小草一樣，以後想要什麼富貴得不到呢。頃刻之間，思緒萬端，心亂如麻。道士似乎已經知道了王勉的想法，對王勉說：「你前世和我是同學，後來因為意念不堅定，於是墜入塵網。對於你，我沒把自己當外人。實在是想把你從惡濁的環境裡救出來；沒想到你已經迷惘很深，迷迷糊糊不能立即醒悟。現在送你回去。我們未必沒有再見的日期，但要做個天仙還須再經歷一次劫難。」於是指著臺階下的一條長石，讓王勉閉著眼睛坐上去，再三囑咐他不要睜開眼睛看。

王勉坐好後，道士就用鞭子驅趕石頭。石頭飛起來，滿耳都是風聲，也不知道飛了多遠。忽然想起下方景物，不知是什麼樣子；微微將兩眼睜開一條縫，只見大海茫茫，無邊無際。王勉十分害怕，馬上閉上眼睛，而身體已經隨著石頭一起掉下去，砰地一聲，像海鷗一樣沉入水裡。所幸以前住在海邊，略懂游泳。聽到有人鼓掌說：「這一下跌得真美啊！」正在危急之中，一個女子伸手把他救到船上，口裡還說：「吉利，吉利；秀才『中濕』了！」王勉一看，那姑娘年齡大約十七八歲，容貌十分豔麗。王勉從水裡爬出來，凍得渾身打顫，請求用火烤烤衣服。姑娘說：「你跟我到家，我就為你處置。如果稱心如意了，可不要忘了我。」王勉說：「這是什麼話！我是中原著名的才子，偶然弄得如此狼狽，度過這個難關，我要以身相報，何止是不忘呢！」姑娘以槳划船，快得如疾風急雨，不久已靠近岸邊。姑娘從船艙裡拿出所採的一束蓮花，帶著王勉一起走。

走了約半里路，進入一個村莊，看見一個朝南開的紅色大門，進去後又經過好幾道門，那姑娘先跑進去。不久，一個中年男子出來了，大約四十來歲，他拱手作揖，請王勉登上臺階，又命僕人取來衣帽鞋襪，給王勉更衣。換完後，詢問王勉的家世。王勉說：「我不是欺騙你，我的才名人們還是知道的。崔真人對我十分關心，把我請到天上。我自認為求得人間功名易如反掌，所以不願隱居。」那男子站起來恭敬地說：「這個地方名叫仙人島，遠離人世。我姓桓，名叫文若。世代居住在這個幽靜偏僻的地方，見到中原才子，實在是榮幸得很。」於是熱情地置辦酒菜。從容地對王勉說：「我有兩個女兒，大的叫芳雲，已經十六歲了，至今還沒找到一個好女婿。我想讓她侍奉你這位有才學的高人，怎麼樣？」王勉心想一定是那位採蓮的姑娘，就站起來表示感謝。桓文若派人從鄰居中請來幾位德高望重的老人。又看看左右，命人馬上把芳雲叫出來。不久，聞到一陣濃烈的異香，十幾個美女簇擁著芳雲出來，芳雲長得光豔明媚，好像荷花在早晨太陽的照射下那樣美麗。行過禮後，芳雲就座。一群美女站在旁邊侍候，那採蓮的姑娘也在其中。

酒過數巡，一個頭髮披垂的少女從裡面出來，只有十餘歲，長得姿容也很秀麗，笑著倚在芳雲的肘下，一雙水汪汪的大眼睛看著筵席上的人。桓文若說：「女孩子不在閨房裡，出來幹什麼？」又回頭對王勉說：「這是綠雲，是我的小女兒。很聰明，能背誦三墳五典一類的古書了。」接著叫她當著客人的面吟誦詩詞。綠雲就吟誦了三首竹枝詞，聲音嬌婉好聽。就讓她坐在姐姐身邊一角。桓文若接著對王勉說：「您是個天才，舊日所作文稿一定很多，可以讓鄙人聽聽受些教益嗎？」

王勉就慷慨地吟誦了一首近體詩，誦完後左顧右盼，十分自滿。詩中有兩句是：「一身剩有鬚眉在，小飲能令塊磊消。」一個鄰居老頭再三吟誦著這兩句詩。芳雲低聲對他說：「上句是孫行者離火雲洞，下句是豬八戒過子母河。」大家聽了都拍手笑起來。桓文若請王勉吟誦幾篇其他的作品。王勉就吟誦一首水鳥詩：「瀦頭鳴格磔，……」忽然忘了下句。剛一沉吟，芳雲向妹妹低聲耳語，然後掩口發笑。綠雲告訴父親：「她給姐夫續上下句了。是：『狗腚響弸巴。』」席上的人聽了，又大笑起來。

王勉露出慚愧的神色。桓文若回頭看看芳雲，狠狠地瞪了她一眼。王勉的神色稍稍鎮定，桓文若又請他背誦一些文章。王勉心想，世外之人一定不懂得八股文，於是炫耀自己最得意的作品，題目是「孝哉閔子騫」二句。破題是：「聖人贊大賢之孝……」綠雲望著父親說：「聖人沒有稱呼弟子表字的，『孝哉……』這一句，就是別人說的。」王勉一聽，意興闌珊。桓文若笑著說：「小孩子知道些什麼！關鍵不在這裡，只是來評論文章。」王勉於是又背誦起來。每念幾句，姐妹倆必定互相耳語，好像是品評文章的話，可是嘰嘰咕咕聽不清楚。王勉背誦到得意之處，把主考官的評語一起敘述出來，有句評語是：「字字痛切。」綠雲告訴父親說：「姐姐說：『應該把「切」字去掉。』」大家都不理解。桓文若恐怕她說下去更輕慢，也不敢細問。王勉背誦完畢，又說了主考官的總評，其中兩句是：「羯鼓一撾，則萬花齊落。」芳雲又掩口對妹妹說了幾句，兩人都笑得直不起腰來。綠雲又告訴父親：「姐姐說：『羯鼓當是四撾。』」大家又不理解。綠雲想張口解釋，芳雲忍住笑呵斥道：「小ㄚ頭敢說，我就打死你！」大家非常疑惑，互相猜測議論。綠雲忍不住了，就說：「去掉『切』字，說『痛』就是『不通』。羯鼓敲了四遍，那就是『不通又不通』

啊。」大家哈哈大笑。桓文若生氣地責備了綠雲一番。然後站起來倒酒，向王勉連連道歉。

起初王勉以才名自詡，沒把古往今來的人放在眼裡；到這時，神氣沮喪，只有大汗淋漓。桓文若為奉承他，安慰道：「我正好有句話，請大家對個對聯：『王子身邊，無有一點不似玉。』」大家還沒來得及想，綠雲應聲說：「黽翁頭上，再著半夕即成龜。」芳雲失聲而笑，用嘴呵呵手在綠雲脅下抓了好幾下。綠雲掙脫跑了，回頭對姐姐說：「關你什麼事！你屢次罵他，也不覺得錯；難道別人只罵一句，就不行嗎？」桓文若呵斥她，她才笑著走開了。鄰居的老人們也告辭而去。

丫環們引著王勉夫妻倆到內室，屋裡的燈燭、屏風、床榻，陳設得非常精緻齊全。又看見洞房中，書架上插滿了象牙標籤，無書不有。王勉略略向芳雲提了幾個問題，芳雲對答如流。王勉至此才覺得自己大開眼界，又不勝羞愧。芳雲叫了聲「明璫」，只見那個採蓮的姑娘應聲跑來，從此王勉才知道她的名字。因為屢次受到芳雲的嘲弄，自己擔心芳雲小看他；幸好芳雲雖然說話刻薄，但在閨房之中，二人還是恩愛融洽。王勉安逸地住著，無所事事，又時時吟起詩來。芳雲說：「我有一句有益的話，不知你能接受嗎？」王勉問：「什麼話？」芳雲說：「從此以後不再作詩，這也是掩蓋自己短處的一個辦法。」王勉非常慚愧，於是擱筆不再寫詩。

時間久了，王勉與明璫漸漸親近起來。他對芳雲說：「明璫對我有救命之恩，希望你能另眼相看。」芳雲答應了。每當在閨房裡戲耍時，就叫明璫一起來玩，王勉和明璫的感情更加深厚，經常眉目傳情，以手勢來表達感情。芳雲漸漸察覺，多次責備王勉；王勉只是喋喋不休，極力為自己辯解。一天晚上，夫妻倆對坐喝酒，王勉認為這很寂寞，勸芳雲把明璫叫來。芳雲不答應。

王勉說：「你無書不讀，怎麼不記得『獨樂樂』這幾句話呢？」芳雲說：「我說你不通，今天更得到驗證了。你還不知道斷句嗎？這幾句話應是：『獨要，乃樂於人要；問樂，孰要乎？曰：不。』」兩人笑了一陣子就過去了。

正好芳雲姐妹倆應鄰家女孩的邀請出去了，王勉有了機會，急忙把明璫叫來，歡愛纏綿。當天晚上，王勉覺得小腹有點痛；痛完後，生殖器都縮進去了。王勉非常恐懼，告訴了芳雲。芳雲笑著說：「這一定是明璫的恩情已經報答了吧！」王勉不敢隱瞞，如實招供。芳雲說：「這是你自找的災禍，實在沒有辦法解決，既然不痛不癢，就隨它去吧。」好幾天沒有痊癒，王勉憂愁煩悶，鬱鬱寡歡。芳雲知道他的心意，也不問候他，只是凝視著他，眼波清澈，如同晨星一樣明亮。王勉說：「你就是所說的『胸中正，則眸子瞭焉』。」芳雲笑著說：「你可以說是『胸中不正，則瞭子眸焉』。」原來，「沒有」的「沒」，山東方言讀起來像「眸」，藉此來戲耍王勉。王勉聽了失聲而笑，哀求芳雲給他治病的良方。芳雲說：「你不聽我好言相勸，此前你未必不懷疑我是妒忌。你不知道這丫頭原來是不能親近的。以前我實在是愛護你，而你卻有如東風吹過馬耳邊，所以才鄙棄不理你。沒辦法，給你治一下吧。但醫生一定要看看你的患處。」於是把手伸進王勉的褲子裡，念著咒語說：「黃鳥黃鳥，無止于楚！」王勉不覺得大笑起來，笑完就痊癒了。

過了幾個月，王勉因為家中父母年邁，兒子幼小，常常十分想念。他把心意告訴芳雲。芳雲說：「回去並不難，但咱們夫妻再相會就沒有日期了。」王勉淚流滿面，哀求芳雲一同回去。芳雲思考再三，才答應他。桓文若擺酒設宴為他們餞行。綠雲提著一個籃子進來了，說：「姐妹就要遠別了，沒什麼東西可以送給你。恐怕你們到了大海的南邊，沒有地方居住，我日夜給你們營造了一座宮室，請不要嫌它簡陋。」芳雲拜謝後就接受了。拿近了仔細一看，原來是用細草編成的樓閣，大點的像香櫞，小點的像橘子，大約有二十多座，每座的樑、柱、椽、簷，都可以清清楚楚地數出來；其中帷帳、床鋪等用具，像麻籽一樣。王勉把它看作小孩子的遊戲，但內心還是暗暗佩服做得精巧。芳雲說：「老實對你說，我們都是地仙。因為前世有緣，所以能陪伴你。本來不想到人間去，只是因為你有老父親，所以不忍心違背你的意願。等父親得盡天年，必須再回來。」王勉恭恭敬敬地答應了。桓文若問：「是走陸路呢？還是坐船？」王勉認為海裡的風浪波濤險惡，希望走陸路。走出大門，車馬已經在門前等候了。王勉拜別岳父就啟程了，那車馬走得很快。不久就到了海岸，王勉擔心無路可走。芳雲拿出一匹白絲綢，向南拋去，變成了一條長堤，有一丈多寬。車馬瞬息之間經過了長堤，長堤也逐漸收起來。

來到一個潮水經過的地方，四面望去廣闊而平坦。芳雲就停下來不走了，下車把籃子裡用草編的模型取出來，和明璫等幾個丫頭，按一定方法布置好，轉眼之間就變成一座巨大的宅第。一起走進院子，卸下行裝，則和仙人島上的居住環境沒有一點差別，房間裡的擺設也一模一樣。當時已是黃昏，就住了下來。第二天早晨，芳雲讓王勉去把父母接來供養。王勉騎馬直奔家鄉，到了一看，自己的房子已屬他人。向鄰居一打聽，才知道母親和妻子都已經亡故，老父親還健在。兒子嗜好賭博，田產都輸光了，祖孫倆沒有地方棲身，暫時在西村租了間房子住。王勉剛回來時，還有功名之念，不能忘懷；及至聽到這些情況，心情沉痛而悲傷，心想富貴縱然可以得到，但又與空花有什麼不同。他催馬到了西村，看見父親穿得又髒又破，衰老得可憐。父子相見，都痛哭失聲。王勉問不肖的兒子在哪裡，父親說他出去賭博還沒回來。王勉就用馬車載了父親回去。芳雲拜見了公公，燒好熱水請公公洗了個澡，送來綢緞做的衣服，讓公公住在香氣四溢的房子裡。又把公公的幾位老朋友請來，陪他喝酒聊天，享受超過了官宦人家。一天，王勉的兒子找到這裡。王勉拒絕見他，不准他進門，只給他二十兩銀子，讓人傳話說：「可以用這些錢娶個媳婦，好好地謀生。假如再來，就立刻用鞭子打死！」兒子哭著走了。

王勉自從回來以後，不大和別人往來；但是老朋友偶爾前來，一定把他們接進來熱情招待，比起以前來態度謙遜得多了。獨有一個叫黃子介的，從前和王勉是同學，也是名士中命運坎坷的人，王勉留他住了很長時間，經常和他密談，贈送給他很多財物。過了三四年，王勉的父親去世了，王勉花了很多錢為父親選擇墓地，安葬時盡哀盡禮。當時兒子已經娶了媳婦，兒媳婦管束丈夫很嚴，兒子也很少去賭博了；舉行葬禮的那天，兒媳婦才初次拜見公婆。芳雲一見，就讚許她能持家，給她三百兩銀子購買田產。第二天，黃子介和王勉的兒子一同前去看望，可是房子都不見了，不知到哪裡去了。

異史氏說：「有絕世美人的地方，即使在地獄中，人們也會去追求，何況長生不老呢？如果允許地仙攜帶美人，恐怕皇帝的宮闕之下連一個官員都沒有了吧。為人輕薄而減損他的官運，道理本來就是這樣，難道仙人就不忌諱這個嗎？那個婦人的嘴巴，又是多麼讓人難堪啊！」

【研　析】從總體上來說，〈仙人島〉講述的是王勉修仙得道的故事。從具體來看，此文又可以作多層面、多角度解讀。王勉修仙有數次機會。第一個機會，他的面相極貴，儘管被「輕薄孽」折除殆盡，但如果反身修道，還可以位列仙籍。但王勉自認為有才思，屢冠文場，心氣頗高，人間富貴既然指日可待，何必要做仙人？第二個機會，有個道士（即崔真人，係王勉前身的同學）帶王勉參加仙人盛會，會上，王勉見到美麗的雲和夫人，「王初睹麗人，心情已動；聞樂之後，涉想尤勞」。這種度脫方式有點像唐傳奇〈裴航〉所記，樊夫人指點裴航去見「臉欺膩玉，鬢若濃雲，嬌而掩面蔽身，雖紅蘭之隱幽谷，不足比其芳麗」的雲英，藉美麗女子使裴航參透紅塵。但王勉沒有這樣，他轉念一想，憑自己的才華，求得功名富貴不過舉手之勞，有了功名，財富、權勢、美女等等什麼得不到呢，「頃刻百緒，亂如蓬麻」。第三個機會，崔真人指點王勉到仙人島度過一劫，洗脫世間俗人追求功名利祿、沉迷色相情欲等缺陷。這是王勉俗性一點點消磨、神性一點點增長的過程，但是一個被動接受的過程，充滿著顛覆既成觀念體系的痛苦、尷尬和不適。第四個機會，王勉從仙人島回家，「至則居宅已屬他姓。問之里人，始知母及妻皆已物故，惟老父尚存。子善博，田產並盡，祖孫莫可棲止，暫僦居於西村」。他剛回來時，還有追求功名的一點念頭，聽到這種情況，「沉痛大悲，自念富貴縱可攜取，與空花何異」。於是徹徹底底的放棄了功名之想，安心成為地仙。但明倫說他「半世夢中，此時方醒」。這個機會和唐傳奇〈枕中記〉、〈南柯太守傳〉的某些情節有相似之處。〈枕中記〉中，盧生最後感悟，「夫寵辱之道，窮達之運，得喪之理，死生之情，盡知之矣」。〈南柯太守傳〉中，淳于棼「感南柯之浮虛，悟人世之倏忽，遂棲心道門，絕棄酒色」。三者都是主人公在非正常時空中度過一段時間，再回到現實時空中來，從此參透現實時空的局限性，轉而追求永恆的價值與意義。最後，王勉和芳雲長住海島，成為一對幸福的神仙眷侶。

王勉修仙得道最富有文學性的展開，是在第三個機會之中。這也是〈仙人島〉不同於其他修仙故事的根本之處。蒲松齡對此進行了著力描寫。王勉跌入海中，被明璫救起，他自誇：「我中原才子，偶遭狼狽，過此圖以身報，何但不忘！」見了芳雲之父桓文若，就自吹「某非相欺，才名略可聽聞。崔真人切切眷愛，招升天闕，自分功名反掌，以故不願棲隱」。然而，王勉所洋洋自得、引以為傲的「才華」在芳雲、綠雲兩個女孩子面前，被打回了原形。宴席之間，芳雲、綠雲共對王勉進行了四次「攻擊」與「嘲笑」。王勉在吟詩、誦文過程中，「慨然誦近體一作，顧盼自雄」，「意世外人必不知八股業，乃炫其冠軍之作」，不料經過一番折辱，「神氣沮喪，徒有汗淫」。到了洞房裡，王勉發現，「牙籤滿架，靡書不有。略致問難，響應無窮」，不覺得有望洋興歎之感，自己所津津樂道的所謂才華不過是些井底蛙式的伎倆。那些求取功名富貴的敲門磚就更不值一提了。王勉也接受了芳雲把「從此不作詩」作為「藏拙之一道」的建議。

人皆有欲。王勉的色欲又是如何克服的呢?應該說，王勉對侍女明璫是有好感的。首先，明璫對王勉有救命之恩，而且初次見面，明璫「顏色艷麗」，對王勉也提出「苟適意，勿相忘」的請求。其次，桓文若許嫁，王勉一開始以為明璫就是桓文若之女，所以離席稱謝。第三，在其「才華」得不到展示的情況下，王勉飽暖思淫欲，不聽芳雲勸告，與明璫暗相勾結，「兩情益篤，時色授而手語之」，他還是趁著芳雲、綠雲出門，「急引明璫，綢繆備至」。當夜，就身患「前陰盡縮」的怪病。芳雲給他開了一番玩笑，治癒了王勉隱疾。從此，再未見王勉對侍女有所企圖，這也是他在德行上進行自我完善的結果。

林慧瑩在《采采女色》中評價道：「蒲松齡照慣例加上『異史氏曰』，帶著點葡萄酸的說：『地仙許攜姝麗，恐帝闕之下，虛無人矣。』其實正是科舉的失意，才會產生這樣的白日夢。」也正說出了蒲松齡創作這篇故事的批判與自我批判的意味。蒲松齡是科考場上的失意者，命運淹蹇，屢考不中，因而對其中人物的命運進行獨特而深刻的反思。在世俗的觀點看來，王勉算是有才調之人，在科舉之路上前途一片光明，不可限量。從這個角度，蒲松齡藉修仙得道的外殼，對所謂「名士」進行了辛辣的諷刺，他們的所謂才能不過是些雕蟲小技，而這在永恆的價值與意義面前是不值一提的。同時，蒲松齡又不能完全超脫出來，參加科舉是現實生活中文人安身立命的必由之路，蒲松齡又無法完全否定科舉考試，因此，他才會有「佳麗所在，人且於地獄中求之，況享壽無窮乎？地仙許攜姝麗，恐帝闕下虛無人矣。輕薄減其祿籍，理固宜然，豈仙人遂不之忌哉？彼婦之口，抑何其虐也」這樣的總結，輕巧地把科考主題隱去，反而把對地仙生活的羨慕、對芳雲和綠雲口才的驚歎突出出來。

閻羅薨

巡撫某公父，先為南服❶總督，殂謝❷已久。公一夜夢父來，顏色慘慄，告曰：「我生平無多孽愆❸，只有鎮師一旅❹，不應調而誤調之，途逢海寇，全軍盡覆，今訟於閻君，刑獄酷毒，實可畏凜。閻羅非他，明日有經歷❺解糧至，魏姓者是也。當代哀之，勿忘！」醒而異之，意未深信。既寐，又夢父讓之曰：「父罹厄難，尚弗鏤心❻，猶妖夢置之耶？」公大異之。

明日，留心審閱，果有魏經歷，轉運初至，即刻傳入，使兩人捺坐，而後起拜，如朝參禮❼。拜已，長跽漣洏❽而告以故。魏初不自任，公伏地不起。魏乃云：「然，其有之。但陰曹之法，非若陽世懜懜❾，可以上下其手❿，即恐不能為力。」公哀之益切。魏不得已，諾之。公又求其速理。魏籌迴[11]慮無靜所。公請為糞除賓廨[12]，許之。公乃起。又求一往窺聽，魏不可。強之再四，囑曰：「去即勿聲。且冥刑雖慘，與世不同，暫置若死，其實非死。如有所見，無庸駭怪。」

至夜，潛伏廨側，見階下囚人，斷頭折臂者，紛雜無數。墀中置火鐺油鑊[13]，數人熾薪其下。俄見魏冠帶出，升座，氣象威猛，迥與曩殊。群鬼一時都伏，齊鳴冤苦。魏曰：「汝等命戕於寇，冤自有主，何得妄攀官長？」眾鬼嘩言曰：「例不應調，乃被妄檄[14]前來，遂遭凶害，誰貽之冤？」魏又曲為解脫，眾鬼嗥冤，其聲訩動。魏乃喚鬼役：「可將某官赴油鼎，略入一煠[15]，於理亦當。」察其意，似欲借此以洩眾忿。言一出即有牛首阿旁[16]，執公父至，即以利叉刺入油鼎。公見之，中心慘怛[17]，痛不可忍，不覺失聲一號，庭中寂然，萬形俱滅矣。公嘆咤而歸。及明，視魏，則已死於廨中。

松江[18]張禹定言之。以非佳名，故諱其人。

【注　釋】❶南服　南方。服，周朝時一種行政區劃制度。❷殂謝　逝世。❸孽愆　罪過。❹旅　軍隊編制單位，五百人為一旅。❺經歷　職掌出納文書的官吏。❻鏤心　銘記於心。❼如朝參禮　就像上朝參拜皇帝的禮節。❽漣洏　流淚的樣子。❾懵懵　昏暗不明。❿上下其手　串通作弊。見《左傳》襄公二十六年。⓫籌迴　反覆謀劃。⓬賓廨　接待賓客的公廨。⓭火鐺油鑊　油鍋。鐺、鑊，皆為烹煮食物的金屬器具。⓮檄　古代官府用以徵召或聲討的文書。⓯略入一爍　稍微放入油鍋一炸。爍，炸。⓰牛首阿旁　陰間中的惡鬼名。⓱慘怛　悲痛。⓲松江　縣名，在今上海市松江縣。

【語　譯】某巡撫的父親，生前是南方總督，已經死了很久。一天夜裡巡撫夢見父親來了，臉色慘白，渾身發抖，對巡撫說：「我生平沒有多少罪過，只有所屬總鎮的軍隊五百人，不應調而錯誤地調動，途中遇上了海盜，全軍覆沒；現在他們在閻王那裡告我，地獄刑罰慘酷，實在令人畏懼。閻王不是別人，明天有個官吏押解糧食到這裡，那個姓魏的就是。你要代我哀求他，不要忘了！」巡撫醒後覺得很奇怪，但並不十分相信。睡著後，又夢見父親責備他說：「父親遭難，還不銘記在心，還把這當作荒誕不經的夢嗎？」巡撫大感奇怪。

第二天，巡撫留心審閱，果然有個姓魏的官吏，押運糧食剛到，立即傳喚他進來，讓兩個人按著使他坐下，而後起身叩拜，如同上朝參拜皇帝一樣。拜完後，巡撫高跪著流淚告訴他事情的前因後果。魏某開始不承認自己擔任閻王職務，巡撫就趴在地上不起來。魏某才說：「是的，有這回事。但陰間的法律，不像陽世一樣昏憒不明，可以上下串通作弊，恐怕我不能出力。」巡撫哀求得更加懇切。魏某不得已，答應了。巡撫又求他盡快辦理。魏某反覆思考，擔心沒有安靜的場所。巡撫提出為他打掃接待賓客的官舍，魏某答應了。巡撫才起來。巡撫又請求讓他偷偷窺視聆聽，魏某不答應。巡撫一次又一次地強求，魏某囑咐他說：「去了就不要出聲。而且陰間刑罰雖然慘酷，但與陽間不同，犯人暫時好像死了，其實並沒有死。你如果看見了什麼，不用驚駭。」

到了夜間，巡撫偷偷趴在官舍旁邊，看見臺階下的囚犯，斷頭的、折臂的，多得不可勝數。臺階上放著火鐺油鍋，幾個人正在下面燒火。不久，看見魏某穿戴官服官帽出來，坐到座位上，氣象威猛，和以前所見非常不同。群鬼一時間都匍匐在地上，齊聲叫冤。魏某說：「你們的性命是被海盜所害，冤仇自有其主，怎麼能誣告長官？」群鬼喧鬧著說：「按慣例不應該調動，卻被妄發命令調來，於是慘遭殺害，是誰造成的冤屈？」魏某又婉轉地為巡撫的父親解脫，群鬼大聲喊冤，聲勢洶湧。魏某就召喚鬼役說：「可把某官押到油鍋裡，略微炸一炸，在道理上也是應該的。」巡撫看魏某的用意，好像要藉此來平息群鬼的憤怒。話一說出來，立刻就有牛頭鬼阿旁把巡撫的父親押出來，用鋒利的叉子刺入油鍋。巡撫看見，心中悲苦，痛得無法忍受，不由得失聲喊了一句，庭中變得一片寂靜，所有的東西都消失了。巡撫歎息著回去。到了天明，巡撫去看魏某，發現已經死在官舍了。

江蘇松江的張禹定講了這個故事。因為這並不是什麼好事，所以隱諱了他們的名字。

【研　析】這是一個官員犯了錯誤在陰間受冥罰的故事。某巡撫的父親，以前曾做過南服總督，因為錯誤地調動了一支軍隊，致使他們在路上碰到海寇而全軍覆沒。這些陣亡的將士就把他告到了閻王那裡。巡撫的父親想讓兒子到閻王那裡求個人情（這個閻王由押運糧草的一位姓魏的經歷擔任），於是巡撫就找到魏經歷求情。魏經歷經不住巡撫苦苦哀求，只好答應。在審案過程中，巡撫見其父被叉入油鍋，不覺得失聲大叫，導致魏經歷的離奇死亡。

這篇故事的文眼在於魏經歷所說的一句話，即「陰曹之法，非若陽世懵懵，可以上下其手，即恐不能為力」。蒲松齡擅長根據現實之感構築虛幻世界，在虛幻世界裡自由表達對現實的看法。魏經歷對巡撫說，陽世的法律昏憒不明，可以上下串通作弊，而陰間就不一樣了。那麼，陰間的法律又是如何嚴格的呢？這在故事通篇都有所體現，可以解析為以下十個方面：第一，巡撫之父生平沒有多少罪過，只有誤調軍隊一事，就要受到冥罰；第二，誤調軍隊導致全軍覆沒，沒有主觀故意，只是形勢誤判；第三，鎮師一旅，只有五百人覆沒，就要受酷毒的刑獄，這樣說來，歷史上指揮長平之戰的趙括、指揮淝水之戰的苻堅等又該如何受罰？第四，巡撫之父殂謝已久，看來這種冥罰無論時間遠近，都要進行追究；第五，對於為囚犯說情，即使如閻王這樣的身分也不敢貿然應允；第六，閻王對群鬼說：「汝等命戕於寇，冤自有主，何得妄告官長？」群鬼對他進行了大聲反駁；第七，閻王又曲為解脫，眾鬼嗥冤，其聲訩動；第八，閻王無奈之下，只好將巡撫之父叉入油鍋，「略入一煠，於理亦當」；第九，巡撫偷窺冥間審案，不覺得失聲一號，審案受到干擾後，「庭中寂然，萬形俱滅」；第十，魏經歷因為審案之事，暴死於官舍。

「陽世懵懵，可以上下其手」，如同一面鏡子鑲嵌文中，以陰世之公正來反襯陽世之昏憒。如果不深諳世情，蒲松齡寫不出這樣的語言。如果不對下層民眾充滿感情，蒲松齡也不會寫這樣的語言。而巡撫之父的遺遇，也在警示著人世間的官員應當慎言、慎思、慎行，顯示出蒲松齡以善惡報應觀念來警世的苦心。

冤獄

朱生，陽穀❶人。少年佻達❷，喜詼謔。因喪偶，往求媒媼。遇其鄰人之妻，睨之美。戲謂媼曰：「適睹尊鄰，雅妙麗，若為我求凰❸，渠可也。」媼亦戲曰：「請殺其男子，我為若圖之。」朱笑曰：「諾。」

更月餘，鄰人出責負❹，被殺於野。邑令拘鄰保❺，血膚取實❻，究無端緒；惟媒媼述相謔之詞，以此疑朱。捕至，百口不承。令又疑鄰婦與私，搒掠之，五毒參至❼。婦不能堪，誣伏。又訊朱。朱曰：「細嫩不任苦刑，所言皆妄。既使冤死，而又加以不節之名，縱鬼神無知，予心何忍乎？我實供之可矣：欲殺夫而娶其婦，皆我之為，婦實不之知也。」問：「何憑？」答言：「血衣可證。」及使人搜諸其家，竟不可得。又掠之，死而復蘇者再。朱乃云：「此母不忍出證據死我耳，待自取之。」因押歸告母曰：「予我衣，死也；即不予，亦死也：均之死，故遲也不如其速也。」母泣，入室移時，取衣出，付之。今審其跡確，擬斬。再駁再審❽，無異詞。

經年餘，決有日矣。今方慮囚❾，忽一人直上公堂，努目視令而大罵曰：「如此憒憒❿，何足臨民！」隸役數十輩，將共執之。其人振臂一揮，頹然並仆。令懼，欲逃。其人大言曰：「我關帝前周將軍⓫也！昏官若動，即便誅卻！」令戰懼悚聽。其人曰：「殺人者乃宮標也，於朱某何與？」言已，倒地，氣若絕。少頃而醒，面無人色。及問其名，則宮標也。搒之，盡服其罪。

蓋宮素不逞⓬，知某討負而歸，意腰橐必富，及殺之，竟無所得。聞朱誣服，竊自幸。是日身入公門，殊不自知。令問朱血衣所自來，朱亦不之知。喚其母鞫之，則割臂所染；驗其左臂，刀痕猶未平也。令亦愕然。後以此被參揭⓭免官，罰贖羈留而死⓮。年餘，鄰母欲嫁其婦；

婦感朱義，遂嫁之。

異史氏曰：「訟獄乃居官之首務，培陰騭[15]，滅天理，皆在於此，不可不慎也。躁急汙暴，固乖天和；淹滯因循，亦傷民命。一人興訟，則數農違時；一案既成，則十家蕩產：豈故之細[16]哉！余嘗謂為官者，不濫受詞訟，即是盛德。且非重大之情，不必羈候[17]；若無疑難之事，何用徘徊？即或鄉里愚民，山村豪氣，偶因鵝鴨之爭，致起雀角之忿，此不過借官宰之一言，以為憑定而已，無用全人，只須兩造[18]，笞杖立加，葛藤悉斷。所謂神明之宰非耶？每見今之聽訟者矣：一票既出，若故忘之。攝牒者[19]入手未盈，不令消見官之票；承刑者[20]潤筆不飽，不肯懸聽審之牌。矇蔽因循，動經歲月，不及登長吏[21]之庭，而皮骨已盡矣！而儼然而民上也者，偃息在牀，漠若無事。寧知水火獄中，有無數冤魂，伸頸延息，以望拔救耶！然在奸民之凶頑，固無足惜；而在良民之株累[22]，亦復何堪？況且無辜之干連[23]，往往奸民少而良民多；而良民之受害，且更倍於奸民。何以故？奸民難虐，而良民易欺也。皂隸之所毆罵，胥徒之所需索，皆相良者而施之暴。身入公門，如陷湯火。早結一日之案，則早安一日之生，有何大事，而顧奄奄堂上若死人，似恐谿壑之不遽飽，而故假之以歲時也者！雖非酷暴，而其實厥罪維均㉔矣。嘗見一詞之中㉕，其急要不可少者，不過三數人；其餘皆無辜之赤子，妄被羅織者也。或平昔以睚眥開嫌㉖，或當前以懷璧致罪㉗，故興訟者以其全力謀正案㉘，而以其餘毒復小仇㉙。帶一名於紙尾，遂成附骨之疽；受萬罪於公門，竟屬切膚之痛㉚。人跪亦跪，狀若烏集；人出亦出，還同猱繫。而究之官問不及，吏詰不至，其實一無所用，只足以破產傾家，飽蠹役之貪囊，鬻子典妻，洩小人之私憤而已。深願為官者，每投到㉛時，略一審詰：當逐逐之，不當逐芟之。不過一濡毫、一動腕之間耳，便保全多少身家，培養多少元氣。從政者曾不一念及於此，又何必桁楊㉜刀鋸能殺人哉！」

【注釋】❶陽穀　縣名，在今山東。❷佻達　輕狂浮蕩。❸求凰　男子求偶。❹責負　討債。❺鄰保　鄰里。❻血膚取實　打得皮破血流，獲得供詞。❼五毒參至　酷刑頻施。五毒，五種酷刑。參，雜。❽再駁再審　上司駁回複查，本級官吏再次審查。❾慮囚　審查核實囚犯的罪狀，亦稱錄囚。❿憒憒　昏憒；不明白。⓫周將軍　周倉，三國時蜀將關羽的部將。⓬不逞　不滿意；不得志。⓭參揭　彈劾；揭發。⓮罰贖羈留而死　罰金以自贖，在羈留期間死去。⓯陰騭　陰德。⓰故之細　瑣細小事。⓱羈候　羈押候審。⓲兩造　原告與被告。⓳攝牒者　奉命抓捕犯人的人。⓴承刑者　主辦文案的官吏。㉑長吏　主管案件的長官。㉒株累　受牽連而獲罪。㉓干連　牽連。㉔厥罪維均　指辦案時拖延時日與濫施暴刑之罪相同。均，等；同。㉕一詞之中　一篇訟詞之中。㉖以睚眥開嫌　因小糾紛而引發的仇恨。㉗以懷璧致罪　因富有遭嫉妒而獲罪。㉘謀正案　對主案進行謀劃。㉙復小仇　報復小的仇恨。㉚切膚之痛　切身之痛。㉛投到　案中有關人員帶到公堂。㉜桁楊　古代用於套在囚犯腳或頸的一種枷。

【語　譯】朱生，山東陽穀人。少年時為人輕薄，喜歡開玩笑。因為妻子死了，就去找媒婆給他說親。遇到媒婆鄰居的妻子，見她長得很漂亮。開玩笑地對媒婆說：「剛才看到您的鄰居，十分漂亮，如果給我做媒，她就可以。」媒婆也開玩笑說：「請你殺了她丈夫，我就幫你想辦法得到她。」朱某笑著說：「好。」

過了一個多月，鄰人外出討債，在野外被殺。縣官命令把他的左鄰右舍都抓來，動刑逼供，終究沒有線索；只有媒婆說起和朱生互相開玩笑的話，因此懷疑朱生。拘捕朱生到來，朱生怎麼也不承認。縣官又懷疑鄰婦和朱生私通，就拷打鄰婦，各種酷刑都用上了。鄰婦不能忍受，屈打成招。又審訊朱生。朱生說：「細皮嫩肉不能承受苦刑，所說的話都是假的。丈夫已經冤死，而又給她加上不貞節的名聲，縱使鬼神無知，我又怎麼忍心呢？我如實招來就行了：想殺她的丈夫而娶她為妻，都是我做的，她實在不知道啊。」問：「有什麼憑據？」朱生回答說：「有血衣為證。」等派人到朱生家搜查時，竟然搜不到。又毒打朱生，打得他兩次昏死過去又蘇醒過來。朱生於是說：「這是母親不忍心拿出證據讓我被判死刑啊，讓我自己取出來。」於是押著朱生回家，朱生對母親說：「給我血衣，我會死；即使不給我，也會死：都是死，所以晚死不如早死啊。」朱生母親哭著，走進屋裡一下子，拿著血衣出來，交給兒子。縣令驗明血跡確鑿，擬判朱生死刑。上司駁回，縣裡再審，口供還是一樣。

經過一年多，朱生處斬的日子快到了。縣令正在審查核實囚犯的罪狀，忽然一個人逕直走上公堂，圓睜雙眼，看著縣令大罵道：「這樣昏憒，怎麼治理百姓！」幾十名差役想一擁而上抓住他。這個人振臂一揮，差役們都跌倒在地上。縣令害怕，想要逃跑。那人大聲說：「我是關帝座前的周倉將軍！昏官要想動一動，馬上就殺了你！」縣令渾身發抖，戰戰兢兢地聽著。那人說：「殺人兇手是宮標，和朱生有什麼關係？」說完，倒在地上，好像斷了氣。不久蘇醒過來，面無人色。等問他是誰，原來是宮標。一經拷打，承認了所犯的全部罪行。

原來宮標平素不得志，知道鄰人要債回來，猜想他腰包裡一定有很多錢，等到殺了他，竟毫無所獲。聽說朱生屈打成招，暗自竊喜。這天身子進了衙門，宮標自己卻一點也不知道。縣令問朱生血衣從哪裡來，朱生也不知道。把朱生的母親叫來訊問，原來是她割傷臂膀染成的；查驗她的左臂，刀痕還沒長平呢。縣令也很驚愕。後來縣令因此被彈劾免官，被罰用錢贖罪，並在羈留期間死去。過了一年多，鄰人的母親想把兒媳婦改嫁出去；鄰婦感念朱生的義氣，於是嫁給了朱生。

異史氏說：「審理案件是做官的首要任務，是積陰德，還是滅天理，都表現在這裡，不可不慎重啊。脾氣急躁，貪汙暴虐，固然違背天理；遲滯拖延，因循守舊，也會傷害人民性命。一個人打官司，就會有很多農民耽擱農時；一個案子審完了，就會有十戶人家破產：這哪裡是小事啊！我曾說當官的人，不胡亂接受狀子，就是大德。而且不是重大事情，不必要羈押候審；如果沒有疑難問題，哪裡用得著徘徊猶疑？即使是鄉下愚民，或者山野粗人，偶爾因為鵝鴨之事起了爭執，以致告狀，也不過借助做官的一句話，替他們評定是非而已，不用把有關係的人全部抓來，只須原告和被告到場，用竹板棍子把無理取鬧者打一頓，糾纏不清的事就都理明白了。所謂神明的官員不是這樣嗎？我常常看見現在審案子的官員，一張傳票發出後，好像故意把它忘了。拿著傳票的差役，沒有拿到足夠的賄賂，就不會繳銷見官的傳票；受理案件的官員，沒有得到足夠的潤筆之資，就不肯掛出聽審的牌子。欺下瞞上，拖延時日，動不動就是一年半載，還沒有登上打官司的公堂，皮肉骨頭就消耗殆盡了！而那些神態威嚴、位居民上的官員，卻舒適地躺在床上，好像沒有發生過什麼事情。哪裡知道水深火熱的監獄裡，有無數冤魂，伸著脖子，苟延殘喘，正盼望著有人來救拔呢！這樣對待兇頑的奸民，固然不值得可憐；但對於受牽連而獲罪的良民，怎麼能忍受得了？況且無辜受到牽連的，往往奸民少而良民多；而良民受到傷害，更超過奸民好幾倍。什麼原因呢？因為奸民難以侵害，而良民卻容易被欺負啊！差役毆打呵罵，胥吏勒索財物，都是挑選良民來施加暴虐。身子進了衙門，就像陷入滾水與烈火。早一天結案，就早一天安生，有什麼大事，需要拖拖拉拉，在公堂上半死不活，似乎害怕貪欲不能很快滿足，所以故意藉此來拖延時間呢！雖然不是殘酷暴虐，但實際上所造成的罪惡是相等的。曾經見過一個案件裡，至關重要不可缺少的不過三個人左右；其餘都是無辜的百姓，被妄加罪名羅織進來的。有的因為小糾紛而招致怨恨，有的因為眼下富有，為人妒忌而惹來罪名，所以告狀的人以其全力來對付主要案件，而以其餘來報復小的怨恨。在狀子的末尾附帶上一個人名，就成為附骨的毒瘡；在公堂上受盡萬種折磨，以致遭到切身之痛。別人下跪，他也下跪，好像聚集在一起的烏鴉；別人出來，他也出來，好像被拴著的猴子。而審案時，官員審不到他，小吏問不到他，其實沒有任何用處，只是足以讓他傾家蕩產，填滿那些貪婪差役的腰包，賣子典妻，發洩小人的私憤而已。深深地希望做官的人，每當案中有關人員到公堂之時，大略審問一下：該逐出的逐出，不該逐出的就把無關緊要的人除名。不過是蘸蘸毛筆、動動手腕的工夫，就保全了多少身家性命，培養了多少元氣。從政者從來沒有想到這一點，哪裡一定用枷鎖和刀鋸才能殺人呢！」

【研析】〈冤獄〉敘述了一個冤案昭雪的故事。陽穀人朱生是個輕薄佻達而又口無遮攔之人。他因為妻子去世，就去央求媒婆說親。路上遇到媒婆鄰居的妻子，就順口對媒婆說這個小娘子就很好。媒婆的口才也不遜於朱生，順口接上，「請殺其男子，我為若圖之」。這句話包含了多層意思，一是這是個有丈夫的女子，你不能胡思亂想；二是你若一定要得到她，除非殺了她的丈夫；三是你若有膽量殺了她的丈夫，我就幫你說合。媒婆的最終結論是，她是個有丈夫的女子，你沒有膽量殺她的丈夫，也就別怪我不為你們說合。朱生笑著回答說好。朱生之笑，其實也是為媒婆精彩的回答所折服。殊料，和媒婆的這句玩笑之語，竟然因為媒婆鄰居的離奇死亡而使朱生鋃鐺入獄。

朱生輕薄佻達的性格似乎發生了改變，變得豪爽磊落、敢於擔當，富有正義感。朱生受刑時，堅決不承認自己是殺人兇手，而當鄰婦因為受刑不過，不得不「誣伏」後，才說：「細嫩不任苦刑，所言皆妄。既使冤死，而又加以不節之名，縱鬼神無知，予心何忍乎？我實供之可矣：欲殺夫而娶其婦，皆我之為，婦實不之知也。」第一句「細嫩不任苦刑」是講的事實，她由於忍受不了酷刑而說了假話；第二句「既使冤死」講的是，丈夫已經受冤而死，妻子又要承擔不貞的惡名，自己實在不忍心看到；第三句「我實供之可矣」講的是，既然這樣，倒不如我自己一力承擔所有罪責，使他人得到開脫，顯示了他在多難的選擇中，輕生重義，珍視他人生命的俠義精神。還有朱生勸母親的話，「與我衣，死也；即不予，亦死也：均之死，故遲也不如其速也」，也表現了他橫豎是死，不如來得痛快些的豪壯。朱某的母親聽懂了兒子的話，哭泣著「入室移時」，割臂染出了所謂的物證——血衣。後來，經過一年多的反覆，就在快要處決朱生的時候，關帝的隨從周倉將軍借殺人真兇的面目現身，說：「殺人者乃宮標也，於朱某何與？」冤情大白天下，歷盡生死劫難的朱生與鄰婦最後結成夫婦。

傳統的公案小說多採取帶有神祕色彩的靈應方式來破案，如冤魂自訴、夢中啟示、猜謎遊戲等等，這篇就是神靈現身、惡人自呈的方式。但作者的本意並不在於破案的方式，而在於著力批判審案方式的酷烈及審案過程的淹滯因循。在審案方式上，縣官的手段十分簡單武斷，先根據頭腦中簡單的推理，確定可能的殺人兇手，再動用酷刑，從犯人口中得出自己的推理。比如發現媒婆鄰居被殺後，縣官「拘鄰保，血膚取實」；他懷疑鄰婦與朱生有私情，就把鄰婦抓來，「搒掠之，五毒參至」；他搜查朱生所說的血衣未得，「又掠之，死而復蘇者再」；他審判宮標時，也是「搒之」。正像《竇娥冤》中，太守桃杌聽信張驢兒的誣告，不顧竇娥的申訴，剛問兩三句便說道：「人是賤蟲，不打不招。左右，與我選大棍子打著。」這種粗暴武斷的方式，使得鄰婦屈打成招，也顯出縣官推理之「英明」。

蒲松齡對審案過程的批判主要體現在「異史氏曰」中。這是一段從作者心底深處奔湧而出的話，具有深厚的情感積澱。他首先明確訟獄的重要性，「訟獄乃居官之首務，培陰騭，滅天理，皆在於此，不可不慎也」。如何慎重呢？第一是不要濫受詞訟。因為「一人興訟，則數農違時；一案既成，則十家蕩產」。如果不是重大案情，就不要羈押百姓，「鄉里愚民，山村豪氣，偶因鵝鴨之爭，致起雀角之忿」，他們吵吵嚷嚷地來打官司，不過是想借官員的話來評定一下是非曲直，這本不是難於決斷的事情，怎麼用得著啟動繁瑣複雜的法律程序，興師動眾，大張聲勢，把有點牽涉的人都押來聽候審問呢？而且，一件案子中，真正的關鍵人物只有兩三個，其餘的都是些妄被羅織進來的無辜之人。第二，不要故意拖延審判時間，這是因為「躁急汙暴，固乖天和；淹滯因循，亦傷民命」。蒲松齡結合「一票既出，若故忘之」的現實現象進行了批判。既然正式立案，也把相關人員關押起來，就要抓緊審判，不要借審案之名中飽私囊，「攝牒者入手未盈，不令消見官之票；承刑者潤筆不飽，不肯懸聽審之牌」，動不動就成年累月，以至於在押之人「不及登長吏之庭，而皮骨已盡矣」。那些父母官卻悠閒自在，「寧知水火獄中，有無數冤魂，伸頸延息，以望拔救耶」。而在監獄裡那些受牽連的人之中，良民所受的傷害更是數倍於奸民所受的傷害，因為「奸民難虐，而良民易欺」，「皂隸之所毆罵，胥徒之所需索，皆相良者而施之暴」。所以，故意拖延審判的官員「雖非酷暴，而其實厥罪維均矣」。最後，蒲松齡深深希望那些為官者，「每投到時，略一審詰：

當逐逐之，不當逐芟之。不過一濡毫、一動腕之間耳，便保全多少身家，培養多少元氣」，顯示出蒲松齡呼喚清官能吏、關心人民疾苦的仁政理想。

金和尚

金和尚❶，諸城人。父無賴，以數百錢鬻於五蓮山寺。少頑鈍，不能肄清業❷，牧豬赴市，若為傭。後本師死，稍有所遺金，卷懷❸離寺，作雜負販。飲羊、登壟❹，計最工。數年暴富，買田宅於水坡里。

弟子繁有徒，食指日千計。繞里田千百畝悉良沃，皆金撫有之。里中甲第數十，皆僧，無人❺；即有人，其亦貧無業，攜妻子，僦屋佃田者也。類凡數百家。每一門內，四繚❻連屋，皆此輩列而居。僧舍其中：前有廳事，梁楹節棁❼，繪金碧，射人眼；堂上几屏，其光可鑑；又其後為內寢，朱簾繡幕，蘭麝香充溢噴人；螺鈿雕檀為牀，牀上錦裀褥，褶疊大尺有咫；壁上美人山水諸名跡，懸粘幾無隙處。一聲長呼，門外數十人，轟應如雷。細纓❽革靴者，烏而集，鵠而立；當事者掩❾口語，側耳以聽。客倉猝至，十餘筵咄嗟可辦[10]，肥醴蒸熏，紛紛狼藉如霧霈。但不敢公然畜歌妓；而狡童[11]十數輩，皆慧黠能媚人，皂紗纏頭，唱艷曲，聽睹亦頗不惡。

金一出，前後數十騎，腰弓矢相摩戛[12]。奴輩呼之皆以「爺」；即邑之人若民，或「祖」之，「伯、叔」之，不以「師」，不以「上人[13]」，不以禪號[14]也。其徒出，稍稍殺於金，而風鬟雲鬢[15]，亦略與貴公子等。金又廣結納，即千里外呼吸可通[16]，以此挾方面短長[17]，偶氣觸之，輒惕自懼。而其為人，鄙不文，頂趾[18]無雅骨。生平不奉一經，持一咒，跡不履寺院，室中亦未嘗蓄鐃鼓[19]；此等物，門人輩弗及見，並弗及聞。凡僦屋者，婦女浮麗如京都，脂澤金粉，皆取給於僧，僧亦不之靳，以故里中不田而農者以百數。時而佃戶決僧首瘞牀下，亦不甚窮詰，但逐去之，其積習然也。

金又買異姓兒，子之。延儒師，教帖括業[20]。兒慧能文，因令入邑庠；旋援例[21]作太學生[22]；未幾，赴北闈，領鄉薦。由是金之名以「太公」譟。向之「爺」之者「太」之，膝席者皆垂手執耳孫禮。

無何，太公僧薨。孝廉縗麻[23]臥苫塊，北面稱孤；諸門人釋杖滿牀榻；而靈幃後嚶嚶細泣，惟孝廉夫人一人而已。士大夫婦咸華妝來，搴幃弔唁，冠蓋輿馬塞道路。殯日。棚閣雲連，旛幢[24]翳日。殉葬，以束草粘五色金紙作冥物；輿蓋數十事；馬千蹄；美人百袂[25]。方相、方弼[26]，著皂帛，首摩雲。冥宅，樓閣房廊亙數畝，萬戶千門，入者迷不可出。祭品象物，多不能指以名。會葬者蓋相摩，上自方面，皆傴僂入，起拜凡八；邑貢[27]監[28]及簿史[29]，以手據地叩即行，不敢勞公子，勞諸師叔也。

傾國來瞻仰，男攜婦，母襁兒，汗相屬於道[30]；人聲沸。百戲鞺鞳[31]，都不可聞。立者自肩以下皆隱，惟見萬頭攢動而已。孕婦痛急欲產，諸女伴張裙為幄，羅守之；但聞兒啼，不暇問雄雌，斷幅綳懷中，或扶之，或曳之，蹩躠[32]以去。奇觀哉！葬後，以所遺貲產，瓜分為二之：子一，門人一也。孝廉得半，而居第之南、之北、之西東，盡緇黨㉝；然皆兄弟行，痛癢猶相關云。

異史氏曰：「此一派也，兩宗㉞未有，六祖㉟無傳，可謂獨闢法門㊱者矣。抑聞之：五蘊㊲皆空，六塵㊳不染，是為『和尚』；口中說法，座上參禪㊴，是為『和樣』；鞋香楚地，笠重吳天㊵，是為『和撞』；鼓鉦鍠聒，笙管敖曹㊶，是為『和唱』；狗苟㊷鑽緣，蠅營㊸淫賭，是為『和幛』。金也者，『尚』耶？『樣』耶？『撞』耶？『唱』耶？抑地獄之『幛』耶？」

【注釋】❶金和尚　明清之交時諸城五蓮山光明寺的一位和尚，曾任主持數十年。事見李象先等編《五蓮山誌·諸師本傳》、王士禎《分甘餘話》卷四等。❷清業　指和尚念經、打坐等本業。❸卷懷　收藏。❹飲羊登壟　用欺詐、霸市等不正當行為牟利。飲羊，羊販以水飲羊，增加羊的體重而牟利。登壟，壟斷市場、獨取暴利。❺無人　這裡指除了和尚之外沒有其他人。❻繚　圍牆。❼梁楹節梲　泛指房屋的各個部分。梁，屋樑。楹，柱。節，柱端斗栱。梲，樑上短柱。❽纓　帽子上垂下的穗狀飾物。❾掩　遮蔽。❿咄嗟可辦　呼吸之間就辦好了，形容辦事迅速。⓫狡童　美貌的少年。⓬摩戛　碰撞；撞擊。⓭上人　對和尚的尊稱，指其道德、智慧在常人之上。⑭禪號 僧人的名號。⑮風鬟雲轡 比喻車馬裝飾十分漂亮。鬟，馬鬣毛。轡，馬勒。⑯呼吸可通 這裡指消息、音訊可以通達。⑰方面短長 地方官員的是是非非。⑱頂趾 從頭到腳，意謂渾身上下。⑲鐃鼓 僧人做法事時用的兩種樂器。⑳帖括業 讀書應舉。帖括，唐代科考中明經科以帖經取士，類似於現代的填空，考生為應付考試，把經書中難記的句子編成歌訣，以便誦讀，稱之為帖括，後來用以通指科舉考試的文字。㉑例 納捐之例。明清時可以通過捐錢而獲得到國子監做監生的資格。㉒太學生 國子監監生的別稱。㉓縗麻 喪服。縗，衰麻，披在胸前的麻布。㉔旛幢 喪儀上使用的旌旗。㉕袂 衣袖。㉖方相方弼 出殯時的開路神。方相，古代驅疫避邪的神，見《周禮．夏官．方相氏》。方弼，出自《封神演義》，是方相的兄弟。㉗貢 貢生。㉘監 監生。㉙簿史 主管文書簿冊的小官。㉚相屬於道 在道上連接不斷。㉛百戲鞺鞳 散樂雜伎的鑼鼓喧鬧。㉜蹩躠 歪歪斜斜地行走。㉝緇黨 和尚。緇，黑色。因和尚穿黑色衣服，故稱緇黨。㉞兩宗 中國佛教禪宗衍變而成的南北兩宗。㉟六祖 禪宗自達摩至慧能，衣缽共傳六世，即達摩、慧可、僧璨、道信、弘忍、慧能。㊱法門 修行入道的門徑。㊲五蘊 佛教以色、受、想、行、識為五蘊，即眾生由這五者積聚而成。㊳六塵 佛教指色、聲、香、味、觸、法。六塵與六根（眼、耳、鼻、舌、身、意）接觸，從而汙染了清靜的心，所以為六塵。㊴參禪 靜坐默思、體會真理的思維方式。㊵鞋香楚地二句 這裡指僧人雲遊四方。楚地、吳天，指天下各地。㊶敔曹 樂器喧鬧的聲音。㊷狗苟 如同狗一樣苟且。㊸蠅營 如蒼蠅一樣飛來飛去。蠅營狗苟，指卑鄙無恥、到處鑽營的齷齪行為。

【語譯】金和尚，山東諸城人。父親是個無賴，為了幾百個銅錢就把兒子賣給五蓮山寺。金和尚小時候頑皮駑鈍，不能學習念經打坐一類的佛家本領，只好給寺院放豬，到集市上買東西，就像個傭工。後來，給金和尚剃度授戒的師父死了，遺留下一些錢，金和尚收拾這些錢離開了寺廟，去做買賣。他欺詐買主，獨霸市場，這種事最工於心計。幾年後就非常富有，在水坡里買了不少土地和房屋。

金和尚的弟子很多，每天在他家裡吃飯的都有上千人。環繞著水坡里的肥沃田地有千百畝。在水坡里建了幾十處房子，住的都是和尚，沒有其他人家；即使有，也是窮得沒有產業，帶著老婆孩子，前來租房住租地種的人。這些大約幾百家。每一個大門裡，四周房子相連，都是這些人一戶挨一戶地住著。和尚就住在當中：前面有廳堂，屋樑、簷柱、柱上的斗栱以及樑上的短柱，都描繪得金碧輝煌，光彩奪目；廳堂上的桌子和屏風，晶瑩光潔，可以照出人影；廳堂後面是內室，紅色的簾子，繡花的帷幕，蘭麝香氣撲鼻；鑲嵌著螺鈿的雕花檀木床，床上是錦繡的被褥，疊起來有一尺多厚；牆壁上的美人圖和山水畫都出自名家之手，掛得牆上幾乎沒有空隙。只要金和尚一聲招呼，門外就有數十個人答應，聲音就像打雷一樣。那些戴著細纓帽、穿著長皮靴的僕人，如同烏鴉群集、鵠鳥恭立；在做事的都遮著嘴巴說，側著耳朵聽。倉猝之間來了客人，十餘桌酒席可以馬上辦好，肥肉、甜酒、蒸雞、燻鴨等豐盛菜肴，紛紛端上來，熱氣騰騰的擺滿桌子。只是不敢明目張膽地蓄養歌妓；但有十幾個美貌的少年，都聰慧機靈惹人喜歡，他們用黑紗纏在頭上，唱俗豔歌曲，聽起來、看上去也都還不錯。

金和尚一出門，前後有幾十個騎馬的隨從，他們腰裡的弓箭都互相摩擦碰撞。奴僕們都稱金和尚為「爺」；縣城裡各階層的人，有的稱他為「祖」，有的稱他為「伯」、「叔」，而不稱他為「師」、「上人」，也不稱他的禪號。他的徒弟出門，陣勢比金和尚稍微差一些，但車馬裝飾十分漂亮，和貴公子差不多。金和尚又廣為結交，即使是千里之外的消息也很靈通，他以此要挾地方官員，地方官員們對他偶然有所觸犯，就會恐懼害怕。而金和尚為人粗鄙，渾身上下一點也不文雅。他一輩子沒有捧過一本經，念過一句咒，不去寺院，屋裡也未曾放過鐃鼓；這些東西，他的徒弟門客不僅沒有見到過，也沒有聽到過。

凡是租房子住的人家，婦女都打扮得如同京城裡的那樣豔麗，胭脂香粉，都從和尚那裡取用，和尚們也不吝嗇，因此水坡里不種田而又叫農民的有一百多戶。有時候，佃戶把和尚的頭砍下來埋在床下，金和尚也不怎麼深究，只是把佃戶攆走就算了。這些都是日積月累而形成的習慣。

金和尚又買了一個外姓的孩子，把他當自己的兒子。請來一個老師，教他學習科舉考試的功課。這兒子很聰慧，能寫出好文章，於是叫他到縣學讀書；不久，按納捐之例做了監生；又過了不久，到順天府參加鄉試，中了舉人。因此，金和尚被稱為「太公」，名噪一時。過去稱他「爺」的，現在稱他為「太爺」，過去跪在席上叩見的人，都垂著手行兒孫之禮。

不久，太公和尚死了。舉人披麻帶孝，睡草鋪，枕土塊，朝北跪於靈前，自稱「孤子」；那些門客弟子放下的哭喪杖把床都堆滿了；而在靈帳後面細聲哭泣的，只有舉人夫人一個人而已。士大夫家的婦女都穿著華麗服裝來到靈堂，掀起靈幃弔唁，車馬把路都堵塞了。出殯那天，靈棚連成一片，靈幡遮天蔽日。隨葬的草人草馬，都裝飾著五色金紙；帶著華蓋的車子有好幾十件；馬俑有上千匹，美人俑有上百個。方相、方弼頭束黑巾，高得能碰到雲彩。陰宅，樓閣、長廊占了好幾畝地，裡面千門萬戶，進去的人就迷了路出不來。各式各樣的祭品，大多數都難以叫出名字來。來參加葬禮的人很多，車蓋互相碰撞，上自地方官員，都彎著腰進來，八次起拜；貢監簿史，則兩手撐著地磕頭，不敢麻煩公子，也不敢麻煩諸位師叔。

全城的人都來觀看，男子帶著老婆，母親背著孩子，汗流浹背，在路上絡繹不絕。人聲鼎沸，百戲裡的鑼鼓聲，都聽不清楚。站著的人，自肩膀以下都隱藏起來看不見，只有萬頭攢動而已。有個孕婦突然腹痛難忍，想要生產，女伴們張開裙子作為屏帳，圍成一圈守護著她；只聽到嬰兒在啼哭，也沒時間問是男是女，就撕下一幅羅裙包起來抱在懷中，有人扶著她，有人拉著她，歪歪斜斜地走了。真是奇觀啊！下葬後，金和尚遺下的資財、產業被分為兩份：兒子一份，弟子們一份。舉人得到了一半財產，住宅的南邊、北邊、西邊和東邊，住的都是和尚；但都以兄弟相稱，他們的命運還是關聯在一起。

異史氏說：「佛教的這個宗派，南北兩宗裡沒有，也不是六祖傳下來的，可以說獨闢法門啊。我聽說：五蘊皆空，六塵不染，叫做『和尚』；口中說法，座上參禪，叫做『和樣』；居無定所，雲遊天下，叫做『和撞』；鼓鉦震耳，笙管喧鬧，叫做『和唱』；蠅營狗苟，吃喝嫖賭，叫做『和幛』。像金和尚這樣的，是『和尚』呢？是『和樣』呢？是『和撞』呢？是『和唱』呢？還是地獄裡的『和幛』呢？」

【研　析】〈金和尚〉描寫了清初山東諸城一位醜惡的僧侶地主——金和尚。他自小被賣入五蓮山寺，「少頑鈍，不能肄清業，牧豬赴市，若為傭」。這樣一位小和尚，卻有著精明的商業頭腦，以負販起家，數年暴富，在水坡里廣置田宅，聚集了大批僧眾，過著權勢熏天、獨霸一方的生活。他生活奢華，「又其後為內寢，朱簾繡幕，蘭麝香充溢噴人；螺鈿雕檀為牀，牀上錦裀褥，褶疊大尺有咫；壁上美人山水諸名跡，懸粘幾無隙處」。他隨從眾多，「一聲長呼，門外數十人，轟應如雷」，「金一出，前後數十騎，腰弓矢相摩戛」。他蓄養狡童，「狡童十數輩，皆慧黠能媚人，皂紗纏頭，唱艷曲，聽睹亦頗不惡」。他稱呼奇特，「奴輩呼之皆以『爺』；即邑之人若民，或『祖』之，『伯、叔』之，不以『師』，不以『上人』，不以禪號也」。他交遊廣泛，「又廣結納，即千里外呼吸可通，以此挾方面短長，偶氣觸之，輒惕自懼」。他從不禮佛朝拜，「其為人，鄙不文，頂趾無雅骨。生平不奉一經，持一咒，跡不履寺院，室中亦未嘗蓄鐃鼓；此等物，門人輩弗及見，並弗及聞」。他私立子嗣，「金又買異姓兒，子之。延儒師，教帖括業。兒慧能文，因令入邑庠；旋援例作太學生；未幾，赴北闈，領鄉薦」。這種生活亦僧亦俗、非僧非俗，成為一大奇觀。

關於〈金和尚〉本事，前人已做過研究。主要有張崇琛的〈《聊齋誌異．金和尚》本事考〉、〈《聊齋誌異．金和尚》的史學及民俗學價值〉等。根據張崇琛的〈本事考〉，「和尚本姓金，法號海徹，字泰雨，遼陽人，為漢車騎將軍金日磾之後。他生於西元一六一四年，卒於西元一六七五年，終年六十二歲。八歲時，因遼陽失陷，與其姊一同出亡到山東高密；居六年，至十四歲時，為生活所迫，遂出家到諸城的五蓮山寺。又隔年，即西元一六二九年，因本師心空去世，乃與師弟海霆一起往北京西山寺投奔性覺和尚。不意時值清兵南下，『蒲團未暖』，海霆即侍性覺返回五蓮，只留下他一人獨當門戶。此後，他在北京一住便是十七年。直到順治三年才隨大兵之後又回到了五蓮，旋即作了主山和尚。計自西元一六四六年回山至西元一六七五年去世，其間三十年，是這位和尚發跡並以勢橫行鄉里的時期。他利用寺院的特殊地位和自己顯赫的社會關係，並勾結官府，大力發展僧眾，擴建寺院，購置田宅，遂成為一名典型的、作惡多端的僧侶大地主。」金和尚的養子又是怎樣的人呢？乾隆《諸城縣志》載，「金奇玉，本姓朱，江南昆山巨姓。十餘齡遭家變，出亡至縣，無所依，五蓮山僧金姓養為子，從姓金氏。僧延名師教之，仍以昆山籍舉順天鄉試，知澠池縣。博學工詩畫，居城西黑龍溝側，與縣詩人相唱和，集號龍溪」。《國朝山左詩鈔》載，「金奇玉，……後為澠池令，陷於山賊，以計免歸。早年即擅詩名，七十後，同時若劉子羽、李渭清、邱龍標、徐栩野、張蓬海、石民皆先後去世，而君獨存，學者稱龍溪先生云」。這位金舉人又是如何看待他早年的這段經歷呢？根據張崇琛《〈聊齋誌異·金和尚〉的史學及民俗學價值》，「應該說，早年的金奇玉並不以有這樣一位『僧父』而為恥，《五蓮山志》（卷五）載金奇玉所作〈萬松林歌〉，副標題便是『己未秋，為先恩君泰雨公作』。己未秋即康熙十八年之秋，時距海徹去世剛四年，金奇玉三十四歲，『方肄業太學』。但到了金奇玉晚年編輯他的《龍溪紀年詩集》時，卻諱言這位『恩君』了，於金和尚之師弟海霆也僅稱其為『龍上人』（海霆字鷟龍）。」

無論史實如何，〈金和尚〉作為一篇文言人物特寫，我們從中可以看出蒲松齡對他所寫的對象是痛惡的。〈金和尚〉中所寫，金和尚生活奢華、隨從眾多、蓄養狡童、稱呼奇特、交遊廣泛、私立子嗣、從不禮佛朝拜等現象，顯然與佛教教旨和戒律差距甚遠。在蒲松齡看來，金和尚是借宗教之名行不法之事的怪胎。無怪乎蒲松齡最後說：「此一派也，兩宗未有，六祖無傳，可謂獨闢法門者矣。」「金也者，『尚』耶？『樣』耶？『撞』耶？『唱』耶？抑地獄之『幛』耶？」

〈金和尚〉作法很別緻，堪稱一篇絕妙好文。此文除開頭簡括交代金和尚的來歷，此外再沒有記敘其人的具體行事，只是羅列式地記出其寺院、居室陳設、徒眾服役、飲食宴樂、交通官吏，以及死後殯葬的情況；全文用皮裡陽秋筆法，出語似莊而實謔，似平和而實冷峻，力透紙背，將這一位名剎大和尚之荒唐醜惡，窮形盡相地表露出來了。馮鎮巒評此篇說：「通篇滿紙腥膻，文章皆如錦繡。」讀者細讀、玩味，方能領會此文之絕妙。

鍾生

鍾慶餘，遼東❶名士也，應濟南鄉舉。聞藩邸有道士，知人休咎❷，心向往之。二場後至趵突泉❸，適相值。年六十餘，鬚長過腹，一皤然❹道人也。集問災祥者如堵❺，道士悉以微詞❻授之。於眾中見生，忻與握手，曰：「君心術德行，可敬也！」挽登閣上，屏❼人語，因問：「莫欲知將來否？」曰：「唯唯。」曰：「子福命至薄，然今科鄉舉可望。但榮歸後，恐不復見尊堂矣。」鍾性至孝，聞之涕下，遂欲不試而歸。道士曰：「若過此以往，一榜亦不可得矣。」生云：「母死不見，且不可復為人，貴為卿相，何加焉？」道士曰：「某夙世與君有緣，今日必合盡力。」乃以一丸授之曰：「可遣人夙夜❽將去，服之可延七日，場畢而行，母子猶及見也。」

生藏之，匆匆而出，神志喪失。因計終天有期⑨，早歸一日，則多得一日之奉養，攜僕貰⑩驢，即刻東邁⑪。馳里許，驢忽返奔，鞭之不馴，控之則蹶。生無計，躁汗如雨。僕勸止之，生不聽。又貰他驢，亦如之。日已銜山，莫知為計。僕又勸曰：「明日即完場矣，何爭此一朝夕乎？請即先主而行，計亦良得。」不得已，從之。

次日草草竣事，立時遂發，不遑啜息⑫，星馳⑬而歸。則母病綿惙⑭，下丹藥，漸就痊可。入視之，就榻泫泣。母搖首止之，執手喜曰：「適夢至陰司，見王者顏色和霽。謂稽爾生平，無大罪惡；今念汝子純孝，賜壽一紀⑮。」生亦喜。歷數日，果平健如故。

未幾，聞捷，辭母如濟。因賂內監，致意道士。道士欣然出，生便伏謁。道士曰：「君既高捷，太夫人又增壽數，此皆盛德所致。道人何力焉！」生又訝其預知，因而拜問終身。道士云：「君無大貴，但得耄耋⑯足矣。君前身與我為僧侶，以石投犬，誤斃一蛙，今已投生為驢。

論前定數⑰，君當橫折⑱；今孝德感神，已有解星入命，固當無恙。但夫人前世為婦不貞，數應少寡。今君以德延壽，非其所耦，恐歲後瑤臺傾⑲也。」生惻然良久，問繼室所在。曰：「在中州⑳，今十四歲矣。」臨別囑曰：「倘遇危急，宜奔東南。」

後年餘，妻病果死。鍾舅令於江西，母遣往省，即以便途過中州，將應繼室之讖㉑。偶適一村，值臨河優戲㉒，士女甚雜。方欲整轡趨過，有一失勒牡驢，隨之而行，致騾蹄趹㉓。生回首，以鞭擊驢耳；驢驚，大奔。時有王世子㉔方六七歲，乳媼抱坐堤上；驢沖過，扈從皆不及防，擠墮河中。眾大嘩，欲執之。生縱騾絕馳，頓憶道士言，極力趨東南。

約三十餘里，入一山村，有叟在門，下騎揖之。叟邀入，自言「方姓」，便詰所來。生叩伏在地，具以情告，叟言：「不妨。請即寄居此間，當使徼者㉕去。」至晚得耗，始知為世子，叟大駭曰：「他家可以為力，此真愛莫助之矣！」生哀不已。叟籌思曰：「不可為也。請過宵，聽其緩急，倘可再謀。」生愁怖，終夜不枕。次日偵聽，則已行牒譏察[26]，收藏者棄市[27]。叟有難色，無言而入。生疑懼，無以自安。中夜，叟來叩扉，入少坐，便問：「夫人年幾何矣？」生以鰥對。叟喜曰：「吾謀濟矣。」問之，答云：「姊夫慕道，掛錫[28]南山；姊又謝世。遺有孤女，從僕鞠養，亦頗慧。以奉箕帚[29]如何？」生喜符道士之言，而又冀親戚密邇，可以得其周謀，曰：「小生誠幸矣。但遠方罪人，深恐貽累丈人[30]。」叟曰：「此即為君謀也。姊夫道術頗神，但久不與人事矣。合巹後，自與甥女籌之，必合有計。」生益喜，贅焉。

女十六歲，豔絕無雙。生每對之欷歔。女云：「妾即陋，何遂遽見嫌惡？」生謝曰：「娘子仙人，相耦[31]為幸。但有禍患，恐致乖違。」因以實告。女怨曰：「舅乃非人！此彌天之禍，不可為謀，乃不明言，而陷我於坎窞[32]！」生長跽曰：「是小生以死命哀舅，舅慈悲而窮於術，知卿能生死人而肉白骨[33]也。某誠不足稱好逑[34]，然家門幸不辱寞。倘得再生，香花供養[35]有日耳。」女嘆曰：「事已至此，復何辭？然父自削髮招提[36]，兒女之愛已絕。無已，同往哀之，恐撻挫辱不淺也。」

乃一夜不寐，以氈綿厚作蔽膝[37]，各以隱著衣底；然後喚肩輿，入南山十餘里。山徑拗折絕險，不復可乘。下輿，女跬步甚艱，生挽臂曳扶，竭蹶始得上達。不遠，即見山門，共坐少憩。女喘汗淫淫，粉黛交下。生見之，情不可忍，曰：「為某故，遂使卿罹此苦！」女愀然[38]曰：「恐此尚未是苦！」困少蘇[39]，相將入蘭若[40]，禮佛而進。曲折入禪堂[41]，見老僧趺坐[42]，目若瞑，一僮執拂[43]侍之。方丈中，掃除光潔；而坐前悉布沙礫，密如星宿。女不敢擇，入跪其上；生亦從諸其後。僧開目一瞻，即復合去。女參白：「久不定省[44]，今女已嫁，故偕婿來。」僧久之，啟視曰：「妮子大累人！」即不復言。夫妻跪良久，筋力俱殆，沙石將壓入骨，痛不可支。又移時，乃言曰：「將騾來未？」女答言：「未。」曰：「夫妻即去，可速將來。」二人拜而起，狼狽而行。

既歸，謹如其命，不解其意，但伏聽之。過數日，相傳罪人已得，伏誅訖。夫妻相慶。無何，山中遺僮來，以斷杖付生云：「代死者，此君也。」便囑瘞祭，以解竹木之冤。生視之，斷處有血痕焉。乃祝而葬之。夫妻不敢久居，星夜歸遼陽。

【注釋】❶遼東　指遼河以東地區，作為郡名在戰國時設立，作為軍鎮名在明朝時設立。❷休咎　吉凶；善惡。❸趵突泉　泉名，在今山東濟南，號為天下第一泉。❹皤然　頭髮斑白的樣子。❺堵　牆。這裡指眾人像牆一樣圍在四周。❻微詞　隱含有預測性語言的話。❼屏　屏避；避開。❽夙夜　朝夕；日夜。❾終天有期　指母喪有日。❿貰　租借。⓫東邁　向東行進。⓬不遑啜息　沒時間吃喝休息。⓭星馳　連夜奔馳。⓮綿惙　病情沉重。⓯一紀　十二年。⓰耄耋　八九十歲，代指高壽。⓱定數　命中註定的氣數。⓲橫折　意外地早死。⓳瑤臺傾　妻子死亡。瑤臺，美玉砌成的臺子，這裡代指妻子。⓴中州　豫州，相當於今河南。㉑讖　預言。㉒臨河優戲　在河邊演戲。優，既是一種職業名稱，又是最早的演藝人的名稱。㉓蹄趹　用蹄子踢人。㉔世子　嫡子。㉕徼者　巡查的人。㉖行牒譏察　行文稽查。㉗棄市　在鬧市執行死刑並將犯人曝屍街頭的刑法。㉘掛錫　懸掛錫杖。僧人遠行時應持錫杖，中途停宿時錫杖不得著地，必須掛在壁牙上，故名掛錫，後來稱僧人所住之處為掛錫之處。㉙奉箕帚　供灑掃之役，代指嫁女兒。㉚丈人　這裡指老年人，即對話之叟。㉛相耦　相匹配。㉜坎窞　坑穴，比喻險境。㉝生死人而肉白骨　指使死人復活，起死回生。㉞好逑　好的配偶。㉟香花供養　像供佛一樣對待。㊱招提　寺院。㊲蔽膝　遮蓋大腿至膝部的服飾配件。㊳愀然　憂愁的樣子。㊴蘇　減輕。㊵蘭若　寺院。㊶禪堂　僧人坐禪用的堂室。㊷趺坐　坐禪入定的姿勢，盤膝交疊雙腿，把足背放在股腿上。㊸拂　拂塵。㊹定省　昏定晨省，指子女早晚向親長問安。見《禮記．曲禮上》。

【語　譯】鍾慶餘，是遼東名士。到濟南參加鄉試。聽說藩王府裡有個道士，知道人的吉凶禍福，心裡十分嚮往。考過兩場後，鍾生來到趵突泉，恰好碰上了道士。年齡有六十多歲，鬍子長過胸口，是個銀鬚白髮的道士。聚集起來問吉凶的人像牆壁一般，道士都用隱晦的話告訴了他們。道士在人群中看見鍾生，高興地握著他的手，說：「你的心腸和德行，值得尊敬！」他拉著鍾生登上一座樓閣，避開別人說話，於是問：「你不是想知道將來嗎？」鍾生說：「是的。」道士說：「你的福命很薄，可是這次鄉試有望中舉。但是榮歸故里後，恐怕再見不到你的母親了。」鍾生非常孝順，聽到這話，眼淚流了下來，於是不想參加第三場考試就趕回家。道士說：「你要是錯過這次考試，舉人也都考不中了。」鍾生說：「母親快要去世而不去見她，尚且連人都做不成了，即使貴為卿相，又有什麼用呢？」道士說：「我前世和你有緣，今天一定會盡力幫你。」於是把一顆藥丸交給鍾生說：「可派人連夜送給你母親，吃了可以延長七天壽命。你考完了再走，母子還來得及相見。」

鍾生把藥丸收藏好，匆匆出來，失魂落魄。於是想母親歸天的日期已近，早一天回去，就能多奉養母親一天。他帶著僕人，雇了驢子，即刻啟程東歸。跑了一里多地，驢子忽然往回跑，鞭打牠也不馴服，用韁繩勒牠就倒在地上。鍾生沒有辦法，急得汗如雨下。僕人勸他留下來，他不聽。他又雇了另一頭驢子，也和那頭一樣。太陽已經快落山了，仍無計可施。僕人又勸他說：「明天就考完了，何必就爭這一天呢？請讓我先您而行，這也是個好辦法。」鍾生不得已，聽從了他。

第二天，鍾生草草考完，就立刻出發，沒有時間吃喝休息，連夜回到家中。母親病情垂危，吃了道士的丹藥，漸漸痊癒了。鍾生進屋看望他的母親，靠在床前流淚。母親搖頭叫他別哭，拉著他的手高興地說：「剛才我做夢到了陰間，看見閻王的臉色和悅。說稽考你的生平，沒有大的罪惡；如今考慮到你兒子大孝，賜給你十二年陽壽。」鍾生也很高興。過了幾天，母親果然和原來一樣健康了。

不久，聽到中舉的捷報，鍾生辭別母親，來到濟南。他賄賂藩王的太監，向道士致意。道士欣然而出，鍾生便跪下拜見。道士說：「你既高中，母親又增加了壽數，這都是你的德行好的緣故，我這個道人哪裡出了什麼力啊！」鍾生又驚訝他預先知道，因而叩拜詢問自己的終身。道士說：「你不會有大的富貴，只要得到長壽就足夠了。你的前世和我都是和尚，拿石頭打狗，失手打死一隻青蛙，那青蛙現在已投生為驢。就你此前的定數而論，你應該夭折；現在你孝順的品德感動了神靈，已有解救災難的星宿入命，也不會有問題。但是你夫人前世是個不貞節的婦人，按照定數應該年輕守寡。現在你因為品德延長了壽命，不是她所能匹配的了，恐怕一年後你妻子就要去世了。」鍾生傷心了好久，問繼妻在哪裡。道士說：「在河南，今年十四歲了。」臨別囑咐說：「如果遇到危急的情況，要向東南方向跑。」

過了一年多，鍾生的妻子果然病死了。鍾生的舅舅在江西做縣令，母親讓他前去探望，鍾生順路經過河南，打算應合關於繼妻的預言。偶然到了一個村莊，恰好河邊上演戲，男男女女混雜在一起。鍾生正想調整好韁繩趕快走過，有一頭失去控制的公驢跟在後面，以至於鍾生的騾子揚起後蹄踢牠。鍾生回過頭，用鞭子打驢子的耳朵；公驢受驚了，發狂似地奔跑起來。當時有個小王子，剛六七歲，乳母抱著他坐在河堤上；驢子猛衝而過，隨從都來不及防備，小王子就被擠到河裡了。眾人大聲喊叫起來，想抓住鍾生。鍾生催趕著騾子拼命奔跑。猛然想起道士囑咐他的話，便極力向東南方向跑去。

大約跑了三十多里路，進入一個山村，有位老人在門外，鍾生跳下騾子，向老人拱手作揖。老人把他請進屋裡，自我介紹說姓方，便問鍾生從哪裡來。鍾生跪在地上磕頭，把實情都說了。老人說：「不要緊。請你就寄居在這裡，我會使巡捕的人離去。」到晚上得到消息，才知道淹死的是小王子。老人大驚，說：「要是別的人家，我可以幫你，這真是愛莫能助了！」鍾生不停地哀求。老人想了想說：「不好辦了。請過一晚上，聽聽外面風聲的緩急，或許可以再想辦法。」鍾生又憂愁又害怕，整夜沒有睡覺。第二天出去打聽，原來已經發下公文緝拿逃犯，有敢藏匿的就要殺頭。老人面有難色，沒有說話就走進屋裡。鍾生疑懼萬分，沒有辦法靜下心來。半夜，老人來敲門，進來坐下就問道：「你妻子今年多大了？」鍾生回答說自己是個鰥夫。老人高興地說：「我的計謀可以成功了。」鍾生問他，他回答說：「我姐夫心向佛教，在南山出家修行；姐姐又去世了。留下一個女兒，由我來撫養，也很聰慧。讓她作你妻子，怎麼樣？」鍾生慶幸這符合道士的話，又希望和老人結成親戚，關係密切，可以得到老人周密的謀劃，就說：「小生實在幸運啊。但我這遠方來的罪人，生怕連累了你老人家。」老人說：「這是為你打算啊。我姐夫的道術神奇，但很久不參與人世間的事了。成親以後，你自己和我外甥女籌劃這件事，一定會有辦法的。」鍾生高興極了，就入贅了。

新娘十六歲，美麗之極，無人能比。鍾生經常對著她唉聲歎氣。妻子說：「我即使醜陋，怎麼就那麼快被你嫌棄呢？」鍾生賠禮說：「娘子是天上的仙女，和你結合是我的榮幸。但我有禍患在身，恐怕會和你分離。」於是把實情告訴了她。妻子埋怨說：「舅舅真不是人！這樣的彌天大禍，不能想辦法，也不明說，而使我陷在坑穴裡！」鍾生高跪在地上說：「這是我死命哀求舅舅，舅舅心懷慈悲也沒有辦法，知道你能讓死人復活，讓白骨長肉。我實在說不上是個好丈夫，但家世門第幸而不會辱沒你。如果能夠再生，我一定像供養菩薩那樣供養你。」妻子歎氣說：「事已至此，還能推辭什麼呢？但父親自削髮修佛，對兒女的疼愛已經沒有了。沒辦法，一起去哀求他，恐怕要經受不少的挫折和羞辱啊。」

於是一整夜沒睡覺，用氈棉做了厚厚的護膝，各自藏在衣服裡；然後雇來轎子，進到南山十幾里。山路崎嶇險峻，轎子沒辦法再坐了。兩人下了轎子，妻子走路十分艱難，鍾生挽著她的手臂，又拉又扶，直到筋疲力盡才到了山上。走了不遠，就看見山門，一起坐下來稍事休息。妻子氣喘吁吁，汗水淋漓，臉上的脂粉都掉了。鍾生見了，很不忍心，說：「為了我的緣故，讓你受這樣的苦！」妻子憂傷地說：「恐怕這還不是苦！」疲勞稍微減輕，二人就相互扶著走進寺廟，拜過佛像往裡走。曲曲折折進入禪堂，看見一個老和尚盤腿打坐，眼睛好像閉著，一個童子拿著拂塵在旁邊侍立。住所打掃得乾淨明亮；座位前布滿碎石，密得有如天上的繁星。鍾生妻子不敢挑選地方，進去後就跪在上面；鍾生也跟在她後面跪著。老和尚睜開眼睛一看，隨即又閉上了。妻子參拜說：「很久沒來問候了，現在女兒已經出嫁，所以帶著丈夫一起來。」老和尚過了很久，睜開眼睛對女兒說：「你這丫頭太連累人！」就不再說話了。夫妻跪了很久，筋疲力盡，砂石就要壓到骨頭裡去了，痛得難以支撐。又過了一會兒，老和尚才說：「騾子牽來了沒有？」女兒回答說：「沒有。」老和尚說：「你們夫妻立刻回去，快快牽來。」兩人磕頭起來了，狼狽不堪地走了。

回家後，照老和尚的吩咐做了，二人不知道他的用意，只得躲在家裡打聽消息。過了幾天，傳說罪犯已經抓住，被處死了。夫妻互相慶祝。不久，山裡派來一個童子，把一根砍斷的手杖交給鍾生說：「替你死的，就是它啊！」於是囑咐鍾生把它埋葬並祭奠它，以化解竹杖的冤氣。鍾生看了看，那砍斷的地方還有血痕。便祝禱一番把它埋葬了。夫妻倆不敢久住在這裡，連夜趕回了遼陽。

【研　析】本篇講述了孝子鍾慶餘的故事。因為他的「純孝」，才有整篇故事所描述的種種奇遇。鍾慶餘是遼東名士，到濟南參加鄉試時，遇到一位老道士。老道士說他福命至薄，這一科雖能中舉，但恐怕回家後就見不到母親了。鍾慶餘考慮問題從盡孝出發，認為貴為卿相，也不如奉養母親，急切地要放棄科考，回家見母親最後一面。於是道士贈給他延壽的丸藥，讓他先派人送回去。鍾生之孝也得到冥王的肯定，給他的母親延壽十二年。鍾慶餘再見到老道士。道士將前因後果告訴了他，並且說他的妻子因為前世不貞，今世會早亡。臨別時，道士還囑咐他，遇到危難的時候，應向東南方向跑。這就給鍾生逢凶化吉、遇難呈祥指明了道路。後來，鍾生在中州不僅躲過了災難，還娶到了「艷絕無雙」的繼室。

這篇文章的精神原點是鍾慶餘之孝。他為了見母親最後一面，寧可放棄可以考中的科考機會。即使道士贈了丸藥，他也算計早回家一天，就能多奉養一天，一定要放棄未完成的考試。如果不是所乘之驢不聽話，他就星夜馳歸了。孝是中華傳統文化所提倡的行為，即所謂百善孝為先。蒲松齡在很多篇章中也表達了對孝的推崇。對於鍾生，他也認為道士、冥王、妻舅、丈人等發揮作用都是因為鍾生的大孝，「心術德行，感通仙人，示之以未來，授之以靈藥，可謂兩全矣。然而終天有期，愛日難已，即過此以往，一榜亦不可得，奚足計哉！驢忽反奔，以此捷高科，即以此增母壽。盛德所致，道人何力焉？王者又何力焉？蛙化為牡驢，彌天禍降；而鸞膠之續，已在中州。以亡命而得好逑，固舅之慈悲而窮於術；而生死人、肉白骨，安知非有大慈悲誘其衷耶？竹木代死，易橫折而耄耋之，猶是盛德所致耳。舅何力焉？丈人又何力焉？」

此外，故事還流露出因果報應思想。鍾生的前世是個僧人，「以石投犬，誤斃一蛙，今已投生為驢」。按人生定數來說，他應當早死。而鍾生的夫人前世為婦不貞，「數應少寡」。後來驢子果然用銜撞王世子的辦法，嫁禍於鍾生，使鍾生險遭不測。但因果報應不是一成不變的。鍾生「孝德感神，已有解星入命，固當無恙」。他的夫人本應「少寡」，但鍾生壽命延長了，而她還要承擔前世不貞的報應，所以一年多後，鍾生的夫人就先死了。面對命運的安排，凡夫俗子本是無計可施，只有默默承受。但鍾生以其孝，不僅使其母增壽，自己也能在危難中得到指點，度過困境。這正反映出蒲松齡教化世人的苦心。

三朝元老

某中堂❶者，故明相也。曾降流寇❷，士論非之。老歸林下，享堂落成，數人直宿其中。天明，見堂上一匾云：「三朝元老。」一聯云：「一二三四五六七，孝弟忠信禮義廉。」不知何時所懸。怪之，不解其義。或測之云：「首句隱亡八，次句隱無恥也。」似之。

洪經略❸南征，凱旋。至金陵❹，醮薦❺陣亡將士。有舊門人謁見❻，拜已，即呈文藝❼。洪久厭文事，辭以昏眊❽。生云：「但煩坐聽，容某頌達上聞。」遂探袖出文，抗聲❾朗讀，乃故明思宗御製祭洪遼陽死難文也。讀畢，大哭而去。

【注釋】❶中堂　官名，明清時期指內閣大學士。❷流寇　對李自成、張獻忠等起兵盜賊的稱呼。❸洪經略　指洪承疇，明萬曆進士，曾任明薊遼總督，在松山會戰中兵敗被俘，降清。❹金陵　南京。❺醮薦　祭奠。薦，進獻祭品。❻謁見　進見地位或輩分較高的人。❼文藝　這裡指文章。❽昏眊　年老而眼睛昏花。❾抗聲　高聲。

【語　譯】某中堂，原是明朝宰相。曾經投降流寇，世人都非議他。年老歸隱田園，祭祀祖先的祠堂落成，幾個人值夜睡在裡面。天亮後，看見堂上掛了一塊匾，上面寫著：「三朝元老。」還有一副對聯：「一二三四五六七，孝弟忠信禮義廉。」不知道是什麼時候掛上去的。大家很奇怪，不明白其中的含義。有人猜測說：「第一句隱含著『忘八』，第二句隱含著『無恥』。」大約就是如此。

洪承疇征討南方，凱旋而歸。到了金陵，祭祀陣亡將士。有一個他以前的學生進見，行過禮後，就獻上文章。洪承疇早就厭煩文墨之事，推辭說老眼昏花。學生說：「只麻煩你坐著聽，讓我來朗讀。」於是從袖中取出文章，高聲朗誦。原是明思宗崇禎皇帝親自撰寫的悼念洪承疇死難的祭文。那人讀完，痛哭著離開了。

【研　析】三朝元老本是指受過三世皇帝重用、資格老、聲望高的朝廷重臣。但在一年內江山三易其主的明清易代之際，三朝元老又別有一番寓意，成為見風使舵、沒有操守，在明、大順、清三個政權中都竊居高位的貳臣的代名詞。蒲松齡的《聊齋》中就寫了一位「三朝元老」。某中堂原是明朝的宰相，曾經投降李自成，後又降清，所以被人諷為「三朝元老」，祠堂上「一二三四五六七，孝弟忠信禮義廉」也隱含著「忘八」與「無恥」。

鄧之誠在《骨董三記》中徵引清初人的筆記，認為「三朝元老」乃李建泰事，「忘八」與「無恥」乃金之俊事。李建泰，字復余，山西曲沃人，明天啟五年（西元一六二五年）進士，任國子監祭酒，頗有聲望。崇禎十六年（西元一六四三年）五月，擢吏部右侍郎，十一月入閣，拜東閣大學士。次年正月，督師出京，不久就在保定為李自成捕獲，並投降。滿清入關後，李被召為內院大學士，後罷官。順治六年（西元一六四九年），姜瓖起事於大同，李建泰響應，後兵敗被殺。朱書的《游歷記存》載：「建泰為賊相，賊敗再降，又為相，被賜綽楔曰『三朝元老』，懸於門，始告歸。」這即是這篇故事中匾額上「三朝元老」的由來。金之俊，字豈凡，江南吳江人，萬曆四十七年（西元一六一九年）進士，在明官至吏部侍郎。李自成攻陷北京，金之俊「被執受刑」，隨後降清，受到重用，曾擔任工部尚書、左都御史、吏部尚書、國史院大學士等職，晉至太傅。蘇瀜《惕齋見聞錄》記載他告老還鄉後的一段經歷，「金之俊歸吳中，營建太傅第，名其居之後街曰『後樂街』，前巷曰『承恩坊』。吳人夜榜其門曰：『後樂街前長樂老，承恩坊裡負恩人。』又贈對句曰：『一二三四五六七亡八，孝弟忠信禮義廉無恥。』又云：『仕明仕闖仕清三朝之俊傑，縱子縱孫縱僕一代豈凡人。』」就連他的家人對他也很嫌惡。

本篇附則是記載洪承疇之事。洪承疇，字彥演，號亨九，福建南安人，明萬曆四十四年（西元一六一六年）進士，明末官至兵部尚書，因打擊李自成有功，轉任薊遼總督，崇禎十五年（西元一六四二年）在松山之戰中被俘，降清。後隨清兵入關，鎮壓各地反清力量。洪承疇在松山兵敗之初，舉朝震驚，認為他必死無疑。崇禎皇帝極為哀痛，御製〈悼洪經略文〉明昭天下。這篇附則就是由崇禎皇帝的祭文生發而來。後來，左懋第、孫兆奎、夏完淳、金正希、沈百五、金聲、江天一等人都曾拿此事作文章，來痛斥洪承疇投降變節的行為。

二十世紀五〇年代，人們曾就蒲松齡的民族意識問題展開過激烈爭論。一種觀點是《聊齋》

中包含了蒲松齡的民族意識。比如，何滿子在其〈蒲松齡與《聊齋誌異》〉中認為，《聊齋》中的〈三朝元老〉、〈林四娘〉、〈羅剎海市〉等，或譏嘲統治者的異族，或鞭撻賣國投降的民族敗類，或緬懷漢家衣冠，這些「以愛國主義思想為主題的作品」，是十分值得珍視的。林名均〈《聊齋誌異》所表現的民族思想〉一文，比較了青柯亭本與某些抄本的異同，發現前者有意識地將一些對清廷統治有違礙的文字基本刪削盡了。這就證明了《聊齋》中的確含有或隱或顯的民族意識。另一種觀點是《聊齋》中包含了民族意識，但有其特殊性。由於當時特殊環境的限制，蒲松齡民族思想的表現形式也就顯得多樣化，有時甚至不大明顯，而且他的民族思想帶有某些妥協性，情感力度也不強烈。從現在觀點來看，蒲松齡寫作〈公孫九娘〉、〈韓方〉、〈鬼隸〉、〈亂離〉、〈野狗〉、〈張氏婦〉等沒有反清復明的政治意圖，而是一位正直知識分子關心民間疾苦的傷世之作，是對草菅人命、亂殺無辜現象的沉痛譴責，是對普通民眾命運的熱切關注。迫於現實政治壓力，蒲松齡沒有對此旗幟鮮明地大書特書，而是採取比較隱諱曲折的方式，藉故事的傳奇性來淡化所關聯事件的歷史性。〈三朝元老〉則是對傳統社會知識分子名節問題的審視。中國傳統文人一直把「修身、齊家、治國、平天下」作為人生理想，但在改朝換代之際，到底應該忠於舊王朝，還是應該投靠新王朝，成為他們的兩難選擇。在這裡，蒲松齡也沒有給出答案。他一方面對「三朝元老」、「忘八」、「無恥」現象給予了辛辣諷刺，對有氣節的「舊門人」給予由衷讚賞，另一方面，蒲松齡又不以是不是「貳臣」作為臧否人物的唯一標準，在有的篇章裏，他還對有才能、有情義的「貳臣」進行過表彰，如〈詩讞〉中的周亮工、〈大力將軍〉中的吳六奇等。到了康熙年間，戰爭的硝煙漸漸散去，整個社會趨於穩定與繁榮，但朝代更迭及其帶來的巨大震盪，依然引起人們的無限思索。

禽俠

天津某寺，鸛鳥巢於鴟尾❶。殿承塵❷上，藏大蛇如盆，每至鸛雛團翼時❸，輒出吞食淨盡。鸛悲鳴數日乃去。如是三年，群料其必不復至，而次歲巢如故。約雛長成，即逕去，三日始還。入巢啞啞，哺子如初。蛇又蜿蜒而上。甫近巢，兩鸛驚，飛鳴哀急，直上青冥❹。俄聞風聲蓬蓬，一瞬間，天地似晦❺。眾駭異，共視乃一大鳥，翼蔽天日，從空疾下，驟如風雨，以爪擊蛇，蛇首立墮，連摧殿角數尺許，振翼而去。鸛從其後，若將送之。

巢既傾，兩雛俱墮，一生一死。僧取生者置鐘樓上。少頃，鸛返，仍就哺之，翼成而去。

異史氏曰：「次年復至，蓋不料其禍之復也；三年而巢不移，則復仇之計已決；三日不返，其去作秦庭之哭❻，可知矣。大鳥必羽族❼之劍仙也，飄然而來，一擊而去，妙手空空兒❽，何以加此？」

濟南有營卒，見鸛鳥過，射之，應弦而落。喙中銜魚，將哺子也。或勸拔矢放之，卒不聽。少頃，帶矢飛去。後往來近郭間，兩年餘，貫矢如故。一日，卒坐轅門下，鸛過，矢墜地。卒拾視曰：「此矢固無恙哉？」耳適癢，因以矢代搔。忽大風摧門，門驟闔，觸矢貫腦而死。

【注釋】❶鴟尾　我國古建築屋脊兩端的飾物。❷承塵　天花板。❸團翼時　長翅膀的時候。❹青冥　青天。❺晦　昏暗。❻秦庭之哭　春秋時，吳人攻占楚國都城，楚人申包胥到秦國求援，依於庭牆哭了七天，感動了秦哀公，最終秦出兵相救。❼羽族　鳥類。❽空空兒　唐傳奇〈聶隱娘〉中的劍客，劍術神妙。

【語譯】天津的一座寺院裡，鸛鳥在屋脊端處築巢。大殿的天花板上，藏著一條如盆子一樣粗的大蛇，每當小鸛鳥羽毛未豐時，就出來把牠們全都吞吃掉，鸛鳥悲憤地鳴叫好幾天才飛走。這樣經過了三年，人們認為鸛鳥一定不會再來了，然而第二年鸛鳥還是照舊來築巢。大約小鸛鳥快長成時，鸛鳥就逕直飛走了，三天以後才回來。牠們飛進巢裡「啞啞」直叫，像先前一樣哺育小鸛鳥。大蛇又蜿蜒著爬上來。剛靠近鳥巢，兩隻鸛鳥受了驚，飛起來鳴叫，悲哀急切，直上青天。不久，聽見風聲呼呼，瞬間天地好像昏暗下來。人們非常驚異，眾人一看乃是一隻大鳥，張開的翅膀遮天蔽日，從空中疾撲而下，快得像暴風驟雨，用利爪擊打大蛇，蛇頭立時掉下來，殿角也被震塌好幾尺，大鳥拍打著翅膀離去了。鸛鳥跟在後面，好像在送牠。

鸛巢傾覆了，兩隻小鸛鳥都掉下來，一生一死。和尚把活著的放在鐘樓上。不久，鸛鳥回來，仍舊哺育牠，小鸛鳥的翅膀長成以後，牠們就飛走了。

異史氏說：「鸛鳥第二年再回來，大概沒料到還有禍患；受害三年而不遷移巢穴，是報仇的計謀已經決定了。三天不回來，可知牠們是去作秦庭之哭了。大鳥一定是鳥類裡的劍仙，來如暴風，一擊而去，妙手空空兒也不過如此吧？」

濟南有一名軍卒，看見鸛鳥飛過，用箭射牠，鸛鳥應聲落地。鸛鳥的嘴上叼著魚，準備去餵幼鳥。有人勸士兵拔箭放了牠，軍卒不聽。不久，鸛鳥帶著箭飛走了。後來，鸛鳥在城牆間飛來飛去，兩年多了，那支箭仍舊插在鸛鳥的身上。一天，軍卒坐在轅門下，鸛鳥飛過，箭掉下地來。軍卒拾起來看，說：「這箭還像本來一樣好好的嗎？」他的耳朵剛好癢起來，他便用箭來搔癢。突然，大風吹門，門驟然關閉，撞在箭上，箭穿過軍卒的腦袋，軍卒很快死去了。

【研　析】這篇故事中，天津某寺屋脊上，鸛鳥巢中的幼雛每當羽毛剛長成時，就被一條如盆的大蛇吞食，這樣連續三年。到了第四年，在小鸛快要長成時，大鸛離開了三天，暗地約請了翼蔽天日的大鳥來保護自己。當大蛇又蜿蜒而上準備吞食小鸛時，大鳥「從空疾下」，「以爪擊蛇」，殺死了大蛇。這種禽鳥復仇的故事，是有其文學史淵源的。南朝宋時劉敬叔《異苑》卷三載：晉義熙三年，朱猗戍壽陽，婢炊飯，忽有群烏集灶，競來啄啖，驅逐不去。有獵犬咋殺兩烏，餘烏因共咋殺犬，又啖其肉，唯餘骨存。這是較早的飛禽為同類復仇的故事，復仇的對象是獵犬。到唐朝時，杜甫創作了〈義鶻行〉，復仇的目標變成了蛇。內容如下：

陰崖有蒼鷹，養子黑柏巔。白蛇登其巢，吞噬恣朝餐。雄飛遠求食，雌者鳴辛酸。力強不可制，黃口無半存。其父從西歸，翻身入長烟。斯須領健鶻，痛憤寄所宣。斗上捩孤影，嗷哮來九天。修鱗脫遠枝，巨顙拆老拳。高空得蹭蹬，短草辭蜿蜒。折尾能一掉，飽腸皆已穿。生雖滅眾雛，死亦垂千年。物情有報復，快意貴目前。茲實鷙鳥最，急難心炯然。功成失所往，用舍何其賢。近經渝水湄，此事樵夫傳。飄蕭覺素髮，凜欲沖儒冠。人生許與分，亦在顧盼間。聊為義鶻行，用激壯士肝。

杜詩記錄了蒼鷹訴冤於健鶻的奇事，突出張揚了義鶻的俠義精神。

洪邁《夷堅志》甲志卷五「義鶻」條中也記錄了宋代的一則傳聞，內容如下：

紹興十六年，林熙載自溫州赴福州侯官簿，道過平陽智覺寺，見殿一角無鴟吻，問諸僧。僧曰：「昔日雙鸛巢其上，近為雷所震，有蛇蜺甚大，怪之，未敢葺。」僧因言：「寺素多鸛，殿之前大松上三鸛共一巢，數年前，巨蛇登木食其雛，鸛不能禦，皆舍去。俄頃，引同類盤旋空中，悲鳴徘徊，至暮始散。明日復集。次一健鶻自天末徑至，直入其巢，蛇猶未去，鶻以爪擊之，其聲革革然。少選飛起，已復下。如是數反。蛇裂為三四，鶻亦不食而去。」林誦老杜〈義鶻行〉示之，始驗詩史之言，信而有證。又台州黃岩縣定光觀岳殿前有塔，鸛巢於上，一蛇甚大而短，食其子，其母鳴號辛酸，瞥入海際。少時，引二鶻至，徑趨塔表，銜蛇去。

這則故事與蒲松齡〈禽俠〉中的記載更加接近了。此後在明代朱國禎《湧幢小品》卷三十一「群鵲招鸛」條和董德鏞、孔昭甫《可如之》卷一「任俠」條中，也有類似記載。可見弱小的禽類受到生命威脅尋求強援的故事屢見於文言短篇故事中。

經典的普遍性和永恆性根源於它自身達到的高度與水平，但這種普遍性與永恆性同時體現在持久而眾多的詮釋現象上。蒲松齡在「異史氏曰」中認為，「次年復至，蓋不料其禍之復也；三年而巢不移，則復仇之計已決；三日不返，其去作秦庭之哭，可知矣。大鳥必羽族之劍仙也，飆然而來，一擊而去，妙手空空兒，何以加此？」蒲松齡肯定了大鸛報殺子之仇的堅定決心和所做的努力，同時對大鳥的攻擊能力與俠義精神進行了讚揚。但明倫則推崇禽鳥的俠義精神，「禽鳥中有志士，有俠仙，人有自愧不如者矣」。王立在《聊齋誌異・禽鳥》及禽鳥報仇故事中印源流〉中分析，印度的故事側重受害一方運用智慧，而中國故事則側重受害一方的求助，中國故事所表現出的弱者心理，似乎更明顯一些。通過個人化解讀，後代讀者得出了超出於蒲松齡的新鮮觀點，實現了〈禽俠〉文本意義的創生與更新。

褚生

順天❶陳孝廉，十六七歲時，嘗從塾師讀於僧寺，徒侶綦繁。內有褚生，自言東山人，攻苦講求，略不暇息；且寄宿齋中，未嘗一見其歸。陳與最善，因詰之。答曰：「僕家貧，辦束金❷不易，即不能惜寸陰❸，而加以夜半，則我之二日，可當人三日。」陳感其言，欲攜榻來與共寢。褚止之曰：「且勿，且勿！我視先生，學非吾師也。阜城門❹有呂先生，年雖耄，可師，請與俱遷之。」蓋都中設帳者多以月計，月終束金完，任其留止。於是兩生同詣呂。

呂，越之宿儒，落魄不能歸，因授童蒙❺，實非其志也。得兩生甚喜；而褚又最慧，過目輒了，故尤器重之。兩人情好款密，晝同几，夜亦共榻。月既終，褚忽假歸，十餘日不復至。共疑之。一日，陳以故至天寧寺❻，遇褚廊下，劈苘淬硫❼，作火具焉。見陳，忸怩不自安。陳問：「何遽廢讀？」褚握手請間，戚然曰：「實相告，家貧無以遺先生，必半月販，始能一月讀。」陳感慨良久，曰：「但往讀，自合極力。」命從人收其業，同歸塾。戒陳勿洩，但託故以告先生。

陳父固肆賈❽，居物致富，陳輒竊父金，代褚遺師，父以亡金責陳，陳實告之。父以為癡，遂使廢學。褚大慚，別師欲去。呂知其故，讓之曰：「子既貧，胡不早告？」乃悉以金返陳父，止褚讀如故，與共饔飧❾，若子焉。陳雖不入館，然每邀褚過酒家飲。褚固以避嫌不往；而陳要之彌堅，往往泣下，褚不忍絕，遂與往來無間。

逾二年，陳父死，復求受業。呂感其誠，納之；而廢學既久，較褚懸絕矣。居半年，呂長子自越來，丐食尋父。門人輩斂金助裝，褚惟灑涕依戀而已。呂臨別，囑陳師事褚。陳從之，館褚於家。未幾，入邑庠，即以「遺才❿」應試。陳慮不能終幅⓫，褚請代之。

至期，褚偕一人來，云是表兄劉天若，囑陳暫從去。陳方出，褚忽自後曳之，身欲踣，劉急挽之而去。覽眺一過，相攜宿於其家。家無婦女，即館客於內舍。居數日，忽已中秋。劉曰：「今日李皇親園中，遊人甚夥，當往一豁⑫積悶，相便送君歸。」使人荷茶鼎、酒具而往。但見水肆梅亭，喧啾不得入。過水關，則老柳之下，橫一畫橈⑬，相將登舟。酒數行，苦寂。劉顧僮曰：「梅花館近有新姬，不知在家否？」僮去少時，與姬俱至，蓋勾欄李遏雲也。李，都中名妓，工詩善歌，陳曾與友人一飲其家，故識之。相見，略道溫涼。姬戚戚有憂容。劉命之歌，為歌〈蒿里〉⑭。陳不悅，曰：「主客即不當卿意，何至對生人歌死曲？」姬起謝，強顏為笑，乃歌豔曲。陳喜，捉腕曰：「卿向日〈浣溪紗〉讀之數過，今並忘之。」姬吟曰：「淚眼盈盈對鏡臺，開簾忽見小姑來，低頭轉側看弓鞋。強解綠蛾⑮開笑靨，頻將紅袖拭香腮，小心猶恐被人猜。」陳反覆數四。已而泊舟，過長廊，見壁上題詠甚多，即命筆記詞其上。日已薄暮，劉曰：「闈中人將出矣。」遂送陳歸。入門，即別去。

陳見室暗無人，俄延間，褚生已入；細審之，卻非褚。方自驚疑，客遽近身而仆。家人曰：「公子憊矣！」共扶曳之。轉覺仆者非他，即己也。既起，見褚生在旁，惚惚若夢。屏人而研究之。褚曰：「告之勿驚：我實鬼也。久當投生，所以因循於此者，高誼所不能忘，故附君體，以代捉刀[16]；三場[17]畢，此願了矣。」陳復求赴春闈[18]。曰：「君先世福薄，慳吝之骨，誥贈所不堪也。」問：「將何適？」曰：「呂先生與僕有父子之分，繫念常不能置。表兄為冥司典簿[19]，求白地府主者，或當有說。」遂別而去。

陳異之。天明，訪李姬，將以問泛舟之事；則姬死數日矣。又至皇親園，見題句猶存，而淡墨依稀，若將磨滅。始悟題者為魂[20]，作者為鬼[21]。

至夕，褚喜而至，曰：「所謀幸成，敬與君別。」遂伸兩掌，命陳書褚字於上以誌之。陳將置酒為餞，搖手曰：「勿須。君如不忘舊好，放榜後，勿憚修阻㉒。」陳揮涕送之。見一人伺候於門；褚方依依，其人以手按其頂，隨手而匾，掬入囊，負之而去。

過數日，陳果捷㉓。於是治裝如越。呂妻斷育十年，五旬餘，忽生一子，兩手握固不可開。陳至，請相兒。便謂掌中當有文曰「褚」。呂不深信。兒見陳，十指自開，視之果然。驚問其故，具告之。共相嘆異。陳厚貽之，乃返。後呂以歲貢，廷試㉔入都，舍於陳；則兒十三歲，已入泮矣。

異史氏曰：「呂日教門人，而不知即自教其子。嗚呼！作善於人，而降祥於己，一間㉕也哉！褚生者，未以身報師，而先以魂報友，其志其行，可貫日月，豈以其鬼故奇之與！」

【注釋】❶順天　明清兩代，北京地區稱為順天。❷束金　束脩之金，舊時指學費。脩，乾肉條。❸寸陰　短暫的光陰。❹阜城門　北京城門之一，即「阜成門」。❺童蒙　初學的幼童。❻天寧寺　北京最古老的寺院之一，始建於北魏孝文帝時期。❼劈苘淬硫　把苘劈開，在縷端淬上硫磺，遇火即燃，可用作引火之具。苘，苘麻，一年生草本植物，莖直立，莖皮的纖維可以做繩子。淬，浸染。❽肆賈　在集市上開店鋪的商人。❾饔飧　飯。饔，早飯。飧，晚飯。❿遺才　秀才參加鄉試，先要經過學道的科考錄送，臨時添補核准的，稱為遺才。⓫終幅　終篇。⓬豁　空缺；裂開。⓭畫橈　畫舫。橈，船槳，代指小船。⓮蒿里　指死人所處之地，此為人們送葬時所唱的輓歌。⓯綠蛾　指女性的蛾眉。⓰代捉刀　替考。語出《世說新語．容止》。⓱三場　明清的鄉試分三場，每場三天。⓲春闈　會試，因其在春天舉行，故稱「春闈」。⓳典簿　官名，掌管簿籍。⓴題者為魂　題寫〈浣溪紗〉的是陳生的離魂。㉑作者為鬼　寫作〈浣溪紗〉的是已經死去的李姬。㉒修阻　遙遠而艱難。㉓捷　鄉試中舉。㉔廷試　科舉制度中由皇帝親發策問，在殿廷上舉行的考試，也稱為「殿試」。㉕一間　相隔很近。

【語　譯】順天府陳舉人，十六七歲時，曾跟著私塾先生在寺廟裡讀書，先生門徒很多。其中有個褚生，自稱是東山人，讀書刻苦鑽研，一點也不休息；而且寄宿在書房裡，不曾見過他回一次家。陳生和他最要好，就問他為什麼這樣。褚生回答說：「我家裡窮，置辦學費不容易，雖然不能做到珍惜每一寸光陰，但只要每天多讀半個晚上，那麼我的兩天，就可以相當於別人的三天了。」陳生聽了他的話很感動，想搬床來和他一起住。褚生制止他說：「暫且不要，暫且不要！我看這位先生，學問方面不是我們的老師。阜城門有個呂先生，年齡雖然大了，但可以做我們的老師，請和我一起搬過去吧。」原來京城裡設帳教學的，大多按月計算，月底，如果學費花完了，可以任憑學生去留。於是兩人一起到了呂先生那裡。

呂先生是越地一位老成博學的讀書人，窮困潦倒沒法回家，因此教授兒童識字度日，這實在不是他的志向。他收到這兩個學生非常喜歡；而褚生又最聰明，文章書籍看一遍就明瞭，所以呂先生尤其器重他。陳生、褚生兩人感情深厚密切，白天用同一張桌子，晚上睡同一張床。到了月底，褚生忽然請假回家，十幾天沒有回來。大家都很疑惑。一天，陳生因故到天寧寺，在走廊上遇上褚生，見他正在劈開麻稈，蘸著硫磺，製作引火用具。褚生見到陳生，顯出忸怩不安的樣子。陳生問：「你怎麼忽然中斷學業呢？」褚生握住陳生的手，避開眾人，憂愁地說：「實話告訴你，我窮得沒有錢交給先生，必須做半個月的小販，才能讀一個月的書。」陳生感慨了很久，說：「你只管去讀書，我自會盡力幫助你。」他命隨從收拾褚生的東西，一同回到私塾。褚生叮囑陳生不要洩露，只找了個藉口回告呂先生。

陳生的父親本來是個開店鋪的商人，靠囤積貨物發家致富，陳生經常偷父親的錢，替褚生交學費給老師。陳父因為丟失了錢而責問陳生，他把實情告訴了父親。父親認為他傻，就不讓他上學了。褚生非常慚愧，告別老師，想要離開。呂先生知道了原因，責備他說：「你既然貧窮，為什麼不早點告訴我？」於是把那些錢都拿出來還給陳生的父親，留下褚生繼續讀書，和自己一起吃飯，像對待自己的兒子一樣。陳生雖然不上學，但是經常邀請褚生到酒店喝酒。褚生本來為了避嫌不肯去；而陳生更加堅決地邀請他，往往為此流淚，褚生不忍心拒絕，於是跟他來往很密切。

過了兩年，陳生的父親去世了，陳生又請求跟呂先生學習。呂先生被他的誠心所感動，接納了他；但他中輟學業很久了，比起褚生來差距很大了。過了半年，呂先生的大兒子從越地來，討著飯來尋找父親。學生們湊錢為老師準備行裝，褚生只能流著淚表示依戀而已。呂先生臨走，囑咐陳生要像對待老師一樣對待褚生。陳生聽從了，把褚生請到家裡教他讀書。不久，陳生考進縣學，以「遺才」的資格參加鄉試。陳生擔心自己完成不了，褚生請求替陳生去考。

考期到了，褚生帶一個人回來，說是表兄劉天若，囑咐陳生暫時跟表兄去。陳生正要出門，褚生忽然從後面拉他，他的身子幾乎跌倒，劉天若急忙扶著他走了。遊覽了一番，劉天若拉著陳生到自己家住下。家裡沒有女眷，劉天若就讓客人在內房住下來。住了好幾天，不覺已到中秋。劉天若說：「今天李皇親的花園裡，遊人很多，應該前去散散胸中的煩悶，順便送你回去。」他讓人挑著茶壺、酒具前往。只見水邊店鋪，梅花亭子，喧譁嘈雜，不能進去。走過水關，見老柳樹下面，橫著一艘畫船，兩人一起上了船。酒過數巡，覺得寂寞無聊。劉天若對僮僕說：「梅花館最近來了個新歌妓，不知道在家嗎？」僮僕去了不久，和歌妓一起來了，原來是妓院裡的李遏雲。李遏雲，是京城名妓，工於作詩，善於唱歌，陳生曾和朋友在她家喝過酒，所以認識她。彼此相見，略略寒暄了一陣。李遏雲悲悲戚戚，滿臉愁容。劉天若叫她唱歌，她唱了一曲〈蒿里〉歌。陳生不高興，說：「就算主人和客人不合你的心意，何至於對著活人唱死人的歌呢？」李遏雲站起來謝罪，強顏歡笑，就唱了一段豔曲。陳生高興了，握著她的手腕說：「你以前作的〈浣溪紗〉，我讀過好幾遍，現在都忘了。」李遏雲吟誦道：「淚眼盈盈對鏡臺，開簾忽見小姑來，低頭轉側看弓鞋。強解綠蛾開笑靨，頻將紅袖拭香腮，小心猶恐被人猜。」陳生反覆吟詠了好幾遍。後來他們停船上岸，穿過長廊，陳生見牆上題詩很多，就拿筆把這首詞也寫在上面。天色已近黃昏，劉天若說：「去考試的人就要回來了。」於是把陳生送回家。進了大門，劉天若就告別走了。

陳生見屋內昏暗無人，遲疑間，褚生已經進了門；仔細觀察，卻不是褚生。正在覺得奇怪，來客突然走到他身邊，摔倒在地。僕人說：「公子疲倦了！」一齊連扶帶拉。陳生又覺得倒地的不是別人，正是自己。陳生站起來，看見褚生在自己身旁，恍恍惚惚好像做夢。陳生把家人支使出去，仔細詢問褚生。褚生說：「告訴你，請不要害怕：我實際上是個鬼。很久以前就應該去投生了，之所以滯留在這裡，是因為你的深情厚意不能忘，因此附在你身上，代你去考試；三場考完，這個心願就了結了。」陳生又要求褚生代他參加明春的會試。褚生說：「你祖上福薄，又很小氣，皇上的封贈，你承受不了。」陳生問：「你要到哪裡去？」褚生說：「呂先生和我有父子的情分，我時常掛念放不下。我表兄是冥司的文書，求他稟告陰司之主，或許能夠說一說。」於是告別走了。

陳生感到很驚異。天一亮，到李姬家去，想問問泛舟的事；而李遏雲已經死了好幾天了。陳生又來到李皇親的花園裡，看見自己的題詞還在，而淡淡的墨蹟依稀難辨，好像快要消失了。陳生這才明白，題詞的是自己的魂魄，而作詞的是個女鬼。

到了晚上，褚生高興地來了，說：「謀劃的事所幸辦成了，特來與你告別。」於是伸出兩隻手，叫陳生在上面寫個「褚」字作記號。陳生要設宴為他送行，褚生搖手說：「不需要。你如果不忘記舊日的友情，放榜以後，不要怕路途遙遠和艱難險阻。」陳生擦著眼淚送他。見一個人在門外等著；褚生正在依依不捨，那人用手按著他的頭，褚生隨手被按扁，那人把褚生裝進袋子，背走了。

過了幾天，陳生果然中了舉人。他於是準備行李到越地去。呂先生的妻子十年不能生育了，五十多歲，忽然生了個兒子，那孩子兩隻手握著，掰也掰不開。陳生來到呂家，請求見見孩子。還說他手心上應該有個「褚」字。呂先生不大相信。孩子一見陳生，十個指頭自行張開，一看果然如此。呂先生驚訝地問這是什麼原因，陳生一一告訴了他。大家都驚嘆詫異。陳生贈送很多禮物，這才回去。後來呂先生以歲貢的資格到京城參加廷試，住在陳生家裡；那時孩子十三歲，已經進學成秀才了。

異史氏說：「呂老先生每天教學生，卻不知道就是在教自己的兒子。啊！對別人行善，而降福到自己身上，多麼迅速啊！褚生還沒有用身體報答老師，但先用靈魂報答朋友，他的心性和行為可以貫通日月，哪能因為他是鬼的緣故才認為他奇異呢！」

【研　析】〈褚生〉講述了褚生、陳生和呂先生之間的情義。褚生本是一鬼，在寺院裡「攻苦講求，略不暇息」。陳生有感於他勤奮的學習態度，就和他結為好友。他們又一同投到呂先生門下。後來，褚生家貧不足以交納學費，陳生就偷拿父親的錢財幫助褚生。呂先生知道後，把學費還給了陳父，免費教褚生讀書。為了回報陳生的恩情，褚生依附陳生身體，幫助他參加考試。而後，褚生投胎轉世，而其父正是當年的呂先生。

故事首先讚揚了陳生慧眼識才、仗義疏財。陳生出身富貴之家，卻毫無半點紈袴子弟的惡習，而是一心向學。當他看到褚生學習十分刻苦，便主動與其結交，「欲攜榻來與共寢」。此後，當陳生得知褚生家庭貧困，「必半月販，始能一月讀」時，就從家中偷取銀兩，幫助褚生交納學費。後來，陳生還把褚生請到自己家裡，把褚生作為自己的老師。這充分反映出他富而不吝、慷慨好義的胸襟懷抱。褚生不是青面獠牙、為害人間的厲鬼，而是有著善良心腸、知恩圖報的好鬼。他很久前就要投生，但感動於陳生的百般關照，在幫助陳生參加科舉考試後才離開。呂先生對褚生也有知遇之恩。呂先生得知褚生家貧後，就不收他的學費，而且和他一同吃住，親如父子。所以褚生託在冥司當典簿的表兄說情，使自己投生為呂先生的兒子。何守奇評價說：「陳之於褚，前既友之，後復師之，意亦詩書有緣耳。德無不報，褚之於呂，分則師徒，情猶父子，豈以死生為間哉！」《聊齋誌異圖詠》說：「師門風義感平生，好學憐才兩用情。自是斯文同骨肉，報恩原不問幽明。」

這則故事充滿了喜劇色彩。一方面是褚生代陳生應考，陳生高舉中第；另一方面是褚生轉世為呂先生之子，繼續兩人之間的緣分。但故事終究是故事，現實社會裡嫌貧愛富、見利忘義的現象十分普遍，人與人之間的友情經常受到挑戰。因而，超脫現實利益的束縛，追尋志同道合的朋友，體驗知恩圖報的厚誼，也就成為本文所要表達的主題。在追求功名的同時，蒲松齡更有對朋友之間誠摯情誼的渴望。所以蒲松齡在「異史氏曰」中嘉許褚生「未以身報師，而先以魂報友，其志其行，可貫日月，豈以其鬼故奇之與」。

詩讖

青州❶居民范小山，販筆為業，行賈❷未歸。四月間，妻賀氏獨宿，為盜所殺。是夜微雨，泥中遺詩扇一握，乃王晟之贈吳蜚卿者。晟，不知何人；吳，益都之素封❸，與范同里，平日頗有佻達之行，故里黨共信之。郡縣拘質，堅不伏，而慘被械梏，遂以成案；駁解往復❹，歷十餘官，更無異議。

吳亦自分必死，囑其妻罄竭所有，以濟煢獨❺。有向其門誦佛千者，給以絮褲；至萬者絮襖：於是乞丐如市，佛號聲聞十餘里。因而家驟貧，惟日貨田產，以給資斧。陰賂監者使市鴆❻。夜夢神人告之曰：「子勿死，曩日『外邊凶』，目下『裡邊吉』矣。」再睡，又言，以是不果死。無何，周元亮先生分守是道，錄囚❼至吳，若有所思。因問：「吳某殺人，有何確據？」范以扇對。先生熟視扇，便問：「王晟何人？」並云不知。又將爰書❽細閱一過，立命脫其死械，自監移之倉❾。范力爭之。怒曰：「而欲妄殺一人便了卻耶？抑將得仇人而甘心耶？」眾疑先生私吳，即莫敢言。先生標硃籤❿，立拘南郭某肆主人。主人懼，罔知所以。至則問曰：「肆壁有東莞⓫李秀詩，何時題耶？」答：「自舊歲提學按臨，有二三秀才，飲醉留題，不知所居何里。」遂遣役至日照，坐拘李秀。數日，秀至。怒叱之曰：「既作秀才，奈何謀殺人？」秀頓首錯愕，但言：「無之！」先生擲扇下，令其自視，曰：「明係而作，何詭託王晟？」秀審視云：「詩真某作，字實非某書。」曰：「既知汝詩，當即汝友。誰書者？」秀曰：「跡似沂州⓬王佐。」乃遣役關拘⓭王佐。佐至，呵之一如見秀狀。佐供：「此益都鐵商張成索某書者，云晟其表兄也。」先生曰：「盜在此矣。」執成至，一訊遂伏。

先是，成窺賀氏美，欲挑之，恐不諧。念託於吳，必人所共信，故偽為吳扇，執而往。詰則自認，不詰則嫁名於吳，而實不期至於殺也。成逾垣入，逼婦。婦以獨居，常以刀自衛。既覺，捉成衣，操刀而起。成懼，奪其刀。婦力挽，令不得脫，且號。成益窘，遂殺之，委扇⑭而去。

三年冤獄，一朝而雪，無不誦神明者。吳始悟「裡邊吉」乃「周」字也。然終莫解其故。後邑紳乘間⑮請之。先生笑曰：「此甚易知。細閱爰書，賀被殺在四月上旬；是夜陰雨，天氣猶寒，扇乃不急之物，豈有忙迫之時，反攜此以增累者，其嫁禍可知。向避雨南郭，見題壁詩與箑⑯頭之作，口角相類⑰，故妄度李生，果因是而得真盜，幸中耳。」聞者嘆服。

異史氏曰：「天下事，入之深者，當其無有有之用⑱。詞賦文章，華國⑲之具也，而先生以相⑳天下士，稱孫陽㉑焉。豈非入其中者深乎？而不謂相士之道，移於折獄㉒。《易》曰：『知幾其神㉓。』先生有之矣。」

【注釋】❶青州　地名，在今山東。❷行賈　外出經商。此謂別於坐商。❸素封　無官爵俸祿而家境殷富的人。❹駁解往復　地方與上級官府反覆審理。❺煢獨　孤苦無依的人。❻市鴆　買毒藥。❼錄囚　指上級官府對在押囚犯進行覆核審錄，以防冤假錯案。❽爰書　古代司法審判過程的筆錄。❾自監移之倉　從內監移到外監。清代死囚押在內監，充軍流放以下的押在外監。❿硃簽　紅色竹簽，舊時官府交付差役拘捕犯人的憑證。⓫東莞　古縣名，西漢置，治所在今山東沂水縣。⓬沂州　州名，治所在今山東臨沂。⓭關拘　發關文拘捕。關，即「關文」，古代官府間相互質詢時所用的一種文書。⓮委扇　丟下扇子。⓯乘間　找個機會。⓰箑　扇子。⓱口角相類　語氣相近。⓲當其無有有之用　看似無用的地方發現它的作用。語出《老子》。⓳華國　為國家增加光彩。⓴相　觀察、鑒別，這裡指以文觀人。㉑孫陽　即春秋中期善於相馬的伯樂。㉒折獄　斷案。㉓知幾其神　研究掌握事物萌發的細微跡象，這是很神奇的。見《易・繫辭下》。

【語譯】山東青州府居民范小山，以販賣毛筆為生，在外地做生意沒回來。四月間，他妻子賀氏獨自睡覺，被盜賊殺害了。當天夜裡下著小雨，泥地上遺留了一把題了詩的扇子，是王晟贈送給吳蜚卿的。王晟不知是什麼人；吳蜚卿是山東益都的一個富裕人家，和范小山同鄉，平素行為輕薄放蕩，所以村里的人都認定他是作案者。郡縣衙門把吳蜚卿拘捕起來審問，他堅決不認罪，慘遭酷刑，於是被作為殺人者而定案。反覆遞解過程中，經過十多個官員審理，都沒有提出異議。

吳蜚卿也自認為必死無疑，囑咐妻子傾盡所有，以救濟孤寡人家。有朝著他家大門念佛一千遍的，送一條棉褲；誦一萬遍的，送一件棉襖：於是乞丐紛紛而來，門前如同集市，念佛的聲音傳到十幾里以外。因此吳家驟然變窮了，只有靠天天變賣田產維持用度。吳蜚卿暗中賄賂獄卒，求他買來毒藥。夜裡夢見神人告訴他說：「你不要自殺，以前是『外邊凶』，現在是『裡邊吉』了。」

他再睡時，神人又這樣說，吳蜚卿因此沒有自殺。

不久，周元亮先生出任青州海防道，覆勘罪犯時看到吳蜚卿一案，若有所思。就問：「吳蜚卿殺人，有什麼確鑿證據？」范小山答道有扇子為證。周先生仔細看了扇子，便問：「王晟是什麼人？」大家都說不知道。周先生又把審訊記錄細看一遍，馬上叫人除去吳蜚卿的死囚枷鎖，從內監移到外牢。范小山極力爭辯。周先生生氣地說：「你想妄殺一個人就了結案子呢？還是要抓到仇人才甘心呢？」大家懷疑周先生徇私偏袒吳蜚卿，就不敢說話。周先生標了一支紅簽，立刻拘傳南城一個酒店的主人。酒店主人十分害怕，不知是什麼事。來到衙門後，周先生就問他：「酒店的牆壁上有東莞李秀的詩，什麼時候題上去的？」酒店主人回答說：「去年提學使來主持考核，有兩三個秀才，喝醉酒後留下題詩，不知道他們所居何處。」周先生於是派衙役到日照縣，立刻拘捕李秀。幾天後，李秀被帶到。周先生怒斥他說：「既然身為秀才，為什麼謀殺人命？」李秀大驚磕頭，只是說：「沒有此事！」周先生把扇子扔下來，讓他自己看，說：「明明是你作的詩，為什麼假託王晟？」李秀仔細一看，說：「詩真是我作的，字確實不是我寫的。」周先生說：「既然知道你的詩，應當就是你的朋友。是誰寫的？」李秀說：「筆跡像是沂州王佐的。」周先生於是派衙役攜帶公函拘捕王佐。王佐到案，周先生也像喝斥李秀那樣喝斥他。王佐供認說：「這是益都做鐵貨買賣的張成求我寫的，說王晟是他的表兄。」周先生說：「強盜在這裡了。」把張成抓來，一訊問張成就認罪了。

原來，張成窺見賀氏生得美貌，想挑逗她，又恐怕不成功。想假冒吳蜚卿，大家一定都會相信，所以就偽造了吳蜚卿的扇子，拿著前往。要是挑逗成功了就說自己是張成，要是挑逗不成功就託名是吳蜚卿，而實在沒想到會把賀氏殺了。他翻牆進去，走近賀氏。賀氏因為獨自居住，經常隨身帶刀子自衛。她覺察後，捉住張成的衣服，拿著刀爬起來。張成害怕，奪過她手中的刀子。賀氏緊緊抓住他不放，使他不能脫身，並且大聲喊叫。張成更加害怕，就殺了賀氏，扔下扇子逃走了。

三年冤獄，一旦昭雪，沒有人不說周先生神明的。吳蜚卿這才明白「裡邊吉」就是「周」字。但終究不知道其中的緣故。後來，縣裡有個紳士找機會向周先生請教。周先生笑著說：「這非常容易明白。細看審訊記錄，賀氏被殺在四月上旬；當晚是陰雨，天氣還冷，扇子是不急用的東西，哪裡有匆忙急迫的時候，反而帶著這個東西增加累贅的呢，可以知道這是想嫁禍於人的。先前我在南城酒店裡避雨，看見題在牆壁上的詩與扇子上的詩風格相似，所以假定是李秀幹的，果然按照這條線索抓到了真兇，所幸猜對了。」聽到的人都讚歎、佩服。

異史氏說：「對天下的事鑽研得很深的人，能在看似無用的地方發現它的作用。詩詞歌賦文章，是為國家增加光彩的工具，而周先生用它考察天下的讀書人，可以稱得上是伯樂了。難道不是鑽研它到了很深的地步了嗎？而沒想到考察讀書人的方法能移用到斷案方面。《易經》說：『研究掌握事物萌發的細微跡象，這是很神奇的。』周先生有這種本領呀。」

【研　析】《詩讞》是《聊齋》中一篇有名的推理小說。青州居民范小山在外地做買賣。在四月裡一個下著小雨的晚上，他的妻子賀氏被人殺害。遺留在現場的是一柄王晟贈給吳蜚卿的扇子，扇子上還題著一首詩。吳蜚卿平素輕薄放蕩，行為不檢，同村居民都認為是他殺了賀氏。審理此案的官員也據此推斷他是殺人兇手，「郡縣拘質，堅不伏，而慘被械梏，遂以成案；駁解往復，歷十餘官，更無異議」。這時，民間輿論、官方態度都把目標指向吳蜚卿，而吳蜚卿本人也在嚴刑拷打下被迫攬下這個罪狀。「殺人真兇」吳蜚卿安排了後事，還暗暗地賄賂獄卒幫他購買毒藥，準備服毒自盡。然而，事情發生了轉機。第一個轉機帶有因果報應的神祕色彩。吳蜚卿夢見一個神人兩次告訴他，「子勿死，曩日『外邊凶』，目下『裏邊吉』矣」。為什麼神人會告訴他這句話？因為他在覺得自己必死無疑之際做了一心向佛、捨財濟民的好事，想必是神佛託夢相救。第二個轉機來得更現實一些。不多久，周元亮先生「分守是道，錄囚至吳」。周元亮，即周亮工，號櫟園，河南祥符（今河南開封）人，明崇禎十三年（西元一六四〇年）進士。次年進入仕途，為山東濰縣令。仕清後，官福建按察使、福建左布政使、都察院左副都御史、戶部右侍郎等職。清順治十二年（西元一六五五年）被劾，赴閩質審。直到康熙元年（西元一六六二年），詔赦起補山東青州海防道。康熙八年（西元一六六九年）又遭劾被捕，遇赦得釋，不久去世。周元亮知識淵博，愛才好士，力求廉政明法，要求屬下以寬慈為尚。周元亮審案，首先從弄清王晟身分入手，經過有準備的疾風驟雨般的審問，將真兇張成捉拿歸案。

從全文來看，周元亮斷案與此前的郡縣斷案主要有三處不同。首先是在案件線索的發掘與利用上。故事一開頭，蒲松齡就把有關案件的信息都交待清楚。郡縣斷案，都是依據比較表面的線索。如按照扇上所寫的內容，此扇當為吳蜚卿所有，而吳蜚卿平素佻達無行，具備作案的可能性，再加上鄉里居民對此案主觀印象的佐證，吳蜚卿就被推定為作案者的不二人選。而其中一些關鍵性線索卻被忽視，如果四月的雨夜用不用扇子不易發現，那麼至少贈扇子的王晟是個什麼樣的人應該搞清楚。那些易被發現的線索往往是作案者妄圖混淆黑白所設下的謎局，這些線索從不同方向將人們引向歧途。周元亮通過對案件細節的觀察，再加上平素生活的累積，一舉做成了翻案文章，得出符合事實真相的結論。第二個不同是在破案的方式上。郡縣斷案先推定作案兇手，然後動用酷刑追逼出先在的結論，「破」了案件，對上對下有所交待，至少可以息事寧人了。而周元亮的破案則依賴於縝密的推理。從詩扇的內容聯想到南郭某肆主人，通過他可以追尋到詩的作者。查到詩作者李秀後，再追查到詩扇的書寫者王佐，因為知道李秀之詩，必是李秀之友。王佐供出「此益都鐵商張成索某書者，云晟其表兄也」，到此就和王晟這條線索接上了頭。周元亮斷案，猶如順藤摸瓜，抓住一點，一提一串。在審案過程中，周元亮對南郭某肆主人採取的是「問」，因為他只是知情者；對李秀則是「怒叱之曰」，因為他可能是兇手，而這樣也可以有先聲奪人、敲山震虎的功效；對於王佐，出於與李秀同樣的原因，周元亮「呵之」如故；對張成，則是「訊」，因為案情已經水落石出，只差最後一步，得出了真兇。這個破案方式就與靠嚴刑逼供的郡縣形成了鮮明對比。第三個不同是在破案過程上。郡縣斷案，前後相因，不願意做深入探究，因此表面上是「快」，實際上暗含了「懶」的因素，「駁解往復，歷十餘官，更無異議」。周元亮斷案則寫得十分精彩，充分展現了他深思熟慮、成竹在胸的風采。他派人「立拘」南郭某肆主人，問明李秀情況，然後「遣役至日照」，「坐拘」李秀，隨後「遣役關拘王佐」，審完王佐，周元亮說：「盜在此矣。」最後「執成至，一訊遂伏」，整個過程效率很高，如行雲流水、一氣呵成。但明倫非常讚賞周元亮的斷案，「挑破疑竇，明白了然。至避雨南郭，亦倉卒耳，見題壁詩而以此得真盜，雪冤獄，神哉」。

對於蒲松齡來說，在故事中他特意宣揚了濟窮、念佛等在冥冥中能得善報的行為，吳蜚卿得到神人的託夢正是由於此。從行文上來看，這一方面烘托了周元亮的出場亮相，另一方面也為故事的發展設置了懸念。但這並不是蒲松齡主要想表達的思想。在「異史氏曰」中，蒲松齡對為官者審案應採取的深入體察的態度進行了突出說明。因為破案的關鍵在於，周元亮發現扇子上的詩與酒店的題壁詩「口角相類」，一般人是很難體會出來。詞賦文章，在一般人看來，只是華國之具，「而先生以相天下士，稱孫陽焉」，「不謂相士之道，移於折獄」。天下的事情，如果鑽研得深了，就會在表面上沒有用處的地方發現它的用處。因此，提倡明察秋毫、細緻入微的審案方式才是蒲松齡所要表達的中心觀點。

陳錫九

陳錫九，邳人❶。父子言，為邑名士。富室周某，仰其聲望，訂為婚姻。陳累舉不第，而家蕭索，游學❷于秦，數年無耗。陰有悔心。以少女適王孝廉為繼室；王聘儀豐盛，僕馬甚都❸。以此益憎錫九貧，堅意絕昏❹；問女，女不從。怒，以惡服飾遣歸錫九。日不舉火，周亦不甚顧恤。

一日，使傭媼以榼❺餉女，入門向母曰：「主人使某視小姑姑餓死否。」女恐母慚，強笑以亂其詞。因出榼中肴餌，列母前。媼止之曰：「無須爾！自小姑入人家，何曾交換出一杯溫涼水？吾家物，料姥姥亦無顏啗啖得。」母大恚，聲色俱變。媼不服，惡語相侵。紛紜間，錫九自外入，訊知大怒，撮毛批頰，撻逐出門而去。次日，周來逆❻女，女不肯歸；明日復來，增其人數，眾口呶呶，如將尋鬥。母強勸女去。女潸然❼拜母，登車而去。過數日，又使人來，逼索離婚書，母強錫九與之。惟望子言歸，以圖別處。

周家有人自西安來，久知子言已死，陳母哀憤成疾尋卒。哀迫之中，猶冀妻臨；久之渺然，悲憤益切。薄田數畝，鬻治葬具。葬已，乞食赴秦，以求父骨。至西安，遍訪居人，或言數年前有書生死於逆旅❽，葬之東郊，今冢已沒。錫九無策，惟朝丐市廛❾，暮宿野寺，冀有知者。

會晚經叢葬處，有數人遮道，逼索飯價。錫九曰：「我異鄉人，乞食城郭，何處少人飯價？」共怒，捽之仆地，以埋兒敗絮塞其口。力盡聲嘶，漸就危殆。忽共驚曰：「何處官府至矣！」釋手寂然。俄有車馬至，便問：「臥者何人？」即有數人扶至車下。車中人曰：「是吾兒也。孽鬼何敢爾！可悉縛來，勿致漏脫。」錫九覺有人去其塞，少定，細認，真其父也。大哭曰：「我為父骨良苦。今固尚在人間耶！」父曰：「我非人，太行總管[10]也。此來亦為吾兒。」錫九哭益哀。父稍稍慰諭之。錫九泣述岳家離昏。父曰：「無憂，今新婦亦在母所。母念兒甚，可暫一往。」遂與同車，馳如風雨。移時，至一官署，下車入重門，則母在焉。錫九痛欲絕，父止之。錫九啜泣聽命。見妻在母側，問母曰：「兒婦在此，得毋泉下物耶？」母曰：「非也，是汝父接將來，待汝歸後，當便送去。」錫九曰：「兒侍父母，不願歸矣。」母曰：「辛苦跋涉而來，為父骨耳。汝不歸，初志云何也？且汝孝行已達天帝，賜汝金萬斤，夫妻享受正遠，何言不歸？」錫九垂泣。父數數[11]促行，錫九哭失聲。父怒曰：「汝不行耶！」錫九懼，收聲，始詢葬所。父挽之曰：「子行，我告之：去叢葬處百餘步，有子母白榆是也。」挽之甚急，竟不遑別母，門外有健僕，捉馬待之。既超乘[12]，父囑曰：「日所宿處，有少資斧，可速辦裝歸，向岳索婦；不得婦，勿休也。」錫九諾而行。

馬絕駛[13]，雞鳴至西安。僕扶下，方將拜致父母，而人馬已杳。尋至舊宿處，倚壁假寐，以待天明。坐處有拳石礙股；曉而視之，白金也。市棺賃輿，尋雙榆下，得父骨而歸。合厝⑭既畢，家仍四壁。幸里中憐其孝，共飯之。

將往索婦，自度不能用武，與族兄十九往。及門，門者絕之。十九素無賴，出詞穢褻。周使人勸錫九歸，願即送女去，錫九乃還。

初，女之歸也，周對之罵婿及母，女不語，但向壁零涕。陳母死，亦不使聞。得離書，擲向女曰：「陳家出⑮汝矣！」女曰：「我不曾悍逆，出我何為？」欲歸質其故，又禁閉之。後錫九如西安，遂造凶訃，以絕女志。此信一播，遂有杜中翰⑯來議姻，竟許之。親迎有日，女始知，遂泣不食，以被韜面⑰，氣如游絲。周正無所方計，忽聞錫九至，發語不遜，意料女必死，遂舁歸錫九，意將待女死以洩其憤。

錫九歸，而送女者已至；猶恐錫九見其病而不內，甫入門，委之而去。鄰里代憂，共謀舁還；錫九不聽，扶置榻上，而氣已絕。始大恐。

正皇迫間，周子率數人持械入，門窗盡毀。錫九逃匿，苦搜之。鄉人盡為不平；十九糾十餘人銳身急難，周子兄弟皆被夷傷⑱，始鼠竄而去。周益怒，訟於官，捕錫九、十九等。錫九將行，以女屍囑鄰嫗。忽聞榻上若息，近視之，秋波微動矣；少時，已能轉側。大喜，詣官自陳。宰怒周訟誣。周懼，啖以重賂，始得免。

錫九歸，夫妻相見，悲喜交並。先是，女絕食奄臥，自矢必死。忽有人捉起曰：「我陳家人也，速從余去，夫妻可以相見；不然，無及矣！」不覺身已出門，兩人扶登肩輿，頃刻至官廨，見公姑具在。問：「此何所？」母言：「不必問，容當送汝歸。」一日，見錫九至，竊喜。一見遽別，心頗疑怪。公不知何事，恒數日不歸。昨夕忽歸，曰：「我在武夷⑲，遲歸二日，難為保兒矣。可速送兒婦去。」遂以輿馬送女。忽見家門，遂如夢醒。女與錫九共述曩事，相與驚喜。由此夫妻相聚，但朝夕無以自給。

錫九於村中設童蒙⑳帳，兼自攻苦。每私語曰：「父言天賜黃金，今四堵空空，豈訓讀所能發跡耶？」一日，自塾中歸，遇二人，問之曰：「君陳某耶？」錫九然之。二人即出鐵索縶之。錫九不解其故。少間，村人畢集，共詰之，始知郡盜所牽。眾憐其冤，醵錢㉑賂役，以是途中得無苦。至郡見太守，歷述家世。太守愕然曰：「此名士之子，溫文爾雅，烏能作賊！」命脫縲紲㉒，取盜嚴梏之，始供為周某賄囑。錫九又訴翁婿反面之由，太守益怒，立刻拘提。即延錫九至署，與論世好，蓋太守舊邳宰韓公之子，故子言受業門人也。贈燈火之費㉓以百金；又以二騾代步，使不時趨郡，以課文藝㉔。轉於各上官游揚㉕其孝，自總制㉖而下，皆有饋遺。錫九裘馬而歸，夫妻慰甚。

一日，妻母哭至，見女伏地不起。女駭問之，始知周已被械在獄矣。女哀哭自咎，但欲覓死。錫九不得已，詣郡為之緩頰㉗。太守釋令自贖，罰穀一百石，批賜孝子陳錫九。既歸，出倉粟，雜糠㉘秕㉙而輦運之。

錫九謂女曰：「而翁以小人之心度君子矣。烏知我必受之，而瑣瑣雜糠覈㉚耶？」因笑卻之。

錫九家雖小有，而垣牆陋敝。一夜，群盜入。僕覺，大號，止竊兩騾而去。後半年餘，錫九夜讀，聞撾門聲，問之寂然。呼僕起共視之，門一啟，兩騾躍入，則向所亡也。直奔櫪下，咻咻汗喘。燭之，各負革囊，解視，則白鏹滿中。大異，不知其所自來。後聞是夜大寇劫周，盈裝出，適防兵追急，委其捆載而去。騾誌故主，遂奔至也。

周自獄中歸，刑創猶劇，又遭盜劫，大病尋卒。女夜夢父囚繫而至，曰：「吾生平所為，悔之不及。今受冥譴㉛，非若翁莫能解脫，為我代求婿，致一函焉。」醒而嗚泣。詰之，具以告。錫九久欲一詣太行，即日遂發。既至，備牲物酹祝㉜之，即露宿其處，冀有所見，終夜無異，遂歸。

周死，母子益貧，仰給於次婿。王孝廉考補縣尹，以墨㉝敗，舉家徙瀋陽，益無所歸。錫九時顧卹之。

異史氏曰：「善莫大於孝，鬼神通之，理固宜然。使為尚德之達人也者，即終貧，猶將取之，烏論後此之必昌哉？或以膝下之嬌女，付諸頒白之叟，而揚揚曰：『某貴官，吾東牀㉞也。』嗚呼！宛宛嬰嬰者如故，而金龜婿㉟以諭葬㊱歸，其慘已甚矣；而況以少婦從軍乎？」

【注釋】❶邳　州名，治所在今江蘇邳縣。❷遊學　離開本鄉到異地求學。❸都　華美。❹絕昏　斷絕婚約。昏，即婚。❺榼　古代盛酒的器具，這裡指食盒。❻逆　迎接。❼潸然　流淚的樣子。❽逆旅　旅店。❾市廛　集市。❿太行總管　冥界的一個官職。太行，山名，在今河北、山西交界處。⓫數數　屢屢；多次。⓬超乘　跳上坐騎。⓭絕馳　飛奔。⓮合厝　合葬。⓯出　休棄。⓰中翰　明清時內閣中書的別稱，亦稱「內翰」。⓱韜面　蒙面。⓲夷傷　殺傷；創傷。⓳武夷　山名，在今福建崇安西南。⓴童蒙　蒙昧無知的兒童。㉑醵錢　湊錢。㉒縲紲　捆綁犯人的繩索。㉓燈火之費　即學習的費用。㉔文藝　八股文。㉕游揚　宣揚；傳播。㉖總制　總督。㉗緩頰　說情。㉘糠　穀的外殼。㉙秕　子實不飽滿。㉚覈　米麥的粗屑。㉛冥譴　冥間的懲罰。㉜酹祝　祭奠祝告。㉝墨　這裡指貪汙受賄。㉞東牀　女婿。東晉郗鑒選中坦腹東床的王羲之為女婿。見《世說新語・雅量》。㉟金龜婿　身分高貴的女婿。金龜，唐代三品以上官員的佩飾。㊱諭葬　奉旨回鄉下葬。

【語譯】陳錫九，江蘇邳州人。父親陳子言，是縣裡的名士。富裕人家周某，仰慕陳子言的聲望，和陳家訂為親家。陳子言屢次參加鄉試沒有考中，家境衰敗下來，就到陝西遊學，幾年沒有音信。

周某暗暗有了悔婚之意。周某把小女兒許給王舉人做繼室；王舉人給的聘禮十分豐厚，僕人車馬都很漂亮。周某因此更加憎惡陳錫九貧窮，堅定決心斷絕這門婚姻；他問女兒，女兒不同意。周某很惱火，用破舊的衣服首飾做嫁妝，把她嫁給了陳錫九。陳家經常無法生火煮飯，周某也不太照顧、接濟。

一天，周某派一個僕婦給女兒送一盒吃的，僕婦進門對陳錫九的母親說：「主人叫我來看看姑娘餓死沒有。」周女怕婆婆難堪，強作笑語來岔開僕婦的話。她於是拿出食盒裡的食品，擺在婆婆面前。僕婦阻止她說：「不需要這樣！自從姑娘進了陳家門，什麼時候拿出一杯溫涼水來和娘家交換呢？我們家的東西，料想婆婆也沒有臉面吃下去。」陳母大為生氣，聲音和臉色都變了。僕婦不退讓，用惡言惡語辱罵陳母。吵鬧之間，陳錫九從外面進來，問明原因後大怒，揪住僕婦的頭髮，打了她一巴掌，連推帶打把她趕出門去。第二天，周某來接女兒，女兒不肯回去；第二天又來了，帶來更多的人，嘴裡呶呶不休，像是來尋釁爭鬥的。陳母硬勸周女回去。周女流著眼淚拜過婆婆，上車走了。過了幾天，周某又派人來，逼著要離婚書，陳母強迫陳錫九寫給他。陳母只盼望陳子言回來，另作別的打算。

周家有人從西安來，很早知道陳子言已經死了，陳母悲哀憤懣，生病不久就去世了。陳錫九在悲傷窘迫之中，還盼望著妻子回來；過了很久還沒有蹤影，心情更加悲憤。把幾畝薄田賣掉，置辦喪葬用具。安葬了母親後，陳錫九一路要飯前往陝西，以搜求父親的屍骨。到了西安，遍訪當地的住戶，有人說幾年前有個書生死在旅店裡，葬在東郊，現在連墳墓也沒有了。陳錫九沒有辦法，只好白天在集市上乞討，晚上睡在野寺荒廟裡，希望能碰到知道父親屍骨下落的人。

恰巧一天晚上，陳錫九經過亂葬崗，有幾個人攔住去路，逼著要吃飯的錢。陳錫九說：「我是外鄉人，在城裡城外要飯吃，哪裡欠別人的飯錢？」那幾個人發了火，揪住他將他打倒在地，用埋小孩的破棉絮塞住他的嘴。陳錫九聲嘶力竭，情況漸漸危急。忽然那幾個人吃驚地說：「哪裡官府的人來了！」一起鬆了手一片寂靜。不久，有車馬來到，車裡的人就問：「躺在地上的是什麼人？」隨即有幾個人把陳錫九扶到車前。車裡的人說：「是我的兒子啊。作孽的惡鬼怎麼敢這樣！把他們都捆過來，別叫人走漏逃脫了。」陳錫九覺得有人把他嘴裡的破棉絮掏了出來，稍微定了定神，仔細辨認，果真是他的父親。他大哭著說：「兒子為了尋找父親的屍骨吃了很多苦。原來您現在還活在人世啊！」父親說：「我不是人，而是太行總管。我這次來也是為了你。」陳錫九哭得更傷心了。父親逐漸安慰勸解他。陳錫九哭著告訴岳父家要離婚的事。父親說：「不要憂愁，現在媳婦也在你母親那裡。母親很想念你，你可暫時到那裡去一趟。」於是和他同坐一輛車，急風驟雨般地飛馳。沒多久，來到一座官府門前，下車進了幾道門，看見母親在裡面。陳錫九悲痛欲絕，父親勸阻他。他抽泣著聽從了父親的吩咐。看見妻子在母親旁邊，問母親說：「我的妻子在這裡，莫非她也死了嗎？」母親說：「不是，是你父親接來的，等你回家，應當就送回去。」陳錫九說：「孩兒侍奉父母，不願回去了。」母親說：「你千辛萬苦地跋涉而來，是為了你父親的屍骨。你不回去，當初的決心是為了什麼呢？何況你的孝行已經上達天帝，賜給你一萬斤銀子，你們夫妻享受的日子正長呢，怎麼能說不回去？」陳錫九流下淚水來。父親再三催促他走，陳錫九痛哭失聲。父親生氣地說：「你不走嗎！」陳錫九害怕了，止住哭聲，才詢問埋葬的地方。父親拉著他的手說：「你走，我告訴你：離那片亂葬崗一百多步遠，有大小兩棵白榆樹的就是。」父親拉著他走得很急，竟然來不及向母親告別。門外有個健壯的僕人，牽著馬在那裡等著。陳錫九上馬後，父親囑咐說：「你每天歇息的地方，有少許路費，你趕快收拾行裝回家，向岳父索要老婆；要不到老婆，就不要罷休。」陳錫九答應後就走了。

馬跑得飛快，雞才鳴叫就到了西安。僕人扶他下馬，他剛想拜託僕人回去向父母致意，僕人和馬匹已經不見了。陳錫九找到原來的住處，靠著牆打盹，等待天亮。坐的地方有塊拳頭大的石頭礙著了大腿；天亮一看，是塊白銀。他買了棺材，雇了車子，找到那兩棵白榆樹下面，挖到父親的屍骨就回了家。他把父母的屍骨合葬以後，家裡窮得只剩下四堵牆了。所幸鄰居們可憐他的孝心，都給他飯吃。

陳錫九想去岳父家索要媳婦，想到自己不能動武，就和同族的哥哥陳十九一同前往。到了周家門前，看門的人不讓他們進去。陳十九一向無賴，用骯髒的話大罵起來。周某派人勸陳錫九回去，願意立即把女兒送回去，陳錫九才回家。

當初，周女回到娘家，周某對著她罵女婿和親家母，女兒不發一語，只是對著牆壁流淚。陳母死了，也不讓她知道。拿到了離婚書，周某扔給女兒說：「陳家把你休了！」周女說：「我不曾悍妒忤逆，休我是為什麼呢？」想回陳家問個究竟，周某又把她禁閉起來。後來陳錫九去了西安，周某就假造陳錫九死了的凶信，以斷絕女兒的心意。陳錫九的死訊一傳出來，就有一個杜中翰來提親，周某竟然答應他。迎親的日子快到了，周女這才知道，於是哭著不吃東西，用被子蒙住臉，漸漸只剩一口氣了。周某正無計可施，忽然聽說陳錫九來了，說話很不禮貌，料想女兒必死無疑，就把她抬了送到陳家，想等女兒死了好發洩怨憤。

陳錫九回到家，送周女來的人已經到了；他們還怕陳錫九見她病了不讓她進門，剛進門，扔下她就跑了。鄰居們替陳錫九擔憂，共同商議把周女抬回去；陳錫九不聽，把妻子扶到床上，妻子已經斷了氣。陳錫九這才大為驚恐。正在恐慌窘迫的時候，周某的兒子帶著幾個人拿著棍棒闖進來，把門窗都砸壞了。陳錫九逃出去躲藏起來，他們到處搜尋。鄰居們都為陳錫九鳴不平；陳十九招集了十幾個人，挺身出來為陳錫九解除危難，周家兄弟都被打傷，才鼠竄而逃。周某更加惱怒，告到官府，官府拘捕陳錫九、陳十九等人。陳錫九臨走，把妻子的屍首託付給鄰家老太太。忽然聽到床上好像有氣息，走近一看，妻子的眼睛微微轉動了；不久，已經能夠翻身。陳錫九十分高興，到官府陳述了一番。縣官對周某誣告好人很惱火。周某害怕，派人給縣官送了重禮才得以免罪。

陳錫九回到家，夫妻相見，悲喜交加。先前，周女絕食臥床，奄奄一息，決心求死。忽然有人拉她起來說：「我是陳家的人，快跟我去，你們夫妻可以相見；不然就來不及了！」不知不覺周女身子就出門了，兩個人扶她登上轎子，頃刻之間就來到一所官廳，見公公婆婆都在。周女問：「這是什麼地方？」婆婆說：「不必多問，適當的時候會送你回去。」一天，見陳錫九來了，十分高興。剛一見面就匆匆離別，周女心裡十分奇怪。公公不知有什麼事，常常幾天不回來。昨天夜裡公公忽然回來了，說：「我在武夷山，晚回來兩天，難為你看護孩兒了。趕快送媳婦回去吧。」於是用車馬送周女。周女忽然間看到家門，於是像大夢初醒。周女和陳錫九一起述說往事，兩個人都又驚又喜。從此夫妻團聚，但每天生活還是無法自給。

陳錫九在村裡辦了私塾，同時自己也刻苦攻讀。他常常私下裡說：「父親說上天賜給我黃金，現在家裡什麼也沒有，難道教書、苦讀就能發財嗎？」一天，陳錫九從私塾回來，遇見兩個人，問他：「你是陳錫九嗎？」陳錫九說是。兩人就拿出鐵索把他捆起來。陳錫九不明白是什麼緣故。不久，村裡人都聚攏來，一齊詢問，才知道陳錫九被府裡的盜賊牽連了。大家都可憐他蒙受冤枉，湊錢賄賂兩個差役，陳錫九在途中才沒有受苦。到了府裡見到知府，陳錫九詳細敘說了自己的家世。知府驚訝地說：「這是名士的兒子，溫文爾雅，怎麼會做盜賊呢！」命人除去綑綁的繩索，提出盜賊嚴刑拷問，盜賊這才供出是周某出錢囑託他們這樣做的。陳錫九又說了岳父和自己反目的來由，知府更加憤怒，立刻拘捕周某。便延請陳錫九到衙署，和他敘起世代的交情，原來知府是邳州過去的知州韓公的兒子，是陳子言教過的學生。知府贈給陳錫九一百兩銀子作為學費；又送給他兩頭騾子代步，讓他經常到郡府裡來，以考核他的文章。知府又向上司們宣揚陳錫九的孝行，所以從總督以下的官員都有所饋贈。陳錫九乘肥馬、衣輕裘，回到家裡，夫妻倆十分欣慰。

一天，岳母哭著上門，見了女兒就跪在地上不肯起來。周女吃驚地問她，才知道周某已被關在監獄裡了。周女哀傷地哭著自責，只想尋死。陳錫九不得已，到府裡為岳父求情。知府把周某放了，叫他自我贖罪，罰他出一百石穀子，批贈給孝子陳錫九。周某回去後，從倉庫裡取出穀子，摻雜進稻殼和不飽滿的穀粒，用車子運到陳錫九家。陳錫九對妻子說：「你父親以小人之心度君子之腹了。怎麼知道我一定接受它，要小氣地摻雜稻殼碎屑呢？」於是笑著把穀子退回去了。

陳錫九家裡雖然有點富裕了，可是院牆簡陋破敗。一天夜裡，一群強盜進來。僕人發覺後，大聲喊叫，強盜只偷走兩頭騾子就走了。後來過了半年多，陳錫九一天夜裡讀書，聽到敲門聲，問又沒人答應。叫僕人起來看，門一開，兩頭騾子跳了進來，正是原來丟失的那兩頭。騾子直奔槽前，氣喘吁吁地流著汗。點燈一看，都馱著一個皮袋；解開一看，裡頭裝滿了白銀。陳錫九大為驚異，不知道它們是從哪裡來的。後來聽說那天夜裡一群強盜搶劫了周家，滿載而出，遇上巡邏的官兵追得很急，強盜們仍下那兩頭馱了銀子的騾子逃走了。騾子記得原來主人的家，就逕直跑到陳錫九家了。

周某從監獄裡回來，刑傷還很重，又遭強盜搶劫，生了一場大病，不久死了。周女夜裡夢見父親戴著枷鎖來到跟前，說：「我生前的所作所為，後悔已經來不及了。現在受到陰間的責罰，除非你公公，沒人能夠解救，你代我求求女婿，給你公公寫封信吧。」周女醒來，嗚嗚地哭泣。陳錫九問她，她就都告訴了陳錫九。陳錫九早就想到太行山去一趟，當天就出發了。到了太行，準備好三牲祭禮，灑酒祝禱，便在那裡露宿，希望能夠見到什麼，整夜沒有什麼異常的動靜，便回家了。

周某死後，周家母子更加貧困，仰仗二女婿王舉人周濟過活。王舉人經過考核補任為縣令，因為貪汙受賄而被罷免，全家都遷到瀋陽，周家母子更無所依靠。陳錫九常常照顧接濟他們。

異史氏說：「美德中沒有大於孝的了，鬼神都與之相通，從道理上本來就應該這樣。假使是個崇尚道德、通達事理的人，即便終生貧困，也會求取孝道，哪用說此後一定會昌隆呢？有的人把膝下嬌女嫁給鬢髮斑白的老頭，而洋洋得意地說：『某某貴官，是我的女婿。』唉！柔美的姑娘依然如故，而貴官女婿卻奉皇帝的命令回鄉下葬，這已經夠悲慘的了；更何況年紀輕輕的少婦跟隨丈夫發配充軍呢？」

【研析】本篇主要講述孝子陳錫九的事蹟。陳錫九的父親陳子言是縣裡的名士，周某仰慕他的名聲，就和他訂為親家。不料，陳子言屢考不中，便到陝西遊學，結果客死他鄉。周某見陳家衰敗，遂有悔婚之意。周女堅持嫁給陳錫九，但不久被周家強行接回。陳母病逝，錫九心情悲憤，就一路行乞去陝西尋找父親的遺骨。到陝西後，陳錫九遇到已經成為太行總管的父親，並得到父親的幫助和指點。錫九返回老家後，遵從父親的囑咐將周氏迎接回家。岳父周某賄賂盜賊，讓他們把錫九牽連入獄。幸虧太守是陳子言的受業門人，幫助陳錫九辨白冤情。最後，連周家的財富也鬼使神差的被錫九擁有。

主人公陳錫九既沒有學富五車，也沒有超凡才能，似乎命中註定他平庸一生，無可奈何地忍受著命運的捉弄。特別是一開始，父親累舉不第，家業蕭條，外出遊學卻杳無音信；岳父這邊有悔婚之意，堅決要求退婚；妻子嫁過來，每天吃不上飯，岳父也不憐惜；岳父派人上門羞辱，強行把妻子接回家；母親得知子言客死後，也一病而亡。這時的陳錫九可謂孑然一身，滿目淒涼。他沒有就此沉淪，而是完全按照傳統文化的要求，賣掉田地，安葬母親，然後要飯去陝西尋找父親的遺骨。見到亡父亡母後，他說：「兒侍父母，不願歸矣。」心地善良、秉持孝道，正是他最突出的性格特點。因為他的孝義，他得到了眾多方面的幫助，天帝賜金萬斤；鄉人在他家徒四壁的情況下，「共飯之」；族兄十九幫助其索回妻子，並率人打退前來尋釁滋事的周某；錫九受冤時，眾人「醵錢賂役，以是途中得無苦」；太守「轉於各上官遊揚其孝，自總制而下，皆有饋遺」。最具有喜劇效果的是，錫九丟失的兩頭騾子不但自己找回家門，反而帶回了大批財物，而財物的失主正是處心積慮與錫九作對的岳父周某。

通過錫九之妻我們還可以看到傳統社會中女性的尷尬處境。一開始陳周兩家達成婚約。結婚前，父親就有決意悔婚，她執意不從，父親就「以惡服飾遣歸錫九」。婚後，娘家的僕婦上門羞辱婆婆，她無奈地從中曲為調解。父親強行把她接回家，並違背她的意願，向陳家索要了休書。她爭辯道：「我不曾悍逆，出我何為？」父親造謠說錫九已死，要她另嫁他人，她「泣不食，以被韜面，氣如遊絲」，以死抗爭。夫妻雖然相聚，但生活貧困，朝夕無以自給。得知父親入獄後，她「哀哭自咎，但欲覓死」。父親死後，託夢給她說：「吾生平所為，悔之不及。今受冥譴，非若翁莫能解脫，為我代求婿，致一函焉。」她「醒而嗚泣」，求丈夫答應父親的要求。相比陳錫九命運的起起落落，她更多地周旋於周陳兩家之間，通曉事理，明辨是非，性格堅強，但其委曲求全之處確實值得後人憐思。

故事情節曲折動人，教育意義也十分深遠。蒲松齡在「異史氏曰」中說，「善莫大於孝，鬼神通之，理固宜然。使為尚德之達人也者，即終貧，猶將取之，烏論後此之必昌哉？」恪守孝道，是中華民族的傳統美德。從根本上說，孝是安身立命之本，不孝不足以結交朋友，不孝不足以成就事業。固然，作者在創作過程中有誇飾的成分，恪守孝道未必就獲得豐厚的回報，但這種誇飾顯然強化了勸人信守孝道的教育意義。

于去惡

北平❶陶聖俞，名下士❷。順治間，赴鄉試，寓居郊郭。偶出戶，見一人負笈佢儴❸，似卜居❹未就者。略詰之，遂釋負於道，相與傾語，言論有名士風。陶大悅之，請與同居。客喜，攜囊入，遂同棲止。客自言：「順天人，姓于，字去惡。」以陶差長❺，兄之。

于性不喜遊矚，常獨坐一室，而案頭無書卷。陶不與談，則默臥而已。陶疑之，搜其囊篋，則筆研之外，更無長物。怪而問之。笑曰：「吾輩讀書，豈臨渴始掘井耶？」

一日，就陶借書去，閉戶抄甚疾，終日五十餘紙，亦不見其摺疊成卷。竊窺之，則每一稿脫，輒燒灰吞之。愈益怪焉，詰其故。曰：「我以此代讀耳。」便誦所抄書，頃刻數篇，一字無訛。陶悅，欲傳其術；

于以為不可。陶疑其吝，詞涉誚讓❻。于曰：「兄誠不諒我之深矣。欲不言，則此心無以自剖；驟言之，又恐驚為異物。奈何？」陶固謂：「不妨。」于曰：「我非人，實鬼耳。今冥中以科目授官❼，七月十四日奉詔考簾官❽，十五日士子入闈，月盡榜放矣。」陶問：「考簾官為何？」曰：「此上帝慎重之意，無論烏吏鱉官❾，皆考之。能文者以內簾用，不通者不得與焉。蓋陰之有諸神，猶陽之有守、令也。得志諸公，目不睹墳、典，不過少年持敲門磚，獵取功名，門既開，則棄去；再司簿書❿十數年，即文學士，胸中尚有字耶！陽世所以陋劣倖進，而英雄失志者，惟少此一考耳。」陶深然之，由是益加敬畏。

一日，自外來，有憂色，嘆曰：「僕生而貧賤，自謂死後可免；不謂迍邅先生⓫相從地下！」陶請其故。曰：「文昌⓬奉命都羅國封王，簾官之考遂罷。數十年游神耗鬼，雜入衡文⓭，吾輩寧有望耶！」陶問：「此輩皆誰何人？」曰：「即言之，君亦不識。略舉一二人，大概可知：

樂正師曠[14]、司庫和嶠[15]是也。僕自念命不可憑，文不可恃，不如休耳。」言已怏怏，遂將治任[16]。陶挽而慰之，乃止。

至中元[17]之夕，謂陶曰：「我將入闈。煩於昧爽[18]時，持香炷於東野，三呼去惡，我便至。」乃出門去。陶沽酒烹鮮以待之。東方既白，敬如所囑。無何，于偕一少年來。問其姓字。于曰：「此方子晉，是我良友。適於場中相邂逅。聞兄盛名，深欲拜識。」同至寓，秉燭為禮。少年亭亭似玉，意度謙婉，陶甚愛之。便問：「子晉佳作，當大快意？」于曰：「言之可笑！闈中七則[19]，作過半矣；細審主司[20]姓名，裹具[21]徑出。奇人也！」

陶煽爐進酒，因問：「闈中何題？去惡魁解否[22]？」于曰：「書藝、經論各一，夫人而能之。策問：『自古邪僻固多，而世風至今日，姦情醜態，愈不可名[23]，不惟十八獄所不得盡，抑非十八獄所能容。是果何術而可？或謂宜量加一二獄，然殊失上帝好生之心。其宜增與、否與，或別有道以清其源，爾多士其悉言勿隱。』弟策雖不佳，頗謂痛快。表㉔：『擬天魔㉕殄滅，賜群臣龍馬㉖天衣㉗有差。』次則『瑤臺㉘應制詩㉙』、『西池㉚桃花賦』。此三種，自謂場中無兩矣！」言已鼓掌。方笑曰：「此時快心，放兄獨步矣；數辰後，不痛哭始為男子也。」

天明，方欲辭去。陶留與同寓，方不可，但期暮至。三日，竟不復來。陶使于往尋之。于曰：「無須。子晉拳拳㉛，非無意者。」日既西，方果至。出一卷授陶，曰：「三日失約，敬錄舊藝百餘作，求一品題。」陶捧讀大喜，一句一贊，略盡一二首，遂藏諸笥。談至更深，方遂留，與于共榻寢。自此為常；方無夕不至，陶亦無方不歡也。

一夕，倉皇而入，向陶曰：「地榜已揭，于五兄落第矣！」于方臥，聞言驚起，泫然流涕。二人極意慰藉，涕始止。然相對默默，殊不可堪。方曰：「適聞大巡環㉜張桓侯㉝將至，恐失志者之造言也；不然，文場尚有翻覆。」于聞之，色喜。陶詢其故。曰：「桓侯翼德，三十年一巡陰曹，三十五年一巡陽世，兩間之不平，待此老而一消也。」乃起，拉方俱去。兩夜始返，方謂陶曰：「君不賀五兄耶？桓侯前夕至，裂碎地榜，榜上名字，止存三之一。遍閱遺卷[34]，得五兄甚喜，薦作交南[35]巡海使，旦晚輿馬可到。」陶大喜，置酒稱賀。酒數行，于問陶曰：「君家有閑舍否？」問：「將何為？」曰：「子晉孤無鄉土，又不忍恝然於兄。弟意欲假館相依。」陶喜曰：「如此，為幸多矣。即無多屋宇，同榻何礙。但有嚴君，須先關白[36]。」于曰：「審知尊大人慈厚可依。兄場闈有日，子晉如不能待，先歸何如？」陶留伴逆旅，以待同歸。

次日，方暮，有車馬至門，接于蒞任。于起握手曰：「從此別矣。一言欲告，又恐阻銳進之志。」問：「何言？」曰：「君命淹蹇[37]，生非其時。此科之分十之一；後科桓侯臨世，公道初彰，十之三；三科始可望也。」陶聞，欲中止。于曰：「不然，此皆天數，即明知不可，而註定之艱苦，亦要歷盡耳。」又顧方曰：「勿淹滯[38]，今朝年、月、日、時皆良，即以輿蓋送君歸。僕馳馬自去。」方忻然拜別。陶中心迷亂，不知所囑，但揮涕送之。見輿馬分途，頃刻都散。始悔子晉北旋，未致一字，而已無及矣。

三場畢，不甚滿志，奔波而歸。入門問子晉，家中並無知者。因為父述之。父喜曰：「若然，則客至久矣。」

先是陶翁晝臥，夢輿蓋止於其門，一美少年自車中出，登堂展拜。訝問所來。答云：「大哥許假一舍，以入闈不得偕來。我先至矣。」言已，請入拜母。翁方謙卻，適家媼入白：「夫人產公子矣。」恍然而醒，大奇之。是日陶言，適與夢符，乃知兒即子晉後身也。父子各喜，名之小晉。兒初生，善夜啼，母苦之。陶曰：「倘是子晉，我見之，啼當止。」俗忌客忤[39]，故不令陶見。母患啼不可耐，乃呼陶入。陶呼之曰：「子晉勿爾！我來矣！」兒啼正急，聞聲輟止，停睇不瞬，如審顧狀。陶摩頂[40]而去。自是竟不復啼。

數月後，陶不敢見之；一見，則折腰索抱，走去，則啼不可止。陶亦狎愛之。四歲離母，輒就兄眠；兄他出，則假寐以俟其歸。兄於枕上教《毛詩》㊶，誦聲呢喃，夜盡四十餘行。以子晉遺文授之，欣然樂讀，過口成誦；試之他文，不能也。八九歲，眉目朗徹，宛然一子晉矣。陶兩入闈，皆不第。丁酉，文場事發㊷，簾官多遭誅譴，貢舉之途一肅，乃張巡環力也。陶下科中副車㊸，尋貢。遂灰志前途，隱居教弟。嘗語人曰：「吾有此樂，翰苑㊹不易也。」

異史氏曰：「余每至張夫子廟堂，瞻其鬚眉，凜凜有生氣。又其生平喑啞如霹靂聲，矛馬所至，無不大快，出人意表。世以將軍好武，遂置與絳、灌伍㊺；寧知文昌事繁，須侯固多哉！嗚呼！三十五年，來何暮也！」

【注釋】❶北平　舊府名，今北京。❷名下士　有盛名的士人。❸負笈恇儴　背著書箱，惶急不安地走著。笈，用竹、藤等編成的箱子。恇儴，急迫不安的樣子。❹卜居　尋找住處。❺差長　年齡略大。❻誚讓　責備。

❼以科目授官　任用各科裡錄取的人為官。科目，指分科取士的種類。❽簾官　清代科場，鄉、會試貢院內官員。❾無論鳥吏鱉官　不管什麼樣的官吏，代指官吏的範圍之廣。❿司簿書　管理簿冊文書。⓫迍邅先生　猶言倒楣鬼。迍邅，在困境中不敢前進。⓬文昌　古代神話中的文教之神。⓭衡文　批閱試卷文章，這裡指考官。⓮師曠　春秋時晉國的樂師，辨音能力很強，但目盲。⓯和嶠　晉朝人，極其富有而又極其吝嗇，愛錢成癖。⓰治任　收拾行裝，準備離開。⓱中元　農曆七月十五。⓲昧爽　天剛剛亮。⓳闈中七則　清代科考鄉試第一場，試時文七篇。其中「四書」三題，「五經」各四題，考生可自選一經，合稱「七藝」或「七則」。⓴主司　主考。㉑裹具　這裡指收拾考場中所用物品。㉒魁解否　是否高中。㉓不可名　不可說，說不盡之意。㉔表　寫給皇帝奏章一類的文體。㉕天魔　從天上降到人間破壞佛法的惡魔。㉖龍馬　駿馬。㉗天衣　神仙所穿衣服，這裡指皇帝所賜冠帶朝服。㉘瑤臺　傳說中神仙居住的地方。㉙應制詩　奉皇帝的旨意而寫的詩。㉚西池　傳說中昆侖山上的池名，為西王母所居。㉛拳拳　誠懇、深切的樣子。㉜大巡環　虛構的官名，取其巡迴檢查的意思。㉝張桓侯　三國時蜀漢名將張飛，字翼德，諡桓侯。㉞遺卷　沒有被錄取者的試卷。㉟交南　交州南部。交州，古地名，這裡泛指廣東、廣西地區。㊱關白　稟告。㊲淹蹇　艱難窘迫，坎坷不順。㊳淹滯　拖延；久留。㊴俗忌客忤　古時民間風俗認為，產婦流血有血光，生人若到產房中去，碰到血光會不吉利，同時初生的嬰兒見到生人也會不吉利。㊵摩頂　用手撫摸頭頂。㊶毛詩　戰國時魯人毛亨作訓詁的《詩經》。㊷文場事發　是指丁酉科場案，清順治十四年（西元一六五七年），歲次丁酉，順天、江南、河南、山東、山西等地鄉試中發生了多場舞弊案，結果涉案人員被嚴查，有的問斬，有的流放，在全國造成巨大影響。㊸副車　清代鄉試分正、副兩榜。正榜取中者稱「舉人」，又稱「公車」，副榜取中者稱「副車」，取得副榜資格的人，可以到國子監做貢生，稱為「副貢」。㊹翰苑　翰林院，這裡指翰林院的官員，即皇帝的文學侍從官。㊺絳灌伍　指漢代大將軍絳侯周勃和灌嬰，兩人皆好勇而無文。

【語　譯】北平陶聖俞，是個有名氣的秀才。順治年間，陶聖俞去參加鄉試，寄居在城郊。偶爾出門，見一個人背著書箱，惶急不安地走著，好像還沒找好住處。陶聖俞走過去略微詢問，那人便把書箱放在路邊，坦誠地與他交談起來，那人談吐有名士的風度。陶聖俞很高興，請他和自己住在一起。他滿心歡喜，提著行李進了屋裡，於是兩人一同居住。他自我介紹說：「我是順天府人，姓于，名叫去惡。」因為陶聖俞年齡稍大，他就稱陶聖俞為兄。

于去惡不愛出外遊逛，經常獨自坐在房中，但是桌子上並沒有書。陶聖俞不和他說話，他就默默地躺在那裏。陶聖俞對此感到疑惑，翻看他的書箱，除了筆墨硯臺之外，沒有別的東西。陶聖俞感到奇怪就問他。他笑著說：「我們讀書，怎麼能臨渴掘井呢？」一天，他到陶聖俞那裡借了一本書，關上房門，飛快地抄起來，一天抄了五十多張紙，也沒見他折疊起來裝訂成冊。陶聖俞偷偷地窺探他，只見他每抄完一篇，就把它燒成灰吞下去。陶聖俞感到更加奇怪，問他為什麼這樣做。他說：「我用這個辦法來代替讀書！」就背誦所抄寫的文章，一下子就背了好幾篇，一個字也沒有錯。陶聖俞很高興，想請他把這種方法傳授給自己；于去惡認為不能傳授。陶聖俞懷疑他吝嗇，說的話帶有譴責的語氣。于去惡說：「陶兄真的太不諒解我了。想不說實話，我的心又無法剖白；突然說了，又怕你吃驚，認為我很怪異。怎麼辦呢？」陶聖俞一再地說：「不礙事。」于去惡說：「我不是人，是個鬼啊！現在陰間實行科舉考試任命各級官吏，七月十四日奉上帝的旨意考選簾官，十五日秀才們進考場，月底就放榜了。」陶聖俞問：「為什麼要考簾官呢？」他說：「這是上帝對考試慎重的意思，不論是什麼樣的官吏，都要考一考。文章寫得好的才能擔任考官，不通的就不得參與此事。陰間有各種各樣的神，就像陽間有太守和縣官一樣。那些得志的官員們，不看三墳、五典，少年時讀書，不過是把它當作敲門磚，獵取功名。門既然開了，就把它扔掉了；當了十幾年官，每天閱覽的是簿冊、文書，即使原來是文學士的，胸中還有字嗎！陽世間沒有文才的人能夠考中的原因，而有文才的人反而考不中，就是因為缺少這樣一種考試啊！」陶聖俞認為很對，因此對他更加敬重了。

一天，于去惡從外面回來，臉上有憂慮的神色，歎著氣說：「我生前貧窮卑賤，自以為死後不會這樣；沒想到那個倒楣鬼跟著我來到地下！」陶聖俞問他怎麼回事。于去惡說：「文昌帝君奉命到都羅國封王去了，簾官的考試就取消了。幾十年的遊神瞎鬼被任命為考官，我們還有希望嗎！」陶聖俞問：「他們都是什麼人？」于去惡說：「就是說出來，你也不認識。略舉一兩個人，你就知道大概了：樂官師曠、司庫和嶠就是。我自認為命運不足以憑藉，文章不可依靠，不如不考了！」說完，心中悶悶不樂，想要收拾行李回去。陶聖俞拉住他，勸慰他，才留下了。

到了七月十五的晚上，于去惡對陶聖俞說：「我要進考場了。請你在黎明的時候，在東郊外點上香，呼喚三聲去惡，我就來了。」說完出門走了。陶聖俞買酒煮魚等著。東方剛剛發白，陶聖俞恭恭敬敬地做了于去惡囑託的事。不久，于去惡領著一個年輕人來了。問那人的姓名，于去惡說：「這是方子晉，是我的好朋友。剛才在考場裡相遇。他聽到兄長的大名，很想結識你。」三個人一同回到住所，點燃燈燭，互相行了見面禮。年輕人健美英俊，態度謙和溫婉，陶聖俞很喜歡他。便問：「子晉文章寫得很好，這次考試應該很得意吧？」于去惡說：「說起來可笑！考場裡有七道題，他已經做了超過一半；當他得知主考的姓名時，就立刻裹起考試用具逕直退出考場。真是一位奇人！」

陶聖俞搧著爐子，倒上溫好的酒，問道：「考場裡出什麼題目？去惡能考中嗎？」于去惡說：「書藝、經論各出一道，這是人人都會的。『策問』的題目是：『自古以來，邪惡的事固然很多，時至今日，世風更壞，姦情醜態更不可名狀，不僅十八層地獄管不著所有罪犯，而且十八層地獄也容納不下全部罪犯。這該採取什麼辦法呢？有人說應該根據需要，再增加一二層地獄，但這顯然失去了上帝的好生之心。該增加，還是不增加，或者有別的辦法以正本清源，你們這些讀書人都坦率地說出來，不要隱瞞。』小弟對『策問』雖不擅長，但是答得比較痛快。『表』的題目是『擬天魔殄滅，賜群臣龍馬天衣有差』。而後是『瑤臺應制詩』和『西池桃花賦』。這三種，我自認為考場中沒人比得上我！」說完得意地鼓起掌來。方子晉笑著說：「這時候你稱心如意，讓你獨步天下；幾天後，不痛哭流涕的才是真正的男子漢呢。」

第二天天亮，方子晉想告辭回去。陶聖俞挽留他和自己同住，方子晉沒有答應，但是約好晚上過來。過了三天，方子晉竟然沒有再來。陶聖俞請于去惡去找他。于去惡說：「不必。子晉為人懇切，不是一個無心之人。」太陽偏西時，方子晉果然來了。他拿出一卷紙交給陶聖俞，說：「我失約了三天，敬錄舊作一百多篇，請你品評。」陶聖俞捧在手裡一讀，高興極了，念一句，稱讚一句，大略讀完一兩篇，就藏進了書箱。三個人談到深夜，方子晉就留下來，和于去惡同床而眠。從此習以為常；方子晉沒有一個晚上不來，陶聖俞也是見不到方生就不高興。

一天晚上，方子晉慌慌張張地走進來，對陶生說：「地府的榜已經掛出來了，于五哥落第了！」于去惡正躺著，聽到這話吃驚地坐起來，落下了傷心的眼淚。兩個人極力慰藉，他才止住眼淚。但是三人默默相對，場面令人很難堪。方子晉說：「我剛才聽說大巡環張桓侯快要來了，恐怕是失意的人編造的謠言；不然的話，這場考試還會有變。」于去惡一聽，露出高興的神色。陶聖俞詢問他高興的原因。于去惡說：「桓侯張翼德，三十年到陰曹地府巡視一次，三十五年到陽世巡視一次，陰陽兩界的不平之事，等這位老先生來了才能消除。」於是站起來，拉著方子晉一起走了。過了兩夜才返回，方子晉高興地對陶聖俞說：「你不祝賀于五哥嗎？桓侯前天晚上來了，把地榜撕得粉碎，榜上的名字只留下了三分之一。重新把落選的卷子審閱一遍，看到五哥的很高興，推薦五哥做了交南巡海使，接他上任的車馬早晚就要到了。」陶聖俞大喜，置辦酒菜為他慶賀。喝過幾巡酒，于去惡問陶聖俞：「你家裡有空房子嗎？」陶聖俞問：「將要做什麼用？」于去惡說：「子晉孤苦伶仃，無家可歸，又捨不得離開你。我想借一間房子給他住，讓他有個依靠。」陶聖俞高興地說：「果真這樣，我真是太幸運了。即使沒有多的房子，同床又有什麼妨礙啊。只是家中有老父，必須先稟告一聲。」于去惡說：「我知道尊大人慈祥厚道，可以依靠。你的試期還有幾天，子晉如果不能等，讓他先回去怎麼樣？」陶聖俞挽留子晉住在旅店裡做伴，等考完一同回去。

第二天，剛到黃昏，就有車馬來到門前，迎接于去惡去上任。于去惡站起來握著陶聖俞的手說：「從今以後就要分別了。有一句話想說，又怕阻礙你銳意進取的志向。」陶聖俞問：「什麼話？」他說：「你命中註定不順利，生不逢時。這一科只有十分之一的希望；下一科桓侯到陽世巡視，公道剛剛開始彰顯，錄取的希望也只有十分之三；等到第三科，你才能有希望。」陶聖俞聽到這些話，想要中止這次考試。于去惡說：「不能這樣做，這都是天數，即使明明知道考不上，但命中註定的艱難困苦，也要一次次地經歷完了才行。」又對方子晉說：「你不要在此停留了，今天的年、月、日、時辰都很好，就用轎子送你回去。我自己騎馬去上任。」方子晉高興地和陶聖俞道了別。陶聖俞心中迷亂，不知該說什麼，只是擦著眼淚送別。看見轎馬各走各的路，頃刻間都散了。這才後悔讓子晉北上回家，沒說一個字，但是已經來不及了。

陶聖俞考完三場，不是很滿意，急急忙忙地趕回家了。進門就問方子晉來了沒有，但家裡人都不知道。陶聖俞對父親講了子晉的來歷。父親高興地說：「如果這樣，那麼客人早就到了。」

原來，陶父白天睡覺，夢見一乘轎子停在門前，一個英俊少年從車裡走出來，到大堂上向他行禮。陶父驚訝地問他從哪裡來。少年回答說：「大哥答應借我一間房子住，因為考試不能一起來。我就先到了。」說完，請求進後堂拜見母親。陶父正在謙讓推辭，正好有個僕婦進來說：「夫人生了一位公子！」陶父這才恍然驚醒，大為驚奇。這天陶聖俞所說的話，正和夢境相符，才知道這個小兒子就是子晉託生。父子倆都很高興，給他取名叫小晉。小兒子剛生下來，一到夜晚就哭個不停，陶母很煩惱。陶聖俞說：「如果真是子晉，我見了他，應該不會啼哭了。」按照民間風俗，新生嬰兒不能和生人見面，以免沖犯，所以不讓聖俞進去。嬰兒哭得陶母實在無法忍耐，就把聖俞叫進去了。陶聖俞喊逗著孩子說：「子晉不要這樣！我來了！」當時嬰兒哭得正急，聽見陶聖俞說話就停下來了，兩眼一眨也不眨地看著聖俞，像是在仔細辨認。陶聖俞摸摸他的頭頂就走了。從此以後嬰兒竟然再也不哭了。

幾個月以後，陶聖俞不敢看他了；一見，就彎著腰要他抱；一走開就哭個不停。陶生也很喜愛他。他四歲離開母親，就跟著哥哥一起睡；哥哥外出，他就閉目養神，等著哥哥回來。哥哥躺在枕上教他讀《毛詩》，小晉呢呢喃喃地跟著背誦，一晚上能背四十餘行。聖俞把子晉遺留下的文章教給他，他很樂意讀，過口就能背下來；用其他的文章試他，他就不能了。八九歲時，長得眉清目秀，儼然就是一個子晉。陶生兩次參加考試，都沒有考中。丁酉那一年，科場舞弊的事被揭發了，考官多數被殺頭或流放，科場紀律得到整肅，這是張桓侯的功勞。陶生下次考試名列副榜，很快就做了貢生。這時陶生對前途心灰意冷，隱居在家裡，教弟弟讀書。他常常對人說：「我有這種快樂，讓我到翰林院做官也不換。」

異史氏說：「我每次到張飛廟，看他的鬚眉，威風凜凜，栩栩如生。又想他生前怒聲叱吒，聲如霹靂，持矛馳馬，所到之處無不大快人心，出人意想之外。世人認為將軍好武，就把他和周勃、灌嬰放在同等位置；哪裡知道文昌君事務繁忙，需要桓侯的地方還很多呢！唉！三十五年才到陽世巡視一次，來得太晚了！」

【研析】〈于去惡〉寫了三個考生參加科考的經歷，既有人參加陽世的科考，也有鬼參加陰間的科考，超越生死，橫跨陰陽，展現出奇崛的想像，內含著蒲松齡的切膚之痛與深沉思考。在這篇故事中，蒲松齡將批判的矛頭直指考官，認為他們貪財而無才，導致陋劣幸進、英雄失志，因而提出考簾官這一補救科考制度之弊的辦法與措施。從整體上看，這是一篇交織科考與友情兩大主題的作品，如果說于去惡、方子晉、陶聖俞分別是科考途上的三棵大樹，他們之間的友情則是大樹之間緊密相連的枝蔓。

首先是科考主題。先看于去惡。他有一種奇特的讀書方法，把書抄下來，燒成灰吞下去，就可以一字不漏地背誦出來。關於考官的選派，他有一番宏論，「此上帝慎重之意，無論烏吏鱉官，皆考之。能文者以內簾用，不通者不得與焉。蓋陰之有諸神，猶陽之有守、令也。得志諸公，目不睹墳、典，不過少年持敲門磚，獵取功名，門既開，則棄去；再司簿書十數年，即文學士，胸中尚有字耶！陽世所以陋劣倖進，而英雄失志者，惟少此一考耳」。正是因為有這種簾官考試，使得于去惡對即將到來的科考充滿期待。但是，風雲突變，文昌帝君奉命到都羅國封王，簾官之考被取消，幾十年的遊神瞎鬼被任命為考官。這讓考試的公正性蒙上了陰影。于去惡對此憂心忡忡。在科考場上，于去惡自認為所作的文章無人可比，胸中又燃起自信與希望。但是，方子晉帶來于去惡落第的消息，于去惡不由得傷心流淚。方子晉又言桓侯張翼德要來陰曹地府巡視，于去惡轉悲為喜。最後，在張翼德的拔擢下，于去惡被任命為交南巡海使，踏入仕途。于去惡對陰間科考抱有三次希望，第一次是寄希望於簾官考試，第二次是寄希望於自己獨步天下的文章，第三次是寄希望於桓侯巡視。可謂多方營求，最終得成所願。再看方子晉。方子晉乃是于去惡的好友，也因為于去惡結識陶聖俞。方子晉參加陰間科考，當他得知主考官姓名時，就裹起考具直接退場。他對形勢有著清晰判斷，遇上這樣的主考官，像他和于去惡這樣的是考不中的，因此也就沒必要再與這些遊神瞎鬼周旋下去，以無聲的退場給了科場考官以有力的諷刺。然後看陶聖俞。陶聖俞命中註定科考之路不順利，前兩次都沒有考中。直到丁酉年，張桓侯到陽間巡視，科場紀律得到整肅，陶聖俞第三次參加考試才名列副榜，做了貢生。這時他已經心灰意冷，就在家隱居，教弟弟讀書。王士禎結合當時科考的現狀對這篇故事有過評價，「數科來，關節公行，非啖名即壟斷，脫有桓侯，亦無如何矣。悲哉！」可見，科場不公乃當時一嚴重的社會問題。但明倫評價簾官之考時說，「果有此一考，竊恐官銜為之一空」。

再看友情主題。于去惡憤世嫉俗，方子晉潔身自好，陶聖俞善良仁厚。三個讀書人正是賴科考所賜，他們得以相識。于去惡有燒書學習的方法，陶聖俞也想學，被于去惡拒絕，陶聖俞對于去惡產生了誤會。于去惡便將自己是鬼的事實坦然相告，陶聖俞並未嫌棄、遠離于去惡，反而因為于去惡的一番高論更加敬重他。當于去惡聽說簾官考試被取消，煩悶得想要收拾行李回去時，陶聖俞對他進行安慰勸解，讓于去惡堅持參加了陰間科考。當于去惡因為文章自鳴得意時，方子晉善意地提醒他，「此時快心，放兄獨步矣；數辰後，不痛哭始為男子也」。于去惡落第後，陶聖俞與方子晉「極意慰藉」，于去惡才停止哭泣。方子晉把自己的文章拿給陶聖俞，陶聖俞「捧讀大喜，一句一贊，略盡一二首，遂藏諸笥。談至更深，方遂留，與余共榻寢。自此為常；方無夕不至，陶亦無方不歡也」。于去惡被任命為交南巡海使後，他沒有先去上任，反而忙於替方子晉找任處，使方子晉託生陶家，成為陶聖俞的弟弟。陶小晉（即方子晉）自小「善夜啼」，見了陶聖俞後，「竟不復啼」，「數月後，陶不敢見之；一見，則折腰索抱，走去，則啼不可止。陶亦狎愛之。四歲離母，輒就兄眠；兄他出，則假寐以俟其歸」，演出一幕幕的兄弟情深。也許只有這眷眷深情才能使人體悟到殘酷科考之外的溫暖與感動。

故事的結尾也頗有寓意。儘管方子晉有著拒絕參加科考的灑脫，儘管陶聖俞心灰意懶，絕意仕進，但陶小晉幼年就複習前世所作的文章，重新開始科考場上的漫漫征途，這種結局著實令人深思。古代知識分子的命運在這篇故事中被展露殆盡，有經歷千辛萬苦才偶然成功的，如于去惡；有多次科考才小有所成卻最終放棄的，如陶聖俞；有潔身自好、不與俗世同流合汙的，如方子晉。但最終，作為方子晉的轉世、陶聖俞的幼弟——陶小晉卻無法擺脫必然參加科考的命運，不知他的未來又將如何？

愛奴

河間❶徐生，設教於恩❷。臘初❸歸，途遇一叟，審視曰：「徐先生撤帳矣。明歲授徒何所？」應曰：「仍舊。」叟曰：「敬業姓施。有舍甥，延求明師，適託某至東曈聘呂子廉，渠已受贄稷門❹。君如苟就❺，東儀請倍於恩。」徐以成約為辭。叟曰：「信行君子也。然去新歲尚遠，敬以黃金一兩為贄，暫留教之，明歲另議何如？」徐可之。叟下騎呈禮函，且曰：「敝里不遙矣。宅綦隘，飼畜為艱，請即遣僕馬去，散步亦佳。」徐從之，以行李寄叟馬上。行三四里許，日既暮，始抵其宅，漚釘獸鐶❻，宛然世家。

呼甥出拜，十三四歲童子也。叟曰：「妹夫蔣南川，舊為指揮使。止遺此兒，頗不鈍，但嬌慣耳。得先生一月善誘，當勝十年。」未幾，設筵，備極豐美；而行酒下食❼，皆以婢媼。一婢執壺侍立，年十五六以來，風致韻絕，心竊動之。席既終，叟命安置牀寢，始辭而去。

天未明，兒出就學。徐方起，即有婢來捧巾侍盥，即執壺人也。日給三餐，悉此婢；至夕，又來掃榻。徐問：「何無僮僕？」婢但笑不言，佈衾逕去。次夕復至。入以游語❽，婢笑不拒，遂與狎。因告曰：「吾家並無男子，外事則託施舅。妾名愛奴。夫人雅敬先生，恐諸婢不潔，故以妾來。今日但須緘密，恐發覺，兩無顏也。」一夜，共寢忘曉，為公子所遭，徐慚怍不自安。至夕，婢來曰：「幸夫人重君，不然，敗矣！公子入告，夫人急掩其口，若恐君聞，但戒妾勿得久留齋館而已。」言已，遂去。

徐甚德之。然公子不善讀，訶責之，則夫人輒為緩頰。初猶遣婢傳言；漸親出，隔戶與先生語，往往零涕。顧每晚必問公子日課❾。徐頗不耐，作色曰：「既從兒懶，又責兒工，此等師我不慣作！請辭。」夫人遣婢謝過，徐乃止。

自入館以來，每欲一出登眺，輒錮閉之。一日，醉中快悶，呼婢問故。婢言：「無他，恐廢學耳。如必欲出，但請以夜。」徐怒曰：「受人數金，便當淹禁⑩死耶！教我夜竄何之乎？久以素食⑪為恥，贄固猶在囊耳。」遂出金置几上，治裝欲行。夫人出，脈脈不語，惟掩袂哽咽，使婢返金，啟鑰送之。徐覺門戶偪側⑫；走數步，日光射入，則身自陷冢中出，四望荒涼，一古墓也。大駭。而心感其義，乃賣所賜金，封堆植樹而後去之。

過歲，復經其處，展拜而行。遙見施叟，笑致溫涼，邀之殷切。心知其鬼，而欲一問夫人起居，遂相將入村，沽酒共酌，不覺日暮。叟起償酒價，便言：「寒舍不遠，舍妹亦適歸寧，望移玉趾，為老夫祓除⑬不祥。」出村數武，又一里落，叩扉入，秉燭向客。俄，蔣夫人自內出，始審視之，蓋四十許麗人也。拜謝曰：「式微⑭之族，門戶零落，先生澤及枯骨，真無計可以償之。」言已，泣下。既而呼愛奴，向徐曰：「此婢，妾所憐愛，今以相贈，聊慰客中寂寞。凡有所須，渠亦略能解意。」徐唯唯。少間，兄妹俱去，婢留侍寢。

雞初唱，叟即來促裝送行；夫人亦出，囑婢善事先生。又謂徐曰：「從此尤宜謹秘，彼此遭逢詭異，恐好事者造言也。」徐諾而別，與婢共騎。

至館，獨處一室，與同棲止。或客至，婢不避，人亦不之窺也。偶有所欲，意一萌，而婢已致之。又善巫，一挼莎⑮而痾立愈。清明歸，至墓所，婢辭而下。徐囑代謝夫人。曰：「諾。」遂沒。數日返，方擬展墓，見婢華妝坐樹下，因與俱發。終歲往返，如此為常。欲攜同歸，執不可。歲杪⑯，辭館歸，相訂後期。婢送至前坐處，指石堆曰：「此妾墓也。夫人未出閣時，便從服役，夭殂瘞此。如再過，以炷香相弔，當得復會。」既別而歸，懷思頗苦，敬往祝之，殊無影響。

乃市櫬發冢，意將載骨歸葬，以寄戀慕。穴開自入，則見顏色如生。然膚雖未朽，而衣敗若灰；頭上玉飾金釧，都如新製。又視腰間，裹黃金數鋌，卷懷之。始解袍覆屍，抱入材木，賃輿載歸；停諸別第，飾以繡裳，獨宿其旁，冀有靈應。

忽愛奴自外入，笑曰：「劫墳賊在此耶！」徐驚喜慰問。婢曰：「向從夫人往東昌⑰，三日既歸，則舍宇已空。頻蒙相邀，所以不肯相從者，以少受夫人重恩，不忍離遢⑱耳。今既劫我來，即速瘞葬，便見厚德。」徐問：「有百年復生者，今芳體如故，何不效之？」嘆曰：「此有定數。世傳靈跡，半涉幻妄。要欲復起動履，亦復何難？但不能遂類生人，故不必也。」乃啟棺入，屍即自起，亭亭可愛。探其懷，則冷若冰雪。遂將入棺復臥，徐強止之。婢曰：「妾過蒙夫人寵，主人自異域來，得黃金數萬，妾竊取之，亦不甚追問。後瀕危，又無戚屬，遂藏以自殉。夫人痛妾夭謝，又以寶飾入殮。身所以不朽者，不過得金寶之餘氣耳。若在人世，豈能久乎？必欲如此，切勿強以飲食；若使靈氣一散，則遊魂亦消矣。」徐乃構精舍⑲，與共寢處。笑語亦如常人；但不食不息，不見生人。年餘，徐飲薄醉，執殘瀝⑳強灌之；立刻倒地，口中血水流溢，終日而屍已變。哀悔無及，厚葬之。

異史氏曰：「夫人教子，無異人世；而所以待師者何厚也！不亦賢乎！余謂豔屍不如雅鬼，乃以措大之俗莽㉑，致靈物不享其年，惜哉！」

章丘朱生，素剛鯁㉒，設帳於某貢士家。每譴弟子，內輒遣婢媼出為乞免，頗不聽之。一日，親詣窗外，與朱關說㉓。朱怒，操界方㉔，大罵而出。婦懼而奔；朱追之，自後橫擊臀股，鏘然作皮肉聲。一何可笑！

長山某翁，每歲延師，必以一年束金，合終歲之虛盈㉕，計每日得如干數；又以師離齋、歸齋之日，詳記為籍；歲終，則公同按日而乘除㉖之。馬生館其家，初見操珠盤㉗來，得故甚駭；既而暗生一術，反嗔為喜，聽其覆算不少校。翁於是大悅，堅訂來歲之約。馬假辭以故。有某生號乖謬，馬因薦以自代。既就館，動輒詬罵，翁無奈，悉含忍之。歲杪，攜珠盤至。生勃然忿不可支，姑聽其算。翁又以途中日盡歸於西㉘，生不受，撥珠歸東㉙。兩爭不決，操戈相向㉚，兩人破頭爛額而赴公庭焉。

【注釋】❶河間　府名，治所在今河北河間。❷恩　舊縣名，在今山東。❸臘初　農曆十二月初。❹稷門　戰國齊國城門名，在今山東臨淄北古齊城西邊南首，以在稷山之下得名。這裡代指臨淄。❺苟就　屈就。❻漚釘獸鐶　世家大族府第的門飾。漚釘，門上水泡形的黃色鉚釘。獸鐶，鑄有獸口銜環圖像的門環。❼行酒下食　送酒添菜。❽游語　輕浮的言辭。❾日課　白天按規定所學的課業。❿淹禁　監禁；關押。⓫素食　不勞而獲；無功而食。⓬偪側　同「逼仄」。狹窄。⓭祓除　清除，古代為除災求福而舉行的一種儀式。⓮式微　事物由興盛走向衰落。⓯挼莎　揉搓、按摩。⓰歲杪　年終。杪，末。⓱東昌　府名，治所在今山東聊城。⓲離逷　遠離。逷，同「逖」。遠。⓳精舍　本指佛教修行者的住處，這裡指好房子。⓴殘瀝　喝剩下的酒。㉑俗莽　庸俗魯莽。㉒剛鯁　剛正耿直。㉓關說　講情。㉔界方　即戒方，舊時私塾先生對學生施行體罰時所用的小木板。㉕終歲之虛盈　每年的實際天數。虛，月小。盈，月大。㉖乘除　計算。㉗珠盤　算盤。㉘以途中日盡歸於西　把從塾師家到主人家之間來回的時間計算到塾師帳上，不支付工資。㉙撥珠歸東　撥動算盤珠，把路上來回的時間算到主人帳上。㉚操戈相向　拿起武器相互攻擊，這裡指動武。

【語　譯】河間人徐生，在恩縣教私塾。十二月初回家，途中遇到一個老人，仔細注視著他說：「徐先生停課了吧。明年到哪裡教書？」徐生回答說：「仍舊在老地方。」老人說：「我叫施敬業。我有個外甥，想聘請一位博學的老師，正好託我到東疃聘請呂子廉，但他已經接受了臨淄的聘金。您如果能屈就，酬禮可以比恩縣的多一倍。」徐生以和恩縣達成了約定來推辭。老人說：「您是講信義的君子啊。但距離新的一年還早，我們誠心以一兩黃金作為酬金，請暫時留下來教書，明年再說怎麼樣？」徐生同意了。老人下馬呈上紅包，說：「我們村子離這裡不遠了。房子很狹小，飼養牲口困難，請讓你的僕人和牲口先回家去，咱們慢慢走也不錯。」徐生聽從了，把行李放在老人的馬上。走了大約三四里路，黃昏時分，才到老人的家，只見大門上嵌著水泡形的黃色鉚釘，安著鑄有獸口銜環圖像的門環，如同世家大族一樣。

老人叫外甥出來拜見老師，是一個十三四歲的孩子。老人說：「我的妹夫蔣南川，原來當過指揮使。只留下這個兒子，還算不笨，但有些嬌生慣養。得到先生一個月的良好教導，應當勝過他讀十年書。」不久，擺上酒宴，菜肴非常豐盛、精美；上來送酒添菜的，都是婢女僕婦。有一個婢女端著酒壺站在旁邊，年齡約十五六歲，身姿標致，儀態風流，徐生心中暗暗動了情。酒席結束，老人命人安排床鋪讓徐生就寢，才告辭而去。

第二天天還沒亮，那孩子就來學習。徐生剛剛起床，就有婢女送來毛巾侍候梳洗，原來就是那個端酒壺的。每天供給三餐，都是這個婢女；到了晚上，她又來鋪床放被。徐生問：「怎麼沒有男僕人？」她笑而不答，鋪好被褥就出去了。第二天晚上又來了。徐生用輕浮的言辭向她調笑，婢女笑笑也不拒絕，於是就同她親昵了一番。婢女告訴徐生說：「我家並沒有男人，外面的事都託施舅辦理。我的名字叫愛奴。夫人非常敬重先生，恐怕其他婢女不夠整潔，所以讓我來。今天的事一定要保守祕密，恐怕被人發覺，咱們兩個都臉上無光。」一天晚上，兩人睡在一起，忘記了天亮，被公子撞見了，徐生感到慚愧不安。到了晚上，愛奴來說：「幸虧夫人敬重先生，不然的話，就壞事了！公子進屋一說，夫人急忙掩住他的嘴，好像怕您聽到，只是告誡我不要在先生書房裡呆得太久而已。」說完，就走了。

徐生很感激夫人。但公子讀書不專心，責備他，夫人就會為他求情。開始時還派婢女傳話；漸漸的就親自出來，隔著窗戶和先生講情，往往說著說著就流淚。但是每天晚上都要過問公子白天學的功課。徐生很不耐煩，變了臉色說：「既放縱孩子偷懶，又要孩子學好功課，這樣的老師我不會當！我請求辭去教職。」夫人派婢女出來認錯，徐生才沒走。

自從到這裡教書以來，徐生每次想出去登高望遠，但大門總是上鎖出不去。一天，徐生喝醉酒，感到煩悶，叫來婢女，問問關大門的原因。婢女說：「沒有別的原因，只是怕公子荒廢學業罷了。如果一定要出去，只好請您利用晚上的時間再出去。」徐生生氣地說：「收受人家一點錢，就要把人關在屋裡憋死嗎！教我晚上到哪裡去？我一向以拿錢不做事為恥，酬金還放在包袱裡呢。」於是，他拿出酬金放在桌子上，收拾行裝想要走。夫人出來了，沉默不說話，只是捂著臉哽咽，讓婢女返回酬金，開門送徐生走。徐生感到門戶狹窄；走了幾步，陽光射進來，才發現自己從塌陷的墳墓中走出來，四處張望，一片荒涼，原來是一座古墓。徐生非常驚駭。但心裡感激她們的義氣，就把她們給的酬金賣掉，給墳墓培土種樹才離開。

第二年，徐生又經過這裡，祭拜完後準備上路。遠遠地望見那個姓施的老人，笑著走過來，噓寒問暖，懇切地邀請徐生。他心裡知道老人是鬼，但想問一問夫人的近況，於是便隨他進了村子，買了酒一起喝，不知不覺天就黑了。老人起身付了酒錢，就說：「我家離這裡不遠，我的妹妹也正好回娘家探親，請您光臨我家，替我消災解難。」出村子走了幾步，又見到一個村落，敲門進去，為客人點上燈燭。不久，蔣夫人從裡面走出來，徐生才仔細看看她，原來是個四十歲左右的美貌女子。她拜謝徐生說：「衰敗的人家門戶零落，先生恩澤施及已死之人，實在沒有辦法報答。」說完，就流下淚來。隨後，叫愛奴出來，對徐生說：「這個婢女，是我所疼愛的，今天把她送給您，聊慰您客居他鄉的寂寞。您有什麼需求，她也大致能理解您的心思。」徐生連連答應。沒多久，兄妹倆都出去了，留下愛奴侍候徐生休息。

雞剛剛啼，老人就來催促整理行裝為徐生送行；夫人也出來，囑咐愛奴好好侍候徐生。又對徐生說：「從此以後尤其應該謹慎，我們相遇的事情在世人看來是詭異的，恐怕好事的人會造謠生事。」徐生答應後和他們告別，與愛奴共乘一匹馬走了。

到了教書的地方，徐生獨住一室，與愛奴共同生活。有時客人來，愛奴不迴避，客人也看不見她。徐生偶然有什麼想法，意念剛一萌發，愛奴就馬上辦好了。愛奴還善使巫術，按摩一陣病馬上就好了。

清明時節，徐生回家，到了墓地，愛奴暫時辭別徐生。徐生囑咐她代為感謝夫人。愛奴說：「好。」於是就消失了。幾天後徐生從家裡返回，剛想去拜謁墳墓，就見愛奴盛裝打扮，坐在樹下，徐生就和她一起啟程。一年到頭來來回回，習以為常。徐生想帶愛奴一起回家，愛奴執意不從。年底，徐生辭去教職回家，和愛奴訂好再見的日子。愛奴送到以前坐過的地方，指著石堆說：

「這是我的墳墓。夫人未出嫁時，就跟著服侍她，夭折後就埋在這裡。如果你再經過這裡，燒一炷香祭奠我，我們就能再見面。」徐生告別回到家中，十分想念愛奴，便誠心誠意地到墓上禱告，卻完全沒有反應。徐生於是買了棺材，挖開墳墓，想把屍骨運回家安葬，以寄託自己的眷戀之情。挖開墳墓，徐生親自跳了進去，只見愛奴的容貌就像活人一樣。肌膚雖然沒有腐爛，但衣服卻已經朽敗如灰；頭上的玉飾、金釧，都像新製作的一樣。又看到愛奴的腰裡纏著好幾錠黃金，便都包起來放在懷裡。這才解開衣服蓋在屍體上，抱著放進棺材裡，租車載回去了；把她放在單獨的一所房子裡，蓋上錦繡衣服，獨自一人睡在旁邊，希望能有靈驗感應。

忽然看見愛奴從外面進來，笑著說：「盜墓賊在這裡吧！」徐生驚喜地慰勞問候她。愛奴說：「近來隨夫人去東昌府，三天後回來，一看房舍已空。蒙您多次相邀，不肯相從的原因，是因為從小受夫人大恩大德，不忍心離開。現在既然把我劫來了，就趕快安葬吧，這就是您的大恩大德了。」徐生問：「有百年後又復生的，現在你的身體和以前一樣，為何不仿效那樣做呢？」愛奴歎口氣說：「這是有定數的。世上所傳的靈跡，多半是人們幻想出來的。要使我復活走動，又有什麼難處？只是不能和活人一樣，所以不必這樣做了。」於是打開棺材進到裡面，屍體就立即自己起來，亭亭玉立，非常可愛。徐生把手伸到她的懷裡，冷得像冰雪一樣。愛奴想進入棺材再躺下，徐生硬把她阻止了。愛奴說：「我過去受夫人的恩寵，主人從異域回來，帶回幾萬兩黃金，我偷偷藏了一些，夫人也沒有很追查。後來生命垂危的時候，自己又沒有親屬，於是藏在身上殉葬了。夫人痛惜我夭亡，又用珍貴的首飾給我入殮。身體之所以沒有腐朽，不過是得到這些金寶的餘氣罷了。如果在人世間，哪裡能存在得長久呢？如果一定要這樣，切記不要強行讓我飲食；

假若讓靈氣一散，那麼遊蕩的魂魄也消失了。」徐生就修建了一所好房子，和她住在一起。愛奴言談笑語和常人一樣，只是不吃飯、不休息，不見陌生人。一年多之後，徐生喝酒略有醉意，拿起喝剩的酒強灌她；愛奴立即倒在地上，口中流出血水，一天屍體就腐壞了。徐生悲傷後悔不已，就把她厚葬了。

異史氏說：「蔣夫人教育孩子，和人世間沒有兩樣；而對待老師是多麼優厚啊！不也是賢慧嗎！我說骷髏不如雅鬼，竟因為窮酸書生的粗俗莽撞，致使充滿靈性的愛奴不能享盡天年，多麼可惜啊！」

山東章丘朱生，素來剛正梗直，在某貢士家當塾師。每次責罰學生，貢士妻子就叫婢女請求免於責罰，朱生不予理會。一天，貢士妻子親自到窗外，找朱生講情。朱生大怒，手持界尺，大罵而出。貢士妻子害怕得逃走了；朱生追了上去，從後面橫擊貢士妻子的臀部，皮肉發出劈拍的響聲。多麼可笑啊！

山東長山有個老翁，每年聘請塾師，一定以全年酬金的總數，除以全年的天數，計算出每天應得多少金額；又把塾師離開和返回書齋的日子詳細記錄在冊；到了年終，就和塾師一起按天數計算實得金額。馬生在他家教書，第一次見他拿著算盤來，知道原因後很驚訝；隨即暗生一計，反怒為喜，任憑他計算，一點也不計較。老翁非常高興，堅決要求簽訂第二年的合約。馬生找個原因推辭了。有一個蠻橫不講理的書生，馬生便推薦來代替自己。這位書生前來教書，動不動就罵人，老翁無可奈何，都包容隱忍下了。到了歲末，老翁拿著算盤來了。書生勃然大怒，氣憤極了，姑且聽老翁計算。老翁把書生在路上的天數都算在書生的頭上，書生不能接受，撥動算盤珠算到東家頭上。兩人爭執起來不能決斷，就動起武來，最後兩人打得頭破血流，不得不到官府聽從裁決。

【研 析】〈愛奴〉主要講述徐生在陰間教書及與女鬼愛奴的愛情故事。徐生本是一教書先生，臘月初回家時，被一位老者暫留蔣府教書。在教書時，徐生遇到愛奴並心生愛慕之意。徐生後因無法外出，辭館而去。從蔣府出來後，才知道這裡原來是一座古墓，愛奴乃一女鬼。第二年，徐生再遇蔣夫人，蔣夫人便以愛奴相贈。從此，徐生與愛奴過上了不同於常人的夫妻生活。最終，徐生不聽從愛奴勸誡，逼其飲酒，愛奴生變，美滿幸福的婚姻戛然而止。

故事女主人公愛奴是一位風致韻絕的女鬼。雖是女鬼卻毫無害人之心，反倒是因為沒有遭受世俗的汙染而出塵脫俗，頗為可愛。徐生剛到蔣府，愛奴對他照顧得無微不至，「安置牀寢」，「捧巾侍盥」，「日給三餐」，「至夕，又來掃榻」等，但明倫說她「敬事先生，又知大體，世家舉止，即為鬼亦落落大方」。因此，見面不久，徐生便心生愛慕。在得到愛奴之後，徐生更加深切地體味到這種人鬼相戀的美妙與甜蜜。在外人面前，愛奴彷彿是一個透明人，「或客至，婢不避，人亦不之窺也」。而愛奴又極聰明，不僅溫柔體貼、善解人意，而且還會治病，「偶有所欲，意一萌，而婢已致之。又善巫，一挼莎而痾立愈。」然而，這段美好的婚姻並未維持長久。徐生在醉酒後，忘記愛奴的告誡，強灌其剩酒。愛奴「立刻倒地，口中血水流溢，終日而屍已變」。一位佳人就此香消玉殞，犯下大錯的徐生唯有哀悔不及。

故事的男主人公徐生，是一位長年在外教書的先生。徐生的工作顯然是蒲松齡所極為熟悉的。

徐生在教書過程中也碰到許多現實問題。第一，「公子不善讀」，即所教授的學生嬌慣有加，聰穎不足，這也是教書先生遇到的最為撓頭的事情。而當徐生批評學生時，夫人又「輒為緩頰。初猶遣婢傳言；漸親出，隔戶與先生語，往往零涕」。第二，家長在求情的同時，又提出很高的學業要求，「每晚必問公子日課」。這更加令徐生感到左右為難。雖然報酬豐厚，衣食無憂，但這相互矛盾的要求令他難以照應周全。更令徐生難以忍受的是，他的人身自由也受到限制，這令他大為惱怒，最終拂袖而去。第三，為了遵守成約，徐生推辭掉蔣府雙倍酬金的邀請。因為感動於蔣府的義氣，徐生在臨走的時候，「出金置几上」，「乃賁所賜金，封堆植樹而後去之」，這也體現出他大度而又有情的性格特徵。

在蒲松齡的精心安排下，徐生與愛奴實現了一段美好的「人鬼情緣」。在世態炎涼的現實世界中，這種人鬼之戀如此純真而美好，它不摻雜金錢、權勢、名利與虛榮。當這分愛情來到徐生面前時，他欣喜若狂，暫時的分別也會「懷思頗苦」。然而，隨著時日的長久，他忘記愛奴「勿強以飲食」的告誡，導致愛奴的覆滅。但明倫說：「靈氣一散，髗骨何存。愛之而反殺之，所謂以跡交不若以神交之淡而能久也。」蒲松齡也在「異史氏曰」中說：「余謂艷屍不如雅鬼，乃以措大之俗莽，致靈物不享其年，惜哉！」世事往往如此，韶華易逝，美麗難在。在得到了美好的事物之後，人們往往會忘記當初的辛苦付出，不懂得如何去珍惜，而當悲劇發生以後，一切都已無法挽回。這或許就是對人類最好的警示。

孫必振

孫必振❶渡江，值大風雷，舟船蕩搖，同舟大恐。忽見金甲神立雲中，手持金字牌下示；諸人共仰視之，上書「孫必振」三字，甚真。眾謂孫：「必汝有犯天譴，請自為一舟，勿相累。」孫尚無言，眾不待其肯可，視旁有小舟，共推置其上。孫既登舟，回首，則前舟覆矣。

【注　釋】❶孫必振　字孟起，號臥雲，山東諸城人。順治十六年（西元一六五九年）進士，康熙三年（西元一六六四年）授河南懷慶府推官，後任山西陵川知縣、河南道御史等職，為人正直，勤勉愛民，頗有政聲。

【語　譯】孫必振過江，碰上了狂風霹靂，渡船搖晃不定，同船的人非常恐懼。忽然看見穿著金色鎧甲的天神在雲中站著，手裡拿著寫著金字的牌子向下展示；大家一起抬頭看，只見牌子上寫著「孫必振」三個大字，非常真切。大家對孫必振說：「一定是你犯了天譴，請你自己乘一艘船，不要連累我們。」孫必振還沒說話，眾人不等他同意，看見旁邊有艘小船，一起把他推到小船上面。孫必振登上小船後，回頭一看，先前他坐的那艘船已經傾覆了。

【研　析】這篇故事情節非常簡單。孫必振與眾人一起渡江，遇上狂風霹靂，眼看就要船覆人亡。

眾人忽然看見金甲神站在雲中，手持寫有「孫必振」三字的金字牌。眾人認為孫必振有什麼罪過，之所以遭逢大難是因為他們與孫必振這個要受天譴的人在一起，於是毫不遲疑地把他趕上一艘小船。結果，頗具諷刺意味的是，趕人之人受到上天譴責而罹難，被趕之人得到上天垂顧而倖存。孫必振剛登上小船，其他人乘坐的船就傾覆了。

如果我們考察一下孫必振其人其事，可以對理解這篇故事有些助益。按陳廷敬〈文林郎河南道監察御史孫君必振墓誌銘〉，孫必振「初為懷慶推官三年。推官裁省，補陵川知縣六年，入為河南道監察御史」，至康熙十八年，「差按兩浙鹺政，還掌山東、陝西兩道事。凡為御史七年以歸」。〈墓誌銘〉記載，孫必振為官，深受民眾愛戴，「武涉有富民，僉人利其財，陷於獄三年。君察知，立脫之，置陷之者重法。修武令饋鮮筍，以竹籠之。發視，皆黃金。君呼其人，斥去曰：『何敢以汙我！』行縣至溫，溫令有苞苴，顯呵之。令皆震慴。漕米至小灘鎮，例監兌金二千兩，君悉卻之不受曰：『此吾民膏血。』勒石以絕來者。……陵川四十年無科目。君至，則易置孔子廟，立義學，創書院，教士其中，親為勸課，士果連舉於鄉。民解黃絲、黃絹、顏料等，祛其累。歲所省，悉歸民，民用大豊。俗故好訟，豪猾連蠹役為奸，每勾差出縣庭，里閭騷然。君痛懲艾，令訟者自以其人來。即至，剖決無滯留。民化其德，訟事稀簡。去之日，民遮道留數百里。既去，為君立祠。君為御史，前後疏五十餘上，皆時政之要。」

據陳敏杰〈孫必振其人與〈孫必振〉的本事〉，「孫必振是康熙四年至十五年任淄川縣學教諭的孫瑚（字景夏）的從弟，而孫瑚與蒲松齡關係密切，友情甚篤。在《聊齋文集》中，有〈邀孫學師景夏飲東閣小啟〉；在《聊齋詩集》中，有〈送孫廣文先生景夏〉七絕六首；在《聊齋誌異》

中，〈諸城某甲〉與〈冷生〉都提到了孫瑚的表字。課詩論文之餘，茶酒往還之中，孫瑚當然不會不在蒲松齡面前提及這位曾經同為名諸生的從弟。」這就為蒲松齡接觸孫必振的事蹟提供了通道。當然，孫必振渡江遇險之事純粹出於附會，但這裡面也突出表現了「道德主題」。這可以從正反兩個方面進行分析。從正面來看，聯繫孫必振為政的名聲，可以看出蒲松齡對道德高尚者的倡揚，因為孫必振的道德品質使他得到了上天的護佑，最終逢凶化吉。從反面來看，同船的其他人在危急關頭只圖自保，把孫必振推下船，卻擺脫不了被傾覆的命運。他們之所以被傾覆，一方面固然是不可預知的天數，另一方面也是對他們冷漠自私的懲罰。但明倫評道：「金字牌下示人，是明使諸人推置小舟也。然即此推置之心，舟中人皆當全覆矣。」因此，本文表現了兩方面的道德內涵，一是好人必有好報，倡導讀者加強道德修養，做品德高尚之人；二是生活中，特別是在危急關頭，更要展現同舟共濟、共赴危難的仁義精神。

另外，從本事來看，這篇故事來自於明代徐㶿的《筆精》，其卷八〈金字牌〉內容如下：

萬曆己酉五月十四日，揚子江心風流大作，有渡船載百餘人幾覆。忽見江中有鬼面者，持一金牌起，書「金」字一字。眾謂必有金姓在舟，當死。果有金姓者一人，眾欲推之入水。金本持齋誦經，乃曰：「若活眾命，吾何惜死！然數止此，安能幸免。」乃躍入江中。時風狂舟速，金彷彿若有人扶之者。巨浪送上郭璞墓墩，而立見舟翻覆，俱溺死，獨金得生。江右劉觀南觀察親見其事。

這篇故事中，金姓之人本為持齋誦經者，其宗教勸戒的意味十分明顯；而蒲松齡將他替換為道德人物的孫必振，其對原文進行改造、凸現道德觀念的用意也就彰顯出來。

張不量

賈人某，至直隸❶界，忽大雨雹❷，伏禾中。聞空中云：「此張不量田，勿傷其稼。」賈私念張氏何人？既云「不良」，何反祐護❸？既而雹止，賈行入村，訪之果有其人，因告所見且問取名之義。蓋張素封，積粟甚富。每春間貧民皆就貸焉，償時多寡不校❹，悉內之❺，未嘗執概❻取盈，故鄉人名之「不量」。眾趨田中，見稞穗摧折如麻，獨張氏諸田無恙。

【注　釋】❶直隸　清代直隸省，即今河北。❷雨雹　下冰雹。雨，下。❸祐護　賜福、保護。❹多寡不校　不計較多少。校，通「較」。❺內之　即納之、接收。內，通「納」。❻概　舊時量取穀物時，用以刮平斗、斛用的小木板。

【語　譯】某商人，到了直隸境內，忽然天空下起大冰雹，他就趴在了稻禾叢中。聽見空中有人說：「這是張不量的田，不要損壞他的莊稼。」商人心想張氏是什麼人？既然叫「不良」，為什麼反而保佑庇護他呢？一會兒，冰雹停了，商人進入村子，查訪張不良，果然有這個人，並問他取這個名字的含義。原來，張氏一向很富裕，積累的糧食很充足。每到春天窮人都來借糧，償還多少都不計較，全部收起來，從來不用量具稱量是否給夠了，所以被人稱為「不量」。大家趕到田裡，見莊稼倒折無數，只有張氏的所有田地安然無恙。

【研　析】〈張不量〉是一篇典型的好人有好報的故事。張不量既富又仁，每年春天窮人就來借糧，償還的時候從來不稱量歸還的數量，所以被稱為「不量」。這種善行得到上天的護佑，使他家的田地免受冰雹之災。

整篇故事中，蒲松齡沒有對張不量進行正面描寫，都是通過他人視角進行觀察。一開始是通過商人的視角進行敘述。某商人路遇冰雹，就趴在稻禾叢中，聽見空中神仙的對話，囑咐不要傷了張不量的田地。而這位商人把張不量聽成了張不良，心生疑問：為何不良之人的田地反而得到保護。帶著這個疑問，商人就進入村子打聽張不量這個人。接下來，敘述視角轉到商人所問的村民上。村民詳細介紹了張不量名稱的由來，解答了商人的疑惑。作為驗證，大家還到田裡看了張家的田地，果然他家的田地安然無恙。

這篇短文表現了蒲松齡以神道設教、勸人行善的思想。但明倫評論說：「於疾風迅雷之中，而辨其畦畛，保其禾稼，善惡之界，鬼神何嘗錯亂絲毫。」類似的記載也見於清吳陳琰《曠園雜志》中：

花塢僧濟水言：順治十八年，青州一丐者，為神人敕其行雹。避雹者聞空中語云：「毋壞張不量田。」天霽，他田偃壞，張田獨無恙。蓋張氏所貸歸者，聽其自入圖，絕不較，故以「張不量」稱之。其事與南宋蔣自量同。蔣，杭人，長崇仁，次崇義，次崇信，兄弟一德，置公量，乞糴者皆令自收米，歲歉亦然。人因目為「蔣自量」。咸淳三年，詔封三蔣為廣福侯，至今廟祀鹽橋之上。

小梅

蒙陰❶王慕貞，世家子也。偶遊江浙，見媼哭於途，詰之。言：「先夫止遺一子，今犯死刑，誰有能出之者？」王素慷慨，誌其姓名，出橐中金為之斡旋❷，竟釋其罪。其人出，聞王之救己也，而茫然不解其故，訪詣旅邸，感泣謝問。王言：「無他，即憐汝老母耳。」其人大駭自言：「母故已久。」王亦異之。抵暮，媼來申謝，王咎其謬誣。媼曰：「實相告：我東山老狐也。二十年前曾與兒父有一夕之好，故不忍其鬼之餒❸也。」王悚然起敬，再欲詰之，已失所在。

先是，王妻賢而好佛，不茹葷酒；治潔室，懸觀音像，以無子嗣，日日焚禱其中。而神又最靈，輒示夢，教人趨避❹，以故家中事皆取決焉。後有疾，綦篤，移榻其中；又別設錦裀於內室而扃其戶，若有所伺。

王以為惑，而以其疾勢昏瞀❺，不忍傷之。臥病二年，惡囂❻，常屏人獨寢。潛聽之，似與人語；啟門視之，則寂然矣。病中他無所慮，有女十四歲，惟日催治裝遣嫁。既醮，呼王至榻前，執手曰：「今訣矣！初病時，菩薩告我，命當速死，念不了者，幼女未嫁，因賜少藥，俾延息以待。去歲，菩薩將回南海，留案前侍女小梅，為妾服役。今將死，薄命人又無所出。保兒，妾所憐愛，恐娶悍妒之婦，令其子母失所。小梅姿容秀美，又溫淑，即以為繼室可也。」蓋王有妾，生一子，名保兒。王以其言荒唐，曰：「卿素敬者神，今出此言，不已褻乎❼？」答云：「小梅事我年餘，相忘形骸❽，我已婉求之矣。」問：「小梅何處？」曰：「室中非耶？」方欲再詰，闔眼已逝。

王夜守靈幃，聞室中隱隱啜泣，大駭，疑為鬼。喚諸婢妾啟鑰視之，則二八麗者，縗服❾在室。眾以為神，共羅拜之。女斂涕扶掖❿。王凝注之，俯首而已。王曰：「如果亡室⓫之言非妄，請即上堂，受兒女朝謁⑫；如其不可，僕亦不敢妄想，以取罪過。」女靦然⑬出，竟登北堂⑭。王使婢為設座南向，王先拜，女亦答拜；下而長幼卑賤，以次伏叩，女莊容坐受；惟妾至，則挽之。

自夫人臥病，婢惰奴偷⑮，家久替。眾參已，肅肅列侍。女曰：「我感夫人誠意，羈留人間，又以大事相委，汝輩宜各洗心⑯，為主效力，從前愆尤⑰，悉不計校；不然，莫謂室無人也！」共視座上，真如懸觀音圖像，時被微風吹動。聞言悚惕，鬨然並諾。女乃排撥喪務，一切井井⑱。由是大小無敢懈者。女終日經紀內外，王將有作，亦稟白而行；然雖一夕數見，並不交一私語。既殯，王欲申前約，不敢徑告，囑妾微示意。女曰：「妾受夫人諄囑⑲，義不容辭；但匹配大禮，不得草草。年伯黃先生，位尊德重，求使主秦晉之盟⑳，則惟命是聽。」

時沂水黃太僕，致仕閒居，於王為父執㉑，往來最善。王即親詣，以實告。黃奇之，即與同來。女聞，即出展拜。黃一見，驚為天人，遜謝不敢當禮；既而助妝優厚，成禮乃去。女饋遺枕履，若奉舅姑，由此交益親。

合卺後，王終以神故，褻中帶肅，時研詰㉒菩薩起居。女笑曰：「君亦大愚，焉有正直之神，而下婚塵世者？」王力審所自。女曰：「不必研窮，既以為神，朝夕供養，自無殃咎㉓。」

女御下常寬㉔，非笑不語；然婢賤戲狎時，遙見之，則默默無聲。女笑諭曰：「豈爾輩尚以我為神也耶？我何神哉！實為夫人姨妹，少相交好；姊病見思，陰使南村王姥招我來。第以日近姊夫，有男女之嫌，故託為神道㉕，閉內室中，其實何神。」眾猶不深信；而日侍其傍，見其舉動，不少異於常人，浮言漸息。然即頑鈍之婢，王素撻楚所不能化者，女一言無不樂於奉命。皆云：「並不自知。實非畏之，但睹其貌，則心自柔，故不忍拂其意耳。」以此百廢具舉。數年中，田地連阡，倉廩萬石矣。

又數年，妾產一女。女舉一子；子生，左臂有朱點，因字小紅。彌月㉖，女使王盛筵招黃。黃賀儀豐渥，但辭以耄，不能遠涉；女遣兩媼，強邀之，黃始至。抱兒出，袒其左臂，以示命名之意。又再三問其吉凶。黃笑曰：「此喜紅也，可增一字，名喜紅。」女大悅，更出展叩㉗。是日，鼓樂充庭，貴戚如市。黃留三日始去。

忽門外有輿馬來，逆女歸寧。向十餘年，並無瓜葛，共議之，而女若不聞。理妝竟，抱子於懷，要王相送，王從之。至二三十里許，寂無行人，女停輿，呼王下騎，屏人與語，曰：「王郎王郎，會短離長，謂可悲否？」王驚問其故。女曰：「君謂妾何人也？」答以：「不知。」女曰：「江南拯一死罪，有之乎？」曰：「有。」曰：「哭於路者吾母也，感義而思所報，乃因夫人好佛，附為神道，實將以妾報君也。今幸生此襁褓物，此願已慰。妾視君晦運㉘將來，此兒在家，恐不能育，故借歸寧，解兒厄難。君記取家有死口時，當於晨雞初唱，詣西河柳堤上，見有挑葵花燈來者，遮道苦求，可免災難。」王諾之。因訊歸期。女云：「不可預定。要當㉙牢記吾言，後會亦不遠也。」臨別，執手愴然交涕。俄登輿，疾若風。王望之不見，始返。

經六七年，絕無音問。忽四鄉瘟疫流行，死者甚眾，一婢病三日死。王念曩囑，頗以關心。是日與客飲，大醉而睡。既醒，聞雞鳴，急起至堤頭，見燈光閃爍，適已過去。急追之，止隔百步許，益追益遠，漸不可見，懊恨而返。數日暴病，尋卒。

王族多無賴，共憑陵其孤寡，田禾樹木，公然伐取，家日陵替㉚。逾歲，保兒又殤，一家更無所主。族人益橫，割裂田產，廄中牛馬俱空；又欲瓜分第宅。以妾居故，遂將數人來，強奪鬻之。妾戀幼女，母子環泣，慘動鄰里。

方危難間，俄聞門外有肩輿入，共覘之，則女引小郎自車中出。四顧人紛如市，問：「此何人？」妾哭訴其由。女顏色慘變，便喚從來僕役，關門下鑰。眾欲抗拒，而手足若痿㉛。女令一一收縛，繫諸廊柱，日與薄粥三甌。即遣老僕奔告黃公，然後入堂哀泣。泣已，謂妾曰：「此天數也。已期前月來，適以母病耽延，遂至於今。不謂轉盼間已成丘墟！」問舊時婢媼，則皆被族人掠去，又益欷歔。越日，婢僕聞女至，悉自遁歸，相見無不流涕。

所縶族人，共譟兒非慕貞遺體胤㉜，女亦不置辨。既而黃公至，女引兒出迎。黃握兒臂，便捋左袂，見朱記宛然，因袒示眾人，以證其確。乃細審失物，登簿記名，親詣邑令，令拘無賴輩，各笞四十，械禁嚴追；不數日，田地馬牛，並歸故主。

黃將歸，女引兒泣拜曰：「妾非世間人，叔父所知也。今以此子委㉝叔父矣。」黃曰：「老夫一息尚在，無不為區處㉞。」黃去，女盤查就緒，託兒於妾，乃具饌㉟為其夫祭掃，半日不返。視之，則杯饌猶陳，而人杳矣。

異史氏曰：「不絕人嗣者，人亦不絕其嗣，此人也而實天也。至座有良朋，車裘可共；迨宿莽既滋㊱，妻子陵夷，則車中人望望然去之矣。死友而不忍忘，感恩而思所報，獨何人哉！狐乎！倘爾多財，吾為爾宰。」

【注釋】❶蒙陰　縣名，在今山東。❷斡旋　調解、周旋。❸餒　挨餓。❹趨避　趨利避害；趨吉避凶。❺昏瞀　混亂；神智不清。瞀，眼睛昏花。❻惡囂　討厭喧囂。❼不已褻乎　不是太褻瀆神靈了嗎。❽相忘形骸　二人關係好得不分彼此。形骸，形體。❾縗服　喪服，粗麻布做成。❿扶掖　攙扶；扶助。⓫亡室　亡妻。⓬朝謁　拜見。⓭靦然　害羞的樣子。⓮北堂　北邊的堂屋，即正房。⓯婢惰奴偷　奴婢們偷懶懈怠。⓰洗心　洗滌懶惰之心，比喻改過自新。⓱愆尤　罪過；過失。⓲井井　秩序井然；有條不紊。⓳諄囑　非常懇切地囑託。⓴秦晉之盟　春秋時秦國與晉國世為婚姻，後以秦晉代指結婚。㉑父執　父親的摯友。㉒研詰　仔細詢問。㉓殃咎　禍害；災患。㉔御下常寬　平常對待下人很寬容。㉕神道　神靈；神術。㉖彌月　嬰兒滿月。㉗展叩　行叩拜之禮。㉘晦運　霉運；不吉利的命運。㉙要當　一定要。㉚陵替　衰敗。㉛痿　身體某部分萎縮或失去機能，這裡指癱軟無力。㉜體胤　親生骨肉。㉝委　託付；交給。㉞區處　處置；安排。㉟具饌　準備酒食。㊱宿莽既滋　墓草萌出新芽，指墓主人死後經年。宿莽，一種可以殺蟲蠹的植物，又名水莽草。

【語譯】山東蒙陰王慕貞，是世家子弟。偶爾到江浙一帶遊歷，看見一個老太婆在路邊哭，詢問她什麼原因。老太婆說：「我過世的丈夫只留下一個兒子，現在犯了死罪，有誰能把他救出來呢？」王慕貞素來慷慨好義，記下她兒子的姓名，拿出口袋裡的錢財替她說情，竟然開脫了她兒子的死罪。那人出獄後，聽說是王慕貞救了自己，茫茫然不知道原因，就到旅店拜訪王慕貞，感激涕零地拜謝並詢問救命的原因。王慕貞說：「沒有別的原因，只是可憐你的母親年紀大了。」那人驚異萬分，自言自語說：「母親去世已經很久了。」王慕貞也感到很奇怪。到了晚間，老太婆前來表示感謝，王慕貞責備她說謊。老太婆說：「老實告訴你：我是東山上的老狐仙。二十年前曾與這個人的父親有過一夜恩愛，所以不忍心他的鬼魂在陰間挨餓。」王慕貞肅然起敬，再想問她，已經不見了。

先前，王慕貞的妻子賢慧又很信佛，不吃葷，不喝酒；整理了一間潔淨的房子，掛上觀音像，因為沒有子嗣，天天在屋裡焚香禱告。而觀音菩薩也很靈驗，經常託夢給她，教人趨吉避凶，所以家裡的事都由她決定。後來她得了病，非常沉重，把床也搬到這間房裡；又另外在房裡鋪設了一張有繡花被褥的床，鎖上房門，好像在等什麼人。王慕貞對此感到困惑，而因為她病勢沉重，不忍傷她的心。妻子在病床上躺了兩年，討厭喧鬧的聲音，常常把別人打發出去，獨自睡覺。王慕貞悄悄地聽她房裡的動靜，妻子好像在跟人說話；打開門一看，就寂靜無聲了。她病中沒有其他操心的事情，有個十四歲的女兒，只是每天催促丈夫置辦嫁妝，把女兒嫁出去。女兒出嫁以後，她把王慕貞叫到床前，拉著他的手說：「今天就要永別了！剛生病時，觀音菩薩告訴我，說我命中註定很快就會死去，念念不忘的是女兒還沒有出嫁，所以菩薩賜給我一點藥，讓我延長生命，等待女兒出嫁。去年，菩薩將要回南海，留下座前的侍女小梅服侍我。現在我就要死了，我這薄命人又沒有生養兒子。保兒是我疼愛的孩子，我怕以後你娶個蠻橫忌妒的婦人，讓他們母子倆流離失所。小梅姿容娟秀美麗，又溫和賢淑，就娶她為繼室好了。」原來王慕貞有個侍妾，生了一個兒子，名叫保兒。王慕貞認為妻子說的話很荒唐，便對她說：「你一向敬重菩薩，如今說這樣的話，不是褻瀆了菩薩嗎？」妻子回答說：「小梅服侍我一年多了，彼此不分你我，我已經委婉地請求她了。」王慕貞問：「小梅在哪裡？」妻子說：「屋裡不是嗎？」王慕貞正要再問，妻子已經閉目長逝了。

王慕貞夜裡守著靈幃，聽見房間裡有人隱隱啜泣，他大為驚異，懷疑是鬼。叫幾個婢女和侍妾打開房鎖一看，只見有個十五六歲的美人，披麻帶孝坐在房裡。大家以為她是神女，便一齊圍著向她叩拜。那女子止住眼淚，扶起大家。王慕貞凝視著她，她只是微微低頭而已。王慕貞對她說：「如果亡妻的話不是假的，請即刻到大廳上，受兒女們一拜；如果你認為這樣不行，我也不敢癡心妄想，以免自取罪過。」那女子羞答答地出來，逕自登上北廳。王慕貞叫婢女擺好向南的座椅，王慕貞先拜，她也起身回拜；以下按長幼尊卑，依次叩見，她莊重地坐著受禮；只有侍妾前來叩拜時她才起身扶侍妾起來。

自從王慕貞的妻子臥病在床以來，家裡的奴婢偷懶懈怠，家務久已廢棄。大家參拜完後，都恭敬地站在兩側侍候著。小梅說：「我感激夫人的深情厚意，留在了人間，夫人又把家裡的大事委託給我，你們都應當要洗心革面，為主人效力，從前犯的錯誤，都不計較；不然的話，不要說家裡沒人管啊！」大家抬頭望著座上的小梅，真像懸掛著的觀音畫像，時時被微風吹動一樣。聽了她說的話，大家很敬畏，齊聲答應。小梅就安排吩咐辦理喪事，一切都井井有條。從此，無論大小奴僕都沒有敢懈怠的。小梅整天料理裡裡外外的事，王慕貞想做什麼事，也先問過她才去做；雖然他們每天晚上見好幾次面，但沒說過一句私房話。辦完喪事以後，王慕貞想履行以前的約定，但又不敢直說，就囑咐侍妾悄悄向她表達心意。小梅說：「我受到夫人的諄諄囑託，當然義不容辭；只是婚娶這樣的大禮，不能草率行事。年伯黃先生，德高望重，如果能求他主持婚禮，我就唯命是從。」

當時沂水的黃太僕，退職閒居在家，是王慕貞父親的好朋友，兩家往來最密切。王慕貞就親自拜見黃太僕，把實情告訴了他。黃太僕感到很驚奇，馬上和王慕貞一起來了。小梅聽說了，立刻出來拜見。黃太僕一見小梅，驚訝地認為她是天上的仙女，謙遜地辭謝，不敢受禮；隨後送上一份優厚的賀禮，等他們辦完婚事才回去。小梅送給他枕頭和鞋子，好像孝敬公婆一樣，從此兩家交往更親密了。

結婚以後，王慕貞總以為小梅是神女，即使在親暱歡愛時也帶著幾分嚴肅，還時常詢問觀音菩薩的起居情形。小梅笑著說：「你也太傻了，哪有正直的神仙下嫁到塵世呢？」王慕貞再三追問小梅的來歷。小梅說：「你就不必深究了，既然你認為我是神仙，那就早晚供奉，自然就沒有禍患。」

小梅管理奴僕們很寬容，總是先笑然後說話；但是婢女們遊戲調笑時，遠遠地望見她，就默不作聲了。小梅笑著曉喻她們說：「難道你們還以為我是神仙嗎？我哪裡是神仙啊！實際上我是夫人的姨妹，小時候交情就很好；表姐在病中思念我，暗中叫南村的王姥姥接我來。只是因為每天接近姐夫，有男女之嫌，所以假託為神仙，關在內室裡，實際上哪裡是神仙。」大家還是不很相信；每天在她身邊服侍，看她的一舉一動，和平常人沒有一點不一樣，風言風語就漸漸平息了。然而即使頑皮、愚鈍的婢女，王慕貞平常鞭打也不改的，小梅說上一句話，沒有不樂於聽命的。

大家都說：「也不知道怎麼回事。確實不是怕她，但一看到她的容貌，心就自然而然地柔軟下來，所以不忍心違背她的意願。」因此百廢俱興。幾年之內，田地一片連著一片，倉庫裡堆滿了上萬石糧食。

又過了幾年，王慕貞的侍妾生了一個女兒。小梅生了一個兒子；孩子生下來時，左臂上有個紅點，所以取名叫小紅。滿月的時候，小梅叫王慕貞備下豐盛的筵席，邀請黃太僕來赴宴。黃太僕送的賀禮很豐厚，但他推辭說自己年老了，不能出遠門；小梅派兩個老女僕，很堅決地邀請他，黃太僕才來。小梅抱著兒子出來，露出他的左胳膊，以說明給他起名的本意。又再三問黃太僕紅點的吉凶禍福。黃太僕笑著說；「這是喜慶的紅點啊，名字可以再增加一個字，叫喜紅。」小梅非常高興，又出來向黃太僕行叩拜之禮。這一天，庭院裡鼓樂喧天，前來祝賀的顯親貴戚如同趕集一樣。黃太僕住了三天才回去。

有一天門外忽然來了車馬，迎接小梅回娘家。小梅來王家十多年了，和娘家並沒有來往，大家都在議論此事，而小梅好像沒有聽見一樣。梳妝完了，把兒子抱在懷裡，要王慕貞送她，王慕貞依從了她。走了大約二三十里路，路上靜悄悄，沒有行人，小梅停下車，招呼王慕貞下了馬，屏開隨從的人和王慕貞講話，說：「王郎，王郎，我們相會的時間很短，離別的時間很長，你說可悲嗎？」王慕貞吃驚地問她是什麼意思。小梅說：「你猜我是什麼人？」王慕貞回答說不知道。小梅說：「你在江南救過一個犯死罪的人，有這回事嗎？」王慕貞說：「有。」小梅說：「當時坐在路旁哭的人是我的母親，感激你的恩義而想有所報答，於是藉著你的夫人好佛，假託神靈，實際上是要我來報答你啊。現在幸虧生了這個孩子，這個願望已經實現。我看你的霉運快來了，這個孩子在家，恐怕不能養育成人，所以藉口回娘家，解除孩子的危難。你要記住家裡死人的時候，應當在公雞開始啼鳴之時，到西河柳堤上，看見有挑著葵花燈籠走來的人，你就攔住道路，苦苦哀求，可以免除災難。」王慕貞答應了。接著問她回來的日期。小梅說：「時間無法預定。你一定要牢牢記住我說的話，再見的日期也不會太遠。」臨別的時候，兩人緊握著手，心裡很悲傷，忍不住流下了眼淚。不久，小梅登上了車子，快得像風一樣走了。王慕貞直到看不見了，才返身回家。

過了六七年，小梅沒有一點消息。忽然四周的鄉里瘟疫流行，死了很多人，王家一個婢女病了三天就死了。王慕貞想起從前小梅的囑咐，十分留心此事。這一天，王慕貞與客人飲酒，喝得酩酊大醉就睡了。醒了以後，聽見雞叫，急忙起床跑到西河柳堤上，看見前面燈光閃爍，挑葵花燈籠的人剛剛走過去了。他急忙追趕，只隔著百步左右，卻越追越遠，漸漸看不到了，只好懊惱悔恨地回家了。幾天後他突然染上重病，不久就死了。

王氏家族有很多無賴，都欺凌他家的孤兒寡母。田裡的莊稼和樹木，他們明目張膽地砍伐、割取，王慕貞家一天天衰落下去。過了一年多，保兒又死了，全家更沒有個主事的人。族人更加蠻橫，瓜分王慕貞家田產，圈裡的牛馬被一搶而空；又想霸占王慕貞家的房屋。因為王慕貞的侍妾住在房子裡，他們就糾集一群人，想把她強拉出去賣掉。侍妾留戀年幼的女兒，母女倆抱頭痛哭，淒慘的哭聲驚動了四鄰。

正在危難之際，突然門外有頂轎子進來了，眾人一看，只見小梅領著兒子從車裡出來了。小梅四下張望，看見紛紛攘攘像個集市，問：「這些是什麼人？」侍妾把家中發生的事哭訴了一遍。

小梅氣得臉色慘白，就叫跟著來的僕人關門上鎖。那些無賴想要抵抗，但手腳像是癱瘓了一樣。小梅命人把他們一個個都捆起來，綁在廊柱上，每天只給三碗稀粥喝。她又馬上派一個年長的僕人，趕緊去告訴黃太僕，然後走進屋裡哭起來。哭完後，小梅對侍妾說：「這是天數啊。本想上個月回來，卻碰上母親病了，耽誤了時間，一直到今天才回來。想不到家裡轉眼間就變成了廢墟！」又問原來的婢女僕婦們，原來都被族人搶走了，小梅更加歎息、抽咽起來。過了一天，那些男女僕人們聽說小梅回來了，都私自逃回來，見面後沒有不流淚的。

被捆起來的族人，都吵鬧著說孩子不是王慕貞的親骨肉，小梅也不爭辯。不久，黃太僕來了，小梅領著兒子出來迎接。黃太僕握著孩子的胳膊，捋起他的左袖，紅色胎記十分顯眼，就光著孩子的手臂給眾人看，證明他確實是王慕貞的兒子喜紅。黃太僕於是詳細審查丟失的物品，把名字登記在簿冊上，親自拜訪縣官，縣官派人把無賴們拘禁起來，各打四十大板，帶上刑具，嚴厲追查贓物；沒有幾天，田地牛馬，都歸還給了原來的主人。

黃太僕要回家，小梅領著兒子，流著淚拜謝他說：「我不是世間的人，叔父您是知道的。今天就把這個孩子託付給您了。」黃太僕說：「我只要一息尚存，就不會不給他做主。」黃太僕離開後，小梅把家裡的物品盤查了一遍，把兒子託付給侍妾，就準備好祭品給丈夫上墳，去了半天也沒有回來。派人到墳上一看，只見酒杯和祭品還擺在那裡，小梅卻已經不見蹤影了。

異史氏說：「不斷絕別人的後代，別人也不斷絕他的後代，這雖然是人事，但實際上是天意啊。當時高朋滿座，好得可以共同分享車馬和衣服；到人亡家敗，妻兒落難，那時車裡的人遠遠地躲開，連頭也不回。朋友已逝而不忍心遺忘，感恩戴德而想有所報答，多麼富有人性啊！狐啊，如果你有很多財產，我願意做你的管家。」

【研　析】〈小梅〉講述了狐仙母女報恩的故事。王慕貞本是世家子弟，在遊歷江浙時，見一個老婆婆在路旁痛哭其子身陷死牢。王慕貞施以援手，「出橐中金為之斡旋」，救出了老婆婆的兒子。到了晚間，王慕貞知道真相，老婆婆本是東山老狐，因為與犯人之父有一夕之好，不願他死後無人祭祀。後來，王妻病重，狐母就讓狐女小梅前來服侍，而且在王妻病逝後，小梅就嫁給王慕貞為妻。在小梅的主持下，幾年之內王家就「田地連阡，倉廩萬石」。又過了幾年，王慕貞和小梅的兒子出生，因左臂有朱點，就取名為喜紅。小梅見王家晦運將至，就帶喜紅躲了出去。數年後，瘟疫橫行，王慕貞暴病身亡。族人侵占其家產。正在這時，小梅帶著喜紅回來，懲罰了歹人，開始了正常的生活。

故事的主人公小梅身上具有狐仙所有的優秀品質。她容貌姣好、性情溫淑、善於理家、見識超群，是一位典型的賢妻良母。作者沒有對小梅的姿容作過多的描寫，只是寫道「二八麗者」，「眾以為神，共羅拜之」，「真如懸觀音圖像」，想來迥異常人。王妻病重之際，家中婢惰奴偷，家業出現衰敗之態。小梅從整肅家紀入手，說：「我感夫人誠意，羈留人間，又以大事相委，汝輩宜各洗心，為主效力，從前愆尤，悉不計校；不然，莫謂室無人也！」小梅性情溫和，「御下常寬，非笑不語」，實際上達到了不怒而威的效果。她還足智多謀，她有意請黃太僕主持她和王慕貞的婚禮，而且請黃先生作證兒子的身分。當然，小梅也具有超常的法力。先是暗中照料、侍奉王妻，而眾人無以察覺。她預料到王家數年之後那場劫難，出門躲避。在王家財產被占之時，她帶著喜紅返回，使王家得以重振。王家振興後，小梅飄然而去，不再留戀紅塵，更有一番為而不恃、功成不居的俠士風範。

蒲松齡沒有只著意於小梅的奇特之處，也寫出了狐仙重情重義、知恩圖報的特點。換言之，狐母與小梅為王家所做的事情，都是圍繞報恩主題展開的。東山老狐與犯人之父做過一夜夫妻，當她知道其子身陷囹圄之時，便化作老婆婆痛哭於途，求得了王慕貞的幫助。王慕貞救出犯人後，她親自來致謝，並道明身分。王妻好佛，東山老狐就假託觀音菩薩，「輒示夢，教人趨避，以故家中事皆取決焉」。老狐還讓女兒小梅服侍王妻，賜藥使王妻延壽，王慕貞之女得以在母親亡故前出嫁。最後，小梅嫁給王慕貞作繼室，在振興家業、保全香火的關鍵時刻發揮作用。但明倫感歎道，「媼真可敬」，「狐之義為何如哉」。

作品還抨擊了世人的無賴、親情的淡薄。當王慕貞病重暴卒後，族人非但不幫助料理家務、照顧家事，反而趁人之危，搶奪財產。而王妾與幼女無助的慟哭，並不足以喚醒他們的良知，骨肉親情在物欲、勢利面前一文不值。只有小梅的出現，才得以化解這場危機。俗人的可恨，也恰恰襯托出小梅的可愛。

張鴻漸

張鴻漸，永平❶人。年十八，為郡名士。時盧龍令趙某貪暴，人民共苦之。有范生被杖斃❷，同學忿其冤，將鳴部院❸，求張為刀筆之詞❹，約其共事。張許之。妻方氏，美而賢，聞其謀，諫曰：「大凡秀才作事，可以共勝，而不可以共敗：勝則人人貪天功❺，一敗則紛然瓦解，不能成聚。今勢力世界，曲直難以理定，君又孤，脫有翻覆，急難者❻誰也！」張服其言，悔之，乃婉謝諸生，但為創詞❼而去。質審一過，無所可否。趙以巨金納大僚，諸生坐結黨被收，又追捉刀人❽。張懼，亡去。

至鳳翔❾界，資斧斷絕。日既暮，踟躇曠野，無所歸宿。欻❿睹小村，趨之。老嫗方出闔扉，見之，問所欲為，張以實告。嫗曰：「飲食牀榻，此都細事；但家無男子，不便留客。」張曰：「僕亦不敢過望，但容寄宿門內，得避虎狼足矣。」媼乃令入，閉門，授以草薦⑪，囑曰：「我憐客無歸，私容止宿，未明宜早去，恐吾家小娘子聞知，將便怪罪。」

媼去，張倚壁假寐。忽有籠燈晃耀，見媼導一女郎出。張急避暗處，微窺之，二十許麗人也。及門，睹草薦，詰媼；媼實告之。女怒曰：「一門細弱⑫，何得容納匪人⑬！」即問：「其人焉往？」張懼，出伏階下。女審詰邦族，色稍霽，曰：「幸是風雅士，不妨相留。然老奴竟不關白，此等草草，豈所以待君子！」命媼引客入舍。

俄頃，羅酒漿，品物精潔；既而設錦裀於榻。張甚德之，因私詢其姓氏。媼言：「吾家施氏，太翁夫人俱謝世⑭，止遺三女。適所見，長姑舜華也。」媼既去。張視几上有《南華經》⑮註，因取就枕上，伏榻翻閱。忽舜華推扉入。張釋卷，搜覓冠履。女即榻捺⑯坐曰：「無須，無須！」因近榻坐，靦然曰：「妾以君風流才士，欲以門戶相託⑰，遂犯瓜李之嫌⑱。得不相遐棄⑲否？」張皇然不知所對，但云：「不相誑，小生家中，固有妻耳。」女笑曰：「此亦見君誠篤，顧亦不妨。既不嫌憎，明日當煩媒妁。」言已，欲去。張探身挽之，女亦遂留。

未曙即起，以金贈張，曰：「君持作臨眺之資[20]；向暮[21]，宜晚來，恐為傍人所窺。」張如其言，早出晏歸，半年以為常。一日，歸頗早，至其處，村舍全無，不勝驚怪。方徘徊間，忽聞媼云：「來何早也！」一轉盼，則院落如故，身固已在室中矣，益異之。舜華自內出，笑曰：「君疑妾耶？實對君言：妾，狐仙也，與君固有夙緣。如必見怪，請即別。」張戀其美，亦安之。

夜謂女曰：「卿既仙人，當千里一息[22]耳。小生離家三年，念妻孥[23]不去心，能攜我一歸乎？」女似不悅，謂：「琴瑟之情，妾自分[24]於君為篤；君守此念彼，是相對綢繆者，皆妄也！」張謝曰：「卿何出此言！諺云：『一日夫妻，百年恩義。』後日歸而念卿，亦猶今日之念彼也。設得新忘故，卿何取焉？」女乃笑曰：「妾有褊心[25]：於妾，願君之不忘；於人，願君之忘之也。然欲暫歸，此復何難，君家咫尺耳。」遂把袂出門，見道路昏暗，張逡巡不前。女曳之走，無幾時，曰：「至矣。君歸，妾且去。」張停足細認，果見家門。逾垝垣㉖入，見室中燈火猶熒。近以兩指彈扉。內問何誰，張具道所來。內秉燭啟關㉗，真方氏也。兩相驚喜，握手入帷。見兒臥牀上，慨然曰：「我去時兒才及膝，今身長如許矣！」夫婦偎倚，恍如夢寐。張歷述所遭。問及訟獄，始知諸生有瘐死者，有遠徙者，益服妻之遠見。方縱體入懷，曰：「君有佳耦，想不復念孤衾中有零涕人矣！」張曰：「不念，胡以來㉘也？我與彼雖云情好，終非同類；獨其恩義難忘耳。」方曰：「君以我何人也？」張審視，竟非方氏，乃舜華也。以手探兒，一竹夫人㉙耳。大慚無語。女曰：「君心可知矣！分當自此絕交，猶幸未忘恩義，差足自贖㉚。」

過二三日，忽曰：「妾思癡情戀人，終無意味。君日怨我不相送，今適欲至都，便道可以同去。」乃向牀頭取竹夫人共跨之，令閉兩眸，覺離地不遠，風聲颼颼。移時，尋落。女曰：「從此別矣。」方將訂囑㉛，女去已渺。悵立少時，聞村犬鳴吠，蒼茫中見樹木屋廬，皆故里景物，循途而歸。逾垣叩戶，宛如前狀。方氏驚起，不信夫歸，詰證確實，始挑燈嗚咽而出。既相見，涕不可仰。張猶疑舜華之幻弄㉜也；又見牀頭兒臥一兒，如昨夕，因笑曰：「竹夫人又攜入耶？」方氏不解，變色曰：「妾望君如歲㉝，枕上啼痕固在也。甫能相見，全無悲戀之情，何以為心矣！」張察其情真，始執臂欷歔，具言其詳。問訟案所結，並如舜華言。

方相感慨，聞門外有履聲，問之不應。蓋里中有惡少，久窺方艷，是夜自別村歸，遙見一人踰垣去，謂必赴淫約者，尾之而入。甲故不甚識張，但伏聽之。及方氏亟問㉞，乃曰：「室中何人也？」方諱言：「無之。」甲言：「竊聽已久，敬將執姦耳。」方不得已，以實告。甲曰：「張鴻漸大案未消，即使歸家，亦當縛送官府。」方苦哀之，甲詞益狎逼。張忿火中燒不可制止，把刀直出，剁甲中顱。甲踣，猶號；又連剁之，遂斃。方曰：「事已至此，罪益加重。君速逃，妾請任其辜㉟。」張曰：「丈夫死則死耳，焉能辱妻累子以求活耶！卿無顧慮，但令此子勿斷書香㊱，目即瞑矣。」

天漸明，赴縣自首。趙以欽件㊲中人，姑薄懲之。尋由郡解都，械禁頗苦。途中遇女子跨馬過，一老嫗捉鞚，蓋舜華也。張呼嫗欲語，淚隨聲墮。女返轡，手啟障紗，訝曰：「表兄也，何至此？」張略述之。女曰：「依兄平昔，便當掉頭不顧；然予不忍也。寒舍不遠，即邀公役同臨，亦可少助資斧。」從去二三里，見一山村，樓閣高整。女下馬入，令嫗啟舍延客。既而酒炙豐美，似所夙備。又使嫗出曰：「家中適無男子，張官人即向公役多勸數觴，前途倚賴㊳多矣。適遣人措辦數十金，為官人作費，兼酬兩客，尚未至也。」二役竊喜，縱飲，不復言行。日漸暮，二役徑醉矣。女出，以手指械，械立脫；曳張共跨一馬，駛如飛。少時，促下，曰：「君止此。妾與妹有青海[39]之約，又為君逗遛一晌，久勞盼注矣。」張問：「後會何時？」女不答；再問之，推墮馬下而去。

既曉，問其地，太原也。遂至郡，賃屋授徒焉。託名宮子遷。居十年，訪知捕亡浸怠，乃復逡巡東向。既近里門，不敢遽入，俟夜深而後入。及門，則牆垣高固，不復可越，只得以鞭撾門。久之，妻始出問。張低語之。喜極，納入，作呵叱聲，曰：「都中少用度，即當早歸，何得遣汝半夜來？」入室，各道情事，始知二役逃亡未返。言次，簾外一少婦頻來，張問伊誰，曰：「兒婦耳。」問：「兒安在？」曰：「赴郡大比[40]未歸。」張涕下曰：「流離數年，兒已成立，不謂能繼書香，卿心血殆盡矣！」話未已，子婦已溫酒炊飯，羅列滿几。張喜慰過望。居數日，隱匿房榻，惟恐人知。一夜，方臥，忽聞人語騰沸，捶門甚厲。大懼，並起。聞人言曰：「有後門否？」益懼，急以門扉代梯，送張度垣而出，然後詣門問故，乃報新貴者㊶也。方大喜，深悔張遯，不可追挽。

張是夜越莽穿榛，急不擇途；及明，困殆已極。初念本欲向西，問之途人，則去京都通衢㊷不遠矣。遂入鄉村，意將質衣而食。見一高門，有報條㊸粘壁間，近視，知為許姓，新孝廉也。頃之，一翁自內出，張迎揖而告以情。翁見儀貌都雅，知非賺食者，延入相款。因詰所往，張託言：「設帳㊹都門，歸途遇寇。」翁留誨其少子。張略問官閥，乃京堂林下者㊺；孝廉，其猶子㊻也。月餘，孝廉偕一同榜㊼歸，云是永平張姓，十八九少年也。張以鄉、譜㊽俱同，暗中疑是其子；然邑中此姓良多，姑默之。至晚解裝，出「齒錄㊾」，急借披讀，真子也。不覺淚下。共驚問之。乃指名曰：「張鴻漸，即我是也。」備言其由。張孝廉抱父大哭。許叔侄慰勸，始收悲以喜。許即以金帛函字㊿，致各憲臺(51)，父子乃同歸。

方自聞報，日以張在亡㊿為悲，忽白孝廉歸，感傷益痛。少時，父子並入，駭如天降，詢知其故，始共悲喜。甲父見其子貴，禍心不敢復萌。張益厚遇之，又歷述當年情狀，甲父感愧，遂相交好。

【注釋】❶永平　府名，治所在今河北盧龍。❷杖斃　受杖刑時被打死。❸部院　巡撫。清代各省巡撫多兼兵部侍郎及都察院右副都御史的頭銜，故稱部院。❹刀筆之詞　訟詞。古代用筆在竹簡上寫字，如有錯誤則用刀子削去，故稱刀筆。後來把有關案牘（文書）之事叫刀筆。古時有些訟師所製訴狀，筆法尖刻，於是人們逐漸以刀筆指稱訴狀或訟師。❺貪天功　貪他人之功為己有。語出《左傳・僖公二十四年》。❻急難者　熱心幫助別人擺脫困境的人。語出《詩經・常棣》。❼創詞　起草訟詞。創，草創。❽捉刀人　代筆的人。語出《世說新語・容止》。❾鳳翔　府名，治所在今陝西鳳翔。❿欻　忽然。⓫草薦　用稻草、蒲草等編成的草墊子。⓬細弱　指老、幼、婦女。⓭匪人　非其人，指不親近的人。⓮謝世　去世。⓯南華經　即《莊子》。唐玄宗信奉道教，曾封莊子為南華真人，故後稱《莊子》為《南華真經》。⓰捺　用手按住。⓱以門戶相託　以家事相託付。這裡指招贅男子入門。⓲瓜李之嫌　嫌疑與誤會。古樂府〈君子行〉：「君子防未然，不處嫌疑間；瓜田不納履，李下不整冠。」⓳遐棄　疏遠拋棄。⓴臨眺之資　遊覽的費用。臨眺，登高望遠。㉑向暮　傍晚。㉒千里一息　千里的距離，呼吸之間即可抵達。㉓妻孥　妻子和兒女。㉔自分　自認為。㉕褊心　心地狹窄。㉖垝垣　壞牆。垝，坍塌；毀壞。垣，矮牆。㉗關　門閂，用來閂門的橫木。㉘胡以來　為什麼能來。㉙竹夫人　一種以竹筒或竹篾製成，用來通風取涼的用具。㉚差足自贖　勉強可以贖罪。㉛訂囑　相約叮囑。㉜幻弄　設幻術以戲弄。㉝望君如歲　盼望你就像盼望秋收那樣。歲，一年的收成。語出《左傳・哀公十二年》。㉞亟問　多次詢問。㉟辜　罪過。㊱勿斷書香　讓他的兒子繼承父業，讀書上進。書香，古人以芸香草置於書籍之中，用以驅蟲辟蠹，故有書香之稱。㊲欽件　皇帝下令查辦的案件。㊳倚賴　依靠。㊴青海　青海湖古稱仙海，中有海心山，傳說為求仙訪道之地。㊵大比　明清時每三年舉行一次科舉考試，稱為大比。㊶報新貴者　向新登科第者報喜的人。㊷通衢　來往暢通的大路。㊸報條　向科舉中試者報喜的紙帖。㊹設帳　設館教學。㊺京堂林下者　退休回鄉的京官。京堂，供職於中央各部的堂官。㊻猶子　侄子。㊼同榜　明清時同榜被錄取的人，亦稱同科。㊽鄉譜　籍貫和姓氏。㊾齒錄　同年齒錄，指科舉時代同榜舉人、進士的題名錄，包括姓名、年齡、籍貫、三代等信息。㊿金帛函字　禮物與書信。(51)憲臺　本為東漢時對御史府的稱呼，後用作對御史的通稱。這裡是下級對上級的尊稱。(52)在亡　逃亡在外。

【語譯】張鴻漸，河北永平府人。十八歲時，已是郡裡的名士。當時，盧龍縣令趙某貪婪殘暴，老百姓對這種生活都感到很痛苦。有個姓范的秀才受杖刑而死，同學們對范生蒙受冤屈感到氣憤，準備到省城巡撫衙門去告狀，請張鴻漸寫狀子，約他一起打這場官司。張鴻漸同意了。張鴻漸的妻子方氏，美麗而又賢慧，聽見他們合謀去告狀，勸阻他說：「大凡秀才做事，可以共勝利，但不可以同失敗：勝了則人人貪他人之功為己有，一旦失敗就紛紛瓦解，別想再聚集了。現在是勢力世界，是非曲直很難靠公理來確定，你又沒有靠山，如果這件事有個反覆，誰能來解救你啊！」張鴻漸佩服妻子的言論，感到後悔了，就委婉地謝絕了秀才們的邀請，只給他們起草狀子就走了。上司只審問了一次，就放在一邊不管了。趙某拿一大筆錢賄賂有權有勢的大官，秀才們被誣陷為結黨造反被抓起來，又追查替他們寫狀子的人。張鴻漸害怕，便逃走了。

到鳳翔縣地界，路費用完了。天色已晚，他在空曠的荒野上徘徊，不知到哪裡安身。忽然看見一個小村子，便急忙走過去。一個老太婆正好出來關門，看見張鴻漸，問他想幹什麼，張鴻漸以實情相告。老太婆說：「吃飯睡覺都是小事；只是我家沒有男人，不方便留你。」張鴻漸說：「我也不敢奢望，只要容我在門內過一夜，避避虎狼就心滿意足了。」老太婆就讓他進來，關上門，給他一張草席，囑咐說：「我可憐你無處投宿，私自留你過夜，天不亮你就趁早離開，恐怕我家小姐知道了，就要怪罪我。」

老太婆離開後，張鴻漸靠著牆壁打盹。忽然覺得燈光閃耀，看見老太婆領著一個女子從屋裡出來。張鴻漸急忙避到暗處，稍稍偷看了她，是個二十歲左右的美麗姑娘。姑娘來到門口，看見草席，問老太婆怎麼回事；老太婆如實告訴了她。她生氣地說：「一家都是細弱女子，怎麼能留下來歷不明的陌生人！」又問：「那個人到哪裡去了？」張鴻漸害怕了，出來跪在臺階下。姑娘仔細詢問了他的家鄉門第，臉色才稍微緩和下來，說：「幸虧是個風雅的文人，留下過夜倒也不妨。但你這老婆子竟然不說一聲，這樣草率，怎麼能招待君子！」吩咐老太婆把客人領到屋裡。

不久，擺上了酒菜，眾多的食物、物品精緻潔淨；接著又在床上鋪好錦緞被褥。張鴻漸很是感激，就私下裡問姑娘的姓名。老太婆說：「我家姓施，老爺和太太都去世了，只留下三個女兒。剛才見到的是大女兒舜華。」老太婆離開了。張鴻漸看見桌子上有本注釋的《南華經》，就拿過來，靠著枕頭，躺在床上翻看。忽然舜華推門進來。張鴻漸放下書，趕緊找鞋帽。舜華走到床前，按他坐下說：「不用，不用！」說著靠床邊坐下，羞答答地說：「我因為你是個風流才子，想以終身相託，於是犯了瓜田李下的嫌疑。你不會嫌棄我吧？」張鴻漸驚惶地不知如何回答，只是說：「實不相瞞，小生家中已有妻室了。」舜華笑著說：「這也可以看出你的誠實忠厚來，這也沒什麼妨礙。既然不嫌棄我，明天就託媒人來說合。」說完，舜華想要離開。張鴻漸往前探探身子拉住她，舜華也就留下了。

舜華天沒亮就起來了，給了張鴻漸一些錢，說：「你拿著當作遊覽的費用；天黑的時候，最好晚點回來，恐怕被別人看見。」張鴻漸像她所說的，早出晚歸，過了半年就習以為常了。有一天，回來得比較早，到了住的地方，村莊房舍都沒有了，不由得覺得非常奇怪。正在徘徊時，忽然聽見老太婆說：「回來得這麼早啊！」轉眼間，院落就和原來一樣了，身體已經在房屋中了，他更加驚疑。舜華從屋裡出來，笑著說：「你懷疑我了嗎？老實對你說：我是個狐仙，和你有前世姻緣。如果一定要見怪，請你馬上離開吧。」張鴻漸留戀她的美貌，仍然安心住下來。

夜裡張鴻漸對舜華說：「你既然是仙人，千里的路程一定瞬息可以到達。我離開家三年了，心裡一直想著妻子和孩子，能帶我回去看一看嗎？」舜華好像不高興，說：「以夫妻之情而論，我自認為對你很深厚；你守著這個想那個，你對我的恩愛都是假的啊！」張鴻漸勸慰道：「你怎麼說這種話！俗話說：一日夫妻，百年恩義。日後回家想念你時，也如同今天想念她啊。如果我是個喜新厭舊的人，你還會愛我嗎？」舜華這才笑著說：「我心地狹窄：對於我，希望你不要忘記；對於別的女人，希望你把她忘了。但你想暫時回去，這又有什麼困難，你家近在咫尺而已。」於是拉著他的袖子出了門，看見道路昏暗，張鴻漸猶豫不前。舜華拉著他走，沒有多久，說：「到了。你回去吧，我走了。」張鴻漸停下腳步，仔細辨認，果然看見是自己家門。從坍塌的牆頭爬進去，見屋裡燈還亮著。走上前去用兩個手指輕輕敲門。屋裡人問他是誰，張鴻漸把回來的經過說了一遍。屋裡人拿著燈燭打開門，果然是妻子方氏。兩個人都很驚喜，握著手進了幔帳。只見兒子躺在床上，感慨地說：「我走的時候，兒子才到我膝蓋，現在長這麼高了！」夫妻倆依偎在一起，好像做夢一樣。張鴻漸把離家後的遭遇說了一遍。問起那場官司，才知道秀才們有的死在監獄裡，有的流放到邊地，更加佩服妻子的遠見卓識。方氏把身子撲到他的懷裡，說：「你有合意的情人，想來不會想起獨臥空床、整日掉淚的人吧！」張鴻漸說：「不想你，怎麼會回來呢？我和她雖說感情很好，但終究不是同類；只是難忘她的恩德罷了。」方氏說：「你以為我是誰呢？」張鴻漸仔細一看，竟然不是方氏，而是舜華。伸手摸摸兒子，原來是一個竹夫人。張鴻漸大為慚愧，說不出話。舜華說：「你的內心我知道了！我們的緣分應該從此結束了，幸虧你還沒有忘掉我的恩德，還可以勉強原諒你。」

過了二三天，舜華忽然說：「我想只是癡情地戀著別人，終究沒有什麼意思。你每天埋怨我不送你回去，現在我恰好有事想去趟京都，順路可以一起走。」於是從床頭拿了竹夫人，一同跨上去，讓張鴻漸閉上雙眼，張鴻漸覺得離地不高，只聽耳邊風聲颼颼。不久，就落了下來。舜華說：「從此分別了。」張鴻漸正想叮囑幾句，舜華已經不見蹤影了。張鴻漸悵然若失，站了一會兒，聽見村子裡狗叫的聲音，在蒼茫的夜色下看見樹木房屋，都是故鄉的景物，沿著路就回家了。翻牆敲門，就像上次一樣。方氏被驚醒起來，不相信丈夫回來，盤問屬實後，才挑著燈哽哽咽咽地出來開門。見面後，哭得頭都抬不起來。張鴻漸還懷疑這是舜華的幻術；又看見床上躺著的兒子，就像前幾天晚上一樣，所以笑著說：「你又把竹夫人帶來了？」方氏不理解他的意思，氣得變了臉色說：「我盼望你度日如年，枕頭上淚水的痕跡都在。剛剛能夠相見，完全沒有悲痛眷戀之情，你是什麼樣的心啊！」張鴻漸看出她的感情真切，才拉著她的手臂流下了眼淚，把自己的經歷詳細說了一遍。問問那場官司的結果，都像舜華所說的那樣。

夫妻二人正相對感歎，聽見門外有腳步聲，問是誰，沒人回應。原來村子裡有個惡棍，早就覬覦方氏的美貌，這天夜裡從別的村子回來，遠遠地看見一個人跳牆進去，認為一定是和方氏幽會的，尾隨著他就進來了。那惡棍原來不大認識張鴻漸，只是趴在窗下偷聽。等方氏急切地追問，惡棍才說：「屋裡是什麼人啊？」方氏遮掩說：「沒有人。」惡棍說：「我已經偷聽很長時間了，我是來捉姦的。」方氏不得已，把實情說了。惡棍說：「張鴻漸大案未了，就是回家了，也應該捆起來送到官府。」方氏苦苦哀求，惡棍趁機調戲、威脅她。張鴻漸怒火中燒，不能遏制，拿起刀衝出來，砍中惡棍的腦袋。惡棍倒在地上，還在大喊大叫；張鴻漸又連砍幾刀，惡棍就死了。方氏說：「事已到此，你犯的罪更加重了。你趕快逃走，讓我來承擔這個罪名。」張鴻漸說：「大丈夫要死就死，怎麼能連累妻兒以求苟活呢！你不用顧慮，只要教這個兒子好好讀書，我死也瞑目了。」

天亮以後，張鴻漸就到縣衙自首。趙某因為張鴻漸涉及朝廷追查的案子，姑且稍微懲罰了他。很快由永平府押解到京都去，張鴻漸路上帶著枷鎖，吃了很多苦頭。途中碰到一個女子騎馬經過，一個老太婆給她牽著韁繩，原來是舜華。張鴻漸喊住老太婆想跟她說話，淚水隨著聲音落了下來。舜華調轉馬頭，伸手掀開面紗，驚訝地說：「原來是表兄啊，怎麼到了這個地步？」張鴻漸簡略地說了一遍。舜華說：「按照表兄從前的所作所為，我應當掉頭不管；但我還是不忍心啊。我家住得不遠，就請兩位差役一起到家坐坐，也好送你們一些路費。」他們就跟著舜華走了二三里路，看見一個山村，有一座高大整齊的樓房。舜華下馬進去，叫老太婆打開廳堂招待客人。接著擺上豐盛的酒菜，好像早就準備好了。又讓老太婆出來說：「家裡恰好沒有男人，就請張官人向差官多敬幾杯酒，前邊的路上還多虧他們照顧。剛才叫人籌辦幾十兩銀子，給張官人當作路費，同時酬謝兩位差官，現在還沒到。」兩個差役心中竊喜，開懷暢飲，不再說趕路的事了。

天色漸漸昏暗，兩個差役喝得酩酊大醉。舜華出來，用手一指枷鎖，枷鎖立刻脫落；舜華拉著張鴻漸一起跨上一匹馬，那馬像飛起來一樣奔馳而去。不久，催促張鴻漸下馬，說：「你在這裡下馬吧。我和妹妹約好在青海會合，又因為你耽擱了半天，恐怕她已經等待很久了。」張鴻漸問道：「什麼時候再見？」舜華沒有回答；再問一遍，把他推下馬就離開了。

天亮以後，張鴻漸打聽這是什麼地方，原來到了太原。於是進了府城，租了間房子教授學生。化名宮子遷。過了十年，打聽得知追捕他的事已經鬆懈了，才慢慢向東走。來到村外，不敢馬上進村，等夜深了才進去。到了家門口，只見院牆修得高大又堅固，再也不能爬進去了，只得用馬鞭輕輕敲門。過了好一陣，妻子才出來問是誰。張鴻漸低聲告訴了她。方氏高興極了，打開門讓他進去，裝作喝斥奴僕的聲音，說：「在京城裡缺少費用，就應當早點回來，怎麼叫你半夜三更回來？」進了屋裡，互相述說分別後的情形，才知道兩個差役逃走再沒有回來。正說話間，簾外有個少婦走來走去的，張鴻漸問她是誰，方氏說：「兒媳婦啊。」又問：「兒子在哪裡？」方氏回答說：「赴京趕考還沒回來。」張鴻漸流著淚說：「我在外流離十幾年，兒子已經長大成人，想不到還能繼承書香門第，你的心血真快用盡了啊！」話還沒說完，兒媳婦已經把酒溫好，飯也做好了，滿滿地擺了一桌子。張鴻漸喜出望外。在家住了幾天，一直藏在內室，惟恐別人知道。一天夜裡，夫妻倆剛剛躺下，忽然聽見外邊人聲鼎沸，敲門敲得很急。家人非常害怕，都起來了。

聽見外邊有人說：「有沒有後門？」他們更加驚恐了，急忙用門板代替梯子，送張鴻漸跳牆而出，然後到門口問什麼事情，原來是報兒子中了舉人的。方氏大喜，很後悔讓張鴻漸逃走，但已經不可挽回。

那天晚上張鴻漸穿過亂樹荒草，慌不擇路；逃到天亮，已經極度疲倦困乏。當初本想往西走，問問過路的人，原來這裡離通往京都的大道不遠了。於是進入鄉村，想要當件衣服換點飯吃。看見一個高高的大門，有張報條貼在牆壁上，走近一看，知道這家姓許，剛剛中了舉人。不久，一個老翁從門裡出來，張鴻漸迎上去作揖，告訴他自己的來意。老翁見張鴻漸儀容都很文雅，知道不是個騙飯吃的，便請進去款待他。老翁問張鴻漸到什麼地方去。張鴻漸找了個藉口說：「在京都教書，回家的途中遇上了強盜。」老翁便留下他教自己的小兒子。張鴻漸稍微問了老翁的家族門第，原來老人原是京官，現已退休還鄉；新中的舉人，是他的侄子。一個月以後，許家新舉人帶著一個同榜的舉人回來了，說是永平府人，姓張，是個十八九歲的少年。張鴻漸因為張舉人的家鄉、姓氏都和自己一樣，暗暗懷疑這是自己的兒子；但永平姓張的人很多，只好暫且默不作聲。到了晚上，許舉人打開行李，拿出一本同年齒錄來，急忙借過來一看，果然是他的兒子。不由得流下眼淚。大家吃驚地問他。張鴻漸指著名冊上自己的名字說：「張鴻漸就是我啊。」詳細地說了事情的始末。張舉人抱著父親大聲哭起來。許家叔侄勸慰多時，才變悲為喜。老翁當即寫封書信，備上禮品，把事情呈報給御史大人。張鴻漸父子才一同回家。

方氏自從接到兒子的喜報後，每天為張鴻漸逃亡在外感到悲傷；忽然聽說兒子回來了，這種傷感更加痛切。不久，父子兩人一起進來，方氏驚訝地感到丈夫好像從天上掉下來一樣，問清楚事情原委，全家人又悲又喜；惡棍的父親見張鴻漸的兒子中了舉人，不敢再追究往事了。張鴻漸對他格外照顧，又詳細說明當年的事實真相，惡棍的父親既感激又慚愧，從此兩家相處得非常融洽。

【研　析】〈張鴻漸〉寫了秀才張鴻漸屢次逃亡與回歸的故事。張鴻漸參與秀才告狀，代人寫狀詞，不料秀才們因為告狀被關入監獄，張鴻漸只好逃亡到鳳翔。到鳳翔後，張鴻漸偶然遇到狐仙舜華。舜華見他是風雅之士，便接納了他。三年後，張鴻漸懇求舜華帶自己回家看看妻兒。於是舜華假裝送張鴻漸回家，來探知他內心的真實想法。舜華見張鴻漸對家庭依然懷有深厚感情，就把他送回了家。張鴻漸剛回到家和妻子敘離別之情，流氓某甲找上門來，要挾張鴻漸之妻方氏，張鴻漸忿而殺死某甲，並投案自首。在押解途中，舜華救下張鴻漸，張鴻漸又逃到太原。十年後，張鴻漸打聽追捕之事慢慢鬆懈下來，就偷偷溜回家。不料，在家裡藏了幾天，誤把給兒子報捷之人當作衙門差役，逃入某鄉村。幸好在村子裡得知事情真相，才和兒子一起回家。張鴻漸第一次離家的時候，只有十八歲，自己是郡裡的名士，如果不出意外，應該在科場上有所作為。而最後回來時，他的兒子已經成為十八九的少年，還已經考中了舉人。時間跨度之大，世事變化之滄桑，人生經歷之豐富，都鮮明地體現在張鴻漸身上。

這篇故事情節曲折多變，令人眼花繚亂。張鴻漸每次逃亡、回歸的經歷都出乎人的意料之外，卻又在情理之中，給人新奇別致、不落俗套之感。比如，第一次逃亡是受官府追查，是「主動之逃」；第二次逃亡是張鴻漸殺死某甲後，本來有逃亡的機會，但害怕連累妻子，所以投案自首。

但在押解的路上，舜華將他從兩個解差手中救出，這次逃亡是「被動之逃」；第三次逃亡由於自己風聲鶴唳、草木皆兵，把報喜的人當成抓人的人，是「無須逃之逃」。四次回歸也寫得錯落有致，特點不一。第一次回歸是舜華為試探張鴻漸內心的真實想法，而導演的一齣「幻歸」；第二次回歸是舜華有感於張鴻漸內心的真實想法，而把他送回家的「真歸」；第三次回歸是張鴻漸在外打聽追捕得不嚴，自己偷偷摸摸的「暗歸」；第四次回歸是兒子中了舉人，許翁把張鴻漸的情況也報告給御史大人，他和兒子一起光明正大的「明歸」。

故事還塑造了兩個具有不同特點的女性形象。一是張鴻漸的妻子方氏。她見識不凡，對張鴻漸感情深厚，在張鴻漸屢次逃亡期間勤苦持家，是現實世界裡典型的賢妻良母。她聽到丈夫參與諸秀才鳴冤告狀之事後，對秀才做事有一番精彩的評價：「大凡秀才作事，可以共勝，而不可以共敗：勝則人人貪天功，一敗則紛然瓦解，不能成聚。今勢力世界，曲直難以理定，君又孤，脫有翻覆，急難者誰也！」這番議論直接預示著張鴻漸此後十餘年顛沛流離的生活，顯示出方氏卓異的見識。但明倫對此十分欽佩，認為「為秀才者宜佩此言」，「秀才伎倆，世界勢力，不料數語道破，乃得之閨中」。張鴻漸第一次逃出，三年後才回家，而且在當天晚上因為殺死了某甲，第二天不得不去自首；再次回家已經在十年之後，僅住數天又逃出去。在這十多年的時間裡，方氏獨自持家，撫養孩子，必定嘗盡艱辛。對此，張鴻漸有一句話評價：「流離數年，兒已成立，不謂能繼書香，卿心血殆盡矣！」方氏得知兒子中舉，對丈夫的思念有三次心理變化，一開始是「日以張在亡為悲」，後來聽說兒子回來「感傷益痛」，最後見到父子同歸，方氏「駭如天降」。這些變化寫盡了方氏對丈夫的深厚感情以及作為一個家庭婦女樸素的生活期望。

二是張鴻漸的狐妻舜華。她鍾情而又不溺於情，神通廣大而又足智多謀，是虛幻世界裡理想的紅顏知己。舜華見老嫗私留外人，怒問：「一門細弱，何得容納匪人！」等她見仔細瞭解了張鴻漸，就開始責備老嫗「老奴竟不關白，此等草草，豈所以待君子」。這種前後態度上的變化預示著她對張鴻漸已經芳心暗許。半年後，張鴻漸發現舜華非同尋常之處，舜華也大方承認，「妾，狐仙也，與君固有夙緣。如必見怪，請即別」，沒有半點掩飾，光明磊落。舜華雖是仙人，但也有私情，不願意張鴻漸離開她，「妾有褊心：於妾，願君之不忘；於人，願君之忘之也」。當舜華得知張鴻漸的內心想法後，認為「分當自此絕交」，沒有哭哭啼啼，更沒有想方設法阻撓，而是敢於放棄，瀟灑離去。舜華是個狐仙，自然具有超強的法力，她可以很快把張鴻漸送回家。同時，她又很有計謀，假裝是張鴻漸的表妹，灌醉了兩個解差，救出張鴻漸。這樣一個有法力、有情意、能擔當、敢放棄的狐仙形象就鮮活地樹立起來。

雲蘿公主

安大業，盧龍❶人。生而能言，母飲以犬血，始止。既長，韶秀，顧影無儔❷；又慧能讀。世家爭婚之。母夢曰：「兒當尚主❸。」信之。至十五六，迄無驗，亦漸自悔。

一日，安獨坐，忽聞異香。俄一美婢奔入，曰：「公主至。」即以長氈貼地，自門外直至榻前。方駭疑間，一女郎扶婢肩入；服色容光，映照四堵。婢即以繡墊設榻上，扶女郎坐。安倉皇不知所為，鞠躬便問：「何處神仙，勞降玉趾？」女郎微笑，以袍袖掩口。婢曰：「此聖后府中雲蘿公主也。聖后屬意郎君，欲以公主下嫁，故使自來相宅❹。」安驚喜，不知置詞；女亦俯首❺：相對寂然。安故好棋，楸枰❻嘗置坐側。一婢以紅巾拂塵，移諸案上，曰：「主日耽此，不知與粉侯❼孰勝？」

安移坐近案，主笑從之。甫三十餘著，婢竟亂之，曰：「駙馬負矣！」斂子入盒，曰：「駙馬當是俗間高手，主僅能讓六子。」乃以六黑子實局中，主亦從之。

主坐次，輒使婢伏坐下，以背受足；左足踏地，則更一婢右伏。又兩小鬟夾侍之；每值安凝思時，輒曲一肘伏肩上。局闌未結[8]，小鬟笑云：「駙馬負一子。」婢進曰：「主惰，宜且退。」女乃傾身與婢耳語。婢出，少頃而還，以千金置榻上，告生曰：「適主言居宅湫鄙[9]，煩以此少致修飾，落成相會也。」一婢曰：「此月犯天刑[10]，不宜建造；月後吉。」女起；生遮止，閉門。婢出一物，狀類皮排[11]，就地鼓之；雲氣突出，俄頃四合，冥不見物，索之已杳。母知之，疑以為妖。而生神馳夢想，不能復捨。急於落成，無暇禁忌；刻日敦迫[12]，廊舍一新。

先是，有灤州[13]生袁大用，僑寓[14]鄰坊，投刺於門；生素寡交，托他出，又窺其亡而報之[15]。後月餘，門外適相值，二十許少年也。宮絹[16]

單衣，絲帶烏履，意甚都雅。略與傾談，頗甚溫謹。悅之，揖而入。請與對弈，互有贏虧。已而設酒留連，談笑大歡。明日，邀生至其寓所，珍肴雜進，相待殷渥。有小童十二三許，拍板清歌，又跳擲作劇⑰。生大醉，不能行，便令負之。生以其纖弱，恐不勝。袁強之。僮綽有餘力，荷送而歸。生奇之。次日，犒以金，再辭乃受。由此交情款密，三數日輒一過從⑱。

袁為人簡默，而慷慨好施。市有負責鬻女者，解囊代贖，無吝色。生以此益重之。過數日，詣生作別，贈象箸、楠珠⑲等十餘事，白金五百，用助興作。生反金受物，報以束帛⑳。後月餘，樂亭㉑有仕宦而歸者，橐貲充牣㉒。盜夜入，執主人，燒鐵鉗灼，劫掠一空。家人識袁，行牒追捕。鄰院屠氏，與生家積不相能，因其土木大興，陰懷疑忌。適有小僕竊象箸，賣諸其家，知袁所贈，因報大尹㉓。尹以兵繞舍，值生主僕他出，執母而去。母衰邁受驚，僅存氣息，二三日不復飲食。尹釋之。

生聞母耗，急奔而歸，則母病已篤，越宿遂卒。收殮甫畢，為捕役執去。尹見其年少溫文，竊疑誣枉，故恐喝之。生實述其交往之由。尹問：「何以暴富？」生曰：「母有藏鏹，因欲親迎，故治昏室㉔耳。」尹信之，具牒解郡。

鄰人知其無事，以重金賂監者，使殺諸途。路經深山，被曳近削壁，將推墮之。計逼情危，時方急難，忽一虎自叢莽中出，齧二役皆死，啣生去。至一處，重樓疊閣，虎入，置之。見雲蘿扶婢出，淒然慰吊：「妾欲留君，但母喪未卜窀穸㉕。可懷牒去，到郡自投，保無恙也。」因取生胸前帶，連結十餘扣，囑云：「見官時，拈此結而解之，可以弭禍。」生如其教，詣郡自投。太守喜其誠信，又稽牒知其冤，銷名令歸。

至中途，遇袁，下騎執手，備言情況。袁憤然作色，默不一語。生曰：「以君風采，何自汙也？」袁曰：「某所殺皆不義之人，所取皆非義之財。不然，即遺於路者，不拾也。君教我固自佳，然如君家鄰，豈可留在人間耶！」言已，超乘㉖而去。

生歸，殯母已，柴門謝客。忽一夜，盜入鄰家，父子十餘口，盡行殺戮，止留一婢。席捲貲物，與僮分攜之。臨去，執燈謂婢：「汝認之，殺人者我也，與人無涉。」並不啟關，飛簷越壁而去。明日，告官。疑生知情，又捉生去。邑宰詞色甚厲。生上堂握帶，且辨且解。宰不能詰，又釋之。既歸，益自韜晦㉗，讀書不出，一跛嫗執炊而已。服既闋㉘，日掃階庭，以待好音。

一日，異香滿院。登閣視之，內外陳設煥然矣。悄揭畫簾，則公主凝妝坐。急拜之。女挽手曰：「君不信數，遂使土木為災㉙；又以苫塊之戚㉚，遲我三年琴瑟：是急之而反以得緩，天下事大抵然也。」生將出貲治具。女曰：「勿復須。」婢探櫝，肴羹熱如新出於鼎，酒亦芳冽。酌移時，日已投暮，足下踏婢，漸都亡去。女四肢嬌惰，足股屈伸，似無所著。生狎抱之。女曰：「君暫釋手。今有兩道，請君擇之。」生攬項問故，曰：「若為棋酒之交，可得三十年聚首；若作床笫之歡，可六年諧合耳。君焉取？」生曰：「六年後再商之。」女乃默然，遂相燕好。女曰：「妾固知君不免俗道，此亦數也。」

因使生蓄婢媼，別居南院，炊爨紡織，以作生計。北院中並無煙火，惟棋枰、酒具而已。戶常闔，生推之則自開，他人不得入也。然南院人作事勤惰，女輒知之，每使生往譴責，無不具服。女無繁言，無響笑，與有所談，但俯首微哂[31]。每駢肩坐，喜斜倚人。生舉而加諸膝，輕如抱嬰。生曰：「卿輕若此，可作掌上舞[32]。」曰：「此何難！但婢子之為，所不屑耳。飛燕原九姊侍兒，屢以輕佻獲罪，怒謫塵間，又不守女子之貞；今已幽之[33]。」

閣上以錦薦布滿，冬未嘗寒，夏未嘗熱。女嚴冬皆著輕縠[34]；生為製鮮衣，強使著之。逾時解去，曰：「塵濁之物，幾於壓骨成勞！」一日，抱諸膝上，忽覺沉倍曩昔，異之。笑指腹曰：「此中有俗種矣。」過數日，顰黛不食，曰：「近病惡阻㉟，頗思煙火之味㊱。」生乃為具甘旨。從此飲食遂不異於常人。一日曰：「妾質單弱，不任生產。婢子樊英頗健，可使代之。」乃脫衷服㊲衣英，閉諸室。少頃，聞兒啼。啟扉視之，男也。喜曰：「此兒福相，大器也！」因名大器。繃納生懷，俾付乳媼，養諸南院。女自免身，腰細如初，不食煙火矣。

忽辭生，欲暫歸寧。問返期，答以「三日」。鼓皮排如前狀，遂不見。至期不來；積年餘，音信全渺，亦已絕望。生鍵戶下幃㊳，遂領鄉薦。終不肯娶；每獨宿北院，沐其餘芳。一夜，輾轉在榻，忽見燈火射窗，門亦自闢，群婢擁公主入。生喜，起問爽約之罪。女曰：「妾未愆期㊴，天上二日半耳。」生得意自詡，告以秋捷㊵，意主必喜。女愀然曰：「烏用是儻來者㊶為！無足榮辱，止折人壽數耳。三日不見，入俗幛又深一層矣。」生由是不復進取。

過數月，又欲歸寧。生殊淒戀。女曰：「此去定早還，無煩穿望[42]。且人生合離，皆有定數，樽節[43]之則長，恣縱之則短也。」既去，月餘即返。從此一年半歲輒一行，往往數月始還，生習為常，亦不之怪。又生一子。女舉之曰：「豺狼也！」立命棄之。生不忍而止，名曰可棄。甫周歲，急為卜婚。諸媒接踵，問其甲子[44]，皆謂不合。曰：「吾欲為狼子治一深圈，竟不可得，當今傾敗六七年，亦數也。」囑生曰：「記取四年後，侯氏生女，左脅有小贅疣，乃此兒婦。當婚之，勿較其門地也。」即令書而誌之。

後又歸寧，竟不復返。生每以所囑告親友。果有侯氏女，生有疣贅，侯賤而行惡，眾咸不齒，生竟媒定焉。大器十七歲及第，娶雲氏，夫妻皆孝友。父鍾愛之。可棄漸長，不喜讀，輒偷與無賴博賭，恒盜物償戲債[45]。父怒，撻之，卒不改。相戒提防，不使有所得。遂夜出，小為穿窬[46]。為主所覺，縛送邑宰。宰審其姓氏，以名刺送之歸。父兄共縶之，楚掠慘棘㊼，幾於絕氣。兄代哀免，始釋之。父忿恚得疾，食銳減。乃為二子立析產書，樓閣沃田，悉歸大器。可棄怨怒，夜持刀入室，將殺兄，誤中嫂。先是，主有遺袴，絕輕軟，雲拾作寢衣。可棄斫之，火星四射，大懼，奔去。父知，病益劇，數月尋卒。可棄聞父死，始歸。兄善視之，而可棄益肆。年餘，所分田產略盡，赴郡訟兄。官審知其人，斥逐之。兄弟之好遂絕。

又逾年，可棄二十有三，侯女十五矣。兄憶母言，欲急為完婚。召至家，除佳宅與居；迎婦入門，以父遺良田，悉登籍㊽交之，曰：「數頃薄產，為若蒙死守之，今悉相付。吾弟無行，寸草與之，皆棄也。此後成敗，在於新婦：能令改行，無憂凍餓；不然，兄亦不能填無底壑也。」

侯雖小家女，然固慧麗，可棄雅畏愛之，所言無敢違。每出，限以晷刻㊾，過期，則詬厲不與飲食，可棄以此少斂。年餘，生一子。婦曰：「我以後無求於人矣。膏腴數頃，母子何患不溫飽，無夫焉，亦可也。」

會可棄盜粟出賭，婦知之，彎弓於門以拒之。大懼，避去。窺婦入，逡巡亦入。婦操刀起。可棄返奔，婦逐斫之，斷幅傷臀，血沾襪履。忿極，往訴兄，兄不禮焉，冤慚而去。

過宿復至，跪嫂哀泣，求先容於婦，婦決絕不納。可棄怒，將往殺婦，兄不語。可棄忿起，操戈直出。嫂愕然，欲止之。兄目禁之。俟其去，乃曰：「彼固作此態，實不敢歸也。」使人覘之，已入家門。兄始色動，將奔赴之，而可棄已坌息[50]入。蓋可棄入家，婦方弄兒，望見之，擲兒牀上，覓得廚刀；可棄懼，曳戈反走，婦逐出門外始返。兄已得其情，故詰之。可棄不言，惟向隅泣，目盡腫。兄憐之，親率之去，婦乃納之。俟兄出，罰使長跪，要以重誓[51]，而後以瓦盆賜之食。自此改行為善。婦持籌握算，日致豐盈，可棄仰成[52]而已。後年七旬，子孫滿前，婦猶時捋白鬚，使膝行焉。

異史氏曰：「悍妻妒婦，遭之者如疽[53]附於骨，死而後已，豈不毒哉！然砒、附[54]，天下之至毒也，苟得其用，瞑眩大瘳[55]，非參、苓[56]所能及矣。而非仙人洞見臟腑，又烏敢以毒藥貽子孫哉！」

章丘李孝廉善遷，少通儻不泥，絲竹詞曲之屬皆精之。兩兄皆登甲榜[57]，而孝廉益佻脫。娶夫人謝，稍稍禁制之。遂亡去，三年不返，遍覓不得。後得之臨清勾欄[58]中。家人入，見其南向坐，少姬十數左右侍，蓋皆學音藝而拜門牆者也。臨行，積衣累笥，悉諸妓所貽。既歸，夫人閉置一室，投書滿案。以長繩縶榻足，引其端自櫺內出，貫以巨鈴，繫諸廚下。凡有所需，則躡繩；繩動鈴響，則應之。夫人躬設典肆，垂簾納物而估其直；左持籌，右握管；老僕供奔走而已：由此居積致富。每恥不及諸姒[59]貴。錮閉三年，而孝廉捷。喜曰：「三卵兩成，吾以汝為毈[60]矣，今亦爾耶？」

又耿進士崧生，亦章丘人。夫人每以績火佐讀：績者不輟，讀者不敢息也。或朋舊相詣，輒竊聽之：論文則淪茗作黍；若恣諧謔，則惡聲逐客矣。每試得平等[61]，不敢入室門；超等，始笑逆之。設帳得金，悉內獻，絲毫不敢隱匿。故東王饋遺，恒面較錙銖。人或非笑之，而不知其銷算良難也。後為婦翁延教內弟[62]。是年游泮，翁謝儀十金。耿受榼返金。夫人知之曰：「彼雖周親[63]，然舌耕[64]謂何也？」追之返而受之。耿不敢爭，而心終歉焉，思暗償之。於是每歲館金，皆短其數以報夫人。積二年餘，得如干數。忽夢一人告之曰：「明日登高，金數即滿。」次日，試一臨眺，果拾遺金，恰符缺數，遂償岳。後成進士，夫人猶訶譴之。耿曰：「今一行作吏[65]，何得復爾？」夫人曰：「諺云：『水長則船亦高。』即為宰相，寧便大耶？」

【注釋】❶盧龍　縣名，在今河北。❷無儔　無人能比。儔，同輩；伴侶。❸尚主　娶公主為妻。尚，不敢直言娶，以尚婉曲代之，有攀附之意。❹相宅　察看宅地。❺俯首　低頭。❻楸枰　棋盤。多用楸木製成，故名。❼粉侯　帝王的女婿。❽局闌未結　棋局終了但還未計算勝負。闌，殘；盡。❾湫鄙　低濕狹小。❿犯天刑　主凶兆。天刑，天罰。⓫皮排　可以鼓動吹火的皮囊。⓬刻日敦迫　規定日期，嚴加督促。⓭灤州　州名，治所在今河北灤縣。⓮僑寓　租房居住。⓯報之　回訪他。⓰宮絹　宮中所用之絹，言其名貴。⓱跳擲作劇跳躍演戲。⑱過從　往來。⑲楠珠　伽南香木製作的串珠。⑳束帛　捆為一束的五匹帛，古代用為聘問、饋贈的禮物。㉑樂亭　縣名，在今河北。㉒充牣　充實。牣，滿。㉓大尹　對縣令的尊稱。㉔昏室　結婚所用的房子。昏，即「婚」。㉕未卜窀穸　未選擇墓地。窀穸，墓穴。㉖超乘　跳上坐騎。㉗韜晦　即韜光養晦，把鋒芒收斂起來，深藏不露。㉘服既闋　喪期已滿。㉙土木為災　因興建房屋時間不吉利而引來的災禍。㉚苫塊之戚　喪親之悲。苫，草席。塊，土塊。㉛微哂　微笑。㉜掌上舞　舞於掌上。傳說漢成帝皇后趙飛燕體輕，能為掌上舞，事見《飛燕外傳》。㉝幽之　囚禁起來。㉞輕縠　輕細的縐。㉟惡阻　腸胃不佳，這裡指因懷孕而厭食。㊱煙火之味　人間煙火。㊲衷服　貼身內衣。㊳鍵戶下幃　閂門，放下帷幕，比喻閉門讀書。㊴愆期　過期。㊵秋捷　考中舉人。鄉試在秋天舉行，故稱秋闈。㊶儻來者　無意得來的東西，指功名富貴。見《莊子・繕性》。㊷穿望　望眼欲穿。㊸樽節　節約；節省。㊹甲子　指生辰八字。八字，即《周易》術語四柱的另一種說法。四柱是指人出生的時間（年、月、日、時），以干支配合來表示四柱，每柱兩字，合為八字，算命者用來推測人生的休咎禍福。㊺戲債　賭博欠下的債。戲，博戲；賭博。㊻穿窬　穿壁越牆，指偷盜行為。㊼楚掠慘棘　拷打得很急。㊽登籍　登記入冊。㊾晷刻　時間。晷，古代用來觀測日影以及定時刻的儀器。㊿坌息　氣息噴湧。氣急敗壞的樣子。(51)要以重誓　要求對方發重誓。(52)仰成　坐享其成。(53)疽　中醫指的一種毒瘡，瘡腫深而重。(54)砒附　砒霜和附子，都是毒藥。(55)瞑眩大瘳　藥性發作使人頭暈目眩，疾病也就徹底治癒。(56)參苓　人參與伏苓，均為滋補之藥。(57)甲榜　會試之榜。(58)勾欄　一些大城市固定的娛樂場所，類似於現在的戲院。(59)娰　嫂。(60)毈　無法孵出的卵。這裡指李孝廉的兩個哥哥都已登甲榜，而李孝廉又不喜讀書，故其妻以其為毈。(61)平等　成績平平。明清時歲試或科試按成績分為六等，以此定賞罰。(62)內弟　妻子的弟弟。舊時男人謙稱自己的妻子為賤內，後引申把妻子的弟弟稱內弟。(63)周親　最親近的人。(64)舌耕　教書。(65)一行作吏　一經做官。

【語　譯】安大業，河北盧龍人。生下來就能說話，他的母親給他喝狗血，才停止了。長大以後，生得清秀俊逸，自以為無人可比；頭腦聰慧，善於讀書。世家貴族爭著和他結親。安大業的母親做夢夢見有人對她說：「你兒子應當娶個公主。」他的母親相信了。到十五六歲時，還沒有應驗，他的母親也漸漸後悔了。

一天，安大業一人獨坐，忽然聞到一陣異香。不久一個美麗的婢女跑進來，說：「公主到了。」馬上就用長氈鋪地，從門外一直鋪到床前。安大業正在驚疑的時候，一個女郎扶著婢女的肩膀走進來；衣服的顏色、容貌的光彩，映照得四壁生輝。婢女就把繡花坐墊放在床上，扶著女郎坐下。安大業驚慌得不知所措，向女郎鞠了一個躬，問道：「你是哪裡來的神仙，大駕光臨？」女郎只是微笑著用袍袖遮住嘴巴。婢女說：「這是聖后府裡的雲蘿公主。聖后屬意郎君，要把公主下嫁給你，所以讓公主自己來看看房屋。」安大業又驚又喜，不知道該說什麼話；女郎也低下頭：兩人面對面坐著，默默不語。安大業一向喜好下圍棋，常把棋盤放在座位的旁邊。婢女以紅巾擦拭棋盤上的灰塵，把它移到桌子上，說：「公主每天都沉溺於下棋，不知道和駙馬比起來誰能贏？」安大業把座位移到書桌前，公主也笑著坐過來。兩人剛下了三十多著，婢女就把棋局攪亂了，說：「駙馬敗了！」婢女把棋子揀到盒子裡，說：「駙馬應當是俗世的高手，公主只能讓你六個子。」說完就在棋盤上布下六個黑子，公主也聽從她的安排。

公主坐著的時候，總是叫一個婢女趴在座位底下，把腳放在她的背上；左腳著地時，就更換一個婢女趴在右邊。還有兩個小丫鬟在兩旁服侍；每當安大業專注思考時，公主就彎著附靠在小丫鬟的肩上。棋局終了尚未計算勝負時，小丫鬟笑著說：「駙馬輸了一個子。」婢女走上前來說：

「公主累了，該回去休息了。」女郎就側過身在婢女耳邊說了幾句話。婢女出去，一下子就回來，將一千兩銀子放在床上，告訴安大業說：「剛才公主說房子潮濕狹窄，麻煩你用這筆錢稍微裝飾一下，修好後再來相會。」一個婢女說：「這個月沖犯凶神，不適合動土修建；一個月後才有黃道吉日。」女郎站起來；安大業攔住她，把門關上。婢女拿出一樣東西，形狀像個皮囊，就地往裡吹氣；皮囊裡突然冒出一股雲氣，頃刻之間充滿四周，昏暗得看不見東西，等安大業再找公主，就蹤影全無了。安母知道後，懷疑她們是妖怪。但安大業神馳夢想，不能捨棄。他急於建成新房，沒有時間考慮禁忌；日夜催促修造，很快把房舍修整一新。

此前，有個灤州書生叫袁大用，在安大業家的鄰近租房居住，曾登門投遞名片；安大業一向很少交朋友，假託出門不在家，又看袁大用不在家時再去回訪。過了一個多月，兩人在門外正好碰上，袁大用是個二十多歲的年輕人。穿著宮綢做的衣服，腰繫絲帶，腳蹬黑鞋，神態很瀟灑。安大業和他略談了幾句話，非常溫厚謹慎。安大業很喜歡他，就拱手作揖，請他進屋。邀請袁大用下棋，兩人互有勝負。接著擺酒款待客人，說說笑笑，非常痛快。第二天，袁大用邀請安大業到自己的寓所，拿出山珍海味，招待得十分熱情。有個十二三歲的小書僮，拍板清唱，還蹦蹦跳跳地表演。安大業喝得酩酊大醉，不能走路，袁大用就讓書僮背著他。安大業以為書僮細小瘦弱，恐怕背不動。袁大用硬叫他背。書僮的力量綽綽有餘，背著安大業送他回了家。安大業感到很驚奇。第二天，安大業用金錢犒賞書僮，書僮一再推辭才收下。由此兩個人的交情更加親密，三兩天就見一次面。

袁大用為人簡樸沉默，但慷慨好施。集市上有欠債賣女兒的，他就慷慨解囊替人贖回女兒，毫無吝嗇的表情。因此，安大業更加敬重他。過了幾天，袁大用前來向安大業告別，贈送象牙筷子和楠木珠等十幾件禮物，還有白銀五百兩，用來幫助安大業修建房屋。安大業退回銀子，收下禮物，同時回贈絲綢作為謝禮。一個多月後，樂亭縣有個官員卸任回家，行囊充滿資財。一天夜裡，強盜闖進他家，抓住那個官員，燒紅鐵鉗燙他，把他的資財劫掠一空。官員的僕人認出強盜就是袁大用，官府發出公文追捕。安大業的鄰院姓屠，和安家素有積怨，不能相容，因安大業大興土木，暗地裡懷疑猜忌。恰好安家有個小僕人偷了象牙筷子，賣給屠家，屠家知道是袁大用所贈，就報告給縣令。縣令派兵包圍了安家，正好安大業和僕人外出，就抓了安大業的母親走了。安母年邁體衰，受到驚嚇，只剩下一息尚存，兩三天不能吃飯喝水。縣令就把她釋放了。

安大業聽到母親的消息，急忙奔回家裡，母親的病已經很重了，過了一夜就死了。剛把母親收殮完畢，安大業就被差役抓走了。縣令見他年紀輕輕，溫文爾雅，懷疑他是被冤枉誣告的，就恐嚇喝斥他。安大業把和袁大用交往經過如實講了。縣官問：「怎麼突然暴富起來呢？」安大業說：「母親積攢了銀子，因為要娶媳婦，所以修繕房子。」縣令相信了他，發出公文往永平府押送。

那個姓屠的鄰居知道安大業無罪，就用重金賄賂押解的官差，讓他們在途中殺掉安大業。路過深山時，安大業被拉到懸崖峭壁上，官差就要把他推下去。正在情況危險、萬分急迫的時候，忽然一隻老虎從叢林中跳出，咬死兩個差役，叼著安大業離開了。到了一個地方，那裡重樓疊閣，老虎進門後，放下安大業。只見雲蘿公主扶著婢女出來，很悲傷地安慰道：「我想留你，但母親去世還沒有選好墓地。你拿著押解你的公文，到永平府投送，保證你安然無恙。」就取下安大業胸前的絲帶，連著打了十幾個結，囑咐他說：「見到官員時，搓揉這些結解開它們，可以消災免禍。」安大業按她的指示，到府裡投案。知府喜歡他的忠誠守信，又查閱公文，知道他受了冤枉，銷去罪案，讓他回家。

在回家途中，遇到袁大用，安大業下馬握著袁生的手，把自己的遭遇仔細說了一遍。袁大用氣得變了臉色，默默地不說一句話。安大業說：「憑你的風采，怎麼會作賊玷汙自己呢？」袁大用說：「我所殺的都是不義之人，所取的都是不義之財。不然的話，就是丟在路邊的財物，我也不會揀的。你對我的指教，固然很好，但像你的那個鄰居，難道可以留在人世間嗎！」說完，飛身上馬離開。

安大業回到家，安葬母親後，閉門謝客。忽然一天夜裡，強盜闖入鄰居家，屠家父子十多口，都被殺死，只留下一個婢女。強盜席捲財物，和書僮分別攜帶。臨去時，拿著燈燭對婢女說：「你認清楚了：殺人者是我，與別人無關。」並沒有打開門閂，就飛簷走壁離去了。第二天，婢女告到官府。縣令懷疑安大業知道內情，又把他抓了去。聲色嚴厲地審問他。安大業上堂後，握住絲帶，一邊辨白一邊解開結扣，縣令問不出什麼，又把他釋放回家。回家後，更加韜光養晦，閉門不出，專心讀書，只留一個瘸老太婆做飯而已。守喪三年期滿後，天天打掃庭院，等待好消息。

一天，奇異的香氣充滿庭院。安大業登上樓閣一看，裡外的陳設煥然一新。悄悄揭開畫簾，雲蘿公主已盛妝坐在裡面。安大業急忙進去拜見。公主拉著他的手說：「你不相信天數，致使因為大興土木而招來災難；又因為母親的喪事，推遲了我們三年的婚期：這是性急求快反而慢了，天下的事大多就是這樣。」安大業要拿錢準備酒菜。公主說：「無須如此。」婢女把手伸進櫃子，菜肴和羹湯就像剛出鍋那樣熱氣騰騰，酒也很芳香清洌。喝了一會兒，太陽下山了，給公主墊腳的婢女漸漸都走開了。公主四肢嬌懶，兩腿屈伸，好像沒有著落。安大業親昵地把公主抱在懷裡。公主說：「你暫時把手放開。現在有兩條路，請你選擇。」安大業摟著她的脖子問是什麼路。公主說：「如果做個下棋喝酒的朋友，可以相聚三十年；如果追求床第之歡，可以得到六年歡聚。你選擇哪一條？」安大業說：「六年以後再商量吧。」公主默默無語，就和他上床作了夫妻。公主說：「我本來知道你不能免俗，這也是天數啊。」

公主於是讓安大業蓄養婢女僕婦，另住在南院，做飯、紡織，操持日常生活。北院中並沒有煙火，只有棋盤酒具而已。院門經常關著，安大業一推就自動開啟，其他人則不能進入。然而南院的人做事勤勞還是懶惰，公主總是知道，時常叫安大業前去督促責備，沒有不服氣的。公主不多話，也不大聲嬉笑，丈夫和她說話，只是低著頭微笑。每當並肩坐著的時候，就喜歡倚靠在人身上。安大業抱她放在自己的膝蓋上，輕得就像抱個嬰兒一樣。安大業說：「你輕成這個樣子，可以在手掌上跳舞了。」公主說：「這有什麼難的！只不過這是那個賤婢所為，我不屑於這麼做而已。趙飛燕原是九姐的侍女，常常因為輕佻獲罪，九姐生氣地把她貶到人間，她又不遵守女子的貞操；現在已經幽禁起來了。」

閣樓布滿了錦緞，冬天不會冷，夏天不會熱。公主在嚴寒的冬天也穿著輕輕的薄紗；安大業為她製作了鮮豔的衣服，硬要她穿上。一下子公主就脫下來，說：「塵世的汙濁之物，幾乎壓得受不了！」一天，安大業把公主抱在膝上，忽然覺得比往常重了一倍，感到很奇怪。公主笑著指著肚子說：「這裡邊有俗世的種子了。」過了幾天，皺著眉頭不吃東西，說：「近來感到噁心，很想吃些人間的飯菜。」安大業就給她準備了美味佳肴。從此，公主的飲食就和常人沒什麼不同了。一天，公主對安大業說：「我體質單薄瘦弱，負擔不起生孩子的勞累。婢女樊英很健壯，可以讓她替我生。」於是脫下貼身內衣給樊英穿上，把她關在屋子裡。一會兒，聽到嬰兒的哭聲。開門一看，是個男孩。高興地說：「這個孩子滿臉福相，必成大器！」所以起名叫大器。把孩子包好後送到安大業的懷裡，讓他交給奶媽，在南院撫養。公主自從分娩以後，腰肢還像原來那樣細，不再食人間的煙火了。

一天公主忽然向安大業告辭，想暫時回趟娘家。問她返回的日期，回答說「三天」。公主就像以前那樣吹起皮囊，便不見了。到了約定的時期還沒回來；過了一年多，音信全無，安大業也已經絕望了。安大業關上大門，落下帷帳，刻苦讀書，終於考中舉人。始終不肯再娶；每天獨自住在北院，沉浸在公主的餘香裡。一天夜裡，安大業在床上輾轉反側，忽然看見燈光照在窗子上，門也自動開了，一群婢女簇擁著公主進來。安大業非常高興，起來問她失約的過錯。公主說：「我沒有逾期，天上只過了兩天半而已。」安大業洋洋得意地誇耀，告訴公主說自己中了舉人，以為公主一定高興。公主臉色憂鬱地說：「怎麼要意外得來的東西呢！不值得感到光榮，只折損人的壽命罷了。三天不見，你陷入世俗的泥淖又深了一層。」安大業從此不再追求功名了。

過了幾個月，公主又要回娘家。安大業非常悲傷難過，戀戀不捨。公主說：「這次回去一定盡早回來，免得你望眼欲穿。而且人生的相聚和分離，都是有定數的，有節制則會時間長，恣意放縱就會時間短。」公主走了之後，一個多月就回來了。從此一年半載就回去一次，往往幾個月才回來，安大業習以為常，也不責怪她了。

公主又生了一個兒子。她舉起來說：「這是個豺狼！」立刻叫人把他扔掉。安大業於心不忍，留了下來，起名叫可棄。剛滿一周歲，公主就急著給他擇親。許多媒婆接踵而至，一問對方的生辰八字，都說合不上。公主說：「我想給這個狼子做個深圈，竟然做不到，應當被他敗家六七年，這也是天數啊。」囑咐安大業說：「記得四年以後，侯氏生了女兒，左腋有個小贅疣，就是可棄的妻子。一定要娶她，不要計較她家的門第。」馬上就讓安大業記下來。

後來公主又回娘家，竟然沒有再回來。安大業時常把公主的囑咐告訴給親戚朋友。果然有個侯家的女兒，生下來就有一個小贅疣。侯氏女之父地位低下而且品行惡劣，眾人都瞧不起他，安大業竟然託媒人把這門親事定了下來。大器十七歲時考中秀才，娶妻雲氏，夫妻兩人對父親很孝順，對弟弟也很友愛。父親安大業很喜愛他們。可棄漸漸長大，不喜歡讀書，經常偷偷和無賴們賭博，還偷東西償還賭債。父親安大業發怒了，打了他一頓，還是不改。於是相互告誡，加強提防，不讓他在家裡偷到東西。可棄便在晚上出去，挖牆洞偷東西。被主人家覺察，捆起來送到縣官那裡。縣官審明他的姓氏，便用名帖送他回去。父親和哥哥一起把他捆起來，狠狠打了一頓，幾乎斷了氣。還是哥哥代為哀求討饒，才放了他。父親安大業憤怒得生了病，食量銳減。於是給兩個兒子立了分家產的契約，樓閣和良田，都歸大器。可棄又怨恨又惱怒，晚上拿著刀子闖進哥哥的臥室，要殺死哥哥，不料誤砍中了嫂子。先前，公主留下一條褲子，非常輕軟，雲氏把它揀來當作睡衣。可棄砍上去，火星四濺，非常害怕，就逃走了。父親安大業知道了這件事，病得更加厲害了，過了幾個月就死了。可棄聽說父親死了，這才回家。哥哥大器善待他，而可棄卻更加放肆。過了一年多，可棄把所分到的田產都快敗光了，就到府裡狀告哥哥。知府明白可棄的為人，把他喝斥一頓就驅逐出來了。兄弟之間的情誼於是斷絕了。

又過了一年，可棄二十三歲，侯家的女兒十五歲了。哥哥想起母親的話，想盡快給他完婚。招呼可棄回家，騰出一所好房子給他住；迎娶新娘子進門，把父親遺留下的良田都登記造冊交給她，說：「這幾頃薄田，替你們拼命守下來，現在都交給你。我弟弟沒有德行，就算給他一根草，都留不住。此後家業的成敗，就在於新娘子了：能夠叫他改邪歸正，就不用擔憂挨餓受凍；不然的話，哥哥我也不能填滿他的無底洞啊。」

侯氏雖然是小戶人家的女兒，但天資聰慧，長相美麗，可棄對她又敬畏又喜愛，侯氏說的話一點也不敢違背。可棄每次出門，她都限定時間，過了時間，就嚴加斥罵，不給他飯吃，因此可棄稍微收斂了一點。一年多以後，生了一個兒子。侯氏說：「我以後不用再求人了。家有幾頃肥沃的田地，母子何愁吃不飽穿不暖，沒有丈夫，也可以過了。」正好可棄偷米出去賭博，侯氏知道了，在門口張弓搭箭，不讓他進門。可棄非常害怕，逃走了。偷偷看見妻子進了門，才慢慢徘徊也溜了進來。侯氏拿起一把刀就追。可棄掉頭就跑，侯氏追上去砍他，砍斷了他的衣襟，傷了他的屁股，血流下來把鞋襪都沾濕了。可棄氣憤到了極點，前去告訴哥哥，哥哥也不理他，可棄既冤屈又慚愧地離開了。

過了一晚，他又來了，跪在嫂子面前哀求哭泣，求嫂子向妻子說情，讓他回家。侯氏堅決不接納他。可棄大怒，要回去殺掉妻子，哥哥不說一語。他氣憤地站起來，拿起一把長刀直接跑出去。他的嫂子吃了一驚，想要攔住他。哥哥使眼色阻止了妻子。等可棄離開，才說：「他故意裝模作樣，實際上不敢回去。」派人偷偷地察看，可棄已經進了家門。哥哥這才變了臉色，準備跑過去勸解，可棄已經氣急敗壞地回來了。原來可棄進家裡後，妻子正在哄孩子，看見可棄進來了，把兒子扔在床上，找了一把菜刀；可棄害怕了，拖著長刀就往外跑，媳婦把他趕出家門才回去。哥哥得知情況，故意問他。可棄不說話，只是向著牆角流淚，眼睛都腫了。哥哥可憐他，親自領著他回去，妻子才接納他讓他進門。等哥哥出去了，侯氏罰他高跪在地上，要他發重誓，而後才用瓦盆裝食物給他吃。從此可棄改惡從善。妻子操持生計，日子一天比一天富裕起來，可棄坐享其成而已。後來，他七十多歲的時候，已是子孫滿堂，妻子還經常揪著他的白鬍子，讓他跪在地上用膝蓋行走。

異史氏說：「凶悍的妻子，嫉妒的婦人，碰上了就像長在骨頭上的毒瘡，直到死了才能完結，難道還不毒嗎！但是砒霜、附子，是天下最毒的毒藥，如果正確地使用，可以治療大病，這就不是人參、茯苓能比得上的。但如果不是仙人洞察五臟六腑，又怎麼敢把毒藥留給子孫呢！」

章丘有個名叫李善遷的舉人，年輕時風流倜儻，不拘小節，絲竹詞曲之類的技藝都很精通。兩個哥哥都考中進士，他卻更加輕佻。娶了個妻子謝氏，稍微限制他。就離家出走了，三年沒有回來，到處找都找不到。後來在臨清縣的戲院裡找到了。僕人進去時，只見他面南而坐，十幾個年輕女子在兩邊侍候著，都是為了學習音樂而拜他為師的。臨走的時候，積存的衣服裝滿了箱子，都是那些少女贈送的。回家後，夫人謝氏把他關在一間屋子裡，桌子上放滿了書本。用一條長繩繫在床腳上，另一頭從窗欞裡引出來，掛個大鈴鐺，繫在廚房裡。需要什麼東西時，就踩踩繩子；繩子一動，鈴鐺一響，就能答應他。夫人親自開設當鋪，讓人把典當的物品送到門簾裡面，估算它的價值；左手拿著算盤，右手握著筆管；老僕人幫她在外奔走而已：就這樣漸漸地發家致富了。

她時常恥於不如兩位嫂子地位高貴。把丈夫關了三年，丈夫終於考中了舉人。她高興地說：「三個鳥蛋孵出了兩隻鳥，我以為你是個無法孵出的蛋呢，現在也孵出鳥了！」

還有耿崧生進士，也是章丘人。他的夫人時常在燈旁紡線陪伴他讀書：紡線不止，讀書就不敢停。有時親朋舊友前來看望他，夫人總是偷聽：談論文章就煮茶做飯；如果只是開玩笑胡扯，就惡言惡語地把客人驅逐出去。每次考試，如果成績平平，他回家就不敢進入臥室；如果得到超等的成績，夫人才笑著迎接丈夫。他教學得到的薪金，都交給妻子，絲毫不敢隱藏。所以主人給他發薪金時，總是當面把一分一毫都算清楚。有人譏笑非議他，卻不知道他向夫人交帳的難處啊。後被岳父請去教小舅子。這一年，小舅子考中秀才，岳父送給他十兩銀子作為謝禮。他收下盒子，退還了銀子。夫人知道後說：「他雖然是最親近的人，但你教書是為了什麼呢？」就回到娘家，把銀子追了回來。耿崧生不敢爭辯，但心裡始終覺得歉疚，想要暗地裡償還岳父。從此每年所得的薪金，都給夫人少報一點。積攢了兩年多，到了一定數目。忽然夢見一個人告訴他說：「明天爬山，銀子的數目就能湊齊了。」第二天，他試著去登高望遠，果然揀到別人丟失的銀子，恰好符合短缺的數目，於是償還給岳父。後來他考中了進士，夫人還呵斥譴責他。他說：「我現在已經做了官，怎麼還像過去那樣對待我呢？」夫人說：「俗語說：『水長則船亦高。』即使你當了宰相，難道就比我大了嗎？」

【研　析】〈雲蘿公主〉是《聊齋》中情節繁複、字數較多的一篇，計有四四〇〇餘字，涉及兩代人的情感經歷。

第一代人是凡人與神仙的聯姻。安大業「生而能言」，長大了清秀俊逸，頭腦聰慧。雲蘿公主第一次出現時，「服色容光，映照四堵」，與安大業下了兩盤棋後，留下一筆錢給安大業，告訴他「居宅湫鄙，煩以此少致修飾，落成相會」，然後告誡說，「此月犯天刑，不宜建造」。安大業急於求成，當即催促修造，很快把房舍修整一新。袁大用出現似乎是對雲蘿公主告誡的回應。因為與袁大用的交往，安大業被人誣告入獄。幸虧雲蘿公主相助才澄清事實。喪期滿後，安大業與雲蘿公主才再次相聚。她與安大業別居北院，「戶常闔，生推之則自開，他人不得入也」；她不食人間煙火，不穿安大業為她製的鮮衣，說是「塵濁之物，幾於壓骨成勞」；她請婢女代為生子；她評價安大業考中舉人，「烏用是儻來者為！無足榮辱，止折人壽數耳。三日不見，入俗幛又深一層矣」；她生下小兒子可棄後，就要把他扔掉，安大業不忍心，雲蘿公主就為可棄指定了侯氏之女作為妻子；最後，雲蘿公主徹底離開俗世生活，回到仙界。數年後，安大業因為小兒子的頑劣不堪而病逝。

對於大業這一代人，蒲松齡重在表現「哲思」，突出有兩個方面。一是欲速則不達的思想。雲蘿公主本來告誡安大業不宜修建，但安大業不聽，急急忙忙地建好房子，引發了一場大變故。雲蘿公主總結說：「君不信數，遂使土木為災；又以苫塊之戚，遲我三年琴瑟：是急之而反以得緩，天下事大抵然也。」正如孔子所說，「無欲速，無見小利。欲速，則不達；見小利，則大事不成」，也是這個道理。但明倫於此有言：「急之而反以得緩，此閱歷有得之言。凡合之而反以得離，樂之而反以得哀，愛之而反以得怨，榮之而反以得辱，皆可類推。」二是人生如浮雲，盡歡須有度。雲蘿公主在與安大業重聚後，就給安大業提出一個問題，「若為棋酒之交，可得三十年聚首；若作床笫之歡，可六年諧合耳。君焉取？」安大業含糊地回答說：「六年後再商之。」安大業不願意選擇柏拉圖式的精神戀愛，既希望兩情相悅，也希望兩性相歡。到了快分離的時候，雲蘿公主對這幾年的夫妻生活總結道：「人生合離，皆有定數，樽節之則長，恣縱之則短。」唐代吳兢在《貞觀政要・刑法》中說：「樂不可極，極樂成哀；欲不可縱，縱欲成災。」凡事有度，才能進退自如。

第二代人則主要是世間凡人的情愛與婚姻。前後兩代人的情愛、婚姻故事的牽連之處，在於雲蘿公主擇定了侯氏作為小兒媳婦。安大器與妻子「皆孝友」，而安可棄則不喜讀書，盜竊財物賭博，居然把父親活活氣死。兄弟倆也不相往來。但不是冤家不聚頭，一物降一物在可棄和侯氏這裡得到充分體現。侯氏雖然是小戶人家女兒，比可棄小八歲，但她十分美麗聰慧，「可棄雅畏愛之，所言無敢違」。侯氏在管教可棄的問題上，可謂要文有文，要武有武。先是限定回家的時間，超過時間就大罵，而且不給吃的。侯氏生子之後，更是用上了弓箭、大刀，打得可棄「惟向隅泣，目盡腫」。在兄嫂的勸說下，侯氏「罰使長跪，要以重誓，而後以瓦盆賜之食」，從此痛改前非，至七十歲時「婦猶時捋白鬚，使膝行焉」。

對於可棄這一代人，蒲松齡重在表現「倫理」。大器與可棄兄弟兩人分別組建家庭，大器與雲氏是傳統意義上的夫賢婦惠家和順，而可棄與侯氏則是非常態的頑夫悍婦。傳統社會中，提倡男不言內，女不主外，夫妻好合，如鼓瑟琴，「夫婦和而後家道成」。蒲松齡對陵辱丈夫、虐待公婆的悍婦是深惡痛絕的。如〈馬介甫〉中，尹氏讓丈夫楊萬石「跪受巾幗，操鞭逐出」，馬介甫為他解去巾幗，他「坐立不寧，猶懼以私脫加罪」。〈邵九娘〉中，金氏先是對丈夫百金買的妾「暴遇之」，使其「經歲而死」，對林氏則使其「不堪其虐，自經死」，對邵女則「燒赤鐵，烙女面，欲毀其容」。〈珊瑚〉中，二成妻臧姑「驕悍戾沓」，「役母若婢」。她們無一例外都受到了嚴懲。而此文則迥然不同。侯氏性格剛烈，對待丈夫又打又罵，從表面上看，與傳統文化對女性的要求背道而馳。但正是這種性格，使得可棄從賭、盜的邪路上返回，老老實實地過起家庭生活。儘管安大業與雲蘿公主只有六年的夫妻恩愛，安可棄卻與侯氏有五十年的塵世之緣。悍婦之悍起到了父兄教誨所不能起到的效果，或許侯氏會洋洋自得地說「天生我才必有用，浪子回頭自我來」。正是這個原因，蒲松齡才會在「異史氏曰」中說：「砒、附，天下之至毒也，苟得其用，瞑眩大瘳，非參、苓所能及矣。」

王貨郎

濟南業酒人❶某翁，遣子小二如齊河索貰價❷。出西門，見兄阿大。——時大死已久。二驚問：「哥哪得來？」答云：「冥府一疑案，須弟一證之。」二作色怨訕❸。大指後一人如皂❹狀者，曰：「官役在此，我豈自由耶！」但引手招之，不覺從去，盡夜狂奔，至太山下。忽見官衙，方將並入，見群眾紛出。皂拱問：「事何如矣？」一人曰：「勿須復入，結❺矣。」皂乃釋令歸。大憂弟無資斧。皂思良久，即引二去，走二三十里，入村，至一家簷下。囑云：「如有人出，便使相送；如其不肯，便道王貨郎言之矣。」遂去。二冥然而僵。既曉，第主❻出，見人死門外，大駭。守移時，微蘇；扶入餌之，始言里居，即求資送。主人難之。二如皂言。主人驚絕，急賃騎送之歸。償之，不受；問其故，亦不言，別而去。

【注釋】❶業酒人　以賣酒為業的人。❷索貰價　討要賒酒錢。❸怨訕　怨恨責難。訕，謾罵。❹皂　舊時衙門內的差役。❺結　結案。❻第主　房屋的主人。

【語譯】山東濟南有個賣酒的老頭，派兒子小二到齊河討要賒酒錢。出了西門，看見到哥哥阿大——這時阿大已經死去很久了。小二驚訝地問：「哥哥怎麼能夠回來？」回答說：「陰間有一宗疑案，需要你作一下證。」小二變了臉色，怨恨責難。阿大指著後邊一個像差役模樣的人，說：「官差在這裡，難道由得了我嗎！」只伸手一招，小二便不由自主地跟著去了，整夜狂奔，到了太山腳下。忽然看見一座衙門，正要一塊進去，看見許多人紛紛出來。差役拱手問道：「事情怎麼樣了？」一個人說：「不用再進去了，結案了。」差役就放了小二，讓他回去。阿大擔心弟弟沒有旅費。差役考慮了很久，就帶小二去，走了二三十里，進入一個村莊，到一戶人家的屋簷下。囑咐小二說：「如果有人出來，就讓他送你；如果他不肯，就說是王貨郎說的。」說完就離開了。小二昏昏沉沉地僵臥著。天亮後，房子的主人出來，看見有人死在門外，大吃一驚。守了一會兒，小二微微蘇醒；扶他進屋餵他吃的，小二才說出自己的住處，便請求主人資助自己回家。主人很為難。小二就把差役教給他的話說了出來。主人大為震驚，急忙雇了坐騎送他回家。給他報酬，他不接受；問他緣故，他也不說，就告辭而去。

【研析】從思想內容上看，〈王貨郎〉並非是有多少思想含量的小說。它的故事情節十分簡單，簡單得只有靠讀者做些推斷和勾聯才能還原清楚。濟南有個賣酒的老頭派兒子小二出門要帳。小二出門看見了已經死去很久的哥哥——阿大。阿大說：「冥府一疑案，須弟一證之。」阿大身後還跟著一位差役。看來這件案子與阿大有關，這個差役監督著阿大來找小二，讓小二跟著他們前去作證。小二就跟著他們走到太山腳下。差役看見許多人紛紛從衙門走出來，打聽到案件已經了結，不再需要證人，就把小二放回家。阿大擔心弟弟沒有回家的路費。差役就領著阿二進入一個村子，到一家屋簷下，囑咐說：「如有人出，便使相送；如其不肯，便道王貨郎言之矣。」小二按差役說的，要這家主人送他回家。主人「驚絕，急賃騎送之歸」。

整個故事顯得十分撲朔迷離，許多故事要素作者都沒有交待。第一，冥府的這件疑案是什麼；第二，案子是怎麼結的；第三，差役和「第主」是什麼關係；第四，「第主」為什麼一聽是王貨郎說的，就馬上照辦；第五，為什麼「償之，不受；問其故，亦不言，別而去」，顯得如此匆匆。《聊齋誌異圖詠詩》也說：「無端證案夜奔馳，是是非非姑聽之。一語驚心賃騎送，此中情事費猜疑。」但仔細思考，還是可以作一番探求的。首先要搞清楚王貨郎是誰，這個作者沒有明說，但從文中出現的人物及情節上推斷，王貨郎應是這位差役活著時候的身分。「第主」是陽世之人，王貨郎曾與他打過交道，並有比較深的交往。差役領著小二一同走到他家屋簷下，囑咐小二提提王貨郎的名字就能獲得幫助，他對「第主」能夠送小二回家確信不疑。看來差役對王貨郎與這戶人家交往的私密性細節非常熟悉，因此，最大的可能，這位差役生前就是王貨郎。「第主」為什麼會送小二回家，而且在送到後匆匆別去？在差役決定送小二回去的時候，有個「皂思良久，即引二去」的細節值得關注。看來，這位差役處事周密，但言辭不多，可謂訥於言而敏於行者。因此，差役生後到送二小把現出會以所，人的報回求不事做、義重實誠是必也「主第」，友朋作者誇浮揚張與會不般一人之實誠實老，分群以物，聚類以人，理推次一作再。格性的篤誠訥樸是應也郎貨王的前就匆匆作別的描寫。

「主第」在二小。郎貨王的前生看先。象形的鬼善是後死、人善是前生個一了造塑事故篇這門前剛蘇醒過來，就要求把自己送回家。「第主」面露難色，小二便說出王貨郎的名字，「第主」驚絕，急僨騎送之歸。「第主」之所以這麼痛快，看來王貨郎生前對「第主」幫助頗多，兩人之間情義頗厚。再看陰間的差役。他對普通民眾態度謙恭。「方將並入，見群眾紛出」，於是他就拱手而問。問話尚要拱手，可見他並非作威作福、如虎狼般的差役。他是個清廉之吏。案件一結，就把小二釋放回家，而不是如別的差役那樣敲詐勒索，利用職權索取賄賂。他還熱心助人。本來放了小二之後，就與自己沒有任何關係。由於阿大擔心弟弟沒有路費，他就「思良久」，要想個法子把小二送回去。他還親自領著小二走了二三十里路，教給小二怎麼說才能使「第主」幫助自己。實際上，差役就是在利用自己生前對「第主」的恩情來幫助小二回家。在蒲松齡那裡，像王貨郎這樣生前與死後都在積德行善、熱心助人，不知這樣的好人好鬼會有什麼樣的好報？可惜作者沒有明寫，給讀者留下了廣闊的想像空間。但就在這樣一篇短小的文章裡，善人與善鬼的形象就隱隱約約地浮現出來。

布商

布商某，至青州境，偶入廢寺，見其院宇零落，嘆悼不已。僧在側曰：「今如有善信❶，暫起山門❷，亦佛面之光。」客慨然自任。僧喜，邀入方丈❸，款待殷勤。既而舉內外殿閣，並請裝修；客辭以不能。僧固強之，詞色悍怒。客懼，請即傾囊，於是倒裝而出，悉授僧。將行，僧止之曰：「君竭貲實非所願，得毋甘心於我乎❹？不如先之。」遂握刀相向。客哀之切，弗聽；請自經，許之。逼置暗室而迫促之。適有防海將軍經寺外，遙自缺牆外望見一紅裳女子入僧舍，疑之。下馬入寺，前後冥搜❺，竟不得。至暗室所，嚴扃雙扉，僧不肯開，托以妖異。將軍怒，斬關入，則見客縊梁上。救之，片時復蘇，詰得其情。又械問女子所在，實則烏有，蓋神佛現化❻也。殺僧，財物仍以歸客。客益募修廟宇，由此香火大盛。趙孝廉豐原言之最悉。

【注釋】❶善信　做善事的信徒。❷山門　寺廟的大門。❸方丈　佛寺住持的居住之處。❹得毋甘心於我乎　難道不是想報復我以快心意嗎。❺冥搜　這裡指到處搜索。冥，潛心；專心。❻現化　佛家語，現身變化。

【語譯】有個販布的商人，到了山東青州境內，偶然走進一座破敗的寺廟，看到院子房屋七零八落，不停地歎氣感傷。和尚在旁邊說：「現在如果有做善事的信徒，先建起寺廟大門，也是佛面的光彩。」商人慷慨地表示自己承擔。和尚很高興，邀他進入住持的居所，很熱情地款待。隨後和尚提出內外殿閣請商人一併裝修；商人推辭說自己財力不夠。和尚再三強迫他，言語蠻橫，臉色惱怒。商人害怕了，答應馬上掏光腰包，於是倒出行李，拿出錢來，全部交給和尚。商人準備離開，和尚攔住他說：「你拿出所有的錢，實在不是你所願，難道不是想報復我以快心意嗎？不如我先動手。」於是拿著刀對著商人。商人苦苦哀求，和尚不聽；請求上吊而死，和尚答應了。將商人逼到暗室裡，催促他自盡。正好有防海將軍經過寺外，遠遠地從牆的缺口處望見一個紅衣女子走進和尚的屋舍，就起了疑心。下馬進入寺廟，前前後後到處搜索，始終找不到。到了暗室那裡，見兩扇門關得很緊，和尚不肯打開，託辭說裡邊有妖怪。將軍發怒，劈開門闖進去，卻看見商人吊在樑上。救他下來，不久，商人蘇醒了，將軍詢問後知道實情。又拷打和尚追問女子在哪裡，實際上沒有什麼女子，大概是神佛現身變化的。將軍殺了和尚，仍把財物歸還給商人。商人更加熱心募捐修葺廟宇，從此這所寺廟香火大盛。趙豐原舉人講得最為詳細。

【研析】這是一個布商在寺院遭遇險情而被防海將軍營救的故事。一個販布的商人偶然到一所破敗的寺院，遭遇僧人的「惡募」，交出所有的錢後僧人還要殺掉他。幸好有防海將軍看見紅裳女子進入僧房，便入寺搜查，救下了布商。原來紅裳女子是神佛變化來解救布商的。

清章有謨《景船齋雜記》中也記載了一個徽商被僧人「惡募」的故事。徽商因雨投奔寺院，「見大士像零落雨中」，就想出錢整修。僧人見商人孤身一人，此處又地僻人稀，就要加害於他。「適浦中巡邏船至，見一豔裝女子，趨入廟中，若私奔狀」，於是巡邏的士兵就抓住行兇的僧人，解救了徽商。這個故事與〈布商〉情節基本相同，但蒲松齡不僅僅停留在故事的情節上，而是加強了人物一舉一動、一言一行的細節描寫，樹立了惡僧與布商的生動形象，而蒲松齡特別強調寺院的香火越來越盛，則更加突出了勸善懲惡的思想。

故事雖然很短，但通過語言、神情的描寫，刻劃了鮮活的人物形象。作品的一開始，布商進入寺院，面對七零八落的院子屋舍，不停地感歎傷心。僧人注意到這個細節，就在他身邊旁敲側擊地說：「今如有善信，暫起山門，亦佛面之光。」僧人並沒有直接提出讓布商出資修寺，而是若有所思，自言自語，以此來觀察布商的反應。一個居心叵測、用意甚深但又引而未發的僧人形象樹立起來。布商沒有看出僧人的狡猾之處，而是對捐資修建寺院大門「慨然自任」。「慨然」二字生動地描畫出布商對自己經濟實力的自信，以及為佛面增光的道德責任感。接下來，「僧喜，邀入方丈，款待殷勤」。僧人之喜，表明僧人認為事情按照自己設想的方向前進，魚兒已經入網，下一步就看自己如何收網了。於是，他把布商邀入方丈並熱情招待。馮鎮巒於此評道：「廢寺不宜輕入，又僧之內房尤萬萬不可輕入。」僧人進而提出內外殿閣都要由布商裝修。這個商人只是做布匹生意的小販，經濟上自然承擔不起，沒有應允僧人的要求。僧人語氣強硬起來，「詞色悍怒」，全然沒有出家人的那般慈善模樣。布商這時才明白過來，在當時場景下，把所有的錢都拿出來保命才是最重要的。結果，這時僧人已經不滿足於得到布商的錢財，而是既要得到錢財，又要神不知鬼不覺地把布商除掉，一了百了，乾乾淨淨。短短的一段，就展現了僧人和布商攻守轉換的數個回合。僧人由略作試探到步步緊逼，布商由充滿自信到惶恐失措，都給讀者留下了深刻的印象。

佛教以奉善懲惡、普渡眾生為宗旨。寺院本是出家僧眾修行的所在，也是佛教信徒頂禮膜拜的地方。但此文中的僧人無疑是個以修行為藉口、占山為王的強盜，為獲得資財，不惜害人性命，這樣的行為不僅違背佛家教義，而且於法不容，罪不容赦。最終，神佛現化，借防海將軍之手除掉了惡僧。神佛顯靈，殺僧救商，寺院香火大盛，表達了蒲松齡勸善懲惡的主題思想。

神女

米生者，閩❶人，傳者忘其名字、郡邑。偶入郡，醉過市廛，聞高門中簫鼓如雷。問之居人，云是開壽筵者，然門庭亦殊清寂。聽之，笙歌繁響。醉中雅愛樂之，並不問其何家，即街頭市祝儀❷，投晚生刺焉。或見其衣冠樸陋，便問：「君係此翁何親？」答言：「無之。」或言：「此流寓者，僑居於此，不審何官，甚貴倨❸也。既非親屬，將何求？」生聞而悔之，而刺已入矣。

無何，兩少年出逆客，華裳炫目，丰采都雅，揖生入。見一叟南向坐，東西列數筵，客六七人，皆似貴冑❹；見生至，盡起為禮，叟亦杖而起❺。生久立，待與周旋❻，而叟殊不離席。兩少年致詞曰：「家君衰邁，起拜良艱，予兄弟代謝高賢之見枉也。」生遜謝而罷。遂增一筵於上，與叟接席。

未幾，女樂作於下。座後設琉璃屏，以幛內眷。鼓吹大作，座客不復可以傾談。筵將終，兩少年起，各以巨杯勸客，杯可容三斗，生有難色；然見客受，亦受。頃刻四顧，主客盡釂；生不得已，亦強盡之。少年復斟。生覺憊甚，起而告退。少年強挽其裾。生大醉逷地❼，但覺有人以冷水灑面，恍然若寤。起視，賓客盡散，惟一少年捉臂送之，遂別而歸。後再過其門，則已遷去矣。

自郡歸，偶適市，一人自肆中出，招之飲。視之，不識；姑從之入，則座上先有里人鮑莊在焉。問其人，乃諸姓，市中磨鏡者❽也。問：「何相識？」曰：「前日上壽者，君識之否？」生言：「不識。」諸言：「予出入其門最稔❾。翁，傅姓，但不知何省何官。先生上壽時，我方在墀下，故識之也。」日暮，飲散。

鮑莊夜死於途。鮑父不識諸，執名訟生。檢得鮑莊體有重傷，生以謀殺論死，備歷械梏；以諸未獲，罪無申證⑩，頌繫⑪之。年餘，直指巡方⑫，廉⑬知其冤，出之。家中田產蕩盡，而衣巾革褫⑭，冀其可以辨復⑮，於是攜囊入郡。

日將暮，步履頗殆，休於路側。遙見小車來，二青衣夾隨之。既過，忽命停輿。車中不知何言。俄一青衣問生：「君非米姓乎？」生驚起諾之。問：「何貧窶⑯若此？」生告以故。又問：「安之？」又告之。青衣去，向車中語；俄復返，請生至車前。車中以纖手搴簾，微睨之，絕代佳人也。謂生曰：「君不幸得毋望之禍⑰，聞之太息⑱。今日學使署中，非白手⑲可以出入者，途中無可解贈，……」乃於髻上摘珠花一朵，授生曰：「此物可鬻百金，請緘藏之。」生下拜，欲問官閥，車行甚疾，其去已遠，不解何人。執花懸想，上綴明珠，非凡物也。珍藏而行。至郡，投狀，上下勒索甚苦；出花展視，不忍置去，遂歸。歸而無家，依於兄嫂。幸兄賢，為之經紀，貧不廢讀。

過歲，赴郡應童子試[20]，誤入深山。會清明節，遊人甚眾。有數女騎來，內一女郎，即曩年車中人也。見生停驂[21]，問其所往。生具以對。女驚曰：「君衣頂[22]尚未復耶？」生慘然於衣下出珠花，曰：「不忍棄此，故猶童子也。」女郎暈紅上頰。既，囑坐待路隅，款段[23]而去。久之，一婢馳馬來，以裹物授生，曰：「娘子言：今日學使之門如市，贈白金二百，為進取之資。」生辭曰：「娘子惠我多矣！自分掇芹非難，重金所不敢受。但告以姓名，繪一小像，焚香供之，足矣。」婢不顧，委地下而去。

生由此用度頗充，然終不屑夤緣[24]。後入邑庠第一。以金授兄；兄善居積，三年，舊業盡復。適閩中巡撫為生祖門人，優恤甚厚，兄弟稱巨家矣。然生素清鯁[25]，雖屬大僚通家，而未嘗有所干謁[26]。

一日，有客裘馬[27]至門，都無識者。出視，則傅公子也。揖而入，各道間闊[28]。治具相款。客辭以冗，然亦不竟言去。已而肴酒既陳，公子起而請問㉙，相將入內，拜伏於地。生驚問：「何事？」愴然曰：「家君適罹大禍，欲有求於撫臺㉚，非兄不可。」生辭曰：「渠雖世誼，而以私干人，生平所不為也。」公子伏地哀泣。生厲色曰：「小生與公子，一飲之知交耳，何遂以喪節強人！」公子大慚，起而別去。

越日，方獨坐，有青衣人入，視之，即山中贈金者。生方驚起，青衣曰：「君忘珠花否？」生曰：「唯唯㉛，不敢忘！」曰：「昨公子，即娘子胞兄也。」生聞之，竊喜，偽曰：「此難相信。若得娘子親見一言，則油鼎可蹈耳；不然，不敢奉命。」青衣出，馳馬而去。更盡復返，扣扉入曰：「娘子來矣！」言未已，女郎慘然入，向壁而哭，不作一語。生拜曰：「小生非卿，無以有今日。但有驅策，敢不惟命！」女曰：「受人求者常驕人，求人者常畏人。中夜奔波，生平何解此苦，祇以畏人故耳，亦復何言！」生慰之曰：「小生所以不遽㉜諾者，恐過此一見為難耳。使卿夙夜蒙露，吾知罪矣！」因挽其袪㉝，隱抑搔之。女怒曰：「子誠敝人[34]也！不念疇昔之義，而欲乘人之厄[35]。予過矣！予過矣！」忿然而出，登車欲去。生追出謝過，長跪而要遮之。青衣亦為緩頰。女意稍解，就車中謂生曰：「實告君：妾非人，乃神女也。家君為南岳都理司[36]，偶失禮於地官[37]，將達帝聽；非本地都人官印信[38]，不可解也。君如不忘舊義，以黃紙一幅，為妾求之。」言已，車發遂去。

生歸，悚懼不已。乃假驅祟，言於巡撫。巡撫謂其事近巫蠱[39]，不許。生以厚金賂其心腹，諾之，而未得其便也。既歸，青衣候門，生具告之，默然遂去，意似怨其不忠。生追送之曰：「歸語娘子：如事不諧，我以身命殉之！」既歸，終夜輾轉，不知計之所出。適院署有寵姬購珠，乃以珠花獻之。姬大悅，竊印為之嵌[40]之。懷歸，青衣適至。笑曰：「幸不辱命。然數年來貧賤乞食所不忍鬻者，今還為主人棄之矣！」因告以情；且曰：「黃金拋置，我都不惜；寄語娘子：珠花須要償也！」

逾數日，傅公子登堂申謝，納黃金百兩。生作色曰：「所以然者，為今妹之惠我無私耳；不然，即萬金豈足以易名節哉！」再強之，聲色益厲。公子慚而去，曰：「此事殊未了！」翼日，青衣奉女郎命，進明珠百顆，曰：「此足以償珠花否耶？」生曰：「重花者，非貴珠也。設當日贈我萬鎰之寶㊶，直須賣作富家翁耳，什襲㊷而甘貧賤，何為乎？娘子神人，小生何敢他望，幸得報洪恩於萬一，死無憾矣！」青衣置珠案間，生朝拜而後卻之。

越數日，公子又至。生命治肴酒。公子使從人入廚下，自行烹調，相對縱飲，歡若一家。有客饋苦糯㊸，公子飲而美之，引盡百盞，面頰微赬㊹。乃謂生曰：「君貞介㊺士，愚兄弟不能早知君，有愧裙釵㊻多矣。家君感大德，無以相報，欲以妹子附為婚姻，恐以幽明㊼見嫌也。」生喜懼非常，不知所對。公子辭而出，曰：「明夜七月初九，新月鉤辰㊽，天孫有少女下嫁，吉期也，可備青廬㊾。」次夕，果送女郎至，一切無異常人。三日後，女自兄嫂以及婢僕，大小皆有饋賞。又最賢，事嫂如姑。

數年不育，勸納副室，生不肯。適兄賈於江淮，為買少姬而歸。姬，顧姓，小字博士，貌亦清婉，夫婦皆喜。見髻上插珠花，甚似當年故物；摘視，果然。異而詰之。答云：「昔有巡撫愛妾死，其婢盜出鬻於市，先人廉其直，買而歸。妾愛之。先人無子，生妾一人，故所求無不得。後父死家落，妾寄養於顧媼之家；顧，妾姨行，見珠，屢欲售去，妾投井覓死，故至今猶存也。」夫婦嘆曰：「十年之物，復歸故主，豈非數哉！」女另出珠花一朵，曰：「此物久無偶矣！」因並賜之，親為簪於髻上。

姬退，問女郎家世甚悉，家人皆諱言之。陰語生曰：「妾視娘子，非人間人也；其眉目間有神氣。昨簪花時，得近視，其美麗出於肌裏，非若凡人以黑白位置中見長耳。」生笑之。姬曰：「君勿言，妾將試之：如其神，但有所須，無人處焚香以求，彼當自知。」

女郎繡襪精工，博士愛之，而未敢言，乃即閨中焚香祝之。女早起，忽撿篋中，出襪，遣婢贈博士。生見之而笑。女問故，以實告。女曰：「黠哉婢乎！」因其慧，益憐愛之；然博士益恭，昧爽時，必熏沐㊿以朝。後博士一舉兩男，兩人分字51之。生年八十，女貌猶如處子。生抱病，女鳩匠52為材，令寬大倍於尋常。既死，女不哭；男女他適，則女已入材中死矣。因並葬之。至今傳為「大材冢」云。

異史氏曰：「女則神矣，博士而能知之，是遵何術與？乃知人之慧固有靈於神者矣！」

【注釋】❶閩　福建省的簡稱。❷祝儀　賀禮。❸貴倨　自以為高貴而看不起人。倨，傲慢。❹貴冑　貴族的後代。❺杖而起　拄著拐杖站起來。❻周旋　古代行禮時進退揖讓的動作。❼蹋地　因支撐不住而倒地。蹋，跌倒。❽磨鏡者　以磨鏡為職業的人。鏡，銅鏡。❾稔　熟悉。❿申證　明證。⓫頌繫　古代訴訟制度的一種，老少、廢疾和婦女等人犯罪可不戴刑具。這裡米生只是嫌疑犯，沒有確鑿證據，所以寬大處理。頌，寬容。⓬直指巡方　直指，漢代官名，朝廷直接派往地方檢查吏治及司法的官員。巡方，巡行到地方進行檢查。⓭廉訪　查訪。⓮革褫　革除、剝奪。⓯辨復　辨明無罪，恢復功名。⓰貧窶　貧窮。⓱毋望之禍　意外的災禍。⓲太息歎息。⑲白手　空手。⑳童子試　亦稱童試，分為「縣試」、「府試」及「院試」三個階段。這裡指米生放棄辨復，想重新考取生員資格。㉑停驂　停馬。㉒衣頂　生員冠服，這裡指生員資格。㉓款段　馬走得很慢。㉔夤緣　本指攀附上升，比喻拉攏關係，攀附權貴。㉕清鯁　清正耿直。㉖干謁　因為有所請求而去拜見。㉗裘馬　輕裘肥馬，指高貴氣派。㉘間闊　遠隔，這裡指離別之情。㉙請間　請避開他人說話。㉚撫臺　對巡撫的尊稱。㉛唯唯　恭敬的應答聲。㉜遽　立刻。㉝袪　衣袖。㉞敝人　鄙薄之人。㉟乘人之厄　乘人之危。厄，危難。㊱南岳都理司　道教官名，南嶽衡山嶽神的屬官。㊲地官　道教所信奉的神。天官、地官、水官，合稱「三官」，又稱「三元」。㊳本地都人官印信　指該省巡撫的官印。㊴巫蠱　加害於人的巫術。㊵嵌　蓋印。㊶萬鎰之寶　價值萬金的珍寶。鎰，古代重量單位，一鎰為二十四兩。㊷什襲　把物品一層層地包裹起來，意謂珍藏。㊸苦糯　一種米酒。㊹赬　淺紅色。㊺貞介　堅貞耿介。㊻裙釵　代指女子，這裡指神女。㊼幽明　陰陽相隔。㊽新月鉤辰　新月與鉤辰星同時出現，為佳期之兆。㊾青廬　青布搭成的篷帳，古代北方民族舉行婚禮時用。㊿熏沐　熏香沐浴，表示極端恭敬。(51)字　撫養。(52)鳩匠　集合工匠。鳩，聚集。

【語　譯】米生，福建人，講故事的人忘了他的名字和籍貫。偶爾到府城，喝醉了酒，走過集市，聽見一座大門裡簫鼓像雷一樣響。問附近居民，說是開壽宴的，但門庭很冷清。米生聽見奏樂唱歌十分熱鬧，他在醉意中很喜歡，也不問是什麼人家，就在街頭買了賀禮，遞上自稱「晚生」的名帖。有人見他衣冠樸素簡陋，就問：「你是這家老爺的什麼親戚？」米生回答說：「不是親戚。」那人說：「這是外地人客居於此的，不知道是什麼官，非常高傲。既然不是親戚，將要求他什麼？」米生聽了很後悔，但名帖已經拿進去了。

不久，兩個年輕人出來迎接客人，華麗的衣服光彩奪目，風度高雅，作揖把米生請了進去。

只見一個老翁面向南坐，東西兩側擺著幾桌酒席，六七位客人，都像是貴族；見米生進來，都起來施禮，老翁也扶著拐杖站起來。米生站了很久，準備跟老翁見禮，而老翁一點也沒有離開座位。兩個年輕人對他說：「家父年老體衰，施禮很困難，我們兄弟代老父謝謝您屈駕光臨。」米生說了幾句客氣話結束了見面禮。於是增加一桌酒席放在上首，緊靠著老翁的桌子。

不久，歌舞妓在堂下演奏。座位後面擺著琉璃屏風，用來遮擋內眷。鼓樂齊鳴，座上的客人無法再傾心交談。酒席快要結束時，兩個年輕人站起來，各自用大杯子勸客人喝酒，杯子可以容納三斗；米生面有難色，但看見其他客人接了，也接過來。接著環顧四周，看見主客都喝乾了，米生不得已，也勉強喝完了。年輕人又斟上酒；米生覺得很疲憊，起身告退。年輕人強拉著他的袖子，米生大醉倒地，只覺得有人用涼水灑在他臉上，恍恍惚惚醒過來。起來一看，客人都走光了，只有一個年輕人挽著他的手臂送他，於是告別回家。後來再經過那門口，那家人已經搬走了。

米生從府城回來，偶然上街，有個人從酒店裡出來，招呼他喝酒。米生看了那人，並不認識；姑且跟著進去，見座上已有同村人鮑莊坐在那裡。米生問那個人，原來姓諸，在街上磨鏡子的。米生問：「你怎麼認識我？」諸某說：「前幾天做壽的老翁，你認識他嗎？」米生說：「不認識。」諸某說：「我經常出入他們家，最熟悉了。老翁姓傅，不過不知他是哪省人、什麼官。你祝壽的時候，我正在臺階下，所以認識你。」天黑了，喝完酒就散了。

晚上，鮑莊死在路上。鮑莊的父親不認識諸某，就點名控告米生。官府檢查發現鮑莊身有重傷，米生因為謀殺罪被判處死刑，受盡酷刑；因為諸某沒抓到，罪名無法申辯證明，就不戴刑具關在牢裡。一年多後，直指官到地方巡察，查明米生冤枉，就釋放他。米生家中田產耗盡，秀才的資格被革除，米生希望能夠恢復，於是帶著行李到府城去。

天快黑時，他走得很累，就在路邊休息。遠遠地看見一輛小車過來，兩個丫鬟在兩邊跟著。車子過去後，忽然車上的人下令停車。車裡人不知說了什麼話。不久一個丫鬟來問米生：「你不是姓米嗎？」米生驚訝地起來說是。丫鬟問：「怎麼貧寒成這樣？」米生告訴了她緣故。丫鬟又問他：「去哪裡？」米生又說了。丫鬟離開，向車裡人說了；不久又回來，請米生到車前。車裡人用纖纖細手掀開車簾，米生偷瞄了一下，原來是個絕色佳人。她對米生說：「你不幸遭到意外的災禍，聽了令人歎息。現在提學使衙門，不是空手就可以進去的，半路上沒什麼可以贈送，……」就在髮髻上摘下一朵珠花，遞給米生說：「這東西可以賣一百兩銀子，請收藏好。」米生拜謝，正想問她家的官階門第，車子走得很快，已經走了很遠了，米生不知道她是什麼人。拿著珠花猜想，上面綴著明珠，不是平常的東西。他珍藏起來，繼續趕路。到了府城，遞交了訴狀，官府上下勒索很多；米生拿出珠花反覆看，不忍心賣掉，於是回家了。回去也沒有家，依靠兄嫂，幸虧哥哥很好，替他安排，米生雖然很窮，但沒有放棄讀書。

過了一年，他上府城考秀才，誤入深山。適逢清明節，遊人很多。有幾個女子騎馬過來，其中一個正是去年小車裡的女郎。她看見米生就停下馬，問他往哪裡去。米生都回答了。女郎驚訝地說：「你的秀才資格還沒恢復嗎？」米生傷心地從衣服裡掏出珠花，說：「我不忍心賣掉它，所以還是童生。」女郎臉上現出紅暈，接著就囑咐米生坐在路邊等著，緩緩地走了。過了很久，一個丫鬟飛馬而來，把一個包裹交給米生，說：「娘子說：如今提學使衙門就像集市一樣；送你二百兩銀子，作為你求取功名的費用。」米生推辭說：「娘子照顧我很多了！自己認為考上秀才不難，這麼多錢我是不敢接受的。只要告訴我姓名，讓我畫一幅肖像，焚香供奉，也就滿足了。」丫鬟不理他，把銀子放在地上就走了。

米生從此用度很充足，但始終不屑於行賄巴結，後來考秀才考了全縣第一。他把銀子交給哥哥；哥哥善於經營積累，三年時間，家業全恢復了。正好福建巡撫是米生祖父的學生，對他們很照顧，兄弟倆一時稱得上大戶人家了。但米生一向清正耿直，雖然是大官的世交，卻從來不去拜謁求見。

一天，有位客人衣著華麗，騎著駿馬上門，家裡都沒有認識他的。米生出來一看，原來是傅公子。他們行過禮，進了屋，各自訴說離別之情，米生設宴款待客人。傅公子推辭說自己繁忙，但也沒有說要走。不久酒菜都擺上來了，傅公子站起來，請米生單獨談談，一起進了內室，傅公子拜伏在地。米生吃驚地問：「有什麼事？」傅公子哀傷地說：「我父親遭遇大難，想有求於巡撫，非你出面不可。」米生推辭說：「他雖然與我是世交，但因為私事求人，是我生平所不願意做的。」傅公子趴在地上哀泣，米生聲色俱厲地說：「我和你只是喝過一次酒的交情罷了，為什麼要用喪失氣節強迫人！」傅公子很慚愧，起身告別走了。

過了一天，米生正在獨自坐著，有個丫鬟進來，米生一看，原來是在山裡送他銀子的那個人。米生驚訝地站起來，丫鬟說：「你忘記珠花了嗎？」米生說：「不，不，絕不敢忘！」丫鬟說：「昨天那位公子，就是娘子的親哥哥。」米生聽了，暗自高興，假意說：「這難以令人相信。如果娘子親自來說一句，我就可以赴湯蹈火；否則，不敢從命。」丫鬟出門，飛馬而去；五更將盡，丫鬟又回來了，敲門進來說：「娘子來了！」話音未停，女郎神色淒慘地進來，對著牆壁哭泣，不發一語。米生施禮說：「小生沒有娘子，不會有今天。只要有差遣，敢不聽從命令！」女郎說：「受別人請求的人，常常對人傲慢；求別人的人，常常害怕人；半夜奔波，平生何曾經歷過這種辛苦，只是因為害怕人的緣故，還能說什麼呢！」米生安慰她說：「小生沒有馬上答應的緣故，是怕錯過這次機會以後要見一面都很難啊。讓你在夜裡冒著風露奔波，我知罪了！」於是拉她的袖子，暗地裡摸她。女郎生氣地說：「你真是心術不正的人！不念往日的恩義，卻想乘人之危。我錯了！我錯了！」忿然出門，登上車就要走。米生追出去認錯，高跪著攔住車子。丫鬟也替他求情。女郎的態度漸漸緩和下來，在車裡對米生說：「老實告訴你：我不是凡人，乃是神女。家父是南嶽都理司官，對地官偶然失禮，將要上報天帝；如果不是本地人間長官的印信，不能解除危難。你如果不忘舊日恩義，就拿一張黃紙，替我求巡撫蓋個印。」說完，車子就離開了。

米生回家後，恐懼不安。於是假藉驅邪，向巡撫說了。巡撫說這件事接近於邪術，沒有允許。米生用一大筆錢賄賂巡撫的心腹，他答應了，但還沒有找到合適的機會。米生回到家，丫鬟在門口等著，米生都告訴了她，丫鬟默默地離開，好像埋怨他沒有盡心。米生追出來送她說：「回去告訴娘子：如果事情不成功，我就以死來報答！」回家後，米生整夜輾轉反側，不知道該用什麼辦法。正好巡撫有個寵愛的侍妾要買珍珠，米生就把那朵珠花獻給了她。侍妾非常高興，偷出印來替他蓋了。米生懷藏著黃紙回家，丫鬟正好來到。米生笑著說：「幸好不辱使命。但幾年來受窮要飯都不忍心賣掉的，現在還是為了它的主人而捨棄了！」就告訴丫鬟詳情。而且說：「扔掉黃金，我都不吝惜；轉告娘子：珠花還要補償的！」

過了幾天，傅公子登門致謝，送來一百兩黃金。米生生氣地說：「我之所以這樣做，是因為你妹妹無私地幫助我罷了；不然，就是一萬兩黃金又怎麼能讓我改變名節呢！」傅公子再三勉強他收下，米生更加聲色俱厲。傅公子慚愧地走了，說：「這事實在沒有結束！」第二天，丫鬟奉女郎之命，送來一百顆明珠，說：「這些足夠補償珠花了嗎？」米生說：「看重珠花，並不是看重上面的明珠。如果當時送給我價值萬金的寶貝，直接賣掉當個富翁罷了；我珍藏珠花而甘願過貧賤的生活，為什麼呢？娘子是神人，小生怎敢有別的奢望，有幸能報答大恩的萬分之一，就死而無憾了！」丫鬟把明珠放在桌子上，米生朝拜就退還了。

過了幾天，傅公子又來了。米生叫人準備酒菜。公子讓隨從下廚房，自己動手烹調，兩人面對面盡情喝酒，高興得像一家人一樣。有客人送來一些苦糯酒，公子喝了覺得味道很好，喝了一百杯，臉上微紅，於是對米生說：「你是堅貞梗直的讀書人，我們兄弟不能早瞭解你，比妹妹差遠了實在慚愧。家父感激你的大恩大德，沒有可以報答的，想把妹妹許配給你，恐怕你因幽明阻隔嫌棄。」米生非常高興而又緊張，不知該說什麼。公子告辭出門，說：「明晚七月初九，新月與鉤辰星同時出現，織女有小女兒下嫁，是好日子，可以準備好洞房。」第二天晚上，果然送女郎來了，一切與常人沒有兩樣。三天後，從哥哥嫂子到婢女僕人，大大小小女郎都有饋贈、賞賜。她又非常賢慧，侍奉嫂子就像婆婆一樣。

女郎幾年下來沒有生育，勸米生娶妾，米生不肯。適逢他哥哥到江淮做生意，為他買了一個年輕姬妾回來。姬妾姓顧，小名博士，容貌也還清秀，米生夫妻都很喜歡。看見她髮髻上插著一朵珠花，很像當年那一朵；摘下來一看，果然是。他們驚異地問她，回答說：「從前有個巡撫的愛妾死了，她的婢女把珠花偷出來在集市上賣，我父親覺得價錢便宜，買回來了。我很喜歡。父親沒有兒子，只生了我一個，所以我要的沒有得不到的。後來父親去世，家道衰落，我被寄養在顧老太太家裡。顧老太太，是我的姨娘，看見珠花，屢次想賣掉，我就投井尋死覓活，所以至今還保存著。」夫妻倆感歎說：「十年的東西，又重歸舊主，難道不是天數嗎！」女郎另外拿出一朵珠花，說：「這個物品很久沒有匹配的了！」於是一併賞賜給博士，親自給她簪在髮髻上。

博士退下來，非常詳細地打聽女郎的家世，家人都不肯說。博士私下裡對米生說：「我看娘子，不是人間凡人；她的眉目之間很有神氣。昨天簪花的時候得以近距離觀看，她的美麗出於肌膚之內，不像凡人在顏色、位置方面好看而已。」米生笑起來。博士說：「你不要說話，我要試試她。如果她是神仙，只要對她有請求，在沒人的地方焚香禱告，她就會知道。」

女郎的繡襪很精巧，博士很喜歡，但不敢說，於是在閨房裡焚香祈禱。女郎早上起來，忽然翻檢箱子，拿出繡襪，叫婢女送給博士。米生看到笑了。女郎問他緣故，他實話實說了。娘子說：「這丫頭真狡猾啊！」因為博士很聰明，女郎更加喜愛她；博士對女郎也越發恭敬，每天清晨，一定要熏香沐浴去拜見她。後來博士一胎生了兩個男孩，兩人分別撫養一個。米生八十歲時，女郎的容貌還像個處女。米生得了病，女郎召集工匠製作棺材，棺材比平常的寬大一倍。米生死後，她也不哭；僕人離開，女郎已進入棺材裡死了。於是兩人一併安葬。至今還傳說是「大棺材墳」。

異史氏說：「女郎是神人，而博士能知道，這是根據什麼法術呢？由此可知人的聰明，本來就有比神仙還靈敏的！」

【研 析】〈神女〉講述了一個充滿神幻色彩的美滿幸福的愛情故事。米生有一次喝醉了酒，走過鬧市，聽到一戶人家鼓樂喧天，就投了一個自稱晚生的名帖進去，參加了一個完全陌生者的壽宴。因牽扯進一樁兇殺案，米生被革除功名，且家產蕩盡。得知米生遭此無妄之災，神女先後贈給一朵珠花、二百兩銀子作為進取之資。後來，米生考秀才全縣第一，其兄生意日漸興隆，家業三年盡復。米生運勢亨通之際，神女之父卻遭受厄運。為解救神女之父，米生把珠花獻給巡撫的寵妾。出於感恩，神女嫁給米生。後來，米生之兄又為他購得顧姬，珠花也隨之復得，一家人享盡天倫之樂。

故事女主人公神女是一位心地善良、急人之難、恪守貞潔的絕代佳人。只是因為米生冒昧地參加她父親的壽宴，她便多次主動幫助米生，助其脫困解厄。第一次，她在行路途中，看見米生疲憊不堪地坐在路旁休息，「既過，忽命停輿」，問明原因後，贈給米生一朵珠花。第二次，也是神女主動給米生說話，「見生停驂，問其所往」，又贈給他二百兩銀子。正是靠著這二百兩銀子，米生家業得到恢復。而當她家遇到麻煩時，哥哥求情不允，丫環上門被拒，神女才出面，「慘然入，向壁而哭，不作一語」。當遭到米生輕薄後，便怒而斥之。在米生苦苦哀求、百般解釋後，她才稍稍息怒。這又反映出她不因助人而驕、不因求人而卑的高尚品格。當神女看穿顧姬「焚香以求」的「小計謀」，她「因其慧，益憐愛之」，反映出她不計小節、超脫大度的胸懷。

故事的男主人公米生則是一位感情率真、剛正不阿的士子。當他聽到笙歌繁響，便不管是否相識，就提著禮物前去祝壽。當夜半與神女獨處一室，心存愛意的米生「因挽其袪，隱抑搔之」，結果觸怒神女。他急忙追出謝罪，懇求神女的原諒。而為了神女之託，米生把為個人前程、為家庭生活都不捨得放棄的珠花送給巡撫的愛妾。珠花在米生和神女心目中都有特殊的地位，對米生來講，珠花是其對神女思戀之情的寄託物，而神女在聽到米生不忍放棄珠花時，「暈紅上頰」，明白了米生的心意，正是「贈珠花者果是知己，重珠花者才算解人」（但明倫語）。「如事不諧，我以身命殉之」，更反映出米生性情直率，為了心愛之人，不惜付出任何代價。米生頗有讀書人剛正不阿的風骨。比如，他清鯁、貞介，不屑於投機鑽營、謀取富貴之事。米生得到神女幫助後，「用度頗充」，但他「終不屑夤緣」。巡撫是其祖父的學生，對他們「優恤甚厚」，但米生「素清鯁，雖屬大僚通家，而未嘗有所干謁」。神女之兄讓他去打通巡撫的關節時，米生很生氣，說：「小生與公子，一飲之知交耳，何遂以喪節強人！」這種氣節與蒲松齡不折腰於權貴有幾分相似。蒲箬〈柳泉公行述〉說他：「放懷詩歌，足跡不踐公門，因而高情逸致，厭見長官。」張石年任淄川知縣時，蒲松齡就拒絕他的徵召，張知縣親履齋庭，蒲松齡「不得已迫而後見」。喻成龍為山東布政使，「飭周邑侯盡禮敦請」，蒲松齡竟高臥不起，經畢際有父子勸駕，才肯一往。

故事中，蒲松齡還往往於不經意間抨擊時事。如，官員用酷刑審案方面，「生以謀殺論死，備歷械梏」，這種因酷刑造成的冤案在《聊齋》中屢見不鮮。米生為恢復秀才身分，「至郡，投狀，上下勒索甚苦」，官員肆無忌憚、明目張膽地索賄，也反映出當時社會腐敗、黑暗的程度。神女贈米生珠花時說「今日學使署中，非白手可以出入者」，神女又贈米生二百兩銀子時說「今日學使之門如市，贈白金二百，為進取之資」，簡單的兩句話，對清朝省級教育行政長官——提學使辛辣地進行了諷刺、挖苦。在愛情主題的小說中，看似不經意地雜入政治話題，有著四兩撥千斤的作用。

最令讀者感到釋然的是，在米生壽終正寢之時，「女不哭；男女他適，則女已入材中死矣」，生同衾，死同棺，不但生前恩愛有加，在陰間也要長相廝守，不肯分離。這是蒲松齡內心美好的想像，更是他對美好婚姻幸福生活的無限嚮往。

湘裙

晏仲，陝西延安❶人。與兄伯同居，友愛敦篤❷。伯三十而卒，無嗣；妻亦繼亡。仲痛悼之，每思生二子，則以一子為兄後。甫舉一男，而仲妻又死。仲恐繼室不恤其子，將購一妾。鄰村有貨婢者，仲往相之，略不稱意❸，情緒無聊，被友人留酌，醺醉而歸。

途中遇故窗友❹梁生，握手殷殷，邀過其家。醉中忘其已死，從之而去。入其門，並非舊第，疑而問之。答云：「新移此耳。」入而謀酒，則家釀❺已竭，囑仲坐待，挈瓶往沽。仲出立門外以俟之。見一婦人控驢而過，有童子隨之，年可八九歲，面目神色，絕類其兄。心惻然動，急委綴之，便問童子何姓。答言：「姓晏。」仲益驚，又問：「汝父何名？」答言：「不知。」言次，已至其門，婦人下驢入。仲執童子曰：

「汝父在家否？」童諾而入。頃之，一媼出窺，真其嫂也。訝叔何來。仲大悲，隨之而入。見廬落❻亦復整頓，因問：「兄何在？」曰：「責負❼未歸。」問：「跨驢何人？」曰：「此汝兄妾甘氏，生兩男矣。長阿大，赴市未返；汝所見者阿小。」

坐久，酒漸解，始悟所見皆鬼。以兄弟情切，即亦不懼。嫂溫酒治具。仲急欲見兄，促阿小覓之。良久，哭而歸曰：「李家負欠不還，反與父鬧。」仲聞之，與阿小奔而去，見有兩人方捽兄地上。仲怒，奮拳直入，當者盡踣。急救兄起，敵已俱奔。追捉一人，捶楚無算，始起。執兄手，頓足哀泣；兄亦泣。

既歸，舉家慰問，乃具酒食，兄弟相慶。居無何，一少年入，年約十六七。伯呼阿大，令拜叔。仲挽之，哭向兄曰：「大哥地下有兩男子，而墳墓不掃；弟又子少而鰥，奈何？」伯亦淒惻。嫂謂伯曰：「遣阿小從叔去，亦得。」阿小聞之，依叔肘下，眷戀不去。仲撫之，倍益酸辛。

問：「汝樂從否？」答云：「樂從。」仲念鬼雖非人，慰情亦勝無也，因為解顏。伯曰：「從去，但勿嬌慣，宜啖以血肉，驅向日中曝之，午過乃已。六七歲兒，歷春及夏，骨肉更生，可以娶妻育子；但恐不壽耳。」

言間，門外有少女窺聽，意致溫婉。仲疑為兄女，便以問兄。兄曰：「此名湘裙，吾妾妹也。孤而無歸，寄養十年矣。」問：「已字否？」伯云：「尚未。近有媒議東村田家。」女在窗外小語曰：「我不嫁田家牧牛子。」仲頗有動於中，而未便明言。既而伯起，設榻於齋，止弟宿。仲雅不欲留，而意戀湘裙，將設法以窺兄意，遂別兄就榻。

時方初春，氣候猶寒，齋中夙無煙火，森然起粟。對燭冷坐，思得小飲，俄而阿小推扉入，以杯羹斗酒置案上。仲喜極，問誰之為。答云：「湘姨。」酒將盡，又以灰覆盆火，擲牀下。仲問：「爺娘寢乎？」曰：「睡已久矣。」「汝寢何所？」曰：「與湘姨共榻耳。」阿小俟叔眠，乃掩門去。仲念湘裙惠而解意❽，益愛慕之；又以其能撫阿小，欲得之心益堅。輾轉牀頭，終夜不寢。

早起，告兄曰：「弟孑然無偶，煩大哥留意也。」伯曰：「吾家非一瓢一擔⑨者，物色當自有人。地下即有佳麗，恐於弟無所利益。」仲曰：「古人亦有鬼妻，何害？」伯似會意，便言：「湘裙亦佳，但以巨針刺人迎⑩，血出不止者，乃可為生人妻，何得草草。」仲曰：「得湘裙撫阿小，亦得。」伯但搖首。仲求之不已。嫂曰：「試捉湘裙強刺驗之，不可乃已。」遂握針出。門外遇湘裙，急捉其腕，則血痕猶濕。蓋聞伯言時，早自試之矣。嫂釋手而笑，反告伯曰：「渠作有意喬才⑪久矣，尚為之代慮耶？」妾聞之怒，趨近湘裙，以指刺眶⑫而罵曰：「淫婢不羞！欲從阿叔奔⑬去耶？我定不如其願！」湘裙愧憤，哭欲覓死，舉家騰沸。仲乃大慚，別兄嫂，率阿小而出。兄曰：「弟姑去；阿小勿使復來，恐損其生氣也。」仲諾之。

既歸，偽增其年，托言兄賣婢之遺腹子。眾以其貌酷類，亦信為伯遺體⑭。仲教之讀，輒遺抱一卷就日中誦之。初以為苦，久而漸安。六月中，几案灼人，而兒戲且讀，殊無少怨。兒甚惠，日盡半卷，夜與叔抵足，恒背誦之。仲甚慰。又以不忘湘裙，故不復作「燕樓⑮」想矣。

一日，雙媒來為阿小議姻，中饋⑯無人，心甚躁急。忽甘嫂自外入曰：「阿叔勿怪，吾送湘裙至矣。緣婢子不識羞，我故挫辱之。叔如此表表⑰，而不相從，更欲從何人者？」見湘裙立其後，心甚歡悅。肅⑱嫂坐；具述有客在堂，乃趨出。少間復入，則甘氏已去。湘裙卸妝入廚下，刀砧盈耳矣。俄而肴胾羅列，烹飪得宜。客去，仲入，見湘裙凝妝坐室中，遂與交拜成禮。至晚，女仍欲與阿小共宿。仲曰：「我欲以陽氣溫之，不可離也。」因置女別室，惟晚間杯酒一往歡會而已。湘裙撫前子如己出，仲益賢之。

一夕，夫妻款洽，仲戲問：「陰世有佳人否？」女思良久，答言：「未見。惟鄰女葳靈仙，群以為美；顧貌亦猶人，要善修飾耳。與妾往還最久，心中竊鄙其蕩也。如欲見之，頃刻可致。但此等人，未可招惹。」仲急欲一見。女把筆似欲作書，既而擲管曰：「不可，不可！」強之再四，乃曰：「勿為所惑。」仲諾之。遂裂紙作數畫若符，於門外焚之。少時，簾動鉤鳴，吃吃作笑聲。女起曳入，高髻雲翹，殆類畫圖。扶坐牀頭，酌酒相敘間闊。初見仲，猶以紅袖掩口，不甚縱談；數盞後，嬉狎無忌，漸伸一足壓仲衣。仲心迷亂，不知魂之所舍。目前惟礙湘裙；湘裙又故防之，頃刻不離於側。葳靈仙忽起，搴簾而出；湘裙從之，仲亦從之。葳靈仙握仲，趨入他室。湘裙甚恨，而無可如何，憤然歸室，聽其所為而已。既而仲入，湘裙責之曰：「不聽我言，後恐卻之不得耳。」仲疑其妒，不樂而散。

次夕，葳靈仙不召自來。湘裙甚厭見之，傲不為禮；仙竟與仲相將而去。如此數夕。女望其來，則詬辱之，而亦不能卻也。月餘，仲病不起，始大悔，喚湘裙與共寢處，冀可避之；晝夜防稍懈，則人鬼已在陽臺⑲。湘裙操杖逐之，鬼忿與爭，湘裙荏弱，手足皆為所傷。仲寖以沉困。湘裙泣曰：「吾何以見吾姊矣！」

又數日，仲冥然遂死。初見二隸執牒入，不覺從去。至途患無資斧，邀隸便道過兄所。兄見之，驚駭失色，問：「弟近何作？」仲曰：「無他，但有鬼病耳。」實告之。兄曰：「是矣。」乃出白金一裹，謂隸曰：「姑笑納之。吾弟罪不應死，請釋歸，我使豚子⑳從去，或無不諧。」便喚阿大陪隸飲。反身入家，遍告以故。乃令甘氏隔壁喚葳靈仙。俄至，見仲欲遁。伯揪返罵曰：「淫婢！生為蕩婦，死為賤鬼，不齒群眾㉑久矣；又祟吾弟耶！」立批之，雲鬢蓬飛，妖容頓減。久之，一嫗來，伏地哀懇。伯又責嫗縱女宣淫，訶詈移時，始令與女俱去。

伯乃送仲出，飄忽間已抵家門，直抵臥室，豁然若寤，始知適間之已死也。伯責湘裙曰：「我與若姊，謂汝賢能，故使從吾弟；反欲促吾弟死耶！設非名分之嫌㉒，便當撻楚！」湘裙慚懼啜泣，望伯伏謝。伯顧阿小喜曰：「兒居然生人矣！」湘裙欲出作黍，伯辭曰：「弟事未辦，我不遑暇。」阿小年十三，漸知戀父；見父出，零涕從之。父曰：「從叔最樂，我行復來耳。」轉身遂逝，自此不復通聞問矣。後阿小娶婦，生一子，亦年三十而卒。仲撫其孤，如侄生時。仲年八十，其子二十餘矣，乃析㉓之。湘裙無所出。一日，謂仲曰：「我先驅狐狸於地下可乎？」盛妝上牀而歿。仲亦不哀，半年亦歿。

異史氏曰：「天下之友愛如仲，幾人哉！宜其不死而益之以年也。陽絕陰嗣，此皆不忍死兄之誠心所格㉔；在人無此理，在天寧有此數乎？地下生子，願承前業者，想亦不少；恐承絕產之賢兄賢弟，不肯收恤耳！」

【注釋】❶延安　府名，治所在今陝西延安。❷敦篤　敦厚篤實。❸略不稱意　很不稱心如意。❹窗友　同窗學友。即同學。❺家釀　自家釀的酒。❻廬落　廬舍院落。❼責負　索債。❽惠而解意　聰慧而善解人意。❾一瓢一擔　家用一擔可裝，食具只有一瓢，極言家貧。❿人迎　中醫切脈部位名，在左手寸部。⓫喬才　詈詞，猶言無賴、惡棍。這裡是戲罵語。⑫眶　眼眶。⑬奔　私奔。⑭遺體　舊稱子女為父母所遺之體。⑮燕樓　燕子樓，在江蘇徐州，唐代貞元年間，武寧軍節度使張愔為其妾關盼盼所建之樓。這裡指蓄妓娶妾。⑯中饋　妻子。⑰表表　端正；品行卓越。⑱肅　敬請。⑲陽臺　男女歡會之所，見戰國楚宋玉〈高唐賦〉。⑳豚子　謙稱自己的兒子。㉑不齒群眾　為眾人看不起。㉒名分之嫌　按傳統禮教，大伯不得過問弟媳之事。㉓析　分家產；單獨生活。㉔陽絕陰嗣二句　陽間絕後而陰間有子，這是晏仲對亡兄的友愛之情感動上天所致。

【語　譯】晏仲，陝西延安人。和哥哥晏伯一起居住，非常友愛敦厚。晏伯三十歲時去世，沒有子嗣；妻子也接著死了。晏仲悲痛地哀悼他們，經常想著如果生兩個兒子，就以一個兒子作為哥哥的後代。晏仲的妻子剛生了一個兒子，又死去了。晏仲害怕繼妻不好好對待兒子，就準備買個妾。鄰村有個賣婢女的，晏仲前往相看，很不滿意，因而沒有什麼情緒，又被友人留下飲酒，喝得醉醺醺地回家。

途中遇到老同學梁生，兩人熱情地握手，梁生邀請晏仲到他家去。晏仲醉酒忘記梁生已經死了，就跟著他去了。進門後，發現並不是原來的房子，感到懷疑就詢問他。梁生回答說：「新搬到這裡的。」梁生進屋找酒，家裡的酒已經喝光了，他叫晏仲坐著等一下，拿著瓶子去買酒。晏仲走出去站在門外等他。看見一個婦人騎著驢子經過，有個小孩跟著，年齡大約八九歲，面目神色，極像他的哥哥晏伯。晏仲心裡一陣悲痛，急忙跟上去。便問小孩姓什麼。小孩回答說：「姓晏。」晏仲更加吃驚，又問：「你父親叫什麼名字？」回答說：「不知道。」說完，已經到了小孩家門口，婦人下了驢子進了屋。晏仲拉著小孩的手說：「你父親在家嗎？」小孩應著聲進去了。不久，有個老婦人出來張望，真是他的嫂子啊。驚訝地問小叔從哪裡來。晏仲十分悲傷，隨著嫂子進了屋。只見房屋院子也都整理過了。於是問：「哥哥在哪裡？」嫂子說：「討債沒回來。」晏仲問：「騎驢的是誰？」嫂子說：「這是你哥哥的侍妾甘氏，生了兩個男孩了。長子阿大，到集市上還沒回來；你所見到的是阿小。」

晏仲坐了很久，酒意漸消，才醒悟到所見到的都是鬼。因為兄弟情深意切，也就不害怕。嫂子燙酒做菜。晏仲急切地想見哥哥，催促阿小去找。過了很久，阿小哭著回來說：「李家欠債不還，反而跟父親吵鬧。」晏仲聽了，和阿小跑去。只見有兩個人正把哥哥揪倒在地上。晏仲大怒，奮起拳頭直衝過去，攔著的人都被打倒。他急忙救起哥哥，對手已經都逃走了。追上抓住一個，捶了無數拳頭，才站起身來。拉著哥哥的手，跺著腳傷心地哭泣；晏伯也哭了。

回到哥哥家後，全家人都來慰問，於是擺上酒菜，兄弟倆共同慶賀。過了不久，一個少年進來，年齡大約十六七歲。晏伯喊他阿大，叫他拜見叔叔。晏仲挽住阿大的手，哭著對哥哥說：「大哥地下有兩個兒子，而墳墓無人掃祭；我的兒子幼小而且妻子又死了，怎麼辦呢？」晏伯也很悲淒。嫂子對晏伯說：「讓阿小跟著叔叔去也好。」阿小聽了，依偎在叔叔肘邊，眷戀著不肯離開。晏仲撫摸著他，倍感辛酸。晏仲問：「你樂意跟我去嗎？」阿小回答說：「樂意。」晏仲想鬼雖然不是人，但慰藉情懷也比沒有好，於是高興起來。晏伯說：「跟著去，但不要嬌慣，應當讓他吃些血和肉類，趕他到太陽底下曝曬，過了正午再停止。六七歲的孩子，過了春天到夏天，骨肉重新生長出來，可以娶妻生子；不過只怕壽命不會長久。」

說話間，門外有個少女在偷聽，意態溫婉可人。晏仲懷疑她是哥哥的女兒，就問哥哥。哥哥說：「她叫湘裙，我侍妾的妹妹。孤苦無依，寄養我這裡十年了。」晏仲問：「許配了嗎？」晏伯說：「還沒有。最近有媒人來說東村的田家。」湘裙在窗外小聲說：「我不嫁給田家放牛郎。」晏仲頗有點動心，但又不方便明說。後來晏伯站起來，在書齋擺了床，留弟弟過夜。晏仲很不想留，但心中眷戀湘裙，打算設法打探哥哥的意思，就跟哥哥告別，上床睡覺。

這時正是初春，氣候還寒冷，書齋裡平常不生火，晏仲冷森森地起雞皮疙瘩。對著燈燭冷清地坐著，想喝點酒。不久，阿小推門進來，把一碗肉羹和一斗酒放在桌上。晏仲高興極了，問是誰叫他拿的。阿小回答道：「湘姨。」酒快喝完了，阿小又把灰蓋在炭火上，放在床下。晏仲問：「爹娘睡了嗎？」阿小說：「睡很久了。」問：「你睡在哪裡？」阿小說：「跟湘姨同一張床。」阿小等叔叔睡了，才關門走了。晏仲想著湘裙聰明而又善解人意，更加愛慕她了；又因為她能撫養照顧阿小，想得到她的心意更加堅決。他在床上輾轉反側，整夜沒睡。

一早起來，晏仲告訴哥哥說：「弟弟孑然一身，沒有妻子，麻煩大哥幫我留意。」晏伯說：「我們家不是只有一瓢一擔的人家，物色妻室自然不難。陰間也有美女，恐怕對你沒有好處。」晏仲說：「古人也有鬼妻，有什麼害處？」晏伯似乎明白了他的意思，就說：「湘裙也很好。不過要用大針刺人迎穴，出血不止的人才能做活人的妻子，怎麼能草草決定。」晏仲說：「能得到湘裙撫育阿小，也可以啊。」晏伯只是搖頭。晏仲不停地懇求。嫂子說：「試著捉住湘裙強行刺一下看看，不行就算了。」於是拿了針出去。門外遇見湘裙，急忙捉住她的手腕，只見上面血痕還是濕的，原來聽晏伯說話時，湘裙早就自己試過了。嫂子放開她的手笑了，回來告訴晏伯說：「她早做了有情人了，還用替她考慮嗎？」湘裙的姐姐聽了很生氣，跑近湘裙，用手指指著她的眼眶罵道：「淫蕩的丫頭不知道害羞！想跟著阿叔私奔嗎？我一定不讓你如願！」湘裙又羞愧又氣憤，哭著要尋死，全家鬧得沸沸揚揚。晏仲很慚愧，告別哥哥和嫂子，帶著阿小出了門。哥哥說：「你先回去；不要讓阿小再回來了，恐怕折損他的生氣。」晏仲答應了。

回家後，晏仲虛報阿小的年齡，託詞說是哥哥賣掉的婢女的遺腹子。眾人因為阿小的相貌與晏伯非常相似，也相信他是晏伯留下的骨肉。晏仲教他讀書，總叫他抱著一本書到太陽下去讀。阿小開始覺得苦，時間一久就逐漸適應了。六月中旬，桌子凳子曬得燙人，而阿小邊玩邊讀，一點也沒有怨言。阿小很聰明，每天讀半卷書，夜裡和晏仲一起睡，還經常背誦書本。晏仲非常欣慰。又因為忘不了湘裙，所以不再想納妾了。

一天，兩個媒人來給阿小說親，家裡沒有妻子下廚做酒菜，晏仲心裡很急躁。忽然甘氏嫂嫂從外面進來說：「阿叔別怪，我送湘裙來了。因為這丫頭不知道羞恥，我故意阻攔、羞辱她。阿叔這樣的一表人才，不跟著你，還想跟著誰呢？」晏仲見湘裙站在她身後，心裡非常高興。他恭敬地請嫂嫂坐下；說客廳有客人，就快步出去了。一會兒又進來，只見甘氏嫂嫂已經離去。湘裙卸下妝束進了廚房，滿耳刀剁砧板的聲音。沒多久就擺滿了菜肴，烹煮得很好。客人離開，晏仲進了內室，看見湘裙盛妝坐在屋裡，於是跟她對拜成親。到晚上，湘裙還想和阿小一起睡。晏仲說：「我想用陽氣溫暖他，不能離開。」因此把湘裙安置在另一間屋子，只是晚上準備些酒菜和她歡會一下而已。湘裙撫養前妻的兒子就像自己親生的一樣，晏仲更覺得她賢慧了。

一天晚上，夫妻倆親親熱熱，晏仲開玩笑地問：「陰間有美人嗎？」湘裙想了很久，回答說：「沒見到。只有鄰居的女子葳靈仙，大家認為她漂亮；看看相貌也和其他人差不多，主要是善於化妝罷了。她和我來往最久，我心裡鄙視她的淫蕩。如果想見她，她馬上就能來。但是這種人，不能招惹。」晏仲急著想見一見。湘裙拿著筆好像要寫信，後來扔下筆說：「不行，不行！」晏仲再三強求，她才說：「不要被她迷惑。」晏仲答應了。於是湘裙撕開紙畫了幾畫，好像是道符，在門外燒了。不久，門簾動，簾鉤響，有人吃吃作笑。湘裙起身把她拉進來，高高的髮髻像雲彩般翹起，好像畫上的人。湘裙扶她坐在床頭，邊喝酒邊敘談離別後的事情。剛見到晏仲，葳靈仙還用紅袖子掩住嘴巴，不太健談；喝了幾杯後，便嬉笑親熱沒有忌諱了，漸漸伸一隻腳壓壓晏仲的衣服。晏仲心迷意亂，不知魂飛到哪裡去了。眼前只是礙著湘裙；湘裙又有意防範他倆，一刻不離身邊。葳靈仙忽然起來，掀開簾子出去；湘裙跟著，晏仲也跟著。葳靈仙拉住晏仲，跑進另一間屋子。湘裙很惱恨，但無可奈何，憤憤地回到自己的房間，任他們胡作非為。後來晏仲進來，湘裙指責他說：「不聽我的話，往後恐怕推都推不掉。」晏仲懷疑她妒忌，不歡而散。

第二天晚上，葳靈仙不請自來。湘裙很討厭見到她，傲慢地不給她行禮；葳靈仙竟然和晏仲拉著走了。這樣過了好幾個晚上。湘裙看見她來，就詬罵羞辱她，但也無法攔住她。過了一個多月，晏仲病得不能起床，才大為後悔，叫湘裙來和自己一起睡，希望可以避開葳靈仙；無論白天黑夜，只要防範稍微鬆懈，他就同葳靈仙睡在一起了。湘裙拿起棍子驅趕她，葳靈仙憤憤地和湘裙爭鬥，湘裙身子瘦弱，手腳都被打傷。晏仲病情越來越重。湘裙哭著說：「我怎麼有臉見我的姐姐啊！」

又過了幾天，晏仲昏昏沉沉地死去了。先是看見兩個差役拿著公文進來，不由得跟著他們出去。到路上煩惱沒有旅費，邀請差役順路到他哥哥家。哥哥見了他，大驚失色，問：「弟弟近來做了什麼事？」晏仲說：「沒別的，只是患了鬼病。」把實情告訴了哥哥。哥哥說：「是了。」

就拿出一包白銀，對差役說：「暫請笑納。我弟弟罪不該死，請放他回去，我讓兒子跟著你們去，或許沒有不妥的。」於是叫阿大陪著差役喝酒。他回身進家，把緣由告訴每一個人。於是讓甘氏到隔壁把葳靈仙叫來。不久葳靈仙到了，見到晏仲就想逃走。晏伯揪她回來，罵道：「淫蕩的丫頭！生前是蕩婦，死後當賤鬼，早就被眾人鄙視了；又來禍害我的弟弟嗎！」隨即打她耳光，打得她頭髮蓬亂，妖冶的面容頓時失色。過了好久，一個老太婆來了，趴在地上哀求。晏伯又指責她縱容女兒公開行淫，訶罵了好一陣，才叫她和女兒一起離開。

晏伯於是送晏仲出門，飄忽之間已經抵達家門，直奔臥室，豁然開朗，好像剛剛睡醒，才知道剛才自己已經死了。晏伯責怪湘裙說：「我和你姐姐，說你賢慧能幹，所以讓你跟著我弟弟；反倒想催著我弟弟死嗎！如果不是礙於名分，就應該打你！」湘裙又慚愧又害怕地啜泣，對著晏伯跪下謝罪。晏伯看著阿小，高興地說：「兒子居然成活人了！」湘裙想出去做飯，晏伯推辭說：「弟弟的事還沒辦完，我沒有時間。」阿小十三歲了，漸漸知道留戀父親；看見父親出去，流著淚跟著。父親說：「跟著叔叔最快樂，我會再來的。」轉身就不見了，從此不再通音信。後來阿小娶了媳婦，生了一個兒子，也在三十歲時去世。晏仲撫養他的孤兒，如同侄子活著的時候一樣。晏仲八十歲時，阿小的兒子二十多歲了，才分了家。湘裙沒有生孩子。一天，對晏仲說：「我先到陰間替你驅除狐狸好嗎？」盛妝上床就死了。晏仲也不哀傷，半年後也死了。

異史氏說：「天底下像晏仲這樣兄弟友愛的，有幾個人呢！應該不死而延年益壽啊。陽間絕後而陰間傳宗接代，這都是不忍心兄長死而無後的誠心所造成的；在人來說沒有這種道理，在天來說難道有這種運數嗎？在陰間生子，願意兒子繼承生前家業的，想來也不少；恐怕沒有子嗣的賢兄賢弟們，不肯收留照顧啊！」

【研　析】〈湘裙〉主要寫家庭內部兄弟親情。晏伯無子而卒，晏仲想自己生兩個兒子，以一個兒子作為哥哥的後人，但妻子只生了一個兒子就死了。他想納妾，卻又不稱意。於是，在醉酒之後，他到陰間發生了一段奇遇。他把哥哥在陰間的兒子阿小帶回陽世，教其讀書，撫養長大，並且娶妻生子，繼承哥哥的家業。同時，晏仲把嫂子的妹妹湘裙帶回陽世，共同生活在一起。

如果用四個字來對這篇故事進行概括，就是「雅鬼」與「俗世」。

「雅鬼」主要是湘裙之雅。她雅得清澈透明，沒有半點雜質。比如，她的長相「意致溫婉」；她明確表示不願嫁給田家牧牛子；她在寒春的夜晚為晏仲準備「杯羹斗酒」；她聽晏伯說「以巨針刺人迎，血出不止者，乃可為生人妻」，不等別人去刺，自己就先試；她被姐姐喝斥，「愧憤，哭欲覓死」；她對葳靈仙引誘晏仲十分痛恨，「望其來，則詬辱之」，「操杖逐之，鬼忿與爭，湘裙荏弱，手足皆為所傷」；受晏伯責備後，她「慚懼啜泣，望伯伏謝」。湘裙的經歷清晰地展示了一個少女追求個人幸福的歷程。

「俗世」即世之俗，俗得讓人讀起來有些憤憤不平。主要有三個方面。第一，文中充斥著強烈的子嗣觀念。為了不讓哥哥在死後無人祭掃，晏仲想把自己的兒子過繼給晏伯。到了陰間，晏仲想方設法把阿小帶到陽世來撫養。他追求湘裙的一個重要原因就是她可以撫養阿小。為了求得子嗣，晏仲可謂穿越時空阻隔，突破生死界限。第二，晏仲不聽勸告，定要與葳靈仙行苟且之事。男性躁動不安的內心，使得他不安於現狀，為了男女歡愛而不顧生死。晏仲沒有足夠的定力，卻不顧湘裙一再勸阻，執意要探究陰世佳人。第三，晏伯對湘裙無理的指責。晏仲與葳靈仙行樂，導致重病而死。湘裙本無罪責，即使是把葳靈仙招來，也是晏仲再三強求，並保證不被迷惑的結果。為了晏仲，湘裙還與葳靈仙發生了爭鬥。但晏伯一出現，就擺出家長的樣子，責怪湘裙說：「我與若姊，謂汝賢能，故使從吾弟；反欲促吾弟死耶！設非名分之嫌，便當撻楚！」這一番話，在晏伯看來，乃是天經地義，毫不為過。面對縱欲的男人，女人勸阻、忍讓尚且不夠，還要背負不賢不能的惡名，承擔讓男人縱欲亡身的罪過。傳統社會對女性的要求何其苛刻！晏伯或許沒有想到，正是因為有了名分，他才可以頤指氣使、蠻橫無理地亂加指責。

或許這正是潛隱在蒲松齡思想意識深處的東西，也是蒲松齡那個時代所賦予給當時人的思想觀念，雖然不會令人心悅誠服，但作為一個社會文本可以給人留下深刻印象，並引發人們深入思考。可以想見蒲松齡子嗣觀念一定是極重的，正如他在「異史氏曰」中所說：「陽絕陰嗣，此皆不忍死兄之誠心所格；在人無此理，在天寧有此數乎？地下生子，願承前業者，想亦不少；恐承絕產之賢兄賢弟，不肯收恤耳！」評點家馮鎮巒對此評價很高，「語語勸世，有功名教之文，豈以說鬼也而少之」。可以說，馮鎮巒得蒲松齡之用心，但只是沿著蒲松齡的方向作了進一步說明，卻沒有開拓出新的認知向度。

三生

湖南某，能記前生三世。一世為令尹[1]，闈場入簾[2]。有名士興于唐被黜落[3]，憤懣而卒，至陰司執卷訟之。此狀一投，其同病死者以千萬計，推興為首，聚散成群。某被攝去，相與對質。閻羅便問：「某既衡文[4]，何得黜佳士而進凡庸？」某辨言：「上有總裁[5]，某不過奉行之耳。」閻羅即發一簽，往拘主司。久之，勾至。閻羅即述某言。主司曰：「某不過總其大成；雖有佳章，而房官[6]不薦，吾何由而見之也？」閻羅曰：「此不得相諉[7]，其失職均也，例合笞[8]。」方將施刑，興不滿志，戛然大號[9]；兩墀諸鬼，萬聲鳴和。閻羅問故，興抗言[10]曰：「笞罪太輕，是必掘其雙睛，以為不識文之報。」閻羅不肯，眾呼益厲。閻羅曰：「彼非不欲得佳文，特其所見鄙耳。」眾又請剖其心。閻羅不得已，使人褫去袍服，以白刃劙胸⓫，兩人瀝血鳴嘶。眾始大快，皆曰：「吾輩抑鬱泉下，未有能一伸此氣者；今得與先生，怨氣都消矣。」鬨然遂散。

某受剖已，押投陝西為庶人子。年二十餘，值土寇大作，陷入賊中。有兵巡道⓬往平賊，俘擄甚眾，某亦在中。心猶自揣非賊，冀可辨釋。及見堂上官，亦年二十餘，細視，乃與生也。驚曰：「吾合盡矣！」既而俘者盡釋，惟某後至，不容置辨，竟斬之。

某至陰司投狀訟與。閻羅不即拘，待其祿⓭盡，遲之三十年，與始至，面質之。與以草菅人命⓮，罰作畜。稽某所為，曾撻其父母，其罪維均⓯。某恐來生再報，請為大畜。閻羅判為大犬，與為小犬。

某生於北順天府市肆中。一日，臥街頭，有客自南中⓰來，攜金毛犬，大如狸。某視之，與也。心易其小，齕之。小犬咬其喉下，繫綴如鈴。大犬擺撲嗥竄，市人解之不得。俄頃，俱斃。並至冥司，互有爭論。

閻羅曰：「冤冤相報，何時可已。今為若解之。」乃判與來世為某婿。

某生慶雲⑰，二十八舉於鄉。生一女，嫺靜娟好，世族爭委禽⑱焉。某皆弗許。偶過臨郡，值學使發落諸生⑲，其第一卷李姓——實與也。遂挽至旅舍，優厚之。問其家，適無偶，遂訂姻好。人皆謂某憐才，而不知有夙因⑳也。

既而娶女去，相得甚歡。然婿恃才輒侮翁，恒隔歲不一至其門。翁亦耐之。後婿中歲偃蹇㉑，苦不得售㉒，翁百計為之營謀，始得志於名場㉓。由此和好如父子焉。

異史氏曰：「一被黜而三世不解，怨毒之甚至此哉！閻羅之調停固善；然墀下㉔千萬眾，如此紛紛，勿亦天下之愛婿，皆冥中之悲鳴號動者耶？」

【注釋】❶令尹　明清時指知縣。❷入簾　擔任負責閱卷的內簾官。❸黜落　舊指科場除名落第，落榜。❹衡文　審定文章的優劣等次。❺總裁　官名，明清會試的主考官。❻房官　鄉會試的同考官，負責試卷的初次校閱，並向主考官推薦。因分房批閱試卷，故稱房官。❼相誘　相互推諉。❽笞　用鞭杖或竹板打。❾戛然大號　指大叫冤屈。❿抗言　高聲發言。⓫劙胸　剖胸；挖心。劙，割；劈。⓬兵巡道　官名，明朝在省下設分巡道、兵巡道、兵備道等官，管轄幾個府的軍政等事。⓭祿　應享受的祿食。⓮草菅人命　輕易殺人，視生命為草茅。⓯其罪維均　罪行相當。⓰南中　泛指我國南部，即四川、雲南、廣東等地。⓱慶雲　縣名，在今山東北部。⓲委禽　送訂婚彩禮，意謂求婚。⓳發落諸生　指歲考完畢，學使為試卷定等拆發，有賞有罰。諸生，明清時指生員。⓴夙因　宿因；前世的因緣。㉑中歲偃蹇　中年境遇困頓，不得意。㉒不得售　不能售其才，意謂考不中。㉓名場　指科舉的考場。㉔墀下　宮殿的臺階下。

【語　譯】湖南有個人，記得前三世的經歷。第一世他任縣令，科舉考試當閱卷官。有個叫興于唐的名士落了榜，憤懣而死，到陰間拿著卷子告他。狀子一投上去，那些同病而死的冤鬼數以千萬計，推舉興于唐為首，聚集成群。縣令被抓到陰司，跟興于唐對質。閻羅就問：「你既然評判文章，怎麼黜退有才學的而錄取平庸的？」縣令辯白說：「我上面有主考官，我只不過是奉命行事罷了。」閻羅馬上發了一個簽牌，前往拘捕主考官。過了很久，主考官被勾來了。閻羅就把縣令的話轉述了一遍。主考官說：「我不過總攬全局；即使有好的文章，但閱卷官不推薦，我怎麼能見到呢？」閻羅說：「這事不能相互推諉，失職的罪你們是一樣的，按例該受杖責。」正要用刑，興于唐不滿意，放聲大喊；臺階兩邊的群鬼，紛紛響應。閻羅問他們什麼緣故，興于唐聲音高亢地說：「杖責的罪太輕，一定要挖掉他的雙眼，來作為他不識文章的報應。」閻羅不肯，眾鬼叫嚷得更厲害了。閻羅說：「他們不是不想選出好文章，只是見識低下罷了。」眾鬼又請求剖開他們的心。閻羅不得已，讓人剝掉袍服，用雪白的刀子挖開胸膛，兩個人鮮血淋漓，大聲嚎叫。眾鬼才感到痛快，都說：「我們在黃泉下心情抑鬱，不能一出這口氣；現在靠興先生，怨氣都消除了。」說完眾人一哄而散。

縣令被剖開胸膛後，被押往陝西，投生為平民家的兒子。二十多歲時，正值土匪鬧得厲害，陷身於土匪之中。有個兵巡道前去平反，俘虜了很多人，他也在裡面。心裡還揣測自己不是土匪，希望可以辯白得到釋放。等看見堂上的官員，也是二十多歲，仔細一看，原來是興于唐。他吃驚地說：「我註定完了！」後來俘虜們全被釋放，只有他後來上去，不容分辯，竟被砍了頭。

他到陰司投狀子告興于唐，閻羅不馬上拘捕，等他享盡祿命，一直拖了三十年，興于唐才到，兩人當面對質。興于唐因為草菅人命，罰作畜生。閻羅又考查這個人的所作所為，曾經打過父母，罪過和興于唐差不多。他恐怕來生再受報復，請求作大牲畜。閻羅判他作大狗，興于唐為小狗。

他投生到北方順天府的集市上。一天，趴在街頭，有旅客從南方來，帶著一隻金毛犬，大小像隻狸貓。他一看，原來是興于唐。心裡輕視牠個頭小，就去咬牠。小狗咬住大狗的喉嚨，吊著像個鈴鐺。大狗左右擺撲，嗥叫竄跳，集市上的人無法把牠們分開。不久，都死了。兩人一起來到陰司，互相爭論。閻羅說：「冤冤相報，何時能了。現在給你們解開吧。」於是判興于唐來世做這個人的女婿。

這個人投生在慶雲，二十八歲中了舉人。生了一個女兒，性情嫻雅，容貌娟好，世家大族爭相求親。他都不答應。偶爾經過鄰近府城，正好趕上提學使獎罰秀才，取在第一卷的是姓李的秀才——實際上就是興于唐。於是拉著李秀才到自己住的旅店，好好招待他。問他的家庭情況，正好沒有妻子，便訂下親事。人們都說這個人憐惜人才，而不知道有前世的因緣。

後來李秀才娶了他女兒，夫妻感情歡好。但女婿倚恃自己有才總是輕慢岳父，經常整年不上一次門。岳父也容忍他。後來女婿中年不順，苦於考不中。岳父想方設法為他鑽營謀劃，才在考場上得志。從此兩人和好如同父子。

異史氏說：「一次被黜而三世冤仇不解，怨怒痛恨到了這種地步啊！閻羅的調停固然好；但臺階下面成千上萬的冤鬼，紛紛攘攘，難道天下為岳父喜歡的女婿，都是陰間悲鳴呼號的鬼嗎？」

【研析】〈三生〉記載了一位科考閱卷官與士子興于唐數世糾葛的故事。第一世，閱卷官黜落興于唐，興于唐憤懣而死，就到陰間聯合「同病死者」狀告閱卷官。第二世，閱卷官轉世為庶人之子，遇到興于唐轉世成的兵巡道，立時被殺。第三世，兩人分別轉世為大狗與小狗，見面後互相嘶咬而亡。第四世，興于唐轉世為李秀才，閱卷官轉世為其岳父，李秀才經常恃才輕侮岳父，後來岳父幫助他在考場上得志，兩人才真正和好。

按照佛教觀點，轉世是一個人在死亡後，其性格特點或靈魂在另一個身體裡重生。蒲松齡寫作〈三生〉，顯然不是為了宣揚佛教觀念，而是以此為載體，描摹科舉場上閱卷官與被黜士子之間尖銳而深刻的對立。首先是在陰間的對立。因憤懣而死的士子共同推舉興于唐為首，把閱卷官告到閻羅那裡。閱卷官在閻羅面前推辭說自己只是奉主考官之命行事，對「黜佳士而進凡庸」不應負責。閻羅於是把主考官拘捕來，主考官又推辭說閱卷官沒盡好推薦之責，導致自己見不到好的試卷。閻羅沒有辦法，只好判他們同時受杖刑。這時，「興不滿志，戛然大號；兩墀諸鬼，萬聲鳴和」，認為打板子太輕，一定要挖掉他們「不識文」的眼睛。在閻羅的勸解下，眾鬼在剖出閱卷官和主考官的心後「怨氣都消」，一哄而散。其次是在陽世的對立。閱卷官並未因為被剖心而得到興于唐的原諒。興于唐轉世為兵巡道，見到閱卷官轉世成的庶人之子，立時殺掉。即使變成兩隻狗，還爭鬥不休。閻羅有感於「冤冤相報，何時可已」，把他們安排為翁婿關係。最終，岳父想方設法幫助女婿鑽營謀劃，使女婿「得志於名場」，問題才得到解決。這場怨恨因科場而起，以科場而終，歷四世方解，足見被黜士子的怨毒之深。但明倫說：「試士盛於唐代，此興于唐之所以命名也。則自唐歷宋、元、明以來，被黜落而憤懣以卒者，何可勝數，宜其狀一投而萬聲響應也。」這也道出了讀書人在科舉制度下受到傷害的普遍性。

解鈴還需繫鈴人，化解怨仇還要從結下怨仇的地方著手才行。只有「興于唐」得志於名場，才能最終解決問題。從反面思考，如果「閱卷官」無力幫助「興于唐」得志名場，即使他們兩人已經建立了多年的翁婿關係，怨恨依然不能得到冰釋。但明倫感歎說：「如此解冤，閻羅可謂善調停矣；乃既為愛婿，相得甚歡，而復恃才侮翁，必代為之謀，得志名場，而後冤仇乃釋，可畏哉！」蒲松齡在「異史氏曰」中說：「一被黜而三世不解，怨毒之甚至此哉！閻羅之調停固善；然墀下千萬眾，如此紛紛，勿亦天下之愛婿，皆冥中之悲鳴號動者耶？」對此，何守奇一針見血，指出蒲松齡的這句話「亦不得志於時者之言」，真是精闢之語，道出了蒲松齡的無限心酸與痛楚。

長亭

石太璞，泰山❶人，好厭禳之術❷。有道士遇之，賞其慧，納為弟子。啟牙籤❸，出二卷，上卷驅狐，下卷驅鬼。乃以下卷授之，曰：「虔奉此書，衣食佳麗皆有之。」問其姓名，曰：「吾汴城北村元帝觀王赤城也。」留數日，盡傳其訣。石由此精於符籙❹，委贄者❺踵接於門。

一日，有叟來，自稱翁姓，炫陳幣帛❻，謂其女鬼病已殆，必求親詣。石聞病危，辭不受贄，姑與俱往。十餘里入山村，至其家，廊舍華好。入室，見少女臥縠幛❼中，婢以鉤掛幛。望之年十四五許，支綴❽於牀，形容已槁。近臨之，忽開目云：「良醫至矣。」舉家皆喜，謂其不語已數日矣。石乃出，因詰病狀。叟言：「白晝見少年來，與共寢處，捉之已杳，少間復至，意其為鬼。」石曰：「其鬼也，驅之匪難；恐其是狐，則非余所敢知矣。」叟云：「必非必非。」石授以符，是夕宿於其家。

夜分，有少年入，衣冠整肅。石疑是主人眷屬，起而問之。曰：「我鬼也。翁家盡狐。偶悅其女紅亭，姑止焉。鬼為狐祟，陰騭無傷⑨，君何必離人之緣而護之也？女之姊長亭，光艷尤絕。敬留全璧⑩，以待高賢。彼如許字⑪，方可為之施治；爾時我當自去。」石諾之。

是夜，少年不復至，女頓醒。天明，叟喜，以告石，請石入視。石焚舊符，乃坐診之。見繡幕有女郎，麗若天人，心知其長亭也。診已，索水灑幛。女郎急以碗水付之，蹀躞⑫之間，意動神流。石生此際，心殊不在鬼矣。

出辭叟，托製藥去，數日不返。鬼益肆，除長亭外，子婦婢女，俱被淫惑。又以僕馬招石，石托疾不赴。明日，叟自至。石故作病股狀，扶杖而出。叟拜已，問故，曰：「此鰥之難也！曩夜婢子登榻，傾跌，墮湯夫人[13]泡兩足耳。」叟問：「何久不續？」石曰：「恨不得清門如翁者。」叟默而出。石走送曰：「病瘥當自至，無煩玉趾也。」

又數日，叟復來；石跛而見之。叟慰問三數語，便曰：「頃與荊人[14]言，君如驅鬼去，使舉家安枕，小女長亭，年十七矣，願遣奉事君子。」石喜，頓首於地。乃謂叟：「雅意若此，病軀何敢復愛。」立刻出門，並騎而去。

入視祟者既畢，石恐背約，請與媼盟。媼遽出曰：「先生何見疑也？」即以長亭所插金簪，授石為信。石朝拜之。已乃遍集家人，悉為祓除[15]。惟長亭深匿無跡；遂寫一佩符，使人持贈之。是夜寂然，鬼影盡滅，惟紅亭呻吟未已，投以法水，所患若失。石欲辭去，叟挽止殷懇。至晚，肴核羅列，勸酬殊切。漏二下，主人乃辭客去。

石方就枕，聞叩扉甚急；起視，則長亭掩入，辭氣倉皇[16]，言：「吾家欲以白刃相仇[17]，可急遁！」言已，逕返身去。石戰懼無色，越垣急竄。遙見火光，疾奔而往，則里人夜獵者也。喜。待獵畢，乃與俱歸。心懷怨憤，無之可伸，思欲之汴尋赤城，而家有老父，病廢已久，日夜籌思，莫決進止。忽一日，雙輿至門，則翁媼送長亭至，謂石曰：「曩夜之歸，胡再不謀？」石見長亭，怨恨都消，故亦隱而不發。媼促兩人庭拜訖。石將設筵，辭曰：「我非閒人，不能坐享甘旨⑱。我家老子昏髦⑲，倘有不悉⑳，郎肯為長亭一念老身，為幸多矣。」登車遂去。

蓋殺婿之謀，媼不之聞；及追之不得而返，媼始知之。頗不能平，與叟日相詬誶㉑；長亭亦飲泣不食。媼強送女來，非翁意也。長亭入門，詰之，始知其故。

過兩三月，翁家取女歸寧。石料其不返，禁止之。女自此時一涕零。年餘，生一子，名慧兒，買乳媼哺之。然兒善啼，夜必歸母。一日，翁家又以輿來，言媼思女甚。長亭益悲，石不忍復留之。欲抱子去，石不可，長亭乃自歸。

別時，以一月為期，既而半載無耗。遣人往探之，則向所僦宅久空。又二年餘，望想都絕；而兒啼終夜，寸心如割。既而石父病卒，倍益哀傷；因而病憊，苫次彌留㉒，不能受賓朋之弔。方昏憒間，忽聞婦人哭入。視之，則縗絰者長亭也。石大悲，一慟遂絕。婢驚呼，女始輟泣，撫之良久，始漸蘇。自疑已死，謂相聚於冥中。女曰：「非也。妾不孝，不能得嚴父心，尼歸三載㉓，誠所負心。適家人由海東經此，得翁凶問㉔。妾遵嚴命而絕兒女之情㉕，不敢循亂命而失翁媳之禮㉖。妾來時，母知而父不知也。」言間，兒投懷中。言已，始撫之，泣曰：「我有父，兒無母矣！」兒亦噭咷㉗，一室掩泣。

女起，經理家政，柩前牲盛潔備㉘，石乃大慰。而病久，急切不能起。女乃請石外兄款洽㉙弔客。喪既閉，石始杖而能起，相與營謀齋葬㉚。葬已，女欲辭歸，以受背父之譴。夫挽兒號，隱忍而止。未幾，有人來告母病，乃謂石曰：「妾為君父來，君不為妾母放令去耶？」石許之。

女使乳媪抱兒他適，涕洟[31]出門而去。

去後，數年不返。石父子漸亦忘之。一日，昧爽啟扉，則長亭飄入。石方駭問，女戚然坐榻上，嘆曰：「生長閨閣，視一里為遙；今一日夜而奔千里，殆矣！」細詰之，女欲言復止。請之不已，哭曰：「今為君言，恐妾之所悲，而君之所快也。邇年徙居晉界，僦居趙縉紳之第。主客交最善，以紅亭妻其公子。公子數逋蕩[32]，家庭頗不相安。妹歸告父；父留之，半年不令還。公子忿恨，不知何處聘一惡人來，遣神綰鎖，縛老父去，一門大駭，頃刻四散矣。」石聞之，笑不自禁。女怒曰：「彼雖不仁，妾之父也。妾與君琴瑟數年，止有相好而無相尤。今日人亡家敗，百口流離，即不為父傷，寧不為妾弔[33]乎！聞之忭舞[34]，更無片語相慰藉，何不義也！」拂袖而出。石追謝之，亦已渺矣。悵然自悔，拚[35]已決絕。

過二三日，媪與女俱來，石喜慰問。母子俱伏。驚而詢之，母子俱哭。女曰：「妾負氣而去，今不能自堅，又欲求人，復何顏矣！」石曰：「岳固非人；母之惠，卿之情，所不忘也。然聞禍而樂，亦猶人情，卿何不能暫忍？」女曰：「頃於途中遇母，始知縶吾父者，蓋君師也。」石曰：「果爾，亦大易。然翁不歸，則卿之父子離散；恐翁歸，則卿之夫泣兒悲也。」媪矢以自明，女亦誓以相報。

石乃即刻治任如汴，詢至元帝觀，則赤城歸未久。入而參㊱之，便問：「何來？」石視廚下一老狐，孔前股而繫之㊲。笑曰：「弟子之來，為此老魅。」赤城詰之，曰：「是吾岳也。」因以實告。道士謂其狡詐，不肯輕釋。固請，乃許之。石因備述其詐，狐聞之，塞身入灶，似有慚狀。道士笑曰：「彼羞惡之心，未盡亡也。」石起，牽之而出，以刀斷索抽之。狐痛極，齒齦齦然㊳。石不遽抽，而頓挫之，笑問曰：「翁痛之，勿抽可耶？」狐睛睒閃㊴，似有慍色。既釋，搖尾出觀而去。石辭歸。三日前，已有人報叟信，媪先去，留女待石。石至，女逆而伏。石挽之曰：「卿如不忘琴瑟之情，不在感激也。」女曰：「今復遷還故居矣，村舍鄰邇，音問可以不梗。妾欲歸省，三日可旋。君信之否？」曰：「兒生而無母，未便殤折。我日日鰥居，習已成慣。今不似趙公子，而反德報之，所以為卿者盡矣。如其不還，在卿為負義，道里雖近，當亦不復過問，何不信之與有？」女次日去，二日即返。問：「何速？」曰：「父以君在汴曾相戲弄，未能忘懷，言之絮絮；妾不欲復聞，故早來也。」自此閨中之往來無間，而翁婿間尚不通弔慶㊵云。

異史氏曰：「狐情反覆，譎詐㊶已甚。悔婚之事，兩女而一轍，詭可知矣。然要而婚之，是啟其悔者已在初㊷也。且婿既愛女而救其父，止宜置昔怨而仁化之㊸；乃復狎弄於危急之中，何怪其沒齒不忘㊹也！天下有冰玉之不相能㊺者，類如此。」

【注釋】❶泰山　府名，在今山東。❷厭禳之術　祭祀鬼神以祈求消除災禍的法術。❸牙籤　繫在書卷上的標識。❹符籙　道教法術之一，亦稱「符字」、「墨籙」、「丹書」，用它可以召神劾鬼，降妖鎮魔，治病除災。❺委

贄者　送禮之人。古人第一次相見，必執贄為禮。❻幣帛　古代用於祭祀、進貢、饋贈的禮物，這裡泛指財物。❼穀幃　薄紗帳。❽支綴　因病而委靡困頓的樣子。❾陰騭無傷　不傷害陰德。❿全璧　完璧。這裡指沒有玷汙長亭，保其貞潔。⓫許字　許嫁。字，女子出嫁。⓬蹀躞　小步行走的樣子。⓭湯夫人　暖腳用的一種扁壺，亦稱湯婆子。⓮荊人　妻子。⓯祓除　道家一種驅邪去災的行為。⓰辭氣倉皇　語氣慌張，聲調反常。⓱白刃相仇　用利刃來加害。⓲甘旨　香甜可口的美味。⓳昏耄　年老糊塗。⓴不悉　不周到的地方。㉑詬誶　辱罵指斥。㉒苫次彌留　居喪期間病重。苫，舊時居喪睡的草席。苫次，原指居親喪的地方，也用作居親喪的代稱。㉓尼歸三載　三年受阻不歸。尼，受阻止。㉔凶問　凶信。㉕遵嚴命而絕兒女之情　按照父親的命令斷絕夫妻之情。㉖循亂命而失翁媳之禮　遵循（父親）不合情理的命令而失去與公公之間應有的禮節。㉗噭咷　不住地啼哭。㉘牲盛潔備　祭品整潔而周全。盛，盛器，碗、盤之類。㉙款洽　接洽；招待。㉚齋葬　祭祀殯葬。㉛涕洟　一把鼻涕一把淚。涕，眼淚。洟，鼻涕。㉜逋蕩　放縱、遊蕩。㉝弔　安慰。㉞忭舞　歡欣鼓舞。㉟拚捨棄；不顧惜。㊱參　參拜。㊲孔前股而繫之　把牠的小腿穿透，用繩子繫起來。㊳齦齦然　咬緊牙根的樣子，表示生氣憤恨。㊴睒閃　閃閃發亮。㊵弔慶　弔唁與慶賀，這裡指往來。㊶譎詐　玩弄手段、欺詐。㊷然要而婚之二句　但石太璞要挾狐翁而娶長亭，是導致狐翁悔婚的前因。㊸宜置昔怨而仁化之　應把往日的怨恨放在一邊而以仁德感化它。㊹沒齒不忘　牙齒掉光了也不會忘記，猶言終身不忘。㊺冰玉之不相能　翁婿不和。晉衛階和他的岳父樂廣，都是當時有名的人物，人們說他們是「婦公冰清，女婿玉潤」，後人遂以冰玉代指翁婿。見《晉書．衛階傳》。

【語　譯】石太璞，泰山人，喜歡降妖驅鬼的法術。有個道士遇到他，賞識他的聰慧，收他為弟子。道士打開插著象牙書籤的函套，拿出兩卷書，上卷是驅狐的，下卷是驅鬼的，便把下卷交給石太璞，說：「虔誠地奉行這本書，吃穿、美女都會有。」問他的姓名，說：「我是汴城北村元帝觀的王赤城。」他留了好幾天，把要訣都傳授給石太璞。石太璞從此精通符咒，送禮物給他請他驅鬼的人接連不斷地上門。

一天，有個老頭來了，自稱姓翁，拿出很多錢財綢緞，說他女兒得了鬼病生命垂危，求石太璞親自去一趟。石太璞聽說人快死了，推辭不接受財禮，姑且和他一同前往。走了十多里，進入一個山村，來到翁家，門廊房舍華麗精美。進入內室，只見一個少女躺在紗帳裡，婢女用帳鉤掛起帳子。看上去約十四五歲，奄奄一息地躺在床上，面容已經枯槁。石太璞走近細看，少女忽然睜開眼睛說：「良醫來了。」少女全家都很高興，說她已經幾天不說話了。石太璞於是從內室出來，詢問她的病情。老頭說：「白天看見一個年輕人來，跟她一起睡覺，去捉就已經不見蹤影，不久又來了，我想他是鬼。」石太璞說：「如果是鬼，驅除它不難；恐怕牠是狐精，那就不是我所能做的了。」老頭說：「一定不是，一定不是。」石太璞交給他一道符，當晚就住在他家。

半夜時分，有個少年進來，衣冠整齊，石太璞懷疑他是主人的親屬，起來問他。年輕人說：「我是鬼。翁家全是狐狸。偶然間喜歡上他的女兒紅亭，暫且留了下來。鬼祟狐狸，不傷陰德，你何必拆散別人的姻緣而保護他們呢？紅亭的姐姐長亭，光豔絕倫。特地保全她的貞潔，留給你這位高士賢達。他如果把長亭許配給你，才能給紅亭治病；那個時候我會自己離開。」石太璞答應了。

這一夜，年輕人沒有再來，紅亭頓時清醒了。天亮後，老頭很高興，把情況告訴石太璞，請他進去診視。石太璞燒了那道舊符，便坐下來看病。看見繡幕後有個女郎，美若天仙，心裡知道這是長亭。診視完，要水灑在帳子上。女郎急忙把一碗水遞給他，小步行走之間，情深意動，意態風流。石太璞這時，心思完全不在驅鬼上了。

石太璞出來後辭別老頭，藉口配製藥品離開了，幾天沒有回來。那個鬼更加放肆了，除長亭外，翁家兒媳、婢女都被他迷惑姦汙了。老頭又叫僕人牽著馬去請石太璞，石太璞託病不去。第二天，老頭親自來了。石太璞故意裝作腳傷的樣子，拄著拐杖出來。老頭行過禮，問他怎麼了。石太璞說：「這就是鰥夫的難處啊！昨天夜裡婢女上床，摔了一跤，碰倒了暖腳瓶，燙傷了我的兩隻腳。」老頭問：「為什麼這麼久不續娶？」石太璞說：「只遺憾遇不上像您這樣清高的門第啊。」老頭默默地離開了。石太璞走著送他說：「病好了我會自己去，不用麻煩您來了。」

又過了幾天，老頭又來了；石太璞跛著腳見他。老頭慰問了幾句，就說：「剛才和老伴商量，你如果把鬼驅走，讓我們全家晚上安寧，女兒長亭，今年十七歲了，願意讓她侍奉先生。」石太璞很高興，跪下來磕頭。於是對老頭說：「您有這樣的美意，我怎麼還敢顧惜這有病的身體。」馬上出門，一起騎馬離開。

進了翁家，把被鬼迷惑的人看過之後，石太璞怕老頭違背約定，請求跟老太太訂定婚約。老太太急忙出來說：「先生怎麼不相信我們呢？」當即把長亭所插的金簪交給石太璞，作為信物。石太璞向她拜謝。然後，把翁家的人都召集起來，都給他們祛除邪氣。只有長亭藏得無影無蹤；於是寫了一道佩符，叫人拿去送給她。這一夜非常安靜，鬼影都消失了，只有紅亭呻吟個不停，給她喝了法水，病立即就好了。石太璞想告辭回家，老頭殷切誠懇地挽留他。到晚上，老頭擺滿菜肴果品，熱情地勸酒勸菜。二更天，老頭才向石太璞告辭而去。

石太璞剛躺到床上，就聽見急促的敲門聲；起來一看，原來是長亭輕輕推門而入，語氣慌張，說：「家父想用刀殺了你，趕快逃跑！」說完，逕直轉身離開。石太璞嚇得渾身發抖，面無人色，爬過牆頭急忙逃走。遠遠的看見有火光，飛跑過去，原來是村裡人夜裡打獵的，大喜。等他們打完獵，就跟他們一起回去。石太璞怨恨氣憤，無法發洩，想到汴城找王赤城，但家裡有老父親，生病很久了，他日夜籌劃，無法決定是否該去。忽然有一天，兩輛車子來到門前，原來是翁家老太太送長亭來了，她對石太璞說：「那天晚上回家，為什麼不再商量一下？」石太璞見了長亭，怨恨都消除了，所以也就忍下，沒有把實情挑明。老太太催促兩人在庭院裡交拜完。石太璞打算擺酒設宴，老太太推辭說：「我不是個閒人，不能坐享美味。我家老頭子昏老糊塗，倘若有不周到的地方，你能為了長亭而替我著想，就很感激了。」登上車就離開了。

原來殺掉女婿的圖謀，老太太不知道；等到老頭沒有追上石太璞返身回來，她才知道。老太太心裡很生氣，每天和老頭埋怨責罵，長亭也哭得不吃不喝。老太太硬把女兒送來，並不是老頭的意思。長亭進門後，石太璞問她，才得知緣故。

過了兩三個月，翁家接女兒回娘家。石太璞料想她不能再回來了，就不讓她走。長亭從此經常掉淚。過了一年多，生了一個兒子，取名慧兒，買個乳母給他餵奶。但孩子愛哭，晚上一定要找媽媽。一天，翁家又派車來，說老太太很想念女兒。長亭更加悲傷，石太璞不忍心再留她。長亭想抱孩子去，石太璞不同意。長亭就自己回家了。

分別的時候，以一個月為期限，過了半年沒有音信。石太璞派人前去打探，發現翁家原來租住的房子早就空了。又過了兩年多，連盼望、想念都沒有了；但孩子整夜啼哭，石太璞心如刀割。不久石太璞的父親病逝，石太璞更加哀傷；因而也病倒了，居喪期間病得很重，不能接受賓朋的弔唁。正在昏昏沉沉之際，忽然聽見婦人哭著進來。一看，原來是穿著孝服的長亭。石太璞極為悲痛，昏死過去。婢女驚叫起來，長亭才停止哭泣，按了石太璞好長一段時間，才漸漸甦醒過來。他懷疑自己已經死了，認為是在陰間相聚。長亭說：「不是。我不孝，不能得到嚴父的歡心，受阻三年不歸，實在對不起你。正好家人從海東經過這裡，得到公公的凶信，我遵守父親的命令而斷絕夫妻之情，但不能聽從不合理的命令而失掉了與公公之間應有的禮節。我來的時候，母親知道而父親不知道。」說話間，兒子撲進她的懷裡。說完，才撫摸孩子，哭著說：「我有父親，孩子就沒有母親了！」兒子也嚎啕大哭，滿屋的人都掩面哭泣。

長亭起身，整理家務，靈柩前供的祭品整潔齊備，石太璞感到很寬慰。但他病的時間長了，一時間不能起床。長亭就請他的表兄接待弔唁的賓客。喪禮完畢，石太璞才能拄著拐杖站起來，一起商量安葬事宜。下葬之後，長亭想辭別回家，承受違背父命的懲罰。丈夫挽留，兒子號哭，她就忍住留下了。沒有多久，有人來告訴長亭說母親病了。長亭對石太璞說：「我能為你的父親回來，你難道不能為我的母親放我回家嗎？」石太璞同意了。長亭讓乳母抱著孩子到別處去，流著淚出門而去。

離開後，幾年沒有回來，石家父子也漸漸忘了她。一天，天剛亮，石太璞打開門，長亭飄然而入。石太璞正要驚問，長亭憂傷地坐在床上，歎著氣說：「生長在閨房，看一里都覺得遙遠；現在一天一夜奔跑了一千里，累壞了！」仔細問她，長亭欲言又止。石太璞不斷追問，她哭著說：「現在對你說了，恐怕我所悲傷的，正是你所快樂的啊。近年我家遷到山西境內，租住趙紳士的房子。主客交往非常友善，紅亭嫁給趙家公子。公子常外出遊蕩，家庭很不安寧。妹妹回娘家告訴了父親；父親留下她，半年不讓她回去。公子氣憤怨恨，不知從哪裡聘請一個惡人來，差遣神將拿著鎖鏈，把父親捆走了，全家人非常恐慌，頃刻間四散而逃。」石大璞一聽，不自禁笑了。長亭生氣地說：「他雖然不仁義，但總是我的父親。我和你夫妻恩愛多年，只有相好而沒有相怨。今天家破人亡，百口人流離失散，即使不為我父親傷心，難道也不慰問一下我嗎！聽見了就歡欣鼓舞，更沒有一句話安慰我，怎麼這樣不講情義啊！」一甩袖子就走了。石太璞追出去謝罪，已經不見了。他惆悵不已，感到後悔，已然徹底決裂了。

過了兩三天，老太太和長亭一起來了，石太璞高興地上前慰問。母女二人都跪下。石太璞驚訝地詢問，母女都哭起來。長亭說：「我賭氣離開，現在自己不能堅持，又要來求人，還有什麼顏面呢！」石太璞說：「岳父固然不是人；但岳母的恩惠，你的情義，是我所不能忘記的。然而我聽說他遭禍感到快意，也是人之常情，你為何不能暫且忍一忍呢？」長亭說：「剛才在路上遇到母親，才知道抓我父親的，原來是你的師父。」石太璞說：「果真如此，也很容易。但岳父不回來，你們父女就離散；恐怕岳父回來，你的丈夫就要哭泣，兒子就要悲傷了。」老太太發誓表明心跡，長亭也發誓要報答丈夫。

石太璞於是馬上收拾行裝，到汴城去，問路到了元帝觀，原來師父回來不久。石太璞進門後參見師父。師父問：「為何而來？」石太璞看見廚房裡有一隻老狐狸，小腿上被打了一個洞綁在那裡。石太璞笑著說：「弟子這次來，正是為了這個老妖精。」師父再問他，說：「這是我的岳父。」把實情告訴了師父。師父說牠狡詐，不肯輕易釋放。石太璞一再請求，他才答應。石太璞於是詳細講述了牠的詭詐之處，老狐狸聽了，把身體擠進灶裡，好像感到慚愧的樣子。道士笑著說：「牠的羞惡之心，還沒完全喪失。」石太璞站起來，牽著牠出來，用刀割斷繩子並把繩子抽出來。狐狸疼痛到極點，牙齒咬得格格作響。石太璞不一下子抽出來，故意停頓一下，笑著問道：「老岳父痛了，不抽行嗎？」狐狸目光閃爍，似乎很生氣。放開後，搖著尾巴走出道觀離開了。石太璞告辭回家。三天前，已經有人報告了老頭的消息，老太太先走了，留下女兒等候石太璞。石太璞回到家，長亭迎上去跪下。石太璞扶起她說：「你如果不忘掉夫妻恩愛之情，就不用表達感激之情。」長亭說：「現在又遷回舊居來了，村子離得很近，消息不會隔絕。我想回家看看，三天就回來，你相信嗎？」石太璞說：「兒子生下來就沒有母親，也沒有夭折。我天天獨居，已經習慣。現在我不像趙公子，反而以德報怨，應該為你做的都做了。如果不回來，在你來說是忘恩負義，道路雖近，也不會再去找了，還有什麼相信不相信的？」長亭第二天走，兩天就回來了。石太璞問：「怎麼這麼快？」長亭說：「父親因為你在汴城曾經戲弄他，不能忘懷，說起來絮絮叨叨；我不想再聽，所以早回來了。」從此，長亭和母親、妹妹來往密切，而岳父和女婿之間還是不相往來。

異史氏說：「狐狸性情反覆，非常狡詐。悔婚的事，對兩個女兒如出一轍，其詭詐可想而知了。但石太璞靠要脅訂婚，這是導致狐翁悔婚的前因。再說女婿既然因愛牠的女兒而救牠，只應該丟開過去的恩怨而用仁德感化牠；卻又在危急之中戲弄牠，難怪牠會沒齒不忘啊！天下有岳父和女婿不能很好相處的，就類似這種情況。」

【研析】〈長亭〉講述了石太璞娶狐女長亭為妻的故事。石太璞精通驅鬼之術，一老叟請其為小女兒紅亭治病。原來紅亭是為鬼所惑。鬼告訴石太璞，老叟一家乃狐所化，如果石太璞手下留情，自己願意幫助他娶到狐叟的長女長亭。石太璞見長亭光豔尤絕，「蹀躞之間，意動神流」，便故意要挾狐叟將長亭嫁給他。後鬼離去，紅亭病癒，但狐叟暗生反悔之意，並預謀加害石太璞。幸好長亭得到消息，助其脫離險境。長亭與石太璞結為夫妻，生子慧兒。不料，長亭回家探母，卻為父親扣押。後來狐叟被石太璞的師父所縛，長亭懇求石太璞救出父親，兩人終成眷屬。

相比《聊齋》的其他名篇來說，〈長亭〉故事本身並不複雜，其情節設置、人物形象等也符合全書的共同特徵，可以說是「狐女」類小說的代表作品之一。除了蒲松齡為長亭設定的身分符號之外，她完全被賦予人的品格和情感。她遵守父母之命，決意嫁給石太璞，把自己的命運和石太璞緊緊聯繫起來。當狐叟想殺掉石太璞時，她暗中通風報信，使石太璞躲過一劫。石太璞回家後，狐媼每天與狐叟吵鬧，長亭也「飲泣不食」，終於達到和石太璞結成夫妻的目的。同時，她不僅癡於情，還忠於孝道。比如，對石父之孝。長亭聽說石父病亡，她就沒有告訴父親，直接回到石家料理家務，她對石太璞說：「適家人由海東經此，得翁凶問。妾遵嚴命而絕兒女之情，不敢循亂命而失翁媳之禮。妾來時，母知而父不知也。」但明倫評價說：「權其輕重，衡其緩急，以禮自處，復以禮處人。」又如，對其母之孝。有人來告訴她母親病了，請她回娘家，她給石太璞提出來的理由是「妾為君父來，君不為妾母放令去耶」。但明倫評價說：「純乎天理，合乎人情。」再如，對其父之孝。雖然其父一再阻撓他們的愛情，長亭卻並不因此記恨父親，在父親落難時，她央求丈夫設法營救。當看到丈夫為此手舞足蹈時，她嚴辭怒斥，拂袖而出。在長亭身上，情與孝同等重要，她並沒有執著於一方，而忽視另一方。但明倫對長亭極為讚賞，在文章最後專門對她有一段將近四百字的評論，稱許她「之所以處父子夫妻之間，常變經權，可謂斟酌盡善矣」。

本文另一點值得關注的是石太璞獲得長亭的「非道德性」。他本來應狐叟之請前往驅鬼，鬼對他說「鬼為狐祟，陰騭無傷，君何必離人之緣而護之也？女之姊長亭，光艷尤絕。敬留全璧，以待高賢。彼如許字，方可為之施治；爾時我當自去」。當他見到長亭之後，就「心殊不在鬼矣」，開始盤算如何才能把長亭娶到手。這種受人之託卻不能忠人之事，反而從中牟取私利的行為顯然不符合傳統道德要求。儘管最後與長亭成親，但成親前後都因此經歷了種種磨難。在但明倫看來，長亭一家的狐精身分可以抹去石太璞道德上的缺陷。對於石太璞尋找藉口不去驅鬼，但明倫評價說：「方將德鬼，何敢驅鬼。（狐叟）為鬼祟女，特延來治鬼；鬼又薦女，而治之者之心不在鬼，是又添一祟矣。人為狐祟，不惟陰騭無傷，且功德不少。」但在何守奇看來，「有挾而求，石固未是」，石太璞並非道德上的完人。蒲松齡也認為，「然要而婚之，是啟其悔者已在初也」。因為在蒲松齡這裡，雖然寫狐，實則寫人。狐與妖只是蒙在現實上的一層面紗，揭開這層面紗，就是活生生的人的世界。恰恰這些有情有義、情深意重的賢德女子，給在現實生活中的蒲松齡帶來了些許安慰。

素秋

俞慎，字謹庵，順天舊家子❶。赴試入都，舍於郊郭。時見對戶一少年，美如冠玉❷，心好之，漸近與語，風雅尤絕。大悅，捉臂邀至寓，便相款宴。審其姓氏，自言：「金陵人，姓俞，名士忱，字恂九。」公子聞與同姓，又益親洽，因訂為昆仲❸；少年遂以名減字為忱。明日，過其家，書舍光潔；然門庭踧落❹，更無廝僕。引公子入內，呼妹出拜，年十三四已來，肌膚瑩澈，粉玉無其白也。少頃，托茗獻客，似家中亦無婢媼。公子異之，數語遂出。由是友愛如胞。恂九無日不來寓所，或留共宿，則以弱妹無伴為辭。公子曰：「吾弟流寓千里，曾無應門之僮，兄妹纖弱，何以為生矣？計不如從我去，有斗舍可共棲止，如何？」恂九喜，約以闈後。

試畢，恂九邀公子去，曰：「中秋月明如晝，妹子素秋，具有蔬酒，勿違其意。」竟挽入內。素秋出，略道溫涼，便入複室，下簾治具。少間，自出行炙❺。公子起曰：「妹子奔波，情何以忍！」素秋笑入。頃之，搴簾出，則一青衣婢捧壺；又一媼托柈❻進烹魚。公子訝曰：「此輩何來？不早從事，而煩妹子？」恂九微哂曰：「素秋又弄怪矣。」但聞簾內吃吃作笑聲，公子不解其故。既而筵終，婢媼撤器，公子適嗽，誤墮婢衣；婢隨唾而倒，碎碗流炙。視婢，則帛翦小人，僅四寸許。恂九大笑，素秋笑出，拾之而去。俄而婢復出，奔走如故。公子大異之。恂九曰：「此不過妹子幼時，卜紫姑❼之小技耳。」公子因問：「弟妹都已長成，何未婚姻？」答云：「先人即世❽，去留尚無定所，故此遲遲。」遂與商定行期，鬻宅，攜妹與公子俱西。

既歸，除舍舍之；又遣一婢為之服役。公子妻，韓侍郎之猶女❾也，尤憐愛素秋，飲食共之。公子與恂九亦然。而恂九又最慧，目下十行，試作一藝[10]，老宿不能及之。公子勸赴童子試。恂九曰：「姑為此業者，聊與君分苦耳。自審福薄，不堪仕進；且一入此途，遂不能不戚戚於得失，故不為也。」

居三年，公子又下第。恂九大為扼腕，奮然曰：「榜上一名，何遂艱難若此！我初不欲為成敗所惑，故寧寂寂耳；今見大哥不能自發舒，不覺中熱[11]，十九歲老童，當效駒馳也。」公子喜，試期，送入場，邑、郡、道皆第一。益與公子下帷攻苦。逾年科試，並為郡、邑冠軍。恂九名大噪，遠近爭婚之，恂九悉卻去。公子力勸之，乃以場後為解。

無何，試畢，傾慕者爭錄其文，相與傳頌；恂九亦自覺第二人不屑居也。榜既放，兄弟皆黜。時方對酌，公子尚強作噱[12]；恂九失色，酒盞傾墮，身仆案下。扶置榻上，病已困殆。急呼妹至，張目謂公子曰：「吾兩人情雖如胞，實非同族。弟自分已登鬼籙[13]。銜恩無可相報，素秋已長成，既蒙嫂氏撫愛，媵之可也[14]。」公子作色曰：「是真吾弟之亂命矣！其將謂我人頭畜鳴[15]者耶！」恂九泣下。公子即以重金為購良材[16]。恂九命舁至，力疾[17]而入。囑妹曰：「我沒後，急闔棺，無令一人開視。」公子尚欲有言，而目已瞑矣。公子哀傷，如喪手足。然竊疑其囑異，俟素秋他出，啟而視之，則棺中袍服如蛻[18]；揭之，有蠹魚[19]徑尺，僵臥其中。駭異間，素秋促入，慘然曰：「兄弟何所隔閡？所以然者，非避兄也；但恐傳布飛揚[20]，妾亦不能久居耳。」公子曰：「禮緣情制[21]；情之所在，異族何殊焉？妹寧不知我心乎？即中饋當無漏言，請勿慮。」遂速卜吉期，厚葬之。

初，公子欲以素秋論婚於世家，恂九不欲。既沒，公子以商素秋，素秋不應。公子曰：「妹年已二十矣，長而不嫁，人其謂我何？」對曰：「若然，但惟兄命。然自顧無福相，不願入侯門，寒士而可。」公子曰：「諾。」不數日，冰媒[22]相屬，卒無所可。先是，公子之妻弟韓荃來吊，得窺素秋，心愛悅之，欲購作小妻[23]。謀之姊，姊急戒勿言，恐公子知。

韓去，終不能釋，托媒風示公子，許為買鄉場關節㉔。公子聞之，大怒，詬罵，將致意者批逐出門，自此交往遂絕。

適有故尚書之孫某甲，將娶而婦忽卒，亦遣冰來。其甲第雲連㉕，公子之所素識，然欲一見其人，因與媒約，使甲躬謁㉖。及期，垂簾於內，令素秋自相之。甲至，裘馬騶從㉗，炫耀閭里。又視其人，秀雅如處女。公子大悅，見者咸贊美之，而素秋殊不樂。公子不聽，竟許之，盛備奩裝㉘，計費不貲。素秋固止之，但討一老大婢，供給使而已。公子亦不之聽，卒厚贈焉。

既嫁，琴瑟甚敦。然兄嫂常繫念之，每月輒一歸寧。來時，奩中珠繡，必攜數事，付嫂收貯。嫂未知其意，亦姑從之。甲少孤，止有寡母，溺愛過於尋常，日近匪人㉙，漸誘淫賭，家傳書畫鼎彝，皆以鬻償戲債㉚。而韓荃與有瓜葛，因招飲而竊探之，願以兩妾及五百金易素秋。甲初不肯；韓固求之，甲意似搖，然恐公子不甘。韓曰：「我與彼至戚，此又非其支系㉛，若事已成，則彼亦無如何；萬一有他，我身任之。有家君在，何畏一俞謹庵哉！」遂盛妝兩姬出行酒，且曰：「果如所約，此即君家人矣。」甲惑之，約期而去。

至日，慮韓詐諼㉜，夜候於途，果有輿來，啟簾照驗不虛，乃導去，姑置齋中。韓僕以五百金交兌俱明。甲奔入，偽告素秋，言公子暴病相呼。素秋未遑理妝，草草遂出。輿既發，夜迷不知何所，逴行㉝良遠，殊不可到。忽有二巨燭來，眾竊喜其可以問途。無何，至前，則巨蟒兩目如燈。眾大駭，人馬俱竄，委輿路側；將曙復集，則空輿存焉。意必葬於蛇腹，歸告主人，垂首喪氣而已。

數日後，公子遣人詣妹，始知為惡人賺去，初不疑其婿之偽也。取婢歸，細詰情跡，微窺其變，忿甚，遍愬郡邑㉞。某甲懼，求救於韓。韓以金妾兩亡，正復懊喪，斥絕不為力。甲呆憨無所復計，各處勾牒至，但以賂囑免行。月餘，金珠服飾，典貨一空。公子於憲府㉟究理甚急，邑官皆奉嚴令，甲知不可復匿，始出，至公堂實情盡吐。蒙憲票拘韓對質。韓懼，以情告父。父時休致[36]，怒其所為不法，執付隸。既見諸官府，言及遇蟒之變，悉謂其詞枝[37]；家人搒掠殆遍，甲亦屢被敲楚[38]。幸母日鬻田產，上下營救，刑輕得不死，而韓僕已瘐斃矣。韓久困囹圄，願助甲賂公子千金，哀求罷訟。公子不許。甲母又請益以二姬，但求姑存疑案，以待尋訪；妻又承叔母命，朝夕解免，公子乃許之。甲家綦貧，貨宅辦金，而急切不能得售，因先送姬來，乞其延緩。

逾數日，公子夜坐齋頭，素秋偕一媼，驀然忽入。公子駭問：「妹固無恙耶？」笑曰：「蟒變乃妹之小術耳。當夜竄入一秀才家，依於其母。彼自言識兄，今在門外，請入之也。」公子倒屣而出[39]，燭之，非他，乃周生，宛平[40]之名士也，素以聲氣相善。把臂入齋，款洽臻至。傾談既久，始知顛末[41]。

初，素秋昧爽款生門，母納入，詰之，知為公子妹，便將馳報。素秋止之，因與母居。慧能解意，母悅之，以子無婦，竊屬意素秋，微言之[42]。素秋以未奉兄命為辭。生亦以公子交契[43]，故不肯作無媒之合，但頻頻偵聽。知訟事已有關說[44]，素秋乃告母欲歸。母遣生率一媼送之，即囑媼媒焉。公子以素秋居生家久，竊有心而未言也；及聞媼言，大喜，即與生面訂為好。

先是，素秋夜歸，將使公子得金而後宣之；公子不可，曰：「向憤無所洩，故索金以敗之耳。今復見妹，萬金何能易哉！」即遣人告諸兩家，頓罷之[45]。又念生家故不甚豐，道賒遠[46]，親迎殊艱，因移生母來，居以恂九舊第；生亦備幣帛鼓樂，婚嫁成禮。

一日，嫂戲素秋：「今得新婿，曩年枕席之愛，猶憶之否？」素秋微笑，因顧婢曰：「憶之否？」嫂不解，研問之，蓋三年床第，皆以婢代。每夕，以筆劃其兩眉，驅之去，即對燭而坐，婿亦不之辨也。益奇之，求其術，但笑不言。

次年大比[47]，生將與公子偕往。素秋以為不必。公子強挽之而去。是科，公子薦於鄉，生落第歸，隱有退志。逾歲，母卒，遂不復言進取矣。

一日，素秋告嫂曰：「向問我術，固未肯以此駭物聽也。今遠別行有日矣，請秘授之，亦可以避兵燹[48]。」驚而問之。答云：「三年後，此處當無人煙。妾荏弱不堪驚恐，將蹈海濱而隱。大哥富貴中人，不可以偕，故言別也。」乃以術悉授嫂。數日，又告公子。留之不得，至於泣下。問：「往何所？」即亦不言。雞鳴早起，攜一白鬚奴，控雙衛[49]而去。公子陰使人委送之，至膠萊之界[50]，塵霧障天，既晴，已迷所往。

三年後，闖寇[51]犯順，村舍為墟。韓夫人剪帛置門內，寇至，見雲繞韋馱[52]高丈餘，遂駭走，以是得無恙焉。後村中有賈客至海上，遇一叟甚似老奴，而髭髮盡黑，猝不敢認[53]。叟停足而笑曰：「我家公子尚健耶？借口寄語：秋姑亦甚安樂。」問其居何里，曰：「遠矣，遠矣！」

匆匆遂去。公子聞之，使人於所在遍訪之，竟無蹤跡。

異史氏曰：「管城子無食肉相㊹，其來舊矣。初念甚明，而乃持之不堅。寧知糊眼主司㊺，固衡命不衡文耶？一擊不中㊻，冥然遂死，蠹魚之癡，一何可憐！傷哉雄飛，不如雌伏㊼。」

【注釋】❶舊家子　世家子弟。❷冠玉　裝飾在帽子上的玉，比喻美男子。❸訂為昆仲　結為兄弟。昆，哥哥。仲，弟弟。❹踧落　冷落。踧，道路平坦的樣子。❺炙　烤熟的肉食，引申為菜肴。❻柈　通「盤」。盛物之器。❼紫姑　民間傳說其為廁神，世人謂其能先知，多迎祀於家，占卜諸事。此指剪帛為人的幻術。❽即世　去世。❾猶女　侄女。❿一藝　一篇八股文。⓫中熱　內心急躁，指功名仕進之心被激發起來。⓬噱　談笑。⓭鬼籙　死者名冊。籙，簿籍。⓮媵之可也　可收之為姬妾。⓯人頭畜鳴　外形像人但行為像畜牲，此處指品行極端惡劣的人。⓰良材　上等棺材。⓱力疾　竭力支撐病體。⓲蛻　蛇、蟬等脫下的舊表皮。⓳蠹魚　一類較原始的無翅小型昆蟲，身體細長而扁平，上有銀灰色細鱗。⓴傳布飛揚　傳播聲揚。㉑禮緣情制　禮節是根據人之常情制定的。㉒冰媒　媒人。冰人即媒人，見《晉書·索紞傳》。㉓小妻　妾。㉔買鄉場關節　用錢買通鄉試的關節。㉕雲連　與雲相連接，比喻雄壯的高門大宅。㉖躬謁　親自來拜見。㉗騶從　古代貴族的騎馬的侍從。㉘奩裝　即妝奩，這裡指嫁妝。㉙匪人　不正派之人。㉚鬻償戲債　賣掉（家傳書畫鼎彝）償還賭債。㉛支系　宗族的分支，指同族。㉜詐諼　欺詐；弄虛作假。㉝逴行　遠行。㉞遍愬郡邑　向府縣提出訴訟。愬，同「訴」。㉟憲府　舊時稱御史為憲府，這裡指朝廷派駐各行省的高級官吏衙門，指御史臺。㊱休致　官員年老退休去職。清朝時，官員因年老不能勝任而自請去職，稱「自請休致」，朝廷亦常對年老不能勝任官員給予「原品休致」；如因年老不稱職而被命令退休或加以處分，稱「勒令休致」。㊲悉謂其詞枝　都認為他是胡編亂扯。㊳敲楚　扑責。㊴倒屣而出　倒穿著鞋子出來，比喻急切地相見。㊵宛平　舊縣名，在今北京。㊶顛末　事情的原委。㊷微言之　稍微言及此事，即婉轉地表明心事。㊸交契　交情好。契，情投意合。㊹關說　用言辭來打通關節，說人情。㊺罷之　不再提起訴訟。㊻道賒遠　道路遙遠。㊼大比　明清每三年舉行的一次鄉試，稱為大比。㊽兵燹　因戰亂而造成的焚燒破壞等災害。㊾雙衛　兩頭驢。衛，驢的別稱。㊿膠萊之界　膠州、萊州一帶。(51)闖寇　明末李自成的部隊。(52)韋馱　佛教的護法神。(53)猝不敢認　倉促之間不能認出。(54)管城子無食肉相　讀書人沒有做官的福相。管城子，毛筆，這裡代指讀書人，見韓愈〈毛穎傳〉。(55)糊眼主司　眼睛昏花、不能識才的科場主考官。(56)一擊不中　一次考不中。(57)傷哉雄飛二句　俞恂九奮然應考，沒有考中卻把性命丟了，這是十分可悲的，倒不如像女子一樣居家還安逸些。

【語　譯】俞慎，字謹庵，順天府世家貴族的公子。進京參加科舉考試，住在城郊。經常見到對門一個年輕人，美得像裝飾在帽子上的玉一樣。俞公子心裡很喜歡他，漸漸跟他接近，和他說話，覺得他十分風流儒雅。俞公子很高興，拉著他的手臂請他到自己的住處，設宴款待。問他的姓名，他自我介紹說：「我是金陵人，姓俞，名叫士忱，字恂九。」公子聽到和自己同姓，又更加親近，於是結拜為兄弟。年輕人於是把名字減去一個字，改為俞忱。第二天，公子到恂九家，書房光亮整潔；但是門庭冷落，更沒有半個僕人。把公子領到內室，叫妹妹出來拜見，那少女十三四歲，肌膚晶瑩透澈，粉玉也沒有這麼白。不久，她托出一杯茶水獻給客人，好像家中也沒有婢女僕婦。公子感到奇怪，說了幾句話就出來了。從此兩人互相友愛像同胞兄弟。恂九沒有一天不來公子的住所；公子有時留他同住，恂九就以妹妹沒人陪伴作為託詞。公子說：「弟弟你離家千里，又沒有看門的僮僕，兄妹倆體質纖弱，靠什麼生活？算起來不如跟著我去，有小房子可以一起居住，怎麼樣？」恂九很高興，約好考試後就過去。

考試結束了，恂九邀請公子過來，說：「中秋佳節，月明如畫，妹妹素秋準備了一些酒菜，不要辜負了她的心意。」逕直挽著公子進去。素秋出來，略略寒暄了幾句，就進了裡屋，放下簾子準備酒菜。一會兒，自己把菜端出來。公子站起來說：「妹妹奔波勞累，怎麼忍心呢！」素秋笑著進去。不久有人掀簾子出來，原來是一個青衣婢女捧著酒壺，又一個僕婦托著盤子奉上煮好的魚。公子吃驚地問：「這些人哪裡來的？不早出來做事，而勞煩妹妹動手？」恂九微笑著說：「素秋又作怪了。」只聽見簾內吃吃的笑聲，公子不明白原因。吃完了飯後，婢女僕婦來撤餐具，公子正好咳嗽，不小心把口水噴在婢女的衣服上；婢女立即倒在地上，打碎的碗流出了菜汁。看看婢女，原來是綢子剪的小人，只有四寸長。恂九大笑。素秋笑著出來，撿起來就離開了。不久那婢女又出來，來回奔走和原來一樣。公子十分驚異。恂九說：「這不過是妹妹小時候做紫姑占卜一類的小玩藝罷了。」公子於是問：「弟弟和妹妹都已長大成人，為何沒有結婚？」回答說：「父母去世，我們到處漂泊，居無定所，所以遲遲沒有成家。」於是他們商定出發的日期，賣掉房子，帶著妹妹和公子一起西行。

到了公子家後，公子清掃房間安排他們住下；又派一個婢女服侍他們。公子的妻子，是韓侍郎的侄女，尤其喜愛素秋，吃喝都在一起。公子和恂九也是這樣。而恂九又很聰慧，一目十行，試寫一篇八股文，老學究也比不上他。公子勸恂九參加童子試。恂九說：「我暫且讀書寫文章，只是陪你吃吃苦罷了。我自己知道福薄，不能做官；而且一入此途，就不能不為得失憂心，所以不做。」

住了三年，公子又落第。恂九很替他扼腕歎息，激動地說：「榜上有名，怎麼這樣艱難！我原來不想為得失成敗所迷惑，所以寧願寂默無聞；現在看見大哥不能發達，不禁內心發熱，我這個十九歲的老學童，也要仿效少年參加童子試去。」公子聽了很高興，到了考試時間，送他進入考場，在縣、府、道都得了第一名。從此更和公子一起關在家裡刻苦讀書。第二年科試，又得到府、縣兩個冠軍。恂九名聲大振，遠近的人都想把女兒嫁給他，恂九都推掉了。公子極力勸他，他就用考完舉人後再說自解。

不久，考試完畢，傾慕的人爭相抄錄他的文章，相互傳誦；恂九也自己覺得不屑於當第二名。發榜後，兄弟兩人都榜上無名。當時兩人正在對飲，公子還強作笑語；恂九變了臉色，酒杯掉在地上，身子倒趴在桌子下面。扶他到床上，病情已經十分嚴重了。急忙把素秋喊來，恂九睜眼對公子說：「我們兩人雖然情同手足，實際上並不是同類。我自料已經登上了鬼籍，受哥哥的恩德無以報答，素秋已經長大成人，既然受嫂子撫愛，可以娶她作妾。」公子生氣地說：「這真是弟弟的無理囑咐！難道說我是長著人頭的畜生嗎！」恂九眼淚掉了下來。公子馬上用重金為他購買上等棺材。恂九叫人把棺材抬來，奮力爬進去。囑咐妹妹說：「我死後，趕快合上棺材，不要讓任何人打開看。」公子還想說話，而恂九已經閉上眼睛了。公子哀痛悲傷，好像死了親兄弟一樣。然而私下裡懷疑他的遺囑很奇怪，趁素秋外出，打開棺材一看，只見棺材中衣服像蛻下的皮一樣；揭開一看，有蛀書蟲約一尺粗細，僵臥在裡面。正在驚駭怪異的時候，素秋匆匆進來，淒慘地說：「兄弟間有什麼隔閡呢？之所以這樣做，不是為瞞著哥哥；只怕張揚出去，我也不能久留了。」

公子說：「禮義是根據人的情感制定出來的；有了情感，不是同類又有什麼不同？妹妹難道不知道我的內心嗎？即使對我的妻子也不會洩漏，請不要擔心。」於是迅速擇定吉日，厚葬了恂九。

當初，公子想把素秋嫁到世家貴族，恂九不同意。恂九死後，公子和素秋商量，素秋沒有回答。公子說：「妹妹已經二十歲了，長大了卻不出嫁，別人會說我什麼呢？」素秋回答說：「如果這樣，就聽哥哥的吩咐。但我看自己沒有福相，不願嫁入侯門，嫁個貧寒的讀書人就行了。」公子說：「好。」沒有幾天，媒人相繼上門，終究沒有她中意的。早些時候，公子的舅子韓荃前來弔唁，見過素秋，心裡十分喜愛，想把她買下來當妾。和他的姐姐商量，姐姐急忙告誡他不要說，恐怕公子知道。韓荃離開，始終放不下，託媒人暗示公子，願意幫他買通舉人考場上的關節。公子一聽，十分憤怒，大罵了一頓，把傳話者打出門去。從此，兩家斷絕了交往。

正好有個已故尚書的孫子某甲，將要娶親，未婚妻忽然死了，也託媒人來提親。他們家高大的房子看上去和雲彩連在一起，公子平素也知道；但想見見某甲，所以和媒人約好，讓某甲親自來拜謁。到了來訪那天，在內室垂下門簾，讓素秋自己相看。某甲來到，鮮衣駿馬，大批隨從，讓整個街巷都光彩奪目。又看看他本人，清秀文雅像個處女一樣。公子非常喜歡，看見的人都讚美他，但素秋很不樂意。公子不聽，最終答應某甲的提親。籌辦了豐盛的嫁妝，花了無數的錢。素秋極力勸阻，只要了一個年齡較大的婢女，供自己使喚而已。公子也不聽，最後陪送了大量嫁妝。

嫁過去後，夫妻感情非常恩愛和睦。但哥哥嫂子經常掛念她，每月都回來一趟。來的時候，必然把梳妝匣裡的珠寶絲繡帶幾件來，交給嫂子收好。嫂子不知道她的用意，就姑且按她的意思收下。某甲從小喪父，只有個寡母，對他過於溺愛，每天和不正經的人接近，他們漸漸引誘某甲去嫖賭，家傳的書畫鼎彝，都被某甲賣掉用來還賭債。而韓荃與他有些來往，請他喝酒，私下探聽他的態度，想用兩個姬妾再加五百兩銀子來換素秋。某甲起初不肯；韓荃再三懇求他，某甲意念似乎動搖了，但恐怕公子不會甘心。韓荃說：「我和他是至親，素秋又和他不是同族，如果事情辦成了，他也無可奈何；萬一有麻煩，我自己擔當。有家父在，何必怕一個俞謹庵呢！」於是叫兩個姬妾盛妝出來斟酒，並說：「果然像咱們約定的，她們就是你家的人了。」某甲迷惑了，定好日期離開了。

到了約定的那天，某甲怕韓荃有詐，夜裡在路上等著，果然有車子來，掀開簾子，拿燈照看，果然是那兩個姬妾，於是導引他們回去，暫時安置在書房裡。韓荃的僕人把五百兩銀子交兌明白。某甲跑進內室，對素秋撒謊，說公子得了急病，叫她回去。素秋來不及梳妝，匆匆忙忙出了門。車子出發後，黑夜裡迷了路，不知到了哪裡，走了很遠，總到不了韓家。忽然有兩只很大的燈過來，眾人心裡高興可以問路了。不久，大燈來到面前，原來是一條巨蟒，兩隻眼睛像燈一樣。眾人大驚，人馬都逃竄了，把車子扔在路邊；天將明時人們又聚集起來，只有空車在那裡。人們料想素秋一定葬身蛇腹，回家告訴主人，韓荃只有垂頭喪氣而已。

幾天後，公子派人看望妹妹，才知道被惡人騙走，起初並不懷疑是妹夫作假。把素秋的婢女接回來，仔細詢問當時情形，稍微看出其中的變故，公子氣憤極了，告遍了府縣衙門。某甲害怕了，向韓荃求救。韓荃因為既失去了銀子又失去了姬妾，還正在懊喪，把某甲斥罵一通，拒絕替他出力。某甲呆頭呆腦，沒有別的辦法，各處官府發來傳票，只有用賄賂來躲過傳訊。一個多月後，金銀珠寶、衣服首飾都典賣一空。公子在省衙門告得很急，知府、縣令都接到嚴厲的命令，某甲知道不能再躲了，這才出來，到公堂上把實情都說了。官府拿了省衙門的傳票拘押韓荃來對質。韓荃害怕了，把事情告訴了父親。父親當時退休在家，對兒子所做的不法之事感到憤怒，把他捆起來交給差役。到了官府見了官，說到遇見巨蟒的變故，都說他胡編亂造；韓家的僕人幾乎被拷問遍了，某甲也屢次受刑被打。幸虧他母親天天變賣田產，上下營救，受刑較輕，免遭一死，而韓家僕人已經死在獄中。韓荃久困牢獄，願意資助某甲一千兩銀子賄賂公子，哀求他撤回訴訟。公子不答應。某甲的母親又請求再送他兩個姬妾，只求暫存疑案，以待尋訪；妻子又受嬸嬸的囑託，早晚替韓荃說情，公子才答應了。某甲家十分貧困，賣了宅子置辦銀子，但一時間賣不出去，於是先送姬妾來，乞求延緩幾天。

過了幾天，公子晚上坐在書房裡，素秋帶著一個僕婦，忽然進來。公子吃驚地問道：「妹妹原來沒事啊？」笑著回答說：「巨蟒之變只是妹妹的小法術罷了。當天晚上逃到一個秀才家，寄住在秀才的母親身邊。他自己說認識哥哥，現在在門外，請他進來吧。」公子急切地迎了出去，用燈一照，不是別人，原來是周生，他是宛平的名士，兩人平素意氣相投。公子牽著周生的手進了書房，非常熱情周到地款待他。傾心交談了很久，才知道事情始末。

當時，素秋清晨敲周生家門，周母讓她進去，問她什麼情況，才知道是公子的妹妹，就想馬上告訴公子。素秋阻止了她，就和周母住在一起。素秋聰慧又善解人意，周母很喜歡她，因為兒子沒有妻室，心裡中意素秋，婉轉地說了。素秋用沒得到哥哥的同意來推辭。周生也因為和公子有交情，所以不肯不經媒人隨意結合，只是頻頻打聽情況。知道官司已做了調解，素秋才告訴周母說要回家。周母叫周生帶一個僕婦送她，就囑咐僕婦說媒。公子因為素秋住在周家很久了，心裡有了這個想法但沒說出來；等到聽了僕婦的話，非常高興，馬上就和周生當面訂為姻親。

本來素秋夜裡回家，想叫公子得到銀子後再說出來。公子不答應，說：「以前憤恨無所發洩，所以索要銀子使他家破敗。現在又見到妹妹，萬兩銀子也不換啊！」當即派人告訴兩家，官司立刻了結。又想周生家一向不富裕，道路遙遠，迎親很困難，便把周母接來，住在恂九以前住的房子裡；周生也準備聘禮和鼓樂，舉行了婚禮。

一天，嫂子對素秋開玩笑說：「現在有了新夫婿，往年的枕席之愛，還記得嗎？」素秋微微一笑，回頭問婢女說：「記得嗎？」嫂子不明白，追問起來，原來三年的床笫之歡，都是用婢女作替身。每天晚上，用筆描畫婢女的眉毛，把她趕過去，就是對著燈燭坐著，丈夫也辨認不出來。嫂子更覺得神奇了，要學她的法術，素秋只是笑著不說話。

第二年鄉試，周生準備和公子一同去考。素秋認為沒有必要，公子硬拉他去。這一科公子考中了舉人，周生落第而歸，暗暗有了退隱的念頭。過了一年，周母去世，他就不再提科考的事了。一天，素秋對嫂子說：「你以前問我的法術，我本來不想用這些來駭人聽聞。現在遠行分別的日子近了，請讓我祕密地傳授給你，也可以躲避兵災。」嫂子吃驚地問她，回答說：「三年後，這裡會變得沒有人煙。我身體柔弱，經不起驚嚇，想到海邊隱居。大哥是富貴之中的人，不能一起去，所以說要分別了。」於是把法術都傳授給嫂子。幾天後，又告訴公子。公子挽留不住，以致流下了眼淚。他問素秋：「到什麼地方去？」素秋也不說。雞叫時，素秋夫婦早早起床，帶一個白鬍子老僕人，騎著兩頭毛驢走了。公子暗地裡叫人尾隨著，到膠萊地界，塵霧滿天，轉晴後，已經找不到他們了。

三年後，李闖王的兵馬進犯順天府，村舍成為廢墟。韓夫人剪了一塊綢子掛在門裡，闖王的士兵來到，看見雲霧環繞著韋馱神，有一丈多高，就嚇跑了，因此得以安然無恙。後來村裡有個商人來到海上，遇見一個老頭很像那個老僕人，不過頭髮鬍子都是黑的，商人倉猝之間不敢相認。老頭停下腳步笑著說：「我家公子還健壯嗎？借你的口捎句話：素秋姑娘也很安樂。」商人問他們住在哪裡，老頭說：「遠了！遠了！」說完匆匆離開了。公子聽說後，派人在那裡到處尋訪，始終沒有一點蹤跡。

異史氏說：「讀書人沒有做官的福相，這是由來已久的。俞恂九最初的想法很明智，後來卻把持得不夠堅定。難道不知老眼昏花的主考官本來就只看命運、不看文章嗎？一次不能考中，就黯然死去，蛀書蟲的癡呆勁，多麼可憐啊！奮然應考，沒有考中卻把性命丟了，這是十分可悲的，倒不如像女子一樣居家還安逸些。」

【研　析】故事講述了書生俞慎和蠹魚精兄妹交遊的故事。俞慎是舊家子弟，因為進京參加科考，結識俞恂九及其妹素秋。恂九兄妹是蠹魚精所化，蠹魚即是書蟲。俞慎見他們遠離家鄉，無人照應，就邀請他們到自己家住。俞慎屢次落第，恂九不禁心中發熱，也要參加科考。結果，俞慎、恂九雙雙落第。恂九一病不起，將妹妹託付給俞慎後，就死去了。俞慎發現恂九原是蠹魚所變，但並未因此嫌棄素秋，他認為「禮緣情制；情之所在，異族何殊焉」。俞慎於是積極為素秋物色丈夫，不料使之誤嫁故尚書之孫某甲。素秋用計擺脫某甲、韓荃等人，嫁給宛平名士周生。後來，素秋和周生一起隱居，並預先告知俞慎一家讓他們能在危急時避開禍亂。

故事的前半段主要敘述俞慎和俞恂九的知己之誼。俞慎之所以欣賞恂九，是因為他「美如冠玉」、「風雅尤絕」，又以同姓的原因，兩人結拜為兄弟。從此，兩人的交往圍繞科考展開。恂九能夠超脫世事之外，但他更是性情中人，為了友誼可以改變自己的人生選擇。他十分聰慧，「目下十行，試作一藝，老宿不能及之」。但恂九認為，「姑為此業者，聊與君分苦耳。自審福薄，不堪仕進；且一入此途，遂不能不戚戚於得失，故不為也」，也就是說，一旦進入科考軌道，就不能不患得患失，就像但明倫所說，「一入仕進之途，則終身不能跳出得失二字圈外」。當恂九見俞慎再次下第，不由得替他惋惜，想通過自己考試得中，讓大哥也揚眉吐氣。「試期，送入場，邑、郡、道皆第一」，「逾年科試，並為郡、邑冠軍」，「自覺第二人不屑居也」，不料，放榜後，兩人雙雙下第，恂九一病而亡。這固然是由於恂九自己想不開，但它真實地反映了科舉制度對知識分子心靈的戕害。這一段對素秋偶有涉及，主要是她「下簾治具」招待俞慎的一段文字，她那「卜紫姑之小技」，給人留下了深刻印象。

故事的後半部分主要是講述俞慎與素秋不是兄妹、勝似兄妹的友情。素秋的超凡法力在這一部分也有所表現，如蟒蛇之變、畫眉自代等，她還把自己的法術傳授給俞慎之妻。蒲松齡更突出強調了她見識的不同凡俗，主要表現在她的擇偶觀念和對待科舉的態度上。在擇偶觀念上，一開始，俞慎「欲以素秋論婚於世家」，素秋的哥哥恂九不同意。恂九去世後，素秋正式表達了她自己的想法，「不願入侯門，寒士而可」。公子為她擇定了故尚書之孫某甲。某甲家族顯赫，其人又「秀雅如處女」。不料婚後某甲「日近匪人，漸誘淫賭，家傳書畫鼎彝，皆以鬻償戲債」。在某甲答應韓荃以五百兩銀子加兩個姬妾換取素秋，素秋逃入宛平名士周生家裡。素秋十分尊重俞慎的意見，儘管她不願意嫁給某甲，後來也嫁了過去。在周生家時，她沒有同意周母的請求，「以未奉兄命為辭」。在對待科舉的態度上，俞慎想與周生一起去參加科考，「素秋以為不必」。這一點，素秋與恂九有著不同看法，恂九為俞慎落第所激發，最終參加了科考。素秋一開始就不同意周生應考。後來，周生落第而歸，她不願意在人世混跡，就與周生一起隱居了。

俞慎也是作者花費較多筆墨刻劃的一位人物。他心地善良，重情重義而又正直無私。他視恂九為平生知己，即使得知恂九為蠹魚精所變，也沒有嫌棄，並且將素秋作為親妹妹一樣看待。恂九臨終前將妹妹素秋託付給俞慎，讓其納為小妾以報知遇之恩。俞慎嚴辭拒絕，認為那樣做是「人頭畜鳴者」所為，充分體現了他正直無私的品格。後來，他對素秋的婚事也盡心盡力。儘管其見識比不上素秋，但選擇某甲也不是隨意而為，因為經歷了「冰媒相屬，卒無所可」的漫長挑選過程。得知素秋「遇難」後，俞慎立刻上訴公堂，定要為其討回公道。因此，俞慎被蒲松齡視為理想化的文人士子，不但有讀書作文的書卷氣，更有為朋友分擔憂愁的義氣和謀求人間正道的俠氣。在現實生活中，蒲松齡也是個嫉惡如仇的正直之人。他寫過〈上孫給諫書〉，揭露孫惠的家人橫行鄉里、作威作福，他還多次為民請命，請求革除蠹漕康利貞。可以說，俞慎的身上就有蒲松齡的影子。

人與異類之間的純潔友誼，也映襯出人與人關係的複雜與險惡。因見素秋美貌，俞慎妻弟韓荃就來求親。被俞慎拒絕後，韓荃就利用素秋丈夫某甲的弱點，要以兩妾及五百金換素秋。某甲一開始不同意。「韓固求之」，某甲有些動搖。韓荃就進一步勸他說：「我與彼至戚，此又非其支系，若事已成，則彼亦無如何；萬一有他，我身任之。有家君在，何畏一俞謹庵哉！」韓荃還讓兩個姬妾妝扮起來給某甲勸酒，說：「果如所約，此即君家人矣。」兩人終於達成了這筆交易。這一方面可以看出，女性在家庭中地位的低下，可以被丈夫拿來交換，另一方面，也反映出與小人交往，無處不是陷阱的社會現實。

當然，蒲松齡還是著力於諷刺、抨擊科舉不公。這是蒲松齡排遣仕途失意的一種手段，也成為他的一種創作習慣。比如，韓荃不聽姐姐的勸告，「托媒風示公子，許為買鄉場關節」。這一細節把鄉試背後金錢開道、行賄受賄的社會真實帶了出來。所以對於科考，恂九一開始不願意參加，素秋也不願意讓丈夫周生參加。最後，蒲松齡在「異史氏曰」裡說恂九：「初念甚明，而乃持之不堅。寧知糊眼主司，固衡命不衡文耶？一擊不中，冥然遂死，蠹魚之癡，一何可憐！傷哉雄飛，不如雌伏。」在這充滿激憤的語言裡，一方面有對衡命不衡文的糊眼主司的無限憤慨，另一方面也有對恂九喪命科場的深切同情，這當然也是蒲松齡的自我勸解之語。

阿纖

奚山者，高密❶人。貿販為業，往往客蒙沂之間❷。一日，途中阻雨，及至所常宿處，而夜已深，遍叩肆門，無有應者。徘徊廡下❸。忽二扉豁開，一叟出，便納客入。山喜從之。縶蹇❹登堂，堂上迄無几榻。叟曰：「我憐客無歸，故相容納。我實非賣食沽飲者。家中無多手指❺，惟有老荊弱女，眠熟矣。雖有宿肴❻，苦少烹瀹❼，勿嫌冷啜也。」言已，便入。少頃，以足牀❽來，置地上，促客坐；又入，攜一短足几至；拔來報往❾，蹀躞甚勞。山起坐不自安，曳令暫息。少間，一女郎出行酒。叟顧曰：「我家阿纖興矣。」視之，年十六七，窈窕秀弱，風致嫣然。山有少弟未婚，竊屬意焉。因詢叟清貫尊閥❿。答云：「士虛，姓古。子孫皆夭折，剩有此女。適不忍攪其酣睡，想老荊喚起矣。」問：

「婿家阿誰？」答言：「未字。」山竊喜。既而品味雜陳，似所宿具。食已，致恭⓫而言曰：「萍水之人，遂蒙寵惠，沒齒所不敢忘。緣翁盛德，乃敢遽陳朴魯⓬：僕有幼弟三郎，十七歲矣。讀書肄業，頗不頑冥⓭。欲求援繫⓮，不嫌寒賤否？」叟喜曰：「老夫在此，亦是僑寓⓯。倘得相托，便假一廬，移家而往，庶免懸念。」山都應之，遂起展謝⓰。叟殷勤安置而去。雞既唱，叟已出，呼客盥沐。束裝已，酬以飯金。固辭曰：「客留一飯，萬無受金之理；矧⓱附為婚姻乎？」

既別，客月餘，乃返。去村里餘，遇老媼率一女郎，冠服盡素。既近，疑似阿纖。女郎亦頻轉顧，因把媼袂，附耳不知何辭。媼便停步，向山曰：「君奚姓耶？」山唯唯。媼慘然曰：「不幸老翁壓於敗堵，今將上墓。家虛無人，請少待路側，行即還也。」遂入林去，移時始來。途已昏冥，遂與偕行。道其孤弱，不覺哀啼；山亦酸惻。媼曰：「此處人情大不平善，孤孀難以過度⓲。阿纖既為君家婦，過此恐遲時日，不如早夜同歸。」山可之。

既至家，媪挑燈供客已，謂山曰：「意君將至，儲粟都已糶去；尚存廿餘石，遠莫致之⑲。北去四五里，村中第一門，有談二泉者，是吾售主。君勿憚勞，先以尊乘運一囊去，叩門而告之，但道南村古姥有數石粟，糶作路用，煩驅蹄躈⑳一致之也。」即以囊粟付山。山策蹇去，叩戶，一碩腹男子出，告以故，傾囊先歸。俄有兩夫以五騾至。媪引山至粟所，乃在窖中。山下為操量執概㉑，母放女收㉒，頃刻盈裝，付之以去。凡四返而粟始盡。既而以金授媪。媪留其一人二畜，治任遂東。行二十里，天始曙。至一市，市頭賃騎，談僕乃返。

既歸，山以情告父母。相見甚喜，即以別第館媪，卜吉為三郎完婚。媪治奩妝甚備。阿纖寡言少怒；或與語，但有微笑；晝夜績織無停晷㉓：以是上下悉憐悅之。囑三郎曰：「寄語大伯：再過西道，勿言吾母子也。」居三四年，奚家益富，三郎入泮矣。一日，山宿古之舊鄰，偶及曩年無歸，投宿翁媪之事。主人曰：「客誤矣。東鄰為阿伯別第，三年前，居者輒睹怪異，故空廢甚久，有何翁媪相留？」山甚訝之，而未深言。主人又曰：「此宅向空十年，無敢入者。一日，第後牆傾，伯往視之，則石壓巨鼠如貓，尾在外猶搖。急歸，呼眾共往，則已渺矣。群疑是物為妖。後十餘日，復入試，寂無形聲；又年餘，始有居人。」山益奇之。

歸家私語，竊疑新婦非人，陰為三郎慮；而三郎篤愛如常。久之，家中人紛相猜議。女微察之，夜中語三郎曰：「妾從君數載，未嘗少失婦德；今置之不以人齒㉔。請賜離婚書，聽君自擇良偶。」因泣下。三郎曰：「區區寸心，宜所夙知。自卿入門，家日益豐，咸以福澤歸卿，烏得有異言？」女曰：「君無二心，妾豈不知；但眾口紛紜，恐不免秋扇之捐㉕。」三郎再四慰解，乃已。

山終不釋，日求善撲之貓，以覘其意。女雖不懼，然蹙蹙㉖不快。

一夕，謂媼小恙，辭三郎省侍㉗之。天明，三郎往訊，則室內已空。駭極，使人於四途蹤跡之，並無消息。中心營營，寢食都廢。而父兄皆以為幸，交慰藉之，將為續婚；而三郎殊不懌㉘。俟之年餘，音問已絕。父兄輒相誚責，不得已，以重金買妾，然思阿纖不衰。又數年，奚家日漸貧，由是咸憶阿纖。

有叔弟嵐以故至膠，迂道宿表戚陸生家。夜聞鄰哭甚哀，未遑詰也。既返，復聞之，因問主人。答云：「數年前，有寡母孤女，僦居於是。月前姥死，女獨處，無一線之親，是以哀耳。」問：「何姓？」曰：「姓古。嘗閉戶不與里社通，故未悉其家世。」嵐驚曰：「是吾嫂也！」因往款扉。有人揮涕出，隔扉應曰：「客何人？我家故無男子。」嵐隙窺而遙審之，果嫂。便曰：「嫂啟關，我是叔家阿遂。」女聞之，拔關納入，訴其孤苦，意悽愴悲懷。嵐曰：「三兄憶念頗苦。夫妻即有乖迕㉙，何遂遠遯至此？」即欲賃輿同歸。女愴然曰：「我以人不齒數故，遂與母偕隱；今又返而依人，誰不加白眼㉚？如欲復還，當與大兄分炊；不然，行乳藥㉛求死耳！」

嵐既歸，以告三郎。三郎星夜馳去。夫妻相見，各有涕洟。次日，告其屋主。屋主謝監生，窺女美，陰欲圖致為妾，數年不取其值，頻風示媼，媼絕之。媼死，竊幸可謀，而三郎忽至。通計房租以留難之。三郎家故不豐，聞金多。頗有憂色。女言：「不妨。」引三郎視倉儲，約粟三十餘石，償租有餘。三郎喜，以告謝，謝不受粟，故索金。女嘆曰：「此皆妾身之惡幛㉜也！」遂以其情告三郎。三郎怒，將訟於邑。陸氏止之，為散粟於里黨，斂貲償謝，以車送兩人歸。

三郎實告父母，與兄析居。阿纖出私金，日建倉廩，而家中尚無儋石㉝，共奇之。年餘驗視，則倉中盈矣。不數年，家大富；而山苦貧。女移翁姑自養之；輒以金粟周兄，狃以為常㉞。三郎喜曰：「卿可云不念舊惡矣。」女曰：「彼自愛弟耳。且非渠，妾何緣識三郎哉？」後亦無甚怪異。

【注　釋】❶高密　縣名，在今山東。❷客蒙沂之間　客居於蒙陰、沂水之間。❸廡下　屋簷下。廡，堂下周圍的廊屋。❹縶蹇　拴驢。蹇，劣馬或跛驢。❺手指　借指人口。❻宿肴　剩下的飯菜。❼烹瀹　煮。❽足牀　舊時床前接腳的小凳。❾拔來報往　很快地來，很快地去，形容頻繁地跑來跑去。❿清貫尊閥　籍貫與門第。清、尊，皆為敬語。⓫致恭　致敬，這裡指道謝。⓬朴魯　誠樸魯鈍，這裡指內心的真實想法。⓭頑冥　愚昧無知。⓮援繫　攀附，這裡指求親。⓯僑寓　僑居；寄居。⓰展謝　表達謝意。⓱矧　況且。⓲孤孀難以過度　孤女孀婦難以生活。過度，生存；生活。⓳遠莫致之　路遠還沒有運送過去。⓴蹄躈　牲口。㉑操量執概　用斗斛量。㉒母放女收　母親裝袋，女兒收紮。㉓無停晷　沒有停止的時間。㉔不以人齒　不當平常人對待。齒，並列。㉕秋扇之捐　秋天到了，扇子就被丟棄在一邊，比喻女性失去寵愛。㉖蹙蹙　局縮不舒展。㉗省侍　探望、伺候。㉘懌　高興；喜悅。㉙乖迕　不和睦。迕，違反；違背。㉚白眼　眼珠向上翻出或向旁邊轉出眼白部分，表示看不起人或不滿意。見《晉書・阮籍傳》。㉛乳藥　服毒藥。㉜惡幛　佛教用語，指造成的惡果。㉝儋石　亦作擔石，指少量米粟。儋，成擔貨物的計量單位。㉞狃以為常　習以為常。狃，習慣。

【語　譯】奚山，山東高密人。做買賣為業，經常客居於蒙陰、沂水之間。一天，途中為雨所阻，等到了經常投宿的地方，夜已經深了，敲遍旅店的門，沒有人應聲。奚山只好在一處屋簷下徘徊。忽然兩扇門一下子開了，一個老頭出來，就請客人進去。奚山高興地跟他進去。他繫好驢子，走進堂屋，屋裡並沒有擺桌椅。老頭說：「我憐惜你無處住宿，所以把你叫進來。我實際上不是賣飯賣酒的。家中人口不多，只有老伴和女兒，已經睡熟了。雖然有剩飯，只是沒有人可以弄熱，不要嫌涼，將就吃些吧。」說完，就進了屋裡。不久，搬出矮凳來，放在地上，請奚山坐下；又進去，搬出一張矮桌來；跑來跑去，往來頻繁，非常勞累。奚山看了坐立不安，拉住老頭請他暫且休息一下。沒多久，有個少女端著酒出來。老頭看著她說：「我家阿纖起來了。」奚山一看，阿纖十六七歲，身材窈窕，秀麗柔弱，很有風致。奚山有個小弟弟還未結婚，心裡中意阿纖。因此詢問老頭的籍貫門第。他回答說：「名叫士虛，姓古。子孫都夭折了，只剩這個女兒。剛才我不忍打攪她睡覺，想來是老伴把她叫起來了。」奚山問：「女婿是誰家的？」回答說：「還沒許配人家。」奚山心裡暗喜。接著酒菜果品紛紛擺上來，好像早就預備好的。吃完，奚山恭敬地向老頭致意，說：「萍水相逢，就受您的恩惠，一輩子也不敢忘。因為您的盛德，才敢貿然提出個魯莽的請求：我有個小弟三郎，十七歲了。正在讀書，不算愚笨。想跟您攀親，不會嫌我們家貧寒、門第不高吧？」老頭高興地說：「老夫在這裡，也是客居。如果能把女兒託付給你，就借你家一間房子，搬家過去，也免得掛念。」奚山都答應了，便起身道謝。老頭熱情地安排奚山住下就離開了。雞叫過後，老頭已經出來，招呼奚山漱洗。收拾好行裝，酬謝老頭飯錢。老頭堅決推辭說：「留客人吃頓飯，萬萬沒有收錢的道理；何況還結了親呢？」

分別後，奚山旅居了一個多月，才回到這裡。距離村子一里多路，遇到一位老太太帶著一個少女，帽子和衣服都是白的。走近了，懷疑是阿纖。少女也頻頻回頭看，拉住老太太的袖子，附在耳朵上不知說了什麼話。老太太於是停下來，對奚山說：「你姓奚嗎？」奚山連聲說是。老太太淒慘地說：「我家老頭不幸被坍塌的牆壁壓死了，現在就要去上墳。家裡沒人，請你在路邊稍等，一會兒就回來了。」於是進入樹林，過了一段時間才回來。路上已經昏暗，奚山就和她們一塊走。老太太說起家中孤寡幼弱，不由得哭起來；奚山心裡也很酸痛。老太太說：「這裡人情世故很不友善，孤兒寡母難以度日。阿纖既然已是你家的媳婦，過了這個時機恐怕要耽擱時間，不如趁早今晚一同回你家。」奚山同意了。

到了古家，老太太點燈招待奚山吃過飯，對奚山說：「我心裡想你快來了，儲存的糧食都已賣掉；還有二十餘石，路遠沒送去。向北走四五里，村子裡第一家，有個叫談二泉的，是我的買主。你不要怕辛勞，先用你的坐騎運一袋去，敲門告訴他，就說南村古姥姥有幾石糧食，賣作路費，麻煩他家趕著牲口來一趟。」說完就把一袋糧食交給奚山。奚山趕著驢子去了，到了那裡敲門，一個大肚子男人出來，奚山說明原因，把袋子裡的糧食倒出來就先回來了。不久，有兩個僕人趕著五頭騾子來了。老太太帶奚山到藏糧食的地方，原來在地窖裡。奚山進到窖中用大斗過量，老太太裝袋，阿纖捆紮，很快裝滿，交給來人運走。共往返四次，糧食才運完。然後來人把銀子交給老太太。老太太留下一個僕人和兩頭牲口，收拾行裝往東去。走了二十里，天才亮。到了一個集市，租了坐騎，談家的僕人才回去。

到家後，奚山把情況稟告父母。雙方見面後非常高興，就把另一處宅院給老太太住，選擇吉日為三郎和阿纖完婚。古老太太置辦的嫁妝很完備。阿纖話不多，很少發怒；有人跟她說話，她只是微笑；晝夜紡織，一刻不停。因此全家上下都喜歡她。古老太太囑咐三郎說：「給大伯說：再路過西邊時，不要提起我們母女。」過了三四年，奚家更加富裕，三郎考中了秀才。一天，奚山住在古家的老鄰居家，偶爾說起那年無處可住，投宿在古老夫婦家的事。主人說：「你弄錯了。東邊隔壁是我伯父的一處房子，三年前，住在那兒的人經常看見怪異現象，所以空著荒廢了很久，怎會有老頭老太太留你住宿？」奚山很驚訝，但沒有深入地說下去。主人又說：「這處房子以前空了十年，沒有人敢進去的。一天，房子後牆倒了，伯父去看，只見石頭壓住一隻像貓那麼大的老鼠，尾巴還在外面搖動。他急忙回來，招呼大家一同前往，就已經不見了。大家懷疑這是妖怪。過了十幾天，又進去試探，靜悄悄的，什麼也沒有；又過一年多，才有人住。」奚山更加奇怪了。

奚山回家私下裡說起來，心裡懷疑阿纖不是人，暗暗為三郎感到憂慮；而三郎與阿纖恩愛如常。時間一長，家裡人紛紛猜疑議論。阿纖微微有些察覺，半夜對三郎說：「我跟著你幾年了，從未做過有違婦德的事；現在不把我當人看。請給我一張離婚書，任憑你自己選擇好妻子。」說著流下眼淚。三郎說：「我這顆心，你應當一向瞭解。自從你進門，家裡日益豐裕，都把福氣歸於你，怎麼有別的話？」阿纖說：「你沒有二心，我難道不知道；但眾人議論紛紛，恐怕我免不了像秋天的扇子一樣遭到拋棄。」三郎再三安慰勸解，她才作罷。

奚山終究無法釋懷，每天尋求擅長抓老鼠的貓，來觀察阿纖的心意。阿纖雖然不害怕，但皺著眉頭，悶悶不樂。一天晚上，阿纖說母親生了小病，告別三郎去探望服侍她。天一亮，三郎前往問候，房屋裡已經沒人了。三郎大驚，派人四處尋找，都沒有消息。他心中彷徨，睡不著，吃不下。而父親和哥哥都認為這是幸運的事，輪番安慰他，想給他續婚；但三郎很不高興。等了一年多，音訊全無；父親和哥哥經常交相責備，三郎不得已，花重金買了個侍妾，然而對阿纖的思念之情不減。又過了幾年，奚家日漸貧困，於是人們都懷念起阿纖來。

三郎有個堂弟奚嵐因事到膠州，繞道到中表親戚陸生家住宿。夜裡聽見鄰居有人哭得很哀傷，沒有時間問。返回時，又聽到哭聲，便問主人。回答說：「幾年前，有對寡母孤女租房子住在這裡。上個月老太太死了，女兒獨自居住，沒有一個親戚，所以悲傷。」奚嵐問：「姓什麼？」陸生說：「姓古。以前關著門不跟鄰里來往，所以不瞭解她的家世。」奚嵐吃驚地說：「是我嫂子啊！」所以前去敲門。有人哭著出來，隔著門答應道：「什麼人？我家一家沒有男子。」奚嵐從門縫裡望去，遠遠地辨認，果然是嫂子。便說：「嫂子開門，我是叔叔家阿遂。」阿纖聽了，拔開門閂讓他進來，訴說自己的孤苦，心情淒慘悲涼。奚嵐說：「三哥想你想得很苦。夫妻間即使有不和睦之處，也不用遠遠地跑到這裡？」馬上就要雇車子讓阿纖一起回去。阿纖傷心地說：「我因為人們不願與我們為伍的緣故，就和母親一起隱居；現在又回去依賴人家，誰不對我施以白眼？如果想讓我再回去，應當和大哥分家；不然，我就吃毒藥求死了！」

奚嵐回家後，告訴了三郎。三郎連夜趕去。夫妻相見，都流下淚水。第二天，告訴房東說要搬走。房東謝監生，見阿纖漂亮，心裡想把她收為妾，幾年沒收房租；多次暗示老太太，老太太拒絕了他。老太太死後，暗地慶幸可以圖謀，而三郎忽然來了。謝監生把幾年的房租一起計算，想以此為難他們。三郎家本來不富裕，聽說需要很多銀子，神色很是擔憂。阿纖說：「不礙事。」帶三郎看倉房裡儲存的糧食，大約三十餘石，償還房租還有剩餘。三郎很高興，告訴了謝監生。謝監生不收糧食，堅持要現金。阿纖歎氣說：「這都是我命中的魔障啊！」於是把實情告訴三郎。三郎大怒，想到縣裡告狀。陸生阻止住他，替他把糧食分賣給鄉鄰，收了錢償還謝監生，用車送兩人回家。

三郎照實稟告父母，和大哥分了家。阿纖拿出私房錢，每天建造糧倉，但家裡沒有一石糧食，大家都感到奇怪。一年多後去查看，糧倉裡已經滿滿的了。沒有幾年，三郎家變得很富有；而奚山家卻窮苦貧困。阿纖把公婆接過來自己奉養；常常用銀子和糧食周濟哥哥，習以為常。三郎高興地說：「你可以說是不念舊惡啊。」阿纖說：「他只是愛護弟弟。而且，不是他，我哪有緣分結識你三郎呢？」後來也沒有什麼怪異的事。

【研　析】在普通民眾眼中，老鼠靈活機敏，晝伏夜出，活動鬼鬼祟祟。正是這樣一種動物，蒲松齡在〈阿纖〉中對牠進行了翻空出奇卻又合情合理的刻劃。奚山在外出經商的途中，在古家借宿，受到熱情款待。奚山見到青春美貌的阿纖，就代自己的弟弟三郎求親，阿纖的父親愉快地接受請求。當奚山再次遇到阿纖時，阿纖的父親已經被倒下的圍牆壓死，奚山就把阿纖領回了家。阿纖在家中勤苦勞作，奚家漸漸富有起來。奚山偶然得知，古家實際上無人居住，便對阿纖的身分產生了懷疑。三郎對阿纖的身分並不在乎，兩人感情甚篤。阿纖得知三郎的父兄對她仍有疑慮後，藉口母親生病離開了奚家。奚家漸漸敗落。奚家有人偶遇阿纖，告訴了三郎。三郎星夜前往，夫妻相見。阿纖擺脫了對她糾纏不休的謝監生，回到奚家。三郎、阿纖與哥哥分家生活，重新富有起來。阿纖侍奉公婆，周濟兄長，不念舊惡，過起幸福而平常的日子來。這篇故事有以下四個方面值得注意。

第一，塑造了以「纖」為特點的女主人公阿纖。纖者，細也，細微、細小、小巧之意。阿纖本為鼠精幻化而來，其種種表現也恰如其名。首先是其體態之細。奚山第一次見到阿纖時，她「年十六七，窈窕秀弱，風致嫣然」，給奚山留下了美好的印象。其次是其行為之細。奚山再次見到阿纖時，阿纖的父親已經亡故，她正和母親去上墳。阿纖這時也認出了奚山，但她沒有直接相認，

「亦頻轉顧，因把媼袂，附耳不知何辭」，她拉拉母親的衣袖，對母親附耳小聲言語。說的話雖不可知，但內容應該是：此人即一個多月前提親之人，當此之際，或可依憑。轉顧、把袂、附耳，這一系列動作把少女的神情和心理細膩地展現出來。然後是其性格之細。她與奚三郎成親後，「寡言少怒；或與語，但有微笑；晝夜績織無停晷」。當家人猜議其身分時，三郎對她篤愛如常，再三勸慰她說「區區寸心，宜所夙知。自卿入門，家日益豐，咸以福澤歸卿，烏得有異言」。阿纖還是選擇了離開。三郎找到阿纖後，阿纖提出與哥哥分居作為回家的條件。種種描寫透露出其性格中精巧、細緻的成分。

第二，語言簡潔、平實、質樸。比如，奚山在負販途中遇雨，正在徘徊之際，一老叟伸出援手，對奚山說：「我憐客無歸，故相容納。我實非賣食沽飲者。家中無多手指，惟有老荊弱女，眠熟矣。雖有宿肴，苦少烹瀹，勿嫌冷啜也。」語言極為平淡、簡潔，不鋪排，不誇張，不華麗，這句話包括了為什麼讓奚山進門、我是幹什麼的、家裡還有什麼人、他們現在在做什麼、家裡有什麼吃的、現在能不能吃等信息。再如，女移翁姑自養之；輒以金粟周兒。三郎高興地說：「卿可云不念舊惡矣。」阿纖回答道：「彼自愛弟耳。且非渠，妾何緣識三郎哉？」這一句話包括了不念其惡、反思其德雙重意味。首先是不念其惡，「彼自愛弟耳」，包含了對奚山猜疑甚至冒犯自己原因的深刻理解，即他是出於對弟弟的愛護，害怕弟弟與異類共同生活會有禍患，而不是單純對自己存有惡意；其次是反思其德，不念其惡抹平了對奚山以及其他對自己懷有偏見的人的氣忿之情，而阿纖對家人的感情不僅止於此，她還在努力地承擔對家族更多的義務，因為她深刻認識到，大家族的和諧對小家庭的幸福至關重要。因此，她單單拈出「且非渠，妾何緣識三郎哉」來感念奚山的恩德。短短的三句話，將阿纖豐富的內心世界展露出來，表現出阿纖仁德寬厚的內心。但明倫在此評價道：「用女言將上文一筆收盡。」全文最後一句話，「後亦無甚怪異」則表現了他們過著平凡而幸福的生活。平淡的敘述，蘊藏了豐富的內容和巨大的力量，不僅故事本身令人感悟良多，這種敘述風格也給人留下了深刻印象。

第三，這篇故事有其文化學上意義。鍾敬文在〈老鼠娶親〉中對人們創作老鼠娶親年畫作了考察，「從文化史的角度考察起來，這無疑是人類與動物關係變遷思想史的一種體現。在遙遠的古代，人們對於老鼠是抱怨和懼怕的，因為它雖然體形不大，但為害卻不小——經常要偷吃人們的食糧和損害衣物。它精靈而又狡猾。在人們智力還幼稚，實際上是還不能有效地制禦它的時候，就只有尊敬它。甚至親熱它，以冀『和平相處』。既害怕它，又尊敬它，這的確是一種矛盾。但這又是人們那時心理活動的一種真實辯證法。……在民間藝術家開始創作『老鼠娶親』圖景時，他們的思想、感情上還和廣大群眾一樣，存在著那種尊敬或友好心理。」這篇人與鼠精成婚的故事，正是包含了人們把老鼠納入人類現實世界，並以之反觀人類自身的文化寓意。

第四，這還是一篇諷世之作。蒲松齡以鼠精一家的德行反襯世風澆薄、人心不古的現實，顯示出作者洞察世態生活、鏤刻人情物理的眼光與才華。比如，奚山深夜遇雨，「及至所常宿處，而夜已深，遍叩肆門，無有應者」，沒有人願意出來接納深夜的不速之客。從後文所說古士虛為石塊壓死可知，雖為鼠精，他並無多大法力。這種情況下，古士虛仍然主動伸出援手，這就更為可貴了。古士虛死後，阿纖之母對奚山說：「此處人情大不平善，孤孀難以過度。阿纖既為君家婦，過此恐遲時日，不如早夜同歸。」從文章來看，阿纖及其母不是惹事生非之人，但這句「人情大不平善」反映出人們對待孤兒寡母的態度並不友好。從古士虛的姓名上，也可對蒲松齡的諷世之心略窺一二，畢竟古道熱腸的人已經很少了。

瑞雲

瑞雲，杭之名妓，色藝無雙。年十四歲，其母蔡媼，將使出應客。瑞雲告曰：「此奴終身發軔❶之始，不可草草。價由母定，客則聽奴自擇之。」媼曰：「諾。」乃定價十五金，遂日見客。客求見者必以贄❷：贄厚者，接一弈，酬一畫；薄者，留一茶而已。瑞雲名噪已久，自此富商貴介❸，日接於門。

餘杭賀生，才名夙著，而家僅中貲。素仰瑞雲，固未敢擬同鴛夢❹，亦竭微贄，冀得一睹芳澤。竊恐其閱人既多，不以寒畯❺在意；及至相見一談，而款接殊殷。坐語良久，眉目含情。作詩贈生曰：「何事求漿者，藍橋叩曉關？有心尋玉杵，端只在人間❻。」生得之狂喜。更欲有言，忽小鬟來白客，生倉猝遂別。

既歸，吟玩詩詞，夢魂縈擾。過一二日，情不自已，修贄復往。瑞雲接見良歡。移坐近生，悄然謂：「窮蹴之士，惟有癡情可獻知己。一絲之贄，已竭綿薄。得近芳容，意願已足；若肌膚之親，何敢作此夢想。」瑞雲聞之，戚然不樂，相對遂無一語。生久坐不出，媼頻喚瑞雲以促之，生乃歸。心甚邑邑，思欲罄家以博一歡❼，而更盡而別，此情復何可耐？籌思及此，熱念都消，由是音息遂絕。

瑞雲擇婿數月，更不得一當，媼頗恚，將強奪之而未發也。一日，有秀才投贄，坐語少時，便起，以一指按女額曰：「可惜，可惜！」遂去。瑞雲送客返，共視額上有指印，黑如墨，濯之益真。過數日，墨痕漸闊；年餘，連顴徹準❽矣。見者輒笑，而車馬之跡以絕。媼斥去妝飾，使與婢輩伍。瑞雲又荏弱❾，不任驅使，日益憔悴。

賀聞而過之，見蓬首廚下，醜狀類鬼。起首見生，面壁自隱。賀憐之，便與媼言，願贖作婦。媼許之。賀貨田傾裝⑩，買之而歸。入門，牽衣攬涕⑪，且不敢以伉儷自居，願備妾媵，以俟來者⑫。賀曰：「人生所重者知己：卿盛時猶能知我，我豈以衰故忘卿哉！」遂不復娶。聞者共姍笑之，而生情益篤。

居年餘，偶至蘇，有和生與同主人⑬，忽問：「杭有名妓瑞雲，近如何矣？」賀以「適人」對。又問：「何人？」曰：「其人率與僕等⑭。」和曰：「若能如君，可謂得人矣。不知價幾何許？」賀曰：「緣有奇疾，姑從賤售耳。不然，如僕者，何能於勾欄中買佳麗哉！」又問：「其人果能如君否？」賀以其問之異，因反詰之。和笑曰：「實不相欺：昔曾一覲其芳儀，甚惜其以絕世之姿，而流落不偶，故以小術晦其光而保其璞⑮，留待憐才者之真鑒⑯耳。」賀急問曰：「君能點之，亦能滌之否？」和笑曰：「烏得不能，但須其人一誠求⑰耳。」賀起拜曰：「瑞雲之婿，即某是也。」和喜曰：「天下惟真才人為能多情，不以妍媸⑱易念也。

請從君歸，便贈一佳人。」

遂與同返。既至，賀將命酒。和止之曰：「先行吾法，當先令治具者有歡心也。」即令以盥器貯水，戟指而書之⑲，曰：「濯之當愈。」然須親出一謝醫人也。」賀笑捧而去，立俟瑞雲自靧⑳之，隨手光潔，豔麗一如當年。夫婦共德之，同出展謝，而客已渺，遍覓之不可得，意者其仙歟？

【注釋】❶發軔　事情的開端。軔，阻止車輪轉動的木頭，車開動時，則將其抽走，是為發軔。❷贄　見面的贈禮。❸貴介　尊貴。❹鴛夢　比喻男女歡合。鴛，鴛鴦。❺寒畯　寒微，這裡指貧窮的讀書人。❻何事求漿者四句　化用裴鉶《傳奇》裴航與雲英的愛情故事。❼博一歡　同床共枕一夜。❽連顴徹準　墨痕蔓延至顴骨及鼻樑。顴，顴骨。準，鼻樑。❾荏弱　柔弱。❿貨田傾裝　變賣田地，傾盡所有。⓫攬涕　揮淚。⓬以俟來者　等候賀生再娶正妻。⓭與同主人　和他同住的人。⓮率與僕等　大約和我差不多。率，大略。⓯晦其光而保其璞　掩蓋其光澤，保護其純真。璞，未經雕琢的玉，指本色。⓰真鑒　真正賞鑒。⓱誠求　誠心懇求。⓲妍媸　美醜。媸，相貌醜陋。⓳戟指而書之　指書寫符籙，施行法術。戟指，伸出食指和中指指人，其形似戟，故名戟指。⓴靧　洗臉。

【語譯】瑞雲，杭州的名妓，容貌和才藝天下無雙。十四歲時，她的養母蔡婆想讓她出來接客。

瑞雲告訴養母說：「這是我一生的開始，不能草率。價格由母親決定，客人就讓我自己選擇。」蔡婆說：「好。」就定價十五兩銀子，於是每天見客。客人求見必須要送禮：禮厚的，陪下一盤棋，贈一幅畫；禮薄的，只留下喝一杯茶而已。瑞雲名聲遠揚已久，從這時起，富商貴人天天上門。

餘杭縣的賀生，才學、名望一向很高，但家產只是中等。平素仰慕瑞雲，當然不敢奢望鴛帳同夢，也盡力準備了一份薄禮，希望一睹芳容。心裡害怕她見得人多了，不把他這窮酸書生放在心上；等到見面一談，瑞雲卻對他招待得十分殷勤。坐著談了很久，瑞雲眉目含情。還作了一首詩贈給賀生：「何事求漿者，藍橋叩曉關？有心尋玉杵，端只在人間。」賀生得了贈詩，欣喜若狂。還想說話，忽然小丫鬟來說客人來了。他就倉促告辭了。

回家以後，他吟誦玩味著詩詞，魂牽夢縈。過了一兩天，情不自禁，備下禮物再次前往。瑞雲見了他，十分高興。把座位移近賀生，悄悄說：「能想辦法盡一夜之歡嗎？」賀生說：「窮困書生，只有癡情可以獻給知己。這一點禮物，已經竭盡我微薄的財力。能夠接近你的芳容，心願就滿足了；如果是肌膚之親，怎麼敢有這樣的夢想。」瑞雲聽了，悶悶不樂，兩人相對不說一句話。賀生坐了很久不出來，蔡婆頻頻呼喚瑞雲，用以催促賀生，賀生才回去。心裏很愁悶，想傾盡家產博得一夜之歡，但一夜過後就要分別，這思戀之情又怎麼可以忍受？想到這裏，心頭的衝動都消失了，從此音信就斷絕了。

瑞雲挑選了幾個月，再沒一個合意的。蔡婆很生氣，準備強迫她接客，但還沒有實施。一天，有個秀才送上見面禮，坐著說了一會兒話，就站起來，用一根手指按了一下瑞雲的額頭，說：「可惜，可惜！」就離開了。瑞雲送客回來，大家看她額頭上有手指印，黑得像墨一樣，越洗越明顯。過了幾天，墨痕漸漸擴散；一年多以後，已蔓延到顴骨和鼻樑了。見到的人都笑話她，門前車馬也因此絕跡了。蔡婆去掉她的衣妝首飾，讓她與婢女們為伍。瑞雲又嬌弱，不堪驅使，一天天憔悴下去。

賀生聽說後去看她，見她蓬頭垢面，在廚房裡工作，醜陋得像個鬼。她抬頭看見賀生，面對牆壁把自己藏起來。賀生憐憫她，便跟蔡婆說，願意贖她出來作妻子。蔡婆答應了。賀生賣掉田產，傾盡所有，買她回家。進門後，瑞雲牽著他的衣服擦淚，而且不敢以妻子自居，願當侍妾，把妻子的名分留待後娶的女子。賀生說：「人生所看重的是知己。你得志的時候還能把我看成知己，我豈能因為你變醜的緣故就忘掉你呢！」於是不再娶妻。聽到這件事的人都譏笑他，而賀生對瑞雲的感情更加深厚。

過了一年多，賀生偶然到蘇州去，有個和生跟他同住一個旅店，忽然問他：「杭州有個名妓瑞雲，近來怎麼樣了？」賀生以「嫁人」回答他。和生又問：「嫁了什麼人？」賀生說：「那人大致跟我相當。」和生說：「如果能像你，可以說是找到合適的人了。不知身價大約是多少？」賀生說：「因為有奇怪的疾病，姑且賤價賣出。不然，像我這樣的人，怎麼能從妓院裡買到美女呢！」和生又問：「那人真能像你一樣嗎？」賀生因為他問得奇怪，便反問他。和生笑著說：「實不相瞞：以前我曾見過一次她的美麗儀容，很可惜她以絕世姿色，而流落風塵，不得其偶，因此用小法術隱晦她的光彩，保全她的璞質，留待愛惜才華的人真正賞識她。」賀生急忙問道：「先生能點上，也能洗掉嗎？」和生笑道：「怎麼不能，只要那個人誠懇地求我一求。」賀生站起來下拜，說：「瑞雲的丈夫，就是我啊。」和生高興地說：「天下只有真正有才的人才能多情，不會因為美醜而變心。讓我跟你回去，就送你一位美人。」

於是二人一同回去。到家後，賀生要吩咐擺酒，和生阻止他說：「先施行我的法術，應當先叫置辦酒菜的人有歡快的心情。」馬上叫人用洗臉盆盛水，伸出中指和食指寫了幾下，說：「洗洗就好了。但要親自出來謝謝醫生。」賀生笑著把水捧進內室，站在旁邊等瑞雲自己洗臉，她的臉隨手到之處變得光潔，和當年一樣豔麗。夫妻都很感激他，一同出來道謝，然而客人已經不見了，到處找也找不著，想來他是神仙吧？

【研　析】〈瑞雲〉是一篇讀書士子和著名妓女之間得成佳偶的故事。全文可以劃分為兩個階段，一是瑞雲盛而賀生微之時，二是賀生盛而瑞雲微之時，貫通兩個階段的是賀生和瑞雲之間不因貧富而轉移、不因美醜而變化的真摯感情。

在第一個階段，瑞雲「色藝無雙」，她自己定下了接客的原則，「價由母定，客則聽奴自擇之」。自此富商貴介，日接於門，瑞雲聲名大振。賀生頗有才名，但家僅中貲，初次見面，賀生還怕瑞雲瞧不起自己。等到相見一談，瑞雲的三個舉動令賀生欣喜若狂，一是「款接殊殷」，二是「坐語良久，眉目含情」，三是贈詩一首，「何事求漿者，藍橋叩曉關？有心尋玉杵，端只在人間。」但熾熱的感情在冰冷的經濟現實面前迅速降溫。瑞雲提出來「圖一宵之聚」的要求，賀生回答說：「一絲之贄，已竭綿薄。得近芳容，意願已足；若肌膚之親，何敢作此夢想。」賀生回家後，對這段感情進行重新檢視，發現沒有經濟後盾的理想之愛無法變成現實，於是「熱念都消」，「音息遂絕」。

第二個階段，有個秀才來找瑞雲，用手指在她的額頭上一按，瑞雲的額頭就出現了黑色的指印，而且它還不斷擴散。瑞雲的地位急轉直下，「蓬首廚下，醜狀類鬼」，與做粗活的僕婦為伍。有時人的感情會隨著時間的流逝而逐漸變淡，「等閒變卻故人心，卻道故心人易變」的事情也屢見不鮮。但賀生對瑞雲的感情卻深沉而持久，他對瑞雲不僅悅其色，更是感其情。賀生「貨田傾裝，買之而歸」，與瑞雲結為夫妻。後來，在和生的幫助下，瑞雲又恢復了當年豔麗的容貌，當然皆大歡喜。對這篇文章的藝術描寫，但明倫有句總評：「忽揚忽抑，忽盛忽衰，以人之妍媸，作文之開合；借化工之顛倒，為筆陣之縱橫。」

蒲松齡在這篇文章中表達了對知己的看重。瑞雲能夠在眾多求見者中選擇雖不富裕但頗有才華的賀生，表現出她慧眼識人的超凡之處。而她對賀生的熱情舉動使得賀生產生了類似於知遇之恩的情感。這種情感沉澱下來，就會促使賀生在瑞雲變醜之後，還會一如既往地選擇瑞雲。瑞雲面貌變得奇醜，「見者輒笑」；賀生把瑞雲娶回家，「聞者共姍笑之」。可見賀生選擇與瑞雲結婚面臨著巨大的社會輿論壓力。他堅持「人生所重者知己：卿盛時猶能知我，我豈以衰故忘卿哉」的信念，兩人的感情也更加深厚。賀生偶遇和生，和生正是感於「天下惟真才人為能多情，不以妍媸易念」的真情實意，才幫助瑞雲恢復容貌。

賀生和瑞雲是幸運的，神仙手指的輕輕一點，就突破了現實生活的種種困境，成就了一段美好姻緣。在後代，〈瑞雲〉多次被改編成不同戲劇，據李希今〈〈瑞雲〉戲評〉統計，〈瑞雲〉後來被改編成六種戲曲劇目，一是秦腔《墨痕記》（傳統戲），二是評劇《幻雲記》（齊東編劇，西元一九五七年遼寧人民出版社出版），三是評劇《瑞雲》（溫莎編劇，西元一九五七年遼寧人民出版社出版），四是《瑞雲》（劇種不詳，孫宇昌編劇，載於西元一九八二年沙市文化劇編《戲劇集》），五是柳琴戲《瑞雲》（張晶執筆，載於西元一九八二年《戲劇叢刊》第四期），六是越劇《瑞雲》（徐進、薛允璜、徐鴻鈞編劇，載於西元一九八三年《劇本》月刊第三期），從這個側面也可看出《聊齋》流傳之廣、影響之大、生命力之強。

王子安

王子安，東昌❶名士，困於場屋❷。入闈後，期望甚切。近放榜時，痛飲大醉，歸臥內室。忽有人白：「報馬❸來。」王踉蹌起曰：「賞錢十千！」家人因其醉，誑而安之曰：「但請自睡，已賞之矣。」王乃眠。俄又有入者曰：「汝中進士矣！」王自言：「尚未赴都❹，何得及第？」其人曰：「汝忘之耶？三場畢矣。」王大喜，起而呼曰：「賞錢十千！」家人又誑之曰，請自睡，已賞之矣。又移時，一人急入曰：「汝殿試翰林❺，長班❻在此。」果見二人拜牀下，衣冠修潔❼。王呼賜酒食，家人又紿❽之，暗笑其醉而已。久之，王自念不可不出耀鄉里。大呼長班，凡數十呼，無應者。家人笑曰：「暫臥候，尋他去矣。」又久之，長班果復來。王捶牀頓足，大罵：「鈍奴[9]焉往！」長班怒曰：「措大[10]無賴！向與爾戲耳，而真罵耶？」王怒，騶起撲之，落其帽。王亦傾跌。妻入，扶之曰：「何醉至此！」王曰：「長班可惡，我故懲之，何醉也？」妻笑曰：「家中止有一媼，晝為汝炊，夜為汝溫足耳。何處長班，伺汝窮骨[11]？」子女粲然皆笑。王醉亦稍解，忽如夢醒，始知前此之妄。然猶記長班帽落；尋至門後，得一纓帽[12]如盞大，共異之。自笑曰：「昔人為鬼揶揄[13]，吾今為狐奚落矣。」

異史氏曰：「秀才入闈，有七似焉：初入時，白足提籃[14]，似丐。唱名[15]時，官呵隸罵，似囚。其歸號舍[16]也，孔孔伸頭，房房露腳[17]，似秋末之冷蜂。其出闈場也，神情惝怳，天地異色，似出籠之病鳥。迨望報[18]也，草木皆驚，夢想亦幻。時作一得志想，則頃刻而樓閣俱成；作一失志想，則瞬息而骸骨已朽。此際行坐難安，則似被縶之猱[19]。忽然而飛騎傳人，報條無我，此時神色猝變，嗒然若死[20]，則似餌毒之蠅，弄之亦不覺也。初失志，心灰意敗，大罵司衡㉑無目，筆墨無靈，勢必舉案頭物而盡炬之；炬之不已，而碎踏之；踏之不已，而投之濁流。從此披髮入山，面向石壁，再有以且夫、嘗謂之文進我者，定當操戈逐之。無何，日漸遠，氣漸平，技又漸癢；遂似破卵之鳩，只得銜木營巢，從新另抱㉒矣。如此情況，當局者痛哭欲死；而自旁觀者視之，其可笑孰甚焉。王子安方寸之中㉓，頃刻萬緒，想鬼狐竊笑已久，故乘其醉而玩弄之。牀頭人醒，寧不啞然自笑哉？顧得志之況味㉔，不過須臾；詞林諸公㉕，不過經兩三須臾耳，子安一朝而盡嘗之，則狐之恩與薦師等㉖。」

【注釋】❶東昌　府名，治所在今山東聊城。❷困於場屋　指科考很不順利。場屋，考場和號舍。❸報馬　騎馬報喜的人。古代稱為科舉中式者或新任官員報喜的人為報子，因多騎快馬送信，也稱報馬。❹赴都　到京城參加會試。❺殿試翰林　進士裡的前三名。殿試，科舉中最高級別的考試，由皇帝親自主持，錄取者稱進士，其中成績優異者，授翰林院修撰或編修等官職。❻長班　跟隨在官員身邊聽候差遣的公役。❼修潔　漂亮整潔。❽紿　哄騙。❾鈍奴　蠢笨的奴才。❿措大　舊時對貧窮讀書人的蔑稱。⓫窮骨　窮骨頭，這裡是王子安妻對丈夫的玩笑話。⓬纓帽　官帽。清代官帽，帽頂披紅纓，故稱纓帽。⓭昔人為鬼揶揄　指晉代羅友仕途失意，為鬼戲弄。揶揄，戲弄侮辱之意。⑭白足提籃　光著腳，提著考籃。這是為防止考生攜帶小抄、考場作弊而採取的檢查措施。籃，考籃，內盛文具、食物等，是考生攜入考場的必需物。⑮唱名　點名入場。⑯號舍　考生白天考試、晚上住宿的屋舍。⑰孔孔伸頭二句　號舍是一種簡易的小屋，無窗，門有小孔，供傳遞試卷等。因其狹小，考生睡覺時或露腳於門外，故稱孔孔伸頭，房房露腳。⑱望報　盼望報錄之人。⑲被縶之猱　被捆起來的猴子。⑳嗒然若死　失魂落魄好像快死了一樣。㉑司衡　考官。㉒抱　抱窩，係山東方言，意謂禽類用體溫孵蛋。㉓方寸之中　心中。㉔況味　境遇中的體味。㉕詞林諸公　翰林院的諸位先生。詞林，翰林院的別稱。㉖與薦師等　與推薦試卷的房官相等。薦師，鄉、會試時，考生經某一閱卷的考官推薦而被錄取，就稱這個考官為薦師。

【語　譯】王子安，東昌府的名士，在科場中總是不順心。鄉試後，盼望考中的心情更為迫切。接近放榜時，喝了很多酒，醉醺醺地回到內室睡覺。忽然有人稟告說：「報馬來了。」王子安踉踉蹌蹌地爬起來說：「賞十吊錢！」家裡人因為他喝醉了，哄他安靜下來，說：「只管睡吧，已經賞了。」他才躺下睡了。

不久，又見有人進來說：「你中進士啦！」王子安自言自語說：「還沒有進京，怎麼能中進士呢？」那人說：「你忘了嗎？會試的三場已經考完了。」王子安大喜，起來大聲喊道：「賞十吊錢！」家裡人又騙他說，好好睡吧，已經賞過了。

又過了一段時間，一個人急急忙忙地跑進來說：「你殿試中了翰林，長班在這裡。」果然見兩個人跪在床下，衣服帽子都很整潔。王子安喊賞給酒飯，家裡人又騙他，都暗暗地笑他醉了。

過了一陣子，王子安心想不能不出去向同鄉誇耀一番，就大聲呼喊長班，一連喊了幾十聲，沒有應答的。家人笑著說：「暫且躺下等著，派人找他去了。」過了好久，長班果然又來了。王子安捶床跺腳，大罵道：「蠢奴才，到哪裡去啦！」長班生氣地說：「窮酸無賴！剛才和你開玩笑，你就真罵起來了？」王子安大怒，猛地跳起來打過去，打落了長班的帽子，自己也跌倒了。妻子進來，扶他起來說：「怎麼醉成這個樣子！」王子安說：「長班太可惡，所以我懲罰他，哪裡是醉了？」妻子笑著說：「家裡只有我這個老太婆，白天給你做飯，夜晚給你暖腳。哪裡有什麼長班，伺候你這窮骨頭呢？」兒女們面露笑容，笑了起來。王子安的醉意也稍減了，忽然像從夢裡醒過來，才知道剛才發生的事情都是虛幻的。但還記得長班的帽子落下來；找到門後邊，撿到一頂紅纓帽，只有小杯子那麼大，大家都覺得奇怪。王子安自我嘲笑說：「從前有人被鬼耍弄，我今天被狐仙譏笑了。」

異史氏說：「秀才參加鄉試，有七種相似：剛入考場時，光腳提籃，像個乞丐。點名時，考官呵斥，差役辱罵，像個囚犯。進入號房，孔孔伸出腦袋，房房露出腳，像秋末的冷蜂。考完出闈場時，神情恍惚，天地都變了顏色，好像出籠的病鳥。等到盼望捷報的時候，草木皆兵，夢裡也出現幻境。有時想到得志，則瞬間亭臺閣樓都有了；想到落榜，就一下子連骨頭都朽爛了。這時坐立難安，好像被關起來的猿猴。忽然報馬飛奔而來，報條上沒有自己的名字，這時神色突變，垂頭喪氣，好像吃了毒食的蒼蠅，就是戲弄他也覺察不到。剛失意的時候，心灰意冷，大罵考官有眼無珠，筆墨沒有靈氣，勢必拿起書桌上的東西都燒掉；燒了不算完，還要踩碎它；踩也不算完，還要扔進渾濁的河流裡。從此披頭散髮，進入深山，面向石壁，再有給自己『且夫、嘗謂』之類文章的，一定會拿起長槍把他趕走。沒過多久，時間漸漸流逝，脾氣慢慢平息，癮頭又漸漸恢復；就像一隻摔了蛋的斑鳩，只得銜著草木壘窩，重新孵雛了。這種情形，當事者痛哭欲死；而從旁觀者看來沒有比他更可笑的了。在王子安的心裡，頃刻之間就有千萬種想法，想來狐仙偷笑他很久了，所以乘他醉的時候玩弄他。等他清醒後，怎麼不啞然失笑呢？試想得志的境況和滋味，不過是短暫片刻；翰林院裡的諸公，也不過經歷兩三個片刻罷了，王子安在一天就都嘗到了，狐仙對他的恩情和推薦考生的房師是相等的。」

【研　析】《聊齋》中，表現科舉內容的作品約有二三十篇，其中不乏膾炙人口的佳作。如〈葉生〉、〈司文郎〉、〈賈奉稚〉、〈胡四娘〉等。蒲松齡在主觀上並未徹底否定科舉制度，但他的作品卻揭露了科舉制度的種種弊端，塑造了一批在科舉制度中浮沉掙扎的讀書人形象。王子安即是其中之一。〈王子安〉構思奇巧、內涵深刻、發人深思，雖然簡短，但酸、甜、苦、辣、鹹五味俱全。

王子安是東昌府的名士，說明他讀書作文在當地頗有名氣，為學友認可，也得到普通人的肯定。但在另一方面，名士會成為眾人矚目的焦點，也就有可能為盛名所累。因為既然是名士，在科考之路上也要當仁不讓，縱然不能一戰而捷，也不能一而再、再而三的鎩羽而歸。命運就是給王子安開了個玩笑，場屋非但不能成全他「春風得意馬蹄疾，一日看遍長安花」的夢想，反而成了他屢戰屢敗的傷心地。所以每參加一次考試，心中的期許便會增強一分。這種感覺在臨近放榜時會得到進一步加強。蒲松齡沒有說王子安為何會在這時「痛飲大醉」，但排解提心吊膽、徘徊惆悵、翹望懸想的情緒會是一個重要原因。醉後，王子安回到內室。回到了內室，也就正式拉開了「三報」表演的布幕。第一報是中了舉人。王子安踉蹌而起，命人賞錢十千。第二報是中了進士。

王子安沒有完全沉入夢境，依然記得尚未赴都，怎能及第。這一點猶豫被人掃除，「汝忘之耶？三場畢矣」。王子安大喜，又命人賞錢十千。第三報是中了進士中的前三名。王子安見兩人拜在床下，衣冠修潔，就「呼賜酒食」。這三次賞賜，被家人「誑而安之」、「又誑之」、「又紿之」掩飾過去，沒有驚醒王子安的好夢。王子安得以沉浸在虛幻的幸福中。時間一長，王子安幸福的心開始膨脹，想著要「出耀鄉里」，與大家分享喜悅，同時也是對自己這個所謂名士的「聲望」有所交代，頗類項羽的「富貴不歸故鄉，如衣錦夜行」。為官做宰之後，脾氣自然會長。王子安捶床頓足，喝斥長班「鈍奴」，並「驟起撲之，落其帽」。結果長班說出真相：「措大無賴！向與爾戲耳，而真罵耶？」王子安之妻亦說：「何醉至此」，「家中止有一媼，晝為汝炊，夜為汝溫足耳。何處長班，伺汝窮骨」。這時王子安大悟，原來報馬、長班等等都是狐精幻化而來，「昔人為鬼揶揄，吾今為狐奚落矣」。為鬼揶揄，是指晉代羅友。《世說新語・任誕》劉孝標注引《晉陽秋》：晉代羅友為桓溫掾吏，不得意。一日，桓溫設宴送人赴郡守任，羅到席最晚。桓溫問他，他回答說：「民首旦出門，於中途逢一鬼，大見揶揄，云：『吾但見汝送人作郡，何以不見人送汝作郡耶？』」王子安與羅友一樣，都是屬於鬱鬱不得志之人，一把辛酸淚，在三言兩語間傾洩而出。

到這裡，我們可以想像，蒲松齡也正如王子安一樣，少負文名但困於場屋，學成文武藝，卻不能貨與帝王家。蒲松齡在「異史氏曰」中對秀才入闈的七似進行了細緻入微的描寫。似丐、似囚、似秋末之冷蜂、似出籠之病鳥、似被縶之猱、似餌毒之蠅、似破卵之鳩的過程也即是期望、失望、心灰、意冷、氣平、技癢、重操舊業的過程。這種描寫被馮鎮巒推許為「至文」，即「文字之妙，至人人首肯，個個心服，便是天地間至文，以其寫狀盡肖」。對這種描寫所包含的內容，蒲松齡說：「如此情況，當局者痛哭欲死；而自旁觀者視之，其可笑孰甚焉。」蒲松齡跳不出科舉制度的框架，但以其卓越的文才可以從科舉制度造成的挫折與傷害中擺脫出來，對這一情況進行文學再現，對受傷的心靈進行自我調適。最後，他還從另一角度對這一事件進行了解讀，「顧得志之況味，不過須臾；詞林諸公，不過經兩三須臾耳，子安一朝而盡嘗之，則狐之恩與薦師等」。通過對自己親歷的人生場景進行文學觀照，蒲松齡對科舉的深深失望與酸楚之情得到了舒緩。對絕大多數中國傳統讀書人而言，「朝為田舍郎，暮登天子堂」、「一士登甲科，九族光彩新」，只是個幻夢而已。王子安這樣，蒲松齡也是這樣。

安期島

長山劉中堂鴻訓❶，同武弁❷某使朝鮮。聞安期島❸神仙所居，欲命舟往遊。國中臣僚僉謂不可❹，今待小張。——蓋安期不與世通，惟有弟子小張，歲輒一兩至。欲至島者，須先自白。如以為可，則一帆可至；否則颶風覆舟。

逾一二日，國王召見。入朝，見一人，佩劍，冠棕笠，坐殿上；年三十許，儀容修潔。問之，即小張也。劉因自述向往之意，小張許之。但言：「副使不可行。」又出，遍視從人，惟二人可以從遊。遂命舟導劉俱往。

水程不知遠近，但覺習習如駕雲霧，移時已抵其境。時方嚴寒，既至，則氣候溫煦，山花遍巖谷。導入洞府，見三叟趺坐❺。東西者睹客入，漠若罔知；惟中坐者起逆客，相為禮。既坐，呼茶。有僮將盤去。洞外石壁上有鐵錐，銳沒石中；僮拔錐，水即溢射，以盞承之；滿，復塞之。既而托至，其色淡碧。試之，其涼震齒。劉畏寒不飲。叟顧僮頤示之❻。僮取盞去，呷❼其殘者；仍於故處拔錐，溢取而返，則芳烈蒸騰，如初出於鼎。竊異之。問以休咎，笑曰：「世外人歲月不知，何解人事？」問以卻老術❽，曰：「此非富貴人所能為者。」劉與辭❾，小張仍送之歸。

既至朝鮮，備述其異。國王嘆曰：「惜未飲其冷者。是先天之玉液❿，一盞可延百齡。」劉將歸，王贈一物，紙帛重裹，囑近海勿開視。既離海，急取拆視，去盡數百重，始見一鏡；審之，則鮫宮龍族，歷歷在目。方凝注間，忽見潮頭高於樓閣，洶洶已近。大駭，極馳；潮從之，疾若風雨。大懼，以鏡投之，潮乃頓落。

【注　釋】❶劉中堂鴻訓　劉鴻訓，字默承，號青嶽，明代山東長山人。明萬曆四十一年（西元一六一三年）進士，先授庶吉士，後改授翰林院編修，參與修國史。明天啟元年（西元一六二一年）出使朝鮮。此篇即記其出使之事。❷武弁　武官。❸安期島　傳說中仙人安期生居住的海島。❹僉謂不可　都說不行。❺趺坐　盤腿打坐。❻頤示之　動動下巴以示意。❼呷　小口飲。❽卻老術　長生不老之術。❾興辭　起身告辭。❿玉液瓊漿，傳說飲之能使人升仙。

【語　譯】長山劉鴻訓任內閣大學士，同武官某人出使朝鮮。聽說安期島是神仙居住的地方，想乘船前往遊覽。朝鮮國的大臣們都說不能去，讓他等候一個叫小張的人。——原來，安期島不與人世間往來，只有神仙的弟子小張，每年去一兩次。想去安期島的人，必須先向小張說明。如果他認為可以，乘船就會順利到達；否則颶風就要打翻航船。

過了一兩天，朝鮮國王召見劉鴻訓。進入宮廷，看見一個人，佩著劍，頭戴棕葉斗笠，坐在殿上；年齡大約三十歲，儀容端正整潔。向人打聽，他就是小張。劉鴻訓講起嚮往安期島的心願，小張答應了。但是說：「副使不能同去。」又走到殿外，逐個察看隨從人員，只有兩個人可以隨同出遊。於是，命令開船引導著劉鴻訓及隨從一同前往。

不知行駛了多遠，只覺得微風習習好像騰雲駕霧。不久已到達安期島。當時氣候正嚴寒，到了島上後，卻是天氣晴朗溫暖，山花開滿巖谷。小張引導他們進入洞府，看見三個老人盤腿打坐。東西相向的人看見客人進來，冷漠得像沒看見；只有中間坐著的起來迎接客人，相互致禮。坐下後，招呼倒茶。有個僮僕端著茶盤走到外面去。洞外石壁上有個鐵錐，釘在石頭中。僮僕拔出鐵錐，水就流射出來，用杯子去接；滿了，又把鐵錐塞上。隨後，托著杯子過來，水色淡綠。試著喝了一口，涼得牙齒打戰。劉鴻訓嫌冷沒有再喝。老人回頭看了看僮僕，動動下巴，暗示他拿走杯子。僮僕端走杯子，喝了剩下的水；仍然在原來的地方拔下鐵錐，灌滿杯後返回來，這次的水香氣噴鼻，熱氣騰騰，好像剛從鍋裡出來的。劉鴻訓心裡很驚異。請教老人自己的吉凶禍福，老人笑著說：「世外之人連年月都不知道，又怎麼預知人世的事呢？」又問抵禦衰老的法術，說：「這不是富貴人所能辦到的事。」劉鴻訓起身告辭，小張仍舊送他回來。

到了朝鮮，詳細地說了島上的奇人異事。國王歎口氣，說：「可惜沒喝那杯涼的。那是天然的玉液瓊漿，一杯就可延長百年之壽。」劉鴻訓將要回國，朝鮮國王贈送一件禮品，用紙和絲綢層層包裹著，囑咐他離海近時不要打開看。

剛出海不久，劉鴻訓急忙拿出來打開看看，剝了幾百層後，才看見一面鏡子；往鏡裡一看，只見蛟宮龍族，歷歷在目。正在凝神看的時候，忽然發現海潮已經高出樓閣，洶湧而來。劉鴻訓大驚失色，飛快地逃跑；海潮跟著他，快得像暴風驟雨。劉鴻訓更加害怕，把鏡子向海潮拋去，海潮立刻退落了。

【研　析】〈安期島〉主要講述劉鴻訓藉訪問朝鮮之機，到安期島一遊的經歷。安期島是傳說中安期生所居的海島。安期生是秦漢間傳說中的仙人，琅琊人，人稱千歲翁，師從河上公，黃老哲學的傳人。據《史記・封禪書》記載，方士李少君對漢武帝說：「臣嘗遊海上，見安期生，安期生食臣棗，大如瓜。安期生仙者，通蓬萊中，合則見人，不合則隱。」後來，漢武帝先後七次東巡琅琊並「遣方士入海求蓬萊安期生之屬」。蒲松齡精心營構了一個迥異於現實世界但又與現實世界有千絲萬縷聯繫的神仙島。要想到安期島，必須由小張來引導。經過小張篩選的人才有機會上島，給安期島增添了一層神祕的色彩。上島後，雖然當時是嚴寒季節，但島上「氣候溫煦，山花遍巖谷」，儼然就是春光明媚、鳥語花香的陽春三月。島上仙人迎接劉鴻訓，待之以先天玉液，劉鴻訓畏涼不敢飲。劉鴻訓詢問人生休咎與卻老術，也都被仙人輕輕擋了回去。安期島超凡脫俗的仙氣得到充分體現。但安期島又和人間有著許多聯繫和相似之處：神仙的弟子小張每年都要到安期島去一兩次，而且有的凡人也可以上島；島上景色怡人，和人間修仙的深山幽谷並無二致；仙人與劉鴻訓見面，也「逆客，相為禮」，並待之以茶。因此，儘管安期島神奇，也並非純粹的仙境。

從歷史上看，劉鴻訓出使朝鮮是當時明王朝的一次重要外交活動，他完成了出訪使命，重新開啟了中朝間的海上交通航線，為明末中朝交往做出了貢獻。在這篇故事中，蒲松齡顯然著意於故事的傳奇性，應當是出自社會傳說。〈安期島〉更多的是記載凡人的一次出遊經歷。劉鴻訓到仙島後，先問個人的吉凶禍福，再問延年益壽的法術。回到朝鮮後，朝鮮國王只是感慨其未能飲下先天玉液，否則可以延長百年之壽。國王贈給劉鴻訓的鏡子可以用來窺視蛟宮龍族，不過因為劉鴻訓的提前打開，而被迫扔回海裡。如果只從蒲松齡的描寫來看，似乎安期島上的仙人對劉鴻訓還有不屑之意。劉鴻訓問休咎，仙人答道：「世外人歲月不知，何解人事？」劉鴻訓又問卻老術，仙人答道：「此非富貴人所能為者。」根據史實，劉鴻訓出訪朝鮮是經遼東陸路，到返回時，遼東就被後金完全攻占，劉鴻訓只能用朝鮮國王為他建造的大船從海路歸國。蒲松齡寫作〈安期島〉，在敘述出訪期間奇特經歷的同時，不知是否知道這件事件的歷史背景與政治內涵？

珊瑚

安生大成，重慶❶人，父孝廉，早卒。弟二成，幼。生娶陳氏，小字珊瑚，性嫻淑。而生母沈，悍謬不仁❷，遇之虐，珊瑚無怨色。每早旦，靚妝❸往朝。值生疾，母謂其誨淫❹，詬責之。珊瑚退，毀妝以進。母益怒，投顙自撾❺。生素孝，鞭婦，母始少解。自此益憎婦，婦雖奉事惟謹，終不與交一語。生知母怒，亦寄宿他所，示與婦絕。久之，母終不快，觸物類而罵之❻，意皆在珊瑚。生曰：「娶妻以奉姑嫜❼，今若此，何以妻為！」遂出珊瑚，使老嫗送諸其家。

方出里門，珊瑚泣曰：「為女子不能作婦，歸何以見雙親？不如死！」袖中出剪刀刺喉。急救之，血溢沾衿，扶歸生族嬸家。嬸王，寡居無耦，遂止焉。嫗歸，生囑隱其情，而心竊恐母知。過數日，探知珊瑚創漸平，登王氏門，使勿留珊瑚。王召之入；不入，但盛氣逐珊瑚。無何，王率珊瑚出見生，便問：「珊瑚何罪？」生責其不能事母。珊瑚脈脈不作一言❽，惟俯首嗚泣，淚皆赤，素衫盡染，生慘惻不能盡詞而退。又數日，母已聞之，怒詣王，惡言誚讓。王傲不相下，反數其惡，且言：「婦已出，尚屬安家何人？我自留陳氏女，非留安氏婦也，何煩強與他家事！」母怒甚而窮於詞，又見其意氣匈匈，慚沮大哭而返。

珊瑚意不自安，思他適。先是，生有母姨于媼，即沈姊也。年六十餘，子死，止一幼孫及寡媳；又嘗善視珊瑚。遂辭王往投媼。媼詰得故，極道妹子昏暴，即欲送之還。珊瑚力言其不可，兼囑勿言，於是與于媼居，類姑婦❾焉。珊瑚有兩兄，聞而憐之，欲移之歸而嫁之。珊瑚執不肯，惟從于媼紡績以自度。

生自出婦，母多方為子謀婚，而悍聲流播，遠近無與為耦。積三四年，二成漸長，遂先為畢姻。二成妻臧姑，驕悍戾沓❿，尤倍於母，母或怒以色，則臧姑怒以聲。二成又懦，不敢為左右袒。於是母威頓減，莫敢攖，反望色笑而承迎之，猶不能得臧姑歡。臧姑役母若婢；生不敢言，惟身代母操作，滌器汎掃之事皆與焉。母子恒於無人處，相對飲泣。無何，母以鬱積病，委頓在牀，便溺轉側皆須生；生晝夜不得寐，兩目盡赤。呼弟代役，甫入門，臧姑輒喚去之。生於是奔告于媼，冀媼臨存⑪。入門，泣且訴。訴未畢，珊瑚自幃中出。生大慚，禁聲欲出。珊瑚以兩手叉扉⑫。生窘急，自肘下沖出而歸，亦不敢以告母。

無何，于媼至，母喜止之。由此媼家無日不以人來，來輒以甘旨餉媼。媼寄語寡媳：「此處不餓，後勿復爾。」而家中饋遺，卒無少間。媼不肯少嘗食，緘留⑬以進病者。母病亦漸瘥。媼幼孫又以母命將佳餌來問疾。沈嘆曰：「賢哉婦乎！姊何修者！」媼曰：「妹以去婦⑭何如人？」曰：「嘻！誠不至夫己氏⑮之甚也！然烏如甥婦賢！」媼曰：「婦在，汝不知勞；汝怒，婦不知怨：惡乎弗如？」沈乃泣下，且告之悔，曰：「珊瑚嫁也未者？」答云：「不知，然訪之。」又數日，病良已，媼欲別。沈泣曰：「恐姊去，我仍死耳！」媼乃與生謀，析二成居。二成告臧姑。臧姑不樂，語侵兒，兼及媼。生願以良田悉歸二成，臧姑乃喜。立析產書已，媼始去。

明日，以車來迎沈。沈至其家，先求見甥婦，極道甥婦德。媼曰：「小女子百善，何遂無一疵？余固能容之。子即有婦如吾婦，恐亦不能享也。」沈曰：「嗚呼冤哉！謂我木石鹿豕⑯耶！具有口鼻，豈有觸香臭而不知者？」媼曰：「被出如珊瑚，不知念子作何語⑰？」曰：「罵之耳。」媼曰：「誠反躬無可罵⑱，亦惡乎而罵之？」曰：「瑕疵人所時有，惟其不能賢，是以知其罵也。」媼曰：「當怨者不怨，則德焉者可知；當去者不去，則撫焉者可知。向之所餽遺而奉事者，固非予婦也，而婦也。」沈驚曰：「如何？」曰：「珊瑚寄此久矣。向之所供，皆渠夜績之所貽也。」沈聞之，泣數行下，曰：「我何以見吾婦矣！」媼乃呼珊瑚。珊瑚含涕而出，伏地下。母慚痛自撾，媼力勸始止，遂為姑媳如初。

十餘日偕歸，家中薄田數畝，不足自給，惟恃生以筆耕[19]，婦以針黹。二成稱饒足，然兄不之求，弟亦不之顧也。臧姑以嫂之出也鄙之；嫂亦惡其悍，置不齒。兄弟隔院居。臧姑時有陵虐，一家盡掩其耳。臧姑無所用虐，虐夫及婢。婢一日自經死。婢父訟臧姑，二成代婦質理，大受扑責，仍坐拘臧姑。生上下為之營脫，卒不免。臧姑械十指，肉盡脫。官貪暴，索望良奢。二成質田貸貲，如數納入[20]，始釋歸。而債家責負日亟，不得已，悉以良田鬻於村中任翁。翁以田半屬大成所讓，要生署券[21]。生往，翁忽自言：「我安孝廉也。任某何人，敢市吾業！」又顧生曰：「冥間感汝夫妻孝，故使我暫歸一面。」生出涕曰：「父有靈，急救吾弟！」曰：「逆子悍婦，不足惜也！歸家速辦金，贖吾血產[22]。」生曰：「母子僅自存活，安得多金？」曰：「紫薇樹下有藏金，可以取用。」欲再問之，翁已不語；少時而醒，茫不自知。

生歸告母，亦未深信。臧姑已率數人往發窖，坎地[23]四五尺，止見磚石，並無所謂金者，失意而去。生聞其掘藏，戒母及妻勿往視。後知其無所獲，母竊往窺之，見磚石雜土中，遂返。珊瑚繼至，則見土內悉白鏹；呼生往驗之，果然。生以先人所遺，不忍私，召二成均分之。數適得揭取之二，各囊之而歸。二成與臧姑共驗之，啟囊則瓦礫滿中，大駭。疑二成為兄所愚，使二成往窺兄，兄方陳金几上，與母相慶。因實告兄，生亦駭，而心甚憐之，舉金而並賜之。二成乃喜，往酬債[24]訖，甚德兄。臧姑曰：「即此益知兄詐。若非自愧於心，誰肯以瓜分者復讓人乎？」二成疑信半之。

次日，債主遣僕來，言所償皆偽金，將執以首官。夫妻皆失色。臧姑曰：「如何哉！我固謂兄賢不至於此，是將以殺汝也！」二成懼，往哀責主；主怒不釋。二成乃券田於主，聽其自售，始得原金而歸。細視之，見斷金二鋌，僅裹真金一韭葉許，中盡銅耳。臧姑因與二成謀：留其斷者，餘仍反諸兄以覘之。且教之言曰：「屢承讓德，實所不忍。薄留二鋌，以見推施之義㉕。所存物產，尚與兄等。余無庸多田也，業已棄之，贖否在兄。」生不知其意，固讓之。二成辭甚決，生乃受。秤之，少五兩餘，命珊瑚質奩妝以滿其數，攜付債主。主疑似舊金，以剪刀斷驗之，紋色俱足，無少差謬，遂收金，與生易券。二成還金後，意其必有參差㉖；既聞舊業已贖，大奇之。臧姑疑發掘時，兄先隱其真金，忿詣兄所，責數詬厲。生乃悟返金之故。珊瑚逆而笑曰：「產固在耳，何怒為！」使生出券付之。

二成一夜夢父責之曰：「汝不孝不弟㉗，冥限㉘已迫，寸土皆非己有，占賴將以奚為！」醒告臧姑，欲以田歸兄。臧姑嗤其愚。是時二成有兩男，長七歲，次三歲。無何，長男病痘死。臧姑始懼，使二成退券於兄。言之再三，生不受。未幾，次男又死，臧姑益懼，自以券置嫂所。

春將盡，田蕪穢不耕，生不得已，種治之。臧姑自此改行，定省如孝子；敬嫂亦至。未半年而母病卒。臧姑哭之慟，至勺飲不入口。向人曰：「姑早死，使我不得事，是天不許我自贖也！」產十胎皆不育，遂以兄子為子。夫妻皆壽終。生三子，舉兩進士。人以為孝友之報云。

異史氏曰：「不遭跋扈之惡，不知靖獻㉙之忠，家與國有同情㉚哉。逆婦化而母死，蓋一堂孝順，無德以戡之也㉛。臧姑自克，謂天不許其自贖，非悟道者何能為此言乎？然應迫死，而以壽終，天固已恕之矣。生於憂患，有以矣夫！」

【注釋】❶重慶　府名，治所在今重慶市。❷悍謬不仁　兇悍荒謬而不講道理。❸靚妝　豔麗的服飾，這裡指精心打扮。❹誨淫　引誘別人做姦淫之事。❺投顙自撾　以頭碰地，自打嘴巴。顙，額頭。❻觸物類而罵之　碰到什麼就罵什麼。❼姑嫜　公婆。❽脈脈不作一言　脈脈含情而無一語。❾姑婦　婆媳。❿戾沓　貪暴。⓫臨存　親自來慰問。⓬以兩手叉扉　以兩手叉開，抵住門框。⓭緘留　封存不動。⓮去婦　指被逐之珊瑚。⓯夫己氏　某人，指臧姑。⓰木石鹿豕　指無知無覺的石頭和不辨是非的禽獸。⓱念子作何語　提到你時會說什麼。⓲誠反躬無可罵二句　如果反省一下自己，沒有可罵之處，怎麼會被罵呢。⓳筆耕　代人抄寫來謀生。⓴納入交進去。㉑署券　在契約上簽名。㉒血產　以血汗換來的產業。㉓坎地　挖地。㉔酬債　還債。㉕推施之義　推恩施惠的情義。㉖參差　長短高低不齊，這裡指爭端。㉗不孝不弟　不孝順父母，不敬愛兄長。弟，即悌。㉘冥限　冥世索命的期限。㉙靖獻　安分守責。㉚同情　相同的情形。㉛逆婦化而母死三句　忤逆的兒媳被感化而婆婆卻死去，這說明一堂孝順，這時她（婆婆）是無德來承受的。戡，克勝。

【語　譯】書生安大成，重慶人。父親是舉人，早已去世。弟弟二成，年紀幼小。大成娶妻陳氏，小名珊瑚，性情文靜賢淑。而大成的母親沈氏，兇悍乖謬，蠻不講理，虐待珊瑚，珊瑚沒有怨恨的神色。每天早晨，珊瑚打扮得漂漂亮亮前去請安；適值大成生病，沈氏說她引誘兒子縱淫，責罵她。珊瑚退出後，去掉妝飾再進去。沈氏更加生氣，用腦袋撞牆，打自己的嘴巴。大成一向孝順，就鞭打妻子，沈氏才稍微消氣。從此更加憎惡媳婦。珊瑚雖然謹慎侍候她，她始終不和珊瑚說一句話。大成知道母親生氣，也到別處借宿，表示和妻子絕交。過了很久，沈氏始終不痛快，碰到什麼東西就罵，意思都是衝著珊瑚。大成說：「娶妻子是為了侍奉婆婆，現在這樣，要妻子做什麼！」於是把珊瑚趕出去，叫個老婆婆送她回娘家。

剛出村口，珊瑚哭著說：「作為女子不能為人妻，回家有什麼面目見父母？不如死了！」從袖子裡掏出剪刀刺自己的咽喉。老婆婆急忙救她，鮮血流出，沾染了衣襟。老婆婆扶她到大成的族嬸家。族嬸姓王，寡居無伴，於是留下珊瑚。老婆婆回去，大成囑咐她瞞著這件事，心裡怕母親知道。過了幾天，打聽珊瑚的傷逐漸好了，就到王氏家去，讓她不要收留珊瑚。王氏叫他進屋；他不進，只是氣沖沖地要趕珊瑚走。不久，王氏領著珊瑚出來，一見大成，就問：「珊瑚有什麼罪過？」大成責備她不能侍奉母親。珊瑚脈脈含情不發一語，只是低頭哭泣，眼淚都是紅的，白色衣服都染紅了。大成悲淒傷心，話沒說完就走了。又過了幾天，大成母親聽說了，生氣地到了王氏家，惡言惡語地責罵。王氏傲然不讓，反而數落起沈氏的惡行；而且說：「媳婦已經趕出來，還是安家什麼人嗎？我自己留下陳家女兒，不是留下安家媳婦，哪裡用得著你們硬來管別人家的事！」沈氏氣極了但沒話可說，又見王氏氣勢洶洶，羞愧、沮喪地大哭而回。

珊瑚心中不安，想到別的地方去。此前，大成有個姨媽于老太太，就是沈氏的姐姐。年齡六十多歲，兒子死了，只有一個小孫子和守寡的兒媳；原來又對珊瑚很好。於是珊瑚辭別王氏投奔于老太太。老太太知道緣故，極力說妹妹糊塗暴虐，就要送珊瑚回去。珊瑚堅決地說這樣不行，並且囑咐不要聲張，於是和于老太太住在一起，像婆媳一樣。珊瑚有兩個哥哥，聽說後很可憐她，想把她接回家來改嫁。珊瑚執意不肯，只跟著于老太太紡織度日。

大成自從休妻後，母親多方為兒子說親，但她兇悍聲名遠播，遠近之人都不願與大成結親。過了三四年，二成漸漸長大，於是先給他完婚。二成的妻子臧姑，驕橫暴戾，比沈氏還加倍厲害。沈氏有時顯出生氣的神色，臧姑就發出生氣的聲音。二成又懦弱，不敢居間調停。於是沈氏的威風頓時消滅下來，不敢觸怒臧姑，反而看她的臉色喜笑逢迎，還不能得到臧姑的歡心。臧姑使喚沈氏就像使喚婢女一樣；大成不敢說，只有親身代母親操勞，洗碗掃地的事都做。母子倆常在沒人的地方，面對面地哭泣。不久，沈氏因為鬱悶生病，躺在床上，大小便、翻身都要依靠大成；大成晝夜不能睡覺，兩眼都紅了。讓弟弟來替換，二成剛進門，臧姑就把他叫回去。大成於是跑去告訴于老太太，希望她來安慰一下母親。進門後，大成邊哭邊說。還沒說完，珊瑚從帷幔裡出來。大成非常慚愧，閉上嘴想出去。珊瑚用兩手叉住房門。大成窘迫著急，從珊瑚手臂底下衝出去回家，也不敢告訴母親。

不久，于老太太來了，沈氏高興地留她住下。從此于家沒有一天不派人來，來了就帶著美味的食品給于老太太。于老太太派人帶話給兒媳說：「這兒餓不著，以後不用再這樣了。」但家中送東西來，始終沒有一點間斷。于老太太一點都未曾吃，全都留給生病的沈氏。沈氏的病也漸漸好了。于老太太的小孫子又奉母親的吩咐帶著好吃的東西來問候沈氏病情。沈氏歎著氣說：「多賢慧的媳婦啊！姐姐你是怎麼修來的！」于老太太說：「妹妹認為休掉的兒媳是什麼樣的人？」沈氏說：「呵！確實不如現在那個那麼厲害！但怎麼能像外甥媳婦那麼賢慧！」于老太太說：「珊瑚在的時候，你不知道勞累；你發怒的時候，珊瑚不知道抱怨：怎麼能說不如呢？」沈氏這才流下淚水，並且告訴于老太太自己後悔了，說：「珊瑚改嫁了沒有？」回答說：「不知道，讓我查訪查訪。」又過了幾天，沈氏的病已經好了。于老太太想告辭。沈氏哭著說：「恐怕姐姐一回去，我仍然要死！」于老太太就和大成商量，跟二成分家。二成告訴臧姑，臧姑不高興，話語冒犯大成，連帶扯上于老太太。大成願意把良田都給二成，臧姑才高興了。立好分家產的契約，于老太太才離開。

第二天，于家用車來接沈氏。沈氏到了于家，先要見見外甥媳婦，極力稱道她的賢德。于老太太說：「小孩子有一百樣好，難道沒有一點毛病？我固然能寬容她。你即使有和我一樣的兒媳婦，恐怕也不能享受啊。」沈氏說：「哎呀，冤枉啊！說我是樹木石頭、野鹿山豬嗎！都是有嘴巴鼻子的人，難道接觸到香和臭卻分不出來嗎？」于老太太說：「被休掉的珊瑚，不知道想起你來會說什麼？」沈氏說：「罵我罷了。」于老太太說：「如果反躬自省，沒有可罵之處，又怎麼會罵你？」沈氏說：「人們經常會有小毛病，正因為她不賢慧，所以知道她會罵。」于老太太說：「應當怨恨的卻不怨恨，就可以知道她的德行；應當改嫁的卻不改嫁，就可以知道她的體恤。以前送東西孝敬你的，實在不是我的兒媳婦，而是你的兒媳婦。」沈氏驚訝地問：「怎麼回事？」于老太太說：「珊瑚在這裡寄居很久了。以前供給你的食物，都是她夜裡紡織掙錢，買了給你的。」沈氏聽了，流下幾行淚水，說：「我有什麼面目見我的兒媳婦啊！」于老太太就呼喚珊瑚。珊瑚含著淚出來，跪在地下。大成母親又慚愧又痛心，自打嘴巴，于老太太極力勸解才停下，於是像當初一樣成了婆媳。

十幾天後二人一同回家，家中幾畝薄田，不足以自給，只有靠大成替人寫字、珊瑚替人縫補維生。二成家裡豐饒富足，但哥哥不求他，他也不照顧哥哥。臧姑因為嫂子曾被休棄而鄙視她；珊瑚也討厭她的蠻橫，不屑與她為伍。兄弟兩家隔著院子住。臧姑經常陵辱虐待別人，大成一家都捂上耳朵。臧姑無處施展威風，就虐待丈夫和婢女。一天，婢女上吊死了。婢女的父親狀告臧姑，二成代老婆對質，狠狠地受到杖責，還是拘捕了臧姑。大成上上下下替她營救開脫，終究不能免罪。臧姑十指被夾，皮肉都脫落了。當官的貪婪兇暴，希望得到更多。二成抵押田產借錢，如數交進去，才把臧姑放出來。但債主討債一天比一天緊，二成不得已，把良田都賣給村裡的任翁。任翁認為這些田地一半是大成讓出來的，要求大成簽署賣契。大成前往，任翁忽然自己說：「我是安舉人。任某是什麼人，敢買我家產業！」又看著大成說：「陰間被你們夫妻的孝順感動，所以讓我暫時回來見一面。」大成流著淚說：「父親在天有靈，趕快救救弟弟！」安舉人說：「逆子悍婦，不值得憐惜！你回家趕快置辦銀子，贖回我的血汗產業。」大成說：「我們母子只夠自己存活，哪裡有那麼多錢？」安舉人說：「紫薇樹下有埋藏的銀子，可以拿來用。」大成想再問，任翁已經不說話了；不久，任翁醒過來，茫然不知自己說了什麼。

大成回家告訴母親，她也不太相信。臧姑卻已經帶著人前往挖掘，挖地四五尺，只看到磚塊和石頭，並沒有所說的銀子，失望地走了。大成聽說她去挖掘藏銀，勸誡母親和妻子不要去看。後來知道臧姑一無所獲，沈氏偷偷去看，只見磚塊、石頭混雜在土裡，於是回來了。珊瑚隨後到了，只見土裡都是銀子；叫大成前往驗看，果然不錯。大成因為是父親遺留下的，不忍心私吞，叫二成來均分。銀子正好是二成借貸數量的二倍，各自裝進袋子帶回家。二成和臧姑共同驗看，打開袋子只見裡面全是瓦礫，大為驚駭。臧姑懷疑二成被哥哥愚弄了，讓二成偷偷去看哥哥，哥哥正把銀子擺在桌上，和母親共同慶賀。二成把實情告訴哥哥，大成也很吃驚，但心裡很可憐他，把銀子都送給他。二成才高興了，拿去把債還完了，很感激哥哥。臧姑說：「這樣更知道哥哥奸詐了。如果不是自覺心裡慚愧，誰肯把均分的銀子再讓給別人呢？」二成半信半疑。

第二天，債主派僕人來，說所還的銀子都是假的，要抓他去見官。夫妻倆都嚇得變了臉色。臧姑說：「怎麼樣！我本來說哥哥好不到這種程度，這是想殺了你啊！」二成害怕了，前往哀求債主；債主怒氣不消。二成就立約把田地給了債主，任憑他出售，才拿了自己的銀子回來。細細一看，只見鉸斷的兩錠銀子，只裹了一層韭菜葉厚的真銀子，中間都是銅。臧姑於是跟二成商量：留下鉸斷的銀子，其餘的仍還給哥哥，看他怎麼辦。而且教二成說：「多次承蒙哥哥讓給自己銀子，實在不忍心。略留兩錠，以體現哥哥推恩施惠的情義。所存的財產，還和哥哥相等。我不需要那麼多田地，已經放棄了，是不是贖回來就在哥哥了。」大成不知道他的用意，再三推讓。二成推辭得很堅決，大成才收下。稱了一下，少了五兩多。就叫珊瑚當了首飾，湊齊數目，拿著交給債主。債主懷疑像是原先的銀子，用剪刀鉸斷查驗，紋銀的成色都足，沒有一點差錯，於是收下銀子，和大成交換田契。二成歸還銀子後，料想大成贖田一定會有爭執；又聽說原來的田產已經贖回來，大為驚奇。臧姑懷疑挖銀子時，哥哥先藏起了真銀子，氣憤地到哥哥家數落責罵。大成才悟出歸還銀子的原因。珊瑚迎上去笑著說：「田產本來就在這裡，生什麼氣呢！」叫大成把田契拿出來交給她。

二成一天晚上夢見父親責備他說：「你不孝敬父母、不尊敬兄長，死期已經近了，一寸土地都不歸你所有，還霸占著幹什麼！」二成醒來告訴臧姑，想把田產還給哥哥。臧姑嗤笑他愚蠢。這個時候二成有兩個兒子，大的七歲，小的三歲。沒有多久，大兒子出天花死了。臧姑才害怕，叫二成把田契退給哥哥。再三去說，大成不接受。不久，小兒子又死了。臧姑更害怕了，自己拿著田契放到嫂子的房間。春天快過去了，田地長滿雜草沒有耕種，大成不得已，整地播種。臧姑從此改變行徑，早晚請安就像個孝子；尊敬嫂子也很至誠。不到半年沈氏得病死了。臧姑哭得很悲慟，連一勺水都不喝。對人說：「婆婆早死，使我不能侍奉，這是天不許我贖罪啊！」她生了十胎都養不活，就把哥哥的兒子當作自己的兒子。夫妻倆都長壽而終。大成有三個兒子，兩個考中進士，人們都認為這是對孝順父母、友愛兄弟的善報。

異史氏說：「不遭遇飛揚跋扈者的惡行，不知道安分奉獻者的忠誠，家庭和國家有相同的情理。逆婦轉化而婆婆病死，因為滿門孝順，婆婆無德承受啊。臧姑自省，說天不許她自贖，不是覺悟的人怎麼能說出這種話呢？但應該早死，卻以長壽而終，天其實已經饒恕她了。在憂患中得到生存，這話有根據呀！」

【研　析】〈珊瑚〉主要講述珊瑚以德報怨，侍奉乖戾專橫的婆婆，最終得到好報的故事。安大成之父早卒，母親沈氏獨力撫養大成、二成兄弟兩人。大成的媳婦珊瑚非常孝順婆婆，但無論她怎樣盡孝，沈氏總是嫌棄她，並逼迫大成把她休回家。珊瑚先寄居在大成族嬸王氏家，後移至沈氏之姐于媼家。後來，二成也完婚了。二成的媳婦臧姑和珊瑚完全不同，她驕橫兇暴，言語尖刻，不講情理，沈氏在她面前服服帖帖，甘拜下風。軟弱的二成對驕悍的臧姑又毫無辦法，沈氏抑鬱成疾。珊瑚不計前嫌，一直暗中給婆婆送各種好吃的，盡力盡到一個媳婦的責任，婆媳遂和好。大成得到父親在陰間的幫助，贖回家產，重振家業。臧姑受到警示，也改惡向善，得到善終。

蒲松齡精心設計了「沈氏——珊瑚」和「沈氏——臧姑」的對比，以此來展示這兩對特殊的婆媳關係。對珊瑚，沈氏「遇之虐」、「詬責之」、「觸物類而罵之」等等。珊瑚則秉持孝順的美德，「奉事惟謹」，不但不怒，反而一如既往地侍奉婆婆。甚至被休後，知道了婆婆的難處，還暗中給婆婆送吃的。對臧姑，沈氏一開始當然會耍婆婆的威風，不料自己只是「怒以色」，臧姑就會「怒以聲」。因為臧姑「驕悍戾沓，尤倍於母」，再加上二成又懦弱，「於是母威頓減，莫敢攖，反望色笑而承迎之，猶不能得臧姑歡。臧姑役母若婢；生不敢言，惟身代母操作，滌器汎掃之事皆與焉。母子恒於無人處，相對飲泣」。從其結果來看，珊瑚以德報怨、以仁報虐最終得到了沈氏的認可，再次生活在一起，珊瑚生了三個兒子而兩個中了進士。臧姑則因為虐婢至死而吃了官司，「械十指，肉盡脫」。二成質田貸資，賄賂官府，臧姑才被釋放回來。事情到此，基本也實現了善有善報、惡有惡報的勸懲目的。蒲松齡又加上了冥報一段，進一步強化了勸孝的主題。

相對於婆婆與兩個兒媳，大成與二成則是兩個「被弱化」的人物。大成明知母親不對，但為了表示支持母親，他主動與珊瑚分居，而且奉母親之命休掉珊瑚。實際上，他的內心也充滿矛盾，母命固然不可違抗，但他與珊瑚之間畢竟有夫妻之情，況且過錯本身就在於他的母親。所以當他見到珊瑚「俯首嗚泣，淚皆赤，素衫盡染」之後，本來想把珊瑚從其族嬸家趕出去，他也「慘惻不能盡詞而退」。二成性格與大成類似，都十分懦弱，但不幸的是，他娶的是個悍婦。母親壓制不了臧姑，他更沒有辦法，只能跟在臧姑後邊看著母親受氣。比如，沈氏抑鬱成疾，大成想讓二成幫助照顧，但二成剛一進門，「臧姑輒喚去之」。二成生活雖然富足，但受臧姑挾制，不敢接濟母親及兄嫂生活。大成和二成這種性格的形成應當與家庭成長環境有著密切關係。他們生活在父親早亡、母親獨自撫養他們長大的家庭裡。生活的艱辛與不易造就了沈氏霸道蠻橫、說一不二的性格，在教育孩子時自然會採取強勢的態度。大成、二成在專制的母親面前，一切唯母命是從，凡事沒有自己的主見，有了意見也不敢表達，更不要說去挑戰外在的權威。可以說，大成與二成的性格悲劇與沈氏有著直接的聯繫。

文中還有許多細緻的描寫引起讀者的共鳴。比如，沈氏與臧姑交鋒的一段，從沈氏對臧姑「怒以色」，到臧姑「役母若婢」，寫得十分生動。讀至此處，首先並不是覺得臧姑可惡，而是有見到惡人受惡報之後的暢快。又如，于媼層層剝出，點出「珊瑚寄此久矣。向之所供，皆渠夜績之所貽也」，沈氏聽後，「泣數行下」。直到此時，珊瑚多年的隱忍終於得到剖白和承認，讀者也有一吐為快的感覺。但明倫說：「媼與沈問答一段，文字吞吐挑剔，俱臻絕妙，是從《左傳》、《戰國策》

中得來。愈委婉，愈真切，一字一珠，一字一淚。我讀至此，忽不知何以亦泣數行下也。」能夠讓讀者產生這種情感體驗，也充分體現了蒲松齡高超的敘事藝術。然而，現代人讀此篇，不免會感到珊瑚受到惡婆的虐待，丈夫的鞭打、驅逐，而無怨尤，還自以「為女子不能作婦」而愧對父母，實際上是喪失了女子的獨立人格。設若沒有出來一個兇悍的弟媳，壓倒了惡婆的氣焰，惡婆會悔過自新，善待珊瑚嗎？歷史的局限，蒲松齡作此小說沒有意識到這裡邊的問題。

任秀

任建之，魚臺❶人，販氈裘❷為業。竭貲赴陝。途中逢一人，自言：「申竹亭，宿遷❸人。」話言投契，盟為弟昆，行止與俱。至陝，任病不起，申善視之。積十餘日，疾大漸❹。謂申曰：「吾家故無恒產，八口衣食，皆恃一人犯霜露❺。今不幸，殂謝異域。君，我手足也，兩千里外，更有誰何！囊金二百餘金，一半君自取之，為我小備殮具，剩者可助資斧；其半寄吾妻子，俾輦吾櫬而歸。如肯攜殘骸旋故里，則裝貲勿計矣。」乃扶枕為書付申，至夕而卒。申以五六金為市薄材，殮已。主人催其移櫬❻，申托尋寺觀，竟遯不返。

任家年餘方得確耗。任子秀，時年十七，方從師讀，由此廢學，欲往尋父柩。母憐其幼，秀哀涕欲死，遂典貲治任，俾老僕佐之行，半年始還。殯後，家貧如洗。幸秀聰穎，釋服，入魚臺泮。而佻達善博，母教戒綦嚴，卒不改。一日，文宗案臨，試居四等⑦。母憤泣不食。秀慚懼，對母自矢。於是閉戶年餘，遂以優等食餼⑧。母勸令設帳，而人終以其蕩無檢幅⑨，咸誚薄之。

有表叔張某，賈京師，勸使赴都，願攜與俱，不耗其貲。秀喜，從之。至臨清⑩，泊舟關外⑪。時鹽航艤集⑫，帆檣如林。臥後，聞水聲人聲，聒耳不寐。更既靜，忽聞鄰舟骰聲⑬清越，入耳縈心，不覺舊技復癢。竊聽諸客，皆已酣寢，囊中自備千文，思欲過舟一戲。潛起解囊，捉錢踟躇，回思母訓，即復束置。既睡，心怔忡⑭，苦不得眠；又起，又解：如是者三。興勃發，不可復忍，攜錢逕去。

至鄰舟，則見兩人對博，錢注豐美⑮。置錢几上，即求入局。二人喜，即與共擲。秀大勝。一客錢盡，即以巨金質舟主，漸以十餘貫作孤注⑯。睹方酣，又有一人登舟來，眈視⑰良久，亦傾橐出百金質主人，入局共博。

張中夜醒，覺秀不在舟；聞骰聲，心知之，因詣鄰舟，欲撓沮之。至，則秀胯側積貲如山[18]，乃不復言，負錢數千而返。呼諸客並起，往來移運，尚存十餘千。未幾，三客俱敗，一舟之錢俱空。客欲賭金[19]，而秀欲已盈，故托非錢不賭以難之。張在側，又促逼令歸。三客燥急。舟主利其盆頭[20]，轉貸他舟，得百餘千。客得錢，賭更豪；無何，又盡歸秀。天已曙，放曉關矣，共運貲而返。三客亦去。

主人視所質二百餘金，盡箔灰[21]耳。大驚，尋至秀舟，告以故，欲取償於秀。及問姓名、里居，知為建之之子，縮頸羞汗而退。過訪榜人，乃知主人即申竹亭也。秀至陝時，亦頗聞其姓字；至此鬼已報之，故不復追其前郤[22]矣。乃以貲與張合業而北，終歲獲息倍蓰[23]。遂援例入監[24]。益權子母[25]，十年間，財雄一方。

【注　釋】❶魚臺　縣名，在今山東。❷氈裘　毛氈、裘皮。❸宿遷　縣名，在今江蘇。❹大漸　病勢加劇。❺犯霜露　冒風霜雨露，比喻行程艱辛。❻槥　粗陋的小棺材。❼試居四等　清代科舉制度，各省學政要巡迴所屬府州縣學考試生員，稱為歲試或歲考。考試成績分為六等，四等以下者罰。❽餼　廩餼，官府支付的生活補助。❾蕩無檢幅　行為放蕩，不知檢點約束。幅，邊幅；範圍。❿臨清　縣名，在今山東。⓫關外　關卡之外。關，徵收關稅的機構、組織或程序。⓬鹽航艤集　運鹽的船隻聚集。艤，使船靠岸。⓭骰聲　擲骰子的聲音。⓮怔忡　自覺心中劇烈跳動。⓯錢注豐美　賭注豐厚。⓰孤注　把所有的錢併作一次賭注。⓱眈視　貪婪地注視。⓲積貲如山　積累的資財像小山一樣。⓳賭金　以白銀作為賭注。⓴盆頭　賭博時，贏者抽頭交給賭具主人。盆，擲盆，代指賭具。㉑箔灰　冥錢燃燒後剩下的灰。㉒前郤　過去的冤仇。郤，嫌隙。㉓獲息倍蓰　獲得加倍的利息。㉔援例入監　根據慣例捐錢以取監生資格。㉕權子母　從事經商或放債。古稱錢幣輕而幣值低者為子，重而幣值高者為母，這裡子指利息，母指本金。

【語　譯】任建之，山東魚臺人，以販賣毛氈裘皮為業。他攜帶著所有的資本到陝西去。途中遇見一個人，自我介紹說：「叫申竹亭，江蘇宿遷人。」兩人說話投機，結拜為兄弟，趕路住宿都在一起。

到了陝西，任建之病得起不來，申竹亭對他照顧得很周到。過了十多天，疾病越來越重。任建之對申竹亭說：「我家本來沒有田地房產，八口人的衣食，都靠我一個人在外奔波。現在我不幸客死他鄉。你是我的兄弟，離家兩千多里，還有誰可以依靠！我袋子裡有二百多兩銀子，你自己拿一半，為我簡單地準備喪具，剩餘的可以給你作路費；另一半捎給我的妻子和孩子，讓他們把我的棺材運回去。要是你肯把我的殘骸運回我家鄉，那麼花多少錢就不用計較了。」於是靠著枕頭寫好遺書，交給申竹亭，到晚上就去世了。申竹亭用五六兩銀子給任建之買了口薄棺材，把他收殮了。店主人催著申竹亭把棺材移走，申竹亭藉口尋找寺廟，竟然一去不回。

任家一年多以後才得到確切消息。任建之的兒子任秀，當時十七歲，正在跟老師讀書，因此停止了學習，想去尋找父親的靈柩。母親心疼他年幼，任秀十分悲哀，哭得像要死了一樣，於是母親典賣資產，準備行裝，讓一個老僕人陪著他去，半年後才把棺材運回來。下葬後，家裡一貧如洗。幸虧任秀聰明穎悟，服喪期滿，就考進魚臺縣學。可是任秀輕薄放縱，喜歡賭博，母親雖然教導他很嚴厲，終究改不過來。一天，提學使來主持考試，任秀考試得了四等。母親生氣地哭泣，不吃飯。任秀又慚愧又害怕，對母親發誓說要改過自新。於是關起門讀書讀了一年多，終於以優等成績獲得官府津貼。母親勸他設館教書，可是人們終究認為他放蕩不知檢束，都嘲笑輕視他。

任秀有個表叔張某，到京城經商，勸任秀到京城去，願帶他一起去，不花他一毛錢。任秀很高興，跟著去了。到了臨清，把船停在關卡之外。這時運鹽船聚集停泊，碼頭上到處都是船。任秀躺下後，聽見水聲人聲，喧鬧得無法入睡。更深夜靜後，任秀忽然聽到鄰近船上擲骰子的聲音很清脆，傳進耳朵裡，縈繞在心頭，不知不覺舊時的賭技又癢。偷偷地聽旅客們，都已經酣睡了，自己口袋裡備有一千文錢，想到那艘船上玩一下。任秀偷偷起來解開錢袋，拿著錢猶豫不決，回想起母親的訓導，就又把錢袋綁好放回去。睡下後，心悸不安，久久睡不著覺；又起來，解開錢袋，這樣反覆了三次。賭興勃發，不能再忍，帶了錢逕直過去了。

到了鄰船，只見兩個人對賭，下的賭注很大。任秀把錢放在桌上，就要求加入賭局。那兩個人很高興，就和他一起擲骰子。任秀大獲全勝。其中一個人輸光了，就拿大塊銀子抵押給船主換銅錢，漸漸用十幾貫錢作為孤注。賭博正在興頭上，又有一個人登上船來，貪婪地看了很久，也把口袋裡的一百兩銀子都拿出來抵押給船主，入局一起賭。

張某半夜醒來，發覺任秀不在船上；聽見擲骰子的聲音，心裡知道任秀的去處，就到鄰船上去，想阻止他。上去後，看見任秀腿邊的銅錢堆積如山，就不再說話，背上幾貫錢回來。把旅客們都叫起來，往來搬運，還剩下十多貫。沒多久，三個賭客都輸了，船上的銅錢都換光了。賭客想用銀子作賭注，而任秀的賭欲已經滿足，所以託辭不是銅錢不賭，以此來為難他們。張某在旁邊又催逼著任秀回去。三個賭客焦急煩躁。船主見抽頭有利可圖，就到別的船上借來一百多貫銅錢。賭客拿到錢，賭得更兇了；不久，錢又都歸了任秀。天色已亮，要放早關了，任秀和表叔共同把錢運回船上。三個賭客也走了。

船主看看他們抵押的二百多兩銀子，都是些冥紙灰而已。大為吃驚，找到任秀船上，告訴他原因，想在任秀這裡找些補償。等到問明任秀的姓名、住處，知道他是任建之的兒子，船主縮著脖子，滿臉羞愧，汗流浹背地回去了。任秀向別的船家打聽，才知道船主就是申竹亭。任秀到陝西的時候，也聽說過他的名字；到這時鬼已經報復了他，所以任秀也不再追究先前的事了。任秀就用這些錢和張某一起合夥到北邊做生意，到年底就獲得了幾倍的利潤。於是根據條例捐錢取得監生資格。任秀生意越做越大，十年之間財富就雄於一方。

【研　析】〈任秀〉是三個鬼神幫助任秀取回其父資財的故事。任建之到陝西販賣氈裘，路上一病不起，託同行的申竹亭把他的二百餘兩銀子帶回去。不料申竹亭用五六兩銀子買了口薄棺材，藉口去找寺院，把棺材留在旅店，攜資潛逃了。任建之之子任秀跟著表叔張某到京師做買賣，路上三個鬼神藉賭博的機會，把申竹亭捲走的錢財重新歸還了任秀。如果用四個字來概括這篇故事的主旨，那就是「天道好還」，即上天主持公道，善惡終有報應。

這篇故事的心理描寫十分精彩，特別是任秀在臨清關外技癢難耐、想去參加賭博又極力自我控制一段即是如此（在明清兩代，臨清是運河碼頭重鎮之一，商船、官船、客船等來往密集，經濟十分繁榮）。任秀是極為孝順之人，而且聰明穎悟。只是他輕薄放縱，喜愛賭博，母親嚴加管教也改正不了。直到「文宗案臨，試居四等」，母親以絕食相逼，任秀才暫時放棄。任秀跟從表叔到京師做買賣，離開了母親的管束，這也為其賭興復萌提供了客觀條件。晚上任秀躺下後，水聲人聲聒噪得無法入睡。更深夜靜後，清脆的擲骰子的聲音傳過來。蒲松齡寫了「三可賭」，一是「舊技復癢」，說明任秀賭博的興致已經被誘發起來；二是「竊聽諸客，皆已酣寢」，說明表叔及同船者已經熟睡，自己不會為此受斥責，於名聲無損；三是「囊中自備千文」，說明他有參加賭博的資本。但接著又列舉了「三不可賭」，即「潛起解囊，捉錢踟躕，回思母訓」，一是賭本不多，二是如果賭運不濟，辛苦積攢的這點錢就付之東流，三是參加賭博有違母訓。這三點因素綜合起來，使任秀「即復束置」。但躺下後，「心怔忡，苦不得眠」。怔忡，是病人自覺心氣怦怦上衝，有不能自主之勢。任秀的內心像一鍋沸騰的開水，可以勉強壓住，但又不斷升騰，「又起，又解：如是者三」。經過一番激烈的內心交戰，最終，「興勃發，不可復忍，攜錢逕去」。「逕去」兩字表示任秀衝破關於可賭不可賭的所有考慮，決定率性而為，任意而行。這一段將任秀的心理刻劃入微，形象地展示在讀者面前。但明倫對這一段讚歎道，「寫盡嗜博者之神魂，繪出嗜博者之形態，先生似曾親眼見來」。

舟中之賭一段寫得酣暢淋漓，把各方人物的心態、表情、語言、行動一一展示出來，使人如聞其聲、如見其人。這場賭博涉及到直接參賭的四人及圍觀的「舟主」、張某等人。一開始是兩人對賭，任秀加入，三人共賭。其中一人賭錢漸漸用完，就拿大塊銀子來給「舟主」換銅錢。一會兒，又有一人加入戰團，這人也「出百金」給「舟主」換銅錢。這時，任秀表叔張某醒來，本來他要阻止任秀賭博，但一看任秀「胯側積貲如山」，就不再說話，反而把同船者喊起來，給任秀當起了搬運工。不一會兒，和任秀賭博的三人都失利了，他們就想賭銀子，任秀賭博的欲望已經滿足，就咬定只賭銅錢。而張某也在一旁假裝催著任秀回船。此時，「舟主」的銅錢已經耗完，他的手裡只有兌換來的銀子。三人「燥急」，「舟主」見有利可圖，就給別的船上的人借錢，供他們再開戰局。天亮後，任秀完勝而歸。三人的銀子也盡屬「舟主」。

故事的最後，「舟主」一看換來的銀子，原來都是些冥錢燒成的灰。當「舟主」得知任秀的身分後，縮著脖子，羞愧難當，一聲不吭地退回到自己的船上。任秀知道「舟主」就是申竹亭，但此時「鬼已報之」，也就不再追究以前的事情。申竹亭只是見利忘義、捲資潛逃，而不是公開搶劫、殺人越貨，所以鬼神也就沒有過多地懲罰他。任秀得到了他應該得到的錢財，一段公案至此了結。

陳雲棲

真毓生，楚夷陵❶人，孝廉之子。能文，美風姿，弱冠❷知名。兒時，相者曰：「後當娶女道士為妻。」父母共以為笑。而為之論婚，低昂苦不能就。

生母臧夫人，祖居黃岡❸，生以故詣外祖母。聞時人語曰：「黃州『四雲』❹，少者無倫。」蓋郡有呂祖❺庵，庵中女道士皆美，故云。庵去臧氏村僅十餘里，生因竊往。扣其關，果有女冠三四人，謙喜承迎，度皆雅潔。中一最少者，曠世真無其儔，心好而目注之。女以手支頤，但他顧。諸道士覓盞烹茶。生乘間問姓字。答云：「雲棲，姓陳。」生戲曰：「奇矣！小生適姓潘❻。」陳赬顏發頰，低頭不語，起而去。少間，瀹茗❼，進佳果。各道姓字：一，白雲深，年三十許；一，盛雲眠，二十已來；一，粱雲棟，約二十有四五，卻為弟❽。而雲棲不至。生殊悵惘，因問之。白曰：「此婢懼生人。」生乃起別，白力挽之，不留而出。白曰：「如欲見雲棲，明日可復來。」

生歸，思戀綦切。次日，又詣之。諸道士俱在，獨少雲棲，未便遽問。諸女冠治具留餐，生力辭，不聽。白折餅授箸，勸進良殷。既問：「雲棲何在？」答云：「自至。」久之，日勢已晚，生欲歸。白捉腕留之，曰：「姑止此，我捉婢子來奉見。」生乃止。俄，挑燈具酒，雲眠亦去。酒數行，生辭以醉。白曰：「飲三觥，則雲棲出矣。」生果飲如數。梁亦以此挾勸之，生又盡之，覆盞❾告醉。白顧梁曰：「吾等面薄，不能勸飲。汝往曳陳婢來，便道潘郎待妙常已久。」梁去，少時而返，具言：「雲棲不至。」生欲去，而夜已深，乃佯醉仰臥。兩人代裸之，迭就淫焉。終夜不堪其擾。天既明，不睡而別。數日不敢復往，而心念雲棲不忘也，但不時於近側探偵之。

一日，既暮，白出門，與少年去。生喜，不甚畏梁，急往款關。雲眠出應門。問之，則梁亦他適。因問雲棲。盛導去，又入一院，呼曰：「雲棲！客至矣。」但見室門闃然而合。盛笑曰：「閉扉矣。」生立窗外，似將有言，盛乃去。雲棲隔窗曰：「人皆以妾為餌，釣君也。頻來，則身命殆矣。妾不能終守清規，亦不敢遂乖廉恥⑩，欲得如潘郎者而事之耳。」生乃以白頭相約。雲棲曰：「妾師撫養，即亦非易。果相見愛，當以二十金贖妾身。妾候君三年。如望為桑中之約⑪，所不能也。」生諾之。方欲自陳，而盛復至，從與俱出，遂別而歸。

中心悒悵⑫，思欲委曲夤緣⑬，再一親其嬌範⑭，適有家人報父病，遂星夜而還。無何，孝廉卒。夫人庭訓最嚴，心事不敢使知，但刻減金貲，日積之。有議婚者，輒以服闋⑮為辭。母不聽。生婉告曰：「曩在黃岡，外祖母欲以兒婚陳氏，誠心所願。今遭大故，音耗遂梗，久不如黃省問；旦夕一往，如不果諧，從母所命。」夫人許之。乃攜所積而去。

至黃，詣庵中，則院宇荒涼，大異疇昔。漸入之，惟一老尼炊灶下，因就問訊。尼曰：「前年老道士死，『四雲』星散矣。」問：「何之？」曰：「雲深、雲棟，從惡少遯去；向聞雲棲寓居郡北；雲眠消息不知也。」生聞之悲歎。命駕即詣郡北，遇觀輒詢，並少蹤緒。悵恨而返，偽告母曰：「舅言：陳翁如岳州⑯，待其歸，當遣伻⑰來。」

逾半年，夫人歸寧，以事問母，母殊茫然。夫人怒子誑；媼疑甥與舅謀，而未以聞也。幸舅遠出，莫從稽其妄。夫人以香願⑱登蓮峰，齋宿山下。既臥，逆旅主人扣扉，送一女道士，寄宿同舍，自言：「陳雲棲。」聞夫人家夷陵，移坐就榻，告愬坎坷，詞旨悲惻。末言：「有表兄潘生，與夫人同籍，煩囑子侄輩一傳口語，但道某暫寄棲鶴觀師叔王道成所，朝夕厄苦，度日如歲。今早一臨存；恐過此以往，未之或知也。」夫人審潘名字，即又不知。但云：「既在學宮，秀才輩想無不聞也。」未明早別，殷殷再囑。

夫人既歸，向生言及。生長跪曰：「實告母：所謂潘生，即兒也。」夫人詰知其故，怒曰：「不肖兒！宣淫寺觀，以道士為婦，何顏見親賓乎！」生垂頭，不敢出詞。會生以赴試入郡，竊命舟訪王道成。至，則雲棲半月前出遊不返。既歸，邑邑[19]而病。

適臧媼卒，夫人往奔喪，殯後迷途，至京氏家，問之，則族妹也。相便邀入。見有少女在室，年可十八九，姿容曼妙，目所未睹。夫人每思得一佳婦，俾子不懟[20]，心動，因詰生平。妹云：「此王氏女，京氏甥也。怙恃[21]俱失，暫寄此耳。」問：「婿家誰？」曰：「無之。」把手與語，意致嬌婉。母大悅，為之過宿，私以己意告妹。妹曰：「良佳。但其人高自位置[22]；不然，胡蹉跎至今也。容商之。」夫人招與同榻，談笑甚歡；自願母夫人。夫人大悅，請同歸荊州；女益喜。

次日，同舟而還。既至，則生疾未起。母欲慰其沉痾，使婢陰告曰：「夫人為公子載麗人至矣。」生未信，伏窗窺之，較雲棲尤艷絕也。因念：三年之約已過；出遊不返，則玉容必已有主。得此佳麗，心懷頗慰。於是輾然㉓動色，病亦尋瘳。

母乃招兩人相拜見。生出，夫人謂女：「亦知我同歸之意乎？」女微笑曰：「妾已知之。但妾所以同歸之初志，母不知也。妾少字夷陵潘氏，音耗闊絕，必已另有良匹。果爾，則為母也婦；不爾，則終為母也女，報母有日也。」夫人曰：「既有成約，即亦不強。但前在五祖山時，有女冠問潘氏，今又潘氏，固知夷陵世族無此姓也。」女驚曰：「臥蓮峰下者即母耶？詢潘氏者，即我是也。」母始恍然悟，笑曰：「若然，則潘生固在此矣。」女問：「何在？」夫人命婢導去問生。生驚曰：「卿雲棲耶？」女問：「何知？」生言其情，始知以潘郎為戲。女知為生，羞與終談，急返告母。母問其「何復姓王」。答云：「妾本姓王。道師見愛，遂以為女，故從其姓耳。」夫人亦喜，涓吉㉔為之成禮。

先是，女與雲眠俱依王道成。道成居隘㉕，雲眠遂去之漢口。女嬌癡不能作苦，又羞出操道士業，道成頗不善之。會舅京氏如黃岡，女遇之流涕，因與俱去，俾改女子裝，將論婚士族，故諱其曾隸道士籍。而問名者，女輒不願，舅及妗皆不知其意向，心厭嫌之。是日，從夫人歸，得所託，如釋重負焉。

合巹後，各述所遭，喜極而泣。女孝謹，夫人雅憐愛之；而彈琴好弈，不知理家人生業，夫人頗以為憂。積月餘，母遣兩人如京氏，留數日而歸。泛舟江流，欻一舟過，中一女冠，近之，則雲眠也。雲眠獨與女善。女喜，招與同舟，相對酸辛。問：「將何之？」盛云：「久切懸念。遠至棲鶴觀，則聞依京舅矣。故將詣黃岡，一奉探耳。竟不知意中人已得相聚。今視之如仙，剩此漂泊人，不知何時已矣！」因而欷歔。女設一謀：令易道裝，偽作姊，攜伴夫人，徐擇佳偶。盛從之。

既歸，女先白夫人，盛乃入。舉止大家[26]；談笑間，練達世故[27]。母既寡，苦寂，得盛良歡，惟恐其去。盛早起，代母劬勞，不自作客。

母益喜，陰思納女姊，以掩女冠之名，而未敢言也。一日，忘某事未作，急問之，則盛代備已久。因謂女曰：「畫中人不能作家[28]，亦復何為。新婦若大娘者，吾無憂也。」不知女存心久，但懼母嗔。聞母言，笑對曰：「母既愛之，新婦欲效英、皇[29]，如何？」母不言，亦輾然笑。

女退，告生曰：「老母首肯矣。」乃另潔一室，告盛曰：「昔在觀中共枕時，姊言：『但得一能知親愛之人，我兩人當共事之。』猶憶之否？」盛不覺雙眦熒熒，曰：「妾所謂親愛者，非他：如日日經營，曾無一人知其甘苦；數日來，略有微勞，即煩老母恤念，則心中冷暖頓殊矣。若不下逐客令，俾得長伴老母，於願斯足，亦不望前言之踐也。」女告母。母令姊妹焚香，各矢無悔詞，乃使生與行夫婦禮。將寢，告生曰：「妾乃二十三歲老處女也。」生猶未信。既而落紅殷褥，始奇之。盛曰：「妾所以樂得良人者，非不能甘岑寂也；誠以閨閣之身，覥然酬應如勾欄，所不堪耳。借此一度，掛名君籍[30]，當為君奉事老母，作內[31]

紀綱。若房闈之樂，請別與人探之。」三日後，襆被從母，遣之不去。女早之母所，占其牀寢，不得已，乃從生去。由是三兩日輒一更代，習為常。

夫人故善弈，自寡居，不暇為之。自得盛，經理井井，晝日無事，輒與女弈。挑燈瀹茗，聽兩婦彈琴，夜分始散。每語人曰：「兒父在時，亦未能有此樂也。」盛司出納，每記籍報母。母疑曰：「兒輩嘗言幼孤，作字彈棋，誰教之？」女笑以實告。母亦笑曰：「我初不欲為兒娶一道士，今竟得兩矣。」忽憶童時所卜，始信數定不可逃也。

生再試不第。夫人曰：「吾家雖不豐，薄田三百畝，幸得雲眠紀理，日益溫飽。兒但在膝下，率兩婦與老身共樂，不願汝求富貴也。」生從之。後雲眠生男女各一；雲棲女一男三。母八十餘歲而終。孫皆入泮；長孫，雲眠所出，已中鄉選[32]矣。

【注釋】❶夷陵　州名，治所在今湖北宜昌。❷弱冠　古人二十歲行冠禮，以示成年，但體猶未壯，還比較年少，故稱弱冠。❸黃岡　縣名，在今湖北。❹黃州四雲　即下文提到的四位女道士（白雲深、盛雲眠、梁雲棟、陳雲棲）。❺呂祖　神話傳說中的八仙之一，名岩，字洞賓。❻小生適姓潘　此為真毓生的挑逗之詞，借用宋代女貞觀尼陳妙常與潘法成相戀並結為夫婦之事，諷示自己願與陳雲棲結合。❼瀹茗　煮茶。❽弟　師弟。❾覆盞　把酒杯倒置桌上，表示不再飲酒。❿乖廉恥　違背禮義廉恥。⓫桑中之約　指男女幽會。《詩經・鄘風・桑中》：「期我乎桑中，要我乎上宮，送我乎淇之上矣。」後以桑中為男女暗中約會的地方。⓬怊悵　惆悵，形容人失意時感傷惆悵的情緒。⓭委曲夤緣　曲意尋找機會。⓮嬌範　少女儀容。範，儀範。⓯服闋　守喪期滿除服。闋，終了。⓰岳州　府名，治所在今湖南岳陽。⓱伻　使者，這裡指送信的人。⓲香願　進香還願。⓳邑邑　憂鬱煩悶的樣子。⓴懟　怨。㉑怙恃　父母的代稱。《詩經・小雅・蓼莪》：「無父何怙，無母何恃。」㉒高自位置　自視甚高。㉓輾然　笑的樣子。㉔涓吉　選擇吉祥的日子。涓，選擇。㉕居隘　居處狹小，這裡指寺觀太小。㉖舉止大家　行為舉止有大戶人家的派頭。㉗練達世故　人情世故熟悉通達。㉘畫中人不能作家　雖然容貌美麗但不能操持家務，這是真母針對陳雲棲而言。㉙效英皇　仿效女英、娥皇，即姐妹兩人共嫁一夫。㉚掛名君籍　在名義上成為你的妻子。㉛作內　泛指僕人。㉜中鄉選　鄉試中舉。

【語譯】真毓生，湖北夷陵人，舉人的兒子。有文才，丰姿秀美，二十歲時就很知名。小時候，有個相士說：「你日後會娶女道士為妻。」父母都認為是開玩笑。可是給他提親，不論條件高低都不能成功。

真毓生的母親臧夫人，祖居黃岡，真毓生因事去探望外祖母。聽當時人說：「黃州有『四雲』，最小的那個美麗無與倫比。」原來黃州有間呂祖庵，庵裡的女道士都很漂亮，所以這麼說。呂祖庵離臧氏的村子只有十多里路，真毓生就偷偷去了。敲開庵門，果然有三四個女道士，謙恭、高與地迎接真毓生，儀容和風度都很文雅。其中一個最小的，確實美得世上沒有人能比得上她，真毓生心裡愛慕她，眼睛注視著她。她用手支著下巴，只是看著別處。諸位女道士找茶杯泡茶。真毓生乘機問她的姓名。回答說：「叫雲棲，姓陳。」真毓生開玩笑地說：「太巧了！我正好姓潘。」陳雲棲滿臉通紅，低著頭不說話，站起來離開了。不久，女道士烹好茶，送上美味水果。各自介紹姓名：一個叫白雲深，年齡三十來歲；一個叫盛雲眠，二十出頭；一個叫梁雲棟，大約二十四五，卻是盛雲眠的師弟。然而陳雲棲沒到。真毓生非常悵惘，就問她們。白雲深說：「這個丫頭怕陌生人。」真毓生就站起來告別，白雲深極力挽留他，真毓生不肯留下出門而去。白雲深說：「如果想見雲棲，明天可以再來。」

真毓生回到外祖母家，非常熱切地思念陳雲棲。第二天，又到呂祖庵。諸位女道士都在，獨獨少了陳雲棲，真毓生也不方便馬上就問。女道士們整治飯菜留他吃飯，真毓生極力推辭，她們不聽。白雲深撕開餅，遞給他筷子，很熱情地勸他吃飯。後來真毓生問：「雲棲在哪裡？」白雲深回答說：「自然會來。」過了很久，天色已晚，真毓生想回家。白雲深拉住手腕挽留他，說：「暫且待在這兒，我捉這個丫頭來和你見面。」真毓生就留下了。不久，她們點燈擺酒，盛雲眠也離開了。喝了幾巡酒，真毓生推辭說已經醉了。白雲深說：「喝三大杯，雲棲就出來了。」真毓生果然如數喝下去。梁雲棟也以此要挾他，勸他喝酒，真毓生又喝完了，把酒杯倒扣在桌上，說已經醉了。白雲深看著梁雲棟說：「我們這些人面子薄，不能勸酒。你去拉陳丫頭來，就說潘郎等候陳妙常已經很久了。」梁雲棟去了，一會兒就回來，說：「雲棲不來。」真毓生想走，但夜已經深了，就佯裝喝醉了，仰臥在那裡。兩人替他脫光衣服，輪番交歡。真毓生整夜不堪她們的擾亂。天亮後，沒有睡覺就走了。幾天不敢再去，但心裡念念不忘雲棲，只是不時在庵旁探聽。

一天，天黑後，白雲深出門，跟一個年輕人去了。真毓生很高興，不太畏懼梁雲棟，急忙前去敲門。盛雲眠出來開門。一問，原來梁雲棟也到別的地方去了。真毓生就問陳雲棲。盛雲眠引導他進去，又進了一個院子，喊道：「雲棲！客人來了。」只見房門「砰」的一聲關上。盛雲眠笑著說：「關上門了。」真毓生站在窗外，好像有話要說，盛雲眠就走了。雲棲隔著窗戶說：「別人都拿我當誘餌，是要釣你啊。頻頻來這裡，身體和性命就危險了。我不能一輩子恪守清規，也不敢有違廉恥，只想得到像潘郎這樣的人來侍奉罷了。」真毓生就和她約訂白頭偕老。雲棲說：「我師父撫養我，也不容易。如果真的愛我，就用二十兩銀子來贖我。我等你三年。如果只希望和我約期幽會，那是辦不到的。」真毓生答應了。正想說出心裡話，盛雲眠又來了，他就跟著盛雲眠一起出去，於是告別回到外祖母家。

真毓生心中惆悵，想尋找各種辦法，再親近一下嬌美的雲棲，正好有家人來報，說父親病了，他於是連夜回家。不久，父親去世了。母親訓導很嚴，真毓生的心事不敢讓她知道，只是節省自己的開支，每天積攢起來。有來提親的，他總以服喪未滿推辭。母親不聽。他婉轉地告訴母親說：「先前在黃岡，外祖母想讓我和陳家姑娘結婚，這實在是我所願意的。現在遭遇大的變故，音信斷絕，很久沒去黃岡看望外祖母；我立即去一趟，如果婚事不成功，就聽母親的吩咐。」臧夫人同意了。真毓生就帶上積攢的銀子去了。

到了黃岡，前往呂祖庵，只見房屋和院落一片荒涼，和原來大不相同。慢慢進去，只有一個老尼姑在灶下做飯，真毓生就上前詢問。老尼姑說：「前年老道士死了，『四雲』都星飛雲散了。」

真毓生問：「她們去了哪裡？」老尼姑說：「雲深、雲楝，跟著品行惡劣的年輕人走了；之前聽說雲棲寄居在城北；雲眠的消息就不知道了。」真毓生聽了，悲傷歎息。坐車馬上到城北，遇見道觀就詢問，都沒有蹤跡和頭緒。他悵悵遺憾地回家了，向母親撒謊說：「舅舅說：陳家老翁到岳州去了，等他回來，就派人送信來。」

過了半年，臧夫人回娘家，向母親問起這事，母親完全茫然不知。臧夫人生氣兒子騙她；老太太懷疑是外甥和他舅舅商量的，而沒有告訴她。幸好真毓生的舅舅外出了，無從證明這事的虛假。臧夫人到蓮峰山進香還願，住在山下齋戒。睡下後，旅店主人敲門，送來一個女道士，和她一同居住。女道士自我介紹說：「叫陳雲棲。」聽說臧夫人家在夷陵，就移過來坐到夫人床上，告訴她自己的坎坷經歷，言辭悲傷動人。最後說：「有個表兄潘生，和夫人同籍，麻煩您囑託您的子侄捎個口信，就說我暫時寄住在棲鶴觀的王道成師叔那裡，早晚困苦，度日如年。叫他早點過來；恐怕錯過這段時間，就不知道到哪裡去了。」夫人詳細問她表兄的名字，她又不知道。只是說：「既然在學宮裡讀書，秀才們想來沒有不知道的。」天沒亮就早早告別了，又殷切地囑咐了一遍。

臧夫人回家後，向兒子說起這事。真毓生高跪在地下說：「老實告訴母親：她所說的潘生，就是孩兒。」夫人知道事情的緣故後，生氣地說：「不肖的兒子！到寺觀公然行淫，娶女道士為妻，有什麼臉見親戚朋友！」真毓生低著頭，不敢說話。正好真毓生要到黃州參加考試，暗地裡乘船去尋訪王道成。到了棲鶴觀，原來陳雲棲半個月前出去雲遊，沒有回來。真毓生回家後，心情憂鬱就病倒了。

不巧臧夫人母親去世，夫人前往奔喪，出殯後，回來的路上迷路了，到了一戶姓京的人家，一問，原來是她的同族妹妹。京氏就請臧夫人進去。夫人看見房間裡有個姑娘，年齡大約十八九歲，姿容曼妙，從未見過這樣漂亮的。夫人經常想得到一個好媳婦，讓兒子不再怨她，心裡一動，就問姑娘的身世。族妹說：「她是王家的女兒，京家的外甥女。父母都不在了，暫時寄住在這裡。」夫人問：「她婆家是誰？」族妹說：「還沒有。」夫人拉著姑娘的手說話，姑娘意態情致嬌媚而婉約。夫人非常高興，為了她在族妹家裡過夜，私下把自己的意思告訴族妹。族妹說：「很好。只是她自視甚高；不然，怎麼虛擲光陰到今天呢。容我和她商量。」夫人招呼她和自己同床，說說笑笑非常歡暢；姑娘自願認臧夫人做母親。夫人分外高興，請她和自己一同回荊州；姑娘更高興了。

第二天，同船返回夷陵。到家後，真毓生病在床上，還無法起來。臧夫人想慰藉久病的兒子，叫婢女偷偷告訴他說：「夫人給你帶回來一個美麗的姑娘。」真毓生不相信，趴在窗口窺視，見那姑娘比陳雲棲還要光豔美麗。於是想：三年的約定已經過去；陳雲棲出去雲遊不回來，想必已經名花有主了。得到這個佳麗，心裡感到頗為安慰。於是臉上露出欣喜的神色，病也很快好了。

臧夫人就叫兩個人出來相互拜見。真毓生出來後，夫人對姑娘說：「你也知道和我一同回來的意思嗎？」姑娘微笑著說：「我已知道了。但我之所以一同回來的初衷，母親是不知道的。我小時候許配給夷陵潘家，音信中斷很久了，對方想必已經另擇良偶。果然這樣，我就給母親做兒媳婦；如果不是這樣，就一輩子做母親的女兒，報答母親的日子還長。」夫人說：「既然有了婚約，也不勉強你。可是以前在五祖山時，有個女道士打聽潘家，現在你又打聽潘家，我一向知道夷陵的世家大戶沒有這個姓。」姑娘驚訝地說：「住在蓮峰山下的就是母親嗎？打聽潘郎的，就是我呀。」夫人才恍然大悟，笑著說：「如果這樣，那麼潘生本來就在這裡了。」姑娘問：「在哪裡？」夫人叫婢女帶她去問真毓生。真毓生吃驚地問：「你是雲棲嗎？」姑娘問：「你怎麼知道？」真毓生說出當時的情形，才知道真毓生說自己是潘郎是開玩笑。雲棲得知潘郎就是真毓生，羞於和他談下去，急忙回去告訴夫人。夫人問她「為什麼又姓王」。雲棲回答說：「我本來姓王。師父喜歡我，於是認我做女兒，跟了她的姓。」夫人也很高興，選了個好日子為他們舉行了婚禮。

先前，雲棲與雲眠都投靠王道成。王道成的道觀地方狹小，雲眠就離開去了漢口。雲棲嬌嫩而呆氣，不能吃苦，又羞於拋頭露面做道士的事務，王道成很不喜歡她。恰好舅舅京某來到黃岡，雲棲遇見他，哭泣流淚，舅舅就帶她一起走了，讓她改換道士裝束，準備和官宦人家結親，所以隱瞞了她當道士的事。可是前來提親的，雲棲總是不願意，舅舅和舅媽都不知道她心裡的想法，心裡討厭嫌棄她。這一天，跟著臧夫人回來，得到託身之處，舅舅和舅媽如釋重負。

雲棲和真毓生成親後，各自訴說遭遇的事情，都喜極而泣。雲棲孝順恭謹，夫人很疼愛她；而雲棲喜歡彈琴下棋，不會持家料理家務，夫人對此非常擔憂。一個多月後，夫人派他們兩個人到京家去，住了幾天回來。在江上行舟，忽然一艘小船過來，船上有個女道士，接近一看，原來是雲眠。雲眠只和雲棲要好。雲棲很高興，招呼雲眠和自己同船，兩人相對，充滿辛酸。雲棲問：「要到哪裡去？」雲眠說：「很久就深切地掛念你。遠道前往棲鶴觀，聽說你投靠京家舅舅了。所以想到黃岡專程探望你。竟然不知道你們兩個意中人已經相聚了。現在看你過著像神仙一樣的日子，剩下我這個四海漂泊的人，不知什麼時候結束啊！」於是傷心歎息。雲棲為她定下一條計策：讓她換下道袍，假裝是自己的姐姐，帶回去陪伴夫人，慢慢再找好的伴侶。雲眠聽從了。

回到家後，雲棲先去稟告夫人，雲眠才進去。雲眠一舉一動都有大戶人家的派頭，說話談笑也很通達世故。夫人守寡後，苦於寂寞，得到雲眠後非常高興，惟恐她離開了。雲眠很早起床，替夫人操勞，不把自己當客人。夫人更加高興，暗地裡想讓兒子娶媳婦的姐姐，以掩蓋雲棲是個女道士的名聲，但沒敢說。一天，夫人忘了有件事還沒做，急忙去問，雲眠早已替她準備好了。於是夫人就對雲棲說：「畫中人不能當家理紀，又有什麼用處。兒媳婦要是像姐姐一樣，我就不擔憂了。」夫人不知道雲棲早有這心思，只怕夫人怪罪。聽見夫人的話，笑著回答說：「母親既然喜歡她，我想仿效女英、娥皇，怎麼樣？」夫人不說話，也高興地笑著。

雲棲退出來，告訴真毓生說：「老母親同意了。」於是另外打掃出一間房子，對雲眠說：「以前在呂祖庵同床共枕的時候，姐姐說：『只要得到一個知親知愛的人，我們兩人就共同侍奉他。』還記得嗎？」雲眠不覺得雙眼淚光閃閃，說：「我所說的親愛的人，不是別的：像以前天天操勞工作，從沒一個人知道我的甘苦；這幾天來，略微做點事，就讓老母親體恤掛念，心中的冷暖一下子就不同了。如果不下逐客令，讓我長期陪伴老母親，願望就滿足了，也不奢望以前的話得以實現。」雲棲告訴了夫人。夫人叫姐妹倆點上香，都發誓不會後悔，然後讓真毓生和雲眠拜過天地。將要就寢，雲眠對真毓生說：「我是個二十三歲的老處女。」真毓生還不相信。後來鮮血把被褥染紅，才感到很驚奇。雲眠說：「我之所以樂意嫁個好丈夫，不是不能甘於寂寞；實在是以黃花閨女的身體，厚著臉皮像妓女一樣應酬，這是我所不堪忍受的。藉今晚這一回，掛在你的名下，就為你侍奉老母親，當一個內管家。至於夫妻之樂，請另和別人探求吧。」三天後，雲眠搬了被褥去跟夫人住，趕她也不出去。雲棲一早來到夫人屋裡，占住雲眠的床鋪，雲眠不得已，只好跟著真毓生去。從此三兩天就輪換一次，習以為常。

夫人本來喜歡下棋，自從守寡以後，沒空下了。自從得到雲眠，家務管理得井井有條，白天無事可做，就經常和雲棲下棋。晚上挑燈烹茶，聽兩個兒媳婦彈琴，半夜才散。她經常對人說：「孩子的父親在世時，也沒有這樣的樂趣。」雲眠負責出納，總是記好帳目報告夫人。夫人疑惑地說：「你們曾說從小就是孤兒，寫字、彈琴、下棋，誰教你們的？」雲棲笑著如實告訴了夫人。夫人也笑著說：「我當初不願為兒子娶一個女道士，現在竟然得到兩個了。」忽然想起兒子小時候相士的預測，才相信人生定數是不可改變的。

真毓生兩次應試沒有考中。夫人說：「我們家雖然不豐裕，有薄田三百畝，幸虧有雲眠管理，生活越來越溫飽了。只要孩兒在身邊，帶著兩個媳婦和我共同享樂，不希望你去追求功名富貴。」真毓生聽從了母親的話。後來雲眠生了一男一女；雲棲生了一女三男。夫人活到八十多歲才去世，當時孫子都中了秀才；長孫是雲眠生的，已經考中舉人了。

【研　析】〈陳雲棲〉寫了真毓生與女道士之間的愛情故事。真毓生小時候就有個相面先生說：「日後會娶女道士為妻。」儘管父母都認為是無稽之談，但事情的發展卻超出了他們的預料，真毓生竟然娶了兩個女道士。真毓生去探望住在黃岡的外祖母，聽說黃州有呂祖庵，其中的女道士非常美麗，特別是年少的那個更是無與倫比。真毓生就偷偷前去拜訪。經過一系列錯失與巧合，真毓生與陳雲棲、盛雲眠得成眷屬。真毓生的母親也由拒絕與排斥轉化為贊同與滿足，一家人過著幸福的生活。

唐代道教十分繁榮，女道士的感情生活也成為文人學士的關注對象。如生於唐玄宗開元初年的女道士李冶，性格豪放，才情並茂，《唐才子傳》說她「美姿容，神情蕭散，專心翰墨，善彈琴，尤工格律」。她是中唐詩壇上享受盛名的女冠詩人，才名豔聲遠播四方，與陸羽、皎然、劉長卿等當時的名流頗多交往，寫下許多幽怨纏綿的相思詩。又如生於唐武宗會昌年間的女道士魚玄機，才貌雙全，被譽為「才媛中之詩聖」。她受教於詩人溫庭筠，一度是李億的寵姬。《三水小牘》說她「色既傾國，思乃入神。喜讀書屬文，尤致意於一吟一詠。破瓜之歲，志慕清虛。咸通初，遂從冠帔於咸宜，而風月賞玩之佳句，往往播於士林。然蕙蘭弱質，不能自持，復為豪俠所調，乃從游處焉。於是風流之士，爭修飾以求狎，或載酒詣之者，必鳴琴賦詩，間以謔浪，懵學輩自視缺然」。後因打死一位婢女，被判死刑，在獄中還寫下「易求無價寶，難得有心郎。明月照幽隙，清風開短襟」的詩句。到明朝後期的小說中，更多的是對道觀尼姑淫亂放縱生活的描寫。如《初刻拍案驚奇》卷六〈酒下酒趙尼媼迷花，機中機賈秀才報怨〉，觀音庵的趙尼姑給賈秀才的妻子巫氏下了迷藥，使卜良實施了強姦，故事也對尼姑的淫蕩生活有所涉及。同書卷三十四〈聞人生野戰浮翠庵，靜觀尼晝錦黃沙巷〉，極寫聞人生與浮翠庵尼姑的淫蕩之事。故事開頭就寫浮翠庵觀主「是個花嘴騙舌之人，平素只貪些風月，庵裡收拾下兩個後生徒弟，多是通同與他做些不伶俐勾當的」。只有一個例外，就是被騙入庵中作了靜觀尼姑的楊家女兒，她潔身自好，「閒常見眾尼每幹些勾當，只做不知。閉門靜坐，看些古書，寫些詩句，再不輕易出來走動」。後來偶遇聞人生，才成就一段美好姻緣。這都反映出修身養性的尼姑庵有時恰恰可以成為張揚情欲的庇護所。

女道士的風流韻事到了蒲松齡筆下，發生了分化與提純。美貌被「四雲」所共同繼承，風流卻分化為兩種：一種是純情與鍾情，體現在陳雲棲與盛雲眠身上，兩人沿著靜觀的路子，專心清修卻又不排斥正常的男女之情，是寄居在尼姑庵中的良家女兒；第二種是濫情與色情，體現在白雲深、梁雲棟身上，兩人一心放縱情欲，沒有束縛之感，毫無靜修之念，是亦尼亦娼式的人物。馮鎮巒認為，「此庵幾如勾欄，來往皆屬淫朋。雲棲何以得免？心堅金石，匹夫之志難奪，污泥中有金蓮也」。真毓生初見陳雲棲時，對她「心好而目注之」，但陳雲棲對這個初來乍到的訪客「以手支頤，但他顧」，聽到真毓生的挑逗之語，也是滿臉通紅，一言不發地離開了。真毓生數次相約，陳雲棲也沒出來相見。直到白、梁二人外出，真毓生又訪雲棲，雲棲才隔著窗戶說，「人皆以妾為餌，釣君也。頻來，則身命殆矣。妾不能終守清規，亦不敢遂乖廉恥，欲得如潘郎者而事之耳」，「妾師撫養，即亦非易。果相見愛，當以二十金贖妾身。妾俟君三年。如望為桑中之約，所不能也」。直到見到真母，她還說：「妾少字夷陵潘氏，音耗闊絕，必已另有良匹。果爾，則為母也婦；不爾，則終為母也女，報母有日也。」後來，真毓生與潔身自好的盛雲眠也結成婚姻。蒲松齡對陳、盛二人著墨甚多，白、梁二人只是被否定的對象，在故事敘述中是反向襯托之用。陳雲棲正是發現真毓生並非皮膚濫淫之輩，才與他訂下三年之約，這也是他們結合的最根本、最深刻的原因。白、梁二人在老道士死後，跟著惡少離開呂祖庵，就音信全無、不知所蹤了。

故事還經歷了一系列的錯失與巧合，起起落落，大開大合，最終導向相面先生所作的預測，表現了作者人生定數不可違的天命觀。一開始是真毓生懷著含有獵豔成分的仰慕前往呂祖庵。見了雲棲一面後，屢次相約都被拒絕。第一次錯失是因為真毓生的父親有病去世，他返回夷陵。第二次錯失是呂祖庵敗落，只知道陳雲棲寄居在城北，無跡可尋。第三次錯失是找到棲鶴觀，雲棲卻半個月前出去雲遊不歸。而故事的巧合則集中體現在真母身上。真母本來是真毓生與女道士交往的堅定反對者，但她又對促成婚姻有了關鍵性作用。她聽說兒子與女道士交往後，怒罵兒子：「不肖兒！宣淫寺觀，以道士為婦，何顏見親賓乎！」但正是她無意中告訴了兒子陳雲棲寄住在王道成的棲鶴觀，使得真毓生得以前去找尋。陳雲棲離開棲鶴觀外出雲遊，就像斷了線的風箏，漫天飛舞，無處可找。更為巧合的是，真母回黃岡奔喪，回來的路上又迷路了，偶遇同族妹妹京氏，在京家遇上寄居在此的陳雲棲，並把陳雲棲直接帶回到自己家中，促成了真、陳二人的再度見面。真母從不接受女道士，到接受陳雲棲，再到接受盛雲眠，也經歷了一番豐富的心理變化。最後，她對人說：「我初不欲為兒娶一道士，今竟得兩矣。」人生的幽默與滑稽在這裡體現得淋漓盡致！雖然真毓生再試不第，真母仍很滿足，「吾家雖不豐，薄田三百畝，幸得雲眠紀理，日益溫飽。兒但在膝下，率兩婦與老身共樂，不願汝求富貴也」。這點遺憾也在其孫輩中得到補償，「後雲眠生男女各一；雲棲女一男三。母八十餘歲而終。孫皆入泮；長孫，雲眠所出，已中鄉選矣」。但明倫感歎道，「神光離合，乍陰乍陽，事奇文奇，匪夷所思」，對蒲松齡神妙的敘事技法進行了充分肯定。

張氏婦

凡大兵❶所至，其害甚於盜賊：蓋盜賊人猶得而仇之，兵則人所不敢仇也。其少異於盜者，唯不甚敢輕於殺人耳。

甲寅歲，三逆作亂❷，南征之士，養馬兗郡❸，雞犬廬舍一空，婦女皆被淫汙。時遭霪霖，田中瀦水❹為湖，民無所匿，遂乘桴❺入高粱叢中。兵知之，裸體乘馬，入水冥搜，搒掠姦淫鮮有遺脫。

惟張氏婦獨不伏，公然在家中。有廚舍一所，夜與夫掘坎深數尺，積茅焉；覆以薄❻，加席其上，若可寢處。自炊灶下。有兵至，則出門應給之。二蒙古兵❼強與淫。婦曰：「此等事，豈對人可行者！」其一微笑，啁嗻❽而出。婦與入室，指席使先登。薄折，兵陷。婦又另取席及薄覆其上，故立坎邊，以誘來者。少間，其一復入。聞坎中號，不知何處。婦以手笑招之曰：「在此矣。」兵踏席，又陷。婦乃益投以薪，擲火其中。火大熾，屋焚。婦乃呼救。火既熄，燔❾屍焦臭。或問之，婦曰：「兩豕恐害於兵，故納坎中耳。」

由此離村數里，於大道旁並無樹木處，攜女紅往坐烈日中。村去郡遠，兵來率乘馬，頃刻數至。笑語啁啾，雖多不解，大約調弄之語。而去道不遠，無一物可以蔽身，輒去，數日無患。一日，一兵至，殊無少恥，欲就婦烈日中。婦含笑不甚拒。而隱以針刺其馬，馬輒噴嘶，兵遂縶馬股際，然後擁婦。婦出巨錐猛刺馬項，馬負痛駭奔。韁繫股不得脫，曳馳數十里，同伍始代捉之。首軀不知何處，韁上一股，儼然在焉。

異史氏曰：「巧計六出❿，不失身於悍兵。賢哉婦乎，慧而能貞⓫！」

【注釋】❶大兵　即清兵。❷三逆作亂　即三藩作反。清初，封明朝降將吳三桂、耿仲明、尚可喜為王，稱為三藩。清朝決定撤藩之後，吳三桂、耿精忠（耿仲明之孫）、尚之信（尚可喜之子）起兵反清，史稱三藩之亂。❸兗郡　即兗州府。❹瀦水　積水。❺桴　用木頭、竹子編成的船的代用品。❻薄　簾。❼蒙古兵　清兵之一部分，由蒙古人組成。❽啁噍　鳥鳴叫的聲音。這裡指番兵所說的語言。❾燔　燒。❿巧計六出　屢用巧計。六出奇計，指陳平六度出奇計，以勝敵兵，見《史記・陳丞相世家》。⓫慧而能貞　聰明機智而又能夠保全貞操。

【語　譯】凡是官兵到過的地方，其危害超過盜賊：因為人們還可以抓住盜賊報仇，而對於官兵人們就不敢報仇了。官兵稍微有點不同於盜賊的地方，只是不敢輕易殺人罷了。

康熙十三年，三藩作亂，南征的官兵在兗州休兵養馬，雞犬房屋被他們洗劫一空，婦女都被姦汙。當時適逢連綿陰雨，田裡積水成湖，人們沒有地方藏匿，就坐著木筏躲進高粱叢中。官兵知道後，就裸體騎馬，到水裡盡力搜尋，拷打奸汙很少有漏掉或逃脫的。

只有張家的媳婦沒有躲藏，公然在家住著。她家有一間廚房，晚上和丈夫挖了一個幾尺深的坑，在坑裡堆放了一些茅草；坑口蓋上蘆葦簾，上面加上一張席子，好像是可以睡覺的地方。張家媳婦自己在灶臺下做飯。有官兵來了，就出門應付。兩個蒙古兵要強姦她，她說：「這種事，怎麼能當著別人的面幹呢！」其中一個蒙古兵微微一笑，嘰哩呱啦地走了出去。張家媳婦和另一個進了廚房，指著席子讓他先上去。蘆葦簾踩折了，蒙古兵掉了進去。張家媳婦又另外拿來一張席子和蘆葦簾蓋在上面，故意站在坑邊，以引誘進來的官兵。一會兒，門外的那個蒙古兵又進來了，他聽見坑內有號叫的聲音，不知道在哪裡。張家媳婦笑著用手招呼他說：「在這裡。」蒙古兵踏上席子，又掉了進去。張家媳婦就往坑裡扔了更多的柴草，把火種投了進去。火燒得很旺，廚房都燒起來了。張家媳婦這才喊人救火。火勢熄滅後，焚燒後的屍體散發出焦臭味。有人問是什麼。她說：「兩頭豬害怕被官兵宰了，所以藏在坑裡。」

從此，張家媳婦在離村子幾里地的地方，在沒有樹木的大路旁邊，坐在烈日下做些針線活。村子離城很遠，官兵來時大都騎著馬，一下子來了好幾個。他們嘰哩呱啦地調笑著，雖然大多聽不懂，大概是調戲人的話。可是，這裡距離大路不遠，沒有一點可以遮蔽身體的東西，就走了，一連幾天安然無事。一天，一個官兵來了，非常無恥，在光天化日之下就想姦汙她。張家媳婦微微含笑，不怎麼抗拒。她暗中用針刺那官兵的馬，馬就噴著鼻子嘶叫起來，大兵就把馬韁繫在自己的大腿上，然後去摟抱她。張家媳婦拿出一把大錐子猛刺馬的脖子，馬痛得狂奔起來。韁繩拴在官兵的大腿上解不下來，拖著官兵跑了幾十里地，同夥才把馬捉住。官兵的腦袋和身子已經不知掉在什麼地方了，韁繩上的一條大腿，還拴在那裡。

異史氏說：「多次施展巧計，沒有失身於兇悍的官兵。賢慧啊，張家媳婦，既聰明又能保全貞節！」

【研　析】〈張氏婦〉是《聊齋》中一個精彩的短篇。最為明顯的是，它有政治性含義，直指清兵給普通人民帶來的深重災難，雖然沒有反清復明的意味，但畢竟也是批判現實、傷時憂民之作，因此在當時統治者那裡，〈張氏婦〉肯定不受歡迎；而在那個時代的傳播者看來，也許會因為刊刻這篇故事而惹上麻煩，所以青柯亭刻本沒有收錄它。

故事發生在甲寅年即康熙十三年（西元一六七四年），「三逆作亂，南征之士，養馬兗郡」。據清史記載，「聖祖察三藩分鎮擅兵為國患」，下令削藩，吳三桂、耿精忠、尚之信相繼反叛。康熙十二年十二月康熙「命順承郡王勒爾錦為寧南靖寇大將軍，率師討三桂，分遣將軍赫業入四川，副都統馬哈達、擴爾坤駐軍兗州、太原，備調遣。」《清史稿》載，「三桂反，精忠等響應，東南六、七行省，皆陷寇。上先發兵守荊州，阻寇毋使遽北。分遣禁旅屯太原、兗州、江寧、南昌，首尾相顧，次第俱進，千里赴鬥而師不勞。」這種國家層面的軍事行動固然是大勢所需，但作為文學家的蒲松齡卻將筆觸伸向了軍事行動所涉及的普通民眾的生活，他就描寫了在兗州駐軍的所作所為。

他先從官兵與盜賊的區別入手，認為官兵所到之處，所造成的危害要超過盜賊，因為對於盜賊，人們還能想辦法復仇，而對於官兵，人們卻不敢公然與官兵為仇。蒲松齡說官兵不會輕易殺人，是指官兵在侵害老百姓利益得逞後不會輕易殺人。盜賊可能會使人聯想到月黑風高夜、殺人越貨時，他們往往會草菅人命。實際上，官兵在特定情況下，也會對平民百姓展開大規模的屠殺行動，如清兵的揚州十日、嘉定三屠等，《聊齋》中的〈鬼隸〉還從側面涉及了清軍在濟南屠城的暴行。清兵在兗州駐軍期間，「雞犬廬舍一空，婦女皆被淫汙。時遭霪霖，田中瀦水為湖，民無所匿，遂乘桴入高粱叢中。兵知之，裸體乘馬，入水冥搜，搒掠姦淫鮮有遺脫」。或許這就是當時真實的社會圖景。在這種大的社會背景下，張氏婦作為承載亂世人們理想的文學形象展現出來。

「惟張氏婦獨不伏，公然在家中」。一個「惟」字，寫出了張氏婦與其他婦人的不同，顯得卓爾不群，而「公然」則表現出張氏婦在面對官兵時不憂不懼、氣定神閒的豪氣。因為張氏婦和她的丈夫已經做好充分的準備，「有廚舍一所，夜與夫掘坎深數尺，積茅焉；覆以薄，加席其上，若可寢處」，布下了一個表面上像床、實際上暗藏深坑的陷阱。當兩個蒙古兵來後，要強行姦汙張氏婦。張氏婦說：「此等事，豈對人可行者！」這個理由合情合理，一個蒙古兵聽後笑著退出了。

張氏婦就指著薄席，讓蒙古兵先登上去，「薄折，兵陷」。用同樣的方法，另一個蒙古兵也陷入坑中。這時，張氏婦「益投以薪，擲火其中」，大火燒起來，張氏婦才開始呼救。「火既熄，燔屍焦臭」，已經不可辨認其本來面貌，可謂殺人於無形。別人問張氏婦發生了什麼事，她的回答一語雙關，頗有幽默味道，「兩豕恐害於兵，故納坎中耳」。按照字面意思，清兵燒殺搶掠，自己家的兩頭豬藏在了坑裡，這包含著對清兵掠奪財物的不滿；再深一層，張氏婦所說的兩頭豬，實際上是兩個蒙古兵，這包含著對清兵無恥如豬、蠢笨如豬的諷刺。這是張氏婦智殺清兵的一個例子。

再一個例子，張氏婦在離村數里的地方，「於大道旁並無樹木處，攜女紅往坐烈日中」。因為無所遮蔽，所以騎兵數至，只是笑語調戲而已。朗朗乾坤之下，光明正大，不躲不藏，反而成為一個安全的所在。但也有特殊情況發生，「一日，一兵至，殊無少恥，欲就婦烈日中」。這時，張氏婦的舉動反映出她是有備而來，而且充滿了機智。「婦含笑不甚拒。而隱以針刺其馬，馬輒噴嘶，兵遂縶馬股際，然後擁婦。婦出巨錐猛刺馬項，馬負痛駭奔」，這個「殊無少恥」的清兵就被活活拖得身首異處。面對強盜一般的官兵，張氏婦沒有聽天由命，逆來順受，任官兵肆虐；也沒有詬罵萬端，捨棄性命，保全貞節。反而毫不慌亂，鎮定自若，做好充分準備，運用智慧戰勝了強敵。蒲松齡感歎說：「巧計六出，不失身於悍兵。賢哉婦乎，慧而能貞！」寫出這樣一位智慧、勇敢的張氏婦形象，也可視為他對災難沉重的現實的一種回應。

于子游

海濱人言：「一日，海中忽有高山出，居人大駭。一秀才寄宿漁舟，沽酒獨酌。夜既深，一少年入，儒服儒冠，自稱：『于子游。』言詞風雅。秀才悅，便與歡飲，飲至中夜，離席言別。秀才曰：『君家何許？元夜❶茫茫，亦太自苦。』答云：『僕非土著❷，以序近清明❸，將隨大王上墓。眷口先行，大王姑留憩息，明日辰刻發矣。宜歸，早治任也。』秀才亦不知大王何人，送至鷁首❹，躍身入水，撥剌而去，乃知為魚之妖也。次日，見山峰浮動，頃刻已沒。始知山為大魚，即所云大王也。」俗傳清明前，海中大魚攜兒女往拜其墓，信有之乎？

康熙初年，萊郡❺潮出大魚，鳴號數日，其聲如牛。既死，荷擔割肉者，一道相屬。魚大盈畝，翅尾皆備；獨無目珠。眶深如井，水滿之。

割肉者誤墮其中，輒溺死。或云：「海中貶❻大魚，則去其目，以目即夜光珠」云。

【注釋】❶元夜　黑夜。康熙帝名玄燁，清人避諱玄為元。❷土著　相對外來人而言，祖居此地的人。❸序近清明　清明節快要到了。序，節序；季節。❹鷁首　船頭。鷁，水鳥名，舊時船家多在船首畫鷁鳥，故稱船頭為鷁首。❺萊郡　萊州府，治所在今山東萊州。❻貶　貶謫。

【語譯】海邊的人說：「一天，海上忽然有座高山冒出來，當地居民大為驚駭。一個秀才在漁船裡寄宿，買了酒自斟自飲。夜深了，一個少年進來，身穿學士袍、頭戴學士帽，自稱是『于子游』，談吐風流儒雅。秀才很高興，就和他歡快地喝酒。喝到午夜時分，于子游離開座位告別。秀才問：『您家在什麼地方？黑夜茫茫，也太辛苦了。』于子游回答說：『我不是本地人。因為清明節快到了，我要跟著大王去掃墓。家眷先走了，大王暫且留下來休息，明天辰時就要出發了。該回去了，好早點兒整理行裝。』秀才也不知道大王是什麼人。他送于子游到船頭，于子游縱身跳進水中，嘩啦啦地游走了，秀才這才知道于子游是個魚妖。第二天，看見海面上山峰浮動，一會兒就消失了。才知道山峰是條大魚，也就是于子游所說的大王。」民間傳說，清明節前，海裡的大魚攜兒帶女前往掃墓，確實有這種事嗎？

康熙初年，山東萊郡漲潮時湧出一條大魚，鳴叫了好幾天，聲音像牛一樣。大魚死後，挑著擔子割肉的人一路上絡繹不絕。魚有一畝地那樣大，魚鰭魚尾都有；惟獨沒有眼珠，眼眶深得像井，裡面盛滿了水。割肉的人不小心掉進去，就被淹死。有人說：「海裡貶謫大魚，就會挖掉牠的眼睛，因為牠的眼睛就是夜明珠。」

【研　析】這篇包括兩個關於海中大魚的故事。第一個是大魚清明節掃墓之事。掃墓固然稱奇，同時，掃墓隊伍中有一位于子游，他的言行舉止也很值得關注。在夜間，于子游去訪問一位秀才。于子游穿著「儒服儒冠」，「言詞風雅」，兩人歡飲到半夜。看來，龍宮之中也不乏有人間知識修養的侍從。第二個故事是康熙初年，山東萊州漲潮時湧出一條大魚，擱淺在海灘上。根據其體積，這條大魚應該是條鯨魚。據報導，西元二〇〇五年在江蘇啟東，西元二〇〇七年在福建惠安，都有鯨魚擱淺的情況。不同的是，蒲松齡那個時代，人們對擱淺的鯨魚只是「荷擔割肉」，還認為牠是海裡被貶的大魚。而在當代，人們都積極救助了擱淺的鯨魚，使牠重返大海。這也反映出人們對待海洋生物觀念的巨大變化。

香玉

勞山❶下清宮❷，耐冬❸高二丈，大數十圍❹，牡丹高丈餘，花時璀璨如錦。膠州❺黃生，築舍其中而讀焉。一日，遙自窗中見女郎，素衣掩映花間。心疑觀中烏得有此。趨出，已遁去。由此屢見之。遂隱身叢樹中，以伺其至。無何，女郎又偕一紅裳者來，遙望之，豔麗雙絕。行漸近，紅裳者卻退，曰：「此處有人！」生乃暴起。二女驚奔，袖裙飄拂，香風流溢，追過短牆，寂然已杳。愛慕殷切，因題樹上云：「無限相思苦，含情對短窗。恐歸沙吒利，何處覓無雙❻？」

歸齋冥想。女郎忽入，驚喜承迎。女笑曰：「君洶洶似強寇，使人恐怖；不知君竟騷士，無妨相親。」生略叩生平。曰：「妾小字香玉，隸籍平康巷❼。被道士閉置山中，實非所願。」生問：「道士何名？當為卿一滌此垢❽。」女曰：「不必，彼亦未敢相逼。借此與風流士長作幽會，亦佳。」問：「紅衣者誰？」曰：「此名絳雪，亦妾義姊。」遂相狎寢。

既醒，曙色已紅。女急起，曰：「貪歡忘曉矣。」著衣易履，且曰：「妾酬君作，口占勿笑曰：『良夜更易盡，朝暾❾已上窗。願如梁上燕，棲處自成雙。』」生握腕曰：「卿秀外惠中❿，使人愛而忘死。顧一日之去，如千里之別。卿乘間當來，勿待夜也。」女諾之。由此夙夜必偕。每使邀絳雪來，輒不至，生以為恨。女曰：「絳姊性殊落落⓫，不似妾情癡也。當從容勸駕，不必過急。」

一夕，女慘然入，曰：「君隴不能守，尚望蜀耶⓬？今長別矣。」問：「何之？」以袖拭淚，曰：「此有定數，難為君言。昔日佳什，今成讖語⓭矣。『佳人已屬沙吒利，義士今無古押衙⓮』，可為妾詠。」詰之，不言，但有嗚咽。竟夜不眠，早旦而去。生怪之。

次日，有即墨藍氏，入宮遊矚，見白牡丹，悅之，掘移逕去。生始悟香玉乃花妖也，悵惋不已。過數日，聞藍氏移花至家，日就萎悴⑮。恨極，作哭花詩五十首，日日臨穴涕洟。一日，憑弔而返，遙見紅衣人揮涕穴側。從容而近就之，女亦不避。生因把袂，相向汍瀾⑯。已而挽請入室，女亦從之。嘆曰：「童稚之姊妹，一朝斷絕！聞君哀傷，彌觸妾慟。淚墮九泉，或當感誠再作⑰；然死者神氣已散，倉猝何能與吾兩人共談笑也。」生曰：「小生薄命，妨害情人，當亦無福可消雙美。曩頻煩香玉道達微忱，胡再不臨？」女曰：「妾以年少書生，什九薄倖；不知君固至情人也。然妾與君交，以情不以淫。若晝夜狎昵，則妾所不能矣。」言已，告別。生曰：「香玉長離，使人寢食俱廢。賴卿少留，慰此懷思，何決絕如是！」女乃止，過宿而去。

數日不復至。冷雨幽窗，苦懷香玉，輾轉牀頭，淚凝枕簟。攬衣更起，挑燈命筆踵前韻⑱曰：「山院黃昏雨，垂簾坐小窗。相思人不見，中夜淚成雙。」詩成自吟。忽窗外有人曰：「作者不可無和。」聽之，絳雪也。啟門內之。女視詩，即續其後曰：「連袂人[19]何處？孤燈照晚窗。空山人一個，對影自成雙。」生讀之淚下，因怨相見之疏。女曰：「妾不能如香玉之熱，但可少慰君寂寞耳。」生欲與狎。曰：「相見之歡，何必在此。」於是至不聊時，女輒一至。至則宴飲酬倡，有時不寢遂去，生亦聽之。謂之曰：「香玉吾愛妻，絳雪吾良友也。」每欲相問：「卿是院中第幾株？早見示，僕將抱植家中，免似香玉被惡人奪去，貽恨百年。」女曰：「故土難移，告君亦無益也。妻尚不能終從，況友乎！」生不聽，捉臂而出，每至牡丹下，輒問：「此卿否？」女不言，掩口笑之。

適生以殘臘歸過歲。二月間，忽夢絳雪至，愀然曰：「妾有大難！君急往，尚得相見；遲無及矣。」醒而異之，急命僕馬，星馳至山。則道士將建屋，有一耐冬，礙其營造，工師方縱斤[20]矣。生知所夢即此，急止之。入夜，絳雪來謝。生笑曰：「向不實告，宜遭此厄！今而後已知卿矣；卿如不至，當以艾炷㉑相炙。」女曰：「妾固知君如此，曩故不敢相告。」坐移時，生曰：「今對良友，益思艷妻。久不哭香玉，卿能從我哭乎？」二人乃往，臨穴灑涕。至一更向盡，絳雪抆淚勸止乃還。

又數夕，生方獨居悽惻，絳雪笑入曰：「喜信報君知：花神感君至情，俾香玉復降宮中。」生喜問：「何時？」答曰：「不知，要不遠耳。」天明下榻。生曰：「僕為卿來，勿長使人孤寂。」女笑諾。兩夜不至。生往抱樹，搖動撫摩，頻喚絳雪，久之無聲。乃返，對燭團艾，將以灼樹。女遽入，奪艾棄之，曰：「君惡作劇，使人創痏㉒，當與君絕矣！」生笑擁之。坐方定，香玉盈盈而入。生望見，泣下流離，急起把握。香玉以一手捉絳雪，相對悲哽。已而坐道離苦，生覺把之而虛，如手自握，驚其不類曩昔。香玉泫然曰：「昔，妾花之神，故凝；今，妾花之鬼，故散也。今雖相聚，君勿以為真，但作夢寐觀可耳。」絳雪曰：「妹來大好！妾被汝家男子糾纏死矣。」遂辭而去。

香玉款笑如生平；但偎傍之間，仿佛以身就影。生悒悒不歡，香玉亦俯仰自恨。乃曰：「君以白蘞屑㉓，少雜硫黃，日酹妾一杯水，明年此日報君恩。」亦別而去。明日，往觀故處，則牡丹萌生矣。生從其言，日加培溉，又作雕欄以護之。香玉來，感激倍至。生謀移植其家，女不可，曰：「妾弱質，不堪復戕。且物生各有定處，妾來原不擬生君家，違之反促年壽。但相憐愛，好合自有日耳。」生恨絳雪不至。香玉曰：「必欲強之使來，妾能致之。」乃與生挑燈出至樹下，取草一莖，布掌作度，以度樹本㉔，自下而上，至四尺六寸，按其處，使生以兩爪齊搔之。俄絳雪自背後出，笑罵曰：「婢子來，益助桀為虐也耶！」牽挽並入。香玉曰：「姊勿怪！暫煩陪侍郎君，一年後不相擾矣。」自此遂以為常。

生視花芽，日益肥茂，春盡，盈二尺許。歸後，亦以金遺道士，使朝夕培養之。次年四月至宮，則花一朵，含苞未放；方流連所，花搖搖欲拆[25]；少時已開，花大如盤，儼然有小美人坐蕊中，裁三四指許；轉瞬間飄然已下，則香玉也。笑曰：「妾忍風雨以待君，君來何遲也！」遂入室。絳雪亦至，笑曰：「日日代人作婦，今幸退而為友。」遂相談讌賡和。至中夜，絳雪乃去。兩人同寢，款洽一如當年。後生妻卒，遂入山，不復歸。是時，牡丹已大如臂。生每指之曰：「我他日寄魂於此，當生卿之左。」兩女笑曰：「君勿忘之。」

後十餘年，忽病。其子至，對之而哀。生笑曰：「此我生期，非死期也，何哀為！」謂道士曰：「他日牡丹下有赤芽怒生，一放五葉者，即我也。」遂不復言。子輿致而歸至家，尋卒。

次年，果有肥芽突出，葉如其數。道士以為異，益灌溉之。三年，高數尺，大拱把[26]，但不花。老道士死，其弟子不知愛惜，因其不花斫去之。白牡丹亦憔悴尋死；無何，耐冬亦死。

異史氏曰：「情之結者，鬼神可通。花以鬼從㉗，而人以魂寄㉘，非其結於情者深耶？一去而兩殉之，即非堅貞，亦為情死矣。人不能貞，猶是情之不篤耳。仲尼讀〈唐棣〉而曰『未思』，信矣哉㉙！」

【注釋】❶勞山　即嶗山。❷下清宮　嶗山上的道觀名。❸耐冬　即山茶花，屬山茶科常綠灌木或小喬林，花色大紅。❹圍　計量圓周的約略單位，指兩隻手臂合圍起來的長度，也指兩隻手的拇指和食指圍的長度。此處指後者。❺膠州　州、縣名，在今山東青島。❻恐歸沙吒利二句　恐怕自己所愛的人被別人搶走，那就無處尋覓了。沙吒利，唐傳奇〈柳氏傳〉中的人物，曾奪韓翊之妻。無雙，唐傳奇〈無雙傳〉中的人物，曾被皇家強行收進宮去。❼隸籍平康巷　從事妓女行業的婉稱。隸籍，戶籍屬於。平康巷，唐代長安有平康里，為妓女所聚居，故後世以平康代指妓院。❽一滌此垢　洗刷這種恥辱。❾朝暾　初升的太陽。❿秀外惠中　外表秀美，內心聰明。⓫落落　即落落寡合，一般與人合不來，孤傲清高。⓬君隴不能守二句　您連我都得不到了，還奢望絳雪嗎。這裡化用了得隴望蜀的典故。⓭讖語　指事後應驗的話。這裡是指「恐歸沙吒利，何處覓無比」兩句。⓮佳人已屬沙吒利二句　相傳宋代王詵所寫的兩句。王詵獲罪，其所鍾愛的歌姬為當地富豪所得，王詵得知此事，便寫下這兩句詩。⓯萎悴　枯萎凋落。悴，憔悴；枯萎。⓰汍瀾　流淚的樣子。⓱淚墮九泉二句　我們的眼淚流入地下，或許白牡丹為我們的誠心所感動而復生。⓲踵前韻　依照前詩的韻腳再作一首。⓳連袂人　同伴，指絳雪的女伴香玉。⓴斤　斧頭一類的工具。㉑艾柱　艾絨搓成的圓錐形艾團，供針灸用。㉒創痏　遭受創傷之後留下的瘢痕。㉓白蘞屑　白蘞的碎末。白蘞是屬葡萄科的一種蔓生草本植物。據明朝王象晉《群芳譜》介紹，以白蘞末拌種利於牡丹生長，而牡丹分枝栽培時，以少量白蘞末和硫磺塗抹劈破處，有利於生根。

㉔布掌作度二句　以手掌作為尺度，來度量耐冬的樹身。㉕拆　花蕾綻放。㉖拱把　滿把；盈握。㉗花以鬼從　香玉死後為花鬼，仍然相隨黃生。㉘人以魂寄　黃生死後寄魂於花木，依於香玉之側。㉙仲尼讀二句　孔子讀了〈唐棣〉一詩，認為它實際上並沒有思念對方，因為真的想念沒有遠近之分。這也正和本文「情之結者，鬼神可通」相似。故作者說「信矣哉」。

【語　譯】勞山下清宮，裡面的耐冬高兩丈，粗幾十圍，牡丹高一丈多，開花的時候光彩奪目，如同錦緞一樣。膠州黃生，在其中蓋了一間房子讀書。一天，黃生從窗戶裡看見一個少女，一身素衣在花叢裡若隱若現。他心中懷疑道觀裡怎麼會有這樣美麗的女子。快步出去，少女已經離開了。從此黃生經常看見她。於是藏在樹叢中，等她到來。不久，她又帶著一個穿紅衣服的少女來了，遠遠望去，她們都豔麗無比。黃生漸漸走近，紅衣少女後退一步，說：「這裡有人！」黃生於是猛地跳出來。兩個少女驚慌地奔逃，衣袖和裙子飄拂起來，香風四處洋溢，黃生追過矮牆，卻一片寂靜，沒有蹤跡。黃生愛慕之情更加熱切，於是在樹上題了一首詩：「無限相思苦，含情對短窗。恐歸沙吒利，何處覓無雙？」

回到書房後，黃生冥思苦想。那個少女忽然進來，黃生驚喜地迎上去。少女笑著說：「你氣勢洶洶的像個強盜，讓人恐懼；不知道你還是個風雅的讀書人，和你親近也無妨。」黃生稍微問了她生平。少女說：「我小名叫香玉，住在平康巷。被道士關在這座山裡，實在不是我所願的。」黃生說：「道士叫什麼名字？我要為你洗刷這一汙垢。」少女說：「不必了，他也不敢逼我。藉這個機會和風流儒雅之士長期幽會，也是很好的。」黃生問：「穿紅衣服的是誰？」香玉說：「她叫絳雪，是我的結拜姐姐。」於是兩個人親昵地同寢在一起。

一覺醒來，天已透出紅色曙光。香玉急忙起床，說：「貪圖歡娛都忘記天亮了。」她穿上衣服，換上鞋子，又說：「我和了你的那首詩，即興之作，不要取笑：『良夜更易盡，朝暾已上窗。願如梁上燕，棲處自成雙。』」黃生握著她的手腕說：「你外表豔麗、內心聰明，叫人愛得死都忘記了。離開一天，就像離別千里。你有空就來，不要等到晚上。」香玉答應了。從此，兩人早晚都在一起。黃生常常叫香玉邀請絳雪來，絳雪總是不來，黃生感到很遺憾。香玉說：「絳雪姐姐的性格落落寡合，不像我這麼癡情。我慢慢勸她，不要過於著急。」

一天晚上，香玉神情淒慘地進來，說：「你連『隴』都守不住了，還指望得到『蜀』嗎？今天就要和你長久地分別了。」黃生問：「到哪裡去？」香玉用袖子擦著眼淚，說：「這是命裡的定數，很難對你講。以前的佳作，現在成了應驗的預言。『佳人已屬沙吒利，義士今無古押衙』，可以說是為我詠唱的。」黃生又問，香玉不說話，只是啜泣。她整個晚上沒有睡覺，凌晨就走了。黃生覺得很奇怪。

第二天，即墨有個姓藍的，來下清宮遊覽，看見那株白牡丹，很喜歡它，就挖出來帶走了。黃生這才醒悟香玉原來是花妖，悵恨惋惜不已。過了幾天，聽說姓藍的把花移到家裡，白牡丹就一天天枯萎下去。黃生憤恨極了，作了五十首哭花詩，天天到白牡丹坑邊痛哭。一天，憑弔完正要回去，遠遠看見紅衣少女，在花坑邊哭泣。黃生慢慢地走過去，絳雪也不躲避。黃生就拉著絳雪的袖子，面對面流淚。哭完後，黃生挽著絳雪的手，請她到屋裡去，絳雪也就跟著他去了。絳雪歎著氣說：「小時候的姐妹，一朝生離死別！聽你哀哭傷悼，更觸動了我的悲痛。眼淚流入九泉之下，她或許會感念我們的真誠而復生；但死者的神氣已經消散，倉促之間怎麼能和我們兩人一起談笑呢。」黃生說：「我是個薄命之人，妨害了情人，應當也沒有福氣消受兩個美人。以前多次勞煩香玉轉達我的心意，你怎麼不來呢？」絳雪說：「我以為年少的書生，十個裡有九個是薄情的；不知你原來是個至情之人。但我和你交往，在於友情而不在於淫欲。如果要白天黑夜的歡愛，是我所不能的。」說完，絳雪就要告別。黃生說：「香玉長期離開，讓人睡不著、吃不下。想靠你稍微留一會兒，來安慰我心裡的思念，怎麼這樣決絕呢！」絳雪於是留下來，過了一夜才離開。

絳雪一連幾天沒有再來。淒冷的雨、幽暗的窗戶，黃生苦苦懷念香玉，在床上輾轉反側，淚水沾濕了枕席。他爬起來穿上衣服，挑燈執筆，依上次那首詩的韻腳，作了一首詩：「山院黃昏雨，垂簾坐小窗。相思人不見，中夜淚成雙。」詩寫完後就自己吟誦起來。忽然窗外有人說：「作詩的人不能沒有和的。」一聽，原來是絳雪。黃生打開門讓她進來。絳雪看了詩，就在後面續道：「連袂人何處？孤燈照晚窗。空山人一個，對影自成雙。」黃生讀後流下淚水，抱怨絳雪和他太少見面。絳雪說：「我不能像香玉那麼熱情，只能稍微慰藉你的寂寞罷了。」黃生想和絳雪親熱一番。絳雪說：「相見的歡樂，何必在這方面。」從此在黃生無聊的時候，絳雪就來一次。來了就飲酒作詩，有時不睡覺就走了，黃生也任憑她。黃生對她說：「香玉是我的愛妻，絳雪是我的良友。」他常常問絳雪：「你是院子裡的第幾棵？你早點指給我，我把你抱回去栽在家裡，免得像香玉那樣被惡人奪去，叫人遺恨百年。」絳雪說：「故土難離，告訴你也沒有什麼好處。妻子尚且不能終生跟從，何況朋友呢！」黃生不聽，拉著她的手臂出來，每到一棵牡丹下，就問：「這是不是你？」絳雪不說話，只是捂著嘴笑他。

很快，黃生因為到了臘月底回家過年去了。到了二月間，黃生忽然夢見絳雪來了，淒楚地說：「我有大的災難！你趕快去下清宮，還能見一面；遲了就來不及了。」黃生醒後感到很奇怪，急忙命人備馬，星夜奔馳到了勞山。原來道士要建房子，有一棵耐冬樹，妨礙他們施工，工匠正要揮斧砍掉它。黃生知道所夢到的就是這件事，急忙制止他們。到了夜裡，絳雪來道謝。黃生笑著說：「以前不如實告訴我，應該遭到這場厄難！從此以後就知道哪個是你了；如果不來，就要用艾柱烤你。」絳雪說：「我本來知道你會這樣，所以從前不敢告訴你。」坐了一會兒，黃生說：「現在對著良友，更加思念豔妻。很久沒有哭香玉，你能跟我去哭嗎？」兩人就來到花坑前痛哭流淚。直到一更天快完的時候，絳雪擦擦眼淚，勸住了黃生才回去。

又過了幾個晚上，黃生正在獨自居住，悲傷哀痛，絳雪笑著進來說：「有個好消息告訴你知道：花神被你的至情感動，讓香玉重新回到下清宮裡。」黃生高興地問：「什麼時候來？」絳雪回答說：「不知道，大概不會太久。」天亮後，絳雪下床，黃生說：「我為你而來，不要長時間讓我孤獨寂寞。」絳雪笑著答應了。絳雪一連兩晚沒來。黃生就去抱著耐冬樹，搖晃撫摩，頻頻呼喚絳雪，過了很久卻一點聲音也沒有。回到房裡，對著燭火搓艾草，準備用來烤樹。絳雪突然進來，奪過艾草扔到地上，說：「你這個惡作劇，把我燒出傷疤，我就和你斷絕來往了！」黃生笑著把她抱在懷裡。剛剛坐穩，香玉輕盈地進來。黃生看見香玉，眼淚嘩嘩地流出來，急忙起來握住香玉的手。香玉用另一隻手握住絳雪，三人相對悲泣哽咽。坐下以後，黃生覺得握著香玉的那隻手空無一物，好像自己握著自己的手一樣，吃驚地發現和以前不一樣。香玉傷心地流著淚說：「從前，我是花的神，所以凝結在一起；現在，我是花的鬼，所以散開來。現在雖然相聚了，你不要以為就是真的，只能把它看作夢吧。」絳雪說：「妹妹回來太好了！我被你家男人糾纏死了。」說完就告辭走了。

香玉像以前一樣說笑；但兩人相互依偎的時候，彷彿把身體靠在影子上。黃生悶悶不樂，香玉也很惱恨自己。就對黃生說：「你用白蘞的碎屑，稍微摻點兒硫磺，每天給我澆上一杯水，明年的今天就能報答你的恩情了。」於是告別走了。第二天，黃生到以前的花坑去看，只見牡丹已經萌芽了。黃生就按她說的，每天都去培植灌溉，又做了雕欄來保護它。香玉來了，非常感激黃生。黃生想把牡丹移到家裡，香玉不同意，說：「我的體質弱，不能忍受再次傷害。而且任何東西的生長都有一定的地方，我這次重生原來不想生在你家裡，違反它反而短促我的壽數。只要互相憐愛，自然有歡聚的那一天。」黃生埋怨絳雪不來。香玉說：「一定要強迫讓她來，我能辦得到。」就和黃生挑著燈來到耐冬樹下，拿一根草，用手掌來做衡量的尺度，用它來度量樹幹，從下往上，到四尺六寸，按住那個地方，叫黃生用兩手一齊抓撓。不久，絳雪從背後走了出來，笑著罵道：「你這丫頭來更要助桀為虐嗎！」於是牽挽著一起進屋。香玉說：「姐姐不要見怪！暫時麻煩你陪陪郎君，一年後就不打攪你了。」從此就習以為常。

黃生看著牡丹花芽，一天比一天茁壯茂盛，春天結束時，已經二尺多高了。黃生回家後，也留下一些銀子給道士，讓他每天培育這株牡丹。第二年四月黃生回到下清宮，只見長出一朵牡丹花，含苞未放；黃生正在花前留連的時候，那花搖晃著像要綻開；不久花就開了，大得像個盤子，好像有個小美人坐在花蕊裡，只有三四指高；轉眼間小美人飄飄然而下，原來就是香玉。香玉笑著說：「我忍受風雨等著你，你怎麼來得這麼晚呢！」於是一起走進屋裡。絳雪也來了，笑著說：

「天天替別人作妻子，現在有幸退而為友了。」於是三個人一起飲酒唱和。到了半夜，絳雪才走。黃生和香玉上床睡覺，和以前一樣歡愛融洽。後來，黃生的妻子去世了，黃生就到勞山，不再回家了。這時，牡丹已經長得像手臂一樣粗。黃生常常指著說：「我死後就把魂寄託在這裡，應該長在你的左邊。」香玉和絳雪笑著說：「你可不要忘了。」

十多年以後，黃生忽然病了。他的兒子來了，對著黃生很哀傷。黃生笑著說：「這是我生的日子，不是死的日子，哀傷什麼呢！」對道士說：「日後牡丹花下有紅色的幼芽茁壯生長，一下子長出五片葉子的，就是我。」於是就不再說話。兒子用車把他帶到家，不久黃生就死了。

第二年，果然有個粗壯的紅芽長出來，葉子正好是黃生所說的數。道士認為很奇異，更精心地澆灌它。三年後，長到幾尺高，樹幹有兩手合攏那麼粗，但是不開花。老道士死後，他的徒弟不知道愛惜它，因為它不開花，把它砍掉了。白牡丹也枯萎了，很快死了；沒多久，耐冬也死了。

異史氏說：「感情最牢固的人，鬼神可以相通。花成了鬼也跟著人；而人死了魂也寄託在花上，這不是他們愛情太深了嗎？一花被人砍去，兩花枯萎殉情，即使不是堅貞，也是為情而死。一個人不能保持貞潔，也是她的愛情不夠深厚。孔子讀〈唐棣〉時說：『還是沒有思念他呀。』這話確實不錯！」

【研 析】〈香玉〉是一篇可以和〈嬌娜〉對讀的故事，都是對「問世間，情為何物，直教人生死相許」鮮活而生動的展示。膠州黃生在勞山下清宮讀書時，看見花叢中有兩豔女，心生愛慕並作詩自吟，開始與她們密切交往。香玉與黃生之間兩情相悅，但絳雪總不出現。香玉死去，黃生痛徹心腑，「日日臨穴涕洟其處」，作哭花詩五十首以示祭悼。絳雪發現黃生是個至情之人，才與他來往，但她也限定了交往的原則，「妾與君交，以情不以淫。若晝夜狎昵，則妾所不能矣」。於是，在黃生無聊的時候，絳雪就來一趟，「至則宴飲酬倡，有時不寢遂去，生亦聽之」。黃生對此給予了明確定位，「香玉吾愛妻，絳雪吾良友也」。香玉以花鬼的身分重新出現時，以一年為期，請求絳雪「暫煩陪侍郎君」，絳雪答應了。香玉復生後，三者恢復到初始狀態，只不過彼此之間增加了一層刻骨銘心的情義（既有愛情，也有友情）。關於香玉與絳雪的區別，但明倫認為，「香玉之熱，絳雪之冷，一則情濃，一則情淡：濃者必多欲而散，散而可使復聚，情之所以不死也；淡者能寡欲而多疏，疏則可以守常，情之所以有節也。」最終，黃生病死而為赤芽，被不知情由的小道士砍去，牡丹與耐冬相繼死去，愛情與友情同時謝幕。在〈嬌娜〉中，孔生初見嬌娜，就被她超凡脫俗的美麗所打動，「年約十三四，嬌波流慧，細柳生姿，生望見絕色，嚬呻都忘，精神為之一爽」；嬌娜為孔生治病，「生貪近嬌姿，不惟不覺其苦，且恐速竣割事，偎傍不久」，孔生「懸想容輝，若不自已……廢卷癡坐，無復聊賴」，以「曾經滄海難為水，除卻巫山不是雲」為由婉拒皇甫公子為他物色佳偶。直到皇甫公子為他帶來與嬌娜不相伯仲的姨女阿松，孔生才欣然答應。如果這時孔生對於嬌娜還是更多地欣賞其美麗，那麼到了後來，孔生為救嬌娜則不惜犧牲生命，而嬌娜醒來見孔生死於旁，大哭道：「孔郎為我而死，我何生矣」，繼而「以舌度紅丸入，又接吻而呵之」，救活了孔生。

〈香玉〉與〈嬌娜〉中，男女主人公的情誼都超越生死，開闢了男女兩性關係中的另一個世界：異性友誼。絳雪從友進為婦，從婦退為友，這種「友——妻——友」的奇特經歷不僅超越了愛情，更超越了兩性肉體關係，乃是一種至真至純的異性友誼。林慧瑩在《采采女色》中評價說，「〈香玉〉所表現的，與其說是介於『友情』與『愛情』之間的感情，不如說是近於近代觀念的『愛情』。這種『友情』並不抹殺性別的特徵，而是強調了性別的特徵，但是又帶有精神愛悅的性質，不耽於肉欲，甚至不以婚姻為終極目標」。

理想中的愛情與友情，正因為它的理想性，因此不可避免地會帶上悲劇性。理想與悲劇總是相伴而生的，黃生、香玉、絳雪相繼死去，難怪《聊齋誌異圖詠詩》認為「可惜愛花人去後，妒花風雨便猖狂」。

鬼隸

歷城二隸，奉邑宰韓承宣❶命，營幹❷他郡，歲暮方歸。途中遇二人，服裝亦類公役，同行半日近與話言。二人自稱郡役。隸曰：「濟城快皂❸，相識者十有八九，二君殊昧生平。」其人云：「實相告：我乃城隍之鬼隸也。今將以公文投東嶽❹。」隸問：「函中何事？」答云：「濟南大劫，所報者，殺人之名數也。」驚問其數。曰：「亦不甚悉，恐近百萬。」隸益駭，因問其期，答以「正朔❺」。二隸相顧，計到郡則歲已除❻，恐罹於難；遲之懼貽譴責。鬼曰：「違誤限期罪小，入逢劫數禍大。宜他避，姑勿往。」隸從之，各趨歧路遯歸。無何，北兵❼大至，屠濟南，扛屍百萬。二人亡匿得免。

【注釋】❶韓承宣　字長卿，山西蒲州人，崇禎七年（西元一六三四年）進士，曾任山東淄川知縣，後調任歷城縣知縣。在清兵攻取濟南時，與當時山東巡撫宋學朱率兵抵抗而罹難。❷營幹　辦事。❸快皂　捕快。❹東

嶽 即東嶽大帝、泰山神，在民間信仰中，祂是可以召人魂魄、統攝鬼魂的冥間之主。❺正朔 正月初一。❻歲已除 過了除夕。❼北兵 清兵。

【語譯】山東歷城縣兩名差役，奉知縣韓承宣的命令，到其他郡府辦事，到了年底才回來。路上遇見兩個人，穿著打扮也像是差役，一同走了半天，靠近他們說話。那兩人自稱是郡裡的差役。歷城縣差役說：「濟南的捕快，十個裡有八九個是我們認識的，你們二位從未見過。」那差役說：「老實告訴你吧：我們是城隍的鬼隸。現在要送公文到東嶽去。」歷城縣差役問道：「公文上說的是什麼事？」回答說：「濟南有大的劫難，所報告的，就是被殺者的姓名和數目。」兩個差役吃驚地問遇難的人數。鬼隸說：「也不很清楚，恐怕接近一百萬。」差役更加驚駭，又問劫難發生的時間，鬼隸答道：「正月初一。」兩個差役互相看著，算計回到郡裡剛過除夕，恐怕遇上劫難；可是遲了回去，又怕受到責罰。鬼隸說：「耽誤了期限只是小罪過；但遭受劫難卻是大禍啊。應該到別的地方躲避一下，暫且不要回去。」差役聽從了，各自走小路逃回去。不久，大批清兵來到，在濟南大肆屠殺；到處是死屍，有一百萬之多。那兩個差役因為躲藏起來免於一死。

【研析】〈鬼隸〉是一篇從側面反映清兵屠濟南城的故事。歷城兩個差役奉知縣韓承宣之命外出公幹，在回濟南的途中遇到城隍鬼隸。鬼隸透露了濟南將有大劫的消息，兩個差役就藏匿起來，躲過了這場災難。兩差役因為鬼隸偶然的幫助而保全性命，這是這篇故事的傳奇性。但同時，故事也包含了歷史真實性。明朝崇禎年間，清兵多次入關，掠奪財物人口。崇禎十一年（西元一六三八年）秋，清兵第五次入關。次年正月，進攻濟南。山東巡撫御史宋學朱、布政使張秉文、歷城知縣韓承宣等指揮守城。由於兵力相差懸殊，不久城破，官員和守兵全部遇難，民眾死傷無數。當時雲南道御史郭景昌巡按山東，「瘞濟南城中積屍十三餘萬」（《明崇禎實錄》卷十二）。與這個事件相關的《聊齋》故事，還有〈韓方〉、〈林氏〉等，也都從不同側面記載了清兵在山東地區殘酷屠殺的罪行。

石清虛

邢雲飛，順天❶人。好石，見佳石，不靳重直。偶漁於河，有物掛網，沉而取之，則石徑尺，四面玲瓏，峰巒疊秀，喜極，如獲異珍。既歸，雕紫檀為座，供諸案頭。每值天欲雨，則孔孔生雲，遙望如塞新絮❷。

有勢豪某，踵門❸求觀。既見，舉付健僕，策馬竟去。邢無奈，頓足悲憤而已。僕負石至河濱，息肩橋上，忽失手，墜諸河。豪怒，鞭僕。即出金，僱善泅者，百計冥搜❹，竟不可見。乃懸金署約❺而去。由是尋石者日盈於河，迄無獲者。後邢至落石處，臨流於邑❻，但見河水清澈，則石固在水中。邢大喜，解衣入水，抱之而出，檀座猶存。既歸，不肯設諸廳事，潔治內室供之。

一日，有老叟款門❼而請。邢託言石失已久。叟笑曰：「客舍非耶？」

邢便請入舍，以實其無❽。既入，則石果陳几上。錯愕不能言。叟撫石曰：「此吾家故物，失去已久，今固在此耶。既見之，請即賜還。」邢窘甚，遂與爭作石主。叟笑曰：「既汝家物，有何驗證？」邢不能答。叟曰：「僕則故識之。前後九十二竅，巨孔中五字云：『清虛天石供❾。』」邢審視，孔中果有小字，細於粟米，竭目力裁可辨認；又數其竅，果如所言。邢無以對，但執不與。叟笑曰：「誰家物，而憑君作主耶！」拱手而出。邢送至門外；既還，則石失所在。大驚，疑叟，急追之，則叟緩步未遠。奔去牽其袂而哀之。叟曰：「奇矣！徑尺❿之石，豈可以手握袂藏者耶？」邢知其神，強曳之歸，長跽⓫請之。叟乃曰：「石果君家者耶、僕家者耶？」答曰：「誠屬君家，但求割愛耳。」叟曰：「既然，石固在是。」還入室，則石已在故處。叟曰：「天下之寶，當與愛惜之人。此石能自擇主，僕亦喜之。然彼急於自見⓬，其出也早，則魔劫未除⓭。實將攜去，待三年後，始以奉贈。既欲留之，當減三年壽數，始可與君相終始。君願之乎？」曰：「願。」叟乃以兩指捏一竅，竅軟如泥，隨手而閉。閉三竅，已，曰：「石上竅數，即君壽也。」作別欲去。邢苦留之，辭甚堅；問其姓字，亦不言，遂去。

積年餘，邢以故他出，夜有小偷入室，諸無所失，惟竊石而去。邢歸，悼喪欲死。訪察購求，全無蹤跡。積有數年，偶入報國寺，見賣石者，近視則其故物，將便認取。賣者不服，因負石至官。官問：「何所質驗⑭？」賣石者能言竅數。邢問其他，賣石者不能言。邢乃言竅中五字及三指痕，理遂得伸。官欲杖責賣石者，賣石者自言以二十金買諸市，遂釋之。邢得石歸，裹以錦，藏櫝中，時出一賞，先焚異香而後出之。

有尚書某，購以百金。而邢意：「萬金不易也。」某怒，陰以他事中傷之。邢被收，典質田產。某託他人風示其子。子告邢，邢願以死殉石。妻竊與子謀，獻石尚書家。邢出獄始知，罵妻毆子，屢欲自經，皆以家人覺救，得不死。夜夢一丈夫來，自言：「石清虛。」謂邢勿戚⑮：

「特與君年餘別耳。明年八月二十日，昧爽時，可詣海岱門，以兩貫相贖。」邢得夢，喜，敬誌其日。其石在尚書家，更無出雲之異，久亦不甚貴重之。明年，尚書以罪削職，尋死。邢如期詣海岱門[16]，則其家人竊石出，將求售主，因以兩貫市歸。

後邢至八十九歲，自治葬具；又囑子，必以石殉[17]。既而果卒，子遵遺教，瘞[18]石墓中。半年許，賊發墓，劫石去。子知之，莫可追詰。逾二三日，攜僕在道，忽見兩人，奔躓[19]汗流，望空自投，曰：「邢先生，勿相逼！我二人將石去，不過賣四兩銀耳。」遂縶送諸官，一訊遂伏。問石，則鬻諸宮氏。取石至，官愛玩，欲得之，命寄諸庫。吏舉石，石忽墮地，碎為數十餘片。罔不失色。官乃重械兩盜而放之。邢子拾石出，仍瘞墓中。

異史氏曰：「物之尤者禍之府[20]。至欲以身殉石，亦癡甚矣！而卒之石與人相終始，誰謂石無情哉？古人云：『士為知己者死。』非過也！

石猶如此，而況人乎！」

【注 釋】❶順天 明清兩代北京地區稱為順天。❷新絮 新棉絮。❸踵門 登門。❹冥搜 潛心搜索。❺懸金署約 出帖子懸賞立約，意謂招帖聲明，願出重金求取異石。❻臨流於邑 面對河水哭泣。於邑，嗚咽。❼款門 敲門。❽以實其無 證明確實沒有。❾清虛天石供 月宮裡擺設的石頭。清虛天，指月宮。供，擺設。❿徑尺 直徑約有一尺。⓫長跽 長跪。跽，長時間雙膝著地，上身挺直。⓬自見 自現於世。⓭魔劫未除 命中註定的災難還未消除。魔，佛教指妨礙修行的邪惡之神。劫，意為極久遠的時節。佛教認為世界經歷若干萬年毀滅一次，然後重新開始，這樣一個週期為一劫。後人借指天災人禍。⓮質驗 檢驗、憑證。⓯戚 傷心；憂愁。⓰海岱門 北京崇文門的別稱，又稱哈德門，是北京正南門之一。⓱殉 陪葬。⓲瘞 埋葬。⓳奔躓 跌跌撞撞地奔跑。躓，跌倒；摔倒。⓴物之尤者禍之府 奇異的事物往往是招致各種災禍的淵藪。府，集中；聚集。

【語 譯】邢雲飛，順天人。喜愛石頭，見了好石頭，不吝惜花多少錢。偶爾到河裡打魚，有東西掛住魚網，潛到水底把它取上來，原來是一塊直徑一尺來長的石頭，它四面玲瓏，峰巒重重疊疊非常秀麗。邢雲飛高興極了，如同獲得奇珍異寶。回到家裡，用紫檀木雕了個底座，把石頭供在桌子上。每當天要下雨時，石頭上的小孔就冒出雲氣，遠遠望去好像塞了新棉花。

有個有權勢的豪紳，親自上門要求看看。看到後，就拿起來交給一個健壯的僕人，騎上馬逕自離開了。邢雲飛無可奈何，只有跺著腳悲傷氣憤而已。那僕人背著石頭來到河邊，在橋上放下石頭歇息，忽然一失手，石頭掉進河裡。豪紳大怒，鞭打了僕人。隨即拿出銀子，雇用善於潛水的人，百般搜索，竟然都找不到。於是貼了懸賞打撈的布告走了。從此每天河裡滿是來找石頭的人，但始終沒有人找到。後來，邢雲飛來到石頭落水的地方，對著河水哭泣，只見河水清澈見底，石頭原來就在水裡。邢雲飛大喜，脫了衣服，跳入水中，把石頭抱出水，紫檀木底座還在。帶回家後，不再擺在客廳裡，把一間內室收拾乾淨，將它供起來。

一天，有個老頭敲門，要求看看石頭。邢雲飛推辭說石頭丟失已經很久了。老頭笑著說：「客廳裡那個不是嗎？」邢雲飛就請他進屋，以證明確實沒有。等到進去後，石頭竟然擺在桌子上。邢雲飛驚愕得說不出話來。老頭摸著石頭說：「這是我家原來收藏的東西，丟失已經很久了，如今原來在這裡啊。既然見到了它，請立即把它還給我吧。」邢雲飛十分窘迫，就和他爭著做石頭的主人。老頭笑著說：「既然是你家的東西，有什麼可以證明？」邢雲飛不能回答。老頭說：「我卻很早就認識它。前後共九十二個孔，大孔內刻著五個字：『清虛天石供。』」邢雲飛仔細一看，孔裡果然有小字，比米粒還細，極盡眼力才能辨認出來，又數了一下小孔的數目，果然和老頭說的一樣。邢雲飛無言以對，但抱著不肯給他。老頭笑著說：「誰家的東西，可以任憑你來作主呀！」一拱手就走了。邢雲飛送他到門外；回來後，石頭已經不見了。邢雲飛大吃一驚，懷疑老頭拿走了石頭，急忙追趕他。老頭慢慢地走還沒走遠。他快跑上去拉住老頭的袖子，哀求他。老頭說：「奇怪！直徑一尺的石頭，難道可以用手拿著或藏在袖子裡嗎？」邢雲飛知道他是神仙，強拉著他回來，長跪在地上請求歸還。老頭於是說：「石頭到底是你家的，還是我家的？」邢雲飛回答說：「確實是您的，但求您割愛罷了。」老頭說：「既然這樣，石頭還在那裡。」回家進入內室，只見石頭已經在原處擺著。老頭說：「天下的寶物，應當歸愛惜它的人。這塊石頭能自己選擇主人，我也很喜歡它。但它急於自我暴露，出來得早，災難卻沒有消除。我原是想把它帶回去，等三年後，再奉送給你。既然想留下它，就減你三年壽數，才可和你始終在一起。你願意嗎？」邢雲飛說：「願意。」老頭就用兩根手指去捏一個小孔，小孔軟得像泥一樣，隨手就捏閉了。捏閉三個孔，然後說：「石頭上的孔數，就是你的壽數。」說完就要告辭離開。邢雲飛苦苦留他，他推辭得很堅決；問他姓名，也不說，就離開了。

過了一年多，邢雲飛有事外出，夜裡有小偷進了門，別的都沒有丟失，只偷走了石頭。邢雲飛回來後，傷心得要死。到處察訪購求，全無一點蹤跡。過了幾年，偶爾去報國寺，看見有賣石頭的，走近一看正是自己那一塊，就要認取。賣石頭的不服，就扛著石頭去見官。官員問：「有什麼憑證？」賣石頭的能說出孔數。邢雲飛問其他還有什麼，賣石頭的說不上來。邢雲飛就說孔內還有五個字以及三對手指頭的痕跡，於是申明了公理。官員要杖打那個賣石頭的，賣石頭的說是用二十兩銀子從街上買的，才把他放了。邢雲飛拿著石頭回來，裹上錦緞，藏在箱子裡，有時要取出來觀賞，先燒一爐異香後才拿出來。

有位尚書，想用一百兩銀子購買它。邢雲飛說：「一萬兩也不賣！」尚書大怒，暗地用別的事中傷他。邢雲飛被關進監獄，邢家只好典當田產。尚書託人示意給邢雲飛的兒子。兒子告訴了父親，邢雲飛願意以死殉石。妻子偷偷和兒子商量，把石頭獻給了尚書。邢雲飛出獄後才知道，責罵妻子，痛打兒子，屢次想上吊自盡，都被家裡人發覺，救下他來，才沒有死了。夜裡夢見來了一個男子，自稱：「石清虛。」勸說邢雲飛不要傷心：「不過和你分別一年多罷了。明年八月二十日，天亮的時候，可以到海岱門，用兩貫錢就可以買回來。」邢雲飛做了這個夢，很高興，恭恭敬敬地記住這個日子。而這塊石頭在尚書家裡，從沒出現冒出雲氣這樣的奇異現象，時間一長尚書也不怎麼珍重它了。第二年，尚書犯罪被革職，不久就死了。邢雲飛如期到海岱門，原來尚書家人把石頭偷出來，想找買家，就用兩貫錢買回來了。

後來邢雲飛活到八十九歲時，自己置辦喪具；又囑咐兒子，一定要用石頭殉葬。不久，果然死了，兒子遵照遺囑，把石頭埋在墓中。大約過了半年時間，盜賊挖開墳墓，盜走了石頭。邢雲飛兒子知道了，卻無法追查尋找。過了兩三天，帶著僕人在路上行走，忽然看見兩個人，跑得滿頭大汗，望著空中自己拜倒，說：「邢先生，不要逼了！我們盜走石頭，不過賣了四兩銀子罷了。」於是抓住他們送到官府，一審問就伏罪了。問石頭在哪裡，回答說賣給一個姓宮的了。把石頭取來，官員很喜歡賞玩石頭，想要得到它，讓小吏寄存在官庫裡。小吏舉起石頭，石頭忽然落在地上，碎成幾十片。眾人無不大驚失色。官員就重重責打兩個盜賊，把他們放了。邢雲飛的兒子拾了石頭出來，仍然把它埋在父親的墳墓裡。

異史氏說：「奇異的事物往往是招致各種災禍的淵藪。到想以身殉石的地步，也太癡心了！而最後石頭和人相始終，誰說石頭無情呢？古人說：『士為知己者死。』並不為過啊！石頭尚且如此，何況人呢！」

【研　析】〈石清虛〉塑造了愛石如命的人物形象邢雲飛。他「好石，見佳石，不靳重直」。有一天在河裡打魚，得一奇石，「石徑尺，四面玲瓏，峰巒疊秀」，而且石頭還有奇特的功效，「每值天欲雨，則孔孔生雲，遙望如塞新絮」。此後，奇石共經歷六次丟失，每次都失而復得。第一次失之於勢豪，邢雲飛「頓足悲憤」；第二次失之於老叟，邢雲飛「奔去牽其袂而哀之」，願減三年壽數以求與石相始終；第三次失之於盜賊，邢雲飛「悼喪欲死」；第四次失之於尚書，邢雲飛「萬金不易」，「願以死殉石」；第五次失之於盜墓之賊，邢雲飛變成鬼魂也要追討；第六次失之於官，「石忽墮地，碎為數十餘片」。蒲松齡評價說：「物之尤者禍之府。至欲以身殉石，亦癡甚矣！而卒之石與人相終始，誰謂石無情哉？古人云：『士為知己者死。』非過也！石猶如此，而況人乎！」在蒲松齡眼裡，石頭也是有靈性、有生命、有靈魂的。邢雲飛把石頭視作生命，石頭把邢雲飛視作知己。按照老叟的說法，邢雲飛與石頭結緣，不僅僅是邢雲飛好石，更是石頭的「自擇其主」。

中國古代知識分子有以香草美人來寄託政治感慨的傳統。蒲松齡筆下，人與石的關係，從根本上來說，就代表了蒲松齡心中的人與自身、人與他人的關係。士為知己者死，這裡的知己者，一方面，是指對自己有知遇之恩的封建帝王，另一方面，也是不論社會地位的高低貴賤，只要瞭解我的習慣愛好、尊重我的人生理想、支持我的價值追求的人都可視為「知我者」。這樣的知己，在社會現實生活中難以遇到，難怪蒲松齡在〈聊齋自誌〉裡說，「獨是子夜熒熒，燈昏欲蕊；蕭齋瑟瑟，案冷疑冰。集腋為裘，妄續幽冥之錄；浮白載筆，僅成孤憤之書；寄託如此，亦足悲矣！嗟乎！驚霜寒雀，抱樹無溫；吊月秋蟲，偎闌自熱。知我者，其在青林黑塞間乎」。

〈石清虛〉的創作是有其生活基礎的。蒲松齡在西鋪畢氏家中長期設館。畢家官位顯赫，財力富足，居地規模宏大，其後有石隱園。石隱園創自畢自嚴（明萬曆十六年（西元一五八八年）舉人，萬曆二十年進士，曾任松江推官、刑部主事、工部員外郎、河東副使、陝西右布政使、太僕寺卿等職），其子畢際有重新修葺。蒲松齡〈石隱園〉詩云，「山光繞屋樹陰濃，爽氣蕭森類早冬。綠竹不因春雨瘦，海棠如為晚妝慵。池牽紫荇絲盈尺，石鄉蒼苔翠萬重。惆悵當年高臥意，憑臨漳壑仰芳蹤」。「紅點疏籬綠滿園，武陵邱壑漢時村。春風入檻花魂冷，午晝開窗樹色昏。書舍藤蘿常抱壁，山亭虎豹日當門。蕭蕭松竹盈三徑，石上陰濃坐不溫。」這種生活環境為蒲松齡創作〈石清虛〉提供了直接的題材來源。

從傳統角度解讀〈石清虛〉，即是它表現了知音難求、感士之不遇、士為知己者死等觀念。進入現代社會，社會發展及人類生存環境的變化為理解〈石清虛〉提供了新的角度。如從經濟學角度詮釋〈石清虛〉。C. Richard Baker和Rick Stephane Hayes在"Concepts of Value in Chinese Folklore"中認為，當今世界，經濟活動成為人類社會生存與發展的基礎，現代價值觀在一般程度上就奠基於經濟學家的觀點之上。而〈石清虛〉則展示了中國十七世紀傳奇故事中的某些價值觀念，有必要充分重視蒲松齡在〈石清虛〉中闡述的內在精神價值，從中國文化中汲取與西方傳統不同的思維方式和認知態度，來化解當代西方社會的諸種矛盾，建立一個更符合人性模式的世界。這種解讀揭示了〈石清虛〉在現代社會的價值與意義，同時也為我們理解與詮釋〈石清虛〉作出了有益的探索。

二 班

殷元禮，雲南人，善針灸之術。遇寇亂，竄入深山。日既暮，村舍尚遠，懼遭虎狼。遙見前途有兩人，疾趁之❶。既至，兩人問客何來，殷乃自陳族貫❷。兩人拱敬❸曰：「是良醫殷先生耶！仰山斗❹久矣！」殷轉詰之。二人自言班姓，一為班爪，一為班牙。便謂：「先生，余亦避難石室，幸可棲宿，敢屈玉趾，且有所求。」殷喜從之，俄至一處，室傍巖谷。爇柴代燭，始見二班容軀威猛，似非良善。計無所之，即亦聽之。又聞榻上呻吟，細審，則一老嫗偃臥，似有所苦。問：「何恙？」牙曰：「以此故，敬求先生。」乃束火照榻，請客逼視。見鼻下口角有兩贅瘤，皆大如椀。且云：「痛不可觸，妨礙飲食。」殷曰：「易耳。」出艾團之，為灸數十壯❺，曰：「隔夜愈矣。」二班喜，燒鹿餉客；並無酒飯，惟肉一品。爪曰：「倉猝不知客至，望勿以輶褻❻為怪。」殷飽餐而眠，枕以石塊。二班雖誠樸，而粗莽可懼，殷轉側不敢熟眠。天未明，便呼嫗，問所患。嫗初醒，自捫，則瘤破為創❼。殷促二班起，以火就照，敷以藥屑，曰：「愈矣。」拱手遂別。班又以燒鹿一肘贈之。

後三年無耗。殷適以故入山，遇二狼當道，阻不得行。日既西，狼又群至，前後受敵。狼撲之，仆；數狼爭齧，衣盡碎。自分已死。忽兩虎驟至，諸狼四散。虎怒，大吼，狼懼盡伏。虎悉撲殺之，竟去。殷狼狽而行，懼無投止。遇一媼來，睹其狀，曰：「殷先生吃苦矣！」殷戚然訴狀，問何見識❽。媼曰：「余即石室中灸瘤之病嫗也。」殷始恍然，便求寄宿。媼引去，入一院落，燈火已張。曰：「老身伺先生久矣。」遂出袍袴，易其敝敗。羅漿具酒，酬勸諄切。媼亦以陶椀自酌，談飲俱豪，不類巾幗❾。殷問：「前日兩男子，係老姥何人？胡以不見？」答云：「兩兒遣逆先生，尚未歸復，必迷途矣。」殷感其義，縱飲不覺沉醉，酣眠座間。既醒，已曙，四顧竟無屋廬，孤坐巖石上。聞巖下喘息如牛，近視，則老虎方睡未醒。喙間有二瘢痕，皆大如拳。駭極，惟恐其覺，潛蹤而遯。始悟兩虎即二班也。

【注釋】❶疾趁之　急忙趕上。趁，趕。❷族貫　家庭籍貫。族，親屬，泛指同姓之親。❸拱敬　拱手為禮，以示敬意。❹仰山斗　仰望泰山北斗。山斗，比喻德高望重為人敬仰的人。❺壯　中醫艾灸，一灼叫一壯。❻輶褻　不莊重；褻瀆。輶，輕便；輕微。❼創　同「瘡」。❽見識　相識。❾巾幗　婦女的頭巾，代指婦女。

【語譯】殷元禮，雲南人，擅長針灸術。遇上匪寇作亂，逃進深山。天黑後，村子還離得遠，害怕遇上虎狼。遠遠看見前面路上有兩個人，急忙追趕他們。趕上後，兩人問他從哪裡來，殷元禮便自報姓名籍貫。那兩人拱手恭敬地說：「原來是良醫殷先生！我們仰慕你這醫界的泰斗很久了！」殷元禮反問他們。兩人自稱姓班，一個叫班爪，一個叫班牙。二班說：「先生，我們也在石洞裡避難，幸好可以棲身，請屈尊前來，我們將有事相求。」殷元禮高興地跟著他們。不久來到一個地方，石洞緊靠著山谷。洞裡點著柴禾，代替燈燭，才看清二班身材魁梧，儀態威猛，好像不是善良之輩。但心想無處可去，也就聽任他們了。又聽到床上有呻吟的聲音，仔細一看，只見一個老太婆仰臥著，好像很痛苦。殷元禮問：「有什麼病？」班牙說：「因為這個原因，所以恭求先生。」於是手持火把照著床，請殷元禮走近看。只見她鼻子下、嘴角上兩個贅瘤，都大得像碗一樣。班牙又說：「痛得不能觸摸，妨礙飲食。」殷元禮說：「這容易。」他拿出艾絨撮成團，熏灼了幾十次，說：「隔夜就好了。」二班非常高興，烤鹿肉款待殷元禮；並沒有酒飯，只有肉一樣菜。班爪說：「倉猝之間，不知您來，希望您不要因為簡慢而怪罪。」殷元禮飽餐一頓就睡下了，枕著一塊石頭。二班雖然誠懇樸實，但粗魯莽撞，令人害怕，殷元禮輾轉反側，不敢睡熟。天沒亮，殷元禮就喊醒老太婆，問她病情怎麼樣。老太婆剛醒，自己一摸，瘤已經破了，成了創口。殷元禮催促二班起來，舉火照著，敷上藥粉，說：「好了。」就拱手告別。班氏兄弟又送給殷元禮一條燒鹿胏子。

此後三年沒有音信。一天殷元禮正好有事進山，遇上兩頭狼站在路上，阻擋住不能前行。太陽西沉，狼又成群來了。殷元禮腹背受敵。狼撲過來，殷元禮倒在地上；幾頭狼爭相撕咬，殷元禮衣服都碎了。他自認為已經死了。忽然一下子來了兩隻老虎，群狼四散逃跑。老虎發怒，大吼起來，狼驚恐地都趴下了。老虎把狼全部撲倒咬死，逕自離開了。殷元禮狼狽地行走，害怕無處投宿。遇上一位老太婆過來，看見殷元禮的模樣，說：「殷先生吃苦了！」殷元禮傷心地訴說了情狀，問她怎麼認識自己。老太婆說：「我就是你在山洞裡灸療贅瘤的病老太婆。」殷元禮才恍然大悟，就請求寄住一晚。老太婆領著他去了，進入一處院子，燈火已經亮了。老太婆說：「我等先生很久了。」於是拿出袍褲，換下他破爛的衣服。張羅酒菜，殷勤地勸酒。老太婆也用陶碗自斟自飲，談吐喝酒都十分豪爽，不像婦道人家。殷元禮問：「上次那兩位男子，是您的什麼人？怎麼不見了？」老太婆說：「我吩咐兩個兒子迎接先生，還沒回來，一定是迷路了。」殷元禮感激老太婆的情義，盡情喝酒，不覺醉了，就在座上睡著了。醒來時，已經天亮了，環顧四處竟沒有房舍，孤零零地坐在岩石上。聽見岩石下傳來像牛一樣的喘息聲，走近一看，原來是老虎正沉睡未醒。嘴邊有兩個瘢痕，都像拳頭般大。殷元禮害怕極了，惟恐老虎察覺，悄悄逃走了。這時他才明白，那兩隻老虎就是班氏兄弟。

【研析】這篇故事講述了殷元禮為虎母治病、受老虎酬謝及救助的奇遇。故事中兩隻老虎分別叫班爪、班牙，兄弟倆路遇良醫殷元禮，遂求其為母治病，原來虎母鼻子下口角處有兩個碗大的贅瘤。三年後，當殷元禮遇到群狼，在「衣盡碎。自分已死」的危急時刻，「忽兩虎驟至，諸狼四散。虎怒，大吼，狼懼盡伏。虎悉撲殺之，竟去」。這時虎母化身老太婆出現，把他引到院落之中，「遂出袍袴，易其敝敗。羅漿具酒，酬勸諄切」。最後，殷元禮酒醒後，「聞巖下喘息如牛，近視，則老虎方睡未醒」，趕緊潛逃。其實，即使他不逃走，想必這幾隻頗通人情、懂得報恩的老虎也不會傷害他。最後一句，「始悟兩虎即二班也」。故事戛然而止，卻令人久久回味，整個故事也圓滿起來。正如魯迅先生所說，「《聊齋》獨於詳盡之外，示以平常，使花妖狐魅，多具人情，和易可親，忘為異類，又偶見鶻突，知復非人」。虎幻化為人的故事在《搜神記》與《五行記》中即有所載，如：

> 長沙有民曾作檻捕虎。忽見一亭長，赤幘大冠，在檻中。因問其故。亭長怒曰：「昨被縣召，誤入此中耳。」於是出之。乃化為虎而去。（出《搜神記》，見《太平廣記》卷四二六虎一）

梁衡山侯蕭泰為雍州刺史，鎮襄陽。時虎甚暴，村門設檻。機發，村人炬火燭之，見一老道士自陳云：「從村丐乞還，誤落檻裡。」共開之。出檻即成虎，奔馳而去。（出《五行記》，見《太平廣記》卷四二六虎一）

在唐代戴孚《廣異記》中有與〈二班〉類似的故事。茲錄於下：

唐建中初，青州北海縣北有秦始皇望海臺，臺之側有別滬泊，泊邊有取魚人張魚舟結草庵止其中。曾有一虎突入庵中。值魚舟方睡，至欲曉，魚舟乃覺有人。初不知是虎，至明方見之。魚舟驚懼，伏不敢動。虎徐以足捫魚舟。魚舟心疑有故，因起坐。虎舉前左足示魚舟。魚舟視之，見掌有刺可長五六寸，乃為除之。虎躍然出庵，若拜伏之狀，因以身劘魚舟，良久，回顧而去。至夜半，忽聞庵前墜一大物。魚舟走出，見一野豕腯甚，幾三百斤，在庵前。虎見魚舟，復以身劘之，良久而去。自後每夜送物來，或豕或鹿。村人以為妖，送縣。魚舟陳始末。縣使吏隨而伺之。至二更，又送麋來。縣遂釋其罪。魚舟為虎設一百一齋功德。其夜，又銜絹一匹而來。一日，其庵忽被虎拆之，意者不欲魚舟居此。魚舟知意，遂別卜居焉。自後虎亦不復來。（見《太平廣記》卷四二九虎四）

這個故事與〈二班〉都講述了人與虎之間治病與報恩的故事。前者虎以本來面目出現，後者則幻化為人，而且是一母二子，組建起一個老虎家庭，更具有人間生活氣息。前者傷虎自己向人求助，後者兩虎子為虎母求醫問藥，並為殷元禮提供幫助。從整篇文章來看，雖然張魚舟之事也有虎報恩的情節，但在最後還是歸於奇幻，張魚舟接受饋贈卻惹上了官司，老虎為之澄清，但為什麼老虎要拆掉張魚舟的草庵，卻沒有交代清楚，不是引起人的遐想，而是讓人覺得殊不可解，使人感到有頭無尾，不知所終。而這也恰恰是以搜奇志怪為目標的小說創作的共同特點。

這三隻虎除了外形、舉止為虎外，還具有人性，被賦予了忠、孝等儒家倫理觀念。但明倫評價說：「能求醫，能酬醫，能報醫，不可謂非孝且義也。人皆憎虎、畏虎、避虎而不敢見虎，不願有虎，不自知其有愧此虎。蓋虎而人，則力求為人，故皮毛虎，而心腸人；人而虎，則力學為虎，故皮毛人而心腸虎。虎不皆具有人心之虎，然人咸以其虎而遠之、避之，其受害猶少；人或為具有虎心之人，則人尚以其人也，而近之、親之，其受害可勝言哉！」動物尚且節義，人類更應如此。恰恰人有時不能如此，更反襯出動物的可貴，最終體現出蒲松齡針砭社會、諷世勸善的良苦用心。

新鄭訟

長山石進士宗玉❶，為新鄭❷宰。適有遠客張某，經商於外，因病思歸，不能騎步，賃手車❸一輛，攜貲五千，兩夫挽載以行。至新鄭，兩夫往市飲食，張守貲獨臥車中。有某甲過，睨之，見旁無人，奪貲去。張不能禦❹，力疾起，遙尾綴之，入一村中；又從之，入一門內。張不敢入，但自短垣窺覘之。甲釋所負，回首見窺者，怒執為賊，縛見石公，因言情狀。問張，張備述其冤。公以無質實，叱去之。二人下，皆謂官無皂白。公置若不聞。

頗憶甲久有逋賦❺，但遣役嚴追之。逾日，即以銀三兩投納。石公喚問金所自來。甲答：「質衣鬻物。」皆指名以實之。石公遣役令視納稅人，有與甲同村者否。適甲鄰人在，便喚入。石公問：「汝既為某甲近鄰，金所從來，當自知之。」鄰答：「不知。」石公曰：「鄰家不知，其來曖昧。」甲懼，顧鄰曰：「我質某物、鬻某器，汝寧不聞之乎？」鄰急曰：「然，固聞之矣。」石公怒曰：「爾必與某甲同盜，非窮治之不可！」命取梏械。鄰人大懼曰：「我以鄰故，不敢招怨❻耳；今刑及己身，何諱乎。彼實劫張某錢所市也。」遂釋之。時張以喪貲未歸，乃責甲押償之❼。石公此類甚多，亦見其實心為政也。

異史氏曰：「石公為諸生時，每一藝出，得者秘以為寶，觀其人恂恂雅飭❽，翰苑則優，似非簿書才者❾。乃一行作吏，神君❿之名，譟於河朔⓫。誰謂文章僅華國之具哉⓬！故志之以風有位者。」

【注釋】❶長山石進士宗玉　石日琮，字宗玉，號璞公，長山（今山東鄒平）人，康熙三十年（西元一六九一年）進士，曾任新鄭縣令，有政聲。❷新鄭　縣名，在今河南。❸手車　田間運送禾穀的手推車。❹禦　抵禦；抵抗。❺逋賦　拖欠賦稅。逋，本指逃亡，這裡指拖欠、欠稅。❻招怨　招致怨恨。❼押償之　將他拘禁，強令償還。❽恂恂雅飭　恭謹溫順，文雅端方。❾翰苑則優二句　在翰林苑供職優秀，似乎不是處理政務之才。❿神君　神明的官吏。⓫河朔　泛指黃河以北地區。朔，北方。⓬誰謂文章僅華國之具哉　誰說文章只是替國家裝點門面的呢。

【語　譯】山東長山進士石宗玉，任河南新鄭縣令。剛好有個遠方的客人張某，在外經商，因為生病想回家，不能騎馬或步行，租了一輛手推車，帶著五千錢，由兩名車夫推著他走。到了新鄭，兩個車夫到集市吃喝，張某守著錢獨自躺在車中。某甲經過，瞟了一眼，見旁邊沒人，搶了錢就走。張某不能抵抗，竭力起來，遠遠地尾隨著，見某甲進入一個村子裡；又跟著，見某甲進了一個門裡。張某不敢進去，只在矮牆上張望。某甲放下背的東西，回頭看見正在偷看的張某，怒氣沖沖地把張某當成賊抓起來，綁著去見石公，並說了情況。石公審問張某，張某詳細說了他的冤屈。石公因為沒有證據，把兩人喝叱走了。兩人走下公堂，都說石公不分黑白。石公就像沒聽見一樣。

石公清楚記得某甲拖欠了一筆賦稅很久，只是派差役嚴加追討。過了一天，某甲就交了三兩銀子。石公把他叫來問銀子從哪裡來的。某甲說：「當衣服賣東西。」並一一指出物品名稱加以證實。石公派差役查納稅人，有沒有和某甲同村的。正好有某甲的鄰居在，就叫進來。石公問：「你既然是某甲的近鄰，他的銀子從哪裡得來，應當自己知道。」鄰居回答說：「不知道。」石公說：「鄰居都不知道，你的錢來路不明。」某甲害怕了，看著鄰居說：「我典當了某件東西、賣了某件器物，你難道沒聽說嗎？」鄰居急忙說：「對，確實聽說了。」石公生氣地說：「你一定和某甲是一同盜竊的，非徹底查辦不可！」命人取來刑具。鄰居很害怕地說：「我因為是他的鄰居，不敢招惹怨恨；現在刑具加身了，還隱瞞什麼呢。他的銀子實際上是搶劫張某的錢兌換的。」

石公就把某甲的鄰居釋放了。當時，張某因為丟了錢沒有回家，石公就責令某甲把錢還給他。石公這類事情很多，也可以看出他能實心實意地從政。

異史氏說：「石公還是秀才時，每一篇文章出來，得到的人都把它當作寶貝收藏起來，看看他的為人，溫文爾雅，做翰林很好，似乎不是處理政務之才。可他一旦做官，神明的名聲就傳遍了黃河以北。誰說文章只是替國家裝點門面的呢！所以記下此事來勸誡那些當官的。」

【研析】這篇故事是新鄭縣令石宗玉審理案子的故事。新鄭這件搶劫案，案情本身並不複雜。在外經商的張某，因病租了一輛手推車，帶著五千錢，兩個車夫推著他回家。到了新鄭，兩個車夫到集市上吃飯，張某獨自一人躺在車上。這時，某甲經過，看見旁邊無人，張某又沒有反抗能力，就搶了張某的錢。張某尾隨某甲到了村子裡，正在往某甲家張望，卻被某甲誣蔑為盜賊。兩人吵鬧著就來找石縣令斷案。

初一看，這個案子不是殺人越貨類的惡性案件，所牽涉的雙方是小商販和普通村民，而且涉及的錢財只有五千錢，似乎案件本身分量不重，很好做出決斷。但仔細一想，兩人都是空口無憑。我說你搶，卻沒有第三方證人；你說我偷，也沒有實物作為憑據。因此，石縣令採取了「叱去之」的緩審方式。但當事雙方都不明白石縣令的深意，「皆謂官無皂白」。對於此案，但明倫評道：「事有難於驟明者，有得其端倪而不能以口舌爭者，非旁敲側擊，用借賓定主之法，則真無皂白矣。」緩審並不是不審。石縣令想起某甲有筆賦稅拖欠了很久，就派人嚴加追討，以此來靜觀其變。對於這個細節，馮鎮巒評道：「要有記性。張睢陽於城中人一見無不記其姓名，可知臨民非易事也。」

通過這種打草驚蛇、借賓定主的辦法，終於為張某與某甲斷明瞭是非。蒲松齡把石宗玉這種審案的態度歸結為「實心為政」。但明倫說：「所謂實心為政者，無論事之大小，皆得與民公此是非也。」官員只有認真對待，全心付出，才能斷案如有神助。

在「異史氏曰」中，蒲松齡說：「石公為諸生時，每一藝出，得者秘以為寶，觀其人恂恂雅飭，翰苑則優，似非簿書才者。乃一行作吏，神君之名，譟於河朔。誰謂文章僅華國之具哉！故志之以風有位者。」從這裡可以看出，蒲松齡對石宗玉還是比較熟悉的。而藉此，蒲松齡也做了一個小小的翻案，即當時人們認為能讀好書、做好學問的人，往往不能處理具體事務，形象地來說，就是寫得好詩詞歌賦，寫不好簿冊文書。石宗玉讀書時溫文爾雅，做官後神明的名聲傳遍了黃河以北。因此，蒲松齡說，「誰謂文章僅華國之具哉」，就有為讀書人正名張目的用意與內涵。

古籍今注新譯叢書

【哲學類】

新譯四書讀本	謝冰瑩等編譯
新譯學庸讀本	王澤應注譯
新譯孝經讀本	賴炎元等注譯
新譯易經讀本	郭建勳注譯
新譯乾坤經傳通釋	黃慶萱著
新譯禮記讀本	姜義華注譯
新譯儀禮讀本	顧寶田等注譯
新譯孔子家語	羊春秋注譯
新譯老子讀本	余培林注譯
新譯老子解義	吳　怡著
新譯莊子讀本	黃錦鋐注譯
新譯莊子讀本	張松輝注譯
新譯莊子本義	水渭松注譯
新譯莊子內篇解義	吳　怡著
新譯列子讀本	莊萬壽注譯
新譯管子讀本	湯孝純注譯
新譯墨子讀本	李生龍注譯
新譯公孫龍子	丁成泉注譯
新譯晏子春秋	陶梅生注譯
新譯鄧析子	徐忠良注譯
新譯荀子讀本	王忠林注譯
新譯尹文子	徐忠良注譯
新譯尸子讀本	水渭松注譯
新譯韓非子	傅武光等注譯
新譯呂氏春秋	朱永嘉等注譯
新譯韓詩外傳	孫立堯注譯
新譯淮南子	熊禮匯注譯
新譯春秋繁露	朱永嘉等注譯
新譯新書讀本	饒東原注譯
新譯新語讀本	王　毅注譯
新譯潛夫論	彭丙成注譯
新譯論衡讀本	蔡鎮楚注譯
新譯申鑒讀本	林家驪等注譯
新譯人物志	吳家駒注譯
新譯張載文選	張金泉注譯
新譯近思錄	張京華注譯
新譯傳習錄	李生龍注譯
新譯明夷待訪錄	李廣柏注譯

【文學類】

新譯詩經讀本	滕志賢注譯
新譯楚辭讀本	傅錫壬注譯
新譯文心雕龍	羅立乾注譯
新譯世說新語	劉正浩等注譯
新譯昭明文選	周啟成等注譯
新譯古文觀止	謝冰瑩等注譯
新譯古文辭類纂	黃　鈞等注譯
新譯樂府詩選	溫洪隆注譯
新譯古詩源	馮保善注譯
新譯千家詩	邱燮友等注譯
新譯詩品讀本	成　林等注譯
新譯花間集	朱恒夫注譯
新譯南唐詞	劉慶雲注譯
新譯唐詩三百首	邱燮友注譯
新譯宋詞三百首	汪　中注譯
新譯元曲三百首	賴橋本等注譯
新譯明詩三百首	趙伯陶注譯
新譯清詩三百首	王英志注譯
新譯唐人絕句選	卞孝萱等注譯
新譯唐才子傳	戴揚本注譯
新譯拾遺記	石　磊注譯
新譯搜神記	黃　鈞注譯
新譯唐傳奇選	束　忱等注譯
新譯宋傳奇小說選	束　忱注譯
新譯明傳奇小說選	陳美林等注譯
新譯容齋隨筆	朱永嘉等注譯
新譯明散文選	周明初注譯

新譯人間詞話　馬自毅注譯
新譯白香詞譜　劉慶雲注譯
新譯幽夢影　馮保善注譯
新譯菜根譚　吳家駒注譯
新譯小窗幽記　馬美信注譯
新譯郁離子　吳家駒注譯
新譯歷代寓言選　黃瑞雲注譯
新譯賈長沙集　林家驪注譯
新譯揚子雲集　葉幼明注譯
新譯曹子建集　曹海東注譯
新譯阮籍詩文集　林家驪注譯
新譯嵇中散集　崔富章注譯
新譯陸機詩文集　王德華注譯
新譯陶淵明集　溫洪隆注譯
新譯江淹集　羅立乾等注譯
新譯初唐四傑詩集　李福標注譯
新譯駱賓王文集　黃清泉注譯
新譯王維詩文集　陳鐵民注譯
新譯孟浩然詩集　楊　軍注譯
新譯李白詩全集　郁賢皓注譯
新譯杜甫詩選　張忠綱等注譯
新譯岑參高適詩選　孫欽善等注譯
新譯昌黎先生文集　周啟成等注譯
新譯柳宗元文選　卞孝萱等注譯
新譯白居易詩文選　陶　敏等注譯
新譯元稹詩文選　郭自虎注譯
新譯李賀詩集　彭國忠注譯
新譯杜牧詩文集　張松輝注譯
新譯李商隱詩選　朱恒夫等注譯
新譯范文正公選集　王興華等注譯
新譯蘇洵文選　羅立剛注譯
新譯蘇軾文選　滕志賢注譯
新譯蘇軾詞選　鄧子勉注譯
新譯蘇轍文選　朱　剛注譯
新譯曾鞏文選　高克勤注譯
新譯王安石文選　沈松勤注譯
新譯柳永詞集　侯孝瓊注譯
新譯李清照集　姜漢椿等注譯
新譯陸游詩文選　韓立平注譯
新譯歸有光文選　鄔國平注譯
新譯薑齋文集　平慧善注譯
新譯顧亭林文集　劉九洲注譯
新譯袁枚詩文選　王英志注譯
新譯聊齋誌異選　任篤行等注譯
新譯閱微草堂筆記　嚴文儒注譯

歷史類

新譯史記　韓兆琦注譯
新譯漢書　吳榮曾注譯
新譯後漢書　魏連科注譯
新譯三國志　吳樹平注譯
新譯資治通鑑　韓兆琦等注譯
新譯史記—名篇精選　韓兆琦注譯
新譯尚書讀本　吳　璵注譯
新譯尚書讀本　郭建勳注譯
新譯逸周書　牛鴻恩注譯
新譯左傳讀本　郁賢皓等注譯
新譯公羊傳　雪　克注譯
新譯穀梁傳　顧寶田注譯
新譯春秋穀梁傳　周　何注譯
新譯戰國策　溫洪隆注譯
新譯國語讀本　易中天注譯
新譯說苑讀本　左松超注譯
新譯說苑讀本　羅少卿注譯
新譯新序讀本　葉幼明注譯
新譯吳越春秋　黃仁生注譯
新譯西京雜記　曹海東注譯
新譯列女傳　黃清泉注譯
新譯越絕書　劉建國注譯
新譯燕丹子　曹海東注譯
新譯東萊博議　李振興等注譯
新譯唐六典　朱永嘉等注譯

新譯唐摭言	姜漢椿注譯

宗教類

新譯金剛經	徐興無注譯
新譯高僧傳	朱恒夫等注譯
新譯碧巖集	吳　平注譯
新譯百喻經	顧寶田注譯
新譯楞嚴經	賴永海等注譯
新譯梵網經	王建光注譯
新譯六祖壇經	李中華注譯
新譯禪林寶訓	李中華注譯
新譯維摩詰經	陳引馳等注譯
新譯經律異相	顏洽茂注譯
新譯無量壽經	邱高興注譯
新譯妙法蓮華經	張松輝注譯
新譯景德傳燈錄	顧宏義注譯
新譯大乘起信論	韓廷傑注譯
新譯釋禪波羅蜜	蘇樹華注譯
新譯八識規矩頌	倪梁康注譯
新譯永嘉大師證道歌	蔣九愚注譯
新譯華嚴經入法界品	楊維中注譯
新譯地藏菩薩本願經	李承貴注譯
新譯悟真篇	劉國樑等注譯
新譯无能子	張松輝注譯
新譯坐忘論	張松輝注譯
新譯列仙傳	張金嶺注譯
新譯抱朴子	李中華注譯
新譯神仙傳	周啟成注譯
新譯性命圭旨	傅鳳英注譯
新譯老子想爾注	顧寶田等注譯
新譯周易參同契	劉國樑注譯
新譯道門觀心經	王　卡注譯
新譯養性延命錄	曾召南注譯
新譯樂育堂語錄	戈國龍注譯
新譯冲虛至德真經	張松輝注譯
新譯長春真人西遊記	顧寶田等注譯
新譯黃庭經・陰符經	劉連朋等注譯

軍事類

新譯司馬法	王雲路注譯
新譯尉繚子	張金泉注譯
新譯三略讀本	傅　傑注譯
新譯六韜讀本	鄔錫非注譯
新譯吳子讀本	王雲路注譯
新譯孫子讀本	吳仁傑注譯
新譯孫臏兵法	孫鴻艷注譯
新譯李衛公問對	鄔錫非注譯

教育類

新譯爾雅讀本	陳建初等注譯
新譯顏氏家訓	李振興等注譯
新譯曾文正公家書	湯孝純注譯
新譯三字經	黃沛榮注譯
新譯百家姓	馬自毅等注譯
新譯幼學瓊林	馬自毅注譯
新譯增廣賢文・千字文	馬自毅注譯
新譯格言聯璧	馬自毅注譯

政事類

新譯商君書	貝遠辰注譯
新譯鹽鐵論	盧烈紅注譯
新譯貞觀政要	許道勳注譯

地志類

新譯山海經	楊錫彭注譯
新譯水經注	陳橋驛等注譯
新譯佛國記	楊維中注譯
新譯大唐西域記	陳　飛等注譯
新譯洛陽伽藍記	劉九洲注譯
新譯徐霞客遊記	黃　珅注譯
新譯東京夢華錄	嚴文儒注譯

◎新譯郁離子

吳家駒／注譯

明朝開國大臣劉基經歷元末政治腐敗、社會黑暗與民族衝突的丕變，對於種種的不公不義感到忿懣，故撰寫《郁離子》以抒發自己的看法與主張。書中所言包羅萬象，並大量運用寓言筆法，其精巧的構思，不僅意蘊深刻，而且妙趣橫生，給人耳目一新之感。經注譯者詳盡的注釋、語譯與精湛的研析，更增添其價值與光彩。

三民網路書店 會員
獨享好康大放送
通關密碼：A3525

憑通關密碼
登入就送100元e-coupon。
(使用方式請參閱三民網路書店之公告)

生日快樂
生日當月送購書禮金200元。
(使用方式請參閱三民網路書店之公告)

好康多多
購書享3%~6%紅利積點。
消費滿250元超商取書免運費。
電子報通知優惠及新書訊息。

三民網路書店
http://www.sanmin.com.tw
超過百萬種繁、簡體書、外文書55折起